大茶商

杨绍淮——著

四川文艺出版社

图书在版编目（CIP）数据

大茶商 / 杨绍淮著. —成都：四川文艺出版社，
2019.1
ISBN 978-7-5411-5176-7

Ⅰ.①大⋯　Ⅱ.①杨⋯　Ⅲ.①长篇小说–中国–当代
Ⅳ.①I247.5

中国版本图书馆CIP数据核字（2018）第246235号

DACHASHANG

大茶商

杨绍淮　著

责任编辑	张亮亮　奉学勤
封面设计	象上设计
内文设计	史小燕
责任校对	蓝　海
责任印制	崔　娜

出版发行	四川文艺出版社（成都市槐树街2号）
网　　址	www.scwys.com
电　　话	028-86259287（发行部）　028-86259303（编辑部）
传　　真	028-86259306

邮购地址	成都市槐树街2号四川文艺出版社邮购部　610031
印　　刷	成都勤德印务有限公司
成品尺寸	166mm×235mm　1/16
印　　张	24.25　　　　　　　　　字　　数　390千
版　　次	2019年1月第一版　　印　　次　2019年1月第一次印刷
书　　号	ISBN 978-7-5411-5176-7
定　　价	59.80元

一

公元一九一二年春末，一个雨后晴日，在雅州西校场的兵营里，操场上一教官正在训练新兵，新兵列成两个方队，跟随着口令，操着正步，不停地向左转又向右转。崔旅长一身戎装，由副官方玉堂陪同，站在场边观看。

崔旅长在川东同吴佩孚打仗有功，把清朝推翻后，四川省督军府派他坐镇雅州，官衔是川边镇守使。看见又招到一批新兵，队伍扩大，心头正高兴，忽然，一个人朝他匆匆走来，凑到身边，神秘兮兮地一阵低语。

方副官认识此人，他叫侯兴，清朝时是县衙门的师爷。当初来接管政权，崔旅长见他能说会道，上知天文，下知地理，对地方的情况也精通无比，便没叫他滚蛋，还在镇守使的衙署里给他安了个差当。他的话还没说完，崔旅长就火了，抬头瞪眼怒道："姚仁德他想造反？不想活了是不？"立马转身命令方副官，带人去三官祠茶商会馆，把姚仁德绑了。方副官瞟了侯兴一眼，问他出啥事了？侯兴先看了看崔旅长的脸色，然后才转过身来说，是天德公茶号的老板姚仁德，正带领雅州六十八家茶号的人在三官祠茶商会馆聚会，密谋抗捐罢市，要求衙署免了他们的劳军捐。方副官一惊，担心的事到底发生了。

副官方玉堂是个学生出身的年轻军官，说话斯文，喜欢讲道理。五天前，崔旅长又招募了二百新兵，为了他们的军饷，决定再从茶商身上想办法。于是又取了个名目，叫劳军捐，让衙署通知商会，摊派到各家茶号的头上。自跟着崔旅长上任以来，不过大半年时间，就给茶商派了四次捐。古话说官逼民反，这样做不能不说是做得太过头了。再说了，眼下的这镇守使衙署，可是推翻了清朝，才建立起来的革命政权，如果为了派捐就逼得茶商们闹起事来，岂不是同革命唱对台戏吗？传到省督军府去，于崔旅长的名声也不好听。他鼓起勇气，决定要劝崔旅长："旅长，咱们去随便抓人，怕不合适吧？"

崔旅长一愣："怎么不合适？"

方副官："距上次派捐不到两月，咱们又派……"

崔旅长的脸立马一沉："这么说，你也嫌我派多了是吗？"

"旅长坐镇雅州，若想长治久安，还得从长计议，千万别伤了人心。"

"哼，老子出生入死，推翻清朝，打下了天下。现在叫他们出点银子，别说是犒劳军队，老子就是揣进腰包，那也是裁缝的尺子——正吃。谁敢反对，我要看他有几个脑壳？"

侯兴一旁拍马屁说："崔大人说得是，不过是要他们出点银子，又没要他们的命。雅州茶商，哪一个不是肥得流油，几百几千两银子，在他们身上，犹如腰杆上的汗毛一根。就说这个姚仁德吧，他家的天德公茶号开了三四百年，赚了无数的银子。清朝那会儿买官银，每年就数他家买得多。雅州几十家茶号，他家是首富。"

方副官还想说什么，崔旅长一挥手："别说了，不就一群穿长衫马褂的茶贩子吗？几个虱子还怕他把铺盖拱翻了。去，执行命令！"

三官祠茶商会馆是一幢三进的院子，临街门楼，高大气派。门头的匾额上，是颜体的雅州茶商会馆几个大字。门口两边油光水滑，油黑锃亮的两个大青石，俨然是这幢古老建筑的见证。会馆的议事厅里，雅州六十八家茶号的老板都到齐了。他们一边喝茶，一边七嘴八舌地议论着。一个肩搭抹布的老者，提着茶壶来往穿梭，给大家掺茶。永兴茶号的陆老板，四十多岁，嗓门又粗又亮，就像灌满了火药。他说："清朝打倒了，民国也建立了，按理说日子应该好过了。可这才大半年时间，这捐就派了四次。茶商简直成了他们菜板上的肉了。这回的劳军捐，我是不得交的。要钱没有，要命有一条。"他的话音一落，立刻引来一片赞同。有的说今天这个捐，明天那个捐，没完没了，我只好关门歇业了。有的说交不起躲得起。关了门躲到乡下去，看他还找谁要钱去。有的甚至骂道，啥子崔大人，简直就是个催命鬼。

姚仁德是茶商会的会长，见大家都十分愤慨，只有身旁的徐老板低头不语，只管抽他的水烟，众人的话就像跟他没关系似的。徐家的仁和茶号，虽不及天德公大，但也是两三百年的老号。徐老板年轻时中过秀才，为人稳重，说话谨慎，眼下已近花甲年纪，在茶界是一位德高望重的前辈。姚仁德用肘碰了他一下，要他也说两句。他回眸一个苦笑，低声说："我的话这会儿就怕大家不喜欢听啊。"姚仁德说："不碍事，说吧。"徐老板放下水烟袋，站起来先咳了一声，缓缓说道："刚才大家的话按说都在理，可是不知大家是否想过，人家是有权有枪啊，咱们是胳膊拧不过大腿呀。现在说不交好说，就怕到时候人家的兵追上门来，把人一抓，往牢里一塞，皮肉之苦就不用说了，最终银子还得往外拿。哎，不是老朽往大家头上泼冷水，我看还是咬咬牙交吧。"徐老板的话让大厅里瞬间寂静下来。但瞬间又炸开了锅。突然，人群中站出一个人来，是个小白脸，叫钱瑞。半年前刚从他爹的手上接过来聚盛源茶号。他说："不要站着说话不腰疼，没有银子再咬牙还是没有银子。谁愿交的，干脆就请他把大家的那份一齐出了好了。"徐老板被他呛了一口，十分尴尬。姚仁德示意他坐下别介意，站起来要大家安静。他说："诸位，今天请大家来，就是希望大家各抒己见，共同商量。刚才徐老板的话也并非没有道理，这样的教训，过去就发生过不少。有人提出干脆关门歇业，或者躲到乡下去。我看都不是办法。仔细想想，咱们雅州茶业，延传了多少代人，老祖宗辛辛苦苦攒下的家业，要是断送在了我们的手里，日后我们也到了阴间，拿什么去见老祖宗？躲更不是办法，躲得过初一，躲不过十五。现在摆在我们面前的，就两条路，一是照徐老板说的，先咬牙交了，下来大家再互相周济，想办法熬过这段刀尖上的日子。二是按多数人的意见，大家齐心合力，抱成一团，去衙署向崔大人请愿，请他免了我们的劳军捐。他若不答应，咱就抗捐罢市。大家冷静下来，好好想想，拿个统一的主意。"经过一阵商量，大家最终选了第二条。

统一了主意，姚仁德说："我还有句话要说，既然大家都主张抗捐，下来不论是哪家茶号，都不得私下去交钱放水，卖了大家。""谁敢放水，就砸谁家的茶号！"众人齐声吼道。见事情落定，姚仁德宣布，明日一早，大家准时来会馆集合，统一出发。大伙散去时，个个摩拳擦掌，热血沸腾，仿佛人人都是行将出征，奔赴战场的勇士。迈出大厅门槛时，徐老板悄悄扯了一下姚仁德的衣服说："仁德老弟，我知道你是一片忠心，别出啥乱子哦。"姚仁德点头，心里明白，事情到了这个分上，开弓没有回头箭。天塌下来，就要他这个做会长的去顶着。正说着，就看见走在前面的人不知为啥，纷纷往后退。还没等到明白过来，一群荷枪实弹的兵便冲了进来，不分青红皂白，就将姚仁德绑了。

崔旅长回到衙署，看到被五花大绑的姚仁德，吩咐把绳子给他解开，还搬来一只凳子让他坐下。然后才缓缓地走上前，围着姚仁德看了一圈："我当姚老板长了几个脑壳，原来还是只有一个嘛。可是我就不明白了，姚老板为什么就不把自己的脑壳当回事呢？"姚仁德不语，只管揉着他的臂膀。崔旅长走到桌前坐下，摸着下巴："听说姚老板家财万贯，别说出个几千两捐银，就是拿个三五万两，也不过是九牛一毛。为啥偏要去替人消灾，自讨苦吃？"姚仁德淡定地回答："小人是大家推举出来的会长，理所当然要替大家说话。"崔旅长："那好，今天还想说什么，说吧。本官愿洗耳恭听。"尽管他做出很亲和的样子，但姚仁德还是从他的目光里看到了暗藏的杀气。脑子里迅速闪过一个念头，既然来到这里，同这狗官对面坐着，为何不将茶商们的酸甜苦辣讲给他听听。也好让他别只看到茶商们吃饱饭，就不见茶商也有挨饿的时候。不要只知道每天高高在上，不顾百姓死活。姚仁德简单理了一下头绪，便一桩一桩地说起来。不料竟对牛弹琴。姓崔的哪是真想听他的，没让他说几句就不耐烦了："那些就不说了，茶商们都听你的，今天我只要你一句话，这捐你说交还是不交？"姚仁德仍不卑不亢："大人，我也直说了吧，我现在就代表大家恳求你，把这捐给我们免了吧。"崔旅长终于凶相毕露："这么说来，你是存了心，敬酒不吃要吃罚酒。那好，本官成全你。来人……"

姚仁德说："且慢，请听我把话说完。茶商虽有两个银子，可那银子上浸透了他们多少代人的心血和汗水，你知道吗？别忘了你可是百姓的父母官哪。"

崔旅长站起一拍桌子："放肆，胆敢辱骂本官，给我拉下去！"

姚仁德笑笑："我的话不是骂人，是忠言逆耳。"

方副官押着姚仁德出来，走到长廊的拐弯处，劝道："好汉不吃眼前亏，就低个头吧。"姚仁德说："我低头容易，外面的几十家茶号怎么办？"坦然朝前走去。

雅州南门外的山道上，一匹快马飞驰而来。骑者竟然还穿着一身清朝服饰，头上戴着有翎子的帽子，辫子盘在胸前。只见他扬鞭催马，一路狂奔，马蹄过后，黄尘滚滚。两个在城门口站岗的川军士兵看见，慌忙摘下肩上的汉阳造步枪，迎上喝道："干啥的？站住！"骑者熟练地一个翻身跳下马背，用袖子拭去额头上大颗大颗的汗珠，气喘吁吁地自报起家门来。说他是藏地察木多大清信局的邮传，为即将离任的驻藏大臣给四川总督赵尔丰大人送一封快传。听说赵大人已被朝廷任命为新的驻藏大臣。他因为途中遭遇大雪封山，道路垮塌，耽误了不少日子，以致今日才赶到雅州。两士兵听了，如堕入云里雾里。清朝垮台已大半年，还有哪来的啥大清邮传？两人面面相觑一阵，忍不住扑哧一声，就哈哈大笑起来。士兵甲说："你龟儿子该不是从棺材里爬出来的鬼吧？睁大你的眼睛看清楚，这城头上插的可不是龙旗，早就是民国政府的五色旗了。你竟敢还在这里大清长大清短的，是不是想找死哟？"士兵乙上前就是一巴掌，打掉骑者头上的帽子："狗日的，看你这副人不人鬼不鬼的样子，格老子就像是清妖的余孽。说，是不是？不说一枪崩了你。"没想到骑者竟一点不怕，反而怒道："你敢擅打朝廷信使，按大清刑律，你要掉脑袋的。"士兵乙的性子二，把脑壳伸到骑者胸前，大声道："好哇，我俩今天就看看，是你的脑壳先落地，还是我的脑壳先落地。来呀，来呀，有本事你碰我一下。"骑者无奈，只好往后退。正巧方副官巡哨走来，问怎么回事？听士兵甲报告了情况，方副官也被逗笑了。但马上想起，赵尔丰在清朝垮台前夕，还真是被朝廷刚刚任命为驻藏大臣，只是他还没来得及去赴任，就遇到四川保路同志会运动爆发，就被革命党人尹昌衡杀了。那个前任驻藏大臣，想必一定有什么话，要赶在他进藏之前告诉他。方副官止住两士兵，收起笑容，上前打量骑者。骑者风尘仆仆，身上还散发出一股股浓浓的汗味和酥油味。他目光诚实，透露出委屈，显然没有说谎。方副官告诉他，赵尔丰早在半年前就被尹昌衡大人杀了，把信就交他好了。骑者这才真感到事情不妙，难怪两位兵爷竟拿他当猴耍。赶紧取出信来递给了方副官。方副官拆信才看了一半，眉头就皱了起来。原来这位前驻藏大臣要告诉赵尔丰的不是别事，而正是关于雅州边茶与西藏的事。信虽是迟到了，但说的事依然存在啊。他将信装入口袋，决定回去报告崔旅长。转身欲走，骑者忙问他怎么办？方副官吩咐士兵放了他。见方副官走去，骑者还呆痴痴不动，士兵乙骂道："还不快滚。要不是被方副官撞见，老子今天叫你脱层皮。"士兵甲年长心软一些："老弟，快走吧。赶快把你这身狗皮脱下来扔了，脑壳上的猪尾巴子也要赶快剪了。如今已改朝换代了。"骑者到了此刻，终于从懵懂中彻底清醒过来，刹那间，蔫得就像霜打了的茄子。他抱着头，忧伤地呢喃着："大清完了，就这么完了。"

崔旅长听牢房狱头来报告，什么刑都用完了，姚仁德就是不开口，气得咬牙切齿。侯兴上前惺惺笑着说，对付这种人他有一招。崔旅长问他啥招？他说大人要他死还是要他活？崔旅长："死又怎样，活又怎样？""要活就让他休息几日再用刑。要死就不能让他死在牢里。地方名流死在牢里，不管怎样，总是对大人的名声不好。""别啰唆，有什么办法快说。""我当年在县衙门做师爷那会儿，知道一种阴招，打人时只伤及皮肉重伤却在内里。想叫他哪天死，他就绝活不过那天。为掩人耳目，一般总是让他们多活几天，放出去才让他死。死了也没人知晓其中的蹊跷。"崔旅长怔怔地望着他，沉默了片刻。心想自己也曾杀人无数，可索人性命如此歹毒，还是头次听到。"狗日的真毒……"话到嘴边又咽了回去，改口道："好，就照你说的给我打，老子今天也要开开眼。"侯兴刚去，方副官就来了。他把在城门口遇见的事说了一遍，拿出信要崔旅长看。崔旅长一皱眉："赵尔丰不是早死了吗，他妈的谁还给他写信？这样的信还有用吗？"方副官做事认真固执，坚持说："信是迟到了，但信中所说的事却一点也不迟到。"崔旅长伸出的手又收了回去："一会儿迟到，一会儿又不迟到。我都让你说糊涂了。"方副官："旅长，你还是先看了再说吧。"崔旅长拉着脸，勉强把信接了过去。

方副官的老家在川西坝子边上的龙安镇，他自小聪明好学，读了三年私塾，就被他的幺叔看上，将他送进了四川讲武堂，没毕业赶上了辛亥革命。他参加了幺叔的军队同清军作战，很快当上连长。革命成功后，幺叔的军队改编成了国民革命军第二十四师，幺叔担任师长，驻防川南。他的幺叔刘乾仁是川军中一个有影响的人物，有远见，有抱负，一心想成大气候。得知滇军崔旅长受命任雅州川边镇守使后，他亲自登门，将侄儿托付崔旅长命下，请他多多关照。其实他驻防川南，远比川西富庶。他之所以要这样做，目的有两个，一是让侄儿离开他的羽翼，独自去一方熟悉川西的地理人文环境，历练本领，为他日后的发展储备人才；二是他知道滇军在川难于长久，将侄儿安在崔旅长身边，犹如往滇军掺进一粒沙子。方副官也知道幺叔的用意。只是他太年轻，太执着，不会逢迎拍马，许多事情常不能同崔旅长尿到一个壶里，所以已渐渐失去了崔旅长对他的信任。

信在崔旅长的手上停了片刻，又退给了方副官。崔旅长说这些清妖老儿写的东西，都是些酸不溜丢的文字，他读了也不懂。好些字它们认得他，他却认不得它们。叫方副官给他念念就行了。方副官愣了一下，只好接过来。刚要念，他又道："不用都念，就择紧要的念就行了。"方副官无奈，只好选择了直接关系到雅州茶事的一段文字，给他念道："我蜀地雅州之边茶，行销藏地，已千载有余，不仅是川省之一大利源，更关系到藏汉之通衢也。然自光绪十四年，西方列强英吉利亦仗武力，犯我西藏。逼迫朝廷签订城下之盟以来，东印度公司之印茶从大吉岭亦开始流入西藏。数年间，我川茶市场份额，已丧失四成，且还在不断扩大。雅州乃藏地之茶库，百姓喜爱川茶，根深蒂固。故而扶植当地茶农，维护茶商，保障边茶供应，乃是维护国家利益之上策也。眼下严峻的形势，如不针锋相对，寸土必争，进行抵制，英人势力必将更加烈火燎原，侵侵东下。届时西藏危矣……"刚读到这里，崔旅长就打断了他："别念了，我现在是民国的官，难道你还要我倒转去听这些清妖老儿的话？"方副官道："在下以为，这些话虽说是清朝旧臣所言，但平心而论，言之有理。""此话怎么讲？""跟大人来雅州之前，我查阅过相关资料，雅州是四川主产茶区。自古以来，这里一直是朝廷储边易马用茶的基地，百姓以种茶、制茶为业，在历史上也有过十分火红的年代，就像景德镇的瓷器、佛山的制铁、江南的造纸一样繁荣。就因为到了清末，朝政腐败，列强入侵，才出现了信中说的这些情况。藏地销场被强占，川茶滞销，波及两地民生。以卑职拙见，民国政府眼下的当务之急，应该是尽快还百姓一个休养生息的环境才是。""你说怎么还？""在下斗胆进谏一言，远的不说，就说近的。大人，把茶商的捐免了，把姚老板也放了吧。"

崔旅长马着脸："方玉堂，你今天存心是来教训我的吧？我知道你读书多，有一肚子的墨水，道理我讲不过你，可是你知道吗？我坐在这里，四周有多少双虎视眈眈的眼睛在盯着我，想把我赶走，想抢占我的地盘，随时都会向我突然发起进攻。我得扩充军队，买枪买炮。这些，你说哪样不要钱？我不想法弄钱怎么办。"

"在下也是为大人着想……"

"你就别解释了。你有来头，有靠山。我这座庙子太小，供不下你这尊大菩萨。要愿意，请另攀高枝。刘将军那里我自会跟他解释。"

崔旅长说罢，丢下方副官，进了里屋。

天德公的董大掌柜受姚家老夫人委托，来求仁和茶号的徐老板出面营救姚仁德。徐老板叹了一声，说他早就说过，胳膊哪能拧过大腿。忍得一时之气，免生百日之忧。可是大家不听，仁德老弟吃亏就在于仗义执言，所以才造成这结果。董大掌柜求他别提过去了，只要能救东家，姚家会一辈子记住徐老板的大恩大德。

徐老板领着董大掌柜挨家挨户去求众老板，请大家到商会再商量。众人来到会馆后徐老板说："仁德老弟为了大家，才遭此大难。俗话说人命关天，我们可不能见死不救。我还是那句老话，咬牙把捐交了，就当是出钱买个平安。"众人尚未开口，董大掌柜先走上前来，拱手道："众位老板，请大家帮忙了。我在这里就替东家先谢谢大家。"说完就扑通一声跪到地上，给大家磕起头来。

崔旅长收了银子，放了姚仁德。

那天董大掌柜安排轿子把姚仁德接回家。徐老板领着大伙站在天德公门口迎接，在鞭炮声中，姚仁德被扶下轿子时，还向大伙儿点头作揖，一一感谢，一点也没看出他的身体有啥异样。三天后，他端着一碗茶站在天井里，突然一声大叫，一口浓血从嘴里喷出，就栽倒地上，昏了过去。赶紧请来医生，抢救半天，就听他喉咙里断断续续说了几个字："快叫……君儿……快……回来……"人就没气了。

都说姚仁德死得有点不明白，却又找不出原因。出殡那天，天空下起一场瓢泼大雨，将送葬队伍的花圈、纸屋、挽幛和人们身上的衣服淋得湿透，长长的队伍，也没有一个人离开。姚仁德的妻子姚老夫人，带领姚家亲眷和天德公号上的伙员，一路哭声撼天动地。大街两边观看的人群，无不为之动容。队伍经过衙署门口，方副官也站在人群里，他默默地看着那口十六个人抬着，上面还绑了只红公鸡的黑漆棺材。想到里面的人，几日前还是那么血气方刚，大气凛然，可现在说没就没了。他感叹这世界太混沌，为官的为了钱，如此心狠手毒，丧尽天良。

这天夜里，方玉堂坐在灯下给他的幺叔写信，诉说他对世事的看法和苦恼。信末他特别加了一句："姓崔的坐镇雅州，当初省督军府实在是瞎了眼睛。"第二天他便不辞而别，回了龙安镇老家。

<h1 style="text-align:center">二</h1>

办完姚仁德的丧事，老夫人把董大掌柜和姚仁义叫到后院上房，商量天德公的后事。两人来到上房，见才半月光景，老夫人的头发就全白了，人也瘦了一圈。姚仁义难过地说："嫂子，你可要保重身体哦……"泪珠就落下来了。董大掌柜也道："仁义说得对，此刻老夫人的身体比什么都重要，只要老夫人的身体没事，咱们天德公的主心骨就还在。"

老夫人说她身体倒没啥，就是夜里常失眠。她累了，想到城外青云寺去住几日，走之前把家里的事给他们交代一下。董大掌柜要她放心去，茶号上的事他会尽心尽力。如果有紧要的事，他会上山禀报。老夫人挥手止住他说不用，她走后号上的事就由董大掌柜全权负责，然后转向姚仁义说："这些天来，嫂子知道，把你也累坏了。本该让你也休息几日，可我昨天去了作坊，看见库房里的茶包堆得都快挨着瓦背了。唉，这些天只顾忙你哥的丧事，把往打箭炉发茶的事也耽搁了。嫂子只好叫你别休息了，赶快去联系背夫，多揽几拨，多跑几趟。要不赶快把库房腾空出来，下面做出来的茶包就没处堆放了。"姚仁义要嫂子放心，说他记住了。

说完事情，老夫人接过丫鬟香香端来的参汤喝了，又问起给儿子姚子君打电报的事。董大掌柜告诉她，电报是上月初八发出去的，已经二十多天了。按日子算起来，少爷已从日本起程，应该在回来的路上了。前几日，听说成都到雅州途中的黑竹岭又发生了两起土匪抢劫杀人的事。为了安全，他已给上海天德公分号打去一封加急电报，要他们转告少爷，从上海回来别走陆路，直接买到重庆的船票。到了重庆继续乘船到叙府，再到嘉州。到时号上派胥亮带船去嘉州接他。老夫人听罢点头，要董大掌柜告诉胥亮，路上千万小心，再不能出啥差错了。董大掌柜说："请老夫人放心，我会叮嘱他。"

从老夫人那里出来，路过花园门口，姚仁义要董大掌柜一同去小亭坐一会。董大掌柜问他有事？他憨厚地笑笑，说也没啥事，想给你摆两句龙门阵。

姚仁义憨厚老实，少言寡语，瞧他一反常态的样子，一定有什么话要说。董大掌柜跟他来到小亭的石凳上坐下，他说："你是知道我的，没读过书，斗大的字不识两个，梁梁柱柱的事一个也胜任不了。眼下我哥没了，嫂子的身体又那样，天德公这么一大摊子的事，就全指望你了。只要帮姚家渡过眼前的难关，姚家的人会永远记住你的大恩大德。我这人说不来个啥，只有给你磕头了。"说完，果真跪到地上就要磕头。董大掌柜连忙拉住他："仁义老弟，你这是干什么？我是个啥样的人，你未必还不清楚。十四岁踏进姚家大门，四十二年了。历经两代东家，他们从没把我当外人看过。眼下这节骨眼上，要有什么三心二意，我还算是个人吗？"姚仁义忙道："你知道我嘴笨，说不来好听的。要没说对，你千万别介意。"董大掌柜是被他感动了。虽说姚仁义不是姚仁德的亲兄弟，可就算是亲兄弟也不过如此啊。"仁义老弟，我也说的是心里话。就让我们一同努力吧。"董大掌柜说话的时候，目光落在姚仁义那张刻满了褶子的脸上，充满敬重。

　　上海码头。
　　姚子君一身西装革履，拎着皮箱，从轮船的舷梯走下。"子君……"忽听岸上有人叫他。抬头一看，竟是孟生。他不是在京城农商部谋事吗？怎么会来上海了。"孟生兄。"姚子君禁不住也大声喊着他的名字。两人是同乡，又是同窗，当年同在成都公学读书，教他们国文的周先生后来当了民国政府的农商部长。孟生是他的得意门生，便跟着先生到了部里。姚子君出国后，两人一直有书信来往。上了岸，两人紧紧拥抱在一起。孟生说："没想到吧？"姚子君连连道："没想到，没想到。"孟生："走，先找个吃饭的地方去，我俩一边吃一边慢慢摆。"
　　俩人找到一家卖川菜的饭馆，选了个僻静处，点了几样菜，还要了酒吃起来。孟生告诉姚子君，他是专程接他来的，而且是周先生的意思。姚子君大吃一惊，疑惑不已："不会吧？这多年了，先生哪会还记得着我。"孟生向他道出了实情。
　　原来自周先生主事农商部以来，就一直不断地接到四川、西藏和外交部的通报，还有外国报刊登载的消息，强烈要求抵制英国势力在西藏的扩张，其中谈得最多的就是关于印茶的入侵。孟生在部里受命整理过一份详细的报告，四川边茶销往西藏，已有一千三百多年，以雅州茶为主，清雍正年间，曾一度达到一千○四十四万二千四百斤。眼下已降至六百五十万斤，减少了四成。四川边茶的急剧萎缩，令周先生心急如焚。他对雅州边茶的悠久历史十分了解。在他看来，川茶与印茶之争，之所以处于下风，除了国力不振，雅州茶商落后的生产经营模式也是原因。各家各户作坊式的生产，规模太小，品质也难以得到保障。资金分散，无力与英人的东印度公司抗衡。当听到孟生说起姚子君即将回国时，周先生就萌生出一个想法。他想把雅州茶商统一组织起来，参照西方列强的办法，成立董事会，推行股份制，实行由经理负责，建立工业化的规模生产。姚子君听了，一拍桌子高兴地说："好事情，我第一个赞成。"孟生笑道："你不能光嘴上说赞成，先生的意思是要请你出来承个头。"姚子君一愣，连忙摆手："不行不行，我不行。"孟生告诉他，先生看中的是，他家正好开了一个大茶号，可以作为基础。他留过洋，接受过西方的新思想，新观念。见多识广，是最合适人选。至于资金问题，先生也说了。起动的款子由他想办法，以后则根据各户茶号的规模和参股现金计算股份。见姚子君只听不语，孟生接道："雅州边茶辉煌了上千年，如今外受列强欺侮、内受军阀混战的影响，已江河日下，一年不如一年。你我同为雅州人，难道就愿意看着这棵大树一天天萎缩、凋零下去？不甘心呀。"姚子君考虑一阵，还是摇头："孟生兄，此事小弟实难从命。周先生看得起我，我却只能让他失望了。"孟生不解："怎么，刚才你不还说是好事情吗？为啥？""你了解我，打小崇尚医道。去日本选读的也是医科。寒窗三年，现在放弃，前功就尽弃了。这趟回来，是为我爹守孝，一年满后，就打算回去。""这么说，真打定了主意当一辈子医生？""说实话，开始我也很纠结。父亲走了，留下那么大一份家业，我上无哥哥姐姐，下无弟弟妹妹，也不是没想过。可是，说出来你别笑话，我虽出身茶商世家，可对茶却一无所知。这些年脑壳头装的，除了医道，就是怎样治病救人。家里的事，就让母亲、幺爸和董大掌柜他们去打理吧。"孟生望着他，感慨不已："唉，没想到，过去了这些年，你的性子还像当年一样执着。"姚子君："此生能做个好医生，足矣。""我理解你，人各有志，不能勉强。只是觉得放着那么大一份产业，你不去继承，未免有些可惜。""请孟生兄回去，一定代我向周先生好好解释。我辜负了他的期望，请他原谅。感谢他这么多年了还记得我这个不争气的学生。""放心吧，我一定替你转告。"

二人动情地端起酒杯，一干而尽。

　　饭后，孟生陪姚子君去延庆路上海天德公分号拿到了去重庆的船票，又一同去打了旅馆。夜里，两个年轻人又是一席畅谈，从儿时的友情到憧憬的未来，也议论当下的时局，都巴不得自己的国家早日富强起来……不知不觉就听见街上已打三更了。

　　第二天早早起来，孟生把姚子君送上轮船，站在黄浦江边，一直等到开船的汽笛拉响，缓缓驶去，才回京城复命去了。

　　江上走了半月，到了重庆。从重庆又换成小火轮坐到叙府，叙府是长江上游金沙江与岷江的交汇处，从这里再换成木船驶入岷江。两天后便到了嘉州。客船靠岸，姚子君拎着皮箱，跟着那些挑箩筐、背背篼、穿长衫、着短褂的人们上了岸。他的第一件事情就是睁大眼睛四处张望，寻找来接他的人。可是看了半天，周围只有叫卖花生瓜子、甘蔗橘子的小贩，不见胥亮的身影。正着急，忽然从江边的一条船上传来悠扬的箫声，姚子君立刻猜到是胥亮。胥亮会吹一口好箫，他用箫声也在找人。姚子君立刻顺着声音跑去，一边大声喊着："胥亮……"箫声戛然而止，胥亮果然从一条木船上跑了出来。

　　接到姚子君，胥亮又高兴又激动，说他三天前就来了。董大掌柜告诉他，少爷坐的上水船，不定哪天到，所以叫他早点过来。见他手上还拿着箫，姚子君笑着夸他还是像从前那样机灵。胥亮也笑了笑，说旅馆早已订好，就在离码头不远的地方。姚子君回家心切，要胥亮去跟船家商量，今夜就住船上，点起灯笼连夜赶路。胥亮说："少爷，咱们还是住城里去吧。"他说眼下不太平，棒客四处出没，走夜路不安全。姚子君坚持要走，说他一个读书回家的学生，身上又没钱没财，怕什么？胥亮只好说他出门时，老夫人和董大掌柜再三叮嘱过，要他路上千万小心，少爷的安全最重要。走夜路，不怕一万，就怕万一。万一出个啥事，回去他没法交代。姚子君这才答应了跟他进城。

　　第二天一大早，姚子君就催着起程上路了。船驶出嘉州不远，到了一个叫沙湾的地方。岷江从这里又分成两条支流，向南是大渡河，向西便是从雅州流来的青衣江。青衣江就像一个楚楚动人的少女，从山里款款走来。她婀娜多姿，水清如镜。站在船头，能见水底白花花的鹅卵石。江水碧波闪闪，两岸青山翠竹，风景如画。尽管如此，木船由于是逆水行，到了滩口上，仍需船夫上岸拉纤。好在船小，不用人多，拉纤的就三四人，他们弯下腰，腿蹬直，绷直的纤绳就像勒进了那古铜色的脊梁。滩口大多不长，吼上几声号子就过去了。走了一会儿，河道拐了一个大弯，江面逐渐变得宽阔起来。一条小渔船突然从江边的柳荫下驶出来，到了江心，渔家一边撒网，一边唱起了山歌："大河涨水小河清哟，阿妹心中呀有个人。阿哥出门天日久哟，阿妹在家呀不放心……"姚子君立在船头，在歌声中默默地看着两岸的景色。那云雾缭绕的青山，坡地上一垄垄的茶林，隐藏在竹林深处的茅屋，骑在水牛背上，在田埂上悠悠缓缓走着的牧童……远远看去，犹如一幅幅绝妙的水墨画。随着木船缓缓地前进，它们也缓缓地向后退去。触景生情，想起自己离家三年，回来父亲已不在人世，不由一阵伤感，惆怅就挂到脸上。唉，真是青山依旧，物是人非啊。胥亮见状上前道："少爷，快到家了，怎么也要高兴点。不然老夫人见了，心里就更难受了。"姚子君长叹一声，叫他还是把箫拿出来吹吧，解解闷儿。

姚子君抱膝坐在船头，听着胥亮吹箫。胥亮的拿手曲目是岳飞的《满江红》。箫声如泣如诉，悲壮激昂，在江上荡漾。突然，箫声戛然而止，就听胥亮一声惊叫："不好，有人溺水了！"他站起来，指着前方的江面喊道。姚子君急忙朝他手指的方向看去，果然见从上游漂下来一个人影，在水中时隐时现。"快，赶快救人！叫船家跟着我把船划过来。"说时迟，那时快。姚子君迅速脱了衣服，扑通一声就跳进江里，向那人游去。"少爷小心！"胥亮喊着。

一番折腾，溺水者被救上船，竟然是个姑娘，人已昏迷。姚子君赶紧对她施救，翻看她的瞳孔，掐她的人中，又是做人工呼吸。还让船家拿来一个板凳，把姑娘担在上面，使她吐出吞进肚里的河水。半天，终于把姑娘救醒转来。当她缓缓睁开眼睛，看到自己还活着的时候，竟忍不住哇的一声，便哭了起来。姚子君劝她别哭了，把湿衣服快换了。说罢，从皮箱里找出一套自己的学生服，要她去舱里换了。

姑娘换了衣服，胥亮又端来船家熬好的姜汤，姚子君要她也喝了，让身子暖和暖和。望着面前这位素不相识，却像兄长一样的救命恩人，姑娘的泪水抑制不住，又涌了出来，伤心地讲起了她的遭遇。

　　姑娘叫韩青霞，家住雅州与嘉州交界的龟都镇后山茶树坪，今年十八岁。父亲韩三石，当过太平军，十几岁时做了太平天国翼王石达开的娃娃兵。翼王在大渡河边兵败后，数千人马被清军杀害，他绕幸逃脱，流落到龟都镇后山茶树坪隐藏下来，靠种茶为生。韩青霞还有一个哥哥叫韩青山，去年到雅州当茶背子①去了，开始还捎信回来，近半年再无来信。父女俩平日在家种地，农闲下来就去赶溜溜场，卖艺挣钱，补贴家用。这天正好是镇上赶场，父女俩早早就来到场口，扯起圈子，刚摆出刀枪剑戟，人们就围拢上来。父女俩已来过这里多次，捧场的人很多。表演中，两人精湛的武艺，频频获得观众的掌声和叫好声。一轮刀枪剑戟之后，父亲拿出一面铜锣，翻转递到女儿手中，然后走到场子中间，抱拳道："各位父老乡亲，刚才给大家献丑了，请赏个脸。有钱的捧个钱场，没钱的捧个人场。"话音落地，铜圆、小钱便开始纷纷落入锣里，韩青霞不停地点头致谢。忽然，当啷一声，锣中落下一锭白花花的银子。韩青霞抬起头来，只见一个身着青府绸短衫的公子，用一双贪厌的目光正盯着自己。韩青霞刚要说谢谢，那人竟抢先道："韩姑娘，一会儿完了，我在镇上桃花园饭馆请你吃饭。"他怎么还知道自己的名字？韩青霞不禁脸一红，赶紧向下一个走去了。虽说只是瞬间的事，但还是被父亲看到了眼里。三轮表演一完，韩三石抱拳致谢，就散了场子，吩咐赶快收拾家伙。父女俩匆匆忙忙就离开了镇子。

　　往日卖艺挣的都是铜圆、小钱，今天竟有赏银子的，所以一路上韩青霞显得特别高兴。韩三石见女儿的肩膀上又多了两个补丁，心疼地说："闺女，再赶两场钱凑够了，爹就给你缝件新衣服。"韩青霞说她不要新衣服，要爹把钱攒起来，留给哥哥娶媳妇。女儿的话无意间又触到了韩三石的心病，他说："唉，老不见你哥的音讯，也不晓得他现在过得怎么样？要是有人知道，我想还是叫他回来，一家人在一起踏实些。""爹，你放心吧。"韩青霞安慰他，"我哥的身体强壮，功夫也比我好，他不会有事的。""倒也是。可爹老了，常做梦也梦见到他。""爹，哥不在家，不是还有我吗。女儿就是爹的小棉

———————

　　① 茶背子：新中国成立前对背茶的背夫的称呼。

袄，我会好好伺候你一辈子。"听到女儿这番贴心贴肺的话，韩三石的心里就像喝了蜜一样甜。

走到一个叫乱石窑的地方，乱石窑坐落在半坡的一片树林里。顾名思义，这里各式各样、奇异古怪的石头遍地都是，一条羊肠小道就从中间穿过。人人走到这里，都有一种阴森恐怖的感觉。韩三石一边催女儿快走，一边注视着四周。他道："今天那个赏咱们银子的人，老盯着你看，我总觉得他眼睛里好像还藏着啥？"韩青霞说："爹，是你多想了。平日你不也说女儿长得好看吗，人家多看两眼有啥子嘛。"韩三石告诉她："闺女，你还年幼单纯，不晓得人世间的险恶。世上的林子大了，什么鸟儿都有啊。害人之心不可有，防人之心不可无。还是小心点好。"话音刚落，突然就从石头两边闪出七八个拿刀舞棒的人来。领头的正是那个在双江镇上赏他们银子的人，他挡在小路中间，一脸坏笑："没想到吧，老子在这里等候你们多时了。"

父女俩大吃一惊，没想到刚刚还在担心的事，立刻就发生了。韩三石把韩青霞拉到身后护住，佯装笑道："这位不就是那个赏银子的公子吗，请问你们这是做什么？"那人哼了一声说道："眼睛倒是搬得家，耳朵怎就不好使呢？害得老子和几个兄弟在镇上的饭馆里等了你们半天。为啥不肯赏脸？"韩三石抱歉说："请公子包涵，因家住甚远，忙着赶路。公子的盛情，老汉就替女儿一并领了。谢谢。"不料，那人猛地想推开韩三石："我不要你解释，让她来给我说。"父亲纹丝不动，仍想耐心劝他："我们穷家小户，小女子没见过世面，也不懂礼数，就请公子别难为她了。"这小子竟是有备而来，一下子露出了凶相："你他妈什么穷家小户，当老子不晓得，你叫韩三石，早年当过长毛，做过石达开的娃娃兵。长毛在大渡河兵败，你流窜到我们龟都镇后山，隐姓埋名藏了下来。熬到今天以为没事了，这才敢出来，到处赶场，卖艺挣钱。老子没说错吧？""这些与你相干吗？"韩三石问他。他冷笑说："老子今天就实话告诉你，这一个多月来，你们在哪赶场，我就跟到哪里。不为别的，就因为我看上了你女儿，想娶她做婆娘。你看怎么办吧？"

显然碰到了一个无耻的恶棍。韩三石暗暗数了一下，他们八个人，不难对付。"你家住何方，姓甚名谁也不知道，八字没一撇，凭什么要我把女儿嫁给你？天下哪有这道理。""这简单，我姓吴名鬼，家住龟都镇。家中有的是茶山，有的是良田，有的是钱，你女儿嫁给我，我保她一辈子有用不完的金银绸缎，享不尽的荣华富贵。"韩青霞再也忍耐不住，冲上前，拿出银子狠狠摔到地上，骂道："呸，不要脸的东西。还你的银子，把路让开。""哼，不答应，今天就别想走。"说完朝身后递了一个眼色，七八个浑小子就围了上来。"抄家伙。"韩三石立刻喊了一声。

一场厮杀在乱石窑拉开，几个回合下来，浑小子们根本不是对手，很快便被打得人仰马翻。眼看不敌，吴鬼跳到一个大石头背后，悄悄摸出一把连珠快枪，朝着韩三石开了一枪。韩三石大腿中弹，一个踉跄，鲜血便像泉涌一样流了出来。"爹……"韩青霞大叫着扑向父亲。韩三石丝毫没想到这浑小子会有快枪，知道大事不好，赶紧吩咐女儿快走，由他断后。韩青霞哪肯答应，提刀欲跟他们拼了。韩三石拦住她："闺女，留得青山在，不怕没柴烧。快走吧，家不能回了，快去雅州找你哥哥去。"说完一掌推开女儿，横刀拦在小路中间。韩青霞一路哭着朝树林里跑去。吴鬼一见，大声叫着："快给我抓住她。"众小子欲追，只听韩三石猛喝一声："谁敢上来？"一下子镇住了他们。吴鬼急了，慌忙朝韩三石又开了一枪。韩三石摇摇晃晃倒下。

韩青霞在树林里慌不择路，当她一口气爬上山顶时，突然发现没路了。山顶上灌木杂草丛生，古树参天，只有巴掌大一块平地，长满了蕨芨草。再往前则是一道数丈高的断崖峭壁，下面竟是滚滚的青衣江。她收住脚，不由吸了口冷气，没想到自己竟然走上了一条绝路。姓吴的小子带人又追上来，看见韩青霞已成囊中之物，得意笑道："看你还往哪跑？这下该乖乖回去跟我拜堂了吧。"韩青霞朝他喝道："别过来。"边说边往后退。吴鬼直到这时还在做他的美梦，要手下上前把韩青霞绑了。"你就做梦去吧，我变鬼也不会放过你。"趁他说话间，韩青霞将手中的钢刀朝他掷去。只见一道寒光飞来，吴鬼急忙把头一偏，钢刀在他脸上划了一道口子，深深扎在身后的树上，三魂吓掉了两魂。没等他们动手，韩青霞就飞身跳下了断崖。

姚子君听罢，深感气愤："天下竟有这样的恶人，上官府告他去。"胥亮叹道："唉，少爷有所不知，这两年世道太乱，兵灾不断，匪盗猖獗，歹人当道，百姓遭殃。这种事太多，就算你告到衙门，现在的衙门里也难找包青天啊。"胥亮的话令姚子君想起自己的父亲，他说的也是真话。唉，说来说去还是怪我们的国家太穷，因为穷就落后，哪里还谈得上讲文明，讲法制。姚子君不得不也换了个口气，劝她说："事情已经出了，韩姑娘还是要往宽处想。世上的事，善有善报，恶有恶报。总有一天，苍天会惩罚他的。"韩青霞喝了姜汤，脸上有了些红润，穿着姚子君的男式学生装，虽说一脸忧伤，仍显得十分英俊。望着她小小年纪，就遭受这般遭遇，姚子君心中不免生起深深的同情。

　　船往前又走了二十多里，韩青霞不时上前摸她晾在竹竿上的湿衣服，样子很着急。姚子君告诉她不用急，船正好是去雅州，可以顺路搭她进城。她摇头，说她还得转去，还不知父亲怎么样了呢？前面不远就是龟都镇了，她得提前找个地方下船。姚子君一惊："龟都镇？那恶人不就在那里吗，你怎么还往虎口里送呀？"姑娘望着远处的山峦，神情是那样忧伤："爹不知是死是活？我这样就走了，会一辈子都不安身。"姚子君沉默不语，心里赞道："好一个孝女啊。"

　　挨黑时分，船在离龟都镇不远的江边停住，韩青霞将尚未晒干的湿衣服打成一个小包袱背在肩上，仍穿着姚子君的那套学生服，姚子君又给她戴上一顶学生帽，说这样才不易被人认出来。并再三叮嘱她，路上千万小心。

　　临别之际，望着姚子君，韩青霞竟觉得心里有几分依恋，甚至是依依不舍，许多话到了嘴边，又不知说什么好。姚子君走上前，拿出一个小锦袋给她说："韩姑娘，我身上也没多的钱，这里有五个大洋，是我回家省下的盘缠，别嫌弃，拿去日后有用得着的地方，就当给你凑个数吧。"说完，拉过她的手，将锦袋放进了她的手心。刹那间，韩青霞的眼泪就像下雨一样，哗哗地落了下来。想到自己一个弱女子，眼看就要死去的人，又被他救了回来，他与自己素不相识，却把温暖和善良都给了她，是苍天让她遇见了好人。她捧着锦袋低泣不止，半天缓过气来，向姚子君求道："恩人的大恩大德，小女子会终生铭记。要是今生没有相报的机会，就让我来世变牛变马来报答你吧。告别之际，小女子不求别的，只想求恩人留个尊姓大名，不知可否？"姚子君："韩姑娘的话言重了。今日萍水邂逅，那是因为缘分。我姓姚，你就叫我姚大哥好了。"又指着旁边的胥亮，"他姓胥，也叫他胥大哥。"韩青霞立刻朝二人鞠了一躬，然后抱拳道："小女子能够捡回一命，全靠二位大哥搭救。这一别，也不知今后还能否相见。今日就请二位大哥受小女子一拜。"说完就扑通跪在船上，连磕了三个响头。磕罢站起，一个腾空，就站到岸上，向船上挥了挥手，便消失在了茫茫的夜幕里。

三

　　船靠龟都镇后，胥亮领着姚子君径直来到镇上的大茶贩子吴有财家。这是董大掌柜特意给胥亮交代的，不住镇上的小客栈，住这里安全。吴家每年要制作五六十万斤做庄茶原料卖给天德公，两家生意往来密切，虽不沾亲带故，交情一直不错。新茶上市季节，董大掌柜带胥亮下来收茶，都是住在这里。

　　听说姚仁德的公子驾到，吴有财不敢怠慢，亲自站在门口迎接客人，赶紧吩咐妻子下厨做饭。胥亮已是吴家常客，在客厅刚坐下，就说先要去镇上会一个朋友，让吴老爷子陪少爷说一会儿话，他去耽搁片刻就回来。吴有财对他也挺随便，叫早些回来，别忘了吃饭。姚子君是第一次来吴家，难免有点生疏，坐着只顾埋头喝茶。吴有财拿眼看他，五官端正，眉清目秀，文质彬彬，一看就是个知书达理的好青年。见他沉默寡言，目光忧伤，还沉浸在丧父的悲痛中，于是吴有财劝道："唉，你爹遭遇不幸，我也是万分悲痛，在这乱世之年，碰到这种事，谁也没有办法。少爷，还是节哀顺变吧。"姚子君这才抬起头来："谢谢吴伯伯。事情已经过去，不提了。"

　　"对对对，我们说点别的。少爷去东洋留学，不知选读的是哪一科？"

　　"医科。"

　　"哎呀，怎么不选商科？你家生意做得那么大，商科用得着啊。"

　　姚子君反复搓着手，正想着怎样回答，这时吴有财的女儿吴玉珠和丫鬟秀秀捧着鲜花回来，活蹦乱跳地路过门口。吴有财忙叫住女儿。吴玉珠将鲜花交给秀秀，让她先送上楼去，走进客厅来问道："爹，啥子事？"

　　吴有财指着姚子君介绍说："闺女，快来见过雅州天德公的姚少爷，刚刚从日本留学回来，他可是个大才子。"

　　吴玉珠走到姚子君面前，落落大方地施礼道："姚少爷从那么远的地方回来，路上车船劳顿，一定累坏了……"这时，忽然从楼上传来哗啦一声，就听秀秀喊道："小姐快来呀，花猫把花瓶打翻了。"吴玉珠一听，抱歉说："真对不起，你稍坐，我去看看。"

"你去吧。"姚子君说，"这里有吴伯伯陪我就行了。"尽管如是说，但心里仍还在想，这乡间小镇的，竟然会出如此美貌的女子，实在令他惊讶。

　　吴玉珠前脚走，吴有财后脚就数落起来："你看你看，还没说上两句，说走就走了。成什么话？眼看论婚说嫁的人了，还这么没有礼数。唉，都是我宠坏的。"

　　管家走进来说饭已摆好了，吴有财让再等一会儿，说胥亮还没回来。哪知话刚落，胥亮就进来了。吴有财说他是曹操变的，说到就到。胥亮笑笑也不争辩，众人一起朝饭堂走去。坐上桌子，趁还没动筷子，吴有财要管家去把儿子也叫来，见见姚少爷，以便日后也好有个交往。管家上前悄悄一阵低语，吴有财一愣，立刻怒道："赶快去把他找回来，千万别让他在外面又惹事。"

　　面对满桌的菜肴，姚子君还真是感到饿了，他狼吞虎咽，大口吃着故乡的腊肉、香肠、茶树菇、竹笋，竟一口气吃了三碗米饭。吴有财要给他斟酒，他谢绝了。吴有财也不勉强，就和胥亮你一杯我一杯地畅饮起来，直到把整整一瓶酒喝得干干净净。

　　深夜，酒喝多了的胥亮没有瞌睡，扭着要给姚子君摆龙门阵，说吴老爷子这人其实挺好的，待人热情厚道，不掺假水，就是耳朵根子软，是个炟耳朵。他平日没其他嗜好，就喜欢喝两口。老婆给他立了个规矩，平日不准，只有来了客人才准喝。今天机会难得，所以喝了不少……姚子君一来疲倦，二来心里有事，实在不想听他唠叨，催他快睡，说明天还赶路呢。胥亮的嘴巴还是闲不下来，又说有一次，董大掌柜派他一个人下来，那天吴有财的妻子刚好回娘家去了，说好的第二天才回来。晚饭桌上，吴有财就让上了两瓶酒，喝光了他又叫拿来第三瓶，结果胥亮倒没事，他就惨了，醉成了一摊泥。最糟糕的是老婆突然回来了。第二天就见他的耳朵根根都被拧红了。胥亮竟越说越来劲，忽然一骨碌从床上翻起来，把脑壳伸到床边，神秘兮兮地向姚子君笑道："少爷，我还有个事没告诉你，别看吴有财五大三粗的，养了个女儿却像天上下凡的仙女一样漂亮。提亲的把她家门槛都快踢烂了，你猜怎么着？她却一个也没看上。你要不信呀，明早起来自己看。少爷，少爷，你睡着啦？"其实姚子君并没睡着，只是不想理他。胥亮这才闭上嘴，过了一会儿，鼾声就响了起来。

　　次日用过早饭，吴有财把姚子君和胥亮送上船，一直看着他们慢慢走远了，才转身回家。走进家门，妻子把他拉进卧房，悄声告诉他儿子昨晚回来了。"人呢？你没问他干啥去了？"他问。"向我要了二十两银子……"吴有财不等听完就大怒起来："狗东西，几天不落屋，一回来就知道要钱。今天非好好教训他一顿不可。"说完便朝儿子的睡房冲去。

吴有财一脚踹开房门，见床上被子还凸着，以为狗东西还在睡觉，上前将被子一把掀开，没想到是空的，人早已不知去向。这下吴有财更火了，冲身后妻子斥道："你不说他回来了吗，人呢？"妻子急忙捂住他的嘴巴："你小声点，他拿了钱又走了。""什么小声点，人都宠成这样了，你还护短。照这样下去，我看总有一天，他会被你宠出祸的。"

听到父母争吵，女儿下楼问道："你们又怎啦？"吴有财一脸无奈："唉，你哥昨晚半夜三更跑回来，要了钱又走了。我看这样咋下去哟？"

吴玉珠说："他要钱，你们要给。给了又吵，怪谁，还不怪你们自己。"

吴有财盯着妻子："哪是我给的嘛，是她给的。"

"好了好了，给也给了就别吵了。他拿到钱早已跑得人影不见，你们再吵管啥用？"

"闺女，爹并不是心疼那几个钱，我担心的是你哥哥那副德行，手上有了钱，又伙同那帮浑小子去惹是生非。万一闯了大祸，后悔就晚了。"

女儿点头，劝母亲："爹说得在理……"话还没完，大门外就响起了猛烈的敲门声，没等到弄清楚是怎么回事，一队兵就破门冲进来了。

领头的是一个副官，在他的指挥下，将吴家的人全赶到了天井里。大家都不知道发生了什么事，既感到莫明其妙，又惶恐不安。吴有财的妻子吓得全身抖得就像筛糠一样，悄悄地躲到了丈夫背后。因为，只有她清楚，是儿子惹祸东窗事发了。

昨晚半夜，她忽然听到有人在轻轻敲门："妈，妈，我是吴鬼。"听是儿子，她赶紧推了推身边的丈夫。可吴有财酒后睡得跟死猪似的，怎么也弄不醒，只好赶紧穿好衣服，下床去开了门。一看到儿子首先骂道："你是鬼变的呀，深更半夜才回来。有啥事明天说不行吗？"儿子忙用手捂她的嘴巴，小声地说："妈，快给我点钱吧，我闯祸了，得去外地躲一躲。"黑暗中，她听出儿子的声音在颤抖，忙问他出啥事了？儿子把嘴巴凑到她耳边，把事情匆匆讲了一遍。她立马被吓得脚手脚发软，转身就要去叫醒丈夫。儿子一把拉住她跪到地上："妈，别让爹知道了，他要晓得了，准饶不了我。"眼看天就要亮了，她用指头戳着儿子的脑壳，叹息说："儿啊，你这是作孽呀。"她偷偷取了三十两银子，悄悄把儿子送出了后门。

领头的副官拿出一纸公文，宣布奉衙署命令，前来缉拿命案在身的凶犯吴嵬，要吴家赶快把人交出来。吴有财这才慌了神，人命关天，杀人偿命，忙问副官他的儿子怎么会杀人了？

副官冷笑一声，讲了事情的经过。原来出事后，吴嵬手下的一个浑小子吓坏了，回家悄悄告诉了父母。家人怕遭受连累，连夜带他去报了官。听到儿子连夺两条人命，吴有财惊得呆若木鸡，半天喃喃念道："完了，这回他娃娃的小命完了。"说着脚一软，人就瘫到了地上。妻子一见，更是经受不住，一头便昏了过去。

吴玉珠赶紧吩咐管家和秀秀把母亲抬进屋里，然后转身将父亲搀起，拉过一把竹椅让他坐下，一边给他抹着胸口，一边安抚他："爹，别急，别急啊。"

副官瞟了一眼宽大敞亮的天井，酸酸地道："现在才着急，早干什么去了？别装死卖活的了，快把人交出来吧。"

吴玉珠放下父亲，上前道："这位官长，不瞒你说，昨晚我哥确实回来过，拿了几件衣服又匆匆走了。去了哪儿，家里也没人知道。"

副官不信："不会吧？"

吴玉珠说："官长如不相信，可进屋搜查，要是搜出人来，民女甘愿受罚。"

副官哼了一声，下令进屋搜。

趁士兵进屋搜查，吴玉珠想让父亲回房休息，副官把她拦住："慢，他不能走。上司说了，拿不到凶犯，就让他跟我们走一趟。"

吴有财也豁出去了："走就走，我就不信，如今民国了，还兴连坐不成。"

吴玉珠连忙把他摁住："爹，你胡说什么，快坐下，快坐下。"紧接着又搬过来一把竹椅，请副官也坐下。

这时进屋搜查的士兵出来报告，到处都搜遍了，没有发现凶犯。副官站起，命令带走吴有财。

吴玉珠赶紧抢上前，要副官先坐下，然后说道："官长，你看我爹已这把年纪，身体又有病，真要是跟你们去了，能不能活着回来就难说了。就算民女求你了，行个善积个德，替我们想个变通的法子吧。"

副官问她："怎么变通？"

吴玉珠："说白了吧，今天我爹的性命就捏在官长的手里，是死是活全靠你一句话。你只要做了好事，民女自然知道该怎么报答你。"

副官装着沉思的样子，盯了吴玉珠片刻，说道："看来你是个明白人。好吧，就看在你是个孝子的情分上，我就行个善积个德，帮你圆这份孝心。不过我问你，你们家的事，你做得了主吗？"

"能做主。"

"那好，我就替你出个主意。破财消灾，交点保银吧。"

"请官长说个数。"

"说多了怕你为难，说少了又不够打点我的上头，就给个整数一千两。"

"行。明日我就派管家进城，把银票亲自交到官长手上。"

"一言为定。"

"爽快。没想到吴老爷子养了个逆子，却也养了一个孝道的女儿。而且敢说敢当。佩服，佩服。"副官说罢，挥手下令："回城。"

目睹女儿三言两语。干脆利落地就把衙署的兵爷打发走了，吴有财这才长长地出了一口气。他摇头叹道："闺女啊，今天要不是你，爹这把老骨头就没了。唉，吴嵬这个背时挨刀的，作孽哟。"

姚子君回家晃眼间已满一月，他天天就跪在父亲灵前，伴着香蜡、纸钱思念父亲。晚上去陪母亲说说话，剩下的时间就一个人关在书房里读书，忧伤的影子一直笼罩在他的心上。母亲心疼，叫胥亮陪他出去玩，散散心，他也拒绝了。这天，聚盛源茶号的钱瑞又找上门来，要请姚子君去玩。两人是儿时的伙伴，曾一同在雅州上川南中学堂念过书。听说姚子君从日本回来，他半月前就来找过一次，姚子君没心思，叫胥亮把他挡回去了，没想到今儿个他又来了。姚子君仍不想答应，母亲劝他："去吧，如今的瑞娃子大小也是个老板，你就给他一个面子吧。"姚子君这才勉强同意了。

钱家的茶号叫聚盛源，每年认引票①三千张，能做茶三万包。产量虽说不算大，但已有近百年的历史，也算是老号了。钱家发迹是在钱瑞爷爷的手上，传到钱瑞爹的头上就开始败落了。钱瑞的爹好赌，一次与人掷色子，一夜工夫输了三万两银子不算，还把一幢三个天井的作坊也搭了进去。下来正赶上新茶会，他想在生意上翻身，于是打起了歪主意。他收落地叶、桤木树叶混在原料茶中制作假茶，被茶关查出，抓进大牢关了三年，还罚了四万两银子，一直到宣统二年才放出来。按理五十刚出头的人，正当年富力强，奈何颜面扫尽，自己也觉得没脸在茶界再混下去，便提前把家传给了儿子钱瑞。

钱瑞年轻气盛，风流倜傥。他把姚子君领到江边一家很幽静的茶馆，门口有一副楹联，上联是"吸清风雅雨之灵气"，下联是"品蒙顶玉叶之幽香"，横批是"茶也醉人"。"这联不错，有家乡的味儿。"姚子君读罢，连连点头微笑，多日来的忧郁惆怅也一扫而光。钱瑞颇得意："放心吧，没有档次的地方，我不会带你来。"来到一处靠窗的桌前，钱瑞喊了一声来两碗玉叶长春，立刻走来一个拴着围腰，肩搭抹布，手提长嘴壶的堂倌，一手将茶碗往桌上一放，一手将长嘴壶高高举起，倒出来的开水便在空中划成一道弧线，准确地射进了碗中，竟不撒一点一滴，动作又利索又干净。钱瑞问："子君，还记得这吗？"姚子君答道："雅州龙行十八式。"钱瑞称赞："好记性。"

钱瑞说就想为姚子君接个风，今天总算如愿以偿了，先在这里喝茶，一会儿再去稻香村饭馆吃饭。说话间显摆出一副少年得志，十分阔气的样子。姚子君看着他笑道："钱兄，真是三日不见，刮目相看。当了老板好气派哟。"说得钱瑞不好意思，他说："别挖苦我，跟你比，我算啥？先别说家产，就只说读书时的那些事吧，翻墙爬树，偷鸡摸狗，下河捉鱼，弄出点恶作剧啥的，你不如我。但要说写字背书做文章，我就远不如你了。"没想到他还记得这些。姚子君回忆起，当年为了这些事，钱瑞没少挨先生的板子，每次总是叫他自己脱下裤子，当着大家的面，打他的屁股。幸好那时的上川南中学堂没开女生班，不然把大家牙都会笑掉。姚子君忍住笑，称赞他："你也好记性。"

玉叶长春喝过一巡，姚子君问他这两年生意做得怎么样？没想到一提这事，他就像吃了枪药，立刻粗话连天，破口大骂起来。说提起这事他就想日他

---

① 引票：古代对边铺茶实行官营官卖，茶商交钱认引，每引百斤，认多少引生产多少茶，引票上注明茶叶销往地方，不得更改。

先人。雅州边茶销往藏地，多少年来一直长盛不衰，这谁不知道。可自英国人把印度茶弄进西藏，雅州边茶的日子可就惨淡了。眼下除了天德公，以及仁和、恒丰几家老号的茶，尚能够继续畅销以外，不少茶号的货都只能滞留、囤积在仓库里。这已经够受了，还加上这兵荒马乱的世道，今天这个捐，明天那个捐，茶商的日子不好过哟。一席话令姚子君心里也沉甸甸的。沉默了片刻，他问："钱兄，难道就没人管吗？"钱瑞晃着脑壳叹道："眼下民国政府都无暇自顾，谁还顾得上我们？算了，不说这些烦心的事。喝茶，喝茶。"这时，有一个年纪跟他俩差不多的人，站在门口贼眉鼠眼地向钱瑞招手。钱瑞忙起身要姚子君稍坐，说他去一会儿就来。

只见那人迎着钱瑞，匆匆说着什么。钱瑞愣了一下，似乎极不高兴，并狠狠斥责他。那人一脸沮丧，也不回嘴，还一味点头作揖。最后钱瑞好像很无奈，给了些银子，才把他打发走了。

钱瑞转来，姚子君问他什么人？钱瑞说这小子太混，不学好，成天伙同一帮浑小子，游手好闲，滋事生非。这不，刚才来说又闯祸了，要我借点钱，出门去躲一躲。姚子君不理解，既是这种人，咋还能拿钱给他？"嘿嘿。"钱瑞就干笑了两声，有点不好意思，"说起来你也许不相信，这小子高矮要认我做他的妹夫。"姚子君好不惊奇："啊，天下还有这等好事？快说来听听。"钱瑞说认识他是在一次牌桌上，这小子好赌，常输钱，输了就向钱瑞借。钱瑞也是牌桌上的常客，俩人常一起玩。开始也没在意，只要开口，就没软过他的手。后来借多了，怕他还不起，钱瑞就想打住。一次他又来借，钱瑞说借倒是可以，将来你拿什么还我？没想到这小子的回答，竟是那么荒唐又可笑，说他家中有个妹妹，长得如花似玉，还未嫁人，保准钱瑞喜欢。只要钱瑞肯帮他，他就一定帮钱瑞。

姚子君笑道："你相信？"

钱瑞："当时也没有，下来我托人打听，这小子还真没说谎，家中果真有一个十八九岁的妹妹，长得很漂亮，是十里八乡出名的美人胚子。"

姚子君："这么说来，钱兄走桃花运了。"

钱瑞："我倒是很想。可惜到今天为止，我同他妹妹还面没见过一次，八字也没一撇……"

姚子君："那不行。既如此，就要赶快下手，下手迟了，小心落到别人的嘴里去了。"

钱瑞："这你就放心，我早已托好媒人，过几天就带上彩礼上他家去提亲。事情办成了，你可得叫她嫂子。"

姚子君："那是自然的事。钱兄，我先向你恭喜了。别忘了到时候请我喝喜酒。"

"一定一定。"钱瑞高兴的样子，仿佛明天就要当新郎官了。

姚子君在稻香村吃完饭，天已黑尽。回到家，又一头把自己关进书房。点上玉烛，沏好茶，刚翻开书，胥亮就来了，传话老夫人叫他。姚子君问他什么事？胥亮说他也不知道，只是看到董大掌柜和幺爸都在那里，不过他猜想一定是商量要少爷当家的事。一下子姚子君心里就像揣了一块石头。

走进母亲房里，看到三位长辈正襟危坐，表情严肃，已等他多时了。落座之后，母亲先说："君儿，你爹走后，咱家的顶梁柱就算塌了，丢下我和你，守着这么大个家，你说怎么办？"

姚子君："不是好好的吗，什么怎么办呀？"

"这些天来，要不是有董大掌柜和你幺爸帮忙撑着，还不知会怎样呢。"母亲说，"古语曰，国不能一日无君，家不能一日无主。何况以后的日子还长。妈已这把年岁，你是怎么想的，说来我们听听好吗？"

真让胥亮猜到了，找他来是说这事。不过他早已想好，就像在上海答复孟生那样说，希望他们能理解他。于是他说："妈，现在家里打理得好好的，有你们就够了。我什么想法也没有，你叫我说啥？"

"你果真啥打算也没有？"

"给父亲守孝一年满了，我就返回学校，把最后一年读完。毕业回来开个诊所，好好当个医生。"

"君儿啊，姚家现在就你一个独苗，要守住这么大一个家，不指望你指望谁？妈已是半身入土的人，你难道也不替妈想想？"

姚子君明白，从母亲的角度考虑，她的话一点没错。可是自己决心已下，无法满足母亲的心愿，一时又不知该怎么说才好，只好低着头不吭声。见儿子半天不语，母亲催他："你说话呀。"姚子君还是不肯抬头。母亲看在眼里，儿子的脾气跟他爹一样，就是个闷葫芦，催急了也不行，还得绕着来。她将目光转向董大掌柜和姚仁义："他不说，你们两个老辈子先说。他幺爸，你开头。"姚仁义没防到嫂子会点他先说，红着脸说道："嫂子，我……你是知道的，啥话也说不来，何况这么大个事。还是你说吧，我听你的就是了。"他的话正好让老夫人找到发火的借口："嗨，让我说你们什么好，堂堂七尺男儿，又不缺胳膊不缺腿，喊你们当家，又不是杀头，怎么都成了缩头乌龟？"说得姚仁义面红耳赤，头都快低到裤裆头去了。姚子君知道，母亲的话其实是说他的，但也不回嘴，仍低头喝他的茶。

董大掌柜咳了一声，说道："我来说两句吧。今天在这里除了我没外人，我要说得不当的地方，还请少爷包涵。"董大掌柜的老家在陕西省泾阳县，还是当娃娃的时候就来到了雅州，但至今仍保留着一口地道的陕西话。他说，姚家的天德公茶号，自明朝嘉靖十七年开办以来，传承了一代又一代，到今天已有四百多年了。制作的砖茶不说名满天下，但在藏地，那也是尽人皆知。正是祖上几代人的勤俭奋斗，才成就了今天的这份家业。按理说，姚家已经够富了，就是坐着吃坐着耍，几代人也花不完。可是，这绝不是姚家的老祖宗愿意看到的啊。姚家眼下遇到的难处是仁德东家走了，家业至今没人继承，就像留下一个空白，迫切需要有人站出来，担当起这份责任，保障姚家的香火延传下去，天德公也不会由此败落。前些日子，受老夫人之托，主事茶号事务，他尽心尽力，维持至今。但这决非长久之计，不管怎样，他毕竟是个外人。最后，他语重情深地说道："少爷，在我看来，天德公这个当家人，非你莫属啊。"

董大掌柜的话，无疑是老夫人最想听到的。她点头说："君儿，你都听清楚了吧，妈的心里就是这样想的。"

姚仁义也跟着道："大家都想着你当家，贤侄啊，你就答应了吧。"

姚子君终于抬起头来，但仍不肯点头。他说："我一不会制茶，二不懂经商……"

母亲打断他："这有啥难的，明儿就到号上去，跟着董大掌柜学。"

"妈，我真的学不了这个。"

"怎么学不了？去东洋那么深奥的书你读得了，怎么这个就学不了。"

"我受不了官家人中的颐指气使，敲诈勒索；我也讨厌商人间的尔虞我诈，唯利是图。我就喜欢学医，这辈子只想做一个好医生，治病救人，过清清静静，与世无争的日子。"

"那老祖宗攒下的这份家业怎么办？"

"我不知道。"

董大掌柜怕话不投机，老夫人生气，忙劝道："少爷一心想做一个好医生，这固然很好。可是不知少爷想过没有？姚家繁荣昌盛了几代人的家业，要是到这里就断了香火，或者从此衰败下去，在外人看来，总归是一个笑柄。还望少爷三思。"

姚子君："我当家，不一定就发达。我不当家，不见得就败落。美国人早在七十年多前，就开始建立了经理人制度，今日西方列强诸国就是这样做的。他们并没有败落，反而发展得更强大。姚家也可以照着这个方法去做。即便是姚家的祖业由董大掌柜去做个经理人，我看也没有什么不好。"

董大掌柜急了，忙摆手："使不得使不得，这可万万使不得。不论怎么说，我始终是个外人。要是这样做，那我就成欺主篡业了。我可背不起这个骂名。"

"哪里说得上啥欺主篡业嘛。谁要这么说，只能笑他孤陋寡闻。"见无法说服大家，姚子君也无奈，只好又使起性子来，"妈，你们别勉强我，我回书房看书去了。"说完起身就自个走了。

母亲气得直摇头："你们看你们看，简直跟他爹那个牛脾气一个样。认准一条道，就要跑到黑。哎，当初他要去学医，我就不愿意，他爹却说小孩子图个兴趣，就了他个心愿吧。这下可好，牛都把他拉不转来了。"

董大掌柜倒是笑了："老夫人也别生气，少爷说不要勉强他，这话也对。勉强的事做也做不好。依我看，这事还得微火熬药慢慢来。"

四

夏时玛一身牧师打扮，黄四为他牵着马，两人耗时半年多，一路风尘仆仆，这天下午终于到了雅州。在城外的小山坡上，夏时玛突然要黄四停住，说他想站在高处好好看看这座古老神秘的小城。

从山坡上俯瞰山下，只见小城是那样秀丽安宁。一条大河绕城流过，河上运输茶叶、盐巴、杂货的木船、竹筏来来往往，一片忙碌。城中建筑多为青瓦木屋，街道整齐。城东和城西各有一幢尖顶的西式教堂，耸立在低矮的民房中间，犹如鹤立鸡群，十分显眼。

黄四着短衫，束腰带，脚上的毡子绑腿又粗又大，肩上背着一个褡裢。他告诉夏时玛："雅州就两座西方人办的教堂，东边的那座叫浸礼会，西边的叫福音堂。你去哪儿？"

夏时玛摆头微笑，说他两处都不去。

黄四大为惊诧："你不是传教士吗？这两个地方都是传教的。"

夏时玛："我传的教跟他们不同。"

黄四有点迷惑："你不是让我叫你夏牧师吗，你不信天主，不信基督，那你信啥？"

夏时玛眼一愣："黄，我可再次提醒你，不许过问主人的事。要是再忘了，我就扣你的饷银。"

"是是是，你看我这记性，下次一定记住。"黄四连忙点头。

夏时玛叮嘱他，今晚进城先找一家客栈暂时住下，明日再重新找一处好点的，离茶号近点的客栈，休息几日，再说继续雇用他一段时间的事。黄四挺高兴，又连忙点头。夏时玛下马走在前面，黄四牵马跟在后面，下完一段之字拐的石梯，缓缓走向城门。

黄四逃离家乡多年，今儿个终于又回来了。看到这片熟悉的土地，说实话他是又兴奋又紧张。从城门里走出来一拨茶背子，与他们擦身而过时，一个个都用异样的目光看着他们，有的还窃窃私语，黄四心里就止不住咚咚咚乱跳。看到天黑为时尚早，他怕被人认出，突然告诉夏时玛说，由于离开了许多年，雅州城里的客栈哪家好，哪家不好，哪家离茶号近，哪家离茶号远，他已记不清楚了。不如今晚就在城外暂住一夜，等到晚上，他先进城去找朋友打听清楚了，明天再搬进城里不迟。

夏时玛盯着他："好吧，现在你是主人，客随主便，我听你的。不过你千万别骗我。"

黄四："夏牧师，我还想跟着你混口饭吃呢。哪敢？"

夏时玛怪怪地笑道："我早看出来，黄，你可不是一盏省油的灯。"

"夏牧师，求你别拿我涮坛子了。"

黄四领着夏时玛来到城门旁边的一条小巷，找到一家客栈住了下来。天黑后，他独自进了城。他要找的人叫邵安，是他的老表，也是他的同伙。当年为了五十两银子，俩人抢了一个货郎担，为了灭口，把他杀了。案发后，县衙的捕快四处缉拿他俩，逼得他远逃他乡，流落西藏，与邵安也失去了联系。找了不少地方，好不容易才在一个烟馆老板那里打听到他老表的消息。他这位老表真够狡猾，不仅没跑，还啥事没有，如今在聚盛源茶号还当了掌柜。

黄四把头上的青布帕子拉下来，遮住半个脸，来到聚盛源门口。门口有两盏大红灯笼，他不敢轻易进去，就在街边的一个阴暗处蹲了下来，准备来个守株待兔。不到半个时辰，就见邵安出来了。龟儿子还背着双手，迈着方步，装得还真像个正人君子。待他走过，黄四跟上。走到一个没人的地方，黄四突然在他肩上拍了一掌，低声叫道："老表。"邵安回头，猛地吓了一跳："是你？黄……四。"黄四急忙朝他嘘了一声，又看了看前后："这里不是说话地方，快走，找个说话地方去。"

邵安把黄四领进一条小巷，来到他的住处。这是两间小屋，里间是卧房，外间有桌椅板凳几样简单的家具。邵安点上油灯，先为黄四倒了一碗冷茶："这些年你跑哪去了？"黄四端起来咕嘟嘟就喝了个精光，递过碗还要："能跑哪去？只有朝天高皇帝远，藏得住人的地方跑呗。""哪里？""西藏。""啊哟，跑到天边上去了。这些年过得怎么样？"黄四叹了一声，就诉起苦来。他说西藏那地方，到处都是皑皑雪山，茫茫荒漠和草原，天寒地冻，人地生疏，开始又不通语言，只有帮人赶马放牛，当娃子做苦力，饥一顿饱一顿，什么罪都受尽了。邵安却不同情，反而嘲笑他像兔子似的跑得那么远，刚才的样子，就像一条他妈的丧家犬，并告诉他，天下已改朝换代，清朝已完蛋了。黄四问他当年的那事呢，是不是就算一笔勾销了？邵安也不在乎，还讲出一番道理。清朝是打倒了，民国政府也成立了，可就是搞不明白，当初一起冲锋陷阵，打垮了清军的那些师长、旅长们，如今都成了割据一方的诸侯。为了争势力，抢地盘，不是今天你打我，就是明天我打你，谁还顾得上管那些陈年烂谷子的旧账。黄四的心里松了一口气，叹道："妈的，这下总算熬出头了。"邵安问他在西藏过了那么些年，怎么想起又回来了。黄四又喝了一口冷茶，这才从头至尾地说起夏时玛的事。

邵安听罢，也觉得生奇："雇你当向导，又不准打听他的事。牧师打扮，却不传教。还会说一口流利的中国话，刨根问底就只打听制茶的事。你说他究竟是干啥的？"

黄四："我也没搞清楚，也不敢再问。不过，这一路上我看得出，他出手阔气很有钱。"

"当真？"

"我骗你干啥？"

"他人呢？"

"我在城外找了一家小客栈，今晚让他先住着。"

听说洋人有钱，邵安眼睛立刻一亮，摸着下巴说道："不管他是搞啥的，只要有钱就好。他不是还要雇你吗，你就把他盯紧点，看他下一步要做啥。这个旅馆我来找，你明天就带他进城。"

黄四："好，反正我听你的。不论他雇我做什么，只要有好处，咱俩还和从前一样，上山打猎，见者有份，二一添作五平分。"

突然，外面传来一阵急促的狗叫声，黄四站起噗地吹熄了桌上的油灯，就往桌子底下钻。邵安大笑起来："你这是干什么？"待他重新点亮油灯，黄四自己也觉得不好意思，自嘲说："唉，这些年习惯了。走到哪儿都提心吊胆的。""几声狗叫就把你吓成这个熊样。"邵安弯着腰还在笑。

在城外的小客栈，夏时玛躺在床上，想到这么多天来，历尽千辛万苦，终于到了他要寻找的目的地，打算舒舒服服地睡他一个好觉，可是没想到翻来覆去，就是不入眠。思绪把他又带回到了印度的大吉岭。

一年前，他从西藏被召回大吉岭东印度公司总部，受命担任公司驻西藏拉萨总代表皮尔的助理。两人都是参加过英军进攻西藏，攻陷江孜城堡的大英帝国军人，当年皮尔是上尉，他是中尉。战后他被派到了俄国的恰克图，作为东印度公司的代表，在那里同样用印茶，抢了中国茶叶在恰克图的生意，为东印公司立下汗马功劳。清朝光绪末年，他又奉命潜入西藏，以探险、旅行作幌子，秘密从事间谍活动。多年的经历，使他成了一个中国通。

在大吉岭领受任务之后，他和皮尔一道，率领着一支运输印茶的马帮，在背着毛瑟枪的印度士兵护送下，通过春丕谷关卡，大摇大摆地踏上了西藏的土地。沿途看到美丽的雪山，仙境般的湖泊，辽阔的草原，皮尔禁不住感叹起来："啊，感谢上帝，让大英帝国的军人最先征服了这块世界上最后的处女地。"他只笑了笑，不愿苟同上司的话。他说："尊敬的皮尔先生，现在就谈征服，为时尚早。当年你我一道攻下江孜城堡，不是又退回去了吗？机枪大炮只能摧毁他们的肉体，却没能征服他们的灵魂。""哈哈，我们这不是又回来了吗？这次我们不用机枪大炮，改用茶叶，更能彰显我们西方的文明与智慧。我相信定会像你在恰克图的结果一样，胜利最后一定是我们的。待印茶完全占领西藏市场的那天，这块神奇的土地就将彻底成为我们大英帝国的领地。""皮尔先生，这个比喻是不恰当的，两地绝不可同日而语。西藏人一千多年来，一直喝的就是中国川茶，这个根深蒂固的习俗很难撼动。""你是中国通，难道也没信心？""不，我是说正因为撼动难，才必须要改变它。经过思考，我们眼前的当务之急就是要尽快想办法，卡住敌手的脖子。""敌手，什么是敌手？""中国话对手的意思。只有从源头卡住敌手的脖子，他们才活不了。"夏时玛说。

说话间正好走到一处三岔路口，只见迎着他们也来了一支驮队，竟有上百头牦牛，驮的也是茶叶，不过却不是印茶，而是中国的川茶。两支队伍在岔路口遭遇，赶牦牛的藏族汉子身背叉子枪，一路吆喝，打着尖利的口哨，威风凛凛，到了跟前也丝毫没有停下来的意思，皮尔大怒："什么人的马帮，竟如此无礼？"夏时玛忙向皮尔摆头示意，并命令驮队停下，让对方先过去。对方驮队运的茶叶，面层是牛皮包装，经过几千里运输后，不少已经磨破，能看见里层的竹篾包装，有的竹篾包装上，还能看见雅州天德公茶号的字迹。每匹驮子上都插着一面小黄旗，用藏文写着多吉昌一行小字。他说眼前的这个多吉昌，就是他们首先要对付的敌手。西藏市场上的川茶，有近乎一半的货，都是从他手上经销出来的。

皮尔看着从面前走过的一头头的牦牛，那双蓝色的眼睛鼓得又大又圆，咬牙切齿，恨不得把它们都吞了。

多吉昌的牦牛驮队在三岔路口调过头向北而去，殿后的几个藏族汉子竟朝他们又打起尖利的口哨，还有人朝天放枪。

皮尔骂道："粗鲁、野蛮，这个多吉昌，我要活剥了他的皮。"

夏时玛说："不要，对付这个敌手，不能硬来。到了拉萨，我们还要去拜访他，讨好他。"

皮尔："为什么？"

夏时玛告诉他，多吉昌是西藏的大富商，商号遍布西藏，与四川打箭炉的锅庄、雅州的天德公茶号关系也不错。如果能想办法，让他成为东印度公司的代理人，放弃经营川茶，改销印茶，对我们而言，难道不是一桩最好的买卖吗？

皮尔："唔，你这么说，我明白了。那就将意味着二十四年后，大英帝国又攻下了一座古老的城堡。不过，他要是不答应跟我们合作呢？"

"那就卡死他。"夏时玛说。

半月后，他陪着皮尔走进了多吉昌的府邸。他们已经来过一次了。上次次仁管家告诉他们，老爷在念经呢，不便会客，便打发了他们。吃了闭门羹，皮尔发誓，再也不想看到这个傲慢的家伙了。可近日打听到消息，多吉昌在积极准备驮队，打算又要去四川打箭炉运茶，俩人便急了，只好厚着脸皮又来求见。这回算是给了他们的面子，次仁管家把他们带到客厅，见到了盘腿坐在茶几后面的多吉老爷。

多吉老爷表情冷漠，数着手里的佛珠，点过头说："敝人近来身体不适，一直在家闭门养病，让你们久等了。不过，既然两位都是二十四年前就曾来过西藏的人，也不算什么生客，就别介意了。"

皮尔："尊敬的多吉老爷，中国不是有句老话吗，不打不相识啊。当今这个世界，既没有永远的朋友，也没有永远的敌人，只有永远的利益。今天我们来拜访你，就是希望我们两家的友谊重新开始。"

多吉笑笑："可你忘了，我们还有一句老话，豺狼把蜂蜜抹在嘴上，说得再甜，目的还是想要吃羊哪。"

皮尔："你的比喻言重了。英吉利女王的子民，那是世界上最讲究平等、博爱的民族。只要多吉老爷答应跟我们合作，我向你保证，无论你的生意，还是利益，都将会比现在扩大很多很多。"

多吉："我不想去贪图那些不该属于我的东西，只想踏踏实实看好自家圈里的牛羊。我们之间要说合作，无从谈起嘛。"

皮尔："多吉老爷，我们这不是谈来了吗？"

多吉："那，你就找错庙门了。"

皮尔："我知道，多吉昌几代人都经营川茶。可是我替多吉老爷算过一笔账，从四川雅州到打箭炉靠人背，再从打箭炉用骡马、牦牛运到西藏，路程遥远不说，还十分艰险。碰上好季节，要走三五月，碰上大雪封山，塌方路断，要走多久就不知道了。运到拉萨，运输费用就占去六七成。这还能说是一桩划算的买卖吗？如果你放弃川茶，改销印茶，不妨再算一笔账，从印度大吉岭到拉萨，只需要半月时间，成本一下子就可以降下来。这样价格上的空间，我想你自然比我清楚。要是我们合作，利润我还可以答应让你三成。多吉老爷意下如何？"

多吉："还有啥其他条件吗？"

皮尔："只要你从现在起，停止经营川茶，改销印茶，今后也永远只销印茶。"

多吉依然数着手里的佛珠，表情严肃："你的话我听明白了。就是说在我们的家里，不能用我们自己的东西。可这不成咄咄怪事了吗？"

皮尔："多吉老爷，经商要的是利，是银子。如果有人把肉送到你的嘴边上，你难道也不吃吗？"

多吉冷冷地笑道："记得当年，贵公司也曾把大量的鸦片弄到中国，最后是你们赚足了银子，装满了腰包。而我们中国人呢？这样的肉，你说还能吃吗？"

皮尔："不不，这是两种不同的东西，不能比较。在永远的利益面前，还请多吉老爷仔细想想。"

多吉道："不必了。我也直接告诉你吧，我们藏族人从娘胎里生下来的那天起，就喝的是我们自己的川茶。这个传统已有上千年的历史。千百年来，我们的汉族大哥一直坚持为我们做茶，辛辛苦苦，不离不弃，深厚的情谊比山高，比水长，谁也无法使我们分离。要是我答应你，那就是忘了他们。忘了他们，就是忘了根本。管家，替我送客。"

次仁管家上前做了个请的手势。

皮尔还想说什么，被夏时玛止住。走出客厅，皮尔耸着肩膀摇着头，唠叨道："这个看见银子都不想赚的家伙，真是一头不可思议的牦牛。"

数日之后，夏时玛找到皮尔主动请缨，愿亲自潜往四川。皮尔问他为什么？他说出了他的计划。他认为西藏百姓对川茶之所以痴心不改，除了因为饮用年代悠久，习惯根深蒂固外，还有一个很重要的原因，就是川茶制作的独特技术和魅力。据他了解，西藏百姓饮用的川茶，产于四川雅州一带。那里茶叶丰富，制作黑色砖茶的技术相当成熟。从唐宋朝年间开始，他们就掌握了蒸制乌茶，让茶叶发酵，再紧压的技术。茶叶的口感藏人十分喜欢，藏人即使买了印茶，也还要买一些川茶，拿回去搭配着喝。他认为印茶与川茶较量已二十多年了，却仍不能取胜，问题就出在技不如人。所以，他打算亲自去雅州，弄到这种神秘的制茶技术。用中国话说，这就叫不入虎穴，焉得虎子。

皮尔紧紧地拥抱着他，感激地说："夏时玛，我亲爱的朋友，为你的忠诚和勇敢，我一定要给你请功。让我在拉萨等候你的好消息吧。"

今天抵达了目的地，算是走完了成功的第一步。

兴奋陪伴着他，一直到下夜两点，他才慢慢睡去。

太阳一竹竿高了，邵安还没来，作坊的工匠们都在等着他排活。钱瑞正要发火，忽见媒婆杨三姑来了。

钱瑞赶紧将她迎进客厅，先赏了一个二两银子的红包，然后指着旁边的一个托盘说道："三姑，你看这彩礼够不？"托盘里是两匹上等杭州丝绸和两匹阴丹蓝下江布。两人昨天说定了的，今天请她来拿上彩礼就去龟都镇吴家提亲。杨三姑揣好银子，笑得嘴都合不拢，说："哎哟，钱老板一出手就这么大方，谁家姑娘嫁了你，那才真是享不完的福啊。"杨三姑带着两个脚夫，抬着彩礼出了门。钱瑞一直送到街边，说："三姑，这事就拜托你了。"杨三姑拍着胸脯回答他："钱老板放心，这事就包在我身上了，你就等着听好消息吧。"

看着他们渐渐走远，钱瑞心中已开始心花怒放，仿佛明天就要当新郎官了。脸上挂着笑容，心里也甜滋滋的，刚要转身，邵安便从一条小巷里急匆匆走了出来，他一看到钱瑞，赶忙解释，说他一个多年不见的亲老表，刚从西藏回来，想在这附近找一家旅馆，请他去帮忙张罗了一下，所以来迟了。钱瑞刚才还阳光灿烂的脸，立马黑下来："我说邵安，你端的是聚盛源的饭碗，怎么老是吃家饭管野事呢。难道就不怕我开了你？"邵安不仅不怕，反而笑道："嘿嘿，钱老板大人大量，跟我说说笑罢了。今天耽搁的时间，钱老板放心，往后我一定给你补起来。"钱瑞一想，许多地方还真是离不开他，立刻又换了一副面孔："好了，我也只是随便说说而已。不过倒是确有一桩事需要你去跑一趟。"

新茶会时候，聚盛源在龟都镇后山的茶树坪，向茶农订了一批做庄茶，故意拖着没有马上去收，目的是想拖点时间，压茶农的价。一晃已有半年，钱瑞觉得该是出手的时候了。邵安听罢，却不以为然，主张再拖些日子。钱瑞说："茶树坪可是出好做庄茶的地方，就怕这批原料被别人撬走了。"邵安坚持说不可能。他的理由是各家茶号在新茶会上，早都把自己需要的原料买够了。眼下谁还会花钱去买做庄茶？再拖两月，他们不去，茶农也会主动找上门来。钱瑞问他："为啥？"他道："再搁下去，明年的新茶又快出来了。他们拖得起吗？"钱瑞点头笑道："还是你的鬼点子多。我算服了你。"得到老板夸奖，邵安更加得意忘形："我说过的，只要你让我当掌柜，我准包你赚钱。"

五

背夫揽头姚仁义在雅州的茶背子中，算得上是个人物。这倒不是因为他是天德公前老板姚仁德的弟弟，而是他的人缘很好。背夫揽头揽到背子，都会抽头，姚仁义从不。每趟装茶，他自己总要少装两三包，为的是同路的伙伴有崴了脚的，或者有老人、妇女、小孩实在背不动了，他就会主动上去帮他们背上一两包。路上歇脚打店，招呼吃饭都是他，一直到抵达打箭炉。由于他为人忠厚诚实，深得背夫们的尊敬和信服。当然还有个原因也很重要，那就是天德公付的脚钱公平、守信、从不拖欠。因此逢到他招呼一声，背夫们便都会如期而至，绝少有失约的。背夫又称茶背子，多数为四乡的农民。他们农忙时节种地，农闲背茶，挣钱补贴家用。这日从早到下午，姚仁义只花了半天，就招呼到了五十多个背夫，都答应好了明天就带背夹子上天德公装茶。

办完了正事，想起自己明天就要背茶去了，还有一件事情没办，那就是去桐子坪告诉许幺姑一声。这已成了他快半年来的一个习惯，虽说他俩的事仍然八字没一撇，幺姑也怕自己名声不好，连累了他，可他还是坚持不懈，反而越来越牵挂这个女人。他先到菜市，趁下午肉价便宜，买了一块二刀肉提在手上，便兴致勃勃地出了城。

说起来，许幺姑和姚仁义年轻时就是一对相好，俩人是在背茶路上认识的，相互知根知底，也情投意合。许幺姑家境贫寒，加上从小丧母，靠父亲一人把她拉扯长大，父女俩的日子过得紧紧巴巴。而姚仁义就大不相同了，他虽说不是姚家骨血，可姚家待他犹如亲生。轮到他谈婚说嫁的时候，正好是哥哥姚仁德当家，一心要给他找一户门当户对的人家。姚仁义平日就憨厚老实，少言寡语，到了这种时刻，脑子里只记得长兄为父，长嫂为母。不敢违背兄嫂之命，只好抛下许幺姑，娶了高谷坝田粮户的女儿为妻。没想到田家千金竟是个病秧子，过门两年就得痨病死了，连娃儿也没给姚仁义生一个。许幺姑眼睁睁看着心上人娶了别的女人，伤伤心心哭了几天几夜，毫无办法，最后父亲做主，把她嫁给了同村的农民许幺哥。宣统二年，四川闹保路同志会兴起，雅州成立保路同志军，在罗统领的带领下，开拔到叙府支援攻打清军。许幺哥和同村的好几个年轻人一起去的，结果子弹不长眼睛，旁人都回来了，就他把命丢在了战场上。父亲的身体本来不好，听到噩耗，仰天呼道："老天爷呀，你为什么不长眼睛，偏偏让麻绳子尽往细处断啊？"喊着一口气没接上，人就去了。许家与城里聚盛源钱家是远房亲戚，一直靠租的钱家两亩水田种地为生。听到许幺姑的爹和男人都死了，钱家立刻派人来收走了水田。腊月二十八，钱瑞爹刚从牢里放出来，就领着人找上门来，硬说许幺哥生前还欠他三年租金，加上利滚利，共算了八十两银子，高矮要许幺姑替男人还清。许幺姑还不起，钱瑞爹竟丧尽天良，串通了春香楼的鸨妈，以八十两银子的价格，把她卖进了春香楼。女人落进窑子，就像掉进了火坑，受人欺侮，遭人白眼，过的是非人的日子。许幺姑哭天天不应，叫地地不灵，想来想去，决心一死了之。一天晚上，她关上门，洗净了身子，梳好头发，换上一身干净衣服，将绳子拴在房梁上，正把脖子往上挂的时候，突然，乒乓一声，姚仁义用身子撞开门就冲了进来。他是在交了茶转来的路上，从一个家住桐子坪的背夫那里，听到了许幺姑的遭遇。当时天已黑了，雷声隆隆，又下着大雨，他也不顾，就一头冲进了雨中。他一天一夜赶了二百多里，赶到桐子坪，从阎王殿门口把许幺姑救了下来。他守着她，好劝歹劝，好不容易才打消了她轻生的念头。临走他对她说，再别胡思乱想了，那八十两银子的事，让他来想办法。只是这话说倒是说了，也过去了一些时日。可姚仁义仍一直没想出好主意。倒不是钱的事，而是他实在想不出办法，怎么样才迈得过嫂子那道关。所以每次见到许幺姑，他只能安慰她，让她再等等。

出城不远，便看到一条小河。河上有座石拱桥，下桥不远有幢茅屋，那就是许幺姑的家。

"幺姑。"

许幺姑背着身子正在收晾的衣服，听到喊声转过身来。一个三十多岁的女人，那张脸蛋竟还是那么好看。"来啦。"看到姚仁义，她抑制住心头的高兴，淡淡地笑着说道："如果没猜错，又要去打箭炉了吧？"

姚仁义也如实回答她："哎。所以今天过来看看你。"边说边将手上的肉递过去。

许幺姑一手抱着衣服，一手接过肉："我说多少遍了，想来就来，别拿啥东西。你咋没记性？"

"嘿嘿，看你说的，来一趟哪能空着手。"

二人走进里屋，许幺姑将肉挂到墙壁上，拉过打草鞋的长板凳让姚仁义坐下，又从灶头上秋壶里给姚仁义倒了一碗茶，闪身又进了里屋，不一刻便拿出来一双新布鞋，说她刚刚做好的，要姚仁义试试合脚不？姚仁义一看，眼睛笑得眯成了一条线，忙放下茶，脱掉旧鞋就试起来，边穿边说："你那么巧的手，没不合脚的。"穿好了站起来，还在原地走了两步，夸道："真巴适。"许幺姑看见他就像个老小孩，忍不住也笑了。姚仁义坐下来，将新鞋脱了，放在草鞋凳上，然后重新又把旧鞋穿上。许幺姑上前一把抓起新鞋塞到他怀里："合脚就穿，穿烂了我再给你做……"姚仁义趁机拉住她的手，说道："留着吧，选个好日子再穿。"许幺姑把嘴一嘟说："选啥日子，今天就穿，穿烂了我再给你做。"姚仁义用力把许幺姑拉到怀里，贴在她的耳边说："我要你做一辈子。"说着就在她的嘴唇、脸颊上猛亲起来。许幺姑想挣扎，他抱得更紧："幺姑，我，我要你……"刹那间，许幺姑也不知哪来的力气，一下子推开了他："不，不要，我的身子脏……"说完背过身子，就伤心地抽泣起来。姚仁义看在眼里，疼在心上。沉默片刻，叹道："唉，知道你怨我，这么久还没把事情办好。"

"算了，还是认命吧。"

"千万别那么想。幺姑，再给我一些日子。"

"纵然你有那份心，可你有本事过你嫂子那道关吗？当年他们只是嫌我家穷，而如今，我身上又多了一块名声不好的皮皮。想到这些，谁还情愿。"

"你看你，又说远了不是。当年我哥哥嫂嫂也是好心，只怪我自己没勇气，不敢把心头的话说出来。幺姑，我还是那话，再等等吧。等忙过了这阵，我就亲自去求嫂子。"

"她要不答应呢？"

"这个你不用操心，倒是你要答应我，春香楼就别去了。到时候去求嫂子，我也好说一些。"

"唉，我何尝不想不去啊？"

"待在那种地方，人前人后，难免流言蜚语，被人戳脊梁骨。"

"我的卖身契捏在鸨妈的手里，有什么办法？"

"人言可畏，口水也淹得死人。你就不想想？"

许幺姑望着姚仁义愣住了，显然是让姚仁义的话说到了她的痛处。霎时，两人沉默下来，都不言语，空气也像凝住了一样。片刻之后，许幺姑突然道："你的意思我算是听明白了，一句话，还是嫌我脏。什么别急呀，再等等呀，都是用来宽慰我的。既如此，什么话也别说了，你也别再来了。我身子脏，名声臭，别把你也连累了。我往后是死是活，也用不着你再操心……"姚仁义见许幺姑把他的话领会一边去了，忙说："幺姑，我的话不是那意思。你别生气。"可她却越说越气："我身子脏，不值得你心痛。人脏，连做的鞋子也脏。你走，现在就走，走得远远的，永远也别再来了。"说着将草鞋凳上放的新鞋也一把抓了回去，就把姚仁义往外推。姚仁义这下更急，求她说："幺姑，你听我慢慢给你解释……"话还没说完，就被推出了门。砰的一声，门也关上了。

"幺姑，幺姑！"

姚仁义一边喊着，一边敲门。刚敲了几下，门倒是打开了，飞出来的却是那块二刀肉，还差点砸到姚仁义的头上。门马上又关上了。接下来，从屋里便传出来许幺姑伤伤心心的哭声。姚仁义心如刀割，可是任凭他再怎么喊，怎么敲门，许幺姑就是不搭理他。他站在门口，一脸无奈，最后竟一屁股坐到了地上。唉声叹气半天，眼看天也快黑了，他只好又站起来，将肉捡起，挂到门边的柴火上，然后朝屋里大声说着："幺姑，别生气了。我真不是那意思。那双鞋给我留着，去了打箭炉回来，我就来拿。"把耳朵贴到门上，听了一阵，仍无动静。他这才转身，垂头丧气地回城里去了。

这天，西藏昭远寺高僧旺嘉活佛去北京雍和宫参加法事归来，前往康巴讲学路过雅州，一行人在江北的沙溪坝搭帐安营。活佛走雅州经过，还有个原因是来看望他的好友，雅州天德公茶号的老板姚仁德。光绪二十五年，两人相识于打箭炉安觉寺。一个是佛家高人，一个是茶商富家，两人一见如故，相见恨晚，很快成为知己。每年姚仁德都要送旺嘉活佛一两百包茶，托多吉老爷的马帮捎给他。可没想到了雅州，竟突然听说姚仁德没了，活佛的心境也一下子跌落了许多，加上长途旅行，车马劳顿，到了夜里，身体便感觉不适，生起病来。第二天，天德公老夫人知道了，赶紧吩咐董大掌柜多带上一些好茶前去看望，并问问要不要请医生。

董大掌柜去了转来禀报，旺嘉活佛说他服过藏药，已经好多了，不愿意再麻烦，托他向老夫人表示感谢。不过，当他听董大掌柜说起少爷在日本也学的是医时，竟挺关心地问到少爷的情况。董大掌柜便乘机说要不要让他来给大师也瞧瞧？没想到大师很爽快就答应了。老夫人担心说："君儿这头犟牛，你说他真有那本事？"董大掌柜胸有成竹，笑道："少爷自幼聪明，读书用功，我看准行。"

姚子君把自己关在书房埋头读书，董大掌柜亲自来叫他。听说是给人瞧病，他不敢相信。等董大掌柜说完了，多日来笼罩在他脸上的阴霾，顿时一消二散。董大掌柜让他赶快收拾准备，胥亮过一会儿就来陪他去。

江北的沙溪坝是一片平坦茅草地，搭着七八顶帐篷，一顶绣有图案的大帐居中，周围是几顶白色的小帐篷，远看就像盛开的莲花。不远处的柳树下，拴着十几匹马，七八个喇嘛正在石头架的锅灶上生火熬茶、做饭，有的取水、喂牲口，显得忙忙碌碌。

管家喇嘛站在大帐门口，将姚子君和胥亮领进帐中。虽说是在旅途中，帐内的布置仍很讲究，藏式地毯、茶几、铜壶、银碗、唐卡、哈达一应俱全。旺嘉活佛端坐在毡制的卡垫上，双手合十，闭目诵经。管家喇嘛上前禀报，活佛睁开双目，向他们点头微笑，并示意一个年轻喇嘛拿出卡垫，请他们落座。

寒暄几句之后，姚子君打开皮箱，拿出听诊器、温度计，仔细地替旺嘉活佛诊断起来。旺嘉活佛尽力配合，任他摆布，也趁机对他打量，见他天庭饱满，五官端正，眉清目秀，目光炯炯有神，为朋友有这样聪明英俊的儿子，不由暗暗高兴。

诊断完了，姚子君拿钢笔开好处方，告诉活佛，没有大碍，只是旅途中过于颠簸劳累，加上受了点风寒，引起头痛发热。处方上的药，城里明德药铺就能买到。取回来后每隔两个半时辰服用一次，多喝些开水，今晚安睡一觉，明日定有好转。旺嘉活佛一直用慈祥的目光看着他，和蔼地说道："让少爷费心了，谢谢。"姚子君对他鞠躬说："不必谢，应该的。晚辈明日再来看望大师。"

回到家，姚子君心里有说不出的高兴。作为一个医者，为人除病消灾，免受痛苦，就是最大的心愿。更令他没想到的是，自己的第一个病人，竟然是如此德高望重，被称是活佛的藏地高僧，而且还是父亲生前的挚友。看来选择从医这条路，还真是走对了。多少天来第一次感到心情是那样的愉悦，夜里也美美地睡了一个好觉。

次日，姚子君在胥亮的陪伴下，又来看望旺嘉活佛。管家喇嘛在大帐门前迎到他们。走进帐中，活佛仍同昨日一样，坐在卡垫上闭目念经，但气色已经好多了。落座之后，姚子君问旺嘉活佛好些了吗？活佛说好多了。姚子君从胥亮手中接过皮箱，正打算拿听诊器、温度计出来，活佛笑着说："少爷不急，先喝会儿茶。"

这时，昨日见过的那个年轻喇嘛，用托盘把刚打好的酥油茶端上来，给每人面前放了一碗，然后退下。活佛端起热气腾腾的酥油茶笑道："少爷，今天我就借花献佛了，请喝茶。"姚子君端起茶，似乎有点没听明白："上师咋这么说？"活佛告诉他，因为这茶是昨天上午，天德公老夫人让董大掌柜和这位小师弟送来的。身旁的胥亮连忙朝他点头，姚子君恍然大悟，捧起银碗，喝了两口，忍不住夸道："唔，咱家的茶还真香。"活佛盯着他笑了笑，问他："听你家董大掌柜说，你是刚从日本回来？""家父过世，回来守孝。"姚子君点头回答。

活佛："你父亲是个非常真诚的人，我对他很敬佩。这次来雅州，本想看看他，没想到他竟走了。世上人生无常，缘生缘灭。愿菩萨保佑他，早日到达西方极乐净土。待我回去，再为他念经，超度亡灵。"他双手合十，语气沉重。

姚子君看到眼里，颇受感动，合掌谢道："多谢上师。"

"现在家中一切可好？"

"一切都好。"

"你家世代做茶，少爷怎么想起要做医生？"

"晚辈自小崇尚医道，不喜欢做茶。"

"如此说来，少爷也没有继承家业的打算？"

"是这样。为了这事，家母至今还在生我的气。"

"哦。"活佛叹了一声，端起茶呷了两口，放下碗想了想，称道："倒是人各有志，也能理解。只是老衲觉得有点可惜。"

听活佛说出这话，姚子君愣了一下："上师为什么也这样认为？"

"老衲以为，德有高低，善有大小。一个医者行医一世，可惠及天下多少人？少则百计，多者千数。你说可对？"

"上师说得不错。"

"可为茶者又能惠及天下多少人？少爷可曾想过？"

"晚辈没仔细想过，还请上师指教。"

"且不说中原大地，只说雪域高原。那里地域广袤，气候严寒，人们在生活中，一日无茶则滞，三日无茶则病。茶已成为那里的人们旦暮不可暂缺之物，它惠及的是雪域高原的万千生灵。而这与医者的百计千数相比，孰大孰小，孰轻孰重？少爷心中想必定能分晓。"

姚子君认真地听着，点头不语。

"当今，英人的东印度公司掌控印茶，汹汹入藏，困我茶商，夺我茶利，断我茶路。其用意就是要用印茶抢占藏地人心，最后达到他们不可告人之目的。茶叶看似事小，却关系国家之危安，民族之和谐。其用之大，其意之远，少爷心中也想必一定能够掂量。"

"惭愧，晚辈还真没有想到那么远。"

"雅州茶叶自唐至今，就像一条源源不断的江河，日复一日，年复一年，流淌在我藏人的心间。它与日月同辉，与天地共存。在我看来，这就是天道啊。少爷不取天时地利，弃做茶而行医道，这不过是舍大利而取小技之举，并不可取。取大利者，积厚德，聚大善，功德圆满；取小技者，行薄德，为小善，人皆可为。有大不为，舍大取小，岂不可惜。"

旺嘉活佛的一席话，令姚子君胜读十年书。说实话，他读过的书不少，但还从未听过把道理讲得如此深入浅出，又高瞻远瞩的话，这让他的心灵受到了深深震撼，他说："上师以慈悲之心，关切众生，晚辈受益匪浅。这些年来，我一心就只知道发愤学医，心情难免也变窄了许多。今日得上师指点，晚辈回去定会仔细深思。"

"身病可医，心病靠悟，悟开才可成事。菩萨会保佑你的。"说到这里，活佛从脖子上取下一块藏传佛家的吉祥喜旋①，给姚子君戴在脖子上，和蔼地笑着说："这是我随身所带的一枚吉祥喜旋，让它保佑你一生平安。"

姚子君赶紧双手合十，颔首感谢："多谢上师。"

旺嘉活佛一行在雅州歇了几天就去了打箭炉。可他的话就像一块石头丢进了宁静的湖水，彻底搅乱了姚子君的心。坐在书房里，他再也静不下心来专心致志地读书。翻开书页，那些在他的心里曾经是那么活泼可爱的文字，现在竟然也都变得东倒西歪，模糊不清了。一闭上眼睛，旺嘉活佛那和蔼慈祥的面容又浮现在他的眼前。姚子君一连数天，闷闷不乐，吃饭不香，睡觉不眠，半月下来，眼睛也凹下去了一截。这天晚饭后，无心再进书房，他独自一人走出大门，要去哪里，自己也不知道。顺着大街走着走着，竟来到了北门的城楼下。

雅州的城墙城楼，据说已是明朝的建筑了，虽然经历了多次战火，保存基本完好。四门城楼犹数北门城楼损坏不大，那些梁柱、拱斗、翘檐虽早已褪尽了颜色，但仍然看得出，古代工匠们手艺的精湛，和城楼的恢宏与雄伟。姚子君走上城楼，站在城墙边上，居高临下，极目远眺，不远处的青衣江碧波闪闪，几只运茶、盐的木船和竹筏正在靠岸。一股凉风扑面而来，吹乱了他的头发，心境也一下子惬意了许多。

姚子君就这样在城楼前一直站着，默默地沉思着。

"在我看来，少爷不取天时地利，弃做茶而行医道，不过是舍大利而取小技之举，并不可取。取大义者，积厚德，聚大善，功德圆满；取小技者，行薄德，为小善，人皆可为……"

旺嘉活佛的话又在他耳边响了起来。联想到自己的爷爷、父亲，当他们把毕生精力都耗在做茶的事业上时，也许想到的只是经商挣钱、养家糊口，可远在千里之外的雪域高原，那里数以千万计的人们，纵然不认识他们，却因为茶，会深深地感激他们，记住他们。而且已形成一种割不断的血脉关系。他默

---

① 吉祥喜旋：佛的三十二种大人相之一，在藏传佛教文化中，一般是高僧活佛随身佩戴的吉祥物。

默地拷问着自己，下一步怎么办？不知不觉天已黑了。空中刚刚还飘着的雨丝，已逐渐变成了大颗大颗的雨点。凉飕飕的风，冷冰冰的雨，令他打了一个冷战。可他干脆走到城墙边上，双手叉腰，挺胸仰面，任凭风雨扑打。此刻的他，倒希望那江风暴雨来得更猛烈一些。

忽然，胥亮打着雨伞匆匆跑来："少爷，你让我好找啊。找不见你，可把老夫人急坏了。"

原来天黑后，老夫人叫香香到书房叫姚子君。因为她知道儿子心里不痛快，与其让他独自一个人关在书房里生闷气，不如把他叫来陪自己说说话，摆点其他开心的事。不料香香很快就转来禀报，少爷的书房里灯没亮，人也没在，不知上哪儿去了。老夫人心想天已黑了好一阵，又下着雨，儿子会上哪里去呢？不由急了，立刻叫人寻找。桥桥角角都找遍了，也没找着，就更急了，要董大掌柜多派些人，带上雨伞，赶紧分头去找。胥亮边找边想，少爷喜欢清静，就猜到这里来了。

姚子君听了笑道："都是瞎折腾，我想一个人待一会儿，待够了自己晓得回去。"

胥亮说："这城楼上黑咕隆咚的，有啥待头？"姚子君冲他说："我呀，得好好想想，那天旺嘉活佛对我说的话。"

"啥子话？"

"身病可医，心病靠悟。"

"啥？我没听明白。"

姚子君用劲在他肩上猛拍了一掌，呵呵笑道："那就走吧，回家。"

这一夜姚子君没再失眠，一觉睡到天亮。

第二天，吃过早饭，姚子君跟在母亲的后面，来到姚家供奉祖宗灵位的神龛前。母亲信佛，每天上午都要来这里，给祖宗进炷香，磕几个头，再念一会儿经，祈求他们保佑姚家平安昌盛，兴旺发达。她插上香，刚要下跪磕头，姚子君突然出现在身旁："妈，你今天就别磕了，让儿子替你磕吧。"老夫人一愣，气就不打一处来："你还嫌没有把我气够怎的？快让开，也不看看妈在做啥？"姚子君仍拦住她，嘻嘻笑道："妈，儿子心疼你还来不及，怎么会说是来惹你生气啊。""你要是真心疼你妈，往后就别再像昨晚那样吓唬我，就算阿弥陀佛了。""妈，你就放心吧，儿子往后再不会惹你生气。"说着将母亲扶到一边，自己走到神龛前，虔诚地跪下磕了三个头。母亲盯着他，不免诧异，儿子今天是怎么了？不会是太阳真从西边出来了吧。磕罢头，姚子君走到母亲身前，神秘兮兮地说，他昨夜里梦见爹了，爹还同他说了好多好多话。老夫人不由大吃一惊，半天问道："儿子，你不会糊弄我吧？"姚子君竟一本正经说："妈，真的。走，回屋去，我慢慢告诉你。"

回到母亲房里，老夫人等不及儿子开口，就着急要儿子快说。姚子君做着很认真的样子，卖了个关子说："爹是来给我托梦的。你猜他说什么了？"

"他没嫌给他选的那个地方不好吧？"

"没说这。"

"也没说问你要钱？"

"也没有。"

"那他到底给你说啥了？"

"妈，爹给我说，别回学校去了。你妈年纪已大，姚家现在就只有指望你了。要我把这个顶梁柱好好担当起来。"

刹那间，老夫人以为是耳朵听错了，要儿子再说一遍。姚子君果真又重复说了一遍。这回老夫人真傻眼了，怔怔望着儿子，感叹说："啊，你爹他终于显灵了。"

姚子君侧过脸，不由偷偷地笑了起来。

"你们还说什么了？"

"就这些了。"

"我问的是他说了后，你是怎么说的？"

"我啥子都没说。"

"你啥子都没说，那你给我说啥子。"

"我只是点了点头。"

"你真的点头了？"

"点了。"

老夫人心上的石头咚的一声，才落了下来。她无比欣喜和激动抬起头来，仰天长叹："老天爷啊，你终于开眼了……"她吩咐香香，赶快去请董大掌柜和姚仁义，她要告诉他们。姚子君说就不必惊动他们了。老夫人说："这事你得听妈的。他们来了，大家一起择个吉利的日子，照姚家祖上的规矩，还要办一个隆重的仪式。这规矩是少不得的。"香香去后，老夫人仍嫌不够，又道："还有，明儿你陪我去你㸐坟上走一趟，我要给他多烧点纸，多磕几个头。感谢他人走了，还替我办了件大事情。再看看你么爸去打箭炉走没有？要没走，把他也叫上。"

姚子君道："要得。"

六

不当家则已，一旦当了，就得当好。姚子君从下决心那天起，就是这样想的。母亲要他先到号上跟董大掌柜学做生意，他没有答应，而是自己选择一头扎进作坊，跟作坊领工瞿六一道从做茶学起。

雅州边茶的制作工艺成形于明代，历史悠久，被称是黑茶的活化石，制作工序多，尘灰重，劳动强度大。瞿六说他给少爷讲讲罢了，姚子君却硬要瞿六手把手教他。两月下来，茶叶从粗制到精制，所谓的十八般武艺，姚子君掌握已有八九，身上书生气也少了许多，就像变了个人似的。董大掌柜看见，心中暗暗称喜，少爷是个有心人，日后定有出息。

姚子君白天累了，晚上仍常到书房读书。这天，刚坐下来就见香香慌慌张张跑来找他，说胥亮和田勇不听她劝，拿了不少鞭炮朝北门城楼去了。姚子君问天黑了他们去做啥？她说上头把崔大人的官职撸了，崔大人带着人马正在撤走。俩人的胆子也太大了，硬说要去送瘟神。香香越说越急，生怕他们惹出祸来，希望少爷快去挡住他们。

二人赶到城楼，果然看见他俩各执一根长长的、绑着鞭炮的竹竿，正躲在城墙垛子后面，观看不远处的浮桥上正在通过的大队人马。"嗨，你们瞎折腾什么呀？"姚子君喝道。胥亮说："少爷，你快看，这个龟儿子可把老百姓祸害惨了。那些箱箱柜柜装满了他搜刮的民脂民膏，白天出城也怕人看见，就趁晚上走。"姚子君伸头看去，长长的队伍中间，果真有许多担挑子、背箱子、抬柜子的士兵，一个披黑斗篷的官长骑马紧跟在后面。胥亮不解恨又道："这样的贪官你说同强盗还有啥区别。"田勇也道："我也恨死他了，咱们老爷就是被他害死的。"姚子君说："当官的好与坏，老百姓心中自会有杆秤。你们这是何必，万一……"

"少爷放心，我俩不是傻瓜。等队伍过完桥，我们再放。听到鞭炮声，他自会晓得老百姓在做啥。"

夜色茫茫，城头上突然响起噼里啪啦的鞭炮声。胥亮、田勇大声喊着："送瘟神啰……"

姓崔的走了，谁知道会又来个啥样的啊？姚子君心里默默地想着。

民国政府的官换得就像走马灯一样勤，崔旅长走后的第二天，新官就上任来了。听说姓潘，也是个旅长。不同的只是他不是滇军，而是川军旅长。为了显示他的威风，还特地搞了个入城式。队伍经过大街时，军乐队吹奏着民国的《卿云歌》，潘旅长一身戎装，披着斗篷，骑在马上频频向围观的人们挥手。队伍走过天德公门口，队伍里有个人让姚子君一下子感到好生面熟。他行进在队伍前头，肩上也扛着步枪，腰上却多了一只盒子炮。显然还是个排长之类的小官。想了半天，猛然想起那次在茶馆，贼眉鼠眼向钱瑞要钱，想做钱瑞大舅哥的那人，不就是他吗。犯了事出去躲，如今竟当官回来了。这世道真邪门了。

老夫人没让自己的眼睛闲着，儿子在作坊扎扎实实学了两月做茶，在号上又跟董大掌柜学了一段时日的生意，将家中大小事务料理得一清二楚，这些她看得真真切切；她也没让自己的耳朵闲着，常常下去走走看看，作坊里的工匠、号上的伙计、家里的下人，众人对儿子的夸奖那就更多了，夸他平易近人，待人和蔼，从不显摆少老板的架子，董大掌柜更称他是后生可畏。听到这些，她心中更是暗自欣喜。自丈夫走后，那件一直悬挂在她心上的大事，现在总算该尘埃落定了。

这天午后，她把儿子叫到后花园的小亭里，打发走了香香，要儿子提上旁边的一盏灯笼跟她走。姚子君不解："妈，大白天的，拿个灯笼做啥？""走吧，到了你就知道了。"她说。

走到花园深处，有一幢不起眼的堆放杂物的小库房。她拿钥匙开了门，进去后又将门关上，这才叫姚子君把灯笼点亮。然后又拿钥匙开了里间的门，移开杂物，要姚子君把地上的石板揭开。突然看见有一条石梯的地道，一直通到下面。她这才告诉姚子君："这就是姚家的银库。""啊，我怎么不知道？"

姚子君惊讶不已。"你要不当家，就永远都不会知道。妈今天就带你下去看看。"

来到底层银库，首先进入眼帘的是墙壁上的三块匾额，它们分别是用魏碑撰刻的"忠孝治家"，落款时间是明朝嘉靖十七年春；颜体撰刻的"仁德立世"，落款时间是清朝康熙二十一年秋；柳体撰刻的"诚信为本"，落款时间是清朝乾隆十三年冬。

老夫人告诉儿子："妈今天把你叫到这儿来，还要把有些事告诉你。咱们家天德公茶号自明朝嘉靖十七年开办起，每年由朝廷发放引票，一直以藏地制茶为荣……"

姚子君说："妈，你不是把爷爷写的那本《雅州南路边茶纪事》给我了吗，这些上面都有，我看过了。"

老夫人："看过你也听着。就靠老祖宗传下来的这十二字规矩，姚家的生意一代胜过一代。到清朝的雍正年间，每年朝廷发放天德公茶引票达到了一万二千张。天德公制作的康砖、金尖、芽细、毛尖茶，一直畅销西藏，深受百姓喜爱。康熙三十五年，在清溪泥头、打箭炉设立了分号。为了扩展其他生意，光绪十一年，在上海设立天德公分号，经销从嘉州加工过去的石蜡；宣统二年，在缅甸国的瓦城也设立了商号，经销从嘉州加工过去的生丝，每年从各地汇回来的银子高达五六百万两。"

姚子君的眉头就皱了起来，因为他看到一排排的银架上，竟都是空的。"妈，爷爷的书上也像你这么说的，既然挣了那么多钱，这银架上为什么都是空的？"

"那是因为你爷爷还没来得及写上去。"母亲告诉他，同治二年，闹太平天国，石达开率领的太平军打到了大渡河边的安顺场，还有二百多里就到雅州了。雅州城里已是人心惶惶，不少有钱人家都躲到乡下去了。可姚家的银库满满的，能往哪走啊？要多少银车不说，目标也太大。你爷爷就把伙计们都散了，带着你爹，两人在银库里守了整整一月。事后，你爷爷吸取教训，就把银子全换成了金条，装在坛子里，就埋在这下面，一共是三万五千八百六十两。

姚子君笑着说："妈，你记性真好，斤斤两两都记得清清楚楚。"

"这么大个家业，脑壳头要是装的糨糊可不行。账目上的事就得这样。不过，把话又说转来，有时候，人也得大量些。有的事可以糊涂，但不能真糊涂。只有这样，他才能在大风大浪里行得了船。”

"妈，我一定记住你的话。”

"这个家底儿，就我知你知。这银库的钥匙，妈现在就交给你。”

"妈，还是你拿着吧。”

"谁当家，谁管事。拿着。”

姚子君接过钥匙，紧紧攥在手里，心里清楚，姚家的担子，从此就落在他肩上了。

每逢月末，雅州茶商会都要聚会。今儿个才是中旬，商会怎么就发来了聚会的帖子？董大掌柜问是怎么回事？送帖子的人说，是新上任的镇守使潘旅长要来商会训话。

自会长姚仁德死后，商会会长的位子一直空着。商会虽然也议过几次，但总是举荐不出合适人选来。最后经大家协商，只好请仁和茶号的徐老板出来做个临时召集人。见人到得差不多了，他招呼大家安静，看看还有哪家没到？他一边看，一边喊着名字："恒丰的、永兴的、同福的、裕泰的、隆裕的、聚盛源的……咦，怎么不见天德公的人呢？"他的话还没落地，就听门外传来董大掌柜的声音："来了来了。"紧接着，姚子君和董大掌柜便走了进来，场子里顿时安静下来。董大掌柜抱拳向大家先行礼道："诸位，借此机会，我向大家介绍，这位就是我家少老板，姚仁德的公子姚子君。如今他就是天德公的新东家，今后请大家多多关照。"在众人的一片惊喜和赞叹声中，姚子君一边谦逊地点头，一边由董大掌柜领着，朝徐老板身边的空位子走过去。他刚要坐下，钱瑞忽然站起，嬉皮笑脸道："哎，姚少老板，那位子虽说是你爹从前坐过的，可现在该不该由你坐，恐怕还得先看看大家答不答应啊。"姚子君哦了一声，连忙道歉说："抱歉，抱歉。我刚接手家业，茶界之事肤浅无知，犹如幼童学步，难免会有幼稚可笑之处。望各位前辈、同人多多包涵。"说罢，拉起董大掌柜欲朝后走。董大掌柜狠狠地瞪了钱瑞一眼，想拦住他："少爷……"姚子君摇头示意他不必说了。

徐老板一看，忙站起来："二位留步。我看这样，姚少老板虽说才当家，初涉商界，但毕竟是名门之后。再说他也是刚留洋归来，在外见多识广，少年才俊，想必日后也会是我们茶界的栋梁之材。大家就不必计较了，反正这位子空着也是空着，不妨请姚少老板就坐这里。"场子里响起一片赞成的声音。姚子君忙说："使不得，使不得。"仍要往后坐。又是钱瑞跑上前来将他拦住："子君，别怪我多嘴，因为我俩是老同学，我才提醒你。既然徐老板都说了，那还客气啥，你就坐下吧。"边说边将姚子君推了回去。

正在这时，一个伙计进来报告，潘大人到了。

门口先出现了两个背枪的士兵，然后是潘旅长在两个副官的陪同下走了进来。潘旅长特别穿了一身长衫马褂，显出一副斯文的派头。徐老板赶紧带头欢迎，会场里响起一阵稀稀落落的掌声。

落座看茶之后，侯兴走上前。凭着三寸不烂之舌，他不仅继续得到了潘大人的留用，而且还混到了一套军服穿，当上了一名副官。他道："各位老板，今天潘大人从百忙之中，专门抽出时间来看望大家，可见他对茶商的关心与厚爱。能遇上这样爱民如子的父母官，实在是我雅州百姓的一大幸事……"可惜，他的马屁还没拍完，潘旅长就打断了他。

"刚才侯副官的话，那是高抬我了。"潘旅长站起来，微微笑道，"本官初来乍到，未给雅州百姓修过一条路，造过一座庙，就把我捧成一个好父母官，不免为时尚早。不过，请大家放心，上头既然派我来了，我就会尽心尽力，一定把这个父母官当好。"会场里鸦雀无声，老板们个个都聚精会神地听着。"听说我的前任就因为派捐派款，同大家闹得很不痛快。这就是他的不是了。敝人虽说是行伍之人，却也曾读书不少，对雅州茶事也略知一二。雅州之边茶，自古以来，即为我国之要策。明朝有个巡抚曾说过，腹地有茶，而或可无茶；边地无茶，而或不可无茶。啥意思呢？他说西域高原那块地方不产茶，可那里的人们一天也离不开茶。所以茶叶也是我们治理边地的不可缺少之物。雅州茶商之责任尤大……"他说古论今，还真讲出了一番道理，令下面不少老板都频频点了头。半个时辰下来，掌声也比先前多了。

散会后回家的路上，姚子君感叹道："要是为官者都能像这位大人一样就好了。"董大掌柜却不以为然，摇头说："老朽经历两朝，一路过来，那些这个大人，那个大人，言不行，行不果的话听得多了。别只听他说得好听，日后怎么样，还是等着看吧。"

媒婆杨三姑上次到吴家吃了个闭门羹，让吴玉珠三言两语、冷嘲热讽一席话就给气走了。虽初战失利，但不愧是久经沙场的老手，走时见天下起了毛毛雨，便找了个借口，将彩礼故意遗忘在了吴家。第二天她厚着脸皮又找上门来，听说小姐去了姑妈家，禁不住暗自高兴。吴有财还是上次那样，不冷不热，只顾埋头抽他的叶子烟，见她就说："杨三姑，快把东西拿走吧。""哎哟，我的吴老爷，你急啥。人家钱老板诚心诚意送来了，我看你们就安安心心收下。事情不成仁义在嘛，钱老板未必还会计较呀。""使不得，那成什么话？"吴有财坚决不肯答应。杨三姑看见吴有财的妻子站在桌子旁边，抚摸着托盘里的绸缎和阴丹布，一副爱不释手的样子，便立刻走过去和她搭讪起来："依我说呀，生得好莫如嫁得好。女人的命就这样。吴太太，你说是吧？"吴有财的妻子回答她说："倒是这个理。""那就再劝劝闺女吧，像钱老板这样的人家，那是打起灯笼火把也难找。别错过了此村无好店哦。"杨三姑乘机又做开了功课。吴有财一旁插过话来："我们家闺女心气高，性子犟，父母也做不了她的主。上次让你也跟着受委屈了。杨三姑，我看这事就算了，别再提了。""哎哟，那点委屈算什么。只要把他们撮合成了，别说两句气话，就是你姑娘把口水吐到我脸上，那又有啥嘛。不过倒是，儿女婚姻，媒妁之言，父母之命。还是应该讲究才好。吴老爷，我没说错吧？"吴有财的妻子还想说什么的，被吴有财抢过话头去："该说的都说了，赶快把你的挑夫喊来，把东西搬走吧。"

看来今天又要败走麦城了。杨三姑暗想，自己曾向钱老板拍了胸口，要是把东西抬转去，自己的脸往哪儿搁？今后还想不想要人请自己做媒了？她想了想，总得给自己找个下台的借口："吴老爷，吴太太，要不这样，吴小姐既然是巾帼英雄，一心要自己婚姻自己做主。我看不妨让两个青年人，找个机会见上一面，有什么话让他们自己说去。东西还是先暂放在这里，一切等他们碰面以后再说。"

吴有财连连摆手："更要不得，更要不得。"

妻子瞪他一眼："人家杨三姑说了，先暂放在这里，也不碍着什么。"然后悄声说道，"我看这姑爷出手就这么大方，人一定错不了。"

吴有财冲她说："我就知道你心头那点鬼名堂。咱闺女的脾气你又不是不知道，到时候她怪罪起来，我看你怎么办？"

"我不信，她还能把我怎样。"妻子噘嘴说道。

趁二人没注意，杨三姑赶紧溜出了大门。

吴玉珠回来，听说杨三姑又来过，却看见东西没拿走，仍还摆在堂屋里，便问是怎么回事？吴有财赶紧给她努了一下嘴，她立刻明白了。母亲迎上来还想劝她的，可还没等开口，她就先发火了："妈，我说过多少遍了，他抬来的就是金子，我吴玉珠也不稀罕。你们谁收了人家的东西，谁给退去。我哪个也不见。"说完，沉着脸就自己上楼去了。

那托盘和彩礼一直摆放在堂屋里，过上过下难免戳人眼睛，老这样下去也不是办法。吴有财妻子也不敢在闺女面前再提此事，只好夜里在枕边上求老头子想办法。吴有财不答应，还用闺女的话顶她。她翻身起来就拎住他的耳朵，问道："你答不答应？"吴有财只好道："哎哟，轻点轻点。答应还不行吗。"

早晨起来，吴有财抱出账簿，把闺女叫到堂屋，要她看看一季做庄茶下来是个啥结果？吴玉珠读过三年私塾，识文断字，能写会算，每年家中生意的收支，全靠她一把算盘了账。她坐在桌前，吴有财就站在旁边，不到半个时辰工夫，结果就出来了。今年共卖了五十一万斤做庄茶，同上季一样多，但是却多赚了一千一百两银子，主要是赚在今年的上等茶比去年多。吴有财听了，脸上挂满笑容，对闺女说："你爹算没白辛苦。咱家人丁不多，开销不大，日子就这样过下去，爹就知足了。"看见爹一年下来又老了一头，额上的褶子又多了几道，吴玉珠心疼说："咱家的日子过得去就行了，爹往后也用不着再那么操心。""爹已没啥操心的了，要说操心那就是想我的闺女早一天找到一户好人家。"说到这里，吴有财立刻把话转了个弯子，指着桌上的托盘说道："闺女，这些东西老摆在这里也不是办法。都怪我和你妈那天没追上杨三姑，让她将东西拿走。就算爹求你了，去跟那个钱老板见个面吧。爹知道你不乐意，敷衍一下，回来二老也好回杨三姑的话，就说咱闺女没相中他，请她来把东西拿走。这样双方都不失面子。"吴玉珠只好叹了一口气："唉，都怪我妈。"

六月初一，是传说中观音菩萨的生日，青云寺照例要赶庙会。老夫人是青云寺的常年香客，大施主，又是慧真住持的好友，自然早早就受到邀请。老夫人带上姚子君，两乘轿子早早就出了城。在青云寺山脚下，竟碰到了钱瑞。他掩藏不住高兴，神秘兮兮地告诉姚子君，今天他是来相亲的，媒人带话给他，吴小姐也将上山来，要亲眼看一下他的尊容。所以特地经过一番打扮，连头发也梳得光溜溜的。寒暄过后，姚子君欲走，钱瑞忽然拦住他说："一会儿你一定要来给我扎起。"姚子君说："你相亲，我来算什么？使不得使不得。"他道："我要给她介绍，你是我的发小，如今是天德公茶号的少老板，也是刚从东洋留学回来的大才子。有你往我身边一站，她还能不高看我三分。""钱兄，哪有像你这样拉夫的哦，这活我做不了。"姚子君边说边笑着，就钻进轿子追赶母亲去了。钱瑞仍不死心，朝轿子大声喊道："子君，到时候别忘了。"

俗话说人算不如天算，钱瑞这天也算是倒了大霉。他遵照杨三姑的吩咐，坐在青云寺后花园的小亭里等候，据说到时候吴小姐自会走来见他。邵安陪着他在小亭左等右等，把脖子都望酸了，才见从池塘的小桥上款款走来两个年轻美貌的女子。她们打着伞，举止稳重，一边观赏着池塘景色，不时也拿目光朝小亭窥视。杨三姑说过，那个打伞的就是吴小姐。他赶紧支开邵安，迎上前去，拱手施礼道："二位小姐敢情是从龟都镇来的，请到亭中看座。"没想到就在他抬起头时，突然从小桥的另一端走来两个涂脂抹粉、打扮妖娆的女人，竟与他招呼起来。一个说："哟，这不是钱老板吗，这些天咋不到春香楼来玩，我都快想死你了。"另一个道："你没看见人家又有新的相好了吗？啧啧，好漂亮呀，哪里还顾得上咱们。快走吧，别碍着人家。"刹那间，钱瑞脸红筋涨，面目瘫痪，恨不得地上有条缝，一头就钻进去。等他回过神来，两个青楼女子早已走远。他气得咬牙切齿，指着她们骂道："我根本不认识她们，她们……全是胡说八道。"看到这短暂的一幕，吴玉珠倒是很平静，只淡淡地说了声："钱老板，好自为之。"便拉着秀秀转身而去。

"吴小姐，你听我说……"钱瑞哪里肯舍得，赶紧追了上去。

吴玉珠和秀秀逃出山门，在石梯上也一路小跑，回头看见钱瑞竟跟了上来，匆忙中，吴玉珠一脚踏空，摔倒下去。

姚子君没忘记钱瑞的事，受人之托，成人之美，虽说不上为朋友两肋插刀，帮下忙也是应该的。他陪母亲用过斋饭，趁母亲同慧真法师去后房喝茶，便叫上胥亮一道出来寻找钱瑞，可找半天也没见到钱瑞的影子。姚子君急着要到山门外再找，胥亮忽然说想告诉他一句话。姚子君让他说，他想想又把话吞了回去："算了，还是以后再告诉你吧。"姚子君笑道："你几时学会吞吞吐吐说话了？好吧，以后说就以后说，我等着。"

山门外的石梯下围了一堆人，一定是出事了。

姚子君和胥亮赶来，挤进人群，竟看到钱瑞站在旁边，吴玉珠躺在地上昏迷不醒，额头也摔破了皮。秀秀伏在她身边，急得直哭："小姐，小姐……你醒醒，你醒醒……"姚子君急忙蹲下去，对秀秀说："别急，快让我看看。"他翻开她的眼皮，掐她的人中，又捏她四肢的骨骼。秀秀哭着问他："姚少爷，我家小姐没事吧？"胥亮告诉她："秀秀，别担心，我家少老板在国外学过医的。"钱瑞见到他们竟认识，不由把眉一皱："子君，你们认识？""嗯。"姚子君只顾着看吴玉珠的伤势，也没在意，就点了点头。殊不知钱瑞马上就想到一边去了。他想起杨三姑去了两趟吴家，转来回的话，总是支支吾吾，没个准。杨三姑的话也打了水漂，会不会也是因为他俩……越想就越像。假如真是如此，还有他钱瑞的戏吗？更不要说刚才的事了，那两个婊子让他把啥脸都丢尽了。心里顿时就凉了半截。

吴玉珠慢慢睁开眼睛，看到的第一个人，没想到竟正是自己朝思暮想的姚少爷。原来自从上次胥亮带姚子君到她家投宿之后，姚子君便在她的心里深深地落下了根。只是她一个姑娘家，碍于羞涩，一直把这事藏在心里。见她醒来，钱瑞凑上前，讨好地问道："吴小姐，没伤着哪里吧？刚才……"可不等他说完，吴玉珠就把脸侧到一边去了。姚子君拿出手绢，轻轻捂住她额上流血的地方，告诉她："吴小姐，我给你检查过了，就是擦伤摔破了点皮，不碍事，回去休息几日就会好了。"吴玉珠接过手绢，自己捂住伤口，含情脉脉地应道："谢谢姚少爷。"

霎时，钱瑞充满嫉恨，目光挑衅，盯着吴玉珠说道："见二位如此亲热，想必相识的时日也不短了吧？"

吴玉珠用力坐起，尽力克制住心头的愤怒，坦然回答说："我们不光相识，而且还是相好。这下你该满意了吧。"

此话一出，众人大惊。钱瑞又羞又恼，秀秀又惊又喜，胥亮则背着身子偷着乐。姚子君正不知如何才好时，吴玉珠将头一偏，靠在了姚子君身上。

钱瑞气急败坏，抱拳冲姚子君说道："原来如此，我甘拜下风。"然后叫上邵安，怒气冲冲就朝山下而去。

姚子君不明白是怎么了，朝他急呼："钱兄，你站住……"

吴玉珠挡住他："姚少爷，请恕我直言，他不过是仗着家中有钱，托媒人上过我家提亲而已，被我拒绝仍不死心。你不用误会，这种人就让他去吧。"

姚子君回身望着她愣住。

晚上，姚子君坐在书桌前，双手托着下巴，想起白天的事，不由陷入了深深的沉思。吴小姐那张清秀靓丽的面容，那双含情脉脉的眼睛，老在面前晃动。他起身走到脸盆前，用凉水浇头，然后重新走到桌前坐下，没想到仍挥之不去，吴小姐的影子又浮现在眼前。

七

就在姚子君沉闷不乐的同时，其实老夫人也在为他的婚事操心。半月前，老夫人让伙房的张妈把杨三姑请到后院来，要她帮儿子张罗一户好人家。一阵寒暄之后，杨三姑又拿出她的招牌动作，把胸脯拍得山响，说放心，这事就包在她身上了。出门时，老夫人让香香取了五两银子赏她。

杨三姑做媒，名声在外，尤其那张嘴巴了得，死人能给她说活，茅草房能给她说成金瓦屋。不过，她也晓得轻重，天德公老夫人托的事，可不敢随便马虎。她着着实实跑了七八天，好不容易才从七八户有钱的人户中挑出了两家，赶来向老夫人回话："老夫人吩咐的事，总算有了眉目。"她娓娓说起来，"我按老夫人说的，既要考虑门当户对，姑娘又要有才有貌。我一连走了十多户人家，从中挑到两户，请老夫人看看行不？"

老夫人："就请三姑先说说看。"

杨三姑："先说罗城镇上何家的二小姐吧，何家是开布庄的，家境富裕，也是罗城镇上的首户。二小姐今年刚过十六，长得水灵灵的，就像一朵含苞欲放的花骨朵……"

老夫人打断她："十六小了点。"

杨三姑："小点好哇，嫁过来老太太正好可以调教她。"

老夫人："还是说个年岁相差不大的吧。"

杨三姑忙道："有有有，那就说说晏山赵家的大小姐。赵家祖上三代为官，是当地的望族。赵小姐年纪二十六，模样不说是闭月羞花，那也是……"

老夫人又打断了她："这个又大了点。"

杨三姑："大有大的好处。俗话说女大三，抱金砖。嫁过来不用调教，就知道如何伺候老太太，也晓得心疼男人。有的还能一年两头生，头个刚会叫奶奶，二个又呱呱坠地了。到时候，让老太太高兴还高兴不过来呢。"

老夫人还是不悦意，问说："还有觉得合适的吗？"

杨三姑见两个都没让老夫人中意，只好道："瞧不起没关系，天下的好女子多的是，我明日就去重新找。老夫人能把这事托给我，那是瞧得起我杨三姑。你只管放心，我明儿就出门去，雅州城里城外，周围四乡八村，甚至再远点的地方，只要打听到有好姑娘，就是跑断腿，我也要遂了老太太的心愿。"

"难得三姑这番热心。"老夫人点头表示感谢，"那就请杨三姑再去多走几家看看。其实，我也不是非要给儿子找一个天仙美女，你也知道，姚家这一大摊子，上上下下，里里外外，操心的事儿太多，只想找个能担当起事儿，日后能帮助儿子一把的女人。"

"我记住了。"

"那就谢谢你了，杨三姑。"

杨三姑临走，老夫人吩咐香香，又给了她五两银子。

胥亮从香香嘴里听到消息，匆匆跑来告诉姚子君。姚子君听了，心头更加郁闷，想想只有自己出面，去拦住母亲。他来到后院，开门见山就对母亲说，别白费那个劲了，眼下他一点儿也不想说这事。老夫人问他为啥？他说也不为啥，只是不想说这事。老夫人便教训起他来："你不小了，若不是去东洋念了几年书，早该是有妻室儿女的人了。再说了，如今当家管事，家里家外，需要操心的事那么多，身边要没个贴心贴肺的人照顾，妈也不放心。这事你得听妈的。"见母亲不肯松口，姚子君无奈，只好也使起性子来："妈，我再说一遍，你就别折腾了，折腾也是枉然。"说完便转身而去。老夫人愣怔地看着他，心里就不明白："这孩子是怎么了？"越想越觉得不对劲，决定找董大掌柜问问。

晚饭后，董大掌柜跟着香香来到后院上房，听老夫人说完事情经过，呵呵笑道："少老板是性情中人，心中一定有事，如果没猜错，一定是看上什么人了。"

听董大掌柜话里有话，老夫人忙问："他成天不在号上，就在作坊。少有出门，他会看上什么人？"

董大掌柜便把从胥亮那里听到的，一五一十地说了出来。还说这些天来，少老板心事重重，闷闷不乐，十有八九是为了这事。

老夫人大吃了一惊："这么说，他竟是看上了吴有财的那个黄毛丫头？"

董大掌柜又笑了："老夫人可不知道，如今那丫头出落得一表人才，长得如花似玉，在家中又能干，又孝顺，可当着吴有财的半个家呢。"

"那丫头多大了？"

"满十九了，吃二十的饭。"

"没说人户吗？"

"提亲的倒是把她家门槛都快踩烂了，姑娘心气高，一个也没瞧上。听胥亮说，前些日子，钱瑞那小子癞蛤蟆想吃天鹅肉，也托人去提亲，结果碰了一鼻子的灰。"

"哎哟，原来是这样。这个闷葫芦还真装得住事。香香，快叫张妈去请杨三姑来，让她哪儿也别去了，就直接去龟都镇说吴有财的闺女。"

董大掌柜一把拦住："到吴家提亲，再出银子请媒人，那就是花的冤枉钱了。老东家还健在时，吴有财就与天德公打起交道，我们每年下乡收茶，也借宿在他家。吴有财为人热情厚道，这多年下来，我看他倒是个值得交往的人。去他家为少老板提亲，老朽愿毛遂自荐，我去就成。"

老夫人大喜："这样再好不过。只是去时别忘了，虽说是熟人家，礼数还是要讲究够。"董大掌柜说他知道。

吴玉珠从青云寺回来，就催促父母叫杨三姑赶快来把彩礼搬走。杨三姑也再无话可说，第二天便领着挑夫来将东西拿走了。吴有财把事情办完，却仍不见闺女高兴，反见她成天郁郁寡欢，总说身子不舒服，连楼也不肯下来。吴有财走到床边问她，该不是后悔了？吴玉珠也不理他。他安慰她说："闺女，过去了的事咱就别想它了。俗话说家中只要有梧桐树，还怕招不来金凤凰呀。再说了，我闺女要才有才，要貌有貌，这方圆百里谁不知道？"没想到吴玉珠从床上坐起，突然向父亲说道："爹，你能帮我吗？"

"能呀，为了我闺女，什么事？你说吧。"

"去雅州天德公为我提亲，就是上次来咱家的那个姚少爷，女儿喜欢他。”

吴有财不知道那天在青云寺发生的事，所以一下子就被她的话震懵了：“闺女，这不是为难你爹嘛。世上只有男方到女方家提亲，哪有女方倒转去男方家提亲的？这不搞颠倒了让人笑话吗。这事爹可没脸去。”

“不去算了。”吴玉珠一头倒下，干脆用被子把头也蒙了起来。

吴有财只当闺女任性，耍两天小孩子脾气就过去了。没想到闺女还真认了真，甚至不吃不喝，每天让秀秀给她端上去的饭菜，也原封不动又端了下来。吴有财和妻子都着急起来。看见二老就像热锅上的蚂蚁，秀秀这才将那天在青云寺发生的事，一五一十地告诉了他们。二老听罢，面面相觑。吴有财跺脚长叹道：“唉，这丫头是要我去给她摘天上的月亮啊……”一边说，脑壳一边摇得拨浪鼓似的。妻子说：“她听你的，你再上去劝劝。”吴有财哭丧着脸：“她要肯听，就不会有今天了。”秀秀插嘴说：“老爷，要不去试试？遂小姐一个心愿吧。”吴有财看着她：“唉，不瞒你说，我也想过，别人愿怎么笑话就让他们笑去。可回头又想，姚家世代富商，深院高墙，你说会瞧得起我们乡下人吗？”秀秀说：“姚少爷看上去，才不像那些有钱人家的公子，对小姐又和蔼又亲切……”吴有财：“丫头，你就别再跟着她逼我丢人了。让我好好想想。”

秀秀把话传给吴玉珠，吴玉珠暗暗高兴，她是爹的掌上明珠，爹说让他想想，说不定会答应的。正想着，就听见楼梯上响起爹的脚步声，她赶紧把被子又拉来蒙住了脑壳。吴有财气冲冲走到女儿床前，故意生气说道：“起来吧，爹答应你。豁出去这张老脸不要了，爹明天就进城，去天德公给你提亲去。”

“真的？”吴玉珠一把掀开被子就坐了起来。

吴有财叹气道：“不是真的怎么办？谁叫我有你这么一个心肝宝贝。唉，没想到啊，爹自己的女儿这样漂亮，却还要倒转去求人家娶她。真是搞颠倒了。”

吴玉珠噘着嘴笑着说：“爹，女儿心头就这点小秘密，不靠你，未必还让女儿去求外人帮忙呀。”

“好了，只要你高兴，爹做什么都愿意。快起来吃点东西吧。”

吴有财前脚刚下楼，吴玉珠后脚就坐起来。她对秀秀道：“快把东西拿出来，我还真是饿坏了。”

"哎。"

原来俩人是串通好演的戏。每天由秀秀去镇上买些米糕、叶儿粑之类的东西，悄悄带回来放在梳妆台的抽屉里。看见吴玉珠狼吞虎咽地吃着，秀秀说："小姐，你真有主见。"

吴玉珠忍俊不禁，自己也笑了起来。

吴有财带一伙计，背了满背篼的礼品，沿江从陆路进城。往日都是赶船，今日别无选择，他事先想过，赶船人多，认识的人也多，旁人问起，难以启齿。而走陆路，不过多出一身汗而已。龟都镇去雅州城，三十里地。中间有个地方叫鸳鸯树，之所以叫这名字，是因为两棵槐树长来扭成一起，抱成了一棵树。树冠大得像把伞。一棵春天开花，一棵却不开花。也不知几时，有好心人搬来几块石头放到树下，这里便成了行人休息的好地方。走拢这里，吴有财令伙计放下背篼歇息。二人刚坐下，没想到从对面小路上便走来了董大掌柜和胥亮，身后还跟着两个挑夫。"哎哟，董大掌柜胥亮兄弟，咋这样巧？你们这是去哪里？"他赶快迎上前招呼他们，心里一边打起鼓来：他们要问起他要去哪里，他怎么说？

果然董大掌柜亲热地拉着他问道："是巧啊，你这也是要去哪里？"

看来是躲不过，也绕不过，想想干脆给董大掌柜先说了吧，从他口中或许还可以探探姚家的态度。"嗨，坐下说，坐下说。"一边说，一边拉董大掌柜到树下石头上坐。董大掌柜走过他的伙计身边，看见背篼里的东西停了下来，"吴老板不是去给儿子说亲的吧？啧啧，还带了这么多彩礼。"吴有财的脸就红得像喝了酒一样，把董大掌柜拽到树下的石头上坐下，他说给老朋友就讲真话了，自闺女一天天长大，找上门来提亲的人就没断过。闺女心气太高，一个也瞧不上。可偏偏就看中了你家的少爷……没等他说完，董大掌柜可乐了，起身拱手说道："吴老板，这才是无巧不成书哇。我就先恭喜你了。"吴有财慌忙挡住他："哎，我这不才在给你说嘛，你咋就当真了？姚少爷如今已是天德公的少老板，又是见过世面的人，成不成八字还没一撇，还盼老哥在姚老太太和少老板跟前，帮搭个腔圆个场呢。"董大掌柜哈哈笑道："这些都不用了。""咋啦？"吴有财的心一下子就提到了嗓子眼上，董大掌柜招呼胥亮把挑夫和东西都带过来，告诉他："你不问我们这是去哪里吗？告诉你吧，受我家老夫人的委托，我们正要去你家，为少老板向你女儿提亲。这是老夫人和少老板让送来的彩礼。请吴老板收下吧。"

吴有财听了呆若木鸡，半天叹道："老天啊，为什么这样巧？"

董大掌柜说："看来你闺女同我家少老板两人有缘，所以天也撮合他们。"

胥亮一旁也笑道："吴老爷子，还不赶快高兴高兴，庆贺庆贺呀？"

吴有财如同从大梦中醒来，用手轻轻拍了两下额头，这才呵呵笑着应道："对对对，董大掌柜，还有胥亮兄弟，你们帮了我大忙，城里就不去了。走，回龟都镇。今天我一定要陪二位好好喝他一盅。"

吴玉珠坐在窗前，眺望着远方，默默地沉思着。远处青山莽莽，丛林云遮雾绕，蓝蓝的天空下，青衣江汩汩东去。忽然，从江边的茅草丛中飞出两只白鹭，它们贴着水面，一会儿追逐，一会儿戏水，不一刻又歇进了茅草丛中。吴玉珠将那张早已洗得干干净净的手绢，贴着脸颊，若有所思。

突然，楼梯上响起急促的脚步声，秀秀慌慌张张跑来报信说："小姐，老爷他……又回来了，东西也背回来了。"吴玉珠顿时一惊，心就凉了半截。爹吃过早饭出的门，进城往返要一整天，哪能这么快就回来了？难道爹是哄她的，出门去胡乱转一圈，回来编个理由又哄她。刹那间，失望、伤心一起涌上心头，情不自禁地将手绢含进嘴里，使劲咬着，眼泪也要落下来了。

楼梯上又响起咚咚的脚步声，吴有财走进来："这是又怎么啦？"

吴玉珠忍住眼泪："爹，你还是没去是吧？"

吴有财立马把脸一沉："谁说我没去。"

"你就别哄我了。进城一趟，哪有半天不到就能打来回的。"

"闺女，实话给你说吧，爹去啦。爹在半路上遇见了大慈大悲的观音菩萨，她可怜我，不忍心看着我这把年纪了，还厚着脸皮去求人家娶我闺女。"

"你就别编了，我不想听。"

"不想听你也听着，观音菩萨大发慈悲，就让姚家派董大掌柜带上彩礼，先到咱家为姚少爷提亲来了。快下去吧，见见董大掌柜，他们就在堂屋里。"

"真的？"听爹的话，没了往日的为难，反倒多了几分底气。吴玉珠刚刚还阴云密布的心情，陡然又阳光灿烂开来，"爹，女儿又不是不认识他们，这会儿去，多不好意思呀。"

吴有财一本正经道："说啥呢，现在董大掌柜可是你的大媒人。不光你，咱全家都得好好谢谢他。"说完就忙着下楼迎客去了。

吴玉珠抑制不住高兴，冲秀秀说："快把镜子拿来，我总得梳妆打扮一下吧。"秀秀拿着镜子替她照着："小姐，你都说了，又不是头次见他们，还打扮啥？"镜子里的那张脸充满喜悦和幸福，娇声说："人家不是刚哭过嘛。"秀秀也替她高兴，就从镜子后面伸出脑壳羞起她来。

钱瑞去隆裕茶号催账回来，一进门就看见邵安正在捡托盘里的东西。杨三姑退彩礼来时，见钱老板不在家，正好就赶紧溜走了。邵安把东西放到桌子上，说他已点过了，原封未动，一件不少。没想到钱瑞的火就上来了："妈的，天下漂亮的女人多得是，只要有钱，啥女人找不到？她瞧不上老子，老子还瞧不上她呢。"邵安知道，自打青云寺回来，他的老板便像一条遭人愚弄奚落了的丧家犬，见谁就骂谁，见谁都不顺眼。所以格外小心，赶紧沏了一杯茶，放到他的面前："听说吴家答应了姚家，还收了彩礼。"钱瑞鼻子拱了一下，骂道："龟儿子姚子君，老子跟你记一辈子。骑马看三国，咱们走着瞧。"说完坐下端起茶就猛喝了一口，突然，呸的一声又吐了出来。接着便骂道："狗日的邵安，你给我泡的是啥子茶？臭死老子了。"邵安忙接过茶一看，见茶里竟有一只打屁虫："哎哟，是啥时候飞进去的打屁虫。对不住，钱老板，我重给你泡一杯。"钱瑞狠狠地朝地上又吐了一口："狗日的，老子满嘴都是臭味。"

邵安边泡茶，边悄悄地偷着笑。

转瞬，已到了金菊满地，桂花飘香的时节。

一串串鞭炮在空中炸响，点燃了乡间小镇的热闹。龟都镇上吴家嫁女，为了看热闹，乡亲们把吴家门口围了个水泄不通，过花桥的板凳早已摆好，就只等迎亲的队伍上桥了。这是当地的一种民间风俗，新娘的家门口要用一根一根的板凳，摆成一串作为花桥，由新娘家请的唱手站在板凳后面守桥。等到娶亲队伍到了，一阵响器鞭炮之后，便由司仪宣布："过花桥啰……"这时，娶亲队伍中便也要出一名唱手，走到板凳前开始过桥。守桥人先唱："天上有玉皇大帝……"这边就要接上："地上有土地老倌。"那边又唱："龙凤呈祥红花开……"这边又答："来年必定贵子来。"也有唱农时的,比如"阳雀叫唤桂桂阳……""催人下田快栽秧。""春天洒得千滴汗……""秋后换得万担粮。"虽说也不全像一问一答,但一定要押韵上口。如果接上了,就拿走一根板凳,否则就要罚新郎官的过桥钱,而且还得重来,直到把板凳全拿走,唱到新娘的家门口。

人们笑着闹着,热闹半天,总算把花桥过完了。

姚子君自是一身新郎官打扮,身后跟着胥亮和田勇,带了两乘轿子,跟着司仪,终于到了新娘家门口。

门外热火朝天,门内却是哭声一片。雅州乡下时兴哭嫁,昨晚在一帮平时要好的姑娘陪伴下,吴玉珠已哭了一整夜,天亮才停歇下来。这会儿看到马上就要上轿,离别父母,离别家了,她又哭了起来。她一哭,惹得爹妈和送亲的姑娘们也跟着哭起来。门外的唢呐、鞭炮响成一片,告诉里面,外面的花桥已过完,该是新娘上轿的时候了。吴有财忍泪劝住大家,走到女儿面前说道:"闺女,别哭了,该走了。"妻子也掏出手绢,给女儿擦去泪痕劝道:"听你爹的话,高兴点儿,上轿去吧。"吴玉珠拉下盖头,朝父母双膝跪下,泣声说:"妈,女儿走后,家里就剩二老了。你要处处让着爹一点,他喜欢喝酒,你就让他少喝点儿,只要他不喝醉就是了。"母亲的泪水就落下来了:"哎,妈记住了。"接着又转向爹说:"爹,女儿不孝,就要走了,往后女儿不在你的身边,你要好好自己保重身体。妈爱唠叨,你也让着她点。"吴有财热泪盈眶,仍强装笑容,回她说:"闺女,快起来吧,爹都记住了。今天是你大喜的日子,高兴点,姑爷还在门口等你呢。"二老将她搀起,替她把盖头重新盖上,她便由秀秀扶着,在众亲眷和姑娘们的簇拥下,款款朝门外走去。

在欢笑声中,姚子君迎上前牵住新娘的手,将她扶进了轿中。然后转身站到吴有财夫妇面前:"岳父岳母大人,小婿姚子君给你们磕头了……"说着就要下跪,二老忙挡住他,吴有财说:"姑爷,这礼数就免了。时日不早了,进城的路还远,快上轿去吧。"

这时司仪已高声唱起:"起轿……"

霎时,鞭炮鼓乐齐鸣,响器班子领头走前,两乘轿子紧随其后,迎亲的和送亲的队伍就像一条长龙,热热闹闹,浩浩荡荡,朝镇外而去。吴有财夫妇站在门口,望着渐渐远去的女儿,伤感之情又起。见妻子又伤心,吴有财说:

"大喜的日子你别哭啦……"可他自己也忍不住，泪水哗哗哗地往下流。

八

雅州一带，称吃婚宴为吃九大碗。据说在从前结婚的筵桌上，菜肴都是九样，为了保证客人吃够，装菜都是用大土碗，所以戏称九大碗。如今，筵桌上的菜肴早已超过九样不知多少倍，盛菜的大土碗也早换成了各种样式的瓷盘和汤钵，但人们还是习惯了称赴婚宴是吃九大碗。

姚子君大婚，各家茶号都收到了天德公的请柬。隆裕的孙老板拿着请帖来问钱瑞去不去？钱瑞说别人的九大碗他可以不去，姚子君么，他还非去不可，说什么也要给他凑个热闹。孙老板与钱瑞是交好，夸他说："我还担心你不去呢。人就该这样，大量点，豁达些，别小气。"两人约好，到时候一同前往。

这日，孙老板如约先来到聚盛源，见钱瑞已备好礼品，站在门口，好像还在等什么人。孙老板问他，他说邵安去办一件要紧事，该回来了。话刚落，说曹操，曹操就到。邵安走得气喘吁吁，却神秘地笑着："钱老板，你就放心喝酒去吧，一切都弄好了。"孙老板问："什么事？"钱瑞答非所问："走吧，今天保你喝个痛快。"

姚子君在董大掌柜陪同下，站在门口迎接客人。姚家是雅州大户，人缘也好，前来贺喜的人络绎不绝，招呼应酬不绝于耳。随着客人不断到来，门傍礼部司仪的声音也一声比一声高："仁和茶号徐老板，现银三百两……""恒丰茶号陆老板，现银二百八十两……""德厚长布庄陈老板，上等杭州丝绸两匹……""五家口汪家老院，谷子二十担……""打箭炉央金锅庄，藏洋两称[①]，虫草二斤，麝香八两……"孙老板说："啧啧，门口就这般热闹。"钱瑞哼了一声："热闹还在后面。"

天德公前院一连三个天井，摆了几十张筵桌，客人已陆续上齐。董大掌柜走到中间，拱手宣告："诸位，今天是我家少老板大喜的日子，为感谢大家的光临，本号特地从省城请来戏班子，从今起，将连演三天，九大碗也连开三

[①] 称：随着打箭炉茶叶交易量的扩大，民国政府在藏区发行藏洋。藏洋比袁大头重量略轻，市场交易多以"称"为单位计数，每"称"藏洋为五十两。

天，敬请大家同乐。现在请用茶。"在一片叫好声中，一司仪走上前，大声吆喝道："请茶……"跟着喊声，便从后门走出一队紧身短打的男子，一个个手中拧把长嘴铜壶，迅速散开，站到筵桌旁边。这时司仪便开始唱道："玉女祈福……喜鹊闹梅……高山流水……大鹏展翅……"跟着司仪一句一句的喊声，长嘴壶便在男子的手中挥舞起来，摆出一个接一个优美刚劲的造型。动作快捷，像舞蹈又像武术，令人眼花缭乱。长嘴壶里的开水同时就掺进了客人的茶碗里。正当大家鼓掌叫好，看得聚精会神的时候，突然，有人吆喝道："亢龙有悔……"

众人回头朝门口看去，只见一江湖人打扮，蓄着连鬓胡的汉子大摇大摆地闯了进来。边走边道："抬头有玉帝皇天，埋头有土地老倌。在下给各位先丢个拐子（土匪黑话招呼的意思）。"胥亮见是个陌生人，欲上前阻拦，竟被他一挥手就推倒地上。董大掌柜一看来者不善，急忙迎上抱拳相问："请问这位好汉，有何贵干？"连鬓胡打量他一眼："听说贵府今日摆九大碗，就来造个粉子（土匪黑话混个饭吃的意思）。""那，请好汉这边坐。"董大掌柜赶紧指着边上的一张筵桌对他说。没想到他却毫不客气，竟自己走到给主宾留的那张筵桌前一屁股坐了下来。董大掌柜忙从身边掺茶的男子手中夺过茶壶，欲为他斟茶。可不等董大掌柜的长嘴壶递拢，他抬手就将茶碗掀到地上，哗啦一声摔得粉碎。董大掌柜仍然笑脸相迎，说道："好汉看来是不想给我这个面子咯？"连鬓胡道："哪里话，我这个生毛子（土匪黑话乡巴佬的意思），没见过大世面，只听人说，府上的新娘子长得盘儿亮（土匪黑话长得漂亮的意思），也想见识见识，就当开开眼界。看完了就扯帆（土匪黑话走人的意思）。"董大掌柜愣了一下："这，就怕不合规矩啊。"连鬓胡瞪眼道："老子说出的话，就像泼出去的水。让看也得看，不让看也得看。"说罢拔出刀来，砰的一声，就扎在了桌子上。

连鬓胡这一刀扎下去，天井里顿时一片寂静。

隆裕的孙老板用肘碰了钱瑞一下："不好，我看今天要出事。"

钱瑞低声道："好看还在后头。"

到底是董大掌柜历练多，他沉住气，想了想，对连鬓胡说："好汉，我看这样，我去禀报当家的，看他有什么话说。你稍坐。"然后转身吩咐司仪："给客人敬茶。"司仪懂窍，立刻大声又唱起来："请大家继续用茶。出水芙蓉……回头一笑……"掺茶的男子们又把长嘴壶舞动起来。

董大掌柜从天井侧门走出，见胥亮正在走廊里对十几个手拿铁钗、扁担的伙计吩咐，要冲进去制服连鬓胡。董大掌柜忙喝住他们："先别动，等一会儿看我的脸色行事。"

董大掌柜匆匆赶到后院洞房，老夫人坐在床边，拉着儿媳的手正高兴地拉着家常话，姚子君和香香、秀秀立在一旁，也正跟着乐着。忽然听到董大掌柜的报信，都大吃一惊。老夫人问："是个什么人？"董大掌柜说："不清楚底细，好像是专门来砸场子的。"老夫人："姚家从未得罪过什么人，他想干啥？"董大掌柜："既没说要钱，也没说要东西。就一口咬定要看新娘子。"老夫人大怒："混账，叫人把他轰出去。"董大掌柜说："老夫人，我看使不得。江湖中人，不知底细，就怕……"姚子君一口接过去道："那就报官，不信还无法无天了。"董大掌柜顿了一下，说："今天是少老板大喜的日子，我看还是想办法把他打发走了的好。不能丢了面子。"老夫人："有什么办法吗？""唉，就因为一时没想出办法，才跑来找老夫人商量。"董大掌柜说。

吴玉珠一直在注意地听他们说话，听到这里，她站起来道："妈，他不就是想看看我吗？我去，就让他看看，看他能把我怎样……"

老夫人打断她："那怎么行，你不能去。"

姚子君也说："玉珠，你就别逞能了，万一出个什么事儿……"

吴玉珠镇定地道："不怕，他就是天王老子，也得讲个规矩。再说了，光天化日之下，众目睽睽，谅他也不敢咋样。妈，让人准备些银子。秀秀，盖头。我去见他。"

听着儿媳的话，果敢大气，句句在理，老夫人心里也暗暗钦佩，嘱咐董大掌柜："赶快多准备些银子，也要多准备一些伙计，以防万一。"姚子君还想说什么，吴玉珠说："他就一个人，不用害怕。"

当顶着盖头的吴玉珠在秀秀的搀扶下，由姚子君和董大掌柜陪着出现在天井时，刹那间，全场惊愕，鸦雀无声。吴玉珠悄声吩咐："你们都退后，有秀秀陪我就行了。"

连鬓胡将脚跷到筵桌上，一边瞟着四周，一边摆出一副悠然得意的样子，看到新娘子款款走来，大出所料。这女人竟有如此胆量？不由令他心中反倒打起鼓来。他叫焦贵，是大相岭黑石寨的二当家，杀富济贫，拦路越货的事干过不少，但做今天这种下三烂的事，他却还是头次。想想事到如今，也只有硬着头皮上了。

吴玉珠走到他面前问道："就是这位大哥要见我吗？"

焦贵将脚缓缓放下："哦，是我。受人之托，忠人之事。"

吴玉珠："这位大哥，那也该看看，是受什么人之托，忠什么样的事啊！"

焦贵："江湖之人，哪讲那么多道道。我只认得银子。"

吴玉珠："大哥若是真缺银子，可跟小妹说一声。你看这么大个家业，还缺得了你花几个银子吗？只是姚家的银子，只送忠义之士，绝不舍下三烂之类的小人。"

焦贵一听大怒，猛站起来："你敢骂我？"说着就从桌上拔起刀来。

众人哗然，有人尖叫。姚子君更是急得欲往前冲，董大掌柜连忙拽住他。此刻吴玉珠倒是挺镇定，她道："大哥息怒，小妹绝非骂人，只是想提醒大哥做人的道理。"

焦贵："我不懂什么道理，听说新娘子盘儿亮，就想看看。"

吴玉珠："小妹就站在你的面前，还没看够？"

焦贵："我要看的是没有蒙住的脸盘子……"说着就用刀尖欲挑起盖头。

看见亮闪闪的刀尖伸过来，吴玉珠厉声喝道："慢，请听我直言。今日乃是小妹的嫁日，女人一生就一次。这盖头要是让你挑了，小妹还有脸活下去吗？你不如把刀放在这儿。"她指着自己心口，"一刀下去，给我个痛快，也别让小妹丢人。"

焦贵被镇住了，这哪是闺房里的千金，江湖上的侠士也不过如此。与她前日无冤，今日无仇，从何下手？不由令他犹豫起来。片刻，只见他将手中的短刀抛向空中，耍了个调头，说道："我算头次看到，有如此胆识的女人，佩服。"语气也软了下来。

吴玉珠："说不上，只因小妹的终身大事系在大哥手上，也只好这样了。"

焦贵："新娘子把话说到这个分上，在下也无话可说。今天我也算长了见识，新娘子有胆有识，在下佩服。告辞。"说罢，撩起衣服，往腰上一扎，穿过天井，扬长而去。秀秀长喘了一口气，对着吴玉珠耳边悄声说："小姐，他走了……"可话还没完，就见小姐的身子朝她怀里倒了下来。

趁大家扶吴玉珠回房，姚子君把胥亮叫到边上，一阵低语，胥亮便匆匆从侧门出去了。

随着司仪的一声"开席……"，天井里又重新热闹起来。

穿着新衣服的伙计们开始上酒上菜，笑声弥漫了大天井。酒过两巡，新郎官开始向客人敬酒，董大掌柜作陪，田勇提着酒壶跟在后面。伴着众人划拳猜酒令，欢声笑语，把热闹推到高潮。

钱瑞带着醉意，举着杯子四处找人划拳。孙老板把他拉回座位，告诉他新郎官敬酒来了。借着酒劲，他说正好，他一肚子的火正没找着地方发。

姚子君刚要走近，胥亮从后面挤上来，拉住姚子君一阵耳语。就见姚子君一愣，迅速瞟了钱瑞一眼，但很快就过去了。仍显得若无其事的样子，走了上来。

钱瑞站起，身子似乎有些摇晃："哈哈，新郎官来啦……"

姚子君举起酒："钱老板，多谢你来捧场，请。"

钱瑞："我能不来吗？我要不来，那不显得太小气。"然后一口将酒干掉。接着又道："这走路总会难免遇到绊脚石，就像我俩现在，你后来居上，我却栽阴沟里了。"说完将空酒杯又伸了过来。

姚子君笑道："你是自己栽阴沟里了，怨谁。田勇，给钱老板斟酒。"

钱瑞将酒端起，身子摇摇晃晃："只是这杯酒，你说怎么喝？"

姚子君依然笑道："钱老板说怎么喝就怎么喝。"

钱瑞："好，痛快。子君老弟，这世上的事想起来，真是人算不如天算。不妨就说今天这位新娘子吧，我要是娶到她，你就得叫、叫她嫂子。可现在是你娶了她，我、我就只能叫她弟妹了。哈哈……"

姚子君："你的意思我懂，这杯酒我替她喝。"也一口干下。

钱瑞伸出大拇指："够意思。回想起当细娃①那阵，凡事都是你在先，我就从没赢过，想不到长大了，为了同一个女人，结果还是你赢。算你狠……"旁边的孙老板听他话不对劲，要他打住："钱老板，我看你有点醉了。"他推开他说："谁说我醉了？我酒醉心明白。子君老弟，算我没本事，

---

① 细娃：形容乳臭未干的小孩。

当自罚一杯。"咕嘟一声，又一口下了肚。

姚子君叫田勇给他再满上。

钱瑞端着酒晃了晃："这杯酒我得敬你，弟妹今天有胆色，令人钦佩。不过我还是要奉劝老弟一句，美人多是非，花香招野蜂。你可千万要看紧啊。"

姚子君笑笑："我的事用不着你操心。倒是有句话，我要奉劝你，人活在这个世上，心一定要放正。只有把心放正了，一个人才能明明白白、堂堂正正做事做人。"

钱瑞："你，这话是啥意思？"

董大掌柜走上前来对他说："钱老板，你就慢慢想吧。那边桌上的客人还在等着少老板过去敬酒呢。"

冲着姚子君背影，钱瑞不无嫉恨："哼，这小子啥时候也学会江湖上的这套了。"只好自己一口把酒喝了。

从天德公吃完九大碗出来，天已黄昏。钱瑞喝醉了，孙老板要扶他。他不让不说，还要孙老板陪他去烟馆过瘾，说过足了再一道去春香楼玩窑姐。孙老板晓得他的底细，一人吃饱，全家不饿，不愿去又碍不过面子，只好答应陪他去烟馆。钱瑞笑道："知道你是炒耳朵。好，就只去烟馆。反正你负责给我搓烟泡子。"孙老板瞟他一眼，好像发觉什么。

雅州城里的烟馆有两种，一种是通辅，垫的草席，枕头常年不换，烟具也十分简陋，瘾客多为那些穷困潦倒的人；另一种是有点档次的，屋里有一张床，从被褥、枕头到烟具，都很讲究，还管泡茶，就像莫老板这里，来的都是有钱人。莫老板为他们点燃烟灯，放下大烟膏子就出去了。钱瑞瘾来登了，一头倒在床上，就催孙老板快替他搓烟泡子。孙老板不抽大烟，从小爱在爷爷的烟床上玩，学会了一手搓烟泡子的本事。只见他用烟针挑起大烟膏子，用手指几搓几捻，就捻成了一颗圆圆的，黄豆似的烟泡，栽到烟枪眼上，递给钱瑞。钱瑞接过，咕嘟嘟咕嘟嘟，烟子没吐一口，将一个泡子一气就抽完了。霎时，精神也来了，他说："大烟泡子搓得这样好，自己却一口不抽。你这人真是奇了怪了。你呀，该不是心疼钱吧？"孙老板坐起来，看着他突然问道："哎，钱老板，刚才在天德公，你醉成那样子，咋么快就酒醒了？"没想到他竟说："你当我真醉啦，老子假装的。眼看到手的女人，就这么被抢走了，我能不恨吗？装疯卖傻，指桑骂槐，让他丢脸，算便宜了他。"原是这样。孙老板劝他犯不着，事情都这样了，何必啊。不料他仍不解恨："今天，要不是邵安没把事情办巴适，哼……"说到这里他把话又咽了回去。孙老板犹豫了一下，告诫他："钱老板，那邵安虽说是你的人，但我还是想提醒你，这人太诡秘，你可要防着点。"他大不以为然："我知道，你不就说他当年的那点屁事吗，不用担心，他敢不听我的话？"

邵安曾做过茶贩子，当年卖了一笔茶叶原料到天德公，验茶时被查出掺了不少的桤木树叶，当场被天德公的伙计扭送到茶关，挨了一顿棍棒不说，还被关了半年。

"我器重他，不过是因为他与天德公有仇，与我同病相怜。"

孙老板只好摇着头，叹息道："我倒是真心实意为你好，别为一时之气，酿成百日之忧啊。"

钱瑞仍坚持说："他姚子君别高兴太早，我会让他过不完的独木桥。"

席尽人散，送走了最后一批客人，姚子君这才匆匆忙忙赶回后院看吴玉珠去了。门口剩下董大掌柜和胥亮师徒二人，董大掌柜悄声问胥亮，少老板是不是派他跟踪连鬓胡去了？胥亮点头，看了一眼周围无人，说他跟着连鬓胡出了东门，在水巷子的老磨坊墙根下，看到了等在那里的人竟然是聚盛源的邵安。不过连鬓胡似乎很生气，一见面就责怪他，好像是说事前没把什么说清楚，让他差点下不了台。说完将一个鼓鼓囊囊的钱袋子往地上一扔，转身便扬长而去了。胥亮说他猜，一定是钱瑞没吃上天鹅肉，花钱去请来的人，做出这种下三烂的事。只是他想不通的是，回来赶去给少老板报信，钱瑞就站在面前，他却像啥事也没发生过似的，还跟他喝酒，换成他，早给钱瑞一耳光扇上去了。董大掌柜听了笑笑："咱们都要学少老板，聪明心细，沉得住气，这叫大将风度。这段时间处下来，看得出少老板做人做事，一点都不比老东家差。他是乌龟有肉在肚子里，日后定有出息。走，今天咱爷俩也累够了，去喝两盅。"

夜静更深了。老夫人担心受到惊吓后的儿媳休息不好，早早就把那些闹房的人劝走了。自己也和香香回了上房。

姚子君送罢母亲转来，吴玉珠温情脉脉地走上前来："子君，累坏了吧？"

姚子君望着她，什么话也没说，就一把将她揽到怀里，捧起她的脸，对着那张鲜嫩滋润的嘴唇，就深深地吻了上去……吴玉珠闭上眼睛，只感到全身就像有一股暖流缓缓穿过，令她充满了甜蜜幸福。

搂着光鲜动人、万般柔情的妻子，姚子君禁不住又想起白天的事："玉珠，当时大家都为你捏了一把虚汗，你却还那么沉得住气。我真佩服你。""现在想起我也后怕，当时也就只有那样了。不过这人的来龙去脉倒是值得好好打听一下，若是无缘无故，他干吗来砸场子？"吴玉珠回答说。姚子君安慰她："兴许就是个打单儿的江湖中人，身上没钱了，想讨两个银子花。""我看不像。妈说了，姚家从未与人结过仇，或有过什么过节。既是这样，那就一定是有居心不良的人从中挑弄。"看着妻子，姚子君心里默默地赞许，她是那么漂亮，又是那么聪明，更值得称道的是，她的临危不惧，有理有节。想到日后持家，将少不了她的相助，姚子君激动地说："感谢苍天，把天下最好的女人嫁给了我。我一定会好好爱你一辈子。"吴玉珠把脸紧紧贴在丈夫胸上，轻声道："别夸我了，我可没你说的那么好。"姚子君又狠狠地亲起她来。不一刻，姚子君就已经无法自已，猛地抱起妻子放到床上，便猴急似的扑了上去……

九

天德公打箭炉分号的王掌柜，带着央金阿佳转给他的一封急信，一路快马加鞭，赶回雅州。写信的人是西藏富商多吉嘉措，信中希望天德公给他追加发两万包茶。按理，多吉昌同天德公做茶叶生意，已是世交。生意中要求加货，当属正常，也是好事。问题是多吉昌全年的货就六万包，眼下只剩最后一批货就发完了。再追加两万包，还要赶在大雪封山之前发到，季节已经入秋，时间恐怕赶不及。还有多吉想买的是预茶，预茶就是让他先把货赊走，来年再来付钱。这主，分号自然做不了，只好回雅州报信。

拿到这个烫手的山芋，姚子君把董大掌柜和王掌柜叫到一起商量。多吉昌是西藏巨商，要说银钱，那是实力雄厚，每次来打箭炉买茶，都是给的现银，怎么突然提出也要买预茶来了？王大掌柜说他查了账，上年多吉昌从天德公买茶是四万包，今年增加到六万包，现在再追加两万包，翻了整整一倍。据马帮说，多吉昌的茶库都装不下了，还请着人在赶修仓库。姚子君也奇怪，商家做买卖，谁不图个快进快销，他倒好，屯这么多茶是为啥？董大掌柜主张这事不能答应，理由有二：一是天德公从来没有卖过预茶，不能坏了规矩；二是时间紧，赶不及。作坊的领工瞿六告诉他，库房里做庄茶原料已不多了，两万包茶，少说要添两三万斤做庄茶原料。眼下啥季节了，茶农手上的货按理也早卖完了，没原料，巧媳妇也难做无米之炊。听罢两人的话，姚子君又补充说："两万包茶，值五万多两银子。不算一笔小数，即便到时能如数收回来，这笔钱也要被占压一年时间。无论从银子的周转，还是要担的风险，都是商家大忌。万一出现闪失，我们的损失就大了。"董大掌柜频频点头道："说得好，作为商家，这是必须要想到的。"更令他心中高兴的是，少老板在不长的时间，对经商不仅已熟悉，而且见解也如此得当。不由对他格外刮目相看。

王掌柜说，多吉老爷带话给央金阿佳，他率领的马帮已经出发，不日就将抵达打箭炉。也不顾回去的时候正碰上天寒地冻，看来他这次是志在必得，很想把事情做成。过去都是老爷去打箭炉迎接他，这回怎么办？姚子君想了想，要王掌柜给央金阿佳捎个信转去，多吉老爷要是到了，按照老规矩，让王掌柜陪着他，自己再赶过去迎接这位贵客。他说："虽说我爹不在了，礼数还是要尽到，人家天远地远赶来，咱也不能怠慢了人家。再说了，他为什么要追加这么多货？为什么拿不出现银买茶？也可以听听他怎么说。董大掌柜，你说呢？""好，这样稳妥。"董大掌柜也点头道。

打箭炉坐落在折多山下，折多河、雅拉河穿城流过，交汇后成瓦斯河，继续向东流入大渡河。早年，这里只是一个小山村，后来由于源源不断的雅州茶叶通过这里，运往藏区各地，便逐渐由一个马帮歇脚的小山村，演变成了茶叶的集散地，最后发展成了一个繁荣热闹的边地名城。有人曾说打箭炉是一个因茶成城的城市，这话不假，在茶马互市的年代，藏族人要赶着马匹，千里迢迢去雅州及周边的碉门、黎州换茶。清康熙三十五年，茶马互市已被茶土交流①代替。为方便藏族百姓，康熙皇帝准奏行打箭炉市，供蕃人市茶贸易，将雅州

---

① 茶土交流：到清代中期，"茶马互市"已正式退出历史舞台，藏人到打箭炉购茶，无须再用马匹交换，改用金银、虫草等名贵药材和皮毛等土特产品。史学界称"茶土交流"。

边茶交易中心移到了打箭炉。从此，藏民买茶无须再到雅州。而雅州茶商生产的茶叶，则要自行雇请背夫运至打箭炉方准销售。于是，在雅州到打箭炉的群山峻岭中，在那些弯弯曲曲的羊肠小路上，才有了日日穿梭不断的运茶背夫；随着雅州茶商纷纷到打箭炉设立分号，一时间商贾云集，茶市繁荣。打箭炉锅庄也由此出现。打箭炉锅庄，它集客栈、食宿、中介，甚至金融担保等诸多功能，是一种充满地方特色的行业。最多时有四十八家，商贸繁盛，人烟辐辏，可窥一斑。锅庄接待的多是西藏、青海、康南、康北各地来打箭炉买茶的藏商。

锅庄主大多是又能干又漂亮的藏族女人，称主人家，藏语叫阿佳。她们除了会说本民族的语言，还会说汉语，办事干练，诚实守信。藏商买茶，茶商卖茶，双方洽谈，都依靠锅庄阿佳充当经纪人。央金家的锅庄在城的东关，有四五十间客房，都是一楼一底的木房子，正房和两排厢房中间是一个很大的院子，四周是石头砌的围墙，算得上是打箭炉的大锅庄了。

这天下午，央金在经堂点罢酥油灯出来，走在走廊上，忽见院墙上飞来两只喜鹊，朝她喳喳叫个不停。这下午了还有喜鹊来报喜，是个好兆头，正想着就听楼下使女喊她："央金阿佳哪，西藏的多吉老爷来了。"霎时，她几乎也变成了喜鹊，匆匆下楼，叫上使女，便朝门口跑去。

多吉老爷带着管家次仁，还有四个背叉子枪的护卫，经过多日行程，一路风尘仆仆，这天终于到了打箭炉。多吉每次来打箭炉，都选择住央金家的锅庄，这次也不例外，下完折多山进城，就直接奔东关央金家的锅庄来了。到了门口，一个随从先跳下马背，跪到地上，多吉老爷踩着他的背下马。央金迎上前来："刚才喜鹊在墙头叫，我就猜有贵客来，原来是多吉老爷啊。"声音又清脆又响亮。多吉呵呵笑着拱手道："央金阿佳哪，你的话就像百灵鸟唱的歌，让人听到心里就高兴。托你转交天德公的信，替我交给王掌柜了吧？"

"放心吧，快请进屋。"

在锅庄安顿下来，多吉才听到他的老朋友姚仁德已经去世的事。这让他顿时心凉了半截。他不仅痛心失去了一位热心肠的好朋友，也为这次来打箭炉所要寻求的目的，骤然担心起来。他不光是个商人，也是一条有血性的汉子。当他目睹东印度公司大肆利用印茶，加剧蚕食川茶在西藏的销场时，他就看透了英人的狼子野心。他咽不下这口气，更不愿看到事态继续发展下去。所以，他把购买雅州茶叶的数量一增再增，以致耗尽家中所有现银，仍嫌不足，还要追加两万包货。如果老朋友姚仁德健在，熟人熟事，什么话都好说。可现在换了他儿子，年轻人不熟悉不说，首次打交道就给他出这样大个难题。恐怕换成是谁，也不敢轻易点头啊。

央金告诉他："不过，王掌柜带信说了，多吉老爷一到就通知他们，还是照老规矩，由少老板姚子君亲自来打箭炉见你。"

尽管如此，多吉还是深深地叹了口气，说道："唉，来时只当天德公还是姚老板当家，哪知他人已走了。我要的可不是一包两包茶，而是整整两万包啊。"

夜里，多吉找次仁管家一道商量。他说："马帮也带来了，总不能空着手返回去。我看，倒是应该我们去雅州，是我们有求于人家，哪还能给人家添麻烦，让姚少老板赶过来？"次仁却以为不妥，他说："多吉老爷，去容易，就怕去了事情办不成，丢老爷的面子，也伤两家的和气。咱们不妨去打个卦吧。"接着便把前日在理化，碰见一个做喇嘛的朋友告诉他，旺嘉活佛从北京雍和宫参加法事回来，就没回拉萨，一直留在康巴各地讲学的事说了出来。"老爷，咱们何不去求他打上一卦，请菩萨指点指点。"听说旺嘉活佛就在康巴，多吉大喜："啊，好主意。我同这位老朋友快两年没见面了，此时此刻能见到他，那才真是天意啊。"这么一说，他睡意也没了，立刻拉着次仁一同出了门，去叫央金给他们做酥油酒喝去了。

打听到旺嘉活佛在康北的金灵寺讲学，多吉一行骑马赶到那里。在寺院门外，多吉吩咐次仁和随从留在外面等候，然后独自一人进了寺庙。

由于事先通报了姓名，很快就有一个喇嘛出来，把他领到大殿后面的小经堂里，见到了旺嘉活佛。

"哦，尊敬的多吉老爷，是什么风把你也吹到这里来了？"看到他，活佛又惊又喜。

多吉双手合十向旺嘉说道："活佛哪，离开拉萨之前，我曾去寺庙拜会你，他们说你去北京雍和宫了。你这不是回来了吗，可为什么还不回拉萨去？"

旺嘉无奈地笑笑道："有什么办法？英国人把印茶弄进我们西藏，分明包藏祸心。可葛厦里有的人却为了银子，竟睁一只眼，闭一只眼，暗地里还与洋人勾勾搭搭。我不过讲了些他们不愿听的话，没想到就招来了嫉恨，与其回去受他们的气，还不如到外面四处走走，讲讲经说说法，心境倒还清净些。"

多吉："活佛的心就像喜马拉雅山上的雪水一样纯洁，就像蓝天一样明亮。只有那些长着蝎子心的人，才会做出那种出卖良心，把脏水泼到活佛身上的勾当。菩萨有一天会惩罚他们的。"

旺嘉："多吉老爷，你的生意不是做得好好的吗，跑这么远来，该不是有什么事吧？"

多吉："活佛，我还真是有事求你来了。"

"什么事？"

"求你替我打一卦。"

"哦，为什么？"

多吉便如实说出了他的想法和去雅州的打算。

"为了准备足够的雅州茶，我已将家中所有的现银耗尽。可觉得要与洋人一争高下，还是不够。所以才想到去赊货这个法子。活佛啊，我可不是只为了争个输赢，东印度公司的人到了我家，仗着财大气粗，妄图威逼我，收买我，要我俯首称臣。你说我能咽得下这口气吗？可是天德公的姚老板过世了，现在换成了他的儿子当家，他还能跟他爹一样买我的账吗？"

旺嘉听了，想了想笑道："多吉老爷，我看你的想法多余了。问问雪山，问问草原，谁不知道你多吉有一双雄鹰般的翅膀，就没有飞不过的高山。谁不知道你多吉是草原上最俊的马儿，就没有蹚不过的江河。只要心中坚信，你为的是草原的安宁，民众的吉祥，你就有足够的勇气。再说了，你求助的谁？那是汉族兄弟啊。他们与我们是一个妈妈生下的儿女，是打断骨也连着筋的亲兄弟。骨肉之间，血脉相连哪。你看我说的在理不？"

多吉："我明白了。"

"世事缘生缘聚，菩萨自有安排。放心去吧。"

"谢谢活佛指点。"

旺嘉欲留多吉在寺庙休息两日再走。多吉心结解开，着急要赶回打箭炉。旺嘉只好送至寺庙门口，两人话别，多吉告辞上马。一行人扬鞭催马，又沿来路驰去。

回到打箭炉的第二天，多吉又生主意，请求央金陪他们一道去雅州。这主意可不是他一时高兴，胡乱想出来的。他知道，央金家的锅庄与雅州天德公的交情，可以追溯到上一辈的好几代人。而且央金还是姚仁德夫妇的干女儿，有她一道去，至少可以有个帮助说话的人。次仁管家也赞同，说这样心里就更踏实了。不料央金却不肯答应，说锅庄上杂七杂八的事儿太多，一刻也离不开她。

　　多吉说："央金阿佳哪，容我直说了吧，有你去了，在你干妈、干哥哥的面前，帮我搭个话啥的，管用啊。这个忙说什么也要帮我。"

　　央金显得为难的样子，想了想道："不是我不答应，你说这去了，一边是多吉老爷，一边是我干妈和阿哥。一个是买，一个是卖。买卖顺利倒不说了，要有个什么，还说我偏向谁了。"

　　多吉："看你说哪去了。多少年来，打箭炉的茶叶买卖，有哪桩不是靠锅庄为我们牵线搭桥才成交的？央金阿佳，我们相信，你的心就是最公平的秤。"

　　央金的口气松动下来："只是这一去要耽搁不少天，我也不能把锅庄上的事丢下不管。多吉老爷，你看这样好不，这桩生意做成了，你付我多少佣金？"

　　多吉立刻哈哈大笑起来："好一个聪明的央金阿佳。"

　　旁边的次仁管家忙抢过话头："我们还是按照旧规矩，事成之后，退头、糖钱加在一起，付你四成佣金……"

　　多吉打断他说："不，要是事成，我把佣金给你加两成。"

　　央金笑了："我去。"

　　多吉也笑了："锅庄也是做生意的，哪能让你吃亏。"

　　清晨，韩青霞来到青云寺的后花园扫地。这是她上山后慧真住持给她交下的每天要做的功课。因为还未得到剃度，所以每天大部分时间就做些杂活。好在地上多是落叶落花，偌大一个花园，没用多久就打扫完了。花园深处有一块青草坪，种了不少银杏树。韩青霞见偌大的花园里就只她一人，四周一片寂静，禁不住犹豫片刻，就将扫帚靠到树上，走到草坪中间，深深地吸了口气，便独自练习起功夫来。她流落雅州，寻找哥哥，久无音讯，走投无路之下，决心上山出家，先给自己找个落脚之地。一月前，她在青云寺山门外的揽辉亭饿得昏倒过去，被庙内僧人搭救，醒来便一头跪在慧真住持面前，恳求收下她为徒。慧真主住把她打量一番，似有难处，但还是念其可怜，决定暂时收留下她。练着练着，她不由自主地又想起自己悲惨的身世，要不是那个无耻之徒，她哪会落得家破人亡，流浪四方。想到这深仇大恨，目光里的杀气便渐渐显露出来，接着拳脚也越来越凶狠……突然，只听咔嚓一声，一棵碗口粗的银杏树，也被她拦腰劈断了。

"出家之人，当行善为本。草木虽不能言语，可也是有生命之物。何以要伤害于它？"韩青霞猛回头，竟见慧真师傅带着两个年长女尼，不知啥时已来到草坪。她赶紧收势，合掌认错："师傅，弟子一时失手，已知错了。请师傅发落。"

慧真面带愠怒，克制说道："发落就不必了，回柴房自责去吧。"

"谢师傅宽恕。"韩青霞拿起扫帚，急忙匆匆离去。

望着她远去的背影，慧真住持怜惜道："本是一个可怜的孩子，偏偏杀气太重。"话没再说下去，但身旁的两个弟子分明已经听出，韩青霞与佛门的缘分，到此而止了。

韩青霞离开青云寺是第二天清早。慧真住持站在山门外的台阶上，身旁跟着一个女尼。韩青霞还是背着上山来时的那个小包袱，跪在石阶下，眼里热泪盈盈，她说："师傅，弟子落难之时，幸得师傅收留，今日离别，请师傅受弟子一拜。"说完便一头磕下。慧真言道："出家人慈悲为本，礼就免了，起来吧。不过临别之际，老衲可是有一言相赠。看你也是个性情中人，只是凡心太重，尘缘未了。也许有什么仇家，眼里难免常有杀气透出。佛语曰，苦海无边，回头是岸。老衲倒是望你，今后无论走到哪里，都要记住，忍字为先，尤其你还是个习武之人。阿弥陀佛。"霎时，韩青霞的眼泪簌簌而下，泣声应道："师傅，弟子记住了。"又一头磕下。待她再抬起头来，慧真住持和女尼已不见人影，山门也关上了。

韩青霞站起来，擦干眼泪，拖着沉重的步子，向山下走去。走不远又回头看看，青云寺已淹没在一片葱绿的树林中，渐渐远去，唯有青瓦屋顶还隐约可见。听到林中又传来尼姑们悠悠扬扬的诵经声，她又伤心起来。她不怕青灯孤影，只想有个容身之地，现在也没了。唉，下了山她又能往哪去啊？

韩青霞望着苍茫的天空，心里默默地呼喊着："哥啊，你在哪里？"

十

多吉、央金一行，骑马走了三天，来到了雅州。

由于提前得到央金带的口信，天德公也早早做了准备。

为多吉一行接风的饭桌上。天德公不仅准备了丰盛的酒菜，还特别准备了牦牛肉、酥油茶，还有打箭炉锅庄上的猪膘肉。老夫人、姚子君、董大掌柜——向多吉老爷敬酒，那份亲热和友情，令多吉十分感动，说就如同回到家一样。姚子君告诉他，虽然父亲不在了，但接到央金阿佳捎来的信后，他就早早做好了准备，打算让王掌柜陪他赶去打箭炉迎接多吉老爷，却没想到多吉老爷倒亲自来了。西藏到四川，山高水远，道路漫漫，来一趟不容易。既然来了，就好好休息几日，四处走走看看。城内的观音阁，城郊的青云寺，都是香火热闹的地方。休息好了，再说茶的事情。

多吉说："感谢姚少老板，客随主便，就听你的。"

可才两天，多吉就坐不住了。让次仁管家去找董大掌柜，希望早日得到一个准确的答复。

翌日，在天德公的客厅，双方落座下来，多吉就显得有些迫不及待，抢先说道："姚少老板，还有两位掌柜，我是个爽快人，肚里藏不住话，就开门见山直说吧。多吉昌同天德公打交道，年代也不短了，知道贵号从未卖过预茶。可现在偏偏是我要坏了你们的规矩，实在是为难你们了。不过，在这里还是请你们听我多说几句。"

姚子君："多吉老爷不必客气，尽管直说。"

多吉："藏族人从娘胎里生下来的那天起，谁不是喝着雅州茶长大的？这根深蒂固的习惯延续了一代又一代。因为茶叶，让我们骨肉情深，血脉相连。可现在，那东印度公司却要我们改变这千年的传统，去喝他们的印茶。看着我们自己茶叶的销场一天天萎缩，让人揪心哪。我多吉是条汉子，偏偏服不下这口气。年初，我来打箭炉进货，在贵号已经多进了两万包茶。半年下来看，跟洋人斗还不够。可是家中的现银已全部耗尽，一时也凑不出来，这才想出信上说的办法。姚少老板，说白了吧，我是向你们求助来了。"

姚子君听了沉默不语，心中却颇为感动。多吉老爷同样是个商人，而面对大是大非，他却不以私利为重，高瞻远瞩，敢于担当，令人钦佩。在思考片刻之后，他说："多吉老爷的一番话，令子君眼界大开。眼下川茶受困于印茶，英国列强的势力在藏地大肆渗透，倘若像多吉老爷这样的人能多有一些，何愁洋人阴谋不败。只是多吉老爷要求追加的货数量太大，时间也紧迫，所以还请多吉老爷容我们下来好好商量一下，再答复你好吗？"

央金插话说："子君阿哥，其实眼下打箭炉还囤积不少茶，但都是一些小号的杂牌货。多吉老爷说了，多吉昌就只销天德公的货，已是几代人了。为了斗过洋人，品质也要有保障，所以决定还是只要天德公的货。阿哥啊，你就帮帮他吧。"

看到姚子君有些犹豫，多吉又道："姚少老板，两位掌柜，请你们相信，多吉绝不是不讲诚信的人。虽一时拿不出那么多现银，但家中尚存有不少土产和名贵药材，像鹿茸、麝香、虫草、母贝、皮毛之类的东西，贵号若不嫌弃，多吉愿以此作为抵押。"

"那倒不必。多吉老爷的话，让我们看到了一颗金子一样明亮的心，这就已经够了。"姚子君说这话的时候，注意到董大掌柜一直沉默不语，知道他心头另有想法。

作为天德公的老臣，如何保护姚家利益，董大掌柜的话无疑举足轻重。姚子君虽说当家，毕竟也是在他的眼皮底下长大的。何况母亲也曾多次嘱咐，但凡生意上的事情，一定要多听董大掌柜的："多吉老爷，长期以来，天德公与多吉昌的生意一直是我们董大掌柜在具体打理，容我再同他商量商量，下来定会给你一个明确的回话，好吗？"

多吉："那我就先道谢了。"

央金拎着一只鼓鼓囊囊的皮口袋，由吴玉珠陪着，来后院看老夫人。央金拿出阿爸阿妈带给老夫人的虫草、天麻、藏红花、核桃，老夫人高兴说："感谢他们还惦记着我。央金哪，才几年没见，你咋就长成大人了，还当了阿佳。这日子呀过得真快。"说着就将她拉到面前，又是打量又是抚摸，"老不来看我，我都快想死你了。瞧，这水灵灵的脸蛋红得就像你们巴安的苹果，多爱人哟。"央金在老夫人面前也撒起娇来："干妈，我这不是来了嘛。阿爸阿妈还说了，让我一定要请你去打箭炉住上一些日子，空了他们就陪你去跑马山耍坝子，去安觉寺转经。"老夫人听了更是笑得嘴都合不拢了："唉，可惜你干妈老了，哪里还爬得动山哟。回去替我谢谢你阿爸阿妈。我还听说他们给你找上门女婿了，是真的？快给干妈说说。"央金害羞地回答说："干妈，你又不是不知道，锅庄阿佳的夫婿都是招上门的，风俗就那样。"再往下她就不说了。老夫人道："倒也是，锅庄上的事情多，没有一个搭把手的，到时候岂不把我的干闺女累坏了。"听到这里，一旁的吴玉珠抿嘴笑道："妈，我可听出来了，闹了半天，你最心疼的人还是央金妹妹。"老夫人更乐了："实话跟你说吧，当年跟子君他爹去打箭炉，见央金乖巧伶俐，长得也俊，我同子君他爹都喜欢得不行，一心要领她回来做子君的妹妹，可惜她阿爸阿妈怎么也舍不得。"吴玉珠说："妈，那就是你们的不对了。你不常说吗，女儿长得乖，含在嘴里怕化了，捏在手上怕飞了，谁舍得呀。"央金红着脸道："嫂子就别取笑我了。你才长得漂亮呢，就像下凡的仙女似的，还是我子君阿哥有福气。"

老夫人要央金留下来，就在上房跟她一起住。不料央金说她早已同嫂子约好，晚上要同嫂子一起住的，两人好摆悄悄话。见她们还真像亲姊妹似的，老夫人也高兴，便答应了。

晚上在灯下，吴玉珠拿出一对崭新的绣花枕头来，上面有一对栩栩如生的喜鹊闹梅，针线精巧。央金一看，惊喜不已，连连称赞嫂子手巧。吴玉珠说："这是当嫂子的特地为你准备的一份贺礼，到时候再请王掌柜替我捎一份礼金过来。"央金把头靠在吴玉珠身上，深情地道："谢谢嫂子。"当吴玉珠又问起她那人怎么样时，她就显得似乎有几分忧伤。只是淡淡地说了几句，即将上门入赘的夫婿是个土司头人家的儿子，人倒是老实本分，幼年时也学过喇嘛，对二老也孝道。就是家乡两个土司常发生械斗，当头人的父亲常常被土司招去打仗。语气中也挟着几分无奈。

"还是嫂子的命好，嫁给了我的阿哥。"

"妹子，做女人也不能光认命，有时候还得靠自己。婚姻也像你的锅庄，生意做得那么大，那么好，还不是靠你自己一点一滴、一手一脚盘起来的呀。既然已走到了这步，就好好过吧。嫂子祝福你。"

正说着，姚子君从号上回来了。一听吴玉珠要他去书房睡，立刻明白了。见二人都在看他的表情，他想想说道："央金妹子，你嫂子夜里可能打呼噜了，像炸雷似的，难道你就不怕睡不着？"二人听了都哈哈大笑起来。笑罢，吴玉珠冲他问道："你胡说些啥子，几时睡觉你听见我打过呼噜？"央金说："子君阿哥，你是想撵我走吧？就这么舍不得离开我嫂子呀？"姚子君自己也忍不住笑了："不是想逗你们乐嘛。"吴玉珠拉着央金欲往床边坐："别理他，那边摆咱们的龙门阵去。"姚子君突然挡住她们："别忙，我有话要问央金。"

"什么事？"

"你给我讲讲多吉老爷好吗？"

央金说多吉老爷的名字叫多吉嘉措，多吉昌是他商号的名字。因为昌字在藏语中既能代表商号，也能代表家的意思。他家的祖籍在藏东金沙江边的一个小县上，早年祖上也非富人。据说多吉老爷的曾祖父还当过僧官的商奴，在僧官的商队里做赶马汉子，常常往返于西藏和打箭炉之间。后来是花银子才改变了商奴的身份。然后拉起一支自己的马帮，在西藏和打箭炉之间做起了茶叶生意。由于在僧官的商队积下经验，他只进雅州几家大茶号的品牌货，很快便在拉萨、察木多一带有了自己的销场，站稳了脚。到多吉父亲手上，家产已号称西藏首富。虽然已踏入富贵阶层，但由于不是世袭的贵族，仍常受到世袭贵族阶层和葛厦里一些人排挤和暗算，爷爷就是在一次路过罗布林卡的时候，遭遇黑枪被打死了。到了多吉嘉措时代，生意更加红火，家产越发扩大，还成立了一支两三百人的武装，保护他来往于各地的马帮商队。由于他坚持抵制印茶，得罪了那些被洋人的银子贿赂了的有权势的人，他们串通起来，反污蔑他勾结洋人。一次，趁多吉回到家乡整修官寨，他们悄悄派出信使，带着两封信赶到多吉的家乡，一封交给当地聪本（驻军首脑），信上给多吉编造了不少的罪名，要求立即除掉他；另一封则是送给多吉的，内容则全是表彰他的，颂扬他对家乡经济的发展，对百姓的厚爱，对葛厦财政税收的贡献，总之好话说了一大堆，还给他封了个六品官，对其大肆祝贺了一番。哪知道信使竟阴差阳错，将两封信恰恰送反了。结果可想而知，多吉来了个抢先下手，以他的三百马兵打败了聪本的军队。等到他们的大兵赶来，他已撤退到了金沙江的东岸。最后官司打到拉萨，也不了了之。

如今，在拉萨、扎布伦、亚东、察木多，西藏的不少地方都有他的商号。他的马帮驮队下四川，走云南，一上路就是成百匹的骡马或牦牛，赶马汉子都背着叉子枪，可威风了。

"他人怎么样？"

"草原上的人们都说他有雄鹰一样的勇敢和智慧，有牦牛一样的诚实和厚道，也有菩萨一样的心肠。遇到灾年，他家装糌粑的皮口袋，是不拴口子的。子君阿哥，我知道你担心什么，两万包茶给了他，今后收不到银子怎么办？"

"央金妹子，我不是刚当家嘛，凡事总得小心一些，可不敢把生意做赔了啊。"

"这样吧，我家的锅庄愿为他做担保。"

深夜了，姚子君书房里的灯还亮着，他一番思考之后，亲自草拟好了一份买卖预茶的合约，这时街上已打二更，才倒床睡去。

翌日起来，姚子君就去号上，先征询董大掌柜的意见。

董大掌柜看罢合约，眉头紧皱，他惊诧少老板为何改变初衷，竟在合约上答应了多吉的请求。那天自己说的话，怎么忽然又变了？不由问道："少老板为什么会这样想？"

这事也许会遭到董大掌柜的反对，姚子君昨晚就想到了。老人一生维护姚家利益，忠心耿耿，兢兢业业，尤其在生意上，从不会让天德公吃一点亏。对此，父母的称赞，从小就在心里给他留下了深刻的印象。可是这两天下来，他不得不承认，原来的想法，已被多吉老爷彻底改变。所以今天他的第一步就是要首先说服董大掌柜。"我也反复想了很久，之所以答应多吉，我看重的是他作为一个商人，当国家、民族利益遭到危难之际，敢于挺身而出，勇于担当，敢去抗争。试想想，如果真有那么一天，川茶在藏地销场被他人蚕食，最后丢失殆尽，结果会是啥样？"

董大掌柜摇头道："少老板啊，有些事是需要国家出面才管得了的，而我们就只是一个普通的商人，在商还得言商啊。万一有个闪失怎么办？望少老板三思。"

姚子君想了想，一时很难说通董大掌柜，而多吉一行又不能在雅州滞留太久，决定自己承担起这个责任。他说："董大掌柜，就当我上学先交的学费吧。这桩生意就照合约执行，要是日后赔了，是你没有拦住我，错在我。"

董大掌柜只好苦笑道："看你说的，少老板，现在你是东家，既然这么定了，我也没啥说的。不过，两万包预茶，货款值五万多两银子，需要占用一年时间。合约上应添一条，多吉昌需承付天德公适当的利息。"

"这条合情合理，想必多吉老爷也一定能够接受。"

在天德公的客厅里，当王掌柜把一份抄写得工工整整，已签上了姚子君名字的合约交到多吉手上的时候，他望着姚子君深深地感动了。他从次仁手上接过笔，郑重地也写下自己名字，并摁下手印，然后上前捧起姚子君的双手，激动地说："姚少老板，我衷心感谢你。今天我才告诉你一句实话，来之前我担心事与愿违，曾去康北草原找过旺嘉活佛打卦，结果卦没打成，他只这样告诉我，藏族和汉族是一个妈妈生的儿女，是打断骨头还连着筋的骨肉兄弟。血脉之情，是割不断的。看来让他言中了。"

姚子君又令人取来一盒特制的同心结礼茶赠送多吉，并语重心长地说道："多吉老爷，愿我们同心同结，天长地久，永远是兄弟。"

多吉一行圆满结束了雅州之行，就要返回打箭炉了。

姚子君带领胥亮、田勇送他们出城，来到南门外的山坡下，一个背着叉子枪的护卫已跪到马前，就等着多吉上马了。

多吉拉着姚子君的手，仍有说不完的话："姚少老板啊，相见容易，别时难。感激的话我就不多说了，在这临别之际，我愿盛情邀请你，去我们雪域高原走一走，看一看吧。那里有世界上最美丽的雪山，广袤无垠的草原，仙境般神奇的海子。还有生活在这片土地上的藏族父老乡亲。到时候我一定同他们一起，捧着青稞酒，举着哈达欢迎你。"

"多吉老爷，谢谢你的盛情。一旦有那么一天，我一定会去的。"

二人拥抱作别，多吉踩着护卫的肩膀上了马背。

央金和王掌柜各自牵着马，边走边说着什么。见到多吉已上马背，她走到姚子君面前，依依不舍，又落落大方地说道："子君阿哥，我就要回去了。几时来打箭炉，别忘了来锅庄看看你的干妹子。"说完，便飞快在姚子君脸上亲了一口，这才转身跳上马背，向前追去。

夏时玛这些天一直待在客栈房间里，折腾那些杯杯碗碗。不是他不想出门，而是穿着这身传教士的衣服，他怕碰见了从拉萨来的那头牦牛汉子。数日前，他独自出门，走遍大街小巷，果然发现雅州茶号不少，光城内就有三四十家。最后在一条叫仁义巷的街上，终于找到了他想要寻找的天德公。他看到几个人站在门前，像是在等候什么人。正打算上前，忽然看到从街口过来了一行藏族人。骑马走在前面的，竟然正是在拉萨对他和皮尔下逐客令的那个多吉老爷。门口的那些人看到他们，便热情地迎了上去。哦，绝不能被他发现了，尤其是现在穿着这身传教士的衣服。夏时玛迅速拐进一条小巷，绕道逃回了客栈。

不用说他已知道多吉来雅州的目的。他立即吩咐黄四去找邵安，打探多吉的行踪，自己则整天关在房里，也不知他究竟在摆弄啥。

桌子上摊着几张黄纸，每张黄纸上都放有一小撮茶叶，还各有一个盛开水泡茶的样杯。他泡好茶，通过观察汤色，品尝口感，对它们一一比较，妄想从中能弄清这茶是怎么做出来的。几天下来，他发现邵安让黄四拿来的这些样茶中，却偏偏缺天德公的茶。一天，他请教邵安。邵安告诉他，雅州的茶号各家都有自己的秘方，像天德公这样的大茶号，秘方不外传，样茶也不会随便卖。让黄四送来的这些，虽说都是些小茶号的茶，也是他费了九牛二虎之力才弄到的。夏时玛听了，暗暗记在心里。听了黄四向他报告，多吉一行已离开雅州，返回打箭炉去了。于是，他又想到那天的事，决定再去试试。

夏时玛特地换上一身汉装，长衫马褂瓜皮帽，脚穿一双黑布鞋，又来到天德公门口。见大门敞开，四下无人，便大胆踏上石阶，正偷偷往门里窥视。作坊领工瞿六带着两个伙计，上街买了铁叉、挖耙、扫帚扛着回来，正好撞见。瞿六上前在他肩上拍了一掌："喂，你看啥子？"

夏时玛转过身来，点头笑笑："你好。"

瞿六一看，蓝眼睛，高鼻子，吓了一跳："哦，我当什么人，原来是个洋……洋人呀。"

夏时玛点头："OK。"

瞿六把他打量一番，问道："你有什么事？"

他说："你们是天德公的工匠吗？"

瞿六吃了一惊，对两个伙计说："嗬，这个洋人还会说中国话。"

就听他又道："我想跟你们交个朋友，我请你们吃饭、喝酒，去烟馆、去妓院也行……"

没等他说完，一个伙计便将瞿六拉到一边悄声说："瞿领工，使不得。我看这个洋人怪怪的，什么烟馆子、窑子他都懂，一定不是个好东西。再说了，跟外国人交朋友，十有八九都是咱们中国人吃亏。"

夏时玛追过来，摸出一个大洋递给瞿六说："不要听那些胡说八道，我绝不会让你们吃亏。把这个拿上喝酒去。"

瞿六愣了一下，接过大洋，用嘴吹了吹，又放在耳边听了一下，竟说："嗯，这个朋友可以交，拿上。"就将大洋揣进了口袋。

夏时玛自以为得计，就要瞿六放他进去看看。不料瞿六却朝他回敬了一个怪笑说："交朋友可以，进去看不行。"说罢向两个伙计使了一个眼色，趁他还没明白过来，便三人一起，自顾进门，又迅速将门关了。夏时玛站在门外，愣了半天，才知道上了当。

天德公不让看，那就另找一家看。他自信，凭他的本领，只要进了他们的作坊，从头至尾看一遍工匠们是怎样做茶的就够了。夏时玛叫黄四去找邵安想办法，让他去聚盛源的制茶作坊看看。黄四找到邵安，俩人一商量，回来告诉他，谁家茶号的作坊都是不允许人随便看的，这事邵安做不了主。夏时玛："你老表不是当掌柜的吗？"黄四说："他这个掌柜呀，可管不了多少事，就是个跑腿的。"夏时玛想想："叫他跟老板说，我是买茶的，要看看茶。"黄四心里道："狗日的，脑壳还真是管用。"顿了一下说道："夏牧师，邵老表说了，现在办事情得先说这个。"并用指头给他比画了一下。一听说又要花钱，夏时玛狠狠地盯着黄四："哼，每次都是这样。说吧，要多少？"黄四道："二十个大洋，不多。"

跟着夏时玛进里屋取钱，黄四指着桌上的杯杯碗碗，和那些乱七八糟的散茶，忍不住问道："我说夏牧师，我就奇怪，你一个牧师，不去传教，成天折腾茶叶，是为什么？"没想到他立刻转过身，瞪着眼训道："黄，我再警告你一次，不准随便打听主人的事。再有下次，把饷钱全给你扣完。"黄四赶紧扇了自己一个嘴巴："哎哟，我又搞忘了。下次再不敢了。"

黄四接过大洋，狡黠笑着，匆匆而去。夏时玛在身后朝他骂道："贪厌的小丑。"

十一

为了履行合约，姚子君请董大掌柜来商量下来马上要做的事情。董大掌柜说他已查过了库存、作坊和打箭炉分号的账目，几户大买家的货都已发到尾声，再鼓把劲，今年的生意就该圆满结束了。现在要赶制多吉昌追加的两万包茶，多的困难倒是没有，就是缺一部分做庄茶原料。多吉订的是天德公的康砖茶①，而制作康砖茶，只需用少量的梗末②和条茶③，大部分原料正是做庄茶。每年的新茶会上，茶农手上的做庄茶都是抢手货，早卖完了。这是眼下最迫切需要解决的一桩事。

姚子君："差多少？"

董大掌柜："库存还有少许，尚差三万斤。"

姚子君："跟别的茶号通融通融，哪怕价格涨一点，卖些给咱们也行。"

董大掌柜摇了摇头，想了半天，说出一件事来。

春末夏初，是雅州一年一度的新茶会。各家茶号纷纷派出买手下乡收茶。龟都镇后山的茶树坪，是个出好做庄茶的地方，聚盛源的钱瑞带着邵安早早就赶到那里，跟当地茶农把货全包了。可是等到茶农把茶做出来了，聚盛源却一直按兵不动，拒不派人前去收货。看着别地方的茶农早已将茶换成银子揣进了腰包，聚盛源仍不见动静，茶树坪的乡亲们着急了。一月，两月……一直拖到现在。眼下茶树坪的茶农，那是叫天天不应，叫地地不灵。因为几乎所有茶号的原料都在新茶会时就备够了，此刻谁还来买原料茶？聚盛源这样做，不为别的，就为了压茶农的价。

"如此伤天害理，尔虞我诈的事，聚盛源竟然也做得出来？事情是真的吗？"姚子君问道。

董大掌柜说这已不是什么新鲜事，在茶界早有传闻。只不过碍于面子，大家都心照不宣罢了。并说那天看了少老板草拟的合约后，他第二天就带上胥亮去了一趟龟都镇，通过吴有财把这事打听了个一清二楚。现在这批做庄茶还捏在茶农们的手里，正好可以解决天德公原料不足的问题。

姚子君立马决定去买下这批茶。董大掌柜说只是这样下来，钱瑞就会更加忌恨天德公了。

---

① 康砖茶：雅州边茶包括毛尖、亚细、康砖、金尖、马茶等几个品种。古代时，康砖茶主要销售西藏拉萨及周边地区。

② 梗末：指从茶中筛选出来的茶末子。

③ 条茶：采用一芽四叶左右的鲜叶，制成卷褶条形的黑茶和做庄茶拼配，是制作康砖茶的主要原料。

姚子君道："咱们不怕，茶农种茶为生，谁家不等着卖了茶养家糊口？再说是他自己心不正，唯利是图，欺诈茶农。理亏的是他。"

见少老板决心已下，董大掌柜决定明天就带胥亮去龟都镇收茶。姚子君要他就留在家里，自己带胥亮去就行了。董大掌柜说："你现在是老板，还是让我去吧。"

姚子君："这种活，我年轻，去做正合适。你是长辈，可千万别拿我当老板看。"

董大掌柜："那怎么行，天下事没有规矩不成方圆。蒸笼还要分个上下隔呢。"

"别争了，就这么定吧。"

"那好吧，听你的，让胥亮和田勇都跟你去。胥亮这两年一直在跟我学做买手，长进很大，看茶评级，拿捏水分，已是八九不离十。田勇心细，可帮你管账付钱。"

姚子君带人去龟都镇收茶的消息，是隆裕茶号的孙老板跑来告诉钱瑞的。钱瑞先是不信，这个季节了天德公还买做庄茶干什么？孙老板便把他听到的消息说了出来。钱瑞听罢又气又恨，气的是天德公竟又做成了一笔大买卖，这样银子就尽往姚子君口袋里钻，轮不到他头上；恨的是上次不该听信邵安，将茶树坪的那批做庄茶拖到现在。姚子君现在急需的就是做庄茶，要是被他收走，这几个月来的算盘岂不白打了。当即把邵安叫来一顿臭骂，要他说怎么办？邵安哭丧着脸，说他也没办法。钱瑞更气，竟要邵安立刻跟他走，带上合约去龟都镇讨个说法。

邵安说："钱老板，要说合约，也是我们先违约。再说了，当时茶农要求付点订金，我们一两也没付。"

钱瑞朝他劈头骂道："你脑壳里装的是豆渣呀，平日的聪明劲儿都跑哪儿去了？这会儿还去找茶农说啥？要找就找姚子君，向他讨个说法。走。"

吴有财把新茶会时自己堆茶的一幢空院子拿出来供女婿收茶。大门旁的墙壁上贴着一张红纸，上面写着天德公收茶处。一进门，便见天井里摆着一张大方桌，上面放着一排供茶农对样的样茶盒子。桌旁设有一杆固定的大吊秤。听说是雅州天德公茶号来收，价格仍照新茶会时的价格，付的也是现银，茶树坪的茶农顿时乐了，纷纷蜂拥而至。乡亲们用背篼、麻袋、叽咕车运来茶叶，在大门前竟排成了一条长龙。

胥亮验茶，一伙计过秤，田勇算账付钱。姚子君也跑前跑后，帮着打杂。现场一片忙碌。

胥亮负责第一关验茶，只见他从背篼里，口袋里抓起一把把茶来，在手心里摊开，看看闻闻，又用手指一阵轻揉，凭眼观手摸，干净利落，就准确报出评验的结果来。茶是几级，水分是多少……茶农一个接一个经他面前走过，看到他累得满头大汗，验茶让人心服口服。一个老者夸他："小师傅这般年轻，就验得这么准，好功夫呀。"胥亮也不客气，一脸的得意说："我做买手两年了，要是验得不准，你们不答应，老板也会把我撸了。老人家，你说是吧？"老者呵呵笑道："那是，那是。"旁边过秤的伙计也忙得不可开交，他得帮茶农把背篼、口袋抬起挂到秤上，再一一过秤，然后大声报出称的数量。在田勇结账的桌前，看到的是一张张笑脸，听到的是一片笑声。两天下来，就收到上万斤，把大伙都乐坏了。

晚上，吴有财夫妇打着灯笼来到前院，打算喊女婿和他带的几个伙计们吃夜宵。走到伙计们的睡房门口，见灯已早熄，屋里传出阵阵鼾声。吴有财把敲门的手缩了回来，悄声说："忙碌了一整天，都累了。让他们睡吧。"妻子说："夜宵都做好了，叫醒他们吧。"吴有财轻轻摇了摇头，努嘴示意她往对面看，只见女婿房里的灯还亮着。

二人走到窗下，吴有财从窗子缝隙往里看去，姚子君披着衣服，坐在油灯下，还在聚精会神地读书。吴有财愣了一下，忙拉上妻子就转了身。妻子问他咋不说话？他贴着妻子耳朵悄声说："这会儿还在用功。哎，玉珠当初死活要嫁他，现在看来，咱们的闺女还真是有眼力。""那，夜宵……""不吃了，别打搅他，咱们也睡觉去。"

第二天大伙正忙着，钱瑞就带人找上门来。见他气势汹汹、来者不善的样子，姚子君向胥亮和田勇递了个眼色，示意二人别莽撞，然后迎上前主动招呼钱瑞。没想到钱瑞劈头就道："我问你，知道这茶是哪家订了的吗？"姚子君心中也早有准备："哦，这个我还真不知道。胥亮，你们可是知道？"胥亮埋头一边继续验茶，一边大声应道："谁知道是哪些个龟儿子订的啊。听说订几个月了，也不来人收，害得茶农抱着茶卖不成钱，都在叫苦连天。这种人真缺德。""说话要留点口德。"邵安立刻从钱瑞身后走上前，摆出一副准备吵嘴打架的样子，"别他妈揣着明白装糊涂。"

姚子君："这位是？"

钱瑞："我家的邵掌柜。"

姚子君："这位掌柜说得对，大家都别那么说话，和气能生财。钱老板，你说是吧？"

钱瑞也摆起一副桀骜不驯的姿势："说什么也没用，反正我只认这茶是聚盛源先订了的。"

姚子君依然不火也不气，镇定地说道："既如此，也不难，让他们停下来，我俩一道问问大家，不就啥都知道了。"说罢转个身来，就朝众人大声宣告："乡亲们，我想请问一下，钱老板说，这茶是他们聚盛源订了的，是这样吗？如果是，天德公今天就把这收茶的摊子撤了。因为大家都是茶界的同行，也不能为了这点小事就伤了和气。你们说是吧？"

正兴高采烈卖茶的乡亲们一听这话，顿时就像炸了锅。

"少老板，别听他的鬼话，当初我们就是相信他的话，才把我们害苦了。"

"聚盛源说话不算数，新茶会时订的茶，拖到现在，多少时间了？让他们自己说，是为什么？"

"还用说吗？不就是想拖的时间越久，越好压我们的价钱。也不替茶农想想种茶人的辛苦，良心黑透了。"

"上回当，学回乖。吃一堑，长一智。这回就当我们茶农也交点学费钱，今后再不跟聚盛源打交道了。"

"少老板，你们可不能撤啊，茶树坪的百姓，哪家不巴望快点把茶卖了，拿到银子好养家糊口。求你们了，就当做件好事，把茶给我们收了吧。"

刹那间，茶农说什么的都有，他们把多日来心中的积怨，就像炒豆子一般，泼到了钱瑞的头上。

姚子君说："请乡亲们静一静，听我解释。天德公不是不愿收大家的茶，是钱老板不答应啊……"

没等他的话完，茶农们一哄而上，便把钱瑞围了起来。

"凭什么要你答应，当初你给过一两银子的订金吗？"

"被你们拖到今天，天德公仍然给我们新茶会时的价钱。人家是买卖公平，童叟无欺。你们呢？"

有人干脆直接骂道："过去聚盛源买茶，就常压级压价，克扣水分，还要秤杆，谁不知道？唯利是图，欺哄敲诈，做这种事的人，他就是奸商。让他滚。"

钱瑞站在那里，任凭众人数落、斥责，颜面扫尽，一副尴尬熊样，只巴不得地上有条缝，让他一头钻进去。

姚子君上前，拉开众人，向钱瑞说道："钱老板，你看是我把摊子撤了，还是帮你把屁股擦了……"

钱瑞盯着姚子君，气得咬牙切齿："算你又赢。别忘了，你让我吃晌午，我会请你吃晚饭！"丢下一句狠话，便带着邵安和伙计，灰溜溜地离开了。

一阵欢腾之后，院子里又重新忙碌起来。

邵安从聚盛源下工出来，天就擦黑了。为了茶树坪那批做庄茶，他又被钱老板狠狠训了一顿，心里一直闷闷不乐。拐进小巷的时候，他在烧腊摊上买了半斤卤肥肠，四两卤猪头，一斤玉米酒。回到屋里点上灯，刚坐下，黄四就推门走进来："邵老表，啥东西好香呀。"

"龟儿子的狗鼻子。"邵安心里骂了一句，嘴上还是招呼说："又是有什么事吧？"竟头也不抬，仍只顾自己吃着。黄四装着没看见，从衣兜里摸出几个银圆，从右手放到左手，发出哗哗的响声。邵安瞟了一眼，立马抬起头来："快来快来，一起坐下喝两杯。"并起身拿了一个杯子，给黄四倒酒："又发什么财了？"黄四将十个大洋往桌上一放："我说过，上山打猎，见者有份。我不会吃独食子，这是你的那份。"邵安笑了："我也刚坐下来。什么事，咱们边吃边说。"

黄四告诉邵安，夏时玛想到聚盛源的制茶作坊去参观。邵安愣了一下："你没给他说，各家茶号的作坊都是不让外人看的？"黄四："说了。他说他要买茶，但得先让他看看，作坊里的工匠是怎么做茶的。"

邵安说自己就是鬼了，这洋人比他还鬼。他究竟想干什么？黄四也摇了摇头。邵安想了想，让黄四回去回他的话，这事办不到。黄四不明白："你不说逮住机会，就好好敲他一竹杠吗？钱老板那里不过糊弄他一下就是了，好机会你可别错过了。"邵安笑道："不说难点，龟儿子舍得把银子拿出来吗？"

"原来如此。"两人一起大笑起来。

邵安将夏时玛要买茶的事告诉钱瑞，钱瑞问洋人买茶做什么，雅州边茶当地是不许卖的，叫他到打箭炉买去。见钱瑞有点不在意，邵安提醒他，聚盛源仓库里的货压了不少，一直没卖出去。那洋人要是去打箭炉，跑别家买去了，咱们岂不是白白放走一个买主。再说了，当地不许卖，制度是死的，人是活的。明的不卖，还不能私下悄悄卖呀？说得钱瑞心动，觉得也倒是个理。想到堆在库房里的茶迟迟不能变成银子，这些日子心里急得就像猫抓一样。沉思一阵后答应下来："这事只能悄悄干，千万别让商会那帮人知道了。"邵安说："那洋人要求，买茶之前，要先看看咱们的作坊。"钱瑞也答应了："只要他肯买茶，就让他看。"

就为了这事，邵安同黄四又向夏时玛要了二十个大洋的酬金。

龟都镇天德公收茶处的门外，卖茶的人又是早早就排成了队，可是却久等也不见有人开门出来。往日都是收茶人等卖茶人，今日是怎么了？又过了一会儿，才见大门打开，胥亮拿着一张红纸出来，贴到旧告示的面上。众人一看，竟是停止收茶，敬请包涵的通知。刹那间，长长的队伍一下子就散了。人们纷纷拥上前，围着胥亮嚷起来。怎么收得好好的，突然又不收了？

茶农们都来自后山茶树坪，他们上路早，清晨露水重，不少人的鞋上、裤腿上都还沾着厚厚的黄泥巴。一见说天德公也不收茶了，顿时都慌了神，为什么呀？

胥亮转过身来告诉大家："乡亲们，实在对不起了，也没别的原因，是我们的数量收够了。请大家回吧。"说完就进去把门又关了。

茶农们更急了，纷纷上前，猛力拍打起门来。有的大声喊着："老板啊，我们好不容易把茶背来了，你们要不收，难道要我们又背回去呀？一来一往，二十多里的山路啊。""唉，大伙家里都盼着把茶赶快卖了，等着有钱买粮买盐，茶农也要讨生活，过日子啊。这一弄，叫我们怎么办呀？"茶农们呼号着，哀求着，把大门拍得山响。

不一会儿，就听吱呀一声，大门又开了。姚子君和胥亮一道走出来，胥亮示意大家别吵，听姚少老板解释。姚子君走上前，先向大家表示了歉意，然后便把为什么停止收茶的原因如实地讲了出来。天德公急需三万斤做庄茶原料，来时就只准备了买三万斤茶的现银。现在茶已收够，银子也用完了。所以只好贴出这张安民告示。

听说这边发生争吵，吴有财慌忙赶了过来。他挤到前面冲大伙说："我家姑爷已经给大家讲清楚了，急着要用的茶已收够了，银子也用完了。再收他哪有银子付你们？不能强人所难，还是请各家把茶自己背回去吧。"说罢便要把女婿往门里推。

这时，从人群中走出来一个年逾花甲的老者，他道："请慢。乡亲们，天德公少老板说了，三万斤茶已收够，银子也用完了，让咱们把茶背回去。说什么都是人家在理，只怪我们自己来迟了。茶树坪的茶农虽说没同天德公打过交道，但对天德公买卖公平，童叟无欺的称赞倒是没少听说。今天老朽就斗胆一言，看能不能这样，请天德公给大家把茶的级别水分验了，称过了，账记上，先寄放在吴老爷这儿。等天德公什么时候拿银子来了，大家再来结账，省得背来背去费辛苦。不知大家说得不？""要得。跟天德公打交道，我们信得过。"众人一片响应。不料吴有财却说使不得，茶叶堆在他的院子里，万一屋漏了，茶打湿了，他担当不起责任。刚刚看到一点希望的茶农，顷刻间又失望了。有人叹息："唉，早两天来就好了，价也不亏，银子也到手了。"也有人抱怨："都是让聚盛源害的。"

姚子君看到茶农们一个个失落无奈的样子，有人已开始整理背笼、叽咕车，做起了回家的打算。他沉默片刻，当即做出一个决定，就照老者的话办。"乡亲们，先把手上的活停下，容我说两句。"他招呼大家："刚才那位老人家的话说得对，只是我岳父这个地方场地窄小，除了容易遭受屋漏雨淋，打湿茶叶之外，我看茶树坪的茶叶继续下来，这里也堆不了。大家要是真相信我，今天我就做主了，就按照老人家说的办法，把大家的茶先收了，用船运回雅州。至于欠大家的茶钱，现场评级验水过秤之后，给各家打一张欠条。三日之内，我一定把钱送来。大家凭欠条来这里兑银子。要是有愿意进城去的，则随时都可以到天德公号上兑取银子。就看大家愿意不？"

"愿意，愿意。"姚子君一席话，让搁在茶农心上的石头落了地，又重新点燃了院子里的喜庆。

胥亮撕下那张"停止收茶，敬请包涵"的大红纸，收茶的吆喝声又重新响了起来。吴有财站在一旁，看到女婿一点也不拿老板的架子，帮着忙前忙后，那份朝气，那份能干，叫他这当岳父的也跟着添光增彩。心头的得意和满足，顷刻间化成笑容，浮上脸颊。

前一阵为了茶树坪做庄茶的事，钱瑞还没气过来。前两天又被那个洋人要了一把，说他要买茶，作坊也让他看了，到今天却杳无音信。心头不痛快，尽管拿邵安又出了一通气，但仍不解恨，就想找地方发泄。他到隆裕茶号约孙老板一同去大烟馆过瘾，老板娘又说她男人不在家。他只好转身，独自去了春香楼。

钱瑞是春香楼的常客，鸨妈见到他，就像见到财神爷，说姑娘们都在，问他要哪位？他立马想到许幺姑，这个漂亮的寡妇，每次看到他一来就躲开，还常常拿眼恨他，气就不打一处来，今天专门就挑她。鸨妈听了说："钱老板的眼睛就是毒，尽拣漂亮的挑。"说完便领着他上了楼。

鸨妈把钱瑞带进房间，回到楼下刚坐不一刻，春香楼就又来了一位常客。吴鬼穿件黑府绸大褂，大摇大摆地走了进来。"哎哟，吴连长，瞧你这一身，春花见了才高兴呢。"鸨妈边说就边朝楼上喊道："春花，你的相好来了，还不快下楼来接着。"一个妖艳的女子就兴冲冲跑下来，刚吊着吴鬼的膀子还没说上话，就听楼上叮咚一声，便看见许幺姑披头散发，从房间里冲了出来。她跑下楼拉着鸨妈，气喘吁吁说："鸨妈，求你了，我身子不舒服，你给他换个人吧。"鸨妈的脸立刻沉下来："钱老板指名道姓点你，怎么换？"

钱瑞又吃了闭门羹，追出房间，站在走廊上大声骂道："妈的，你个臭婊子。老子今天就要睡你！我就不相信你敢怎么样。老板娘，给我叫她快上来。"

鸨妈的脸拉得老长老长，狠狠道："许幺姑，我知道你心里想的什么。我可告诉你，别忘了你是我花了八十两银子买来的。人都成泥鳅了，还怕泥糊眼吗？别说他是老板，就是一只死猫烂耗子，你也得给我伺候好。坏了我的生意，小心我不客气！"说着便使劲要推她上楼。许幺姑奋力挣脱说："我绝不伺候他，大不了一个死。"然后就一头冲出了大门。

钱瑞一脸无奈，下楼走到鸨妈面前，愤愤然说道："哼，连个窑姐都治不了，还做什么生意……"忽然看见许久不曾蒙面的吴嵬竟站在一旁，正看着他发笑，不由一怔："是你小子……"没等他说下去，吴嵬就打断了他："钱，钱老板，都是来乐呵的，干吗生那么大的气。"钱瑞用异样的目光盯着吴嵬："你小子出去躲一趟，回来还混了个小官儿，算你走运。为什么不来见我？"吴嵬嘿嘿两声，似笑非笑说："不是，他那叫什么……我俩不是没那层关系了嘛。"钱瑞道："可别忘了，你还欠着我那么多银子……"吴嵬笑笑："过去的事就别提了。今天来这儿，咱们只说乐呵。鸨妈，给钱老板换个姐儿，账记在我的头上。"鸨妈忙接道："对，还是吴连长会说话，进了这道门，图的就是玩个高兴。钱老板，我给你换一个吧。"钱瑞端起一副傲慢的样子说道："不换，我就要她。今天不成，我明天再来。"说完，扬长而去。

看着他出了门，吴嵬鼻子一拱骂道："他还真把自己当成了什么了不起的东西，狗屁！他不乐呵，咱乐呵。春花，咱们走。"俩人搂着上了楼。

十二

这趟出门，姚仁义的心里就没踏实过。一路上总是莫名其妙眼皮跳。都说男跳左女跳右，他刚好是左眼跳，让他一下子就想到了许幺姑的身上。那天背夫们翻过飞越岭，晚上歇在山坳中的桦林坪，碰巧赶上村子里正在为一个寡妇办丧事。寡妇才三十多岁，其实是个良家妇女，就因为一点小事，与人口角，被诽谤行为不轨，一气之下，就上吊自杀了。夜里，姚仁义躺在客栈的地铺上，心里默默念叨着，许幺姑何尝不是良家妇女，那些事能怪她吗？整整一夜都没合眼。从打箭炉回来，他放下背夹子，草草擦了一把脸，就匆匆忙忙出了城。

踏上小石桥，便远远看到了许幺姑的草屋。只是门紧闭着，屋顶不见炊烟，院坝里的晾衣竿上也是空空的，出奇的寂静。姚仁义的心中顿时升起一种不祥的预兆。待他赶到门前，连喊了几声，依然无人答应。他猛地把门撞开，果然发现出事了。

屋里桌子倒地，板凳折断了腿，摔烂的锅碗瓢盆满地都是，一片狼藉。"幺姑！"姚仁义一头冲进里屋，里屋情景更让他大吃一惊。许幺姑躺在床上，头上缠着帕子，眼睛青肿，嘴角还留着血迹，身上盖的被子也被撕成了碎片。姚仁义扑到床边问道："幺姑，这是怎么了？"许幺姑一看到姚仁义，就扑到他身上大哭起来。

昨天晚上，春香楼鸨妈支使人寻上门来，说许幺姑坏了她的生意。一伙人不由分说，抓着幺姑就是一顿拳打脚踢，把家里东西也砸了个稀烂。临走还放话，限她三天时间，若拿不出八十两银子，就烧她的房子。要不就仍回春香楼。许幺姑哭得伤伤心心，说她宁肯去死，也决不去伺候那姓钱的。

姚仁义听了，怒火中烧，拳头都快捏出了水。突然，他站起来说道："幺姑，别哭了，你在家等着我。"一头就冲出了门。

许幺姑挣扎着追到门口，朝他喊道："仁义啊，你老实巴交的，就别去招惹他们了。"他就当没听见，自顾走去。

在春香楼的堂屋里，见天黑尚早，趁着还没上生意，鸨妈让三个姑娘在陪她打麻将。鸨妈摸起一张牌来，竟看也不看就说和了，并欲将牌推倒。三个姑娘急忙伸手拦住了她。春花说："你和的啥子牌？得倒下来让大家看一看。"鸨妈先把面前的牌推倒亮开，振振有词说道："我手里一张东风，一张南风，摸到一张幺鸡，和的是孔雀东南飞。"然后将手里那张牌也亮出来，果然是幺鸡。"怎么样，这下该相信了吧？掏钱掏钱。"三个姑娘面面相觑，只好乖乖拿钱。鸨妈连和几把，面前的铜圆越堆越多。春花说钱都输完了，不来了。鸨妈手气正红，哪肯答应："坐下坐下，这会儿输两个算什么，晚上点两炮，不就多的都挣回来了。都给我听好，再打四圈。"刚说完，就看见姚仁义拧着钱袋走了进来。

鸨妈只当来了生意，连忙放下牌迎上前，妖声妖气招呼起来："哟，这不是天德公的姚揽头吗，你可是稀客啊。今天是啥子风把你吹来了？"

姚仁义也不吭声，将钱袋哐啷一声扔到桌上，然后自己拉了根板凳坐下来。

鸨妈一听，口袋里的银子可不少，眼睛都快落进去了："哟嗬，姚揽头这是在哪里发财了？今天要是哪个姑娘遇上你，真是走了大运。"

姚仁义仍马着脸："少废话。我要赎人！"

鸨妈大惊："啥，赎人，你要赎谁？"

姚仁义："许幺姑。"

鸨妈愣住了，半天回过神来。她当年也曾听说过姚仁义和许幺姑俩人的事，只是让她万万没想到的是，那许幺姑今天已落到了这地步，这姚揽头却偏偏还这么惦记她。她摇了摇头，竟劝起姚仁义来："哎，我说姚揽头，凭你的家境条件，要找个什么样的女人找不到啊？就是找个黄花大姑娘也不是什么难事。你为什么就死死只守着一棵树子吊死啊？为那样一个小寡妇，不值呀……"

姚仁义把叶子烟杆在桌子上猛力敲着说："再说一遍，别废话。说吧，多少钱？"

见姚仁义铁了心，鸨妈又瞟了一眼桌上那鼓鼓囊囊的钱袋子，迅速想了一下道："你既然铁了心，那我也实话告诉你。当初从钱家父子手上把她买过来，我花了八十两银子，这一年多来，在我这里吃的、穿的、花销的加起来，少说你也得给我一百六十两。"

姚仁义冷笑一下："你不是在驴打滚吧？"

鸨妈走到姚仁义身后，替他揉着肩背："姚揽头哟，幺姑可是我们春香楼的台柱子，我都舍得给了你，多出几个银子你又有啥舍不得的嘛，你又不是缺银子的人。"

姚仁义一掌推开她："你别沾我，我赚脏。就八十两，多一个子也没有！快把契约拿出来。别把我惹冒火了，让你今天的生意做不成！"

鸨妈只好软了口气："算了，该我倒霉，这点财就算我蚀啦。"说罢便去取了契约出来。

姚仁义拿到许幺姑的卖身契，就匆匆离开了春香楼。

许幺姑把身子倚靠在门上，呆呆地望着远处的那座石桥，只盼着姚仁义快点出现。自他走后，她的心就一直七上八下的悬着，生怕他去了也会遭到欺负。就这样一直等到黄昏时刻，终于看到他回来了。

姚仁义三脚两步赶到门前，心疼不已，责备说："天凉了，你身子有伤，快进屋吧。"将她扶进屋后，姚仁义拿出契约说："你看我把啥取回来了？"许幺姑接过卖身契，顿时什么都明白了。她仰头望着姚仁义，眼泪刹那间就像泉涌一样，簌簌地落了下来。姚仁义说："你看你，该高兴嘛，怎么又哭了。""你为什么要救我啊……"她扑到姚仁义怀里,更加失声地痛哭了起来。她本已做好打算,只等姚仁义从打箭炉回来,最后见他一面,就去找个干净的地方结束自己。她再也不愿忍受眼前的日子,与其这样人不像人,鬼不像鬼地活着,还不如早点死了。

姚仁义说:"哭吧,今天哭够了,咱往后就再不哭了。"

俩人把家里重新收拾一遍,然后将那张卖身契丢进灶里,一把火烧了。看到许幺姑欲言又止,姚仁义说:"幺姑,我知道你担心啥?放心吧,再给我一些日子,嫂子那里,让我再想想办法。"

许幺姑含情脉脉,轻轻地点了点头。

韩青霞离开青云寺后,一边继续打听哥哥的下落,一边为寻觅一个安身之地而四处流浪漂泊。她上山砍过柴,下河挑水卖,还在城郊帮过人,挖地、挑粪、种地,什么活都干过。再苦再累,饱一顿饥一顿,这些都罢了,就是至今仍没有打听到哥哥的一点消息。但她别无选择,唯一的办法只有继续找下去。

晚上,韩青霞拖着疲惫不堪的身子,回到她栖身的地方。

雅州城东有条小河,河上有一座三孔的石桥,虽然年代已久,桥身依然结实。桥洞下虽然不能避风,倒是能遮雨,这里便是韩青霞夜里睡觉的地方。奔走了一天回来,她蹲在小河边,先捧了两口水喝,然后坐到一块石头上,解下那个随身挂在肩上的小包袱,取出半块冷玉米馍馍,便狼吞虎咽地啃起来。吃完了又捧了两口水喝。这才回到那张破草席上,用包袱作枕,和衣而卧。她睁着眼睛,丝毫没有睡意。白天的事又一幕幕浮现在她的眼前。

清晨,韩青霞经过北大街,从北大街出城,就是雅州的大北门码头。这里每天都有不少运茶叶、盐巴、山货的木船、竹筏停靠在江边,等着雇人装船卸货。她也想来碰碰运气,挣两个力气钱,能填饱一天的肚子。就在走到城门口时,只见不少人正围在城墙根下,在看一张官府刚贴出来的布告。她挤上前,见布告旁边还贴有一张熊三画像,一个识字的老者大声念着:

告示

据查,盘踞黑石寨之土匪熊三,近日在雅州至打箭炉大相岭路段,常聚众抢劫,杀人越货,并屡屡得手,严重危害商旅行人的安全。望路人严加小心，注意防范。若缉得熊三者，赏大洋五十；若知情不报，或通风报信者，一概格杀勿论。

雅州川边镇守使衙署民国二年九月三日

韩青霞听了回过身来，突然发现一张令她又惊又喜的面孔。救命恩人姚大哥就在前面不远处，有几个伙计模样的人陪着，正兴冲冲走向城门，分明是要去码头。她的心立刻怦怦跳荡起来，从被他搭救到她下船离开，俩人虽说就相处了那么短暂的半天工夫，可是也不知为什么，在她的心里，他就像已经深深地生了根，总是挥之不去。尤其是在她孤苦伶仃，乞求无助的时候，总是首先会想到他。此时此刻，多么希望跑过去叫他一声姚大哥啊，可是她却收住了脚。眼下的她，衣衫破烂，满脸污垢，形同乞丐。见了面姚大哥还识得她吗？她犹豫了……

等到她后悔过来，再想追上去时，一队迎面开过来的川军就挡住了她的视线。走在头里的军官脸上有一条刀疤，让她不由一惊，这个狗东西怎么反倒成了官军？仇人相见，分外眼红。她把手迅速伸进腰间的锦袋，紧紧握住了飞镖，打算一镖要他狗命。正待寻机动手，猛地，慧真师傅的嘱咐又在她的耳边响起："空了，凡事要忍字为先。切不可莽撞……"加上见他们人多有枪，即使得手，恐也难以脱身。她没敢迟疑，转身又挤进了观看告示的人群。一直等到他们走远了，这才匆匆朝城门口赶过去。可这时姚大哥一行早已没了人影。

桥洞下河风呼呼，寒意浸人。韩青霞蜷缩着身子，也禁不住打了一个冷战。夜空一片墨黑，小城早已熟睡，只有身边的小河还在不停地哗哗奔流。又是一个凄凉的长夜。

由于人地生疏，韩青霞已三天没找到活做，往日攒下的几个铜圆也买吃的用完，身上就只有姚大哥给的那五个大洋了。她已经两天没吃过东西了，肚子早已饥肠辘辘，可她仍舍不得动它。从码头找活无着转来，路过街口的一家锅盔店，那老板边做锅盔边用擀面棒在案板上敲得噼里啪啦直响，旁边的火炉上正烤着一圈熟透了的锅盔。她实在是饿极了，看着那锅盔直咽口水。突然，她把手伸向火炉，抓起两个锅盔转身就跑。锅盔老板大惊，连忙直呼："抓贼呀……"

韩青霞只顾着逃跑，不想一头撞上了迎面而来的人。她猛抬头，竟然看到又是那张刀疤脸，身后还跟着两个兵。真是冤家路窄，她赶紧夺路逃进了一条巷子。锅盔老板追上来，指着她跑去的方向说："官长，她大白天的抢我的锅盔！"吴崽被撞了个满怀，见是一个蓬头垢面的女人，模样却好生面熟，他摸着下巴想了片刻，猛然想起，难道是她没死："追，快给我追！一定要抓住她！"

韩青霞穿过两条小巷，迅速逃出了城，然后顺着城墙根往西逃去。

吴崽紧追不舍，在城门遇一拾荒老妇，嫌她挡路，竟一掌将其推倒在地，破烂撒了一地。老妇已年迈发白，艰难坐起，指着他们背影骂道："这些烂兵，天杀的。"

吴崽追到江边码头，站在石阶上四下张望，韩青霞早已消失得无影无踪。一士兵说："连长，一个抢锅盔吃的女叫花子，紧追她干什么，算了吧。"吴崽拍了一下额头，自言自语道："妈的，今天该不是碰到鬼了？"

拾荒老妇捡起破烂背着回家。她出了城，顺着城墙根向西，走不远便看到茅草丛中有一个靠着城墙搭的窝棚。几根木棒、几根竹竿、几块篾笆、几张破席，歪歪斜斜，勉强能遮风避雨，可以说再简陋不过，旁边空地上堆满了捡来的各种破烂。老妇放下背篼，还在唠唠叨叨地骂着："天杀的烂兵，连我这个孤寡老婆子也欺负，总有一天会遭报应的……"进了屋，老人拿起木瓢从一口破缸里欲舀水喝，忽然从缸子背后柴火堆里冒出一个人来，老人吓了一跳，木瓢也脱手掉到地上。韩青霞赶忙替她捡起说："老阿妈，别怕，我不是歹人。"老人看着她，想起刚才的事："那几个兵追的就是你？"韩青霞向她点了点头。

"为啥？"

"老阿妈，我两天没吃了，实在饿得受不了，就拿了人家两个锅盔。是我不好。"

"你家在哪？"

韩青霞低头说："没有了。"

老人家就似乎懂了："哦，明白了。你同我一样，也是个穷得叮当响的讨口子。对吧？"

韩青霞又点了点头，然后走到门口，把头伸出去左右看了看。老人说："他们回去了。这儿不会有人来的。姑娘，你要是不嫌弃，就先待在我这儿吧。"韩青霞把屋子仔细打量了一遍，一张破床，一张只有三条腿的桌子，两把小竹椅，还有一个三块石头架着锅的灶台。再就啥也没了。心里顿时涌起无限的酸楚和凄凉。看来老人家同自己一样，同是天涯沦落人。已用不着再说什么，韩青霞从怀里拿出锅盔，啃过的留给自己，将另一个让给了老人，老阿妈也不客气，接过就狼吞虎咽般地啃起来。

两人吃完锅盔，又用木瓢舀了不少水喝。老阿妈这才问起韩青霞的身世。听了姑娘的遭遇，老阿妈劝她，人死不能复生，过去的事就让它过去吧。眼下最要紧的事，就是赶快找到她的哥哥。韩青霞说快一年了，该找的地方，该打听的去处，她都去过了，可就是一点消息也没有。老阿妈想想说这也难怪，雅州的茶背子太多，早晨出城的，晚上回来的，天天都是成串串，立马就要找到是不容易。不过也别着急，一时半时找不到，就慢慢找。有两个地方是茶背子的必经之路，一个是出南门的南门坎，另一个是出西门的宋村渡……韩青霞说两个地方她都去过了。老阿妈告诉她："去一次两次可不行，每天背夫进出数百上千。得天天去，挨个挨个打听。我出去捡破烂，也帮你打听。晚上回来，我吃啥，你吃啥。"韩青霞感动地说："老阿妈，谢谢你！"她道："谢什么，天下穷人帮穷人，都是苦命人。"

许幺姑赎了身，家里也没地没田，仅靠姚仁义十天半月来一次接济她。时间久了，许幺姑也不愿长此下去。为了找生活，她自己备了砍刀、麻绳和背夹子，每天上山砍柴，背进城里卖了养活自己。姚仁义心疼她，要她别去，答应养她一辈子，也被婉言拒绝了，说为了赎身，花了那么多银子，还要依靠他养活哪行？她不缺胳膊不缺腿的，苦点累点怕什么，干啥不能养活自己。知道她好强、勤快，姚仁义也只好作罢。可没想到有一天，许幺姑背柴下山时摔了一跤，把脚崴了，肿得下不了床。姚仁义来看她，劝她说，上山砍柴当樵夫，毕竟不是女人干的活。伤好后就别去了。她还是不肯答应，不上山吃什么？在家她闲不住。唉，一个命运如此坎坷的女人，却这样懂得要靠自己的双手养活自己。怎不受人尊重，受人疼爱啊。

见她的脚伤逐日好转，姚仁义为她想了一个去处，到天德公的作坊去当捡茶女工。虽说挣钱不多，也辛苦，但不受日晒雨淋，糊口也够了。她听了半天不语，直到姚仁义催她，她才叹气说："好倒是好，就怕你嫂子不点头啊。"姚仁义说过两天，他就去求嫂子。

这天午后，吴玉珠陪同老夫人来到后花园散心，走在池塘的小桥上，吴玉珠悄悄告诉老夫人，她已快一月还没来那个了。老夫人一听大喜，还用说吗，一定是怀孕了。立即把儿媳妇扶进小亭，要她坐下："你这孩子，怎么不早点告诉妈。"吴玉珠羞答答说，她也想必是有孕了，想去青云寺敬烛香，问问观音菩萨，怀的是男还是女？老夫人更是高兴得不得了："要得要得，让慧真师傅帮咱们好好求一签。要是个男的，咱姚家就不愁后继无人了。"吴玉珠就抿嘴笑了："要是个女的呢？"老夫人顿了一下："女的也好哇，有了女还愁不来男呀！"吴玉珠的嘴巴就噘了起来："那得生多少啊？""能生多少就生多少，到时候，男男女女、大大小小凑到一块儿，才热闹啊。"说得吴玉珠满脸通红，嗔怪说："妈，你这做婆婆娘的，真是不晓得心疼自己的儿媳妇啊！"逗得站在旁边的香香和秀秀捂着嘴也偷偷地笑了起来。

赶上老夫人正高兴时，姚仁义突然冒了出来。

老夫人看到他更是心花怒放，激动不已："仁义啊，你早不来，迟不来，偏偏这时候来。知道你带什么来了？你把好运带来了啊！"

姚仁义也不明白咋回事："嫂子，今儿个有什么喜事？看把你高兴的。"

"你要当幺爷爷了。"

"啊。"姚仁义看了吴玉珠一眼，这才明白了是怎么回事："该高兴，该高兴。"

老夫人让姚仁义快坐下，又吩咐香香给他泡茶，高兴地说："看来怀的是个男孩，一定错不了。"

姚仁义憨厚地笑着问道："嫂子咋会晓得？"

老夫人："你怎么还没明白？这女人怀了孕，撞见的第一个人，见男生男，见女生女。你咋连这都不知道。"

吴玉珠："妈，哪有这说法啊？"

老夫人："有。谁说没有。他幺爸，你说对吧？"

姚仁义没想到原来是这样，心里也不由一阵高兴，趁嫂子心情好，这会儿跟她说许幺姑的事，兴许会答应。于是他顺口应道："嫂子说得没错，一定是个男孩。"这句顺心的话，让老夫人好生满意，平时少言寡语，关键时候还是挺管用的。"仁义，今天你帮嫂子撞了头彩，我得好好感谢你……"刚说拢这儿，猛然想起他平日无事不登三宝殿，今日准定是有什么事，"你看只管高兴，倒忘了问你，今儿来找嫂子，有什么事吧？"

姚仁义鼓起勇气说道："嫂子，我想求你件事，让许幺姑到咱家作坊做个捡茶工。"

老夫人的脸立马一沉："怎啦，至今仍还惦记她呀？"

一看嫂子脸色不悦，姚仁义埋下了头："她家的田叫钱家给收了，想找个求生活的地方。"

"哎，叫我说你什么好，当初你哥劝，我也说，好不容易才把你俩拆散。后来让你娶了田家大女儿，只想到底是大户人家闺女，没想到是个病秧子，没两年就走了。但我也要告诉你，这些年我这个当嫂子的也没少牵挂你的事，一直在想着为你重找一户好人家。那许幺姑你就死心吧，家贫就不说她了，还当了窑姐。你难道就没有想过，会让人说长道短，戳脊梁骨？"

"我给她赎身了。"

老夫人一听更不高兴："哎哟，你真是鬼迷心窍铁了心了。就那么上心她呀？你哥不在了，我得替你拿主意。这事使不得。"

姚仁义吞吞吐吐一阵，想说什么也不说了，改口道："嫂子既是说要不得就算了，那我走了。"说完便起身欲走。

吴玉珠连忙上前拉住他："幺爸，不走不走。"

这下老夫人又急了："玉珠，你别动，坐下坐下。"生怕她就动了胎气。然后冲着姚仁义："仁义，你也给我坐下，别像犟牛似的，两句话不顺耳，扭头就要走。嫂子的话虽说不好听，可句句在理。"

吴玉珠让姚仁义先坐下："妈，你别说了。自个儿家里的事有什么不好商量的，不就是让许幺姑到作坊做个工嘛，你就应了幺爸吧。"

老夫人："哎呀，你快坐下！我也不是说一点都不能商量，就因为她名声不好听，我也是为了你幺爸好。"

吴玉珠望着姚仁义，他坐在那里低着头，把手放在腿上，不停地搓来搓去，是那么老实巴交。曾听子君说过，当年爷爷的本意是要他先从学徒做起，然后再到柜上做个伙计啥的。他却死活不愿，说他只有一身力气，目不识丁，就让他去背茶吧。那阵年轻，又长着一副好身板，见拦不住他，爷爷想也行，自家人中真还缺了个管背夫做揽头的，便答应了他，只想让他去管管背夫的事，到时候就跟在背夫后面做个押运罢了。没想到下来他却给自己也制了一副背夹子，每趟去打箭炉从不空手，背的也不比别人少，而且总是走前领头。加上他为人诚实谦和，揽活也不抽头，在背夫中人缘极好，深受大家敬重。可岁月无情，常年的风吹日晒，冰霜雪雨，犹如一把没有锋刃的雕刀，早早就给他在额上刻下了一条条的深沟。想到他出门回来，冷锅冷灶，也没个人嘘寒问暖，孤孤单单过了这些年，同情之心油然而生。

"妈，要我说，当初都是你们的错。"吴玉珠冷不丁说道。

老夫人一怔，把她看着。

"只图门当户对管啥用，两个人没情分，也过不好日子。更别说是个病秧子，早早就走了。与其这样，还不如穷就穷点，称心如意的两个人过起来舒心。妈，你看我没说错吧？"

老夫人自然是明白人，儿媳妇的话也在理。可世俗观念就那样，有钱人家谁又不图个门当户对呢。

"妈，不是我帮着幺爸说话，也不是什么了不起的大事情，就答应许幺姑来吧。要是谁想嚼舌头，就让他嚼去，又嚼不死人。"

对于眼前的这个儿媳妇，老夫人心里不能不刮目相看。倒不是因为她怀上了姚家的孩子，而是她说话处事，无不显露出自己早年的影子。打从进了姚家门，对上体贴孝顺，对下和蔼热情，天德公近百口人，找不到说她不好的。对君儿更没说的，让做婆婆的也省了不少心。今儿这事尽管心里还是有点不悦意，但看在媳妇的面子上，她终于点了头："既然玉珠也这么说，那好吧，就让她来吧。不过，仁义呀，嫂子还是要叮嘱你，事情到此为止，不能再去想她。"

姚仁义已感激不尽，点头道："谢谢嫂子。"起身离去，走到吴玉珠面前，特别又道了一声："玉珠，也谢谢你了。"

老夫人又恢复了刚才的笑容，吩咐吴玉珠："明儿咱娘俩早点走，妈就陪你到青云寺找慧真师傅去。"

吴玉珠高兴应道："哎。"

十三

夏时玛看罢聚盛源的作坊，仍一头雾水。原想茶叶都是从茶树上采摘下来的叶子，凭他的想象，只要现场看一遍制作过程，就什么都知道了。没想到看了一遍下来，那些看似简单不过的东西，竟给他留下太多的疑问，特别是把茶蒸后沤成堆为什么不会因温湿度过高而反应？为什么茶叶颜色会黑得那么匀称，会有那种特殊的香味？……这些使他实在搞不懂。尤其是听钱老板说，大点的茶号，各家还有各家的秘方。显然秘方越好，茶也就做得越好。从聚盛源回来，让他郁闷了好几天。

为了弄个清楚，他让黄四去街上的烧腊摊子上打酒买菜，什么卤的猪头、猪蹄、花生买了一大堆回来，在客栈招待邵安。他想邵安不是当着掌柜吗，有酒给他喝，还愁打听不出真实来吗？

邵安来了，大口喝酒，大口吃菜，毫不客气。趁他喝得高兴，夏时玛便开始转弯抹角掏他的话。

邵安干完一杯，又自己拿酒倒满说道："看得出来，你这个牧师对我们雅州边茶很感兴趣。为什么？你能告诉我吗？"

夏时玛说他为了传教，走遍了世界上的许多国家和地方，对神秘稀奇的事物尤其感兴趣。

邵安问他："就为这？"

他说："能让西藏人倚如生命的东西，难道还不神秘稀奇吗？"

邵安想了想："好吧，就算看在今天这顿酒菜的情分上，我告诉你。"他说雅州从唐代就开始蒸茶易马，到明朝朱元璋那会儿，雅州城里的茶号已有好几十家，工匠做茶的手艺已是相当娴熟。就这样一代传一代，已有几百年了。不过要叫他说个什么详细的道道，他也说不上来。

夏时玛："为什么？"

邵安："不瞒夏牧师，我做茶也是半路出家。要叫我说什么，我还真是和尚的脑壳没法（发）。嘿嘿，让你见笑了。"

夏时玛一听，心里不由暗暗骂道："猪！闹半天，你他妈也是个只知其然不知其所以然的家伙。"

经过一番仔细思量，夏时玛认定要搞到雅州茶的制作技术，最捷径又最好的办法，就是搞到雅州天德公茶号的秘方，或者搞到一个天德公的工匠。

过了两天，他让黄四去找到邵安，把这两个主意给他说了，任挑一个，只要办到，价钱愿意出高点。黄四去了对邵安说这龟儿子一天就琢磨茶的事，肚子里卖的究竟是啥子药？真是搞不懂。邵安笑他："管他卖的啥子药，我俩只管挣钱。你转去告诉他，先把价钱说好，这桩生意我们给他接了。"

傍晚，夏时玛来到江边的一块草坪上，脱掉牧师衣服，打起了太极拳。姿势虽不伦不类，一招一式却很认真。黄四匆匆走来，先没惊动他，靠在旁边树上，抱着双手默默地看着。一直等他打完，做了收势，这才走上前去。

"夏牧师，你这打的是哪路拳？"

"难道你没看出来吗？太极。"

"不像太极，我看是太差。"

"你小子在嘲笑我，我明白。打得不好，那是我的功夫还没到家。快告诉我，那事你老表怎么说？"

"他说两样都办不到。"

夏时玛听了很生气："为什么，你没向他说清楚我的意思吗？"

不料黄四也一改往日奴颜婢膝的态度："不为什么，他就这么说的。我还要告诉你，我也不想再帮你。"

夏时玛大惊："什么，你，你要跟我拜拜？为什么呀？"

"你太不守信用，在拉萨上路之前，你答应只要把你送拢雅州，就付我一千五百大洋。到雅州已这么久了，饷钱也不给我。"

"我不是不给你的饷钱，我是怕你拿到钱，屁股一拍跑了，把我人生地不熟地一个人丢下，叫我怎么办？"

"我不管，反正告诉你，从今天起，你爷爷我，再不伺候你了。"说完转身就走。

这一招还真是让夏时玛慌了："黄，黄，你站住！不就是钱的事吗，你说吧，怎么办？"

黄四转过身："我说管什么用，要你说。"

"好吧，你同你老表商量一个数，我认账，行吗？"

"说话算数？"

"绝不食言。"

"好，我再相信你一回。你要是再耍我，小心吹你的灯笼！"

"什么叫吹灯笼？"

"到时候你就明白了。"

其实刚才黄四演的一出，都是邵安教他的。目的仍然是要敲夏时玛的竹杠。见目的达到，黄四答应另约个地方，他把老表邵安带来同夏牧师亲自面谈。

瞿六三十不到，便做了作坊的领工，全靠董大掌柜的栽培。他十二岁那年，被董大掌柜牵着手走进了天德公茶号，从做小老幺开始，董大掌柜对他就没少费心，总是格外关照他，处处手把手教他。随着一天天长大，也一步步出息。十年下来，作坊里十八般武艺已是样样精通；外勤做买手，评级看茶，也练就一身功夫。颇受老东家姚仁德的赏识，提携他当作坊领工，一直至今。

自少老板从龟都镇回来，把原料备齐之后，瞿六便带领工匠们开始赶制多吉昌的两万包预茶。从溜茶、沤堆、烘炕、筛选、配仓，一直到架工春包，各道工序有条不紊，热气腾腾。看得出瞿六指挥有方，也是个能干人。

姚子君和董大掌柜每天都来作坊察看进展，姚子君怀里抱着一个精致的红木匣子。匣里装的是姚家的制茶秘方。姚仁德去世后，匣子一直由董大掌柜保管。姚子君当家后，董大掌柜便交给了他。那天姚子君拿到匣子，第一次看到自家的秘方，沉默了许久，最后决定还是把匣子还给董大掌柜保管。他知道老人家对它有着特殊的感情。虽说是姚家的秘方，可为了它，董大掌柜差点就把命没了。前些日子忙没顾上，今天他特地把匣子带了过来。姚子君对董大掌柜说："董大掌柜，一会儿回到号上，这匣子还是退给你，放你那儿踏实些。"董大掌柜似乎想说什么，姚子君拦住他："什么也别说了，要没你，它早成了灰烬。"刚说到这儿，田勇便匆匆走来，说姚仁义幺爸领着一个女人来找少老板，在号上那边等着。姚子君已听玉珠说过这事，忙把匣子递过去说："董大掌柜，我过去看看，这个你就收着吧。"

董大掌柜抱着匣子路过一个正在取色的茶堆。取色，用现在的话说就是发酵。但茶堆上为什么没有插木牌标签？堆子面上已现露珠，冒出的热气中散发出一丝丝轻微的馊味。董大掌柜抓起一把茶来，摊在手心看了看，又放到鼻下闻了闻，立刻大声问道："瞿六，这个堆子是怎么回事？"却没听见瞿六答应。一杂工过来告诉他，瞿领工这会儿正在检验房开汤品茶。董大掌柜怒气冲冲，朝检验房走去。

董大掌柜走进检验房，先将红木匣子放到桌上，然后就将手中茶叶往瞿六面前一放，马着脸道："正好你在开汤，把手中的放下，先把这个开个汤，自己尝尝！"见师傅脸色不对，瞿六不敢怠慢，立即取来样杯，开汤沏茶。片刻之后，抿了一口，马上明白事情出在了什么地方。他赶紧向师傅解释，上月作坊北仓屋顶漏雨，打湿了两千多斤毛庄茶，他想反正也没有多少，放在那里烂掉也可惜了，不如能省两个算两个，就把它加到取色的堆子里去了。"胡闹！淋了雨变了质的茶叶还能用吗？天德公历来追求品质第一，我给你说多少次了，怎么就忘到脑后去了？"说到气头上，董大掌柜指着桌上的红木匣子，教训道："这秘方上规定的东西是你随便改动的吗？上面说得清清楚楚，一切事情成于精，毁于随，要不天德公的茶能名扬天下？"瞿六知道，师傅一生，讲求诚实，做事一丝不苟，发起火来也十分严厉。连忙认错："师傅，怪徒弟一时糊涂，我错了。"

田勇这时又赶过来，说少老板请董大掌柜也过去一趟。

董大掌柜怒气未消，临走吩咐瞿六："这个堆子的茶不可再用。绝不能为了一粒耗子屎，坏了一锅汤！"

董大掌柜走了，把秘方匣子遗忘在了桌上。瞿六还在懊悔不已，忽然看见桌上的匣子。他进天德公十多年，虽然也当上了领工，可说实话，过去只听说过天德公有这宝贝，却从未见到过，一时不由动了心。他走上去伸出手又缩回来，看了看窗外无人，这才把匣子拿起来。匣子打开，就几张发黄的签纸，面上一张有一行小字，《天德公制茶秘方》。瞿六怀着几分好奇，也怀着几分胆怯，拿起迅速看了一遍，又慌忙放回匣子，重新摆到原处。

瞿六心头还在怦怦跳个不停的时候，董大掌柜就回来了，身后还跟着一长得很好看的女人。

"瞿六，她叫许幺姑，是来捡茶房做捡工的。工钱就从今天给她算起。"董大掌柜指着许幺姑对他说。

瞿六盯着许幺姑，心里暗暗惊叹："啊，这女人真漂亮。"

见他愣住不动，董大掌柜催他："还愣着干什么，快带她去吧。"

瞿六这才应道："哎。走吧。"

就在瞿六转身那刻，董大掌柜突然看到桌上的红木匣子，这才发现刚才的疏忽，竟把它遗忘了，连忙拿起来，喊住瞿六："瞿六，你没动过匣子吧？"

瞿六吓了一跳："没，没动过。"

天德公为多吉昌赶制的两万包预茶，首批货就要发运了，姚仁义一大早就出了门，去联络背夫。许幺姑进茶号当了捡茶工，不再上山砍柴，受日晒雨淋，生活有了固定着落，了却了姚仁义的一块心病，使他做起事来，心情单纯了许多，也踏实了许多。一连两天跑下来，他就联络到八十多个背夫。下午回到号上，正赶上大灶开饭，不想一头让姚子君撞见，硬拽着要他一道去后院吃。

来到后院，老夫人说："跟你说多少回了，叫你上后院来吃饭。你偏要去大灶上吃，是嫌这里的饭不好还是怎的？"他嘿嘿笑道："看嫂子说的，我不是大灶上吃惯了嘛。""好了，跟你说话费力气，今儿个来了就好。香香，快给他幺爸拿酒去。"

一家人坐下来，姚子君从香香手中接过酒瓶，一边给姚仁义斟酒，一边说："幺爸，等把多吉昌的两万包茶发完，我看你也别干这活了。常年起早贪黑，风里来，雨里去，太辛苦你了。"姚仁义知道，姚子君是真心心疼他，感激说："贤侄啊，你们都疼我，我知道。可我除了有一身力气，不做这个还能做什么？""我是说幺爸已不算年轻了，背茶的活毕竟太苦太累，就停下来找个其他事做，好吗？"老夫人也道："君儿说得对。仁义，岁月不饶人，你就别逞能了。"姚仁义喝完两杯酒，脸已通红，又是嘿嘿笑着："嫂子，贤侄，还有玉珠，你们放心。要说背茶，路上有不少背夫都背不过我。这些年习惯了，真要我闲下来，反倒会不习惯。你们不知道，只要出了门，看着那些青山绿水，蓝天白云，还有一路上大家唱着长声悠悠的背夫号子，心里可痛快了。晚上累了就喝两口酒，第二天力气不又长出来了。"一席话把大家都说笑了。姚子君又给他斟酒："幺爸，今儿个这里没外人，我问你件事。""什么事？贤侄尽管问。"他接过酒杯又喝了一大口。

姚子君："这些年了，幺爸一个人来来去去，一回到家里，空荡荡的，端茶倒水、嘘寒问暖的人也没有一个。我看也该找个伴了，你就没想过？"

姚仁义霎时就变哑了。他也想趁今天这机会，向通情达理的贤侄说点掏心窝子的话，可是抬头一见嫂子，话又咽了回去。改口说："贤侄，不说这个，我们喝酒。"拿过酒瓶要给姚子君斟酒。

"放下，你当君儿也有你那么大的酒量呀！"老夫人阻止他道，"君儿问你话呢，怎么不回答？"

他只好结结巴巴回答："这个，还没，没想过……"

吴玉珠朝姚子君迅速递了一个眼色，姚子君向母亲说："妈，我说幺爸也是，心里明明装着一个人，就是不好意思说。"

"仁义，真的吗，是谁呀？"

见姚仁义不敢回答，姚子君说："妈，我替他说吧，就是在作坊当捡工的许幺姑。我看人倒是挺不错的。"

老夫人的脸唰地就变了，冲姚子君训斥起来："你这侄子是怎么当的，就不怕败坏了姚家的门风？仁义，你心里是怎么想的？跟我说实话。"

姚仁义垂下头，低声地："我……听嫂子的话。"

姚子君激动地说："幺爸，你咋老听别人的？你就不能自己给自己做回主吗？"

老夫人听了气得把筷子一摔："你还在那儿煽风点火！"

姚子君："我哪是煽风点火嘛，明明是成人之美。玉珠，你说是不是嘛。"

吴玉珠慢腾腾地站起来，摸着凸起的肚子朝老夫人走去："妈，你别生气，子君也是为了咱幺爸好……"

老夫人见了连忙道："哎哟，你别给我走来走去的，要说啥子坐下说，坐下说。"

吴玉珠挨着老夫人坐下来："妈，你们都要我说，我也不知道该说什么才好。我要夫唱妇随吧，你会不高兴。我要不夫唱妇随吧，又不遵妇道。你说我怎么办？"

老夫人怔怔地把儿媳妇盯了半天："你们两口子该不是事先串通好，来帮你幺爸说话的吧？"

吴玉珠说："妈，你要这么说，那我就真要说两句啰。上次许幺姑来号上做工，我也说过这意思。只要幺爸自己喜欢，哪怕是块石头，他愿意焐在怀里，热热乎乎，贴心贴肺的，有啥不好。更何况从前还有那么一段感情。妈，世道变了，那些老规矩也该改改了。"姚子君也接道："就是。现在是民国了，清朝时剪了辫子就要砍脑壳，现在都剪了，谁的脑壳掉了？多大的事都能改，幺爸找许幺姑，不就是有些人看不惯吗，为什么就不能改？"

"行了，别再说了。香香，扶我回房。"

老夫人这回真生气了。

邵安和黄四串通起来，以九百个大洋为酬金，答应帮夏时玛请一个天德公的工匠。两人商量时，黄四担心找不到天德公的工匠怎么办？邵安告诉他，要吃胆大钱，找不到也要先答应他。最后还叫夏时玛先拿了五十个大洋的定钱。黄四知道邵安心辣手狠，便不时过来催他，两人一同进了水巷子的莫家烟馆。

躺在烟床上，邵安告诉黄四，他已找到了下手的目标。当年被两人杀害的那个货郎担，有个儿子，如今已长大成人，就在天德公。黄四一听，吓了一跳。当年那货郎担确实带着一个孩子，但到了他们下手的地方时，却不见了他。反正银子已到手，两人便没再顾及他，就仓皇逃走了。黄四觉得不妥，万一被他晓得了当年的事怎么办？邵安一边腾云吐雾，一边给黄四介绍，那小子还是作坊的领工，管的事儿多了，从茶叶原料进来，一直到初制、精制、编包，都要过他的手。只要他记得制作的过程，把它写出来，不就有秘方了吗。至于他爹的事，当年他太小，我俩又都蒙着面，就算他看见了人，也没看见我俩的脸。放心吧，等那洋人把他弄到国外，我们就更安全了。这回咱俩就做他一笔大买卖，在洋人身上狠狠捞他一笔，又除掉了你我的心腹大患。这就叫一箭双雕。说得黄四五体投地，佩服不已："你真是个鬼脑壳，想得真绝！只是有把握吗？"

邵安："你不说我鬼脑壳吗，我就鬼一把给你看看。"

忽然，外面几声枪响，接着便听到有人奔跑的声音。黄四又是一翻身坐起来，就要往床下钻。邵安一边笑，一边继续抽他的大烟："你怎么还是改不了？"直到一颗泡子抽完，才坐起来侧耳听着外面："听说熊三进城了，一定是署衙的兵在逮他。"

黄四："熊三，哪个熊三？"

邵安："还有哪个熊三，当年知县身边的那个捕快，曾追得我俩东躲西藏，四处逃命。清朝垮台后，他拒不投降，逃上大相岭，在黑石寨当了山大王。想当年他八面威风，到而今也落得被人追杀。真叫是三十年河东三十年河西啊。"

黄四："这世道就像大河涨水，越变越浑了。"

邵安却道："浑了好，把水搅浑了，你我才好趁浑水摸鱼。"

十四

早晨，天德公的大门口，姚子君率领董大掌柜和胥亮、田勇几个伙计，正在为即将出发的背夫举行送别仪式。

背夫用背夹子背着茶包，拎着拐子，从大门里一个接一个鱼贯而出，下了檐坎，打起拐子歇下来，几十个背子歇成长长一串。姚仁义最后走出也歇好之后，胥亮田勇提着酒壶给众人一一斟酒。姚子君走上前，从董大掌柜手中接过斟满酒的土碗，大声说道："老少爷儿们，祝大家一路顺风、平安。端起来，干了！"喝完就带头将碗重重摔到地上，刹那间满街都是一片碗碎的响声。姚子君又走到姚仁义面前，庄重地说："幺爸，这是给多吉昌发的第一批货。这一路上就拜托了。"

姚仁义点头："贤侄放心，十八天，我们准时赶到打箭炉。"然后朝着前面的背夫一声吆喝："哦呵呵……走起……"便收起拐子，领头走去。

在粗犷高亢的吼声中，背夫队伍就像一条长龙开始移动起来，缓缓走向城外。看着他们渐渐远去，姚子君心里不由自主地又想起了幺爸的事。幺爸的心里明明装着苦楚，却不愿向别人诉说。常年在外，辛辛苦苦，风里来，雨里去。一个人孤孤单单地过了这些年，实在不容易。自己作为晚辈，能忍心看着他这样继续下去吗？玉珠也是这意思，看来幺爸这忙还非得帮他不可。

自从许幺姑来到捡茶房，瞿六到捡茶房的次数突然多起来。从第一天看到许幺姑，瞿六就像掉了魂似的。捡工每天下工之前，都要将捡干净的茶叶过秤，号上称呼为打印子，累积到月末，就每个人捡茶多少发放工钱。打印子由瞿六负责，女工们各自将当天捡的茶装进背篓，背到一杆固定吊秤前，挨个过秤。许幺姑谦让人，每天总是等大家都过完了才来。瞿六也盼这个时候，打完印子的女工都走了，捡茶房里只剩两人，过秤时，分明只有九十五斤，他却总是要多报十几斤。有时干脆不称了，由他随便报一个数，自然也是有多无少。许幺姑曾再三推辞，要他称多少记多少，多的她不要。有次他又报多了，她要他重称，伸手去提背篼，手突然被瞿六紧紧抓住不放，接着就抱住了她。许幺姑慌忙挣脱，连连说："瞿领工，使不得，使不得……"便匆匆逃出了捡茶房。

瞿六却不死心，依然常常找机会纠缠许幺姑。不知道他从哪里打听到许幺姑曾在春香楼待过，动手动脚的胆子就越来越大。这天打完印子，瞿六要许幺姑把几条装了茶的空麻袋搬到储藏杂物的小屋里去。许幺姑放好麻袋转过身来，竟发现小门已被瞿六堵住，那双充满了淫欲的目光，正贪婪地盯着她。

"瞿领工，你做啥？"许幺姑的心怦怦跳着。瞿六不语，上前一把将她抱住。许幺姑挣扎着："我喊人了！"瞿六仍抱紧不放："你喊吧，这儿不会有人听见。"他将许幺姑放倒，扑到身上，就在她脸上、颈上一阵猛亲起来。许幺姑向他哀求："瞿领工，我求你了，放了我吧。"瞿六哪肯舍得，一只手开始解她的衣服，一只手就伸进了她的腹部。许幺姑拼命反抗，挥手给了瞿六重重一个嘴巴，瞿六一松手滚下身来，许幺姑翻身爬起，就朝门口逃去。不想又被他抢先堵住。他捂住火辣辣的脸，骂道："臭婊子，你当我不知道，在春香楼那么多人都能动，为什么我就动不得！"说完又不顾一切猛扑上来，将许幺姑扑倒压在身下，疯狂地撕扯起她的衣服来。眼看着就要被他得逞，许幺姑咬牙一脚朝他的腹下踢去……"哎哟！"只听他痛得大叫一声，便捂着腹部滚到了一边。许幺姑趁机迅速逃出了小屋。

第二天，许幺姑辞工了，事情很快便传到了董大掌柜的耳朵里。瞿六出了这种丑事，令董大掌柜又气又恨。不光是因为许幺姑是姚仁义的相好，是老夫人、少老板亲自交代下来的人，更令他难堪的是，瞿六是他一手栽培起来的得意门生。

"混账东西！天德公的号规是怎么说的？你背给我听听！"董大掌柜将算盘狠狠摔在桌上，朝垂头立在面前的徒弟骂道。

瞿六羞愧不已，低头背道："不偷盗，不赌钱，不抽鸦片，不进窑子，不调戏女人……"

"那你自己说该怎么办？"

"师傅，我错了，愿意受罚。"董大掌柜摇着头："瞿六啊瞿六，当年你爹遭棒客杀害，可怜你年幼无知，又无亲无靠，我把你领到天德公当小老幺，给你找了个吃饭的地方。这些年我没少教你，好不容易一步一步把你栽培到今天这样子。老东家在世还提携你当了领工。做出这种事，你对得起谁啊？”

“师傅，我给你丢脸了。”

“唉！给我丢脸事小，毁了自己前程事大呀！”

“师傅，我求求你了，帮帮我吧。”说完就扑通一声跪了下来。

董大掌柜看着他，实在是恨铁不成钢，再打再骂也不解恨：“怎么帮你？号规摆在那里，你犯了哪款哪条，你不知道？真想抽你两耳光！给我好好跪着，不准起来。等我去后院回来，再说怎么发落你。”

后院的堂屋里，老夫人抱着水烟袋坐在上首，身旁是挺着大肚子的吴玉珠。姚子君抱着双手来回踱着步子，董大掌柜立在一旁，气氛窒息。

姚子君：“这种事，号上过去是怎么处置的？”

董大掌柜：“轻者扣饷银，重者除名。”

老夫人：“我记得这瞿六也快三十了吧，怎不好好找个女人过日子，却做这种下流的事？”

董大掌柜：“我也很惭愧，就因为他是我的徒弟，所以，我看不能罚轻了。”

老夫人：“你打算怎么发落他？”

董大掌柜：“既然咱们有号规，就应该严格遵循号规办事。让他打铺盖卷，去账房结账走人。”

老夫人：“瞿六尽管可恨，毕竟没有得逞。虽说年轻，也算天德公的老人手了。子君爹在世就当起领工，这些年来没有功劳有苦劳。再说了，从小就在你的调教下，费了那么多功夫栽培出来，也不容易。我看就当他是初犯，把领工撸了，留下来打个杂啥的。子君，你说呢？”

姚子君：“妈说得对。就这么办。”

老夫人又叮嘱董大掌柜，下来一定要好好教训教训瞿六，再犯什么事儿，就不会再像这回一样轻饶他了。

董大掌柜刚打算转身，姚子君说：“还有，刚才只顾说瞿六，就把许幺姑忘了。明天请董大掌柜也去一趟许幺姑那儿，把号上对瞿六的处罚告诉她，劝她还是来上工。省得我幺爸回来了也不痛快。”

没想到老夫人一听不高兴了：“怎么又扯出你幺爸来了？这事儿尽管瞿六不对，但一个巴掌拍不响。当初许幺姑要来做工，我就担心会生出什么事儿来，现在果不其然。"

"妈，你这话就说得没道理嘛！"

"怎么没道理，她要不是那种人，瞿六会打她的主意吗？"

"一个弱女子，被逼卖身，已够她忍受了。来号上做工，说明她想重新做人，愿意过自食其力的生活。可是却遭人白眼，被人欺负，是非黑白应该分清楚嘛。"

吴玉珠也接着说道："妈，你还别说，我看这许幺姑还真是个有骨气的女人。她要真像你说的那种人，也就没后面的那些事儿了。她打瞿六的那个嘴巴，就看出了她的骨气。宁肯辞工，也决不委曲求全，还真是难得！"

"我就知道，只要一说到你幺爸的事，你两口子就一唱一和跟我唱对台戏。好了，瞿六的事就说到这儿。下去吧，做你们各人的事去。"

姚子君说："妈，你咋不讲道理哟。"

老夫人道："我一张嘴，说不过你们两张嘴。你们愿意怎么办，就怎么办去！"

从堂屋出来，想到幺爸还要些日子才能回来，姚子君又嘱咐董大掌柜，去看许幺姑时，别忘了给她带些钱，再买上一些米和油盐。

姚仁义从打箭炉回来已是半月以后，他没先回城里，背着空背夹子，手里牵着一个八九岁的小孩，直接就来到了桐子坪，许幺姑坐在门口纳鞋底，看到孩子，几分诧异，问他哪来的？姚仁义见她也不像刚从城里回来的样子，反问她怎么没去上工？她收起鞋底，帮着姚仁义卸下背夹子，叹气说："一两句话说不清，进屋说吧。"

姚仁义听了大怒，就要去找瞿六算账。许幺姑要他别去，说少老板已经派董大掌柜来看过她了，还给她买了不少的东西，劝她还是回去上工。姚仁义仍不解恨："这个龟儿子，就这么便宜了他呀？"许幺姑说："号上已经把领工给他撸了。再说他也没把我怎的，倒是我把他给打了……"姚仁义的气这才消了。

许幺姑让姚仁义用木盆打水，带孩子一边洗去，自己便进了厨房做饭。不一会儿，姚仁义进来坐到灶下，一边帮她烧火，一边说起他在打箭炉捡到孩子的事。

那天在打箭炉交了茶，见天色尚早，背夫们就急着要往回赶，姚仁义估计了一下，赶四五十里地，歇回马坪没问题。于是带领大家来到城外的一家路边小饭馆，每人要了一碗豆花，一个玉米馍，打算吃了就上路。吃到一半，一个蓬头垢面，衣衫褴褛，八九岁的藏族小孩走过来，守在姚仁义身边，眼睛直勾勾地盯着他手里的玉米馍直咽口水。姚仁义看他可怜，把馍分了一半给他，没想他狼吞虎咽般地两口就没了。姚仁义将豆花也推到他面前，同样两口又没了。"孩子，你家在哪儿？爹妈呢？"姚仁义问他，他埋着头什么也不说，那双充满饥饿的眼睛一直死死地企盼着他。姚仁义的心禁不住颤抖了一下，似乎也想起当年的自己。他叫店家又端来两份，自己一份，另一份推到小孩面前，只见他三下两下就吃了个精光。

店家看姚仁义善良，也喜欢孩子，上前告诉他："这孩子是那年打箭炉地震活下来的孤儿，是个藏族，爹妈都没了，白天到处要饭当叫花子，晚上就睡在街檐边。没人管没人疼，怪可怜的。这位大哥要是愿意，不妨将他领回去抚养，也算做了件行善积德的好事。"就这样，姚仁义将孩子放到背夹子上，从打箭炉背回了雅州。

见许幺姑听了也没说啥，只叫他快把火灭了，饭已好了。

姚仁义走上前，双手撑着许幺姑，动情地说道："幺姑，你不会怪我吧？当时，我看到他挨饿的样子，一下子就想起了自己。我也一样，从小没了爹娘，小小年纪就四处讨口要饭。一天，在泥头镇的饭馆里，遇到了从打箭炉回雅州的天德公老太爷。当时的情景也像那天，我饥肠辘辘，眼巴巴守在他吃饭的桌边。他没像其他客人一样赶我走开，而是可怜我，给我吃，给我喝。我永远都不会忘记，那是我吃到的第一顿饱饭，也让我知道了人世间还有同情与温暖。就这样，我跟着他来到雅州，做了他的干儿子。幺姑，一个人的命运也许就是这样，当他在没有活路的时候，如果有人能帮助他一把，哪怕是一口水，一碗饭，或许就能改变他的一生！"

许幺姑说："我知道你心好，只是担心你。为我就已经够你操心，现在多一个人，就多一张嘴。就怕把你累坏了。""不怕，不就是吃饭多一双筷子的事。凭我这身力气挣钱，饿不了你娘儿俩。"姚仁义道。

饭端上桌子，就一碗回锅腊肉，一碗洋芋丝，还有一钵二季豆汤。虽说菜没两样，草屋里却溢满温馨和香味。俩人让孩子坐在中间，姚仁义要孩子喊许幺姑阿妈，孩子有点怯生，但在姚仁义的鼓励下，还是扑到许幺姑怀里，亲热地叫了一声："阿妈！"许幺姑紧紧搂着孩子，止不住泪水涟涟。姚仁义问她："幺姑，今天可是我们一家三口第一次团聚在一起，应该高兴啊，你咋又哭了？"许幺姑撩起围腰，擦去眼泪，轻声笑着："人家哪是在哭嘛……"

自从开始履行与多吉昌的合约，姚子君就一直忙个不停，从亲自去买原料，每天守在作坊里督促做茶，一直到发运，每个环节都不放过。他要董大掌柜随时盯着他，发现哪有不对地方，就及时提醒。眼看着一批批货发出去，又一批批货加工出来，兴奋之余，仍不敢懈怠，每天总是很晚了才回后院。

这天回来，见玉珠挺着肚子还在教秀秀练字，便自己去弄水漱洗，秀秀要起去伺候，也被他止住。他心事重重的样子被玉珠看在眼里。待秀秀写完了下去休息，玉珠问他咋闷闷不乐？他这才唉声叹道："玉珠，你看幺爸的事，我们该怎么帮他才好？""唉，妈老是抱着那老脑筋不放，有什么办法。慢慢来吧。"一提到这事，玉珠也觉得挺对不住幺爸的。

姚子君告诉她，这些日子来，号上往打箭炉一趟接一趟地发货，幺爸带着他揽的背夫们，背了一趟回来，屁股还没坐热，下一趟又该走了。辛辛苦苦，忙忙碌碌，半句怨言也没有。实在是难为他了。上一趟还在打箭炉捡了一个孤儿回来，寄养在许幺姑那里。他顾不上自己的事，我们做晚辈的就应该更关心他才是。说他想来想去，也没想出一个能说服母亲的办法。"要不，还是你去，给妈再说说。"

"我要再去说，妈又会说我是你的应声虫。唉，这婆媳关系本来就难处，我不想让妈挑我的不是，要说你自己说去。"

"妈那个老脑筋，我说要是行，还求你干啥？"

吴玉珠想想也是，摸着肚子，靠在姚子君肩膀上，说让她再想想。突然，她拉着姚子君的手摸着她那高高凸起的肚子，似乎有了主意："子君，你说妈现在最上心的事是什么？"

姚子君有点糊涂："你说最上心的事……"

吴玉珠用他的手摁着自己的肚子："你真笨！"

姚子君还是不明白："这跟幺爸的事能扯上什么关系？"

"没关系就让它扯上关系。往日我俩替幺爸说话，都是直来直去。我看要想让妈答应这事，不能戗着来，咱们只能顺水推舟。"吴玉珠说完，自己先抿嘴笑了起来。

姚子君终于明白了，想到玉珠的主意，竟忍不住大笑起来："哈哈，你这小妇人，竟敢拿我妈当猴耍。"

"你看你，给你出个主意，你又说三道四。这又不损妈啥，还不是为了成全幺爸的美事，有啥子不好嘛！"

"玉珠，我真佩服你。幸亏你是个女人，要是个男人，这天都能让你捅个大窟窿。"

"有你这么夸人的吗？"

"我说的是真心话。也不知道三十六计有没有这一计，反正我们就叫它顺水推舟计。等事情办成了，我一定加倍谢你！"

三日后，天德公后院的侧门口，突然来了一个算命先生，道士打扮，手执一根细竹竿，挑着一块布招儿，上面写着"一口准"三个字。他把脑壳从半开的门中伸进来，见秀秀和香香俩人正在天井里晒衣服，便问道："请问，这宅子的主人家在吗？"秀秀朝香香努了个嘴，示意她上去询问，打听宅子的主人作甚？不料，还没等香香走拢，他已走进来。只见他四下张望一阵，又问："敢问主人家中可有怀孕之人？"香香问他："有又怎样，没有又怎样？"他就一副煞有介事的样子，口中喃喃念道："不吉，不吉啊！"说罢便转身欲走。秀秀慌忙上前要他留步，并吩咐香香赶快去禀报老夫人。

道士被请进堂屋，老夫人问他何出此言？

道士曰："我乃江湖中人，专以看相算命，勘测风水，浪迹四方，人称一口准。只因刚才路过此宅门口，见到有紫气东来，更有龙形藏于其中。就想问问，家中可有身孕人否？"

老夫人一听，忙应道："有，有。先生有什么指教？"

道士："在下江湖之人，说话难免不顺耳中听。不知道老太太可否愿听？"

老夫人要他快讲。

道士就神情凝重地道："本来是一桩喜庆之事，不想此事却带了不吉之兆。"

老夫人大惊："先生可有解？"

道士说要看了怀孕之人的八字方可知道。

老夫人没敢迟疑，立即吩咐秀秀快去把少夫人请来。

不一刻，秀秀挽着吴玉珠来到堂屋，落座下来，吴玉珠说她没病没痛好好的，让她来做什么？老夫人要她什么也别说了，赶快把自己的八字说给先生听听。吴玉珠想了一下说道："我是光绪十六年八月二十八日申时出生的……"道士马上掐着指头算道："庚寅属虎，甲申月，辛巳日，丙申时，本命乃松柏木是也。"吴玉珠点头："好像是。"

道士闭目，嘴里嗫嚅着，继续掐着指头。老夫人紧张地把他看着。秀秀捂着嘴想笑，吴玉珠赶紧掐了她一下。

道士："少隔主位，你家少夫人怀的当是男孩。"老夫人听了欣喜不已："先生说得准。青云寺的卦签也是这么说的。"不料，道士接着又道："只是人算不如天算，孩子降生之时会有灾难。"老夫人瞬间又紧张起来："先生不会说错吧？你再算算。"道士："今年乃癸丑年，孩子属牛，是桑柘木命。虽有其母松柏木相伴相生，但八九两月正乃金旺之时，东来紫气为木，西来白气为金，西金克东木，总是不吉之兆。"老夫人："先生若有破解之法，定当重谢。"道士："福祸相依，趋吉避凶。只是要看是否应人、应时、应事。""此话怎讲？""家族中如有男丁正当婚娶之年，可尽快成婚。婚者，红事也。红者，火之相也。火可克金，以喜冲之，西来白气之金自可散之矣。老太太可听明白了？"老夫人脸上的雾霾顿时散去，点头道："明白，明白。香香，快去拿钱，给先生奉卦金。"道士站起，向老夫人一躬："谢老太太。卦金就不必了，孩子降生之时，我自会来讨一杯喜酒喝。告辞。"说完，转过身，执着布招儿又飘然而去。

这道士忽然而来，又飘然而去，让老夫人心里顿生怀疑，该不是子君他爹又显灵了，让这道士给她传话？她仔细想来着，道士的话还真没说错。天意，天意啊！只说这应人、应时、应事，不正好都应到了他幺爸的头上吗。"玉珠，你都听清楚了吧？"吴玉珠点头。她说："依我看呀，你幺爸还真是咱姚家的一个福星。想起那次在花园里，你刚刚告诉我说有孕了，第一个来撞见的男人也是他。我就说了见男生男，见女生女，怎么样？刚才神仙也说是男吧。下一步孩子降生，没想到还得靠他来消灾消难，保佑你母子平安。"吴玉珠说："妈，你没听明白吧？那道士说的可不是只靠幺爸一个人就能办到的事呀。"老夫人道："我明白，让他快点成亲不就对了吗？""可他跟谁结啊？跟别人吧，幺爸不愿意。跟许幺姑吧，妈又不愿意……""就跟许幺姑。我看那个女人也挺好，挺心疼你幺爸的。玉珠，你就放放心心地生吧，妈一定把你幺爸的婚事办得热热闹闹，红红火火。道士先生不说了吗，红能生火，火能克金，把那些乱七八糟的晦气都冲个干干净净。"

十五

邵安听说瞿六被撸了领工，高兴地说天助我也！他提前给自己下了工，独自一人来到天德公斜对面的一家小茶馆，要了一碗茶，一边喝一边紧盯住天德公的门口。天色逐渐暗淡下来，下工时刻已到，工匠们陆续从大门里走出。直到最后，才看见瞿六垂头丧气地走出来。邵安抿嘴偷偷笑着，付过茶钱，便跟了上去。

拐进一条小巷，他上前从背后拍了瞿六一巴掌："瞿领工，下工啦？"瞿六回头看到他，很不好意思："邵掌柜啊，往后可别再叫我领工了。你这是要去哪里？"邵安装着不知道："咋啦，又高升啦？""你就别挖苦我了，号上把我撤了。""哎哟，你可是个有本事的人哪，咋回事呀？"瞿六与他认识，还是前几年做买手的时候，后来接触不多，但也无过节。想到出了那档事他迟早也会知道，不如先告诉他。邵安听了，充满同情："难怪看到你没精打采的样子。走走走，我俩喝酒去。二两酒一下肚，保你啥子再愁的事都没了。"也不管三七二十一，便拽着瞿六一道找酒馆去了。

来到一家小酒馆，邵安又是买酒又是点菜，高矮说他办招待，给瞿老弟洗洗晦气。油灯下，酒过三巡，邵安劝他，与其在天德公受这般窝囊气，还不如另攀高枝。就凭他一身的本事，何愁找不到更好的饭碗？瞿六唉声叹了一口气，说他端了十几年天德公的饭碗，受了那么多栽培，虽说眼下被撸了领工，但真要叫他离开去另攀高枝，说实话，他的良心也过意不去。邵安知道，一锄头下去就想挖个金娃娃是不行的，还得慢慢来，先顺着他往下说，探探他的口风。"没想到都这样了，瞿老弟还挺惦记主人的恩情。""人嘛，总得凭良心说话。""说得对，人不讲良心，天诛地灭！事情都过去了就别往心里去。人生在世，谁还没个磕磕绊绊的事？说不定过两天，霉运一过，又重新叫你当领工的时候。""不可能了。天德公的号规严格得很。"瞿六摇头说。

看来这小子也算定自己是死定了。邵安瞅住机会又是给他夹菜，又是给他斟酒。瞿六已喝得脸红筋涨，直感谢邵安为他破费了。邵安说他这人没别的嗜好，就喜欢交朋友。瞿六感叹他热情痛快。

又两杯下肚，邵安道："不过，我还是替老弟可惜。你说我在这个行道的时间也不短了吧，可是跟你相比，只敢甘拜下风，自愧不如。再说得大点，雅州几十家茶号，领工多的是，可要论做茶，我看，就没一个赶得上你的……唉，来来来，把这杯干了它！不然我又要为你鸣不平了。"自打杂以来，瞿六已许久没听到有人恭维自己了，加上这会儿已喝得差不多了，便禁不住飘飘然起来："邵掌柜，倒不是我自吹，要说做茶这门手艺，从粗制到精制，几十道工序，赶上我的，还真不多。"

邵安突然问他，天德公的制茶秘方他知道不？

瞿六愣了一下，话到嘴边还是收回去了："哎，那是人家祖上传下来的东西，哪是让人随便看的。"

邵安拿话激他："怎么，他们连你也瞒着？"

瞿六不屑一顾笑道："我虽然没看过，但我看那东西也没啥了不起。我所做的茶，不就是照上面的规定操作的吗。我要说出来，不敢说一模一样，起码也是八九不离十。"

"哦！"邵安大喜，这小子肚里果真有货，"瞿老弟，你该不是喝了酒冲壳子吧？现在叫你把那些东西一条一款写出来，你还记得吗？"

瞿六望着邵安，将端起的酒杯又放了下来，抱歉说："算了，邵掌柜，这些话咱还是少说为好。不小心说漏了嘴，又触犯号规，损害了号上的利益，我的饭碗就没了。"

邵安也担心急了露出马脚，忙改口说："好，不说了。咱说点别的高兴的事。上次瞿老弟羊肉没吃到，惹了一身骚。改天我请你去春香楼，给你挑个比那许幺姑还好的，想不想一手？"

瞿六苦笑着："唉，不敢再想了。"

分别时，邵安硬往瞿六口袋里又塞了两块大洋，要他往后有什么难处，尽管去找他。瞿六只当自己落泊之际，遇到贵人，对邵安感激不已。

衙署的潘旅长从省城回来，心情一直不悦，见什么都觉得烦恼。他被叫到省城，督军府让他看中华民国外交部、农商部发下来的那些情况通报，一份份的通报讲的，都是英国势力在西藏大肆渗透和扩张的事。其中涉及最多的内容是英人利用印茶，困我川茶，夺我茶利，断我茶路，致使川茶销场日益萎缩等等。他身为雅州的川边镇守使，主管雅州、打箭炉政务，对雅州边茶入藏，打箭炉茶市交易，无疑肩负重任。上头告诉他这些，不言而喻是给他旁敲侧击，如果搞不好，位子就坐不稳。可是据他所知，打从清朝以来，雅州历届知府，到民国的镇守使、屯垦使，在这件事上似乎都无能为力，也无所作为。反倒是有不少人，还在茶商身上捞取到不少好处。想到这些，他就心不平气不顺。可是不管怎样，省督军府既然有了这个意思，哪怕是敷衍塞责，他都得应付他们。

潘旅长毕竟不是等闲之辈，想当年，眼看清政府就像飘摇在大海中的一只破船，马上就要被辛亥革命的暴风雨掀翻的时候，他不顾一切，卖掉了家中的几百亩田地，自己拉起一支军队，投靠了川军。从一个小营长做起，一路走来，打败了清朝，又打滇军。滇军打走了，川军又自家打，一直到现在，不仅当上了川军旅长，还赶跑了姓崔的，坐上了雅州川边镇守使这把交椅。好不容易挣来的江山，怎么说也不能像姓崔的，只图贪得无厌，搞得百姓怨声载道，两年不到就下了台。哪怕就是装装门面，也要把雅州的茶事弄出个样子来。他决定把茶商都招拢来，给他们好好训训话，打打气，鼓鼓劲。这项曾经恢宏多年的行业，他就不信自己玩不转它。

侯兴被叫到了潘旅长的面前，这个油嘴滑舌的前朝县衙师爷，再次摇身一变，又成了潘旅长的心腹，还穿上了一身副官制服。只是那衣服太大不合身，反显得像个耍猴的。听了大人的吩咐，他说："大人，你有所不知。这商家做买卖，都是卖石灰的见不得卖灰面的。雅州几十家茶号也这样，长期以来，不是你说我的鼻子，就是我说你的眼睛。总是人心不齐，想要他们抱成团，一致对外，难办！"

"难办就不办了吗？鼠目寸光！不把他们聚拢，树起雄心，怎么能够多做茶。没有我川茶，在西藏又怎么能够抗衡洋人的印茶？"潘旅长板着面孔训道。

侯兴却不知趣，还想说什么："大人，我知道你是好心，只怕……"

潘旅长："别再说了，就照我的意思去通知茶商会，择个日子，我亲自去跟他们讲，再不齐心，饭碗也被别人抢走了。要是哪个敢不听话，我就拿他是问！"他嘴上这么说，心里想的却是另一回事。听不听是茶商们的事，讲不讲是他的事，起码面子上做了，过场也走了。至于有没有成效，完全用不着去管它。只要对上有交代，能敷衍就够了。

每逢衙署这边有什么动静，侯兴都不会忘了先给钱瑞通风报信。算辈分钱瑞只是他的远房侄儿，不过这不重要，重要的是这个侄儿非常懂窍，遇到麻烦事，常来求他帮忙，每次出手大方，按时下的话说，就是没少给他塞包袱；而在钱瑞的眼里，侯兴是他的老叔，也是能人。清朝时，在衙门里，他要风得风，要雨得雨，风光无限；现在民国了，为官的也换了两任，可他仍吃香的喝辣的，就像个不倒翁。

两人在稻香村的酒桌上，侯兴告诫钱瑞，也不知是哪河水发了，潘大人要去茶商会训话，火气很大。要他参会时，多带耳朵少带嘴，千万别跟潘大人唱对台戏。平日钱瑞在茶商会是出了名的搅屎棍，遇到事情常常是哪壶不开提哪壶。要是惹怒了潘大人，可没好果子吃。钱瑞说他记住了，要老叔放心。

听说衙署潘大人专程为了雅州茶事，要来给大家训话，茶商们早早就来到了三官祠会馆，把议事厅坐得满满的。都想听他会给大家又讲些什么。

潘旅长仍着一身便装，坐在一把楠木方椅上，面朝大家说道："雅州边茶畅销藏地千年，一直受到藏民欢迎。可我就不明白，为什么到今天，我们的销场越做越小，而英人的印茶反倒是越做越大了？这事闹得沸沸扬扬，愈演愈烈，不仅造成我川省课税之骤减，更重要的是已严重威胁到大家的饭碗。今天我就是专为此事而来。要说训话，我也说不出个子丑寅卯，本官只想听听，面对目前之困境，作为茶商，你们自己难道就没有什么主意吗？"

茶商们满怀希望盼他会带来什么灵丹妙药，结果什么也没有，还反被他问到自己头上，不由一个个面面相觑，不知该说什么才好。仁和的徐老板见半天没人敢接话，只好自己先站起来："大人要我们自己先说，老朽就来个抛砖引玉。如有说得不对之处，还请大人指教，也请各位同人海涵。要说当今雅州边茶在藏地遭遇之困境，英人靠武力胁迫，倚仗当年同清政府签订的不平等条约，固然有重要原因。但作为茶商，我们是否也应该做一番自省呢？比如有少数茶号，只顾追求厚利，不惜偷工减料，粗制滥造，甚至掺杂混假。虽说他们不能代表大家，却是坏了雅州边茶的声誉。还有的缺斤短两……"

不料，没等徐老板的话完，钱瑞不服，就站了起来："我以为徐老板的话欠妥，你要说谁？就请指名道姓说出来，不能这样一竹竿扫倒一船人！"

隆裕茶号的孙老板也跟着站起来道："钱老板说得对，隆裕也不愿背这样的黑锅啊。"

刹那间，大厅里又像开了锅，交头接耳，吵吵嚷嚷，一片混乱。立在潘旅长身后的侯兴忙上前招呼，要大家肃静，连喊几声却没人理他。他转过身来，向潘旅长低声道："大人，我没说错吧，这帮茶贩子，就没个齐心的时候。"

突然，潘旅长站起来，一巴掌拍在桌上："吵什么！有本事跟洋人吵去，在自己家里吵，算什么本事。"接着便把目光落在钱瑞脸上，狠狠问道："这位老板火气很大，不会是此地无银三百两吧？"

听这口气，一般人也许就吓转去了。钱瑞可没有，这种场合要能把水搅浑了才好呢。此刻，老叔事前打的招呼，早已被他忘到了脑后。他回潘旅长的话说："请大人容小人把话说完。雅州六十八家茶号，大体可分为两类，一类是老字号，他们开办的年代都在一两百年以上，历史悠久，银钱充裕，作坊也很大，做茶有自己的秘方。但为数不多，也就五六家；剩下的全是小茶号。虽说做茶工艺大同小异，毕竟条件有限，更无秘方，做出来的茶，自然是质地口感都不能与老号同日而语。所以有人便常把粗制滥造的罪名加到他们头上。"

侯兴也替他补充："聚盛源的钱老板说得没错，雅州几十家茶号，情况就是这样。"

潘旅长本想对钱瑞发作，却见他伶牙俐齿，说得头头是道，不由另眼相看，朝他问道："那你能告诉我，要把茶做好，有什么办法吗？"

钱瑞左右看了看，心一横道："大人，要说这事也简单，雅州几家老号都有秘方，他们的茶在打箭炉，在西藏，至今仍畅销无阻。大人何不动员他们，将秘方贡献出来，让大家都照着做，不就对了吗？"

这一下大厅里就更热闹了，嗡嗡嗡一片吵嚷声。像孙老板一样的几家小茶号就赞成钱瑞的主张，但也就那么几家。大多数都没有跟着起哄，因为明知是不可能的事，全当说的笑话罢了。而坐在前面的几家老号，表情就不同了。在大家都是同人的面前，钱瑞怎么出这种馊主意？这不是唯恐天下不乱吗？由于担心潘旅长真采信了他的主意，他们一个个都面露紧张。钱瑞瞟眼看着他们，还有和他们坐在一起的姚子君和董大掌柜，脸上得意地浮起一丝不易察觉的奸笑。

潘旅长又问他："这倒是个好主意，只是总不能让几家老号都把秘方拿出来吧。我看选一家最好的就够了，谁家的最好？"

钱瑞脱口道："当然是天德公的最好。"

潘旅长："既是这样，我看就请天德公茶号的老板起来说说，这办法行吗？"

大厅里骤然沉静下来，众人的目光都齐刷刷地投向了姚子君。仁和的徐老板、永兴的陆老板、恒丰的李老板几家老号都生怕就点到自己的名，听到潘大人这一说，立刻松了口气。但仍不免还是为姚子君捏了一把虚汗。

姚子君站起来，从容地说道："天德公与几家老号的情况大致相同，茶之所以做得好，全凭得力于自家祖上传下来的秘方，这不假。可秘方是什么来着？是我家祖上经过几代人的努力，才摸索出来的经验，积累下来的智慧。因为保密，不传外人，所以称之为秘方。要是秘方的主人自愿拿出来，供同人分享，那是一回事；如果主人不愿意，那就是另外一回事了。想想看，北京城里的民国政府，会让同人堂的药房，六必居的酱园，全聚德的烤鸭，天福号的酱肉，这些名号的制作秘方，拿出来供所有的同行分享吗？一定不会！潘大人知书达理，见多识广，又是官场中人，想必心中自有主见。倘若这样荒唐的事，一旦出现，风传出去，岂不让天下人耻笑。不知大人对我所言，意下如何？"

"这个，这个话也在理……"潘旅长十分尴尬，一时竟无言以对。

几位老号的老板异口同声，都赞同姚少老板说得有理。

人群中不少人也纷纷站起，极力主张要讲公道，讲天地良心，绝不做这种缺德的事情。

侯兴看到钱瑞下不了台，潘大人也被姚子君一席话呛住，赶紧眉头一皱，又生一计。他说："秘方的事儿就不说了。大家不都说几家老号的茶做得好吗，我看不妨就让大家到几家老号的作坊实际看看，相互取个长补个短。这办法咋样？"

潘旅长也正愁找不到梯子下楼，立刻道："嗯，这个主意好。伤不了谁的啥，对大家都有好处。"他哪里晓得，侯兴的主意可狡猾多了。到了作坊，大家都是同行，在明人的眼里，还有啥秘密可言？如此好事，众老板哪有不愿意的。"要得！要得！"的喊声，一时此起彼伏。

徐老板看了看左右，忙站起来道："既然潘大人发了话，大家也赞成，我看几家都去就不必了，只看看天德公就够了。让我们大家都开开眼界。"他旁边的陆老板也跟着说："看这家，看那家，不如看天德公一家。"

潘旅长一看，时间也差不多了，于是站起来宣布："下来就由商会自己定个日子，大家都去观摩天德公的作坊。看看人家的好茶是怎么做的。"

在一片吵嚷声中，姚子君还想说什么，被董大掌柜拉住，示意他什么也别说了。从会馆出来回家路上，姚子君感慨地说："想不到徐老板、陆老板到了这种时候也耍滑头，把天德公推到前面，他们却躲到一边去了。"董大掌柜笑着告诉他："哎，都是商者，见怪不怪。谁不想为自己着想啊！不过少老板不用担心，来而不往非礼也。到时候你别管，我来应付他们。"

一个雨后晴日，晌午刚过，姚仁义便出现在许幺姑草屋前的石桥上。他左手拎一块二刀肉，右手提着一盒点心，脚上就像生了风，兴冲冲下了桥，就直往草屋奔去。"幺姑……"还老远他就喊道。

许幺姑领着穿了一身新衣服的孩子迎出来，孩子见到姚仁义，高兴地叫着："阿爸！"叫得姚仁义心花怒放，蹲下来搂着孩子说："哎，乖儿子，快看阿爸给你买啥好吃的了？"三人笑着进了屋，许幺姑接过东西："这不年不节的，干啥这么破费？""比过年过节还高兴，你说啥事？"姚仁义说。许幺姑说："看你傻笑的样子，你不说，我怎么知道。"姚仁义又嘿嘿笑了两声，这才把嫂子要他俩赶快结婚的事说了出来。

"真的？"许幺姑不敢相信。

"真的。嫂子把我叫去，亲口对我说的。还说改天把子君夫妇也叫上，大家一起商量。嫂子的意思，要把我们的喜事办得越隆重越好。"姚仁义告诉她。

许幺姑哭了，这一天终于等来了。为了这一天，她忍受了太多的苦难和屈辱，甚至于差点就永远离开了这个世界。他一头扑进姚仁义的怀里，滚滚的眼泪就像长河一样直往下流，身子也不停地抽搐着。姚仁义紧紧地抱着她，也跟着热泪盈盈："哭吧，把心头的伤痛都哭干净，今后就再不哭了。"

这天晚上，一家三口坐在一起，高高兴兴，吃了一顿甜甜蜜蜜的团圆饭。

姚仁义与许幺姑的婚日选在冬月初四。自入冬以来，天气多云多雾，一直阴雨绵绵。到了这天，竟风和日丽，出了一个少见的艳阳天。

天德公后院旁边有条小街，叫水井巷。巷头上有一幢四合院，便是姚仁义的家。此刻房屋已经做过整修，打扮得一派喜庆，从大门口，到院子里天井四周的走廊，全都挂满了红艳艳的大灯笼。老夫人亲自带领着姚子君夫妇、董大掌柜和号上的伙计们，准备了鞭炮、响器，早早就站在了门口，等候去娶亲的姚仁义。

那天商量办喜事的时候，老夫人就说了，一应事宜都要按照她的意思办，不能图省事，不要怕花费，一定要做到红红火火，热热闹闹，喜气洋洋。没想到姚仁义却向她恳求，说他不用大花轿。老夫人说："那怎么行，哪家娶亲不用大花轿？你要嫌八人的轿子小了，嫂子给你准备十六人的大花轿。"姚仁义说："嫂子，我不是那意思……"老夫人道："不是这意思是啥意思？别说了，就听我的。别再想一出是一出的。"姚子君一旁说："妈，幺爸要怎么弄，你就让他自己弄去吧。那天是他大喜的日子，只要他顺心，高兴就好。"姚仁义朝老夫人嘿嘿笑着："嫂子放心，到那天一定会让你看个高兴。"

大家正翘首盼望，一个派去打听消息的小老幺，兴冲冲地回来报告："来了，来了！"

紧随着一阵唢呐声，锣鼓声，一支二三十人的娶亲队伍便拐进了水井巷。姚子君忙吩咐敲响器放鞭炮。刹那间，小院门口鞭炮齐鸣，锣鼓喧天。

待娶亲的队伍逐渐走拢，大伙儿这时才看明白，姚仁义的娶亲队伍，全是他平日的一帮背夫伙计。他着一身新衣，却仍按背夫行头穿戴，用一副崭新的背夹子，垫着一床大红棉被，将一身红衣、红裤、红盖头的许幺姑高高地背在背上，拄着拐子，笑容满面地走在前面。紧随其后是敲锣打鼓，燃放鞭炮的班子。再往后又是一长串背背夹子的背夫，背着新枕头、新被褥、新打的箱子、柜子、桌子、椅子家具什么的。队伍中所有的背夹子，都拴着大红绸子，拐把子上还扎了一朵大红花。眼看着这支别出心裁的娶亲队伍，大伙儿都乐疯了。忽然，姚仁义的拐子在地上杵了三下，领头用拐子把背夹子歇了下来，然后就放开喉咙唱起莲花落来："人家娶亲坐花轿，我用背夹当船摇，花轿抬得金满屋，不如背回一生笑。柳呀柳莲柳呀——"身后那帮敲锣打鼓的伙计们便接道："金钱梅花哟，红花闹海棠。"一曲唱罢，姚仁义收起拐子，连扭带走，没几步又歇下。这时响器班子中便有人接道："鸳鸯戏水水不响，搅得波浪满池塘，公鸡踩上母鸡背，生下鸡娃满地黄。柳呀柳莲柳呀——"姚仁义领着众人又接道："金钱梅花咯，梅花闹海棠……"

如此场景，老夫人哪里见过，止不住哈哈大笑："嗨哟，我说这个闷葫芦咋不要花轿，没想到还弄了个新名堂。这样热闹就好。"

到了门口，司仪一声："新人落地——"

这时早有两个背夫上前，扶着姚仁义将背夹子歇在板凳上。老夫人一看，赶快吩咐香香秀秀过去帮忙，将新娘子搀进房去。看见幺爸的笑容一直就没停过，吴玉珠充满欣慰。她拉过姚子君的手，悄悄问道："啥时你也背我一回？"

姚子君笑着回答说："早晓得我也不用花轿来抬你。"

十六

董大掌柜带着胥亮、田勇站在门口迎接客人。

遵照茶商会发的帖子，茶号老板陆续来到天德公。能到天德公的作坊亲眼看看做茶的详细过程，是大家都梦寐以求的事。都是生长在同一块土地上的茶叶，为什么他们做出来的茶就那么好，希望通过观摩，能学到点什么。所以老板们热情很高，人也到得特别齐。

徐老板和陆老板是一起来的，二人一见到董大掌柜，就先抱拳示以歉意，称那日实在出于无奈，如有说话欠妥之处，还请董大掌柜海涵。董大掌柜还礼笑道，大家都是同人，倒也理解，只是希望今后互相还要多多关照。俩人自然心照不宣，连连点头称那是那是。

观摩由董大掌柜领着进行。天德公的制茶作坊，按四合院的格式，由六个大天井组成。茶号的天井一般很大，便于晴天晒茶。房屋不高，却很亮敞，地面打扫得干干净净，工具也摆放得整整齐齐。沿着井然有序的工艺流程，董大掌柜边走边热情地向大家介绍，他指着空荡荡的溜板告诉大家，天德公两副溜板，每天能溜毛茶七八千斤……在炕茶房，他指着那些躺在地上的石炕说，雨天不能晒茶的时候，就全靠这些石炕把茶叶烘干，每天要烧去柴火五六千斤……来到春包房的一排架子前，他刚又要开讲，钱瑞就按捺不住了，挤上前来说道："董大掌柜，你该不是拿我们当小孩哄吧？大家今天来是观摩做茶的，可你们作坊里却一个工匠也不见，难道你就拿这些空荡荡的摆设给我们看呀？"不光他奇怪，大伙儿也都在纳闷，天德公的作坊今儿个怎么会是空荡荡静悄悄的，木甑呀、溜板呀、石炕呀、春包的架子呀，都躺在那里休息。要说这些东西，茶号哪家没有？再说董大掌柜讲的吧，不外也都是一些泛泛而谈，没有触及一点实在的东西。来者都是老板，这些谁不懂啊。见大家都点头，钱瑞又道："天德公作坊常年忙忙碌碌，听说还有打夜工的时候，今儿个怎么如此清静？董大掌柜不会是不想让大家看吧？所以把工匠都打发回家了。"董大掌柜说："钱老板这就冤枉我了。天德公上下伙员百十号人，今天还偏偏一个都不缺，这会儿都在后面天井里。要不信，跟我看去。"大家更懵了。徐老板、陆老板也上前问道："董大掌柜，贵号今天莫非有事？"

董大掌柜领着众人来到作坊后面的一个大天井，竟看到天井里摆满了筵桌，天德公的伙计、工匠全在这里，正大口吃着喝着，有的猜拳饮酒，有的插科打诨，有的打情骂俏，一片热闹。董大掌柜向众老板拱手说道："各位老板，实在抱歉，今日观摩，不巧碰上了我家少老板的幺爸姚仁义大婚，举办九大碗，全号伙计、工匠一起在这里同乐。只怪两个日子碰巧了。好在是喜事，既然碰上了，就不要客气，就算我代表姚幺爸请大家了。徐老板、陆老板，二位带个头如何？"

徐老板会心地笑笑："行。"接着便转身道："诸位，咱们恭敬不如从命。既然是姚揽头的大婚喜宴，董大掌柜又这般盛情邀请，我看就啥也别说了，大家都入座，一起凑个热闹。"

陆老板也道："要得。运气好不如来得巧。来来来，都坐下，都坐下。"

董大掌柜忙吩咐胥亮、田勇："快，请客人入席。"

酒醉饭饱之后，老板们纷纷致谢告辞。徐老板和陆老板、李老板、秦老板四人走出天德公大门，禁不住都笑了起来。

徐老板："没想到在作坊，董大掌柜摆了一出空城计。"

陆老板："这也是不得已而为之。要你，你怎么办？"

徐老板："理解，理解。"

李老板："董大掌柜把事情做得合情合理，谁也挑不出啥，还请大家吃了一顿九大碗，想找岔子的人，也没话说了。"

徐老板："姚家有这样忠心耿耿的掌柜，实在是姚家之大幸。佩服，佩服。"

走到街口，四人抱拳告别，分头而去。

紧接着钱瑞和孙老板也走了出来。钱瑞喝多了，高一脚低一脚，摇摇晃晃，孙老板欲扶他，他也不让。从大街拐进小巷，他就开始骂人："龟儿子的董大掌柜，咱们都被他耍了。这条老狐狸……"孙老板劝他说："你呀，酒也喝了，饭也吃了，还骂人家，这就是你的不对了。"没想到他对孙老板也不认黄起来："老子就骂了又怎样？不像你，几口迷魂汤灌下肚，就把我们去干啥的忘得干干净净。"孙老板仗着喝了酒，回敬他说："你说我，你呢？心胸狭窄，小肚鸡肠。老给天德公过不去为啥嘛？俗话说，得饶人处且饶人嘛。"钱瑞愣愣地望着孙老板，又想骂人，但马上又收住了。再骂走了孙老板，以后就更没有朋友了。于是改口道："不是我不饶人，是一想起……"正说拢这儿鸦片烟瘾又发了："妈的，瘾又来了。找个地方过瘾去。""今天我就免了，你自己去吧。"孙老板说完，还真转身而去。

出雅州西门二里地，有个地方叫宋村渡，是往打箭炉方向去的津关，每日过渡的人多是茶背子。两只渡船从早到晚，忙不歇停，从这里过河，经飞仙、天全，翻马鞍山，过大渡河，再经烹坝、大岗山到打箭炉。沿途山高路险，驿站稀少，只有那些坐落在山坳中或建在山冈上的幺店子可供背夫们歇宿，被称为是"小路"。尽管是条小路，但它比大路要少不少里程，所以许多背夫仍愿意走这条小路。

且说韩青霞为了寻觅兄长，常常是整日整日地就守在通往渡口的小路边，无论是上船的，还是从打箭炉回来的人，只要看到他们的背上背着背夹子，她就上去打听哥哥韩青山的下落。可是回答她的总是一个接一个的摇头。她不死心，仍一个一个接着往下问。饿了就从口袋里拿出块玉米馍馍出来啃，渴了就去河边捧几口凉水喝。

除了这地儿，还有一个地方也是她常去的。那就是雅州南门外的一个叫南门坎的地方。从这里向南，经飞龙岗、荥经古城、箐口，翻大相岭，到了清溪折向西，经泥头，翻飞越岭、桦林坪、磨西，至泸定桥到打箭炉。因为自古以来就是官道，又称运茶的大路，沿途设有多处驿站、客栈，道路也几经整修，虽然比小路里程远一些，大多数商旅和茶背子都选择走这条"大路"。

南门坎是一段修在小山坡上呈之字拐的石梯路，在之字拐的弯道处，有一棵百年老树，树冠很大。韩青霞就站在树下，还是像去渡口的小路边一样，耐心地等候着每一个背背夹子的人，见到一个，上去问一个。就这样一直到天黑，依然没打听到哥哥的任何一点消息。

从南门坎山坡上下来，走到北门外的城墙根下，天已黑尽。远远看到老阿妈的破窝棚正升起缕缕炊烟。韩青霞这才感到肚子饥肠辘辘，饿得都快走不动了。

韩青霞拖着疲惫的身子推开篱笆门，就被一股浓烈的柴火烟子呛得咳嗽起来。烟雾中传来老阿妈沙哑的声音："闺女，今天准又没消息是吧。听到你无精打采的脚步声，阿妈就猜到了。"透过浓浓的烟雾，只见老阿妈正坐在三个石头垒成的锅灶前生火做饭。由于柴火太湿，满屋都是烟雾。韩青霞默不作声，上前拉过小破竹椅，挨着老阿妈坐下："我来吧。"就用嘴对着吱吱叫唤的湿柴吹起来。不一会儿，柴火就燃得旺旺了，锅里的玉米粥也咕嘟咕嘟叫起来。韩青霞伏在老阿妈的怀里，望着老人满头的白发，和额上、脸上那一道道深沟万壑，心疼地说："老阿妈，我给你老人家添麻烦了。"老阿妈抚摸着她："麻烦啥，你看我这破地儿，四壁漏风，雨天屋里比屋外的雨还大。夜里睡的破草席，盖的是烂铺盖，吃的也是干一顿稀一顿，饱一顿饿一顿。有你做伴，我感谢还来不及呢。"屋里烟雾慢慢散去，韩青霞又叹息起来："唉，也不知道啥时候才能找到我哥哥啊。"老阿妈安慰她："不急，一天找不到，咱们就两天，两天不行咱们就三天……雅州就这么大个地儿，咱们就不信打听不到你哥哥的一点消息……哎，看我这记性，差点忘了告诉你，我今天打听到一个人。"韩青霞猛地就挣起身来："谁？他知道我哥哥的消息？"老阿妈却又摇摇头："是个背夫揽头，都说他人缘好，认识的背夫多。"韩青霞马上道："老阿妈，我们这就去找他！"说着就站了起来。老阿妈笑道："看你急的，你也不看看现在是啥时间了。再说别人也只告诉我，这人叫姚揽头，他住哪里认不认得到你哥哥还不知道呢。"忽然，锅里冒出一股焦味。"不好，粥糊了！"老阿妈忙将火灭熄，拿木勺舀了一口尝了尝，叹息道："真可惜，糊成这样子。唉，将就吃吧。"

在老阿妈的帮助下，过了两天，俩人终于打听到了姚揽头的住处。

韩青霞出门时，心境就像雅州的雨晴表周公山顶上的天空，还是风和日丽……一想到马上就要找到哥哥了，多日来压在心头的焦虑和沉重，霎时全没了。身上轻松了许多，脚步也像生了风似的。可是刚刚走完了两条大道，走进一条狭窄的巷子，随着一股冷风扑面而来，就发觉天突然要变了。周公山顶上戴起了厚厚的帽子，四周的山峦也被云雾笼罩了起来。雅州的天气就这样，说变就变，立刻就摆出了一副山雨欲来风满楼的面孔。韩青霞已顾不得这些，一心只希望马上就能见到这位受大家敬重的背夫揽头。

姚仁义夫妇正在堂屋里忙活，男人正拾掇背夹子，婆娘在给他打草鞋。忽见门口进来一个姑娘，走上前来，彬彬有礼问道："请问，这是姚幺爸的家吗？"

姚仁义当她也是来找活的，迎上说："我就是。姑娘，你不是也想去背茶的吧？"

"不，我来是向你打听一个人。他也是做背夫的。"

"哦，那要看我认识不，姑娘打听谁？"

"他叫韩青山。"

姚仁义一听，立马一愣："韩青山？大高个，四方脸，有点络腮胡子……"

韩青霞高兴得忙点头："对对对。就是他！"

"你是他什么人？"

"他是我哥哥。我找他许久了。"

姚仁义突然就沉默了。他让韩青霞坐下，又给她倒了一碗热茶。自己也坐了下来，拿出小烟袋，装上烟慢慢地吧嗒起来。见到他表情凝重，不再言语，韩青霞立刻感到了一种不祥的预兆："姚幺爸，你知道我哥在哪里吗？"

姚仁义走进里屋，取出来一个布包打开，拿出一支镖："姑娘，你看看，是你哥哥的东西吗？"

韩青霞接过飞镖，见上面的韩字清晰可见："是我哥哥的，咋会在姚幺爸这里？"心也怦怦地跳荡起来。

姚仁义沉痛地告诉她："姑娘，你哥——他没了。"

两年前，韩青山来雅州当茶背子，凭着年轻力壮，一身的好力气，很快便得了个绰号——韩莽子，因为旁人背茶，也就十一二包，一百八九十斤，已经够重了，他却能背十五六包，足足三百来斤。除了力大，还好打抱不平。有的揽头抽头太重，占背夫便宜，他看不惯，常为此替大家出气。有两个揽头就曾被他打得头破血流，后来听说天德公的姚揽头不抽头，对人也好，便自己找上门来。韩莽子的名声大，姚仁义要他先答应，从今往后不许随便打人，便收下了他。两人从此也成为交好。

　　一次背茶去打箭炉，交了茶回来的路上，在大相岭的松林口遇到了土匪。土匪是黑石寨的一个小头目叫刁八的，一伙人持刀拦住去路，要背夫们留下买路钱。背夫挣的是苦力钱，眼看年关就要到了，家里婆娘娃儿都在等着他们拿钱回去，要被抢了，还怎么过年。姚仁义向刁八求情，说背夫都是下力人，挣的是血汗钱，请好汉高抬贵手。刁八不肯，仍喊快拿钱。韩青山暗暗观察了一下，也就十多个小毛贼，拿的也只是短刀长矛之类的武器，绝非他的对手，于是上前道："茶背子的辛苦钱你们也要抢吗？我要不给呢？"刁八盯着他："哼，走到黑石寨的地盘上，还没哪个敢说不给的，除非你不想活了。"姚仁义悄悄扯着他的衣服，小声说："青山兄弟，忍了吧，犯不着跟土匪结梁子。"他说："姚揽头别怕，几个小毛贼，看我怎么收拾他们！"说罢就将背夹子、拐子往地上一扔说道："小子，要买路钱是吧，来呀！"刁八一看："嗬，今天遇到了个不识相的。"提刀就扑了上来。韩青山从小就跟着父亲习武，刁八哪是对手，才两个回合，手里的刀就被韩青山夺了过去，屁股上还挨了狠狠一脚，被踢了个饿狗抢屎。刁八恼羞成怒，忙派一喽啰跑回山寨报信，指挥喽啰们又向韩青山扑来。

　　黑石寨的大当家熊三，听说他派下山宰埂子的人被打，立刻匆匆赶下山来。熊三在江湖混迹多年，狡猾多诈，心毒手狠，一路心想，十多个拿家伙的竟打不过一个操空手的，而且还是个背夫，未必是个不好惹的角色，便多长了个心眼。到了松林口，他藏到一棵大树背后，从高处往下看去。

　　草坪上，喽啰们被打得狼狈不堪，有的躺在地上呻吟，有的已跪着在求饶。再看韩青山，他高大魁梧，横刀挺立，满身浩气。

　　熊三自知不是对手，悄悄拔出了驳壳枪。

　　韩青山提刀警告土匪："我不想伤害你们的性命，只要你们把路让开！今后再别干这种伤天害人的事了。"说完便让大家快走，由他断后。

就在这时熊三的枪响了，子弹射进了韩青山的胸部。

韩青霞捧着飞镖，泪如泉涌。如果说还没听到哥哥的消息之前，对以后的日子还寄着一线希望。那么现在她已彻底绝望了。爹爹死了，哥哥也没了，在这个世界上，她就像寒风中的一片落叶，无亲无靠，孤苦伶仃的一个人了。

姚仁义告诉她，土匪劫去了他们身上的所有财物，然后很快便在山林中消失了。等到他们离去，背夫们才找了个干净地方，将韩青山埋了。给他清理身子时，发现镖就插在他的绑腿上。

许幺姑也走过来劝她："唉，人死不能复生。韩姑娘，别哭了。还是多想想，你自己往后的日子怎么办吧。"

韩青霞依然眼泪汪汪："姚幺爸，请你告诉我，我哥埋的地方你还记得吗？"

姚仁义："记得。大相岭松林口，一个大石头的前面。"

韩青霞："我想去看看……"

姚仁义："那里荒山野岭，人烟稀少，离土匪窝子黑石寨又近，熊三的人常下山来宰埠子。你一个姑娘家，万一叫他们碰上怎么办？"

许幺姑也说："妹子啊，你可千万别去，土匪抢劫杀人，欺负女人，什么伤天害理的事都做得出来。你只要有这份心就够了，你哥哥在天有灵，他一定会知道的。"

"我知道，你们都是好心，为了我好。可是不管怎样，我总得去他坟上看看，哪怕是点炷香，烧堆纸，我才安生啊！"

辞别了姚仁义夫妇出来，没走多远，瓢泼大雨就落下来了。大街上没戴雨具的人们纷纷往屋檐下躲，只有韩青霞就像没知觉的人似的，在青石板的街道上，孤零零地继续走着。她目光呆滞，神情悲伤，脚上就像绑了铅似的，不一会儿，就淋得像个落了水的人。

灰蒙蒙的天底下，大相岭群山莽莽。

韩青霞肩背包袱，沿着一条蜿蜒曲折的羊肠小径，穿行在大相岭的深山老林中。她要去寻找那个叫松林口的地方，找她哥哥的坟茔。她打算好了，烧了纸磕了头就下山，然后找个有人户的村子借宿一晚，翌日再返回到雅州。

大相岭又名邛崃山，半属荥经，半属清溪，是雅州通向打箭炉的第一座高山。因为山高陡峭，道路奇险，《汉书》上记载，汉朝益州刺史王阳路过此山，就曾被九折坡险路所吓，回去就谢病辞官，一命呜呼了。此山地处两县交界，山势险恶，人烟稀少，常有土匪出没。尤以盘踞黑石寨的熊三声势最大，常下山宰埂子，拉肥猪，抢劫过往的商旅行人。雅州衙署曾派官军几度围剿，均未奏效，以致四周百姓无不怨声载道。

松林口离山顶还有七八里地，在一个风垭口下的一片松树林中。韩青霞很快就找到了那个大石头，石头前果真有一座坟茔。这里离大路不远，坟茔早已荒草丛生，坟头有一块遭风雨侵蚀，已快风化的木牌，从上面依稀还能看到模模糊糊的韩青山之墓几个字。她放下包袱，取出香烛纸钱，点燃之后就先磕了三个响头。想到儿时兄妹俩一道在家门前的晒坝里，爹爹教他们练武，空闲了一道放风筝的情景，情不自禁地又伤心起来。呜呜的哭声在空灵的大山深处显得格外凄凉。

香烛纸钱燃过，韩青霞擦去眼泪，收拾包袱正要起身，突然，她发现不知什么时候，土匪已悄悄将她团团围住了。

原来是黑石寨派的暗哨躲在树上，看见袅袅的青烟，发现了她。熊三听说来了个上坟的，先没当回事。可一听是个女的，还是个年轻姑娘，他立马来了精神，带着他的二当家焦贵，和一帮喽啰就兴冲冲赶下山来。

韩青霞头上包着白布帕子，一身素衣，腰上拴着孝麻，面容悲伤，却仍掩盖不住她的俊秀。这让熊三大喜："这女人竟这般漂亮，山寨正缺个压寨夫人，老子的桃花运来了！"他吩咐喽啰，别吓着她，悄悄围上前去。

韩青霞不动声色，用冷峻的目光将他们扫视一遍，暗暗想着对策。

熊三走上前："别怕，只要你听话，我就可以叫他们不伤害你。瞧你这脸蛋，真俊。"边说就把手伸了过来。韩青霞后退一步，让他扑了个空。"还知道害羞，那准定还是个处女。真是碰到桃花运了。老子今晚就摆九大碗，娶你做压寨夫人！"

土匪多数拿的长矛大刀，火枪也没几支，就这人的腰上别了一支驳壳枪。韩青霞的眉头不由一皱，猜测他莫非就是熊三？"你就是黑石寨的大当家？"

熊三一副得意忘形的样子："算你有眼力。上山给我当压寨夫人，不愁吃不愁喝，有你享不尽的福——"没等他话完，突然，韩青霞从地上抓起一把纸灰，朝熊三脸上撒去，紧接着就是一镖，正中他的脑门，并在他倒地瞬间，迅速夺下了他腰间的驳壳枪。熊三眨眼之间就死于韩青霞镖下，这一幕把土匪全惊呆了。一个个都把目光转朝二当家焦贵看去。

静场片刻，焦贵见韩青霞拿着枪，半天未动，分明不会使用。便朝一小喽啰努了努嘴，小喽啰提着刀便扑了上来。韩青霞不等喽啰靠近，抬手又是一镖，小喽啰应声倒地。

韩青霞厉声道："谁要再敢动，明年的今日，就是他的祭日！"

土匪们全吓傻了。

韩青霞指着身后的坟茔说道："坟里的人是我哥哥韩青山，两年前在这里被熊三抢劫开枪打死。我韩青霞今天只替我的哥哥报仇，与诸位无关。咱们前世无冤，今生无仇。识相的给小女子让条路，不识相的休怪小女子手下无情。"说罢便穿过人群，往大路而去。

小头目刁八不服，提刀欲动。焦贵把他拦住，自己跟上前去。韩青霞警觉到后面有人跟来，故意拿枪在手上掂了掂，忽然砰一声，枪走了火。此刻的韩青霞还真是不会用枪，可把焦贵着实吓了一跳，只好停了下来。

韩青霞回过身来，对远远站着的焦贵道："你以为我不会使枪是吧？"

焦贵结结巴巴回答："会……会使。"

韩青霞警告他："你要是再跟着我，可别怪我对你不客气。"

见韩青霞欲走，突然焦贵大声道："请女侠留步，容我说句话……"

韩青霞站住，迅速把手伸进镖袋，问道："你想怎样？"

焦贵拱手道："请女侠别误会，我就实话对你说了吧。山寨就只有这把快枪，凭女侠那身功夫，想必拿它也用处不大。可否给我们留下？就当我求你了。"

"你不会拿过去就从背后打我的黑枪吧？"

"请女侠相信，我焦贵绝不是那种出尔反尔的小人。实不相瞒，山寨上的兄弟多数都是穷苦人，实在活不下去了，才上山落草为寇。熊三与我们不一样，他心狠手辣，滥杀无辜。兄弟们早有反意，只是实在害怕他手中这把家伙。还望女侠体谅。"

韩青霞仔细地听着，看了看手中的枪，有些犹豫。

"我把枪还了你们，你们又去为非作歹，抢劫杀人……"

"女侠此话差矣，我等虽上山落草，但除了混口饭吃，也是懂得杀富济贫，除暴安良之人。盗亦有道，我与熊三亦非同路人也。"

"你的话怎么才能让我相信？"

焦贵愣了一下说道："实话相告，我就是山寨的二当家。如果我没有看错，女侠想必也是穷苦人出身，如今家没了，哥哥也没了。与其孤身一人四处漂泊，我看不如就留在这里。有吃有喝，不受欺侮，活得自在。再看我等是否义气之人！"

这番话算是说到了韩青霞的痛处，家破人亡，沿街乞讨，年纪轻轻就去削发为僧，也被逐出山门。天下如此之大，为什么就不能给她一块安身之地？沉默半晌之后，她问："我留下来能做什么？"

焦贵："枪在你手里。谁拿着它谁就是大当家。"

韩青霞："众人服气？"

焦贵："凭手里家伙，还有女侠这身功夫，谁敢不听！"

韩青霞咽了一口气，强装出镇定的样子："听你这么说，也不像是狡猾之人。既如此，我就上山待几天，待得好我就待下去，待得不好，咱们还是大路朝天，各走半边，你看可好？"

焦贵高兴不已："女侠放心，有我在，谁也不敢为难你。"

"请前面带路。"

"好嘞！"

韩青霞跟着焦贵走去，她边走边看，前方群山矗立，巍峨交错。山崖奇形怪状，林莽阴森，弥漫着无边的瘴气。

十七

听说春香楼新来了一个姑娘，会弹琵琶又会唱小曲，人也长得不错。邵安立刻叫上黄四去了春香楼。黄四不明白，嘲笑邵安是不是老牛也想啃嫩草。邵安不理他，只说兜里只有七八个大洋，要黄四将前日分的钱也拿一半出来。黄四迟迟疑疑把钱掏出来问道，就为那样一个女子，能值这个数吗？邵安骂他懂个屁！

春香楼新来的姑娘叫青梅，邵安拿出二十两银子给鸨妈，将青梅包了下

134

来。事情搞定，走出大门，他告诉黄四，不是他想吃嫩草，而是为了那笔大生意。没有好鱼饵，怎么能钓大鱼。有了青梅，不怕他瞿六不上钩。黄四恍然大悟。

擦黑时分，瞿六姗姗走出天德公大门，刚拐进小巷，就又碰上了邵安。不由分说，就被拉着去了他的住地。推开门一进屋，瞿六就呆住了。小饭桌上酒菜已经摆好，一个窈窕女子回过身来，朝他嫣然一笑，轻若微风般地说了声："六哥来啦。"没等瞿六回过神，邵安就将青梅推到面前，给他介绍说："这位是春香楼新来的青梅姑娘。"瞿六这才把目光转过来："啊，原来邵掌柜今天有贵客……"邵安让他快坐下，又吩咐青梅进厨房拿酒。趁青梅离开，他低声告诉瞿六，这姑娘还是个花骨朵，在春香楼只卖唱不卖身，至今还没人碰过她的身子。瞿六笑笑："邵掌柜，眼下我瞿六哪还有心思去想这些事。""这你就不懂了吧，人生在世，谁不图个得风流处且风流。"他接着告诉他："瞿老弟，明说了吧，今天这位贵客可是我专门为你请来的。怎么样？瞧得起，哥子给你搭把手。"瞿六哪会不想，嘴上却道："哎哟，这叫我怎么好意思，让邵掌柜又这么破费……"邵安打断他："我俩还需要说这种客气话吗？"见青梅拿酒上来，又道："青梅，快把酒给六哥掺起。你也坐下。"

待都坐定之后，邵安端起酒来说道："我这人没别的嗜好，就好为朋友两肋插刀，成人之美。青梅，我今天就算把六哥交给你了。来，我先敬你们一杯。"

瞿六端起酒，显出几分迟疑："邵掌柜，这……"

一旁的青梅劝道："六哥，喝了吧。"

瞿六："好，我喝。"

邵安、青梅轮番劝瞿六喝酒，三巡过后，邵安突然对瞿六说："瞿老弟，你一定还不知道，早些年我同你爹也是朋友。"

瞿六一怔："哦，是吗？"

邵安便真有其事的样子，伤心地说起了一段往事。

当年瞿六的爹挑着货郎担，常四处赶溜溜场，卖针头麻线。他帮人赶牲口做买卖，也常赶溜溜场，俩人经常碰到，一见面总有摆不完的龙门阵。天长日久，便成了好朋友。瞿六的爹曾告诉他膝下就一个儿子，他也没有多的奢望，只希望日后儿子不再走他的老路，能去茶号做个做茶的工匠啥的他就满足了。

只可惜这话刚说过不久，就听说他出了事，被棒客抢了……

"唉，多好的一个人啊，太可惜了。"邵安一脸悲痛。

瞿六听他说得头头是道，也都是事实，脸上就闪过一丝忧伤："那都是过去的事了，提起来就伤心。唉，还得要感谢天德公的董大掌柜，要不是他可怜我孤苦伶仃，把我领进天德公，我哪有今天。不过，我还真不知道我爹有你这样一个朋友。既然是我爹的朋友，那我就借花献佛，敬你一杯！"二人举杯同饮。

青梅注意地听着，又为二人掺酒。

邵安又重提起跳槽的事："我知道，你现在心里委屈。一身本事，却只能当梁山军师——无（吴）用。与其被窝窝囊囊闲搁在那里，还不如干脆重新找一户主人家。"接着便称他的老表从西藏拉萨回来，说那里有个外国的什么公司，要请一个雅州的做茶工匠，工钱给得很高，连他都动了心，想把聚盛源的掌柜也辞了，到那里挣大钱去。

瞿六唉声叹道："唉，你去行，我不行。"

"为啥？"邵安举杯又邀瞿六干了一杯。

"我说过，在天德公干了十来年，姚家待我不薄，尤其师傅对我恩重如山。我不能对不起他们。"

"可是你想过没有，你师傅能管你一辈子吗？今后你还得娶媳妇、过日子，样样都得要钱。这些他能管吗？"

"那倒是不能。"

"这不就对了。听我劝不会错，自己的事还得自己拿主意。去挣到大钱回来，再孝敬你师傅也不迟呀。来，我俩再干一杯。"

"哎，邵掌柜，实在抱歉。你知道我没酒量，不能再喝了，再喝我就醉了。至于你说的那……那事，我看就别……别再说了。这会儿我心里乱糟糟的……再说我，我也该回去了。"说话间舌头也有点翻不转了。

邵安也不着急："好，今儿就不说了。改天咱们再说。"见瞿六摇摇晃晃站起身来，上前劝道："瞿老弟，今晚就别走了，我给你腾个地儿，让青梅姑娘陪你……"

从他们开始谈话，青梅就一直注意地听着。她的目光不时打量瞿六，充满同情。听到邵安的话，不由羞怯地埋下了头。

瞿六望着青梅那张红红的脸蛋，也含情脉脉、依依不舍。可是，一想到自己眼下的处境，还有师傅的忠告，令他不敢继续再往下想。只见他使劲地把脑壳甩了两下，连声说："使不得，使不得。明早我还得上工。"说完便朝门外走去。

邵安忙吩咐青梅："快去送送你六哥。"看着青梅跟了出去，他禁不住得意，自言自语道："猫儿看到鱼，岂有不抓背。老子就不信你不上钩！"然后便端起酒杯，一口喝了个干净。

瞿六刚出门不远，青梅便追上了他："六哥，没事吧？我送送你。"

瞿六："我没事，谢谢你了，青梅姑娘。"

青梅挽着他的手臂，显得是那样高兴，却突然问了一句："六哥，邵掌柜都给我说了，你愿意替我赎身。是真的吗？"

瞿六大吃一惊，吓得酒也醒了。他几时说过这话，邵掌柜这不是骗人吗？他纵然做过几年领工，但仍然是个工匠。像青梅这样年轻漂亮的姑娘，若要给她赎身，没个上百两银子能行吗？他瞿六上哪里去找这笔钱？他张大嘴巴，竟半天也没说出话来。

青梅接着说道："六哥，你兴许还不知道，为了成全我俩，邵掌柜已花钱把我的身子包下来，不要鸨妈让我接客。哎，也不知道我前世修了啥子福，遇到他，又遇到你，都是好人。"

瞿六站住，黑暗中一双惊诧的眼睛睁得大大的，看着青梅问道："他为什么要这样……"

青梅："他说他就这么个人，为了朋友，舍得仗义疏财，成人之美。六哥，我看你们那样熟悉，未必还不知道他呀。"

瞿六只好慌忙应道："知道倒是知道。只是我也没为他做过什么，就让他这般破费。总觉得太过意不去了。"

青梅仰起脸，深情地望着瞿六："我也问过他，为什么要帮你，他说你有一身的本事，受人敬重。他不愿看到你就这样活生生地被埋没了，所以想帮你。六哥，就别再说什么过意不去了，跟你说句真话，我也喜欢你。"

刹那间，面对近在咫尺的青梅，看着她那娇小苗条的身子，红红的脸蛋，瞿六再也无法控制自己。他猛地将她揽进怀里，紧紧抱住，便对着她的嘴唇疯狂地亲了起来。

许幺姑不愿再回茶号去当捡茶工，死活要跟着姚仁义去背茶。姚仁义说什么也劝不住她，只好去求嫂子，把孩子寄放到她那里。白天让他去姚家自己的私塾读书，放学了就在嫂子那里吃住。一应花销，等到年终，就在他的工资里扣除。没想到嫂子痛痛快快就答应了。眼看过两天就要背茶去了，夫妻俩给孩子换好了衣服，带上一个小包袱，领着孩子来见嫂子。

走进门许幺姑仍叫："老夫人……"

老夫人打断她："现在是一家人了，别再那么叫，叫我大嫂。"

许幺姑赶快改口叫了一声："大嫂，给你请安了。"脸就红了。

老夫人："好了，这些规矩往后也别要了。倒是有个事想问你，怎么想起硬要跟仁义一道去背茶？来茶号捡茶，虽说灰尘大点，可说什么也没茶背子辛苦。你就没想过？"

许幺姑："回嫂子，我也没啥多想的，只想跟着仁义在一起心里踏实。不管走到哪里，都有个照应。"话虽简单，却发自心里。说得老夫人和旁边的姚子君夫妇都情不自禁地点起了头。

老夫人："难得你有这份心。仁义还真是没看错你。嫂子也不多说什么了，只望你们往后好好过日子，照顾好仁义，尽好妇道。你们把孩子就搁在我这儿，反正咱家那个私塾眼下读书的孩子也没几个了，先生闲着也是闲着，就让他上那儿读书去。放了学就跟着我，身边有个娃儿，看着也高兴。"

姚仁义："只是又给嫂子添麻烦了。"

老夫人："不麻烦……"话还没完，吴玉珠就接道："妈，我看搁在你身边不合适。你年纪大了，孩子不光要吃要喝，还得学读书写字，还是交我来管吧。等我们的孩子生下来，有个哥哥陪着，俩人也有伴。"

老夫人大笑起来："哎哟，笑死我了。什么哥哥呀，你把辈分都搞乱套了。"这一说把大家都逗笑了。

玉珠却一点不笑，只听她道："妈，你们先别笑，听我说，孩子放我那儿，子君做他幺爸，我做幺婶。改口把幺爸叫幺爷爷，幺姑叫幺奶奶。妈就当大奶奶。等我们孩子生出来，叫他哥哥，这辈分不就理顺了吗？"一通话说得老夫人笑逐颜开，连夸玉珠想得周到："这主意我喜欢。仁义，你们说呢？"

"只要嫂子喜欢就好，我和幺姑也跟着长了辈分，高兴还来不及呢。"姚仁义一边开心地笑着，一边就将孩子领到嫂子面前叫了声大奶奶。又领到姚子君夫妇面前，让他分别叫过幺爸、幺婶。霎时，一家人好不其乐融融。

许幺姑提醒姚仁义，孩子就要上学了，可至今还没有一个名字，要不就请孩子的幺爸给取一个吧。

姚子君一听："好啊，这事我乐意。让我想想。"说完便在屋里踱起方步来。不一刻就说道："幺爸山长水远地背他回来，我看这就是缘分，就叫他路遥吧，等我们的孩子生了，再取个路远，两兄弟叫起来也顺口，你们说要得不？"

老夫人第一个赞同："好名字。听着也精神。仁义，你们两口子说呢？"

姚仁义说既然嫂子都说好，那敢情好。接着夫妻俩便要孩子给姚子君磕头。姚子君笑着挡住他们，说这个就不兴了，鞠个躬就是。路遥已逐渐懂事，立马挺直身子，向姚子君说了一声谢谢幺爸，然后就恭恭敬敬地鞠了一躬。

欢快的笑声，顿时又在天德公后院响了起来。

天德公为多吉昌赶制的二万包预茶，眼看着还有三千包就做完了。姚子君不敢松懈，仍三天两头来作坊视察。走到春包处，这里是整个作坊最忙碌的地方。春包的工匠称架师，俩人围着一副架子站成对面。三个辅助工，一个打吊（司称），一个走帕（用一块麻布将蒸后茶叶递给架师），一个拉仑的（运输原料）。几人配合默契，动作迅速麻利。尤其两个架师，一个接过走帕，将茶准确倒进架盒里的篾笼。另一个就赶紧用春棒趁热将茶春紧。每包为十六甑，冷却后再倒出来，翻包成十六块茶砖。由于春棒重达三十二斤，一包茶往往需要春六七十棒，十分费力，所以架师多为身强力壮者（若干年后，这一传承了数百年的手工制作黑茶技艺，已被正式收录为国家级的非物质文化遗产）。不一会儿，他们一个个已累得满头大汗，一包下来紧接着又是一包……

田勇告诉姚子君，说再过十来天，多吉昌的货就全部备齐了，比原来的预计提前了半月。

田勇踏实、勤快，与工匠们相处也很融洽，自接替瞿六做领工以来，一个近百人的大作坊，被他料理得有条不紊。姚子君感概说："这次为了给多吉昌赶货，大家都尽了力。等到把最后这点货做完，号上再好好犒劳大家。"

田勇笑道："那敢情好，工匠们都说少老板行事厚道，干活自然舍得出力。前些日子，组织大家打了几次夜工，也没一个缺勤的。"

姚子君看着他称赞说："这些日子也让你辛苦了，我看你这领工干的时间不长，也是大有长进。"

"少老板，你不知道。"田勇道，"其实好多事都是董大掌柜在后面，手把手地在教我做。没有他做主心骨，哪有这么顺当啊。"

姚子君："你说得对，我们大家都要跟董大掌柜好好学，他肚子里的本事，足够我们学一辈子的。"

说到董大掌柜，令姚子君又想起这些天来一直搁在心上的一桩事。当年董大掌柜去打箭炉，在半道上认识了一个货郎担，他就是瞿六的爹。晚上俩人同住在麻柳场的一个客栈里，龙门阵摆投了缘，交成朋友。睡觉之前，老实巴交的货郎担打来一盆热水，高矮要为董大掌柜烫脚。虽说小事一桩，却让董大掌柜十分感动。接下来在摆谈中，货郎担说起想给儿子找门学手艺的活，并说事成之后，他定会重重感谢董大掌柜。董大掌柜说不大个事儿，等他去打箭炉回来，就让他把儿子带来看看。没想到隔墙有耳，他的话竟被隔壁的歹人听了去。等到董大掌柜从打箭炉回来，就听说货郎担第二天就在路上遇棒客被害了。董大掌柜怀着沉痛的心情，找到了货郎担的儿子。他没食言，把孩子带到天德公，学做茶当了小老幺。这孩子就是瞿六。董大掌柜待他就像亲儿子，把自己做茶的本领都交给了他，花了无数心血，将他栽培成人，可这瞿六偏偏不给他争气。这事不光丢了老人的面子，更是让老人痛心。过去，每逢吃过中午饭休息那会儿，总是常常见他抱着茶碗站在天井里，乐呵呵地晒一会儿太阳。如今已很难得了，偶尔看到他，也是一脸沉思，默默地想着什么。这些细小的变化被姚子君看在眼里，心里不免难受。董大掌柜老家在千里之外的陕西泾阳，姚家曾几度劝他把老家的母亲和妻儿接到雅州来一起生活，都被他婉言拒绝了。他说等到他老了那天，也想落叶归根，所以这些年一直一个人孤零零地生活着，把瞿六视为亲生儿子。人总是有感情的，看到瞿六就像一块沉重的石头，压在老人的心上，姚子君也煞费苦心地想着，怎么样才能让他开心起来？

每天下工后，瞿六第一件事就是到董大掌柜房里给师傅洗脚。即使被撸下来当了杂工，也没缺过一天。

董大掌柜住在前院一个小巧的四合院里，屋里陈设齐全，一式清式方桌方椅，靠窗的桌上放着青花瓷的茶壶茶碗。瞿六点亮油灯，开始为师傅洗脚。

董大掌柜坐在方椅上，将脚泡在木盆里，看着徒弟说："小六子，你天天给我洗脚，也真难为你了。"瞿六说："师父，看你说到哪里去了。一日为师，终身为父。这话徒弟不敢忘记。"突然，董大掌柜问他："不做领工的这些日子，你可生过二心？""没有。不过倒是有人来劝过我，既然不当领工了，何不跳槽另找一户主人家。我没答应。""哦，你能这样就好。年轻人犯错不要紧，只要知错能改就好。天德公现在是少老板当家，我看他还真是块好玉，能成大器。小六子，你记住师傅的话吧，即使有一天我不在了，你也要跟着少老板好好干下去，跟着龙能行雨，跟着老鼠只能打地洞。""师傅，我记住了。"瞿六答应说。

忽然，窗外响起沙沙的雨声，董大掌柜说这鬼天气又变了，立马要瞿六停下。他说作坊北仓的瓦背有两处漏雨，请了捡漏的瓦匠要明天才能来，没想到雨却提前来了。他得赶去看看。穿上鞋，拿着伞便匆匆出了门。

后院，姚子君的卧房里。姚子君捧着爷爷留下来的《雅州南路边茶纪事》手抄本，坐在灯下正专心用功地读着，吴玉珠理好了床上被褥，挺着大肚子走过来要他早点休息了。姚子君正读到高兴处，激动地说："玉珠啊，真没想到，在那个年代，我的爷爷对雅州边茶就有如此深刻的见解，我真佩服他。"见他在兴头上，吴玉珠道："他怎么说的，你念给我听听。"姚子君："你听着：边茶之微，饮之事也。然用于藏地，关乎重大。藏地高寒，且多肉食，非茶而不消，以致朝暮不离，岁不可缺。缺而致乱，乱而生患。边地疆界之安宁，汉夷之和谐。边茶血脉之功不可没也。"吴玉珠叹道："还真是说得好，文章写得也有点文采……"姚子君打断她："你说什么呢？我爷爷当年可是中过拔贡。要不是他不想当官，一心就痴迷做茶，后来说不定还会中状元呢……"他的话还没说完，屋外就传来了哗哗的雨声。姚子君急忙站起来，望着窗外："哎呀，下这么大的雨，我得去看看作坊的那些仓库。"吴玉珠想劝他："雨下得这样大，董大掌柜他们晓得操心，你就别去了吧。""玉珠，我年轻，这些事正该我做的。"说完扭头要走，猛地又回过头来，指着吴玉珠的肚子说："你可别乱动，早点上床睡吧。"吴玉珠赶紧递了一把油布伞给他说："我知道。"

姚子君匆匆忙忙赶到作坊时，只见在一幢仓房前，房檐上搭着一乘长竹梯，董大掌柜爬在上面，指挥胥亮、田勇和几个伙计正在将油布展开，盖在漏雨的地方，大雨如注把他们一个个都淋得像落汤鸡似的。姚子君丢下雨伞，跑上去硬把董大掌柜换下来，自己爬了上去。

大雨仍下个不停，有了油布铺在瓦背上，仓房已不再漏雨了。姚子君吩咐胥亮和几个伙计，赶快先把董大掌柜扶到伙房后面的澡堂去，用热水洗洗，暖和暖和身子。又令田勇去通知伙房，准备酒菜，让大家洗了都来喝上几口。明天柜上再给大家发赏钱。

看着众人离去，姚子君心里还在感叹："天德公能有今天，也真是多亏了董大掌柜和这些伙计，往后说什么也不能忘记他们。"然后打着伞，又去检查别的地方了。

十八

深山的夜晚，风高月黑，林涛滚滚。

韩青霞独坐在小屋里，双手托着下巴，望着四壁，默默地沉思着。这间小屋原是二当家焦贵所住，让给了她，自己搬到离她不远的另一间房去了。小屋里齐全的陈设，床上有兽皮褥子，椅上有兽皮垫子，屋角还有一个树根做的花盆架子。看着这一切，想起昨天自己还是个清清白白的良家女子，今天就阴差阳错地成了黑石寨的山大王，不由默默地摇了摇头，苦笑起来。她站起走到床边，从枕下又取出那个随身不离的小包袱打开来，里面是姚大哥在船上给她的那套学生服，还有那个装着五个大洋的小锦袋。衣服洗得干干净净，叠得整整齐齐。五个大洋一直不舍得用，保存至今。也不知为什么，一到静下来的时候，她总喜欢把它们拿出来，摸摸看看。在她短暂的人生历程中，除了父亲和哥哥，给她留下刻骨记忆和温暖的人，也许就只有姚大哥了。她常常想念他。只是也不知道今生还能不能够再见到这位大恩人？

突然，门外响起一阵轻轻撬门的声音。她愣了一下，警觉地朝门口看去，竟看见从门缝里插进来一把尖刀，正在拨她的门闩。她愣了一下，没有慌张，迅速收起东西，掏出手枪，吹熄油灯，躲藏到门后。

吱呀一声，门被撬开，黑暗中她发现，竟然是小头目刁八。只见他手持短刀，一个闪身溜进门来，就向床上扑去。韩青霞飞起一脚，将他的短刀踢落，将枪口顶到他的后脑勺上，厉声问道："胆大刁八，你想干什么？"刁八欲动不能，结结巴巴地说道："大……大当家，我……我……"没等他说完，砰的一声，韩青霞就朝空中放了一枪。

清脆的枪声打碎了夜空的宁静，山寨的喽啰们纷纷冲出屋子，朝大当家的小屋跑来。焦贵最先赶到，他问怎么回事？韩青霞令一喽啰点亮油灯，灯光下众人大惊，只见韩青霞一脚踩在兽皮椅上，用枪指着跪在地上的刁八，怒容满面地说道："你们问他吧！"焦贵已猜到几分，大怒道："刁八，你不想活了是不？"

刁八赶紧转脸朝着焦贵："二当家，小的不敢想做什么。就想山寨唯一的这把枪落在一个女人手里，让咱们这些男人实在咽不下这口气。于是就想……"

韩青霞道："深更半夜，持刀破门，你不就是想要我的命吗？"

刁八："大当家，小的不敢，只想偷……偷你的枪。"

焦贵："哼，混账东西！大当家的身手，你未必还不晓得？凭你那点三脚猫的功夫，也敢想在大当家的身上偷枪，真是不知天高地厚。还不赶快向大当家认错！"

刁八："小的认栽，请大当家饶命，小的再也不敢了。"

韩青霞自上山来，一直处处受到焦贵的照顾，知道他同兄弟们感情不错，决定给他一个面子。再说自己也刚上山，不宜杀气太重，为了得到大家的拥护，更应该显得宽宏大量一些。她说："饶不饶你……二当家的，你看怎么办吧。"

焦贵："大当家的，念刁八无知，看在我的面子上，就饶他一回吧。"接着转过身，朝众喽啰又道："不过，今儿在这里，我把话也再说一遍，大当家乃女中豪杰，是我好不容易才让她留了下来。今后谁要胆敢再生二心，别怪我焦贵对他不义！大家听清楚没有？"

众人："听清楚了！"

焦贵："大当家，你看呢？"

韩青霞这才将枪收起："既然二当家的把话说到这儿，我今儿就饶你一回。在这里，我也希望山寨的兄弟们，从今往后就拿我当你们的姊妹。有福同享，有祸同当。咱们一起重新开山立柜拉杆子（开道创业）。"

焦贵又道："都听清楚了吗？"

众人："听清楚了！""我们都愿意听大当家的！"

焦贵对刁八说："还不快谢过大当家。"

刁八伏地叩头："多谢大当家。"

日月如梭，韩青霞落草黑石寨，当了大头领，一晃三个多月了。除了和二当家一道，带领兄弟们下山打家劫舍，抢过两户财主外，她多数时间都被二当家留在家里。她也不愿意闲着，不是给大家洗洗铺盖衣服啥的，就是带着跟她一起留下来的老弱病号，在后山的坡地上开荒，种点玉米、荞子、洋芋、萝卜啥的。比起昔日的山寨，还真是多少有些改变。焦贵没出门时，也常常到地头跟她一起干活。且说这天，刚到歇气时间，众人正坐在锄把上聊天。一个气喘吁吁的喽啰跑来禀报，说他们在松林口宰埂子，刁八见一漂亮女人，竟将其拖下滑竿，强行拉到树林里去施暴。喽啰上前劝他，大当家有令，这种事做不得。刁八不听，还给了他一耳光。韩青霞听罢，脸色铁青，沉默片刻，当即决定，亲自下山，捉拿刁八。

刁八是山寨的一个小头目，过去是熊三的贴心。他杀人劫财，冲锋陷阵，自恃有功，仗着有熊三撑腰，什么犯横的事都敢做。自上回冒犯了大当家，虽说有些收敛，但仍经常背着两个当家的，悄悄干一些丧尽天良的事，还不准手下告发他。

午后闲着没事，又不愿去大当家的庄稼地里干活，刁八带着几个喽啰，借着巡山的幌子，来到松林口，躲到一块大石头后面掷色子。约莫过了半个时辰，派到树上放哨的喽啰报信，说从垭口上下来一乘滑竿，后面只跟了个穿长衫、戴瓜皮帽的男人，只是好像油水不重。他说："妈的，你傻呀。油水大了，你我还敢私下分赃吗？走！我做主了，今天这单货，就算是咱哥几个的外快。回山寨谁也不许漏了风声。"

两个抬夫抬着一乘滑竿，从垭口上缓缓下来，穿长衫男人紧跟在后面。都晓得松林口常有棒客出没，男人边走边小心翼翼地看着四周。待滑竿走近，刁八一摆头，众喽啰从林中冲出，提刀喝道："停下停下！"男人一见，赶快跑上前来，朝着刁八直作揖磕头："好汉饶命。家中老母过逝，在下回去奔丧。身上就只带了几个盘缠钱……"说着便从怀中拿出一个钱袋，双手递给刁八。

刁八一把夺过，那双贼眼却紧紧盯住男人的腹部："饶命可以，把买路钱拿出来！"男人求饶说："求好汉开恩，在下身上哪还有钱啊。"刁八用刀尖挑起男人长衫前襟，一个鼓鼓囊囊的钱袋便露了出来："妈的，不老实，老子一刀砍了你！"男人忙道："好汉啊，这你可不能抢，我在打箭炉做了两年生意，眼看就这点点积蓄，你要拿走了，我全家怎么活啊！"双手就紧紧捂住肚子。刁八哼了一声，将刀架在男人的脖子上："你要钱还是要命？"男人吓得战战兢兢，只好道："要……要命……"

刁八夺下男人的钱袋，转身看着滑竿又问抬的什么人？男人说是他内人。刁八用刀尖撩起被单，竟见一漂亮女人，立刻又打起了坏主意。他令滑竿放下，用刀逼着女人下来，把男人抬上，到前面去等着。男人向他苦苦哀求："我内人正在生病，求求你放了她吧。"他将刀一挥骂道："再号，再号吹你的灯笼！老子又不要她的命，只要她陪我一会儿，受用完了就还你。"赶走了滑竿，架着女人便要往林子里去。报信的喽啰上前劝阻："八哥，新来的大当家打过招呼，这种事千万做不得，做了要遭！"他不服说："她能把我怎样？哪一次劫货宰埂子，绑票拉肥猪，不是我刁八打头阵，冲在前面。我就不信，玩个女人，还会把船翻了？"那喽啰好心，还想劝他。他不听也罢，还狠狠地给了喽啰一个嘴巴，骂他多管闲事。

黑石寨议事堂前的坝子里，一根杉木做的旗杆上，一面写着"替天行道"的杏黄旗在风中呼呼作响。旗下的木桩上，刁八被五花大绑起来。山寨的百十个弟兄列队站着，现场一派杀气。

韩青霞站在土台上说道："众位兄弟，我给大家再三说过，蛇有蛇道，鼠有鼠洞。咱们山寨也要有山寨的规矩。大家没忘记吧，除暴安良，劫富济贫，替天行道。不准滥杀无辜，奸淫女人。谁要不守山规，格杀勿论！大家都还记得吧？"

众人："记得！"

韩青霞："刁八犯浑已非一次两次，二当家在我面前也没少为他说话求情。可他呢？仍然有恃无恐，不思悔改，当山规如儿戏。今日公然在光天化日之下，抢劫奸淫良家妇女。你们说该怎么发落？"

众人："当杀！"

韩青霞："二当家的，你说呢？"

焦贵："我听大当家的。"

韩青霞沉着脸："我知道，兄弟们中间还有人想为他说情的，相处日久，这也难免。可是我要问问你们，假如他糟蹋的女人就是你们的妻子女儿，姐姐妹妹，你们还会饶他吗？"

"不！"众人齐声吼道。

韩青霞："那好，送他上路。"

焦贵拿酒走到木桩前，对刁八说道："兄弟，别怪大当家，她说得对。一路走好吧。"将满满一碗酒给他喂进了嘴里。

刁八一气喝尽，大叫一声："兄弟们，老子先走一步了。二十年后，又是一条好汉！"

在众目睽睽之下，刁八由两个刀斧手架着，朝林边走去。

许幺姑去乡下回来，背了半背篼竹麻，手上还提了一捆笋壳①，一进门就冲姚仁义笑个不停。姚仁义问她是捡到金子还是捡到银子了？许幺姑说啥也没捡到就是想笑。

许幺姑吃过早饭就背着背篼去了蔡山的舅婆家。舅婆家有一大片慈竹林，每年产不少竹麻。竹麻打草鞋结实，眼看着就要跟仁义去背茶了，她想去讨些回来多打几双草鞋。听幺姑说要跟丈夫去背茶，舅婆问她："如今嫁了姚揽头，不愁吃不愁穿，舒心日子不过，为啥还要去吃那份苦哟？"她笑着回答说："我闲不住。跟他去背茶，天天看着他，心里踏实。"舅婆感动地说："哎，这人哪，一旦找到了称心如意的归宿，再苦的日子过起来也是甜的。"说罢就往她背篼里装竹麻，装好后突然问她要不要一并带些笋壳回去，女人背茶用得着呢。许幺姑一听就懵了，用它干什么呀？舅婆见她竟不知道，就数落起姚仁义来："哎哟，这个姚揽头，连这都还不好意思告诉你呀！走走走，我带你捡笋壳去。"说完便拉着她一道去了房后的竹林。

到了竹林里，舅婆一边帮她扳笋壳，一边告诉她，在路上笋壳的用处可大啦。山路弯弯曲曲，坡坡坎坎，前不着村，后不着店。背夫要小便了怎么办？路上可没那么多歇处，背夹子只能歇在拐子上。男人方便，站着就屙了。女人

---

① 笋壳：又叫竹箨，竹笋在生长期中包裹在竹笋外起保护作用。

可不行，既不能跟男人一样站着屙，又不能蹲下来。这时候笋壳就可以当作水槽用。舅婆说年轻时，农闲下来，她也去背过茶，女背夫都这样解的。背过身屙完尿，吼上两声哦呵呵，又上路了。许幺姑听得一阵哈哈大笑："男人们不会撒野吧？"舅婆说："到了那个时候，人人都已累得喘不过气，谁还有那份闲心哟。男人女人一背身，谁也别笑谁了。"许幺姑还是笑个不停。舅婆说："虽然说起来笑人，其实也是没办法的事。不光这，还有打箭炉往返一趟，草鞋也要穿破十好几双。"

姚仁义听了，原来是这回事："这些日子不是只顾高兴嘛，就把这些小事给忘了。还真该谢谢你舅婆，给了这么多竹麻，又给了这么多笋壳。到了年关，别忘了买些礼品去看望她老人家。"

许幺姑说："我知道。过两天就要上路了，今晚你自己早点睡，我打个夜工，再打两双竹麻草鞋。"

姚仁义道："还是我陪着你吧。你打草鞋，我搓麻。"

两天后，姚仁义带着新婚的妻子，和四十多个背夫，又踏上了去打箭炉的路。

夜深了，呼呼的凉风，夹杂着浓浓的湿气，不停地扑打着窗户，姚子君睡意全没了。他从床上爬起来，隔窗望着黑咕隆咚的天空，忧心忡忡地说："这鬼天气，怕是又要下雨了。天德公给多吉昌的最后一批货刚刚发出去，幺爸他们前天刚上的路，这会儿也不知走拢哪儿了？"正担心着，屋外的大雨就唰唰地下起来了。"唉，天公不作美。幺爸他们不晓得过了铜河没有？"吴玉珠忙拿了一件衣服过来给他披上："幺爸背了这些年背子，风呀雨的见多了，他不会有事的。"姚子君说："幺爸倒是不用担心，我担心的是大雨这样落下去，难免引发山洪，要是将哪里的桥呀路的冲垮，把他们挡住。"吴玉珠："清溪风，雅州雨。老天就这么定的，你担心也没用。累一天了，睡吧。"姚子君将妻子揽到怀中，祈祷说："唉，但愿这雨快点停下来吧！"

可是，事与愿违。大雨整整落了一个通宵，直到第二天中午才停下来。果然下午便接到了姚仁义打发一个背夫赶回来报信，昨夜大雨，铜河水猛涨，将河上的竹索桥冲断，姚仁义和他的背夫们全被阻在了铜河东岸。姚子君听到心急如焚，立刻带上胥亮，骑马匆匆赶去。

铜河从群山里一路奔泻而来，此刻，那暴涨的河水就像一条黄色的巨龙，波浪滚滚，涛声如雷，平日清澈秀丽的面容，早已荡然无存。残存的半截竹索桥像风筝一样在洪水中漂荡着。

见到姚子君，姚仁义迎上说，河水涨得太大，若要等水退了再过河，那得等到两天以后去了。他已请人去借渡船，借到船，下午待水退一点就可以过河。

姚子君望着浊浪滔天的河水，不无担心："幺爸啊，山里人用的渡船小，这样大的水，能过去吗？"

姚仁义说他遇到这种情况已不是一次两次，都过去了。

姚子君仍叮嘱他："既是这样，过的时候也要让大家小心点。千万大意不得。"

在当地乡亲们的帮助下，很快找来两条小船。他们在河上拉起一根篾绳，两头拴在大树上。一船只载两人，撑船的汉子也不用桨，就用手拉着篾绳一步步朝对岸驶去。姚子君站在岸上，看着渡船在河中颠来簸去就像一片树叶，心里止不住的紧张，不一会儿，手心也被汗水打湿了。

没想到最后一船还是出事了。乘最后一船的是姚仁义和叶二哥，当船驶到河心时，从上游冲下来一棵连根大树，撞向了渡船。驶船的汉子眼看躲避不及，赶快叫抓紧篾绳。大树撞到了船头，船身猛烈摆动，姚仁义紧紧抓住篾绳，叶二哥却由于一个浪花溅到脸上，模糊了眼睛，被抛到河里。眨眼间，就被洪水吞没了。

两岸顿时一片惊叫。

姚子君不顾一切，冲向河边，大声喊着："胥亮！叫大家放下背子，赶快救人！"

刹那间，只见两岸的人，纷纷向下游追去。

听说叶二哥落水的消息邵安回聚盛源告诉钱瑞，钱瑞一脸高兴。他躺在方椅上，将双脚翘到桌上，怀抱着茶壶，眯闭着眼睛，幸灾乐祸道："姚子君，这回我叫你有好看的！等着吧。"

钱家与叶家，不知已是隔了多少代人的远房亲戚，多年也无来往。可眼下钱瑞硬说那叶二哥是他的亲表叔，表叔没了，他得为叶家的孤儿寡母出头。邵安说叶二哥现在是生死不明，怎么弄？他吩咐邵安："去弄副棺材，抬到天德公要人，活要见人，死要见尸。"

邵安将聚盛源的十多个伙计全叫到天井里，拿出白孝布和麻线，要大家都系上，宣布说："大家听好了，叶二哥可是钱老板的亲表叔。钱老板说了，大家跟他一道去天德公要人，他们要是交不出人来，大家就吵就闹。一定要帮钱老板扎起！"见有人交头接耳，迟迟不动。他又道："去的人发五个铜板。谁要是不去，明天就叫他别来上工了！"

钱瑞亲自披麻戴孝，领着叶二哥的妻子和一个五岁的孩子走在前面，由四人抬着一口棺材，后面跟着十多个也披麻戴孝的伙计，一路哭声不断，向天德公走去。

天德公大门紧闭，围观的人围了许多。叶二哥的妻子牵着儿子跪在门口，号啕大哭："孩子他爹，你死得好惨啊，丢下我们孤儿寡母俩人，今后的日子怎么过噢……"

大门依然紧闭。钱瑞示意邵安，邵安立即带领两个伙计上前，猛力打门，并大声喊着："开门开门！姚家的人出来拿话说！"

门内，董大掌柜指挥几个伙计将门闩插得死死的。刚欲转身，就见挺着大肚子的吴玉珠由秀秀搀扶着走来，他忙上前向少夫人一阵低语。刚说完，外面的打门声又起："开门开门！姚家的人是不是死绝了？"吴玉珠想了想，让董大掌柜把门打开。董大掌柜说："不能啊，少夫人，我已让田勇给少老板报信去了，还是等他回来再说吧。叶家人这会儿正在火头上，你出去，他们万一不讲理……"吴玉珠道："他们不讲理，我们讲理。事情不出已经出了，躲也不是办法。"

门外，邵安正带几个伙计猛力打门，高声吼着："叶二哥到底是死是活，为啥不出来回答？我们活要见人，死要见尸！"

吱呀一声，大门打开。秀秀扶着吴玉珠缓缓走出，董大掌柜和几个伙计跟在后面。叶二嫂一见，立刻扑上前来，欲抓吴玉珠衣领："你们还我的男人，他要死了，我也不想活了……"秀秀急忙将她推开，用身体护住主人。吴玉珠却要她闪开，上前拉住又跪到地上的女人："你就是叶二嫂吧，快起来，咱们有话好好说，好吗？"女人又伤伤心心地哭了起来："现在说什么也不管用，我只要你们赔我的男人。喔……喔喔……"吴玉珠劝她说："叶二哥落水后，我家男人带着人一直在沿河寻找，生死未明，我看还是再等等消息吧。"

钱瑞走上前来："三天了，未必他还能活着？叶家既然把棺材也抬来了，就是打算抬死人回去的。要是见不到人又见不到尸，那就请天德公给个说法，看怎么办吧？"

吴玉珠早就看到了他，只是实在不想理他。此刻见他羊圈头伸出马嘴来，便朝他回道："哦，这不是钱老板吗，怎么也披麻戴孝的？跟叶二哥是沾亲还是带故？"

钱瑞就像碰了个不软不硬的钉子，红着脸，结巴道："他，他是我的表叔。这，这些都是他的舅子老表，远房亲戚。"

吴玉珠冷笑说："钱老板能有如此孝心，也倒是难得。只是未免操之过急。刚才我说过了，叶二哥现在是生死未卜，你就替他披麻戴孝，知者你是一番孝心，不知者，且不说你是在咒他吗？我看还是再等等，事情落定再说吧。"

钱瑞知道，论讲道理，他不是吴玉珠对手。不过既然是来发难的，就绝不能轻易放过这样的机会。他说："哪个老板娘不维护老板说话。他姚子君明明知道，洪水把桥冲了，仍强迫背夫过河，这难道还不叫草菅人命吗！还让我们等，要等到什么时候？你问问叶二哥家的，看她答应不？"

本来已没有哭了的叶二嫂，听他一说，又大声地哭了起来。

钱瑞向邵安递了个眼色，邵安伙同聚盛源的几个伙计乘机也大声起哄起来："不行！天德公赚黑心钱，让叶二哥送了命。我们要姚子君赔叶二哥的命来！"

董大掌柜担心少夫人的身子，上前说："我家少夫人已经说了，事情落定，自然会给个说法。天已晌午，大家也饿了。号上有午饭，我看大家不妨先吃饭。有啥事儿，吃了饭再商量。"

聚盛源的伙计们还真饿了，顿时你看我，我看你，谁也不敢表态，目光都齐刷刷地望着钱瑞。

董大掌柜又道："我知道，你们当中有不少是叶二哥的亲戚。我也知道，有些人不是叶二哥的亲戚。不过既然来了，姚家也一视同人，都请，都请。"

突然，钱瑞道："今儿个我们可不是来讨饭吃的，我们是来讨说法的。既然姚老板不在，那就请老板娘跟我们走一趟，去请衙署为我们断个公道！"

正僵持不下的时候，随着一阵马蹄声，姚子君和田勇赶了回来。姚子君在路上已听田勇说了事情的大概，他走到人群中问道："这是唱的哪一出啊？"

钱瑞："哼！别揣着明白装糊涂。"

姚子君不理他，径直走到叶家母子面前说道："你们这是干什么？人没死你们就给他披麻戴孝的，不会是想咒叶二哥死吧？"

叶二嫂愣住，一把拉住姚子君的手："你是说他……没死？"

田勇告诉大家，叶二哥落水后，少老板带了几十个人沿河两岸寻找，最后在下游不远的一块大石头上发现了他。那里地势平坦，水流也缓了不少。少老板水性好，让大家把绳子拴在他的腰上，从洪水中凫过去，又把绳子解给了叶二哥，让大家将他拉上了岸。

叶二嫂惊喜不已："那他人呢？"

姚子君："叶二哥就呛了几口水，身上擦破几块皮，没什么大事。我已让胥亮送他回家去了，快回去看看吧。"叶二嫂回头望了众人一眼，惭愧地说："唉，让他们一说，再看到那副棺材，把我魂都吓没了。"说罢便匆匆将儿子和自己头上的孝帕，腰上的孝麻，统统摘下扔了，然后牵着儿子就朝家跑去。

姚子君走到钱瑞面前："钱老板，你看，还有事吗？要没事，我就不奉陪了。"

望着姚子君由众人簇拥着进了大门，钱瑞既尴尬又狼狈，他冲着邵安抱怨道："都怪你，事情没搞清楚，就给我说人没了。"

邵安："我只说他落了水，生死不明，又没说他肯定就死了。是你非要……"

"别说了，妈的！这个点儿算背到家了。"

见到他转身就走，也不管大家。邵安追上前问他："钱老板，那，棺材怎么办？"

他回头道："未必留着给我用呀。抬回去，送到伙房劈了，当柴火烧了它！"

十九

隆冬，一场鹅毛大雪，将雅州古城装扮得一片洁白。

这个冬天，姚子君过得十分惬意。赶在入冬之前，天德公给多吉昌的三万包茶，终于赶制完成，并如期运拢了打箭炉，保证了多吉昌的马帮驼队，赶在大雪封山之前，将茶叶顺利运回了西藏。因为这笔茶叶的及时运到，使多吉昌与东印度公司的较量，又赢得了一个回合。为此，多吉老爷专程写来一封致谢的信，对他的大度与仗义，再次表示衷心感激。因为这也是姚子君接手家业之后，做成的第一笔大生意，所以让他感到十分的欣慰；第二桩事就是吴玉珠给他生下了一个大胖小子，他做了父亲。儿子叫路远，名字是早就取好的。满月那天，姚家在后院办了满月酒，请了二十多桌客人。吴有财夫妇也特地从龟都镇赶来了。看到岳父岳母，姚子君乘着高兴头上，对妻子悄声说："你爸妈也来了，要不要也请大舅哥过来喝两盅？"吴玉珠仍坚决不肯，反问他："你不是高兴得过了头吧？给你说多少遍了，我没有这个哥。"姚子君也不勉强，就让董大掌柜同岳父坐到一起，陪老爷子喝酒。

和姚子君一样高兴的还有老夫人，酒桌上她一再给姚仁义劝酒，高矮要感谢仁义，说玉珠怀孕时，全靠他来撞了个头彩；玉珠坐月前，又是他办了一场热热闹闹、红红火火的婚礼，让她的孙子顺顺利利，平平安安地生下地。老夫人左一个哈哈，右一个哈哈，举着酒杯劝了仁义又劝许幺姑，搞得满桌都是笑声。看着母亲和幺爸至今都还被蒙在鼓里，子君和玉珠禁不住偷偷发笑。笑罢，吴玉珠说："往后妈要是知道了，不会怪罪我吧？"姚子君笑道："你就说全是我出的主意。"俩人忍俊不禁，又哈哈大笑起来。

人在兴奋的时候，日子也就过得快。转眼间，山又青了，水又绿了，山坡上的茶林又见新芽。这个冬天就这样很快过完了。

春天，蒙顶山举办一年一度的皇茶开采祭典。雅州茶号的老板们，无疑都是受邀的客人。听说皇茶开采祭典办得相当热闹，吴玉珠要姚子君带上她也去看看。

蒙顶山在雅州东北二十五里，传说西汉年间，严道（雅州古代又名严道）人吴理真，携带茶种，来到蒙顶山，在五峰之中植下七棵茶树，从此开启了人工种茶先河。蒙顶山也由此被人们称为是茶的发源地。不管这传说是不是真的，蒙顶山茶从唐代开始，就被选为贡茶入宫却是千真万确。当年皇宫御厨总管杨烨，在他著的《膳夫经手录》中，曾这样写道："蜀茶得名蒙顶，元和以前，束帛不能易一斤先春蒙茶。"将它称之为宫廷最佳饮品。于是每年清明，采摘皇茶，在当地都要举办一场隆重的祭典。

这天春光明媚，在蒙顶半山腰的智矩寺山门外，早已是人山人海。一张铺着红布的大条桌上放着香炉，香烛青烟袅袅。供桌上摆着全猪、全羊、谷物、鲜果不少供品。在鼓乐声中，雅州衙署的潘大人，身着便装，在当地官绅名流、众茶号老板和寺庙住持的陪同下，从山门里缓缓走出。这时一个身着汉服的司仪上前，手势鼓乐停止，然后高声唱道："雅州蒙顶山皇茶开采祭天祖大典现在开始，请潘大人宣读祭文。"

　　潘旅长掏出稿子，照着念道："适逢吉日，僧俗之众，齐聚于此，为皇茶开采祭天祭祖。西蜀天漏，中心蒙山。因女娲炼石，以补苍天，行至于此，元气耗尽，身融大地，化为五峰，留下无尽烟雨。得此仙气滋润，造化万物生灵。自西汉伊始，茶祖吴氏理真，携灵茗种于五峰，开创植茶先河。茶始遍及中华，上裕国赋，下善民生。万众同享，沐受其惠。雅州民众，今日在此，叩祭先祖，保佑茶山，风调雨顺，五谷丰登。"

　　接下来，便由寺庙住持带领，潘旅长一行来到供桌前，面向五峰，跪地俯首叩拜。

　　拜完先祖，司仪又道："有请采茶僧，入园采茶——"

　　在鼓乐声中，只见十二个腰间拴着布袋的僧人，拱手作揖，缓缓步入茶园。他们每人只能采三十六叶上好的嫩芽，送回寺院再精细焙制，分出正贡与副贡，装入特制的银瓶。制好的贡茶，过去要及时送到衙门，用六百里的快传送到宫中。

　　看见僧人在茶地里一片忙碌，潘旅长问身边的侯兴："为什么只有十二个和尚，多点不是更热闹吗？"

　　侯兴告诉他："大人有所不知，这是祖制。十二个僧人以示一年十二个月，每人采三十六片嫩叶，象征一年三百六十天，天天吉祥，岁岁平安。"

　　过了不到一个时辰，十二个僧人都采够了三十六片嫩芽，然后再拱手作揖，走到潘旅长面前，经他过目之后，便送进寺内由制茶僧焙制去了。

　　这时，司仪才大声地宣告："祭典结束，蒙顶山先春早茶开摘！"

　　霎时，锣鼓喧天，唢呐长鸣。那些早就等候在四周山坡上，茶林边的乡亲们，一片欢腾，拎着篮子的，挎着布袋的，背着背篼的，纷纷跳进茶林，开始摘起茶来。

　　姚子君带着吴玉珠站在山坡上，看到茶农们欢天喜地采摘春茶的情景，突然说道："如今不是没皇帝了吗？干吗还要采皇茶呀？"姚子君便笑着向她讲起来。

蒙顶山茶从唐代入宫，成为贡品，已有千年之久。一年一度的皇茶采摘，便成了祖上给茶山留下来的一种精神文化。茶叶可以不再作为贡品，可皇茶的采摘焙制方法，却可以通过这样一种形式，使它永远保留下来，流传下去。

吴玉珠的眉头还是没有展开，又道："我从小在龟都镇长大，也没少跟爹一道上过茶山，乡亲们都是用茶刀割茶，下来做成做庄茶，卖给城里茶号。再由茶号制成边茶，卖到西藏。今天算是开了眼界。"

姚子君笑她说："其实爷爷在《雅州南路边茶纪事》里，并不光讲的是边茶，也讲了蒙顶山贡茶，只是你没看过罢了。今儿个就听我给你讲讲。"

"雅州地处入藏要口，与藏地毗邻接壤，山水相连。汉时已有茶叶传到大渡河以西地带。到唐时，茶已成藏地百姓不可或缺的饮品。再加上唐朝与吐蕃之间茶马互市的兴起，盛产茶叶的雅州，便成了朝廷用茶的生产储备基地。到宋明两朝，由于战争频繁，马匹需量大增，两朝皇帝均先后颁诏，要求雅州茶叶，专用博马。这样一来，雅州及其周边诸邑，所产茶叶，均只能生产销往藏地的边茶。所以，尽管蒙顶山茶唐时就已名扬天下，但是数百年来，它一直未能形成大器，也颇令人遗憾……"

正说到这里，吴玉珠突然发现，不知什么时候，衙署的潘大人正站在离他们不远的地方，一双火辣辣的眼睛，正直勾勾地盯着她。她急忙将脸侧开，说："天不早了，咱们回家吧。"

姚子君说："你不说难得出来玩一回，怎么突然又不想玩了？"

"还要赶二十多里路呢。"说完，她拉着姚子君，便朝山坡下停放轿子的地方，匆匆跑去。

从蒙顶山回来，姚子君一门心思又扑在了铜河修桥的事上。铜河上的竹索桥被洪水冲断后，过河改成了渡船，给行人带来诸多不便，尤其是茶背子。每天从雅州出来的茶背子，多达数百人，到了这里，每船只能载七八个背子，一来一往，背夫一等就是半天。渡口很快成了茶路上的一道瓶颈。为了这事，姚子君上门找到仁和的徐老板，先说服了他。两人又一道去找到恒丰的陆老板、裕泰的秦老板，几家老号坐下来商量，决定由茶商会筹款，在铜河上建一座铁索桥，代替原来的竹索桥。茶路上就数几家老号的背子最多，自然该摊的钱也多，但还是不够。徐老板提议，应该把六十八家茶号一起请来商量，不管咋样，茶路总是大家的事。至于每家出多少，可按各家年初认领的引票多少进行分摊。

到聚会这天，徐老板刚把意思挑明了，场上便响起一片争议。有的说雅州至打箭炉的道路，不仅是茶路，也是官道。过去沿途的驿站呀，邮传呀，哪里建桥，哪里修路呀，哪一件不是该官府管的？为什么要我们出钱？有的说现在虽说是民国了，可派来的官，不是这个师长，就是那个旅长，三月两头不派这个捐，就派那个款。要是把这些钱拿些出来，别说一座铁索桥，十座铁索桥都修起来了。看到大家吵得喋喋不休，姚子君说："我也赞成大家刚才的话。可是我们还得面对现实，眼下国家动荡不安，四川更是军阀割据，战乱不休。在这多事之秋，官家自顾不暇，类似修桥补路这样的事，哪里还管得过来。铜河上的桥，关乎茶路之畅通。过去的竹索桥曾经多次被洪水冲毁，总是冲了修，修了又冲。去年又被冲了。现在，运茶背夫到了这里，一等就是半天，大家无不叫苦连天。所以，我看这桥咱们不仅该修，而且要修就修他一座铁索桥。一劳永逸，再遇到洪水也不怕了。修铁索桥虽然要多花一些银子，但从长远着想，花了银子也值。不仅方便行人过往，保障茶路畅通，也利在千秋。"

一番话说得在理，让不少人都默默点头。

徐老板接着也道："姚少老板说得对，大家要从长远着眼。再说了，修桥补路，自古以来就是行善积德之事，更何况茶路上运的都是我们的茶叶。当然，要叫出银子，大家都有苦衷。十个指头也不一样齐，我看就按各家年初认领引票数额分摊。分摊下来还不足部分，就由几家老号承担。姚少老板，你看如何？"

姚子君："陆老板、李老板，还有秦老板几位看呢？"

陆老板："你和徐老板把话都说透了，恒丰没有说的，就照这办法办吧。"

李老板笑道："姚少老板，主意是你出的，天德公又是茶商中的首户，你可得多出点，给大家做个表率。"

姚子君："李老板说得是，请大家放心，铜河修桥之事，只要是用得着天德公的地方，天德公绝不推辞。"

徐老板又征询大家意见，众人都表示赞成。于是他又道："既然如此，我提议，把这工程的事，也一并委托天德公去办。他们号上的人多，能人也多。

不知大家意下如何？"

"同意，同意！"又是一片附议的声音。

看到自己的主意受到大家的热情支持，姚子君十分兴奋："感谢各位同人对天德公的信任。至于大家希望把工程的事也委托天德公来承担，这事容我回去商量之后，再做定夺。不管咋样，天德公一定不会辜负大家的期望。"

突然，钱瑞起来道："我说句丑话在先，只希望天德公别把大家的银子拿去打了水漂！"

姚子君："请钱老板放心，天德公绝不会做那种事。"

回到号上，姚子君说起这事，没想到董大掌柜却没像他一样高兴。董大掌柜倒不是认为他的这个主意不好，而是觉得他不该把工程的事也揽到天德公头上。董大掌柜说，为大家办事，往往是干的不如看的。请工匠、买材料、开销银子，全是跑腿费嘴皮子的事儿。做对了还好，要是稍有差错，看的人就会说三道四，评头论足，甚至流言蜚语。都晓得是一桩费力不讨好的苦差事，所以都不愿干，巴不得推给别人。

姚子君说："我也知道难，可是做人总要有个担当。都不想担当，那啥事儿也做不成。"

董大掌柜只好苦笑道："看来少老板是定下心要做这事儿，那我就啥都不说了。不过，既然天德公接下这个重任，那就更是一星半点的差错都不能有。六十八家茶号都会把眼睛睁得大大的看着咱们。请工匠、采买材料、银两开支，一大摊子的事，一直要到把桥修好。这个监工就让我去吧。"

姚子君摇头说："你不能去。工地上跑来跑去，风里雨里，风餐露宿的，还是找个年轻的去吧。"

董大掌柜："胥亮？田勇？太年轻了，就怕撑不住事儿。"

姚子君说他想过了，胥亮田勇就像董大掌柜说的，他们还年轻，这事就派瞿六去。他跟了董大掌柜多年，不仅制茶本领十八般武艺样样精通，年岁也到了而立之年，历练也比他们多。如果说就为了那点小事，罚他去打杂，着实也是委屈他了。

"少老板，我知道你的好心。可千万别当他是我的徒弟，就原谅他。万一他去再出个纰漏，我这张老脸就更没处搁了，还是让我去吧。"

"你就别争了。他是聪明人，哪会一错再错。"

"要不我看这样，修桥的银子不是一笔小数，工地上的开销也大，叫他把账目记清楚，每十天半月送回来一次，让少老板过目一下。"

"那倒不必。常言道，用人不疑，疑人不用。也别一棍子就把人打死了。人都有犯错的时候，犯了错，要给他改错的机会，只要改了就好。瞿六年轻力盛，人也能干，做事正当年。拉他一把，就派他去吧。"

"他要是真能改过，倒也是好事。"

"相信他吧，董大掌柜，他听你的，找个机会，约他好好谈谈，往后找个姑娘，成个家兴许就安生了。"

这一晚，董大掌柜失眠了。

浩瀚的天空繁星闪闪，一轮圆月就像挂在窗前，银色的月光溢满小屋，夜是那么宁静。可董大掌柜躺在床上，却久久不能入睡。白天少老板的一席话，深深地搅乱了他的心，直到天快亮了仍还没有睡着。他干脆坐了起来，披上衣服，走到窗前，望着茫茫的天空，情不自禁地轻声叹道："少老板的心胸就像海一样宽阔。瞿六啊瞿六，这生遇到少老板，是你前世修来的福啊！"

铜河铁索桥经过一番紧锣密鼓筹备，终于顺利开了工。瞿六是天德公派的修桥监工，负责管理工地上的一切大小事宜，成了大忙人。董大掌柜怕他不争气，总是隔上一些日子，就到修桥工地来一趟。看到工地上一片忙忙碌碌，有条不紊，修桥进度日新月异。工匠们对瞿六的口碑也不错，打铁的工棚里，木工的作坊里，随处都听到褒奖他的话。心上的一块石头这才慢慢地落了下来。

这天，师傅要回去了，瞿六替他牵着马，送到路口。

董大掌柜从瞿六手中接过缰绳，叮嘱说："往后我就不经常来了，这里的事就全仗你自己了。我盘算了一下，即使各家的捐银交够之后，修桥的银子也仍将有部分缺口。所以，你的每一笔开销都要精打细算，账目要记得清清楚楚，以便日后给大家有个明白的交代。别出了差错，给天德公丢脸。"

瞿六："我知道。师傅放心。"

董大掌柜："桥要修好，账不能糊涂，人也要清白。千万别辜负了少老板对你的那份期望。"看着瞿六点了头，这才转身骑上马背，回城去了。

瞿六站在路口，望着师傅渐渐消失的身影，若有所思。

半月后的一天下午，瞿六回到雅州。修桥工地在城里的一家铁匠铺买了二百斤爪钉，他赶回来取货，打算明日一早，就用马驮回去。由于赶了大半天的路，赶到铁匠铺验货办交涉，又耽搁了两个时辰。等到走出铁匠铺，这才发觉天已擦黑，肚子早已饿得咕咕叫了。他立刻想起水巷子木家的挞挞面来。

瞿六拖着疲惫的步子，刚拐进水巷子，没想到迎面就碰到了邵安。

邵安："瞿监工，急急忙忙，这是要去哪里哟？"

瞿六："啊，邵掌柜。我，我这不是刚回来，忙得连饭还没吃，正说到前面吃碗挞挞面。"

邵安："哎哟，还真巧了。下午我在外面忙了半天，回去号上的晚饭也开过了。这会儿肚子也饿着。走走走，我陪你。不过，面就不吃了，咱们重新找个地儿吃饭带喝酒。"

瞿六想到自己也累了，明日还得早起往回赶。于是便称："邵掌柜不也累了吗，今天就算了吧。前面去随便吃碗面，胡乱填饱肚子，改日咱们再聚好吗？"

邵安哪里肯依，拉着他说："瞿老弟，不会是当修桥监工了，就贵人眼高了吧？"

瞿六忙道："看你说的，在邵大哥面前，我哪敢啊。"

邵安："这就对了嘛。走，也不去稻香村，我俩去找个僻静地儿，痛痛快快喝两盅。你高升了，大哥说什么也该为你庆贺庆贺。"

瞿六："哎哟，邵大哥，你就别挖苦我了，什么高升啊，桥修完了，还不知道又发配我做啥呢。"

"瞿老弟，不是我说你，你有一身的本事怕啥？当初他们把你撸了，现在不是又启用你吗。听我劝，天德公也不是天堂，天底下比它好的主有的是。要是再欺负你，咱就跳槽！"

"邵大哥，你误解我的意思了……"

"我知道，你就是怕被人家说你忘恩负义。好了好了，不说了，咱俩还是先吃饭去。"

"唉，又让邵大哥破费，真不好意思。"

"谁跟谁呀？客气啥。"

邵安把瞿六领到一家卖卤菜的小饭馆，点了几样菜，要了两瓶酒，说两人难得遇到这样的机会，一定要一醉方休。瞿六早就饿了，面对丰盛的酒菜，也不客气，只顾狼吞虎咽地吃起来。两人边吃边聊，不知不觉，就到了打烊时间。这时的瞿六已醉成一摊烂泥，趴在桌子上打起呼噜来。邵安也喝了不少，红通通的眼睛发出幽灵似的光芒，直勾勾地看着趴下的瞿六，那神情就像一只山里的老狼，正守候在即将被他吃掉的猎物身旁。

瞿六醒来，已是第二天早晨。

一缕阳光透过窗帘，洒在床上。瞿六睁开眼睛，突然发现自己竟睡在一个陌生的地方。扭头一看，身旁还有一人，竟然是青梅。她身上除了一件红肚兜，什么也没穿，睡得正熟。再一看自己，也是赤身裸体，这一吓非同小可。他慌忙穿上衣服就要下床。

青梅醒了，她一把抱住瞿六，就伤心地哭了起来："六哥，我是你的人了，你可不能不管我。"

瞿六问她这是哪里？青梅告诉他是春香楼。说昨晚他喝醉了，是邵掌柜扶着他来的。"临走还再三叮嘱，六哥没家没口，孤单一人，要我一定要把六哥伺候好。"瞿六说："他没说别的？""也说了。他说六哥心地善良，知道心疼人，只要伺候好六哥，六哥就一定会替我赎身，是真的吗？"

瞿六好生感动，心想邵大哥与自己无亲无故，却把自己当成亲兄弟一样，还真是难为他了："青梅，他没说错，只是眼下还不行，等到攒够钱，我一定给你赎身。"

"六哥，我等你。"说完又紧紧抱住瞿六的身子，不舍得让他走。

看着这个从小没有母亲，跟着父亲卖唱长大，因为父亲染上鸦片，便将她卖进窑子的姑娘，瞿六也打从心里爱上了她。他抚摸着她的身子，怜爱不已地说："我还得赶回修桥的工地，今天就不陪你了。青梅，我下次再来看你。"

青梅见他要走，眼泪又快落下来了："六哥，青梅从今儿起，就把一切都交给你了……再亲亲我吧。"

瞿六紧紧抱住她，也难分难舍，又亲热了一次，才匆匆离去。

二十

夏时玛每日总是借着传教的幌子，四处闲游。雅州南门坎、宋村渡是他常来的地方。两地都是雅州茶路西去打箭炉的必经之地。他站在南门坎的那棵老树下暗暗观察，每天的茶背子源源不断，多达数百。在宋村渡看到过渡的茶背子，情况也是一样。虽然他们的这种运输办法是那样的原始和落后，可背夫们却是那样的坚忍不拔，前赴后继，丝毫没有畏难的意思。他们为了啥？夏时玛感到太不可思议。可是，当想到这些茶叶，到了西藏，将成为东印度公司要面对的强大敌手的时候，他的眉头就皱了起来。

已经等了好些日子，也不见邵安、黄四带来好消息，他苦思冥想，终于想出一计。

这天他带着黄四又来到聚盛源茶号，向钱瑞说要买两千包茶。钱瑞一听说又是上次来过的那个洋人，气就不打一处来，要邵安把他轰出去。邵安说商不厌客，他这回既然说了真要买，咱不妨听他先说，如果还想骗咱们，再轰他也不迟。

邵安将他们带到客厅，夏时玛一见到钱瑞，竟像老朋友似的就招呼起来："钱老板，你好！"

钱瑞却冷冷道："还行。今儿来又想要什么花招？"

夏时玛："噢，我知道，上回的事让钱老板多心了，这回我是真诚的，而且这桩生意，我一定要让你赚到钱。"

钱瑞："那你得先告诉我，我凭什么相信你？"

"你听我慢慢说，不过他们得离开一会儿。"夏时玛对站在旁边的邵安和黄四抱歉地做了个怪笑。

钱瑞："离开就离开。在我的屋檐下，看你未必还能耍出啥花招。"示意邵安领黄四出去一会儿。

当屋里就剩下俩人的时候，夏时玛说他清楚，雅州销藏的边茶，有芽细、毛尖、康砖、金尖、马茶，这回他要买的是一种比马茶还要低档点的茶……没等他说完，钱瑞就冲他冒火了。马茶的原料粗放，制作简陋，价格也低。要比它还不如的，那只有粗制滥造，这种事要是被发现了，在古代是要砍头的。

"你该不是想害我把脑壳也要掉了吧？"钱瑞指着自己的脑壳问他说。

夏时玛："不会的。这事就天知地知，你知我知，谁也不让知道。我会给你康砖、金尖一样的价钱，你不就赚大钱了吗？"

钱瑞顿时一愣，哦！天下有这样的好事情？可又一想，还是觉得不行。按商会的规矩，各家的茶包上都要刷上自己茶号的名字，以示区别。若是被发现，先不说会像从前一样被摘掉脑壳，坐牢受罚自是免不了的，下来也别再想在茶界混了。

见他沉默不语，夏时玛又道："你不用担心，你只管照我说的做茶，我也不需要你在篾包上刷印字，我只要你把茶给我运到打箭炉，我就付你的银子。"

"不刷印字，那不坏了行规？聚盛源可不敢干这种事。"

"钱老板，篾包上没字，谁知道是聚盛源的茶呀？"

这个洋人太狡诈，上次说要买茶，让他看了作坊，却人影不见，回话也没一个。这回又来，茶不要好的，包装上不要印字。他究竟想干什么？不过他龟儿的倒是舍得出价，连马茶也不如的货，也愿出康砖、金尖茶的价。面对如此巨大的诱惑，钱瑞终于动心了。但他却摇头说："你这是为难我啊，要我担当多大的风险呀！"

"钱老板，商人谁不图赚钱？要想多赚钱，就要多担当。"

钱瑞还是摇头。

"我再多出一成的价？"

"不，要两成。"

夏时玛想想："两成就两成。"

"还有，你得按全款先付我的现银。"

"为什么？"

"像这样品质的茶，到时候你不要了，又像上次，人影不见，我卖给谁去？"

夏时玛又想了想："好吧，咱们成交。只是增加的两成价，得等你的货到打箭炉后，再付你。还有啥吗？"

"还有，这事儿口说不算，你得给我立个字据，出了事你得全兜着。我一概不管，也不会认账。"

"我懂，用你们中国话说，这叫既要当婊子，又要立牌坊。钱老板是吗？"

"闲淡就不用扯了。你做不做？要做就叫邵掌柜进来，把合约写了。"

"做！怎么不做。钱老板，祝我们合作顺利。"

夏时玛耸了耸肩膀，朝着钱瑞做了一个怪笑。

钱瑞也不知道他笑什么，心里骂道："这个龟儿的洋人买这样的茶来干什么？"尽管也生疑，但一想到这笔买卖就像天上掉下个馅饼，送上门的财，哪有不收的。见肉不贪，必是憨憨。

那天打发走了夏时玛，钱瑞找来邵安商量。钱瑞说："雅州边茶序列上有名有姓的品种，他一个也不要，竟要给他做没名没姓，最低档次的茶。我就担心，万一让商会或者官府知道了怎么办？"邵安给他打气："不在篓包上刷印字，就算日后出了啥事，篓包上也没聚盛源三个字。他找谁去？最终也只能是个无头案。"

接着邵安问他这两千包茶的原料怎么配？

钱瑞道："你咋还犯糊涂，合约上不是都写清楚了吗，就照着上面说的做，未必还要我教你不是？"

邵安说："我说的是这龟儿子上回耍了咱们一回，这回咱们要不要也耍耍他？"

"怎么耍？"

邵安附在钱瑞耳边，悄悄一阵低语。

钱瑞一听，正合他的心意："好主意！不赚就不赚，要赚就赚得再狠点！不过你得给我记住了，咱们只管把茶做出来，运到打箭炉。其他一概不管，随他去折腾。"

几天后，邵安就用牲口从山里驮回来一百多条麻袋，里面装的全是桤木树叶。钱瑞亲自督阵，给作坊工匠封口，谁也不许走漏了风声，将桤木树叶当作原料，掺进了茶里。

夏时玛回到客栈，让黄四提着食盒上街买了饭菜和酒回来，放到桌上刚要转身，夏时玛忽然要他留下，并拿过杯子给他斟起酒来。黄四一看忙道："夏牧师，今儿个太阳咋从西边出来了，哪有主子给奴才斟酒的，还是我自己来吧。"欲接过酒瓶要自己斟。

夏时玛摁住他："往日是你给我斟酒没错，今日咱们打个调。不用奇怪，只怪你不懂，我们西方人，那是最讲究民主与平等的民族。"

"往日你可不是这样。"

"何以见得？"

"对我就既不民主也不平等。从拉萨出来时，你说好的，把你送到雅州就付我的酬金，到今天却才付了我一半。"

"噢，我明白了。黄，你放心，你的钱我一分也不会少你的。今儿咱们不说这，我要给你另说一件事。"

"我早看出来了，要是没事，你哪会对我这般客气。"

"黄，你真聪明。来，咱们先喝酒，边喝边说。"

黄四逃亡西藏多年，会说一口流利藏语。夏时玛要他扮成一个藏商，去打箭炉城郊租一处房子，以备堆放聚盛源的两千包茶……如此这般交代一通之后，还给他取了个藏族名字，叫平措，官衔是西藏拉萨印藏贸易公司的老板。黄四听了说："夏牧师，你绕来绕去，我怎么听着这么啰唆哟。"

夏时玛："不啰唆。因为每一步都不能出差错。你千万记住了。"

黄四："既是如此，那我就算一步登天了。既然是老板，那饷钱呢？夏牧师打算给我多少？"

"事成之后，我自然少不了你的。"

"说半天，还是在纸上给我画了一张饼啊。"

"你就放心吧，出发时我多给你一些现银，到了打箭炉，买一身阔气的藏族衣服帽子，再请个助手。"

"唔，这还差不多。夏牧师，你这是干什么？"

"黄，怎么又忘了，不能打听主人的事。违约我照样扣你饷钱。"

"嘿嘿，你看我这嘴巴，怎么就是老不听话。"

夏时玛端起酒："我亲爱的黄，来，为我们的成功干杯！"

聚盛源做好茶，钱瑞亲自去找来叶二哥，说看在亲戚情分在，请他做背夫揽头。只要及时把货送到，脚钱涨一成。

为了路上不出意外，他决定派邵安去当押运。

叶二哥按照邵安吩咐，带领背夫，头天下午就将茶包装好，不背出聚盛源，寄在号上。第二天一早再来从聚盛源背起出发。

翌日，天刚麻麻亮，几十个背夫从聚盛源大门里鱼贯走出。邵安走在最后，身边的钱瑞不停叮嘱他："每天早行晚宿，省得招人眼。只要拢打箭炉交了货，咱们就没干系了。你也别急着回来，在打箭炉待他两天，想办法打听一下，这个龟儿的洋人，肚子里究竟卖的是啥子药。弄清楚了，咱们心里也好有个底。"

邵安点头应着："明白。"

在锅庄后院的屋檐下，央金正在洗头，一侍女拿着木瓢给她往头上浇水。哗哗的热水顺着她长长的黑发流下，在阳光下宛如一道美丽的瀑布。这时一个侍女走来告诉她，外面来了位生客，说是从拉萨来，可几个阿姐都说从没见过他。央金站起，将头发甩到脑后，露出一张俊俏的脸蛋："傻丫头，生客熟客都是客，快把人家请进来啊。一回生，二回熟，人家下次再来，不就是熟客了嘛。"侍女说那客人进门就说要找央金阿佳，看样子也是来做茶叶生意的。央金说："好啊，把他请到客厅先喝着酥油茶，就说我马上就来见他。"说完便匆匆上楼，让侍女帮她弄干头发去了。

黄四在城边找了一户僻静人家，租了三间房子，就只等聚盛源的茶运拢了装进去。然后带着助手，便来到了央金锅庄。

客厅里，茶几上摆着酥米花、酥饼、核桃、酥油茶，黄四着一身华贵的藏装，端坐在上首。身旁立着他的助手。侍女见他银碗里的酥油茶几口就没了，又给他掺满。央金在他的对面落座下来，朝他问道："请问客人贵姓？从哪里来，找我何干？"

黄四回答："我叫平措，从拉萨出来。早就听说，打箭炉央金阿佳年轻漂亮，好客热情，今日得见，果真名不虚传。幸会，幸会。"

央金："那我就称呼你平措老爷吧。夸我的话就不多说了，还是说说平措老爷找我做啥？莫不是也要买茶？"

黄四："你看，我这还没说出来，就让你就猜到了。没错，我打算买两千包茶，只要天德公的，所以就一路找你的锅庄上来了。"

央金："那好啊，住我这儿的客人，多数都是跟天德公茶号做生意的。看来你还真是个生客，头次来吧？"

黄四："对对，所以要请央金阿佳多多关照。"

央金："打箭炉的锅庄都一样，对从藏地远道而来的客人，管吃管住，帮助你们与茶号做生意牵线搭桥。买了茶，帮你们换牛皮包装，没带驮队的，帮你们雇请马帮。锅庄就收点退头和糖钱。不过，平措老爷，我听你的汉话说得非常好，你何不自己去找他们谈谈？"

黄四连忙改口用藏语道："哎，你看我——我这汉话也是刚学会的。央金阿佳，一切就照你说的。也给我搭个桥吧，看几时能领我去天德公打箭炉分号，见见他们的掌柜。"

"好吧，你先歇着，我一会儿就来叫你。"

多少年来，藏商和茶商之间的生意买卖，就是这样，锅庄就像他们两边的经纪人。央金早已习惯，便爽快地答应了他。

得到央金帮助，黄四从王掌柜的手里买下两千包茶，并当场付了银子。黄四说从号上转运茶叶到锅庄的背夫，他自己已经雇好，双方约定三天之后就来提货。

晚上，黄四来城中一家汉族人开的旅店见到夏时玛，向他禀报，两样事情都已办好，只等聚盛源的货到了，就去天德公分号提货。夏时玛要他再做一件事，说着从皮箱里拿出一块铁皮模板递给黄四，这不是茶号刷印字的模板吗，黄四在聚盛源曾经见过。但这块模板刻的却不是聚盛源的字，而是天德公茶号几个字。夏时玛告诉他，聚盛源的茶到后，要他自己动手，用这块模板，给茶包刷上印字。黄四更糊涂了，问他说："夏牧师，你这是干什么？天德公要知道了，会不答应的。"夏时玛哈哈笑道："用你们中国的话说，等到他们知道，船都下滩了。"

邵安押着最后一拨背子，在城边租房同黄四见了面。看见先前到的茶包都刷上了天德公的印字，把手摸着后脑壳，眉头也皱了起来："这个龟儿的洋人，究竟想干什么……"

黄四："真是搞球不懂。"

邵安："他还要你一直给他押运拢拉萨？"

黄四："他是这么说的。"

突然，邵安道："唔，懂了……"

黄四："他啥意思？"

邵安："老子烟瘾来登了，走，进城先找个地儿过瘾去。过了瘾，我慢慢给你讲。"

邵安躺到床上，一连抽了三个泡子，这才来了精神。他将烟枪递给黄四说："看来天德公也不知在什么地方得罪了洋人。你想这笔货到了拉萨，喝到茶的人不把天德公骂死？什么信誉、名声全完了。狗日的这一招偷梁换柱还玩得真毒！"

黄四："我还是担心，千万别弄出什么事才好。"

邵安："龟儿子的算盘打得不错，叫你去天德公买两千包茶，目的是要天德公的引票，不然聚盛源的茶就出不了打箭炉的茶关。有了天德公的引票，茶包上又刷的是天德公的印子，我看不会错。"

黄四："唉，别看我一身穿得富丽堂皇的样子，其实整天都提心吊胆的。老表，夏牧师还说了，工匠的事怎么样了？那天喝酒时，你说姓瞿的那小子跟小婆娘相上了，是真的吗？"

邵安嘻嘻笑道："现在呀，两个人正如胶似漆呢。"

黄四："就是本钱花得大了点。老表啊，就看你了，上钩的鱼儿，千万别放跑了。"

邵安："舍不得孩子，套不住狼。让他们再欢几日，我就断了瞿六的开销。他没钱给春香楼，那鸨妈肯定饶不了他。到时候，他没办法，只有来求我。"

黄四把烟枪又递给邵安："反正这桩买卖就靠老表了。来，再抽一个烟泡子。"

邵安："妈的，今天这瘾过得真舒服。"

黄四："尽管抽，你抽舒服了我再来，反正都是姓夏的洋人出钱，不抽白不抽。"

花了整整大半天时间，背夫们才将茶包转运完。看着茶包进了央金锅庄的院子，黄四说："央金阿佳，两千包茶都齐了，剩下的事就拜托你了。牛皮包装一换好，我马上就雇马帮驮走。"

央金："平措老爷，你放心吧，我一定多请几个甲珠娃，把包装换好，让你早点起程。"

黄四："越快越好，到时候，我自会多给你一些退头和糖钱。"

央金："那倒不必，锅庄有锅庄的规矩，该多少就多少。"

看到夏牧师的计划进展顺利，正一步步接近成功，黄四也不用再那么提心吊胆了。他谢过央金，带着助手，又找邵安逍遥去了。

央金锅庄的院坝里，案板上摆着折断的四节茶包，一藏族汉子用牛皮将它们包好，推向旁边，一妇女接过，熟练地用针线将牛皮缝合起来。雅州边茶使用篾笆包装，长途驮运，不易防雨，也不耐磨。到了打箭炉，就由锅庄雇请甲珠娃，在篾篼外再缝一层牛皮。此刻十几个甲珠娃正一片忙碌。

央金一手提着茶壶，一手拿着木碗走来，招呼大家："来吧，歇会儿，喝碗酥油茶。"

"喝茶啰！"众人纷纷放下手里的活，围了上来。

突然，一个抱茶的妇女不小心，将茶包摔到地上，从篾篼里掉出一砖茶，竟散成一地。央金看见，愣了一下，觉得有点奇怪。忙将茶壶木碗递给身后侍女，走了过去。抱茶的妇女忙说都怪她不小心，蹲下欲把茶捧起来。央金拦住她，也蹲了下来。茶砖都是舂压出来的，怎么会一摔就散了呢？从她手上经过的茶砖多了去了，可从来没出现过这种情况。她捡起那块摔散架了的茶砖，包茶的黄纸里也没有天德公的商标，放到鼻前也闻不出香气。篾包上是天德公的印字，茶却不像天德公的茶，可明明是平措老爷昨天才从王掌柜那里转运过来的呀。央金不由一脸疑惑，沉思起来。

大伙喝罢酥油茶，见天色尚早，正要动手，不料央金却说："今儿个就歇了。明天什么时候来，我会叫人通知你们。"

晚上，央金把王掌柜请来，亲自拎着灯笼来到堆茶的房中，她指着一堆未换包装的茶说："这就是平措的茶，我悄悄比对过，跟我给你看的完全一样。"王掌柜走近看去，茶包上刷的是天德公茶号的印字，外表倒是看不出啥，便抽了一条出来："他就住这里？"央金点头。王掌柜说："咱们回屋说去。"

在酥油灯下，两块茶砖在王掌柜的手里，被翻来覆去地看着，央金立在一旁，聚精会神地望着他。王掌柜很快就得出结论："这茶绝不是天德公做的，里面掺杂了大量的桤木树叶，明显是假茶。"

央金大惊："啊！竟然是假茶？"

王掌柜："桤木树叶和茶树叶子长得很像，两个混到一起，不是做茶的人，很难认出来，但嚼一嚼就知道了，一点茶味也没有。这个平措是从我手上买了两千包茶，但绝对不是这个茶！我不明白的是，这茶包上为什么会刷的是天德公的印字？"

央金："那怎么办？"

王掌柜："这事情大了，是有人在给天德公使坏。这个叫平措的藏商，以前来过吗？"

167

央金："没来过。"

王掌柜："他把茶要运往哪里？"

央金："拉萨。"

"啊！"王掌柜眉头皱起来，似乎更感到事情严重，"央金阿佳，这事先别声张，你得把他稳住，绝不能让他把茶运出打箭炉。我带上两块他的茶砖，明天骑马赶回雅州，赶紧给少老板报信。这事儿大了，得他拿主意。"

央金："好，我尽量拖住他。你们可要早点赶回来。"

夜深了，天空一片漆黑。从折多山刮下来的寒风，呼呼作响。打箭炉，这座高原小城也渐渐沉入了梦乡。

二十一

东山的太阳已一竹竿高了，锅庄的院坝里仍一片寂静，只有央金阿佳和两个侍女在屋檐下忙着打酥油茶。黄四带着他的跟班伙计从客房走出来，发现坝子里突然少了平日的热闹，忙向央金打听："央金阿佳，时候不早了，怎么还不见甲珠娃来上工呀？"

央金说："哎哟，平措老爷，真不凑巧。锅庄的甲珠娃都是拉雅沟的农民。拉雅沟的土司老爷修官寨，把他们都派去支乌拉去了。"

"你咋不想办法将他们留住哇？"

"平措老爷，你又不是不知道，土司老爷支乌拉，哪个甲珠娃敢不听话。"

"那我得等多久啊？"

"我也不知道。平措老爷，反正也不差这几天时间，你就在我这里多住几日。要是闲不住，就去跑马山看看，安觉寺转转，二道桥那里还可以泡温泉。"

"唉，我的时间都让你耽搁了！"黄四一脸无奈，只好沮丧地转身，返回房间去了。

央金侧脸看着，示意侍女，将打好的酥油茶，给他们送到房间去。

王掌柜赶回雅州，将两砖假茶放到桌上，把事情经过对姚子君和董大掌柜说了一遍。二人大为惊异，都感到此事非同小可。按董大掌柜的分析，制作假茶，在篾筐包装上还刷上天德公的印字，只有那些嫉妒和仇恨天德公的人才干得出来，使坏者必定出在茶商内部。姚子君一边点头一边想着，两千包茶，数目倒是不大。可当下在西藏，眼看着就剩几家老号的茶仍能保持畅销势头，同印茶抗争。偏偏在这个时刻，怎么会出这样的事？假茶要是被运进销区，让东印度公司一旦抓住把柄，必定会大肆攻击川茶！到那时，要想恢复天德公的信誉名声，就难了。这一着棋太毒了！

姚子君不敢迟疑，当即将号上事宜委托给董大掌柜，带上胥亮，就和王掌柜一道匆匆上了路，骑马往打箭炉赶去。

深夜了，在打箭炉天德公分号的掌柜房，马灯照着一身还风尘仆仆的姚子君三人。他们是半个时辰前才赶到的，急急忙忙吃罢饭，王掌柜就派一个伙计请央金阿佳去了。

隔了不大一会儿，央金赶来。"子君阿哥，可把你们等来了。平措着急得很，天天都催我给他请人。我真担心露了馅，让他知道了我在骗他。"她一进门就着急说道。

姚子君请她坐下："央金阿妹，让你辛苦了。只要人还在，假茶也在，那就好。现在我想请你们好好回忆一下那天的事。王掌柜先说吧，平措从号上把茶提走是什么时候？"

王掌柜说那天平措来得很早，带的背夫也多，上午辰时过一点就把茶背完了。

姚子君又问央金："央金阿妹，茶背拢你的锅庄上是什么时候？"

央金仔细回忆着："下午太阳快落山了，当时我和平措站在门口，看着背夫们进的院子。"

姚子君站起来，来回踱着步子。上午辰时过一点，也就是说九点过不到十点，他们就把茶背出了茶号。到下午太阳落山的时候，应该是下午四点过到五点钟左右。而从茶号到央金锅庄，也不过就是两条并不长的街道，走得再慢不会超过半个时辰，中间的时间他们干什么去了？想到这里，耳边又响起来吴玉珠提醒他的话，会不会是中间被调了包？看来极有可能。至于假茶从哪来，为什么要刷天德公的印字？他完全赞成董大掌柜的分析。究竟茶商内部的什么人干的？暂且先放到后面去再说，眼下紧要的是怎么拦下这两千包茶，不让他运出打箭炉。

"根据你们所说的情况，看来只有这个可能，那就是咱们的茶被背出门后，在什么地方被调了包。现在我们要赶快弄清楚，调包的地方在哪里？只要找到这个地方，下一步棋就好走了。"姚子君将他的想法告诉大家。

王掌柜想了一阵说，那天跟平措来提货的背夫中，有一个人他认识，住家好像就在打箭炉的东关上。

姚子君一听大喜："这就好。你要想办法找到他，问清楚，出门后把茶背到哪里去了。态度要和蔼，别把人家吓着了。"

王掌柜："我知道。明儿一早我就去办。"

姚子君："央金阿妹，我明天就去你那儿拜会这个平措。到时候，还是请你给我们当通司。"

央金："不用我当通司，他的汉话说得很好。"

姚子君："哦？"

央金："穿着倒是挺阔气，却总是觉着他身上少了点我们藏族人身上的啥……"

姚子君："你说究竟啥？"

央金："我也说不清楚，反正有这种感觉。"

姚子君："不管他，到时候，我们多长个心眼就是了。"接着又把明天去锅庄的事给大家如此这般地交代一番，这才让王掌柜和胥亮照着灯笼，送央金回去了。

翌日，用过早饭，姚子君、胥亮二人先来到央金锅庄。央金阿佳把他们带到客厅，让侍女端上来核桃、酥饼、米花、酥油茶后，然后便照姚子君的吩咐，去请平措老爷。她出去不一刻，就领着黄四走了进来。见屋里坐了两个陌生人，他问："二位找我有什么事？"

央金这才给他介绍："平措老爷，这位是从雅州来的天德公茶号的姚老板……"

黄四心里顿时一愣："啊，扎西德勒！难怪那天上贵号买茶，只见到王掌柜，没见到姚老板。幸会幸会。"

姚子君站起说道："扎西德勒！平措老爷，你看是这样，我这次来打箭炉是想看看分号的生意情况。听说你刚刚从我们分号买了两千包茶，我就想问问，打箭炉那么多家茶商，你怎么偏偏会想到要买我们的茶？"

黄四倒是回答得很干脆："天德公的茶品质好，有信誉，在藏区深受老百姓的喜欢。商家进货，谁不图个好。"

姚子君："啊，是这样。那就好，还希望我们以后多多来往。有机会到雅州，欢迎你到我们号上做客。"

黄四："一定，一定。"心头绷紧的弦也放松下来。

央金拧着铜壶又为大家倒酥油茶。众人正喝茶的时候，王掌柜匆匆忙忙赶来。一进门冲着黄四点了点头，就走到姚子君身边，嘀嘀咕咕一阵耳语。可没等他说完，姚子君就生气了："怎么会是这样！如此疏忽大意，你们搞的什么名堂！"

王掌柜赶紧唯唯诺诺直认错："少老板，都怪我，发货的时候，一时疏忽了。"

姚子君大声地说："我正在给平措老爷说，以后还要多往来，多做生意。你倒好，这第一次做生意就让你做砸了！"

王掌柜："都是我的不是。"

从他们的话中，黄四似乎听出了啥，忙问："姚老板，王掌柜把谁的货发错了？"

姚子君："嗨，真是对不住平措老爷，王掌柜给你把货发错了！"

黄四："错，怎么错了？"

姚子君告诉他，王掌柜发给他的两千包茶是假茶，是雅州一家濒临破产的小茶号委托天德公代卖的，说是不图赚钱，只求能收回成本就行。当时只想到助人为乐，还让他刷上天德公的印字。没想到茶背过来才发现掺了假。那老板逃跑了，茶关正在缉拿他。这茶就成了证据，一直放在我们的库房里，王掌柜一时大意，竟当成好茶发给了他的背子。王掌柜站在一旁，也直向他表示歉疚。

黄四顿时显得手足无措，连连道："这，怎么可能……这怎么可能。"迅速想了想，竟说道："唉，也不能怨王掌柜，事情遇巧了。不过也不打紧，我们那地方山高皇帝远，偏远得很，想必也没人喝得出好坏。"

姚子君："那怎么能行！不要说我们不能坑害藏族百姓，就是为了茶号自身的信誉，还有我们做人的良心，都不能这么做！"

黄四："那……那怎么办？"

姚子君看了王掌柜一眼："我看这样，这两千包茶退给我们，号上重新换两千包好茶，给平措老爷转运过来。"

王掌柜回答说："咱们分号库存的茶已经不够两千包了，怎么办？"

姚子君："啊，是吗？那只好委屈平措老爷了，你在央金阿佳的锅庄上多住几日，让王掌柜看看号上的茶还差多少，我让他明天就赶回去，从雅州给你发过来。你看怎样？"

黄四一听急了："这太麻烦，再说我也等不了那么久。不用换，这茶我要了。马帮已经雇好，请央金阿佳赶快帮我把包装换了，我就运走。"

姚子君："这可使不得，哪能头一次打交道，就让你做赔钱买卖。刚才我已说了，这种缺德事，我们也坚决不干！为了不让你吃亏，我看这样，背夫来回的脚钱不要你付，你在锅庄多住的这些日子，所有的退头、糖钱，统统都算到天德公的头上。你该满意了吧？"

黄四再无理由，只好无奈地道："好……好吧。"

"那就好。平措老爷，我就用央金阿佳的酥油茶，以茶代酒，请！"

"请。"

黄四端茶的手颤抖着，酥油茶撒到藏袍上，他赶快用袖子擦去。

下午，王掌柜寻找背夫的事也有了着落。在东关的一条小巷里，他找到了那个姓汪的背夫家。但人不在，婆娘说他又去雅州了。王掌柜正失望，那女人告诉他，隔壁的罗大哥那天也去了，这会儿正生病在家。王掌柜大喜，立刻上街买了两盒点心，去了罗家。姓罗的背夫说，从茶号把茶背出来没有他，往央金锅庄背的时候他在。

姚子君默默地点着头："看来他们筹划得很仔细，一进一出用的是两拨背夫。"

王掌柜说："那个姓罗的背夫说，他们把茶背走后，那里还留下不少天德公茶号的茶。"

"在什么地方？""他答应带我们去。"

"好，稳住平措，再找到这份物证，狐狸尾巴就要露出来了。"

见事情有了眉目，众人都很兴奋，纷纷摩拳擦掌起来。

天黑后，由姓罗的背夫带路，姚子君一行来到城边一座石头院房，王掌柜拿了一块银圆给女主人，开了房门，让他们看到了堆码得整整齐齐的两千茶包。王掌柜从篾包里取出一砖茶打开，找出了黄纸印的小票，高兴地说："没错，是我卖出去的那两千包茶。"

姚子君长出了一口气："这下我就放心了。"

央金说："子君阿哥，他们这是想做什么啊？"

姚子君："往小处想，是把假茶运到藏地，败坏天德公的声誉；往大处想，现在还不好说。也许这个平措还不是真正的买主，在他背后恐怕还有人。"

央金："那现在怎么办？"

姚子君："央金阿妹，明天你就去打箭炉茶关报案，称天德公贩卖假茶。你们在换牛皮包装时发现的。"

央金不解："阿哥，怎么能往自己身上泼脏水呀？"众人也都把他盯着。

姚子君："只有这样，才能把狐狸找得出来。具体办法，一会儿回去，我们再仔细商量。"

黄四就像热锅上的蚂蚁，赶到旅店向夏时玛一说，夏时玛立刻大怒，一把抓下他的狐皮帽子，就朝他脸上摔去："笨蛋！猪猡！为什么不早点把茶运走，拖到现在？"

黄四只好将锅庄上的甲珠娃都被土司派去支乌拉了，姚子君怎么样找他的事从头至尾说了一遍，最后道："他把我的路全堵死了，你叫我怎么办？这姚老板可不好对付，他要是往茶关一报，茶关追查下来，就更麻烦了。夏牧师，你可要赶快想办法。"

夏时玛这才被镇住了。他背着手来回走着，忽然眼珠一转，说道："黄，不用怕。与其让他去报官，不如我们先去报。对，明天你就去，举报他卖假茶。"

黄四不敢："这……怕使不得啊！万一追查出来，脱不了手，是要蹲大牢的。"

夏时玛："你怕什么，没有万一！茶难道不是从天德公的仓库里背出来的吗？我们手上有天德公茶号的引票，茶包上刷的也是他们的印字。你只要死死咬住这些，看他们怎么办！"

黄四想了想："唉，事到如今，也只好听你的了。"

从夏时玛那儿出来，黄四又急急忙忙来找邵安。在城边一家小客栈低矮的石墙外，黄四甩了一块小石头，打在楼上的木格窗上，轻轻叫了两声："邵老表，邵老表……"不一会儿，邵安就披着衣服出来了。"半夜三更的你又什么事？"他隔着石墙问道。黄四左右看看，低声说："老表，出事了！天德公的姚少老板从雅州赶来了。"邵安也吃了一惊："啊，他来干什么？"黄四："我觉得一定是被他发现什么了。"邵安："不可能。龟儿子洋人的算盘打得挺周密的，未必是那河的水发了？"

　　黄四就把姚子君到锅庄找他的事又说了一遍。

　　"噢？"邵安愣了一下，"这么说来，他还真像发现了什么？他跟你套了那么多近乎，你想过没有，他想干什么？"黄四："唉，你不知道，这个姚老板表面上客气，实际厉害得很。我应付还应付不过来，哪还会去想那么多啊！"邵安："这小子的心思玩儿得够深哪。"黄四："怎么讲？"邵安："他不仅要把你揪出来，还想把你背后的主子也揪出来！你跟那姓夏的洋人说了，他怎么说？"黄四："他要我去打箭炉茶关报案，举报天德公贩卖假茶。"邵安："这狗日的脑筋倒是够用，他想来个死马当活马医。下来就看你的了。"黄四："唉，我就担心，要是那姚老板再使出什么花招来，把我套住，关进了大牢，我就完了。"

　　这话也提醒了邵安，看来此处已非久留之地。他翻过矮墙，拉着黄四一同在墙根蹲下来。他说："不管怎么说，我俩总是一根线上的两个蚂蚱。你现在是被他推在前面，他躲到后面。就像演戏一样，已演到中途，说什么你也只有顶住继续演下去了。"

　　黄四："唉，邵老表啊，你看还有什么办法没有？"

　　邵安："事已至此，我只能叮嘱你两句话，你记住。第一打死也不能咬出我来，不然，别怪我六亲不认。"

　　黄四："这你放心。"

　　邵安："第二别死心眼儿。那洋人阴得很，一会儿说自己是牧师，一会儿又要卖茶做买卖什么的，究竟是个干啥的，你我也不清楚。反正与洋人打交道，得多长个心眼。人家有钱有势有靠山，出了事一走了之。吃苦受罪的可都是你。要说主意，我看也只有到时候，你自己放灵醒点，一看势头不对，脚底板儿抹清油——就赶紧溜！"

黄四："夏牧师那儿……也不管他？"

邵安："哎哟，他都不管你死活，你还管他狗日的上天入地呀！"

黄四："我不是图还有姓瞿的小子那桩买卖吗？他答应过，一定少不了咱们的银子。"

邵安："你自己见机行事吧。只要保住命，还怕没有长远么？"

黄四感激不已："好，我听你的。老表，那我就先走了。"

看着黄四走远，邵安想了想，系好衣服，翻进院子。不一会儿便见他背着包袱，又翻墙出来，左右看看，然后便朝着与黄四相反的方向疾步走去。

昏暗的月光下，群山影影绰绰。山坳里，几幢石头房子，散落其间。冷风嗖嗖，寒意浸人。忽然，从远处传来几声汪……汪……的狗叫，夜，更深了。

伴着折多河哗哗的流水声，打箭炉又迎来了新的一天。

黄四为了给自己留下一条退路，他没敢亲自去报案，而是派助手去了茶关。他躲在二楼客房的窗边，一边装模作样地数着手里的佛珠，一边悄悄地盯着锅庄院坝里的动静。

大约过了一个时辰左右，便见他的助手领着几个穿黑制服，背毛瑟枪的茶关警员进了大门。令他惊诧的是央金阿佳怎么也同他派去的助手走在一起，身后竟跟着进来了许多看热闹的人。黄四的心也立刻怦怦地跳荡起来。央金带着茶关警员走到一半换了牛皮包装，一半还没换包装的茶堆前，向一位像是关长模样的人，不停地说着什么。

关长从茶堆里捡起两块茶砖来，翻来覆去地看着，又放到鼻子下闻了闻，然后眉头就皱了起来，说道："这茶还真是有假！央金阿佳，你和这位藏商举报的情况属实。幸好被你们及时发现，没有让假茶流出关外。这案子好办，茶是天德公的，去传天德公茶号的掌柜到这里来！"

姚子君、王掌柜、胥亮早已候在一旁，王掌柜走上前，坦然道："不用传，我就在这里。"

自从康熙皇帝准奏在打箭炉开放茶市以来，雅州多家茶号都在打箭炉开设了分号，掌柜们常年同茶关打交道，自然互相都认识。望着王掌柜，关长冷冷地笑道："王掌柜啊，我在这茶关干了这些年，接到举报你们天德公的案子还是头一回。怎么回事？你说说。"

王掌柜："我要说这茶不是我们的吧，上面又刷的是天德公的印字。我要说是我们的吧，可又确实不是我们的茶。"

关长："这都什么乱七八糟的！你就说是还是不是？"

王掌柜："不是。"

关长："你有什么证据吗？"

王掌柜回头示意，胥亮立刻一手拿秤，一手拿茶走上前来。二人当众将篾包解开，取出一砖茶称起来，秤砣在秤杆上停在了一斤一两处。王掌柜道："雅州边茶，历来一砖一斤。唯有天德公的茶，自去年起，已改成一砖按一斤一两制作，价钱不变。大人，请过目。"

关长："这个我知道。"但仍上前看了秤，才点了点头。

王掌柜又从秤盘上拿起茶砖，撕开黄纸包装，从里面拿出一张小票，继续说道："还有，天德公的茶，每一砖都附有这张小商标。"紧接着便从假茶中取出一砖茶来，先放到秤上称，重量只有一斤。然后将两种茶当众进行展示："天德公的茶外形整齐，松紧适度，香气浓郁。再看这茶，重量只有一斤，里面也没商标，外形粗糙，一触就散，这些都不说了，更可恨的是把椴木树叶掺进茶中……"

立刻就听有人骂道："啥子人这样缺德？把他揪出来示众！""只图赚钱，掺杂混假，良心都黑透了！"……刹那间，坝子里骂声一片。

关长："可是，我就不明白了。据这位买茶的人举报，这些茶分明是从天德公的仓库里背出来的。这又是怎么回事？"

"大人，既然买茶的人也报了案，那就容我直说了吧。因为有人耍了一场偷梁换柱的把戏……"王掌柜便当众将平措怎么样把天德公的茶背到城边，换成假茶再背到央金锅庄的过程，以及找到的人证物证，从头至尾说了一遍。

关长大怒："胆大包天！雅州边茶，事关藏汉之通衢，西藏百姓之民生。什么歹人，竟敢做出如此勾当，败坏我川茶名声，坑害藏地百姓。传平措！"

两个警员立刻冲上前，扭住平措的助手。这人早已吓得魂不附体，扑通一声，就跪到地上告饶，说他只是平措老爷雇的短工，身上的藏装也是给他临时穿的。他什么也不知道，只晓得跑跑腿，叫干啥就干啥。

关长："平措在哪里？"

助手："我走的时候，他还在楼上的房间里。"

关长立刻吩咐警员："还愣着干什么，快上楼抓住这个平措！"

央金："我带你们去。"

几个拿毛瑟枪的警员跟着她，便朝楼上冲去，姚子君示意王掌柜和胥亮也跟了上去。

人群中的夏时玛看到势头不对，赶紧退到门口，迅速离去。

众人冲进房间，见窗子大开，黄四将身上的藏袍、帽子脱下，扔在床上，人早已没了踪影。

事情终于真相大白，关长对王掌柜说："这个平措，偷梁换柱，嫁祸于人。可惜没抓住他，让他侥幸逃脱了。王掌柜，我看这案子能很快搞清楚，也全仗了你们提供的那些详细证据。"

王掌柜这时才向关长介绍起姚子君来："这位是我们雅州总号的姚少老板。为了这事，专程从雅州赶过来。要说这些证据，全是我们少老板的功劳。"

姚子君迎上："关长大人，在下姚子君，今日多谢大人明断。"

关长："明断说不上，只能说是你们自己把事儿做得很好，没让歹人钻到空子。"

姚子君："大人，你看这批茶……"

关长："当众烧毁！"

姚子君："好，点火！"

王掌柜指挥几个号上伙计，抱来木柴，将假茶架起，胥亮和一警员点燃火把，扔到茶上，两千包假茶很快浓烟滚滚，燃成熊熊大火。望着冲天火光，王掌柜仍不无遗憾地说："嗨，要不是放跑平措，一定能揪出做假茶的人！"

姚子君："万事不能都要求功德圆满，假茶及时发现，没运出打箭炉，藏地百姓没受到坑害，也保住了咱们天德公的名声，我就知足了。"

二十二

从打箭炉回来的第二天，姚子君带着胥亮就来到铜河修桥工地。十几间工棚一溜烟摆在河岸边，两岸桥墩已经建好，铁索也拉起了两条，现场上锯木声、打铁声、抬石头的号子声响成一片。看到人人都在忙碌，热气腾腾，姚子君很兴奋。感慨道："好啊，铁龙过江，索桥指日可待！"胥亮说这桥虽然不如当年康熙爷造的泸定桥那么宏大，但在茶马古道上，它的作用却是同样重要。天德公出力最大，建议少老板给桥取个与天德公接气的名字。这话还真说到了姚子君的心上，想想在茶马古道上，曾经历了多少朝代，多少人，沿途整修道路，架设桥梁，设驿站，建邮传，方使茶路畅通无阻，如今在铜河上修铁索桥，自己只是做了个牵头人，不过是沧海一粟而已。他说："名字叫什么，我看不重要。等到通桥那天，立个碑倒是应该的。碑记上要表述这样意思，集雅州各茶号之财，聚四方百姓之力，铜河铁索桥方得以飞架南北，延展茶路，通达致远，利及藏汉通衢，福及行人商旅。"

胥亮："光说这些，那谁晓得天德公出的啥子力？"姚子君笑道："胥亮啊，功德记在碑上，那是一时。记在人心里，才是永久。"

在铁匠工棚前，他们又碰见了上次洪水冲垮竹索桥时驾船的两个汉子。

汉子甲："姚少老板，下工地来啦！"

姚子君："下来看看。怎么样，工地上吃得饱不？"

汉子乙："吃得饱，好着呢。"

姚子君："打没打过牙祭呀？"

汉子甲："打了打了，三天一小，五天一大。瞿监工待我们不错。"

姚子君："那就好，他人呢？"

汉子乙："今天没看见，听说到城里办货去了。"

姚子君："你们忙吧，我们再到别处看看。"

两人又朝木工棚走去。没走两步，姚子君问胥亮："瞿六进城，我们在路上咋没碰见？"

"想必在哪里错过了。我听说——"胥亮说一半，忽然又停住了。

姚子君："怎么说了半截又不说了？"

胥亮："我也是道听途说……"

"别吞吞吐吐的，听到啥说吧。"

"哎，也许都是风传。少老板，我说了你可别生气。"

"我是轻信风传的人吗？"

"我听说……瞿六最近老往春香楼跑……"

"不会吧？"

"我想也不会。"

姚子君愣了一下，二人又继续向前走去。

雅州城的春香楼，瞿六果然在这里。昨天进城办完事，他用自己攒了多年的钱，在珠宝店给青梅买了一支玉镯，径直便上春香楼来了。当他把玉镯给青梅戴在手上时，看着晶莹剔透的镯子，青梅落泪了。瞿六当她不喜欢，告诉她这是只缅货，贵着呢。她摇了摇头说："六哥，我长这么大，还没人这样心疼过我。"说完便一头扑进了瞿六怀里，伤伤心心又哭了起来。瞿六搂着她安慰说："往后我会一辈子心疼你的。别哭了，给六哥弹一曲琵琶吧。"青梅擦去眼泪，抱着琵琶刚弹两声，弦就断了："唉，多日不弹生疏了。改日再弹好吗？"

两人到了床上，见青梅还是闷闷不乐的样子，瞿六问她今儿个怎么了？青梅说也没怎么，就是希望早一天离开这里。瞿六只好又用老话安慰她："青梅，再等些日子吧，我得慢慢想办法啊。"

青梅用渴求的眼神望着瞿六，说都怪她娘死得早，让她从小就跟着爹沿街乞讨卖唱。后来爹又染上鸦片烟，把家中的什么都卖光了，连两间破屋也卖掉抽了鸦片。最后实在没有卖的了，就把她卖进了春香楼。她想好的，第二天就逃跑，逃不掉就寻短死了算了。没想到被鸨妈叫人死死盯住，到晚上还逼她去接客。她至死不从，拼命反抗，正好被邵掌柜碰见。听说她还是个花骨朵真身子，就花钱把她包了下来。当时，她害怕他也不怀好意，后来才知道他是为了六哥。如今，鸨妈倒是没再逼她去接客，却天天给她冷眼看。巴不得她为她多挣钱。她说这辈子除了六哥，她谁也不跟。谁要逼她，她就死给谁看！瞿六要她别说这些不吉利的话，过两天他就去找邵掌柜，请他能不能帮想想办法。

青梅："你们也不沾亲带故，我看他对你却挺不错。为什么？"

瞿六："你不也说他喜欢为朋友两肋插刀，仗义疏财吗？也许他就是这样的人吧。"

青梅沉默半天："六哥，你真心喜欢我吗？"

瞿六："喜欢。"

青梅："那你就快点想法把我娶了吧，只要能从这里出去，跟着你无论去哪里，吃多大的苦，受多大的罪，我都愿意！"

瞿六："哎，这两天邵掌柜也不知去哪儿了？往日没想见他的时候，三天两头都能碰着。想见他的时候却老碰不着。"

青梅突然道："要不咱俩一起逃吧。"

瞿六吓了一跳："逃？往哪儿逃，逃出去怎么生活？"

青梅："天涯海角，没人找得着我们的地方。我卖唱养活你。"

瞿六："唉，别说傻话了。我一个大男人，哪能让你养活。听我的话吧，六哥一定娶你！"

青梅听了，心里甜丝丝的。她扑到瞿六身上，风情万种，尽情地吻着她的六哥……

一夜风流，醒来天已大亮。

瞿六忙着还要赶回工地，洗漱之后，匆匆下楼，刚走到春香楼的大门口，鸨妈就从屋内追出来喊住他："瞿监工，等等，我有话跟你说。"她告诉瞿六，当初包下青梅，邵掌柜只给了她二十两银子。如今那笔银子早已被二人花完，还欠了八十两。邵掌柜也很久没来了，银子总不能老欠着啊。再说这青梅，既然人归了瞿监工，再找邵掌柜也不合适。说来说去，就是问瞿六要钱。瞿六问她："要多少银子？"鸨妈说："七七八八算下来，该是一百二十两。"瞿六只好硬着头皮道："鸨妈，你放心，我一定尽快给你，绝不会欠你的。"说完便匆匆而去。"下次来，可别忘了带银子！"走远了还听见鸨妈在身后叮嘱他。

修桥工地越来越忙，瞿六却越来越多地找机会进城。他希望赶快找到邵安。

就在几天前，他又去了一趟春香楼，见他又没带银子，鸨妈竟不肯让他上楼。他好话歹话说了一大堆，要鸨妈宽限他几日，等他找到邵掌柜就好了。不料那鸨妈不仅不给他一点面子，还丢下一句令他心惊肉跳的话："你和邵掌柜的事我管不了，我只认钱！人已经是你的了，我只能找你说话。别怪我把丑话说在前头，你要再拿不出银子，我就到你们天德公茶号的柜上去要钱！"听到这话，瞿六背心都凉了。沉默了一刻，他猛然道："鸨妈，你告诉我，给青梅赎身，要多少钱？"鸨妈："赎身三百两。加上你欠的，共要四百二十两。"瞿六："啊！要这么多吗？"鸨妈："我那是黄花姑娘，可不是下过蛋的鸡，漏水的瓢！"瞿六被狠狠呛了一口，顿时哑口无言。鸨妈偷偷瞟了瞿六一眼，又装出一副好人的样子："瞿监工啊，鸨妈虽然说话不好听，其实也是个豆腐心。看你俩也真心实意，情投意合，我就发个善心，去掉零头，你就给个整数四百两，把人领走。"瞿六狠了狠心："好，就四百两。两天内我来领人。"鸨妈这才让他上了楼。

瞿六一脸焦急，奔走在雅州的大街小巷。几乎所有的茶馆、烟馆，他都找遍了，就是不见邵掌柜的影子。聚盛源也去了，一次去说出门了，二次去说没回来，三次去还是说没回来。眼看着限期就到了，他就像热锅上的蚂蚁，再次来到邵安的住处。门上的铁将军，依然挂在那里，静悄悄的没人动过。唉，邵掌柜啊，你究竟上哪儿去了？沮丧、无奈、疲惫交织在一起，他一屁股在门口的踏脚石上坐了下来，手便下意识地伸进了衣服的口袋里，里面是一张四百两的大丰钱庄银票。那是号上刚刚开出来的，要他兑成银子，拿回去后天给工匠们发的饷钱。

瞿六迈进春香楼大门的时候，双脚就像有千斤重。

鸨妈看到银票，眼睛笑得眯成一条线："瞿监工还真是说到做到，这青梅呀，算是遇到好人啰。"扭着黄桶腰，就进屋去取青梅的卖身契。

瞿六跟着她进到屋里，低声说："鸨妈我还要求你一件事。"

鸨妈回头诧异看着他："啥子事？"

"这事千万别说出去。要有人问，就说青梅被她的亲戚接走了。"

"哦，我知道。我绝不给你张扬。快去吧，青梅知道还不知有多高兴呢。"

瞿六接过契约，匆匆上楼去了。

鸨妈望着他叹道："哎，倒是个痴心汉。"

一曲充满幽怨惆怅的琵琶声忽然停下，青梅弹累了。她放下琵琶，走到床边，从枕下拿出玉镯，看着它又思念起瞿六来。吱呀一声，房门推开，没想到正是她想念的人。她激动不已，就像小孩一样扑上前来："六哥来啦，我这就给你沏茶。"瞿六挡住她，要她别泡茶了，赶快收拾东西。青梅一怔，问他为什么？他掏出那张卖身契，递给青梅："把它毁了。过一会儿，我就带你走！"青梅真怕是自己的耳朵听错了，双手捧着卖身契，看了又看。直到瞿六喊她别看了，并告诉她，确是他花了四百两银子，才从鸨妈手里讨回来的。刹那间，青梅的眼泪就像泉涌，上前抱住瞿六，泣不成声："六哥，我该不是在做梦吧？"

瞿六轻轻地拍打着她："不是梦，不是梦。"

青梅哭得更加伤心："六哥啊，我的命真好。是老天爷的安排，让我遇见了你……"

瞿六劝她别哭了，应该高兴才是。接着还告诉她，他已在城边租下一处房子，暂时先到那里去住下。近些日子工地特别忙，不能时时都陪着她，但他会找时间，经常回来。青梅要跟他去工地，说去洗衣服、做饭、干什么活都行……瞿六哪敢答应，推说工地上不方便，要她还是先到租的房子去住下。青梅已经够感激他了，也不愿给他再添麻烦，擦干眼泪，转身就要去收拾东西："我听你的。六哥，你稍等一会儿，我马上收拾东西，收拾好了我们就走！"瞿六说："不着急，慢慢收拾。等天黑了，我们再走。"

青梅就像一只从笼中飞出的小鸟，快活得就像变了一个人。瞿六却显得闷闷不乐，心里装着什么，始终高兴不起来。

瞿六将青梅安顿好后，又匆匆忙忙赶进城寻找邵掌柜。此刻，他就像一个赌徒，将所有的赌注和希望都押在了邵掌柜的身上。心想只要找到他，就会有办法。可怜他脚板都跑大了，所有该去的地方，他都去找了，仍没有邵掌柜的消息。最后好不容易才在聚盛源门口遇见一个伙计，告诉他邵掌柜去打箭炉了，好久回来却不知道。无可奈何之下，他决定明天还是先回工地。

瞿六回到铜河修桥工地，已是第二天下午的事。一看到他，工匠们便蜂拥而上，将他围了起来。"瞿监工啊，可把你盼回来了。等着你回来发饷银，大伙儿眼都望穿了！""你说了两天就回来，怎么耽搁了三四天哟！"……面对众人，瞿六只好硬着头皮告诉大家，今天仍发不成饷银。

又是上次驾船的那个汉子甲，肩上还扛着两块木板："瞿监工，关饷的日子都过三天了，大伙儿家中都等着用钱，是怎么回事哟？"

瞿六摆手要大家安静："众位工匠师傅，听我说，修桥银子是茶号大家凑的，只是有的茶号至今都没把银子交上来，所以，现银一时拿不出来，只好请大家包涵，饷钱还得拖欠几天。"

汉子乙："瞿监工，看看站在你面前的工匠吧，谁不供养家小？要是老拿不到饷钱，家中的婆娘娃儿吃啥？喝啥？桥眼看就要修好了，你们该不会赖账吧？"

瞿六："放心吧。虽说桥是大家凑钱修，但承头的人是天德公。一时半会儿有难处的茶号，他们的钱一直都是天德公垫着在开支。你们可以不信我，总不能不信天德公吧。"

众人："信！天德公是雅州的大茶号，讲诚信，讲信誉，我们信得过。"

汉子甲："瞿监工把话都说明白了，咱不妨就相信他。只要能拿到饷银，我看早一天晚一天不打紧，只是不能拖久了。"

瞿六："大家还是安心干活吧，不要耽误了工期。我在这儿向大家拍胸脯，到时候，绝不会少了谁一钱银子！"

工匠们散去后，瞿六也松了一口气，但心里仍然无法平静。四百两银子，工匠们一个月的饷钱，这个漏洞不赶快补起来，要是露了馅，那就坏事了。他暗暗乞求老天，让邵掌柜快点回来。直到现在，他仍然相信，只要邵掌柜回来，定会帮他想到办法。

邵安从打箭炉回到雅州，向钱瑞禀报了聚盛源的两千包茶运到打箭炉，前前后后所发生的事。钱瑞听了，心里禁不住也害怕起来。要是被龟儿的洋人咬出来，那麻烦就大了。邵安说他在打箭炉亲自看到，洋人使的是偷梁换柱计，每一步看上去都没有破绽，没想到那姚子君比他更聪明，三下两下就把他识破了。

钱瑞："这么说来，这个龟儿子洋人一直没露脸？"

邵安："他把黄老表打扮成个藏商，当他的替罪羊。"

钱瑞："黄老表被他们抓住了？"

邵安："我看到事已暴露，赶快先走了。临走我叮嘱黄老表，别当死心眼，看势头不对就赶紧溜！"

钱瑞："你这主意出得好！只要茶关的人和姚子君他们找不到洋人和黄老表，就找不到假茶的源头。"

邵安："我也是这样想的。"

说倒是这样说，其实两人心里都在担心，姚子君可不是好对付的，就算他找不到夏洋人，黄四能不能逃出他的手掌心就难说了。万一落到他手里，黄四把他们招供出来，板子最终还得打到他们的头上。

下工之后，邵安在小巷的烧腊摊子上买了半斤卤猪头，半斤猪蹄，半斤酒，回到屋里关上门，打算以酒压惊。他刚刚落座下来，斟满酒递到嘴边，突然，外面响起一阵急促的敲门声。几天来，他一直在提心吊胆中打发日子，这一惊吓得他一哆嗦，满满一杯酒撒了半杯，一慌神把油灯也打翻了。"谁？"他问道。"邵老表，是我……"门外竟传来黄四的声音。他的心这才咚的一声落了地。他没有立即开门，而是重新将灯点亮，把撒在身上的酒擦了，才上前给黄四开门。"敲个门那么着急干什么，吓老子一大跳！"黄四一副狼狈相："快，有啥吃的？快拿出来，我饿惨了。从打箭炉逃出来，白天怕路上查，只好晚上当夜猫子。两天三夜，只吃了两顿饭。"见桌上有酒有菜，也顾不得脸也花，手也脏，抓到就狼吞虎咽地吃起来。"吃吧，先填肚子，下来我再给你弄碗面。快说说看，夏洋人叫你去报案，结果怎么说？""唉，真是一言难尽。"黄四便将姚子君怎么派人去报了案，茶关的人怎么到央金锅庄的事说了一遍。最后说："料到要出事，我没敢亲自去茶关。当看到夏牧师的计谋被姚子君、王掌柜当众揭穿时，我就赶紧翻窗逃跑了。幸好老表先提醒过，我跑得快，哎，差点就脱不了身。""他们抓不到你就找不到夏洋人，看来案子也就到此为止了。"邵安心里的石头也落了地。

黄四感慨，夏时玛够狡猾了，没想到还会输在姚子君手里。姚子君也太难对付了。邵安却问他夏洋人此刻在哪里？黄四摇头，说他当时顾自己还顾不过来，哪还顾得了管他。邵安笑道："他一定也在回雅州的路上。"黄四不解："你是神仙？"邵安："这回栽了，他绝不会心甘。你不说了，他还惦记着瞿六那桩买卖吗？"黄四："唔，倒也是。"

两人正说着，忽然又有人敲门。说曹操，曹操就到。邵安已猜到是谁。他让黄四去开门，对他说邵掌柜去打箭炉还没回来。

黄四开门，伸出半个脑壳："你找谁？"

瞿六："我找邵掌柜，他回来了没有？"

黄四："还没呢。我也在等他。"

瞿六："你是……"

黄四："我是他的老表。"

瞿六："他几时才能回来啊？"

黄四："我也不知道。兴许就这几天吧。"

瞿六："哦，打扰了。"沮丧地离去。

看着他走远，黄四关了门进屋，邵安从里屋走出来："狗日的，都急成热锅上的蚂蚁了。"

黄四问："他就是那姓瞿的小子？"邵安说："正是他，这些日子，这小子一直在找我。他已经将那个小娘们从春香楼赎出来了，不知是从哪儿弄的银子。急着找我，八成是为这事。"黄四说正好下手啊。邵安却说不忙，让他再急几日，事情才更稳当。并要黄四见到夏洋人，一定要把事情说得越难越好，到时候他才能把价钱喊得高点。这时，黄四肚里酒肉已灌了不少，精神也来了："妈的，东方不亮西方亮。这回说什么也要在夏牧师身上狠狠敲一杠子！"

第二天走进聚盛源，邵安又恢复了往日的神气。见到钱瑞，他把老表黄四告诉他的结果说了，便夸奖起自己来，说两千包茶，他掺了一半的桤木树叶，现在茶已在打箭炉被投放到大火中销毁，人证物证都没了。姓夏的洋人也不敢露面，花了银子也只有哑巴吃黄连，有苦自己吞。聚盛源倒是白赚了两千包茶的银子。

钱瑞听了，想的却不同。事情已明摆着，洋人的目的就是要把假茶运到西藏，砸天德公的牌子，坏天德公的名声。天德公是在什么地方得罪了洋人呢？不过，这个夏洋人，不管他出于什么目的，他的所作所为倒是挺符合自己的想法。钱瑞同天德公誓不两立，他从来没有忘记自己的誓言。"哼，只差一步就成功了。姚子君，算你狠。"心里不由暗暗骂道。

邵安摸透了钱瑞的心："钱老板，我知道你的心思，倒不在乎这两千包茶的银子，而是遗憾天德公又躲过一劫。不过，据我看，这洋人不会心甘，他还会再来……"接着，便把夏洋人要找个天德公的工匠，他们已给瞿六下套的事说了出来。希望到花钱的时候，钱老板能搭把手。

钱瑞听了问他："瞿六肯上钩吗？"

他说："钩已经咬死了。就这两天，他就得上门来找我。"

钱瑞面露喜色："好，这事儿再别失手了，一定要把事情做得仔细点。"

"我知道，你放心！"

二十三

夜，瞿六蹲在春香楼门外的墙根下，两眼死死地盯着春香楼的大门口。他花了二两银子，买通了青梅昔日的一个小姐妹，要是见到邵掌柜去了春香楼，就赶快给他报信。刚才就是小姐妹报的信，他便心急火燎地就赶过来了。门口不时有人进进出出，他鼓着眼睛，生怕就看漏掉了一个。大半天过去，才终于看见鸨妈送邵掌柜出来。他没有马上迎上前，而是等鸨妈返身进了门，才走上去："邵掌柜，我找你找得好苦啊！"

邵安猝不及防，猛地抬起头来："啊，瞿监工，找我不是又要请吃饭吧？"

瞿六："哎，吃饭的事儿，我往后一定给你补起。这些天你去哪里了？我都快急死了。"

邵安："这不才从打箭炉刚回来。我听鸨妈说了，你已把青梅接走。这么大个喜事，总不能就这样算了，饭总得请一顿，酒总得讨一杯呀！"

瞿六："我说了，一定一定。"

邵安："你俩现在是过着舒舒服服的小日子，那你还急啥？"

瞿六："自你走后，鸨妈便天天催我付她的银子，说当初你付的那笔银子早就花完了。七算八算说一共欠了一百二十两，要是我拿不出来，她就要去天德公号上要账。"

邵安："她给我说，你不是付她了吗？"

瞿六："哎，我就这事着急。找不到你，我真怕她跑到号上去要钱，逼得我实在没办法，只好先从修桥工地上挪用了一笔银子……"

邵安立刻装得惊恐的样子："瞿老弟，你的胆子也太大了，那可是大家的钱，你挪了多少？"

瞿六哭丧着脸："鸨妈说欠她一百二十两，青梅的赎金要三百两。看在邵掌柜的面子上，高抬贵手抹去零头，要了我四百两。"

邵安："哎哟，四百两可不是个小数，是工地上的哪项开支？"

瞿六只好老老实实说了出来，是工匠们的饷钱。已拖欠半月了，工匠们拿不到饷钱，已经停工了。知道自己捅了大娄子，屁股就像坐到了火盆上，他都快急疯了。"邵掌柜啊，说什么你也得帮帮我。"他已近乎在哀求。

邵安摇着头："我倒是想帮你，可我上哪儿去拿这四百两银子？"

瞿六："邵掌柜，小弟的命就捏在你的手里了。这个忙你无论如何也要帮我。"

邵安装着想了一阵："这样吧，我回去同钱老板商量，他有钱，就看他愿不愿借给你。总之工地上的漏洞要先补起，不然你的麻烦就更大了。"

瞿六："是呀，要不我怎么会四处找你。眼下只要能救急，怎么都行！"

邵安要他等两日，他回去先给钱老板说说，一旦有了消息，就来带他去见钱老板。瞿六千恩万谢，就只差给他磕头了。

钱瑞听邵安说到铜河修桥工地停工的消息，不由一怔，天德公派的人竟出这样的事？"邵掌柜，这事确实？"

邵安："瞿六那小子亲口说的，未必还有假。再没钱把漏洞补起来，我看这小子都要跳河了。"

钱瑞大喜："好，我马上就到茶商会去，让天德公给大家报个盘，修桥停工是怎么回事？四百两银子就算我先借出来，但夏洋人那里，你们一定要把事情做牢靠。"

邵安："这你放心。"

钱瑞："姚子君，我看你这回怎么说！"

三官祠茶商会馆的议事厅里，正在进行一场破例会议。

钱瑞将天德公挪用修桥的银子，造成工地停工的消息，先告诉了几家老号，见他说得有鼻子有眼的，几家老号的老板也不敢怠慢，当即决定，临时邀了城里的二十多家茶号来到商会，打算请天德公给大家说说是怎么回事。可偏偏不凑巧，姚子君前天带着胥亮去了清溪泥头的转运站还没回来，仁和的徐老板便派人去请董大掌柜。人去后，大厅里便议论纷纷起来。有的说天德公可不缺银子，干吗要挪用大家的钱？也有的说这有啥奇怪的，用大家的钱做自家的事，不是更轻松吗？钱瑞说："这就叫知人知面不知心哪！当初姚少老板要大家出钱修桥，说得多好听呀。这下看他怎么自圆其说。"

董大掌柜走了进来，仍像往常一样朝大家点点头，便自找座位落座下来。

徐老板招呼大家安静，然后对董大掌柜说道："董大掌柜，贵号最近没听到什么吗？"

董大掌柜一愣："没听到什么啊。"

陆老板提醒他："关于修桥工地的事儿。"

董大掌柜："修桥工地怎么了？"

见他还真不知道的样子，徐老板告诉他说："哎哟，你自家的事儿都不晓得，我可是听说了，工地上有人挪用了银子，工匠们领不到饷钱，已经停工了。"

董大掌柜大惊："这……不会吧？前些天瞿六还回来过，没听他说过这事儿。"

钱瑞："前两天的皇历，今天可翻不得了。你回去问问瞿六，就什么都清楚了。"

董大掌柜："钱老板，请你把话往明白点说行不？"

钱瑞："你都装糊涂，我还用说明白吗？要想明白，自己问去！"

董大掌柜被激怒了，站起来气愤地道："修桥工地究竟出了啥事，我真不知道。我也不喜欢阴阳怪气。今天我家少老板不在，我就代他先丢个话在这儿，我马上就回去问，真要是天德公的人出了啥事，我们一定把事情追查清楚，给大家一个交代。到时候把所有账目都清理出来，摊到桌面上，请大家过目！"说完，便转身愤然离去。

钱瑞看着："哼，自家出了事还这么横。"

会议最后也不欢而散。

董大掌柜在回茶号路上，阴沉着脸边走边想，修桥工地真要是停了工，问题唯一能出现的地方，只有在瞿六的身上。这个小六子，莫不是在钱上做了手脚，克扣了工匠们的饷钱……唉，为什么就不给自己争口气啊？

擦黑时分，听田勇说少老板回来了，他亲自去后院，把姚子君请到掌柜房，将白天茶商会的事告诉了少老板。

姚子君沉思着："瞿六那儿不会出什么事吧？"

董大掌柜："这不好说，听到钱瑞那小子阴阳怪气的话，我心里也是吊着块石头。"

姚子君沉默了。想起那天在铜河，胥亮吞吞吐吐说的那句话，他立马决定："明日一早，我们就去铜河修桥工地。"

"你刚回来，我去吧。"

"没事，还是把胥亮叫上，跑个腿啥的有个帮手。"

当姚子君和董大掌柜纵马向铜河奔去的时候，瞿六在邵安陪伴下，正在聚盛源接受钱瑞放给他的高利贷。三分的利息，借了四百两银子，钱瑞要瞿六写一张借据。瞿六拿着笔就像千斤重，四百两银子，还有这可怕的利息，往后他拿什么来还？他忽然觉得这哪里是什么借据，分明就是一张血盆大口。他回头看了看邵掌柜，掌柜却装着没看见他。他鼓起勇气问了声："钱老板，这息能不能低点？"

钱瑞："我借谁都是三分利。你要嫌高那就算了。"

瞿六忙改口道："不，不，我借，我借。"

一边是血盆大口，一边是青梅。瞿六咬了咬牙，一狠心在借据上落下自己名字，摁下了手印。钱瑞从怀中掏出一张大丰钱庄的银票递给瞿六，瞿六接过看罢，吃了一惊："钱老板，不是四百两吗，上面昨只有三百八十两？"

钱瑞笑道："你是没借过钱怎的，当月的息钱我自然要先扣下来。"

这时邵安竟伸过嘴来："瞿老弟，这是规矩。"

瞿六只好无奈地道："啊，多谢钱老板，也多谢邵掌柜。我就先告辞了。"

看着瞿六出了大门，钱瑞叮嘱邵安，这回可是他垫的本钱，千万别把事情又做砸了。

姚子君三人一到修桥工地，立刻就被吵着要饷钱的工匠们围住了。说上月二十八就该给大家关饷钱，瞿监工却今天推明天，明天又推后天，推半个月了，到今天仍没有拿到钱。大家只好将手里的活停了下来。看到场地上圆木、木板、铁器乱甩一气，工棚也一片冷冷清清，与上次来看到火热的场景相比，已判若两地。姚子君气得脸色铁青，向众人问道："瞿监工人呢，他去哪儿啦？"

还是上次的那个汉子甲："这些日子，瞿监工三天两头都往城里跑，说是去弄银子，大家等他，脖子都望长了。"

汉子乙接道："再拿不到饷钱，大伙儿的家里就揭不开锅了。姚少老板，你给我们大家说句实话吧，还要叫我们等多久，才能拿到饷钱？"

众人也跟着起哄起来。他们拥上前，将姚子君三人团团围住，生怕他们跑了似的。望着这乱哄哄的场景，姚子君大声说道："众位乡亲，不用再说了。我现在就让天德公的董大掌柜赶回雅州，从号上先支四百两银子，把大家的饷钱发了。我今儿个也不走了，就留在工地和大家一起把工开起来。大家说要得不？"

"要得——""这才是讲诚信的老板！"

众人立刻欢呼起来。

就在现场热闹纷纷的时候，有人突然惊叫起来："瞿监工拿银子回来了！"

瞿六还真是带着银子回来了。他骑着马，身后驮着个鼓鼓囊囊的皮口袋，从城里来的方向，一路飞奔而来。他从大丰钱庄兑付了三百八十两银子，又回家取了自己积攒的二十两，凑足四百两，然后便匆匆忙忙地赶了回来。可当他跳下马背，看到少老板和董大掌柜，还有胥亮，早就到了工地时，顷刻间，他的背心都凉了。纸是包不住火的，他和青梅的事最终还是败露了。

趁着瞿六给工匠们发饷银，姚子君同董大掌柜也在一边商量起事来。

姚子君："按预算，工地不会缺银子，瞿六为什么会拖欠饷钱？莫非真像他们说的……"

董大掌柜面色凝重："少老板，这事交给我吧，我会弄清楚的。就像天要下雨，娘要改嫁。马桑树长弯了，要扳直就难了。你们先回吧，我得留下来。"

姚子君："董大掌柜，拜托你了。下一步商会那儿少不了还要给大家一个交代。一定要把事情搞清楚，是就是是，非就是非。绝不能让人说三道四，使天德公失信于人！"

董大掌柜："我知道。在商会上我说了，一定会给他们一个清清楚楚，明明白白的交代。到时候请来算手，将修桥的开销，当着大伙的面，一笔一笔算出来，让他们心服口服。"

姚子君："能这样我就放心了。让胥亮留下来陪着你吧。"

董大掌柜："不用了，这里有我盯着就够了。等把事情弄清楚，工地上的事理顺了，再让胥亮来换我回去几日。"

"行。"姚子君懂他的意思。此刻，在董大掌柜的心里最看重的事情，就是要尽快给茶商会一个交代。天德公不能让人说三道四，更丢不起这个面子。

几天后，铜河铁索桥工地又重新忙碌开来，欢笑声、号子声此起彼伏，看来再过月余，就可竣工了。董大掌柜等到胥亮赶来，将工地事情全权交代给他，说他回去几日就会回来。然后便让瞿六跟着他离开了工地。一路上，瞿六叫了他多少次师傅，他也不搭理。最后眼看就快进城了，瞿六站下，刚叫了一声师傅……他就打断了他："什么也别说了，回号上再说吧！"

董大掌柜先将工地的事情向姚子君一一做了禀报，接着又说到瞿六的事。当他说到修桥的事时，姚子君听得是那么认真仔细，不断点头，答应俩人一道明天就去茶商会，向六十八家茶号的老板们报一个盘，消除谣言，以示正听；当说到瞿六时，姚子君却道："董大掌柜，这事我就不说什么了。虽说号规在那里，但他和你毕竟师徒一场，也不容易。何况这些年，你在他身上也没少费心血。你就看着办吧。"董大掌柜应道："我知道你的心意，少老板，你放心吧，我晓得该怎么办。"

晚饭后，瞿六被叫到董大掌柜的房里。董大掌柜抱着茶壶坐在桌前，马着脸要瞿六自己说，怎么会拖欠工匠们的饷钱，把钱都用到什么地方去了？瞿六扑通一声跪到地上，只好把同青梅的事老老实实地全招了。

"师傅，我对不起你……"

董大掌柜怒道："你对不起我那是小事，你最对不起的人是少老板！上次不检点，就算过去了。少老板是想扶你一把，就像看到树苗长歪了，想把你搬正过来，让你做修桥监工，给你一个改错的机会。可你呢？"

瞿六："师傅，我错了。"

董大掌柜："号规摆在那里，我就不多说了。明天自己去账房结账，我会告诉他们，给你多结二十两银子。"

瞿六膝行上前，抱住师傅的双腿哭了起来："师傅啊，你就再饶我一回吧。帮我再给少老板说说，从今往后，我一定好好干活，再也不犯事了。"

董大掌柜："不是我不留你，多少年来，天德公号规严明，行内无人不知。叫我怎么留你？少老板纵然不说什么，可今后叫我怎么去面对众人？你是大路不走走小路，自己把自己往火坑里推啊！"

瞿六深知师傅说一不二，是自己犯的事太大，挪用四百两银子，落到有的茶号早就报官给抓起来了。霎时，他泪水长流，泣不成声："师傅……我给你丢脸了。这些年你给了我那么多的栽培和关照……让你白费了。今后也不能给你天天洗脚了，师傅，今天就让我给你再洗一次吧……"

董大掌柜的眼睛也湿润了："还是让我自己洗吧。小六子啊，当年你爹把你托给我，算我没把你带好，对不起他……"

瞿六终于控制不住，失声地痛哭起来。

董大掌柜站起走到床边，从枕下取出一个锦袋，交给瞿六："小六子，我俩总算师徒一场，你走我也没什么给你的，这是这几年我自己积攒的五十个大洋。你拿上去做本钱，另谋个事儿啥的，好好过日子吧。"

"师傅，你的大恩大德，徒弟只有来世相报了。"瞿六向师傅磕了三个响头，站起来已成泪人。

"今后无论走到哪里，做什么事情，一定要记住，人活在世上，不说顶天立地，怎么也要活得堂堂正正，像个人样！"

瞿六忍住泪水，使劲地点头："师傅，我记住了。"

董大掌柜也不忍再看他，背过身去挥手说："去吧。"

傍晚的天德公大门口，静悄悄的，空无一人。瞿六肩上挎着个包袱，手上拎着个行李卷，从大门里走出来。他步履沉重地下完石阶，走了几步，忍俊不禁又回过头去，那道再熟悉不过的黑膝大门，和门头上那块写着天德公茶号的金字匾额，又勾起了他的许多回忆……当年没了爹的他，只有十多岁，骨瘦嶙峋，是董大掌柜牵着他的手，走进了这道大门。十多年来朝朝夕夕，进进出出，这里给他留下了太多的眷恋。如今，他长大了，成人了，却要永远离开他了……鼻子一酸，眼泪又快忍不住，瞿六满心的无奈和酸楚，就这样离开了天德公。

听说天德公要向大家公布铜河铁索桥的修建账目，茶号的老板们赶早就来到三官祠茶商会馆，把议事厅坐得满满的。六七十人的堂子里，除了喝茶的嘘唏声，竟格外安静。在他们的面前摆着两张大方桌，四个算手正在翻阅两摞码得高高的账簿，一边噼里啪啦地拨打着算盘。左边坐着徐老板、陆老板，右边坐着姚子君、董大掌柜。众人都静静地望着他们，等待着最后的结果。

钱瑞坐在场中，把手抱在胸前，左顾右盼，一副极不安分的神态。

四个算手先后拿起算盘甩出复原的噼啪声，示意账目已算完。其中一个算手拿起一叠红格纸，走到徐老板面前，笑着说了几句什么。徐老板接过来仔细看了，又递给陆老板看了一遍。最后由徐老板拿着红格纸，向大家郑重宣布："修桥账目经过商会请的四位算手复算，结果已经出来，我看一笔一笔的念就用不着了。如有人想看，下来可以到商会自行翻阅，这里我只把最后的结果念一念。"

刹那间，老板们的目光都齐刷刷地把他望着，钱瑞更是紧张得把脸都绷紧了。姚子君同董大掌柜却泰然自若。

徐老板抽出最后一页红格纸念道："茶商会收到六十八家茶号共二万八千两。截至目前，实际支出二万二千两，尚余六千两。票据清楚，收支相符。无挪用、贪贿、冒领之嫌。大家看还有什么说法？"

"既然如此，我们没啥说的。"

"账目清清楚楚，干干净净。还说什么呀？这不是得罪人嘛！"

"天德公做事，就是漂亮，咱没啥信不过的。"

众人纷纷点头，表示满意。

钱瑞突然站起："我却想问，工地停工，那是怎么回事？"

姚子君便站起来，刚要接着他的话说，就被董大掌柜挡住了。他道："钱老板说得没错，前些日子，工地确发生过停工几天的事。那是因为本号派的监工瞿六玩忽职守，拖欠工匠的饷钱造成的。本号为了严肃号规，已将瞿六革职除名。"

众人听了惊愕不已。

钱瑞却仍紧追不放："我还想问问，瞿监工到底是怎么玩忽职守了？"

董大掌柜："这就没必要在这儿细说了吧。"

钱瑞："怎么没必要，该不是怕丢人吧？"

董大掌柜立刻怒道："你——"

姚子君止住董大掌柜："也没什么怕丢人的。"走上前面对大家："瞿六看中了春香楼的一个妞儿，为了给她赎身，挪用了修桥的银子，造成发不出饷钱，工地停了几天工。虽然他自己最后把银子还上了，但天德公的号规摆在那里，将他革职除名也算是法不容情。我看这没什么值得丢人的。瞿六现在不算天德公的人了，但在这儿，我还是要替他说句话。先抛开挪用银两的事不论，单凭他为了情分，舍得花大把银子去为自己心上人赎身，也算是敢作敢当，有情有义，是条汉子。更何况他没贪污工地一分一厘。要比起那些表面道貌岸然，私下逛窑子，下赌场，进烟馆，满肚子坏水的人比起来，那算是好多了。"

姚子君一席话，众人听了，无不点头称道。钱瑞却听得面红耳赤，好生尴尬。

徐老板、陆老板上前劝道："账目是清楚的，大家也都没说什么，这事就算过去了，还是说说接下来的事吧。"董大掌柜仍不肯消气，他说："账目清楚，证明天德公没有瑕疵。不过这接下来的事，还是请茶商会另选高明吧，省得有人又指指点点，说三道四。"徐老板忙道："哎呀，这都修了一大半了，总不能又停下来吧！"陆老板也道："是啊，董大掌柜这话言重了。我们都相信天德公，账目一公布，大家都心服口服。这事还是要请天德公善始善终才好。姚少老板，你看呢？"姚子君："也不是我们不愿担当，怕就怕做的不如看的，看的不如扯咸谈的。"

众人也跟着道："要是有人扯咸谈，说三道四，我们再不相信了。天德公的口碑谁心里没有数？还是请天德公接着做完吧。"

徐老板："姚少老板，董大掌柜，二位就别生气了。今天这事，我看也是好事，当众公布账目无瑕，人人心服口服，天德公岂不更受人敬重。老朽说句公道话，这接下来的事情，我看也仍然是非你们莫属。二位就答应了吧！"

姚子君："既然大家还是相信我们，董大掌柜就消消气，我们就善始善终，继续做下去吧。"

见少老板答应，董大掌柜也不好再说什么。他想了想介绍说，工地现有余款六千两，但经预算，工程全部竣工却要九千两，尚短缺三千两。请诸位老板看怎么办？

说到银子的事，场下又响起一片嗡嗡声。徐老板看着姚子君刚要说什么，就见姚子君止住他，说道："这点银子就不用大家分摊了，我看就由天德公来补起吧。瞿六造成停工数日，就当是对延误了工期的补偿。"

顿时，全场一片宁静。当大家都醒过来，发觉自己没听错时，立刻爆发出一片叫好声："姚少老板如此慷慨，谁要再说天德公不是，那就太没良心了！"受到姚子君感染，徐老板同几家老号也纷纷表态，各捐了三百两。

众人欢欢喜喜散去，钱瑞一人灰溜溜掉在后面。原想会给天德公一个难堪，没想到竟搬起石头砸了自己的脚，反让姚子君出尽了风头。

一个多月后，铜河铁索桥竣工。通桥这天，茶商会特地发了帖子，举行隆重踩桥仪式。雅州六十八家茶号的老板都赶到现场，加上两岸百姓，人山人海。在锣鼓声、鞭炮声和欢笑声中，人们兴高采烈，欢声笑语，缓缓从铁索桥上走过。铁索桥虽然有些晃悠，但结实耐久，不惧洪水。桥头有一块石碑，上面的碑记，撰刻着修桥的始末，和捐资人的姓名。没等踩桥的人们过完，从雅州来的茶背子早已在桥头歇成了一长串。人们赶快让出道来，背夫们便开始一拨接一拨地过桥。不用过渡了，他们高兴地吼起号子，哦嗬嗬——哦嗬嗬——

姚子君站立桥边，望着过桥西去的背夫，想起修桥来发生的许多事，心中不由升起无限的感慨："做一件好事，说起来容易。这次修桥下来，我才知道有多难哪！"

董大掌柜望着他，点着头，心里却若有所思。少老板在历练中已日渐成熟，尤其他凡事喜欢省事深思，十分难能可贵，想必日后，定有所作为，此乃天德公之福矣！

二十四

夏时玛回到雅州的第二天，便来到聚盛源找邵安。钱瑞把他领到客厅，问他有什么事？他佯装出啥事也没发生过一样，只说要邵掌柜帮他找黄四。他俩不是老表吗？他去打箭炉回来，黄四就不见了。见他也不敢提那两千包茶的事，钱瑞暗喜。告诉他邵安下乡去了，回来帮他转告。然后问他还有啥事？夏时玛似乎有点犹豫，沉思了一会儿还是说道，他前些日子曾托黄四找邵掌柜帮忙，请一个天德公的做茶工匠，不晓得钱老板知道这事不？

夏时玛想过的，钱老板与天德公誓不两立，在这点上，他们的目标一致，就算他知道了也不会碍事，说不定还能获得他的帮助。

夏时玛的判断果真没错。

钱瑞没有马上回答。邵安从打箭炉回来就向他说过了这事，眼下洋人竟主动问起他，倒是他没有想到的。他暗暗地想着，这洋人上次买两千包烂茶，打算运回拉萨。如果他没猜测错，洋人想的就是要败坏天德公的名誉。阴谋失败，仍不甘心，现在又要请个工匠，而且专门要天德公的，分明是又想捣鼓什么鬼主意……反正洋人对天德公没怀好意，不过这不是正合自己的心意吗。何况邵安说了，狗日的肯出大价钱，要不自己会舍得垫四百两银子？于是，钱瑞不说知道，也不说不知道，装出为难的样子："这事可不好弄。去那么远的地方，背井离乡，抛家弃小，你得花很多钱。"

夏时玛："多少？"

钱瑞："没有上万两办不到。"

夏时玛："不就请个工匠，能要那么多吗？"

钱瑞："那要看你请的什么人，天德公的工匠，那是我们雅州最好的工匠。不信你自己请去！"

夏时玛："不，不。钱老板，我们不是已经有过交情了吗，我相信你。再说邵掌柜也是你的手下，你们帮我，银子我出，你看行吗？"

钱瑞想了想，这洋人太狡猾，不能沾得太深，有利不会少了自己就行，决定还是让邵安去同他周旋："这样吧，等邵掌柜回来，我让他来找你。"

夏时玛回到客栈，等到晚上，敲门进来的人却不是邵安，而是黄四。看到他夏时玛很生气，问他为什么一个人跑了，丢下他也不管？黄四说打箭炉就那么大个地方，要不跑快点被抓住，一顿皮肉之苦，忍受不住把啥都招供出来，大家都完了，幸好他跑得快。

听后夏时玛说那件事就算过去了，他们找不到黄四，就找不到自己，只能不了了之，只是又损失了一大笔银子。接下来夏时玛要黄四去找邵安，催他那工匠的事办得怎么样了？黄四说不用去了，他就是从邵老表那里过来的。邵老表让他带信给夏牧师，工匠的事已经有了眉目，眼下邵老表正在同那工匠讲价钱，工匠要价很高，就怕咱们出不起他不答应。

夏时玛："真的吗？你不会也伙同你的老表骗我吧？"

黄四："夏牧师，看你说的，我哪件事对你不是忠心耿耿？这回在打箭炉栽到了阴沟里，要怪也只能怪那个姚老板太狡猾，还有你自己的运气不好……"

夏时玛："你能不说这种不吉利的话吗？"

黄四："好，我不说了。反正邵老表那边还等着你回话呢，你看怎么办吧。"

夏时玛："这样，你现在就回去，告诉你老表，这个工匠我要亲自见一见。"

黄四："这……"

夏时玛："我没亲自见到人，怎么相信你们。"

黄四只好道："好吧。"

瞿六从天德公出来后，同青梅商量，决定重操父亲旧业，做起了货郎担。

虽说小本生意，每天早出晚归，风吹日晒，十分辛苦，倒也能维持两人的小日子。只是向钱老板借的四百两银子，就像一座沉重的大山压在他的心上。尽管青梅对他百般体贴与恩爱，但他还是勉不了每天郁郁寡欢，闷闷不乐。

这天，他挑着担子又赶麻柳场。听说山那边又在打仗了，赶场的人也少了许多。往日赶场拥挤不通的一条石板小街，今日也显得格外冷清。他挑着担子边走边喊着："卖——针头麻线，木梳镜子——"见一老妇迎面而来，他忙放下担子，点头哈腰，笑脸问道："阿婆，要买点啥？"老妇摇摇头擦身而去。瞿六一脸失望，挑起担子继续朝场中走去："卖——针头麻线，木梳镜子——"突然，一队持枪的士兵迎面跑来，领头的军官边跑边大声吆喝着："快，快跟上！"好像是赶着要去山那边的队伍。行人纷纷往两边躲避。瞿六挑着担子躲避不及，竟同那军官撞了个满怀，担子摔在地上，针头麻线，木梳镜子也摔了一地不说，那军官还屁股上给了他一脚："妈的！没长眼睛啊，滚！"瞿六可怜兮兮，闪到一边，直到队伍过完，才蹲下捡起东西。可惜两个小圆镜早已摔成碎片。瞿六一脸无奈，挑着担子走到丁字街口，他见街边有一戴道士帽的算命先生，在桌上铺着块白布，白布上画着阴阳八卦，旁边写着两行字：面相骨相麻衣相，测字算命看风水。看到瞿六站住，便朝他道："老弟，算一卦吧，添福去祸，趋吉避凶啊。"

瞿六有点迟疑："多少钱？"

算卦人："批八字测流年，三钱银子；看面相摸骨相，两钱银子；抽签解梦，给两个大子儿就行了。"

瞿六掏了半天，摸出两个铜板："我……抽个签吧。"

算卦人收了铜板，递上签筒："来吧，老弟。"

瞿六摇着签筒，一根竹签蹿出签筒掉在桌上。

算卦人捡起看罢："老弟运气不佳，是下下签。"

瞿六："怎么个说法？"

算卦人："我给你看看题诗……"拿出一本发黄的老书来，翻了翻念道："色字头上一把刀，锋刃出头祸不消。贵人不在旁身走，劳燕分飞各九霄……"

瞿六："说的啥意思？"

算卦人："老弟，你有祸事啊！签上说了，这祸事都是色字引起的，色字头上的刀字出了头，意思就是刀出鞘，祸不消；第三句说的是你曾有贵人相助，但现在贵人已不在你身边了……这最后一句则是说男女要分开。至于各九霄嘛还不错，九霄你想呀，那是神仙待的地方……"

瞿六："请问先生，有解吗？"

算卦人："要说解，这题诗也算是给你了，离开你的女人，走得远远的。劳燕分飞各九霄啊！"

"多谢先生了。"

瞿六挑起货担，匆匆离去。出了麻柳场，心中还在想着那算卦人的话，想着想着，心情就更加沉重起来。

回到家，青梅早已做好饭，倚在门口盼他。听他说被当兵的把货担撞翻了，打碎了两个小圆镜。青梅赶紧问他碰着哪里没有？听他说没有，这才放心了，说小圆镜值不了几个钱，人没伤着就好。

一张小方桌上，放着一碗玉米馍馍，一碗泡菜，一碗青菜汤。瞿六青梅对坐吃着。看到青梅大口咬着玉米馍馍，每天就靠这样的饭菜度日，还要那么体贴自己，瞿六不由心疼不已。想到那算卦人的话，他心里悄悄叹了口气，将咬了一半的玉米馍馍放回碗里，说他一点也不饿，不想吃了。

青梅说累了一天，哪能不饿，走过来拿起馍馍又塞到他手里："六哥，你要嫌不好吃，明天我用酸菜给你做包心馍馍。"

瞿六紧紧拉着她的手，贴着脸心疼地说："不嫌，你做啥都好吃。"

"那你怎么不吃了？"

"看着你跟我受穷，吃没好的，穿也没好的，唉——"

"六哥，我们不是说好的吗，不说这些。只要两个人高高兴兴，比什么都好！"

"唉，都怪六哥不好，连累了你。"

这时，门外传来邵安的声音："瞿老弟，在家吗？"

瞿六忙去开了门："邵掌柜啊，快坐快坐。"

邵安："哎，又客气不是，跟你说了，就叫我邵大哥，你咋老记不住。"

瞿六笑道："是，是，叫邵大哥。"

青梅忙搬过凳子请邵安坐："邵大哥，我这就给你泡茶。"

邵安却不肯坐，走到小方桌前，惊讶地："唉哟，小两口就吃的这呀！"

瞿六尴尬地笑道：“有这吃的就不错了，咱现在是穷日子穷过啊。邵大哥，今儿是什么风把你吹来了？”

邵安：“唉，哪有什么风哟。还不是受钱老板的派遣，让我来问问，你打算几时还他银子的事。”他接过青梅端上来的茶，在凳子上坐了下来。

瞿六：“邵大哥，这事只有靠你了，替我求求钱老板，请他再给我一些日子吧。”

邵安：“我知道你眼前有难处，所以前两次钱老板要我来，我都借口推了。这回来是有一桩买卖，能挣一笔银子，就看你愿不愿做？”

瞿六一听，能挣钱的买卖谁不愿做呀？要他快说。

原来这是钱瑞的主意。见瞿六一步步掉进陷阱，已自拔不能，被洋人以高价带走，已是时间早晚的事。于是他打起了从中也捞上一嘴的主意。想赶在瞿六走之前，要他凭做领工多年的记忆，把每道工序的操作过程写出来，不就是一份天德公的制茶秘方了吗？但这事又不能暴露了是他钱瑞要的，以防遭到瞿六拒绝。找到邵安商量，邵安说不用钱老板操心，他自有办法。

邵安对瞿六说：“有个朋友托我，要买你点东西，愿意出一百两银子。”

瞿六当他说笑：“你看我这屋里，有啥值钱的？除非把我卖了。”

邵安：“又小看了自己不是。我就给你明说了吧，东西就在你的肚子头。”

瞿六：“啥？”

邵安：“你在天德公做了那么些年领工，只需要你把他们的每道工序的操作过程写出来……”

瞿六愣了一下：“是什么人要？”

邵安：“我老表认识的一个洋人。我给他说，制茶我也懂。可他不要，专门要天德公的。”

瞿六：“他要这干什么？”

邵安：“他从西藏来，看到那里很多人都争着买天德公的茶，他就想知道天德公做茶和其他茶号究竟有什么不同？你要写出来，他愿出一百两银子，价钱不错。所以我就想到你。”

瞿六想了想，摇了摇头：“可这……涉及人家的秘方，就怕——”

邵安打断他：“我说老弟哟，你怎么还在犯傻啊！现在你已经不是天德公的人了，还管那么多干什么？人家一脚把你踢出门，你却还在自作多情，还想帮姚家看家护院呀？"

瞿六："也不是。人家不是也没亏待过我嘛。"

见瞿六不肯答应，邵安变了个语气说，看到老弟丢了饭碗，让青梅也跟着受委屈。他实在是不忍心，一直在找机会想办法，怎么样帮小两口一把。原想这点小事情，在瞿老弟手里不过是顺手牵羊，举手之劳。却没想到瞿老弟竟把情义二字看得那么重。唉，他是没那本事，要是有那本事，早把一百两银子轻轻松松挣到荷包里揣起了。

瞿六："邵大哥，你也别多心，我只是觉得这样子做事情有点不合适。"

邵安："你要不愿意就算了。当我白说。"便起身欲走。

青梅一看，忙劝道："邵大哥，六哥也知道你是好心。你就让他想想行吗？"

邵安："好吧，你们两口子好好商量一下。我先走了。"转身时，又摸出两个大洋塞到瞿六手里："别成天尽吃那些没油珠子的菜，进城割二斤肉，也替青梅补补身子。"

瞿六感激地说："又让邵大哥破费，多谢了。"

邵安："看你又客气不是，我俩是啥？兄弟！"出门扬长而去。

瞿六站在门口，目送邵安远去，呆呆地想着什么。青梅走到身边，问他说："他要的东西就那么值钱吗？"

"唉，你是不懂啊。"瞿六面色凝重地回答说。

这天晚上，瞿六躺在床上翻来覆去地睡不着，又想起白天算卦的事。青梅只当他还在想邵安说的事，心疼他第二天还得早起，要他别想了："邵掌柜说的那东西，如果真是很紧要不能写，就改天回他话，那一百两银子咱不挣就是了。快睡吧。"瞿六说他没想那回事。青梅问他那想啥？他编了个谎说，他做了一个梦，梦见天上的恶神不知用什么法术，把他俩活活地拆散了。吓得他出了一身冷汗，瞌睡就全没了。

青梅紧紧地抱住他，把脸贴在他的胸上，安慰他说："梦都是假的，别相信。我一辈子也不离开你！穷也罢，苦也罢，我都心甘情愿。"

瞿六说："穷点苦点，我也不怕。我只是有点心焦那四百两银子，不知几时才能还得清啊！"

青梅："一年还不起，咱就两年。两年还不起，咱就三年……慢慢还吧。你再心焦不是也没用。"

瞿六叹息："唉，钱钱钱，一分钱也能难倒英雄汉啊！不说了，过一天算一天，睡吧。"

夜空弯月一钩，大地草屋孤立，远处犬吠隐约。

瞿六病倒了。这天去赶兴隆场回来，半路遭遇一场大雨，加上连日心病，内外交加，倒床发起了高烧。青梅请郎中给他看了，去城里抓了两服中药回来，煎给他服了仍不见烧退，急得都快哭了。

邵安赶来看他，提着一刀肉两瓶酒，说本想来陪瞿老弟喝两口的，咋病成了这样？让青梅把肉拿去煮了，说给六哥好好补补身子。青梅悄声告诉他，这些天来瞿六心里一直装着事，也不肯给她说，真是把人都要急死了。邵安说别急，等他来问问就知道了。其实邵安不用摸脉，早已把瞿六的病根看到了。此刻他犹如一头山里的鹿子，正被猎人一步步逼到了悬崖边上，进退无路，心急火燎，焦头烂额。而这，恰恰正是邵安所需要看到的。

邵安走到床边，替瞿六取掉额头上敷的帕子，说道："瞿老弟，见你病成这样，我这当哥子的心里也不好受。心里有什么话就说出来，风寒小病不害怕，如果心头有事不解开，那病就重了。今儿个哥子可是揣着良方专门来看你的。咱哥俩好好聊聊吧。"

瞿六目光凄凉，喉管哽咽："邵大哥，你就替我指条路吧。"

邵安说上次回去说你不答应，没想到那洋人反倒格外器重你。说肚里有本事的人都这样，讲究个情义。而且还说了，一定要请你到他们那边去，他们那边也做茶，请你去教他们的工匠。见洋人一片真心实意，他就大着胆子替瞿六向洋人开了一个价，这洋人竟价也不回就一口答应了。他要瞿六猜，一个月多少大洋？瞿六摇摇头说："我怎么知道。"邵安用两根指头比画了一下。瞿六："二十？"邵安摇头。瞿六："不会是二百吧？"邵安笑道："算你猜对了。"瞿六又惊又喜："真的？"邵安点头说："瞿老弟，我说了，你就值这个数！只要你愿意，我还可以给他讲，去那么远的地方，青梅在家怎么办？要他先付你五百大洋。我都替你想好了，有五百大洋，还了钱老板的债，给青梅还能留下一百大洋。这样你就可以安安心心走，在那边也无忧无虑。"

瞿六沉默起来，他觉得邵大哥这个忙帮大了，不仅能让他一次就把债还清，对青梅也算是有个交代。只是想到自己将离开青梅，远走他乡，不由又感到几分伤感。

邵安催他说："快拿主意吧，过了此村无好店。错过机会，再后悔就晚了。"

瞿六狠了狠心："好吧，我去。邵大哥，能让我见见这个洋人吗？"

邵安："行，我来安排。"

邵安、黄四和钱瑞三人串通起来，在聚盛源与夏时玛经过一番讨价还价，最后以三千大洋的价格，将瞿六卖给了夏时玛。条件是瞿六作为雇请的工匠，必须跟夏时玛一起走。走前夏时玛得付瞿五百大洋，另外二千五百大洋则是给邵安、黄四和钱瑞的酬金。夏时玛全都答应，但提出签署契约之前，他要亲自见到瞿六。

邵安黄四将瞿六领到客栈见夏时玛。三人走进房间，只见桌上放着一只鼓鼓囊囊的皮口袋。夏时玛看到瞿六，突然就像老朋友一样扑了上来，拥抱着瞿六："哦，你好！愿主赐福给你。我们见过，你还记得吗？"

瞿六愣了一下，猛然想起，这不是那次在天德公大门口碰到的那个牧师吗？没想到竟然是他。只好含含糊糊地应道："啊，是……是。"

夏时玛："你做过天德公茶号的领工？"

瞿六："是，做了六年。"

夏时玛："噢，太好了！我要请教你——"转过身，从皮口袋里拿出一块黄纸包的茶砖来："你看看，这是你们天德公做的茶吗？"

瞿六接过来，拿在手上仔细看了看，又放到鼻下闻闻，肯定回答说："不是。天德公的茶比这香。"

夏时玛又拿出一块，瞿六看了仍说不是。夏时玛又再拿出一块来："再看看这个呢？"

瞿六拿起一看，竟闻也不闻，就道："这是天德公的，不会错。"

夏时玛惊呆了，伸出大拇指："唔，你真是很厉害。"

邵安黄四这才明白，夏时玛原来是在考他。瞿六的本事让二人也大松了一口气。

夏时玛问瞿六："他们给你都说清楚了吗？"

瞿六看了一眼邵安，邵安朝他点了点头，他这才道："说清楚了。"

"那好。"夏时玛拿出一份契约，"你看看，要是没什么遗漏的，请在上面画个押，再摁上手印。"

黄四悄声说："龟儿子想得倒挺周到。"

"等等！"突然邵安道，"还没数钱啊。"

夏时玛生气地看着黄四："黄，你的老表怎么这样不懂规矩？做生意买卖，谁不是先有契约后付钱，亏他还是当掌柜的。"

邵安："你——"

黄四生怕把买卖打倒了，忙劝道："老表，就听夏牧师的吧。眼下大家又不是什么外人，夏牧师，你说是吧？"

夏时玛："黄，你算是说了句公道话。"

瞿六见邵安也不再说什么，这才在契约上画了押，并摁上手印。

二十五

这天，姚子君收到由京城寄来的一封信。信是孟生写的，他告诉姚子君，去年英国人在印度西姆拉召开了一个所谓的三方会议，企图煽动西藏葛厦的少数人发动独立。在大吉岭的东印度公司，趁势又把印茶大举运入西藏，为实现英人的阴谋起到推波助澜的作用。对此，民国政府已高度重视。他们的老师，如今虽已不做农商部的部长了，但他作为同窗好友，仍希望子君能够完成老师当年的夙愿。往大处说，是为国出力。往小处讲，也算是对家乡茶业，父老乡亲的一番贡献。孟生一席话，搅乱了子君心头多日来的平静。当初孟生说到这事时，他曾婉言拒绝过他。可如今眼下，他已身临其境，感受已是大不一样了。正像孟生所言：老弟身处边茶之源头，肩负向西藏供应茶叶之重任，岂能不深思之！

夜阑人静，吴玉珠早已上床躺进被窝，姚子君却还倚靠着床头，读他爷爷的那本《雅州边茶纪事》手抄本。吴玉珠催他说："别看了，快睡吧。你都看过几遍了。"

姚子君伸了一个懒腰，仍蛮精神的样子："嗨，只可惜这本书我爷爷没把它写完，要不然还真够称得上是一本前无古人的大作啊！"

吴玉珠："还大作呢，他去西藏就没回来。"

姚子君："谁告诉你的？"

吴玉珠："妈说的。"

姚子君："他就是为了把这本书继续写完，就带了个伙计，去了西藏。他想实地考察雅州边茶在藏地买卖情况，了解为什么藏人饮用它千年不改，印茶与川茶究竟有什么不同，在雪域高原究竟谁优谁劣？唉，只可惜爷爷壮志未酬……"

吴玉珠："你家老爷子也是爱折腾，放着安生日子不过，千里迢迢，山高路远的，连命也搭进去了。你说图个啥？"

姚子君："这就是你，愚蠢！你懂吗，那是一份追求，一份信念，一种精神。死了也是条汉子！"

吴玉珠："我没你想法多，也说不过你。反正已是你爷爷那辈人的事儿了，如今我可不许你那样。你得听我的。"

见吴玉珠撒娇起来，姚子君放下书，逗她说："我若不听呢？"

吴玉珠猛地坐起，一把将姚子君摁倒，压在身上就猛搔他的胳肢窝："你敢不听……"

姚子君大笑着，拉过被子蒙住头，俩人就在被窝里疯狂地嬉闹起来。

思量数日，姚子君萌生出一个大胆想法，去走完爷爷没有走完的路。英人东印度公司以印茶渗透西藏，占据销场已近四成。印茶入侵这是外侮，而国家又遇内乱不息，民不聊生。雅州茶叶入藏的数量连年下跌，甚至有不少茶号已关门歇业。想想吧，茶号不做茶了，茶农种的茶卖给谁？做茶的工匠，运茶的背夫，他们上哪去挣钱供养家小？这一连串的问题让他想起那句古训：国家兴亡，匹夫有责。他甚至想到了那个拼尽全力也要同印茶抗争的藏商多吉老爷……他的想法不是跟自己也一样吗？他决定也要做个别样的商人。趁自己还年轻，正当做事的年华，此时不搏，何时搏啊！

可是，尽管壮志满腹，一腔热血。这事儿能成吗？母亲、妻儿，还有这么大个家，她们能让他走吗？

明月当空，古城幽幽。

饭后，姚子君独自一人出了天德公的大门。他习惯到城墙上去散步，那里清静，没有打扰，也适合他思考事情。

忽然，从城楼西侧传出有人在吹箫，箫声悠扬，如泣如诉。姚子君一听便听出又是胥亮在吹《相思女》。他竟会找地儿，一个人跑到这儿来吹箫。等到他走过去时，才发现胥亮身边还有个人，是丫鬟，香香，她把身子靠在胥亮肩上，人已完全沉浸在了乐曲中。

一曲吹罢，胥亮问香香："好听吗？"香香说："好听倒是好听，就是听着心里空落落的。"胥亮："我就在你身边，你还空落啥？"香香："我说你吹的调调。"胥亮："这会儿老夫人身边没啥事吧？"香香："老人家心肠好，挺会疼人的，知道是你叫我……"胥亮就将香香揽到怀里，想要亲她。香香推开他说："别只晓得闹，老夫人还问我了，俩人都不小了，多久办那个？"胥亮装着没听懂："办哪个？"香香说："你憨哪！"胥亮傻笑着又要亲她，突然，香香猛地掀开他站起来，低声道："少老板来了！"

姚子君没想打扰他们，是香香先发现了他。两人急忙站起来，同时叫了声少老板。姚子君说听到箫声便猜到是胥亮，但没想到香香也在这里。

香香不好意思地低着头："少老板，我该回去了。"便一路小跑着下了城楼。

姚子君笑着说："哎，都怪我，打岔了你们。"

胥亮："少老板就别取笑我了。今儿是我的生日，香香做了一双袜底送我。我也没什么礼还她的，便约她到这里来坐了一会儿。"

姚子君："但愿天底下有情人终成眷属。你俩的事，妈也给我说过，香香是个好姑娘，今后你可不能欺负她。"

胥亮怪笑着说："少老板，跟你说实话吧，拿她捧在手里，怕她飞了，含在口里又怕她化了。我都给她说了，今后娶了她，我一定学少老板，心甘情愿当炮耳朵。"

"你这个胥亮，我在教你，你不好好听着，反倒调侃起我来，就不怕我在香香面前告你的状！好了，快别说笑了，你来，也替我吹一曲吧。"

"你想听啥？"

"还是来一首《满江红》吧。"

胥亮坐下来，全神贯注地吹起了《满江红》。

月光下，箫声中，姚子君站在城楼前的平台上，剪背着双手，俯瞰着远处浩荡东去的江水，轻声低沉地朗诵起岳飞的《满江红》来："壮志饥餐胡虏肉，笑谈渴饮匈奴血。待从头、收拾旧山河，朝天阙……"

曲终。胥亮站起："少老板，这些天你总是沉闷不乐的，心中不会有啥事吧？""算你小子猜对了。我呀想学唐僧，去西天走一趟，把我爷爷没完成的事，把它完成。""你是说去西藏？""对！不光西藏，还有印度。敢跟我一道去吗？""怎么不敢，跟少老板上刀山下火海我也敢！这有什么难的，你心里就为这事？""唉，想到我妈、玉珠，还有号上这一揽子事，你说他们会让我走吗？"

这一问，倒是把胥亮难住了。他望着姚子君也只能摇摇头："少老板，这话我就不敢说了。古话说，父母在，不远游。虽然你爹走了，可老夫人还在啊。号上的事就说有少夫人、董大掌柜顶着，可去西藏，还有印度，去来一趟得要多长时间哪，这主意除了你自己，谁敢替你拿呀？"

没错，这忙谁也帮不上。姚子君又沉默不语起来。

瞿六在邵安陪同下到聚盛源还银子。钱瑞收到银子，拿出借条退给瞿六，笑道："瞿老弟这回发财了，听说还要远走高飞，恭喜恭喜！"瞿六来时背着鼓鼓囊囊的褡裢，顷刻间已变成了空口袋一个。尽管如此，他还是挺感谢钱瑞的："钱老板就莫取笑了。这回你可是帮了我的大忙，不然还不晓得怎么下台呢。"

还了银子走出聚盛源大门，瞿六看看左右无人，从怀中摸出二十个大洋，高矮要感谢邵安。邵安接过，拿在手里掂了掂，抿嘴笑着说："没白帮你，够意思。回去赶紧准备吧，那洋人付了银子催得紧。哥子没啥表示的，送你一程，拢打箭炉吧。"

瞿六又一阵千恩万谢，才匆匆往家去了。

想到就要离家走了，连日来，瞿六爬上房，给屋顶补漏加草，把房前屋后的篱笆墙也整修一遍，在院坝里把柴火劈出来，放在屋檐下码得整整齐齐；他希望在走前把所有的重活都做完。青梅也把他的衣服清出来，该洗的该补的，都洗了补了，并赶着又给他做了两双新鞋。眼看着上路的日子一天天临近，小两口的心里都有一种说不出的难受。

草屋虽然破旧，但收拾干净整齐。油灯下，瞿六趴在桌上，拿着笔，蘸着用锅烟兑成的墨水，开始慢慢地回想着，写着那洋人要的东西。青梅则坐在一旁，一针一线地补着一件瞿六嫌破得太厉害，不要了的汗褂子。瞿六写完，青梅却还没补完。瞿六说："青梅，你就别补了。它跟着我七八年，再穿也是穿不了几天了。"青梅用牙咬断线头："你当补来给你穿呀，才不是呢。补好了，把它洗出来放着。你走了看见它，我就像看见你，闻着上面的汗味心里不寂寞。"

青梅收起汗褂，又拿出那个装着一百个大洋的锦袋来，要给瞿六一半。她说："这钱你不能都留给我，我留一半就够了。你路上花费多，多带点心里踏实。"

瞿六的眼睛湿润了，说什么也不要："青梅啊，我在外头，一人吃饱全家不饿。你就放心吧。这是六哥留给你一个人过日子的钱。我这一走，是三年还是两载也不知道，你一个人在家，我也不放心哪！"

青梅扑到瞿六怀里，眼泪就扑簌簌落了下来："六哥，不管你走多久，我也等着你回来！"

瞿六用脸贴着她："等我挣了钱回来，我们就再也不分开了——"

青梅等着听他继续往下说，却突然发现没有了声音。仰起头时竟发现，原来瞿六盯着壁上挂的那把琵琶，似乎在想着什么。这琵琶本是青梅的随身之物，从小就带着它跟爹卖唱。进春香楼后，她也带着它，它陪着她在春香楼熬过了两年的苦难岁月，如今看到它，仍会令人想起那段不堪回首的日子。青梅是个聪明的姑娘，瞿六的眼神让她似乎看到了什么，她可不愿意让瞿六带着忧愁出门，她说："六哥，我想把它扔了吧。"

"啥？"

"琵琶。"

"为啥？"

"它从小跟着我，从春香楼又把它带出来，想的是闲了能给六哥解个闷儿。你这一走，我还弹给谁听？不如扔了它。"说罢就要去摘。

瞿六止住她："别，往后家里就剩你一个人，孤独的时候还可以解个闷儿啥的吧。"

"你不在身边了，我哪还有心思啊！"

"青梅，说句心里话吧，你弹的琵琶真好听。"

"真喜欢听？"

瞿六点头。

"那好，今晚就让小妹再为你弹一曲。"

青梅取下琵琶，坐到桌前，调了琴弦，便边弹边唱起来："青山高绿水长，阿哥远行路茫茫。离别话儿千万句，声声琵琶泪成行。阿哥只身他乡去，奴家嘱咐不可忘。赶路要走阳关道，深山小路有豺狼。在外交友要谨慎，需防小人心不良。不义之财莫伸手，金钱诱人易上当。十五月圆好时节，隔山隔水两相望。奴家不贪好富贵，只求阿哥早还乡……"

瞿六双手托着下巴，望着青梅，目光茫然，默默地听着，心中涌起无限的酸楚。

群山叠嶂，云雾缭绕。一条小路弯弯曲曲，在半山中盘来绕去，一直伸向群山深处。夏时玛、邵安各乘一骑，黄四牵马驮着行囊，和瞿六跟在后面。三日前，四人从雅州出来，一路经过荥经、清溪、泥头，来到了飞越岭。由雅州至打箭炉，飞越岭与大相岭齐名，山高路陡，莽林阴森，人烟稀少。沿途没有什么像样客栈，只有一些专供背夫歇脚的幺店子。走到一个叫二台子的地方，看到一条清澈的小溪，夏时玛想喝水，要大家也歇会儿。

瞿六一路步行，早就口干舌燥。来到溪边，用手捧起水来咕嘟咕嘟就是几大口。溪水又清凉又解渴，正觉得好舒服时，黄四走上来，紧挨着他趴到地上，直接把嘴伸到水里，也咕嘟咕嘟地猛喝起来。喝足了，他站起来看着瞿六嘲弄地道："小子，三天了，就没见你笑过，是舍不得那个漂亮的小婆娘吧？"

自从第一眼看到黄四，也说不清楚为啥，瞿六就讨厌他。听他的话就不舒服，瞿六不理他，只顾拧着毛巾在擦汗。没想他倒来了劲："那天见她送你，那小样儿眼泪哗哗，情意缠绵，难分难舍的样儿，把老子都逗得痒痒的……"

瞿六被激怒，一脚朝他踢去骂道："狗嘴里吐不出象牙的东西！你会说人话吗！"

黄四捂着痛处："哟嗬，你敢打老子？我看你是欠揍！"冲上前朝着瞿六就是一拳。

瞿六没怕他："打你又怎样！"两人便扭成一起。

夏时玛见了忙道："黄！你干什么？"

邵安赶过来拉开他们："出门在外，和气生财。你们这是干啥嘛。瞿老弟，我老表是个粗人，你别跟他一般见识。"说话间朝黄四递了一个眼色。

黄四仍不想服气："哼，老子有收拾你的时候。"

邵安拉走了黄四，瞿六独自在溪边的草坪重新坐下。这时天色尚早，太阳也暖烘烘的。他解下肩上的包袱作枕头，在草坪上躺了下来。望着蓝天上的白云，令他不由自主地又思念起小河边的那间草屋来。此时此刻，青梅独自一人孤零零在家，一定也坐在门口想他……

黄昏，四人来到飞越岭山垭口下的野牛坪，从这里再往上，爬七八里路的陡坡，就是山垭口。翻过垭口下山不远，便到化林坪了。但今天看来已到不了那里，四人决定在野牛坪住下来。

野牛坪就一家幺店子，平日只有背夫来这里歇脚，偶尔才有零星的客商入住。幺店子多为单门独户，条件简陋，除了主人自己住的一排木板房，就五间草屋，而且都是一色通铺。另有马房，院子也是用篱笆墙围起来的。看四人客商模样，还有一个外国传教士，店家不敢怠慢，便将自家住的房子腾给了他们。四人进店时，幺店子尚且无人，到天黑尽时，院子里已是一片吵嚷声，陆续赶到的背夫便将五间草屋都住满了。

夏时玛吩咐黄四，拿出昨天在泥头买的卤猪头、卤肥肠和干胡豆，还有一瓶酒，要犒赏大家。他说："你们中国有句俗话，说两个人吊在一根藤上，那是一根藤上的两个蚂蚱。现在，咱们是四个人吊在了一起，那就是一根藤上的四个蚂蚱。为咱们合作成功，来，我先敬三位一杯！"三人端起土碗一口喝了。"快吃菜，不要客气。明日到泸定桥，我再买好酒好菜请你们。"大概是看到事情已接近成功，夏时玛显得又高兴又大方。

酒过两巡，瞿六便说他累了，想早点休息。道了声抱歉，便回了隔壁房间。看到他闷闷不乐走了，夏时玛皱起眉头问道："他怎么了？"

黄四抢道："他龟儿子今天没挨打，不舒服，欠揍！"

邵安瞪了黄四一眼："夏牧师，你放心，没事儿。他一辈子没出过远门，家里又刚刚娶了个漂亮的婆娘，心里头有点舍不得。"

夏时玛："哦，我懂了。儿女情长，故土难离。爱情就像一碗酒，让他醉生梦死，还没有醒过来。"

邵安笑道："啊，想不到夏牧师连男女之间那点事也懂。"

夏时玛骄傲地说："世上没有我不懂的事，要不我能做传教士？"

邵安："嘿嘿，我却觉得你不像传教士。"

夏时玛："为什么？"

邵安："因为你干的事，有点不像传教士干的。"

夏时玛愣了一下，哈哈大笑起来："算你聪明。不过，事已至此，像不像都已经不重要了。你说是吗？"

邵安冷笑点头："那是，那是。"

夏时玛站起："黄，你陪邵掌柜慢慢喝，失陪了，我要睡觉去。"说完离去。

夏时玛先去了茅厕，转来时他偷偷观察到背夫夜宿的场景，五间草屋的地上，背夫早已挤得满满的，他们就睡在草席上，两人合盖一床被子，枕头用的也是木柴，一边是男背夫，一边是女背夫，中间用一根木头隔开。背子就沿着墙壁歇成一圈。壁缝透进的月光下，能看见姚仁义和许幺姑也在其中，两人头顶头地睡在木头两侧。累了一天，背夫们一片鼾声。夏时玛摇着头，心中暗道："白天他们背着沉重的茶包，行进在那些弯弯曲曲的山路上，汗流浃背，苦不堪言，犹如牲口一般。到了晚上，就睡在这样的简陋的地方。数百年来，就这样一代一代地坚持下来。他们前赴后继，坚忍不拔。到底是为了什么？简直太不可思议了。"夏时玛一直想不明白。

二十六

瞿六回到房间，坐在床边，神情郁闷，情不自禁地从上衣口袋里又摸出天德公的制茶秘方，这是他凭着记忆，熬了几个晚上才写出来的。虽说不可能逐字逐句都和姚家的真秘方一样，但凭他的感觉，大体上也差不到哪里去。在雅州他之所以没把它拿出来，那是他也想最后留一手。因为邵安说过，这笔钱是要单独算的。这洋人太狡猾，要等人到了打箭炉，他才肯给钱。所以他想，既然对他不放心，那他也要留一手，大家都到打箭炉再说。一手交钱一手交货，总是要踏实些。

油灯下，几页红格纸在他手上，竟显得是那么沉甸甸的。突然，他觉得自己就像小偷，把主人家的大牯牛偷了要拿去卖……唉，没想到自己竟会沦落到这步。想想自己和青梅的日子才刚刚开头，却就要分开了。难道命里果真就是这样注定的么？越想心头越乱，他把秘方重新揣进兜里，脱衣吹灯，躺进被窝，只想快点睡着。可是，眼睛虽然闭着，往事还是不顾他的反对，在脑子里又一幕幕地浮现出来。

幼年的他，深秋天还穿着单衣，打着赤脚，被董大掌柜牵着走进天德公的大门……董大掌柜给他换上一身不太合身的新衣服，往脚上套上了一双新布鞋。

董大掌柜下乡收购茶叶，已长成青年的他背着褡裢跟在后面。在乡场上，董大掌柜从茶农的口袋里抓起一把茶叶，摊在手心里，一边看一边教瞿六认茶。

在天德公的制茶作坊，董大掌柜手把手地教他做茶。

他当上了领工，董大掌柜把他叫到跟前，语重心长地叮嘱："小六子，你已长大，东家瞧得起你，让你当领工，师傅也替你高兴。日后千万要记住，不光要好好做茶，还要好好做人！"

瞿六扑通一声跪到地上："我有今日，全仗师傅的栽培。师傅就是我的再生父母，我会终身铭记师傅教诲。"

……

唉，如今，这一切都化成了过时的云烟。对师傅他感到无比内疚，对姚家父子和天德公，他也只能说一声对不住了。

瞿六在被窝里辗转无眠，想到明天还要继续赶路，他坐起穿好衣服，打算去解个小便。当他路过邵安黄四房间门口时，见房里仍亮着灯。猛然间，听到他们好像在议论自己，不由把脸贴了上去，从门缝看进去。俩人还在喝酒，也许是喝高兴了，说话也挺大声的。果真正在说他。

黄四："这小子一路上心神不定的，会不会想跑？"

邵安："往哪跑？签了契约，摁了手印，拿了钱，怎么跑？"

黄四："这桩买卖真是太划算了，全仗老表。"

邵安："没你带来这个洋人，我再有本事也没用。彼此彼此吧。喝酒喝酒，来！"

黄四端起酒："哎，老表，你说这小子那么聪明的，怎么会到今天都还不知道把他卖了呢？"

邵安："这呀，得归功于咱们的鱼饵下得重，他吞得深，一时半会儿醒不来。等到他醒过来，晓得了的时候，咱们的船都下滩了。喝！"

瞿六听了不由大惊，想到邵大哥平日对自己的好，怎么也不敢相信，眉头立刻皱紧起来。

门缝里的黄四一边给邵安斟酒，一边又道："你把他卖了三千大洋，只给了他五百，他还高兴得啥样似的。"

邵安："这就叫把他卖了，他还要帮老子数钱。"

黄四佩服得五体投地："我真服你了！"

天啦，原来是这样。接下来的话，更是叫他心惊肉跳，胆战心寒。

邵安："我想好了，等拢了打箭炉，他交出秘方，咱们再敲洋人一千大洋，赏他龟儿一百。我的差事就算完了。往下的事儿就看你的了。不过，我得提醒你，路上让夏洋人帮着你把他看紧点，别让到口的肉飞了。"

那黄四竟道："老表放心，只要过了打箭炉，就由不得他了。龟儿子要是不听话，老子把他捆起来，装到皮口袋里，驮在马背上走。要是敢再不老实，哼，他别忘了，他老爹是怎么死的！"

邵安："别，不能弄死他。当年我俩弄死他爹，是为了那五十两银子。那阵我俩是穷得叮当响，现在不同了。只要把这小子活着送出西藏边界，我俩赚的可不是五十两，而是几千两。把他弄死了，我俩的菜也没了！"

刹那间，当年父亲被害的情景迅速从瞿六脑海里闪过：

……年幼的瞿六跟在挑着担子的爹爹身后，走在山间。瞿六要屙屎，爹爹放下担子，将他领到路边的灌木丛中蹲了下来。然后回到路上，坐下摸出叶子烟抽起来。就在这时，从后面匆匆赶上来两个汉子，远远看到路边的爹爹，竟用黑布蒙住头，就提刀扑上来，可怜爹连叫一声也没来得及，就被他们抢走了褡裢，被推下深沟……

瞿六因为拉屎，侥幸捡了一条命。可没想到，二十多年后，自己竟又落到了这二人的手里。

瞿六只觉得背心都惊出了冷汗，急忙转身退去，黑暗中一不小心，将门边的一把竹扫帚碰倒，发出响声。瞿六不敢再上茅厕，赶紧溜回房间，把门闩别好。便急急忙忙地开始收拾东西，打算连夜逃走。

邵安黄四听到门外响声，同时一怔，急忙开门出来，看见倒地的扫帚，二人的目光都不约而同地朝瞿六的房间望去。啥话没说，立刻抄起家伙，就扑了上去。

房门砰地被撞开，二人冲进来。瞿六怀抱包袱，惊恐地望着他们："你们……"没等他话完，脑壳上就挨了一棍，当即便昏倒在了地上。二人早有准备，拿出牛皮口袋，将他塞进去，然后用绳子将口子扎上。黄四主张先塞到床下，明天一早再拉出去驮到马上。邵安说不妥，不等天亮，背夫们就全醒了，那会儿把人弄出去，容易被人发现。主张趁夜深人静，把口袋藏到客栈的马圈去。二人轻脚细手，将瞿六抬到茅厕旁边的马圈里，放到墙角落，用喂马的草料将他盖了起来。

幺店子的地铺上，背夫们鼾声如雷，此起彼伏。

许幺姑缓缓坐起，揉了揉眼睛，伸手推了一下姚仁义。她要去小便，想叫上姚仁义壮个胆。姚仁义却睡得跟死人似的，翻了个身，背向着她，又打起了呼噜。许幺姑没再叫他，便自己起身去了茅厕。

幺店子的茅厕都是篱笆墙，许幺姑解完小便起身，忽然看见黑暗中，有两个人影抬着什么东西进了马圈。她不由一愣，赶紧蹲下身，悄悄从篱笆墙缝隙中继续看去。过了不大一会儿，两人空手又从马圈里出来了，并很快消失在了黑幕中。

许幺姑走出茅厕，疑惑地想了想，朝马圈走去。

圈里就三匹马，除了马槽、草料，什么也没有，很安静。忽然墙角落传出哼哼哼的响声，许幺姑被吓了一跳，不由往后退了两步。她刚想转身，那声音又响起来。她大着胆子走上前去，借着微弱的光线，看见草堆里露出半截皮口袋，哼哼的声音就从里面发出来的。难道是山里人绑住的野物？她踢了一脚，皮口袋竟蠕动起来，哼哼声更大了，而且也不像野物，更像是人。她犹豫片刻，将马草刨开，解开扎口子的绳子，霎时，她竟看到一个手脚被捆住，嘴巴被塞住的人。那人一看到他便拼命摇着脑壳，大声哼哼。许幺姑先是吃了一惊，待仔细看时，竟认出不是别人，竟然是仇人瞿六，头被打破了，流下的血还糊在脸上。见他也有今日，许幺姑拔下他嘴里的破布，冷冷问道："怎么是你……"瞿六立刻要许幺姑救他："许幺姑快救救我吧！我被人骗了，他们要把我弄到外国去，我不答应，他们就要弄死我。"见许幺姑没答应，也不理他，竟哭起来哀求道："许幺姑啊，你要是不救我，我就没命了！"许幺姑的心怦怦地跳着，等他说完，依然用布塞住他的嘴巴，扎好口子，便匆匆逃离了马圈。任随后面的哼哼声怎么响，她也像没听见似的。

许幺姑重新躺到铺上，已无睡意，过去的事情又迅速从眼前闪过……尽管一想到从前的事，对瞿六仍恨之入骨。但也不知为什么，好像都不足以掩盖刚才看到瞿六的那双惊恐的眼神，和可怜的样子。"救人一命，胜造七级浮屠。"她想起平日仁义常在耳边说的这句话来。"仁义，仁义。"她小声地叫了两声，姚仁义还是只翻了一个身，又睡着了。眼看天就快要亮了，许幺姑再次爬起来，穿好衣服，蹑手蹑脚，溜出了房门。

来到马圈，走到皮口袋跟前，她啥话也没说，迅速解开口袋，给瞿六松了脚上手上的绳子，摘了嘴里的东西，轻声说道："看样子你也不像是骗我，你自己好自为之，快走吧。"

瞿六跪在地上，直朝许幺姑磕头作揖："许幺姑啊，过去我混账，对不住你。你不记仇，还救我。我给你磕头了！"

"天快亮了，你快走吧。"许幺姑说完，闪身离去。

瞿六摸摸头，又揉了揉肩，这才开始打量起四周来。他的目光很快落到了马身上。他上前解下一匹黑马，牵着小心翼翼地出了马圈。幺店子的院坝，除了篱笆墙，都有一道低矮的门楼，当瞿六撂住马头出门时，慌乱中让马头碰到了门框，那马竟长长地发出一声嘶鸣……

邵安黄四经过昨夜折腾，已不敢熟睡，两人和衣倒在床上，怀里还各抱了一根木棍。突然一声马叫，二人猛醒，知道大事不妙，立刻提起棍子就冲出了房门。

黎明前的天色仍很黑，瞿六越慌越乱，那马也不知怎么了，就是不肯低头出门。

黄四挥着木棍冲在前面："狗日的，想往哪儿跑？"

瞿六急忙扔掉缰绳，冲出门口，就朝山上逃跑。他想只要逃进山林，高山莽林的，他们便别想再抓住他。

先是只听见黄四一人在后面又追又骂，随着天色渐渐发亮，却看见邵安和夏洋人也跟上来了。突然，扑通一声，一只好大的猫头鹰从林子里飞出来，落在他面前的矮树枝上，朝他鼓着一双可怕的大眼睛，把他好吓了一跳。猫头鹰，山里人称鬼灯哥，是一种不吉祥的鸟。瞿六已顾不得这些了，捡起一截枯树枝打去，把它赶走了。就在他慢下来的时候，黄四已越来越近。显然这个粗壮的家伙，爬山比他更胜一筹。眼看就要被他们追上，瞿六却发现，前面竟没路了，山势到了这里，突然形成了一道深不见底的断崖，自己竟然走上了一条绝路！

"狗日的，看你这下还往哪里跑？"黄四已近在咫尺，咬牙切齿地狂笑着。邵安和夏时玛紧跟着也赶到了。

瞿六绝望了。不过到了这时候，他反倒冷静下来，迅速找了一根碗口粗的树干拿在手上，摆出一副决斗的架势。黄四一见，扔掉棍子，拔出短刀，紧逼上来。

邵安喘着粗气，慌忙阻止："瞿六！你别乱来。有什么话好好说，只要你不跑，我保准不伤害你！"

瞿六挥舞着树干："姓邵的，你不是人！你们杀死了我爹，现在又把我卖给洋人。你们丧尽天良，是禽兽不如的东西！回去我定要控告你们！……"

见瞿六已啥都知道，再来软的已无用。邵安迅速向黄四递了一个眼色，也从腰间拔出短刀，两人决定除掉瞿六。邵安黄四使刀，瞿六用树干抵挡，两人都是杀过人的凶犯，心黑手狠，瞿六步步后退，身上已被划破多处口子，鲜血染红了衣服。

夏时玛见状，急得大声疾呼起来："不能伤害他！现在他是我买了的人。你们给我住手！"

此刻的邵安黄四哪肯歇手，逼得瞿六已退到悬崖边上。

突然，瞿六将树干掷向二人，站在悬崖边上，高声狂笑起来："狼心狗肺的东西！你们不是还想要天德公的制茶秘方吗？现在我就给你们，给你们……"一边说一边从怀中掏出那叠写着秘方的黄纸，撕成粉碎，狠狠朝崖下扔去。

夏时玛慌忙喊道："快拉住他——"

晚了，没等邵安黄四扑到跟前，瞿六仰天大呼一声："爹，师傅，我对不起你们——"然后便转身跳下了万丈深渊。

眼睁睁看着鸡飞蛋打，人财两空，夏时玛无奈地闭下双目，摇头叹道：

"啊，完了，一切都完了！"

邵安黄四追到崖边，朝山下看去，幽谷深不见底，只有浓浓的雾正在缓缓升起。邵安转过身来："夏牧师，怪不得我们，是他自己……"

夏时玛愤怒地盯着两人："你们为什么不听我的命令拉住他？现在工匠没了，秘方也没了，你们说怎么办？"

邵安："夏牧师，咱们有话好说。工匠咱们可以重找，秘方也可以重新想办法。你千万别发火，就算买卖不成，人情还在嘛。"

夏时玛："不！我要你们赔我的银子！刚才瞿先生骂你们的话，我都听见了，你们就是十足的骗子，猪……"他越说越愤恨，指着两人大骂起来。

邵安环视了一眼四周，目光露出杀机："你是不是也想找死？"同时朝黄四做了一个暗号。

夏时玛："你们想干什么？"

邵安凶相毕露："你不是要找工匠吗，现在姓瞿的就在崖下，老子今天就成全你，送你去找他！"说罢，指挥黄四一起，举刀扑向夏时玛。

没想到平日文诌诌的夏时玛，瞬间拔出一支左轮手枪喝道："站住！想跟我玩这种游戏，你们可不是我的对手。告诉你们，二十四年前，大英帝国的军队攻下西藏江孜城堡的时候，我就是中尉了。"

黄四大叫着冲在前面，只听砰的一声枪响，就见到他一个趔趄，栽倒地上，去了黄泉。邵安一看，急忙转身，像兔子一样朝山林里逃去。夏时玛冷笑一声，从背后朝他连开了两枪。

清脆的枪声划过天空，打破了荒山野岭的宁静。

迎着茫茫的晨雾，一串早行的背夫，蹒跚地行进在山间的小路上。当他们打起拐子歇气时，忽然听见从远处传来几声枪响，他们当中只有许幺姑的心里明白，是瞿六出事了。她悄声把昨晚的事告诉姚仁义，姚仁义听了眉头也皱了起来。看来瞿六这小子是真出事了："唉，不管咋说，他也是董大掌柜的徒弟，回去还是要给董大掌柜报个信。"

瞿六的事传回雅州，已是二十多天以后的事。姚子君一直在忙着准备要去西藏和印度考察的事，董大掌柜不愿再惊动他，只是请了姚仁义夫妇陪他，来到城外的陇西村，看望瞿六的妻子青梅。

这是个晴日，青梅正在门外的晾衣竿上晒衣服。她从木盆里拿起瞿六的那件已被补好的破汗褂，抖开欲晒又止，然后放到胸前，遥望着远方，默默地沉思着。

远方群山连绵，一片苍茫。

显然，这个痴情的女子又在思念她的丈夫了。只见她叹了口气，最后把汗褂还是晾到了竹竿上。忽听背后有脚步声，她回过头来。

董大掌柜拎着两盒点心，姚仁义夫妇拿着幺店子老板捡到瞿六的一个小包袱，三人走到她面前。

青梅疑惑地看着他们。

董大掌柜上前："你就是青梅吧？"

青梅点头："是，你是……"

董大掌柜："我姓董，是天德公茶号的大掌柜。"

青梅："啊！我知道了。瞿六没少跟我提过你，说你待他就像亲儿子一样。快请屋里坐，屋里坐。"边说边端起木盆，领大家进了屋。

姚仁义在来的路上就说了，他最怕看到死了亲人的人痛哭伤心，所以就不进去了。独自留在门外，在一块树疙瘩做的凳子上坐了下来。看到这小娘们把院坝收拾得干干净净，便知是个勤快人，只是这么年轻就做了寡妇。唉，也怪可怜的。他掏出竹子的叶子烟袋，刚刚装上烟叶，屋里便传出了哭声。

屋里，青梅怀抱着瞿六的包袱哭得撕心裂肺，催人泪下。

董大掌柜也哽咽着："唉，人死不能复生，别哭了，还是想想以后的日子吧。你要愿意，回去我跟少老板说说，就到天德公做工去吧。"接着又从口袋里掏出一个小布袋来放到桌上，"青梅姑娘，我也没啥给你的，这十个大洋拿去请人给小六子做个衣冠冢。不管怎么说，凭他不肯出卖自己，出卖秘方，宁肯舍命，就算是条好汉。"

青梅泪如泉涌，摇头说："钱六哥给我留得有，修个衣冠冢足够了。我哪儿也不会去，董大掌柜，多谢你了。"说完将布袋又推回董大掌柜面前。

许幺姑劝她说："青梅，女人家怕的就是年轻守寡，往后的日子还长着呢。你不去茶号，还能往哪儿去呀？"

董大掌柜接道："瞿六不在了，你还这般年轻，人生的路还很长，只要你勤快，走到哪里也不会饿着。我是真心为你着想，总之春香楼那老路是万万不能再去了！"

青梅知道董大掌柜的好心，也不回避："我是被逼进过窑子，但我只卖唱，从不卖身。一个人可以贫穷，但不可以没有自尊。在人的一生中，或许会踩虚脚，走错路。但是，只要他迷途知返，回头是岸就好。这些道理，六哥已经以身告诉我了。"

董大掌柜："青梅啊，你孤身一人，能去哪儿？"

青梅说她自有去处。

三天后，在她家草屋后面的山坡下立起了一座新坟，坟里埋着瞿六的包袱和那件汗褂，还有那把跟了青梅多年的琵琶。盖上最后一撮土，青梅跪在坟前对瞿六说："六哥，知道你喜欢听小妹弹的琵琶，今儿个就让它跟你去吧。今生我俩就到此了，来世我们再做夫妻吧。"

又过了几天，雅州城外的青云寺，钟声悠悠，经声琅琅。在大殿里，当着众僧，慧真法师正在为一年轻女尼举行剃度。

剃度结束的女尼抬起头来，双手合十，朝着菩萨虔诚地念着阿弥陀佛。青梅从此遁入佛门，青灯做伴，一直到老去。

二十七

姚子君经过一番思量，决定把心里的纠结还是先告诉母亲。去上房听说母亲带着路遥去后花园了，他便赶了过来。远远地就听见母亲在亭子里让路遥背诵古诗《游子吟》："慈母手中线，游子身上衣。临行密密缝，意恐迟迟归……"

"好！"姚子君一声夸奖，打断了路遥。

路遥叫道："幺爸。"

姚子君上前摸着孩子的脑壳说道："小孩子读书，就要这样用功才有出息。"紧接着道，"妈，这孩子又让你操心了。"

老夫人："路遥儿聪明着呢。我考他背唐诗，连背诵几首都没错的。你怎么突然找到这儿来了，有什么事吗？"

姚子君："也没什么大事，有桩拿不准的事儿。想来给妈说说。"

老夫人："别跟我说没什么大事，你都拿不准，那还是小事吗？快来坐下说。"香香也很懂事，立刻带着路遥到一边玩去了。

姚子君鼓足勇气，终于把许多天来，一直揣在心里的话向母亲倒了出来。老夫人先只是愣了一下，听完后，便沉默了。见母亲面色凝重，半天不语。姚子君生怕老人家接受不了，劝道："妈，我这不是才给你商量……"老夫人挥手示意他打住，问他说："君儿，你怎么会想出这么个事儿？"姚子君只好把他的想法，向母亲一五一十地说了出来。

西藏百姓饮用雅州茶叶，从唐代至今，有史记载已有一千三百多年了。在绵延数千里的茶马古道上，每天都能看见运茶的背夫和马帮，源源不断朝藏地进发。藏人视茶如命，他们宁肯三日无粮，不肯一日无茶。藏汉之间以茶为缘，已不知经历了多少代。可是至今，却还没有一个汉族茶商去过那里。自打英国人凭借武力，逼迫清朝签订了不平等条约以来，他们的印茶就大肆流入西藏，妄图改变藏民饮用川茶的传统习惯，转去依赖印茶。印茶的大量入侵，致使川茶在藏地销场日益萎缩。以雅州为例，已有不少茶号关门倒闭，我们的民族工商业受到很大损失。天德公作为一家老号，岂能光顾自己，必须让雅州六十八家茶号都要挺起腰杆来，同印茶展开抗争。为了知己知彼，子君说他决心亲自去印度西藏做一次实地考察。过去，雅州茶在藏族百姓心中曾是那么深受爱戴，为什么如今会让印茶闹得一年不如一年？他要去找到根源，找到办法，回来重振家乡的茶业，恢复昔日的辉煌。

老夫人深深地叹了口气："唉，我就不明白，姚家的人为什么个个都是这样？君儿啊，你知道这事的轻重吗？"

姚子君："妈，你说。"

"今天妈就实话告诉你吧，当年你爷爷乡试中了拔贡，却不愿为官，一心要回家继承父业，经营天德公茶号。你说他做茶就好好地做茶吧，可他偏不，突发奇想要去西藏看看。说的话就像你刚才说的一样，藏民喝了上千年的雅州茶，竟还没有一个雅州茶商，亲自身临其境，去过西藏的雪山草地。他决心做这个第一人。就这样爷爷踏上了去西藏的路。他西出打箭炉，一路翻过折多山，经雅江、理化，走到巴安金沙江边一个渡口叫竹笆笼的地方，从那里过江就是西藏了。可是，就在这里他倒下了，一病就再没起来。最后留下一封没写完的信，人就没了。到你爹手上，他也没少动这念头。那年他想先试一试，才刚刚翻上折多山顶，就又发烧又头痛，只好赶紧调头转身了。但仍不肯死心，后来就出了那档子事……现在又轮到你了。难道这人的心思也会一辈一辈地往下传吗？"

"妈，那倒不是。我只是觉得这不仅是咱们家的事，往大处点说，也能算是国事啊。天德公是雅州老号，理应有人站出来。"

"君儿，位卑不敢忘忧国，这古训妈也懂。可是，妈就算什么也不说，玉珠呢？她会答应吗？唉，这事你得好好想想，妈也要好好想想。"

过了两天，姚子君被叫到上房，母亲给了他一口皮箱，说是当年爷爷死后，跟他去的伙计送回来的，要他拿去自己看看。他回到书房，打开箱子，看到一本蓝色的布壳封面记事本，一个指南针，一把藏刀，一只木碗，还有一支藏传佛教用的金刚杵。显然这些东西都是当年爷爷进藏时，随身携带之物。他拿起沉甸甸的记事本来，翻开第一页，是一幅爷爷手绘的四川与西藏地图。一条红线从雅州引出，经打箭炉、雅江、理化、巴安，一直延伸到金沙江边的竹笆笼渡口，红线就止住了。沿途的道路、高山、河流、驿站，爷爷都标注得清清楚楚。再往下翻，除了爷爷每天的记事外，最后是爷爷留给爹的一封未写完的信。

信道："吾儿仁德见信如晤，历经一月零八日之行程，吾已行至巴安金沙江畔的竹笆笼渡口。这儿是腹地入藏之津关所在，过江即为西藏矣！可惜吾却身染重疴，赴藏宏志，已只能成为泡影，实乃平生之大憾矣。还望吾儿管好家中之事，和号上诸业。如有良机，再承父志，遂吾平生之愿，吾死亦瞑目也……"

姚子君心潮起伏，正为爷爷的豪情志壮所感动。玉珠从身后走来："一个人又在这里想什么哪？"

姚子君转过身："噢，玉珠，你快来看我爷爷留下来的东西。"将桌上的东西推上前。

玉珠仔细地看着，却默不作声。

"爷爷一生，真人杰也！"姚子君感慨地说。

玉珠望着他却道："这些日子，你不会有什么事瞒着我吧？"

妻子突如其来的话，倒让姚子君语塞了："也不是，我是还没想好。你看……"

"你别说了，妈都告诉我了。"

"那，你怎么说？"

"你做事怎么就不想想，妈年纪这么大了，路远还小，你是上有老，下有小。老的需要你尽孝，小的需要你尽责。你走了怎么办？"玉珠的脸一直沉着。

"我想趁妈身体还好。至于儿子，他在你身边，我更放心。"

"还有这么大一个家呢？"

"不是有你，还有董大掌柜吗？"

玉珠背过身，哽咽起来："虽说爹不在了，妈还在。母亲在，子不远行。这是古训，你怎么就不听？去那么远的地方，山长水远，人地生疏，要是有个万一，你叫我怎么办？"

姚子君忙哄着她："不哭，不哭。玉珠，大家都说你是个冰雪聪明，宽容大气的女人，多少男儿也不如你。所以就自己揣在心里，还没来得及跟你商量。我想，你一定不会是把丈夫拴在裤腰带上，让他一辈子做个窝里鸟儿的那种女人。"

玉珠推开他："我就想一辈子把你拴在裤腰带上，就想让你做窝里的鸟儿，在家跟我一块儿窝着！"

姚子君："玉珠，你听我说——"

玉珠猛地站起，抹着眼泪："我不听！我不听！"便一头冲回了卧房，砰的一声将门关了。

姚子君紧跟到门前，突然门打开，就见玉珠将姚子君的枕头辅盖扔了出来："我拴不住你，你不愿做窝里的鸟，你走！你走得远远的，永远也别回来！"砰一声又把门关上，嘤嘤嘤地在房里哭起来。"玉珠，玉珠。"姚子君站在门外，任凭怎么喊，玉珠也不理他。

就这样，姚子君被妻子赶到了书房。他也替玉珠想过，作为妻子，谁愿意跟丈夫分开啊，她没有错。在书房睡了两夜，玉珠那边仍不见动静，倒是姚子君有点着急了。他去上房找母亲求救，走到天井檐坎，见秀秀扶着玉珠正从上房出来。他赶紧迎上招呼，玉珠却拉着秀秀绕到对面就过去了，仍不肯理他。

去见到母亲，母亲也没好气："你呀，活该！"

姚子君只有尴尬地笑笑，自己搬过椅子坐下："妈，我不是都给你说过了，我也并不是想成就什么功业，就想遂爷爷，遂我爹一个心愿。可是，玉珠她就是不肯理我。"

"你是真决心要去？"

"每每想到爷爷的遗嘱，心里就踏实不下来。我想，与其这样闹心，还不如索性走一趟。省得日后再后悔。"

"唉，妈也不是糊涂人。继承先人志向，这就是一个有担当的男人，孰轻孰重妈自会分辨。只是你这一去，至少恐怕需要半年或一年，路上的艰险，异域的生疏，谁知道会是怎样？玉珠是心疼你呀。"

"我知道。"

"妈是老了，经历的事也多了，你既然决心选择了要走这条路，妈可以像当年放你爹走一样随你。可玉珠不同啊，虽说她通晓事理，是个好孩子，毕竟还年轻，当妻子的，谁不想男人留在身边。别怪她，要理解她。妈也替你劝过她了。回去再好好哄哄她吧。"

母亲一席话，说得姚子君眼眶也湿了："妈，谢谢你。我走了，你一定要保重身体。"

"君儿，妈就不多说了，一句话，要去就挺着腰杆去！但一定要给我平平安安回来。"

"妈，放心吧。我可是科班学出来的医生，一路上会知道怎么照顾自己。你就在家安心等着我，回来再给你尽孝吧。"

姚子君从上房出来，心里想着，母亲终归是明理人，这是毋庸置疑的。剩下来就看自己怎么哄玉珠了。夜晚，他照例回到书房，刚点灯坐下来，秀秀就敲门进来："姑爷，还是回到卧房去睡吧。"她放下灯笼便要抱小床上的枕头被子。姚子君忙挡住她："是少夫人叫你来的？"秀秀说："不是。白天老夫人说书房夜里凉，容易冻着身子。""那她怎么说？""也没怎么说，就叫我把枕头被子给你抱回去。""她不生气了？""哎呀，姑爷，你还嫌书房没睡够呀，快帮我拿起灯笼走吧。"说完禁不住也笑了。

秀秀放下枕头被子，偷偷冲吴玉珠做了一个鬼脸就下去了。玉珠坐在床边，依然不语。姚子君上前："不生我的气啦？"然后便嘻嘻地笑了起来。玉珠："笑什么笑，谁跟你笑？""我跟你笑还不行？""我不稀罕……假笑，皮笑肉不笑。"她站起来走向衣柜，取出一套内衣扔到床上："书房睡了几个晚上，还不把内衣给我快换了。""哎。"姚子君就等这一声令下，心里的石头也立刻落了下来。

卧房的灯亮了半宿，吴玉珠任随姚子君怎么亲热，怎么哄她，一直不肯给他笑脸。看到妻子还是冷若冰霜，姚子君只好耐着性子又问道："玉珠，真还生我的气呀？"

突然，她猛地翻身坐起来，要姚子君听好了。说她也不是存心要拖他的后腿，而实在是替母亲担忧。老人家的丈夫，当年就是为了大家，正值做事年纪，结果惨遭军阀杀害。如今膝下就看到姚子君一个儿子，若是儿子再有个三长两短，自己就不说了，只说老人家怎么办？今天妈把她叫去摆了半天龙门阵，老人家竟反过来安慰她，才让她打消了顾虑。她说，她也想好了，只要姚子君答应三件事……

姚子君立刻应道："你说，别说三件，就是十件八件我也答应你。"便也坐了起来，并拿起衣服给妻子披上。

玉珠："第一，出了门，不能拗着性子一根筋拧着往前走，走不通了就立刻返回来。别省钱，多雇向导和脚夫。要去的地方先问清楚，有危险绕着走，绕不过的就别走了。"

姚子君："记住了。"

玉珠："第二，出了门，你就像天上的风筝，飞得再远，也别忘了还有一根线拉着你，家里还有女人和孩子。要是遇到有别的女人喜欢你，要做到佛心不动。"

姚子君："记住了。这条最重要，我知道。"

玉珠："你先别嬉皮笑脸的，听好了。"

姚子君："是。"

玉珠："第三，完完好好地出去，完完好好地回来。这一条才是最重要的。"

姚子君："没啦？"

玉珠想了想又改口道："算了，第二条不要了。"

"为啥？"

"出门在外，别一天老惦记家头。家中有妈，有董大掌柜，还有我，你就放心做你的事好了。"

姚子君的心怦怦怦地跳荡着，他默默地望着妻子，只觉得一股暖流正在从他的血管里流过。他轻轻地揽过妻子，紧紧搂在怀中："我就知道，你会支持我的。玉珠，我也要你记住，无论走到哪里，每当看到天上月圆的时候，我就会坐在月光下想你。"望着玉珠那双渴望的眼睛，他禁不住在她的脸上、嘴唇上一个接一个地深深吻着……

街上打二更了，夜阑人静。夫妻俩的卧房里，灯还一直亮着。

第二天，姚子君抱着几本账簿来到号上，决定将茶号的事都交代给董大掌柜，好腾出手来做一些出发前的准备。走到掌柜房的门口，就听到田勇在里面跟董大掌柜说话。

董大掌柜："你听香香怎么说的？"

田勇："老夫人已经放手了。我看这下少夫人也怕拉他不住。"

董大掌柜："唉，印茶再怎么猖獗，咱天德公的茶照样卖得好好的。家里这么大个摊子，不好好守着，去考察个啥子哟！当年少老板的爷爷就是在进藏的路上把命丢了的。"

田勇："董大掌柜，现在就看你了，你的话兴许他会听，你劝劝少老板吧。"

董大掌柜："你们是不知道，我早就看出来了，咱们少老板呀，心思大着呢。他的胸怀里不光装着小家，还装着大家，还装着国家。可是他偏偏忘了，自己不过一个商人，又能做得了什么？"

田勇："你是姚家的功臣，你要不劝，就再没人劝了。"

董大掌柜："唉，我就豁着这张老脸再试试吧。"

姚子君笑着走进屋："你们在说啥子，这么热闹？"

"少老板来了。"田勇先看见，赶紧招呼了一声，说作坊里有事还等着他，便先走了。

看着他的背影，姚子君感慨不已："在董大掌柜的调教下，田勇这领工是一天天见长。"

董大掌柜接过一伙计沏上来的茶，放到姚子君面前："少老板，坐吧。"

姚子君将账簿放到桌上："今年咱们天德公在省外几个地方的生意，账目我都看过了，有喜有忧。上海、武汉的石蜡，还有缅甸瓦城的生丝都不错。湖北和叙府的布业就差多了。总的看来，还是雅州总号的茶叶生意最好。今儿个账簿就交给你了。"

"真定了心要去？"

"去。"

董大掌柜笑道："我原想老夫人会拦你。没想到她倒先放了你。"

"我妈是明理人，懂大义。再说家里有你，还有我妈、玉珠，我也没啥不放心的。"

董大掌柜收起笑容："少老板，也许我的话多余，但我还是想再劝你。这些年，雅州茶叶虽说在藏地遭遇印茶冲击，许多茶号都不景气，但咱们天德公却并未受丝毫影响。要说生意缩水了，那也是别人的生意缩水，与咱们啥相干？你何必要去蹚这趟浑水？那可不是什么人都受得了的地方啊！你爷爷可就是个例子……"

姚子君："我知道你的心情。董大掌柜，你还记得多吉老爷吧，他一个藏族商人，为了与东印度公司抗争，抵御印茶，他不惜冒倾家荡产的风险，把家产当赌注一样，全押在了购买咱们天德公的茶上。他且尚能如此，为了我们自己的事，不就是担点风险吗，又怕什么呢！"

董大掌柜："我呀，还是那句老话，国家的事还是要靠国家，靠官府。咱们只是个商人。做好生意，诚信纳税，照样是富国养民嘛。"

姚子君："我算了一笔账，眼下在藏地，咱们川茶已有超过四成的销场被印茶挤占了。做的茶卖不出去，大量的茶号就得关门歇业。工匠们没处挣钱，拿什么养家糊口？农民种出来的茶叶，没有人去收购，他们吃啥喝啥？这一环环的事儿，一伤全伤啊！"

说到这里，董大掌柜也没话了："倒也是这个理。"

姚子君将账簿推到董大掌柜面前："董大掌柜，我走后，号上的事儿，就全拜托你了。"

"既是这样，少老板就放心去吧。家里有什么事儿，我会找老夫人、少夫人商量的。"董大掌柜接过沉甸甸的账簿，放进了抽屉。

跟董大掌柜交代完了事情，姚子君又叫上胥亮，两人一起检查该准备的东西。胥亮竟摸出一张五天前两人一同商量开的清单，说他照单办事，已准备齐全，一样不少。姚子君看罢，点头满意。这次出远门，胥亮是他的随行伙计。眼看着就要起程了，心里对他总觉得有几分歉疚。

胥亮同香香的婚事是母亲亲自给定的，原打算今年的腊月，就让他们成亲的，可是现在办不成了。这一走也不知几时才能回来。香香是个好姑娘，自到号上就做母亲的贴身丫鬟，她乖巧勤快，十分讨母亲喜欢。胥亮跟她是同村人，两人在号上相好的时间也不短了。为了这事，也曾想过换一个伙计。可胥亮不肯，还说少老板往日就答应了他的，硬是争着要去。这样一来，俩人的婚期也只有后推了。

吃过晚饭，姚子君叫住胥亮，说要走了，他得去多陪母亲说说话。要胥亮等着，他把香香唤出来，俩人去叙会儿话，也告个别。胥亮感激不已，说还是少老板会体谅人。

月光如水，城楼一片宁静。香香依偎在胥亮怀里，仰望着浩瀚的天空，喃喃地道："老夫人少老板都从不把我当下人看，也许是我的命好，让我遇到了一个好人家。"胥亮贴着她的脸，亲切地告诉她说："香香啊，你不光是遇到了一个好人家，还遇到了一个又爱你，又呵护你的好男人。是不？"香香甜美灿烂地笑着，点了点头。"胥亮哥，我熬了几个晚上，赶做了两双鞋，只等上起鞋底就完工了，带着路上穿吧。听说你们去的地方又远又险，路上要千万小心。""我知道。""咱们做下人的，一路上多担待点。多跑跑腿，多出点力，不要紧。青年人的力气用完了又会长出来的。""你就放心吧，我跟少老板一同出门，也不是一回两回了，知道该怎么做。再说，每次他都拿我当亲兄弟似的。""主人家越是这样，咱们做下人的就越要忠心勤快。""哎，我记住了。香香，我告诉你吧，少老板说了，去了回来，他要亲自主持，给我们把婚事办了。""胥亮哥，我等你。"

银色的月光下，城楼被映照得如同白昼。香香被胥亮紧紧搂在怀里，俩人的心都激荡着，嘴唇也紧紧地贴到了一起。

二十八

姚子君要去西藏和印度考察的消息，由茶商会的徐老板、陆老板、李老板几家老号联名向六十八家茶号都发了帖子，称姚子君此举实属雅州商界的第一大事，号召大家鼎力支持，热情欢迎。并通知，姚少老板出发之日，茶商会将在南门城外，为他饯行，要给他披红戴花，喝壮行酒。

消息传开，商会立刻沸腾了。

千百年来，雅州人专为西藏做茶。这里的茶商，多为祖传世家。他们一代一代，前赴后继，蒸制砖茶，用篾篼装成条包，经过背夫、马帮运输，在茶马古道上要行走长达半年，甚至一年，才能抵达西藏圣地拉萨。从唐朝的开元年间至今，就这样年复一年，周而复始，从未中断过一天。可是，由于道路遥远而艰险，至今真还没有一个茶商走进过西藏高原，看到自己做的茶叶在当地究竟是个啥情况。

今天，姚子君要做这第一人！

在商会的议事厅里，人们一边喝着茶，一边热烈地议论着。大家都对姚少老板充满赞扬。在靠窗的一张桌上，钱瑞却沉闷不语。孙老板从另一张桌子端着茶过来，问他：“到那天你去不去？”他怪怪地笑了笑道：“去，当然要去。这样好一个为他送别的机会，这次不去，下次就没了。我为什么不去呀？”“你这是什么话？人家去了又不是不回来了。”“哼，你的脑壳才这样想。”“啥意思？”“还啥意思，你想想，那里是什么地方？千年的雪山，终年不化。一望无际的荒漠，百里不见人烟。山上不长草，风吹石头跑。印度就是天竺，当年唐僧去天竺取经，明知从西藏去就是直线，他不敢，绕道走了北方。结果也是九九八十一难，一去就是十八年。他姚子君想去出这个风头，岂不是异想天开吗？我敢赌，不落得跟他爷爷一样下场，我把自己的屎吃了。”“那，你不成疯了吗？”“你要不相信，我俩就把话丢到这儿。到时候我疯了不要你负责。”“钱老板别说笑了。这种话不吉利，少说点。不管怎么说，人家这回也是为了大家。这种时候应该说点好听的，祝福别个的话，哪有还去咒人家的嘛！”

望着孙老板，钱瑞心里骂道：“呸，你也配教训老子！”嘴上却道：“好吧，看你的面子，那天我只说好听的，行了吧。”

民国四年五月二十六的早晨，这日是个少有的艳阳天。雅州古城东边的蔡山顶上，一轮红日正冉冉升起，南门城外早已站满了赶来欢送的人群，不仅有茶商，也有当地名流。左边有一排铺着红布的长桌，上面放了两个大酒坛，和几个装土碗的篼箕。徐老板带来的几个伙计，精神抖擞的立在旁边，时刻准备着为众人斟酒。

随着一个伙计匆匆跑来报：“来啦，来啦！”就见姚子君在一行人的簇拥下，从城里出来了。董大掌柜为姚子君牵着马走在前面，身后是一身打扮精干，牵着马的胥亮。那匹专门驮运物品和行囊的白马由田勇帮牵着，两人边走边谈笑生风地说着什么，紧跟在身后的还有号上赶来送行的先生和伙计们。

刹那间，鞭炮齐鸣，掌声雷动，人们纷纷拥上。

姚子君满脸谦笑，不停地朝大家拱手致意。

突然，秀秀气喘吁吁追来："少老板，等一等，少夫人说你把这个忘了。"来到跟前，她小心翼翼地从一个小锦袋里拿出吉祥喜旋："少夫人让你把这个戴上，夜里再也别摘下来。"

姚子君歉意地笑，要秀秀回去也告诉少夫人，他谢谢她。

在众目睽睽之下，姚子君从秀秀手中接过吉祥喜旋，郑重而又虔诚地戴到了胸前。

这时，徐老板领头走上前来，拱手道："姚少老板，今日是个大吉大利的日子。你瞧，咱们商会的几十家茶商，还有这么多的乡贤，都赶来为你送行来了。"

姚子君又忙向大家作揖致谢："谢谢各位同人，谢谢各位父老乡亲！子君不才，让大家费心了。"

徐老板高声说道："诸位，此时此刻，请容我代表大家先说几句吧。姚少老板学识渊博，才气八斗，胸怀大志，高瞻远瞩。此番不惧个人的艰辛和甘苦，自愿远赴他乡异国，考察调查，为家乡的茶业发展重塑昔日的辉煌，找寻出路！能有此番壮举，堪称雅州之人杰也！在此起程之际，请大家都把酒斟满，咱们一起为姚少老板壮行！斟酒——"

"要得！"

"斟酒——"

在一片欢呼声中，几个伙计迅速抱起酒坛，挨个给大家将碗送到手上，然后将酒斟满。

一个着长衫马褂白胡须的老者，端着酒走到姚子君面前，感动地说道："姚少老板，老朽虽不是茶商，但是地道雅州人氏，家乡能有你这样的豪杰壮士，老朽无比钦佩！……"姚子君说："长辈过奖了。这次去藏地考察，晚辈其实也仅仅是一孔之见罢了。"老者："不，姚少老板谦虚了……"他的话还没说完，就被端着酒也挤上来的钱瑞打断了："子君，别的话我就不说了，只希望你能像唐僧当年西天取经一样，好好去，好好回来。我等着喝你的庆功酒。"姚子君淡淡笑着："我哪能跟唐三藏相比，他是个伟大的先行者，我就一个普普通通的凡人，不过想老老实实为家乡做一点实实在在的事情罢了。"立在一旁的胥亮见钱瑞还要想说什么，冷冷瞪他一眼，抢过话头说："徐老板、李老板领着大伙给少老板敬酒来了。"姚子君一看忙道："那就大家都把酒端起来吧。"

徐老板，李老板领头高声道："祝姚少老板，一路平安，早日凯旋——"言罢，大家一口气将酒喝干，然后将碗摔成粉碎。刹那间，空旷的石板地上，碗碎响成一片。

胥亮向田勇和天德公的伙计们一一做了告别，然后跃上马背，牵着驮行囊的白马，走到路边，回头看着少老板正在同董大掌柜话别。

姚子君握着董大掌柜的手说："董大掌柜，家里就辛苦你了。"

董大掌柜的眼眶湿润了："少老板，路上保重。千万要记住少夫人对你说的话，去不了的地方就别拧着性子硬要去，走不通了就早点回来。路途遥远，写个信啥的也不方便，一定要照顾好自己。我叮嘱过胥亮了，什么事多做点，别把少老板累着了。"俩人真情切切，情同父子。

千里送君，终有一别。

姚子君带着胥亮终于踏上了西行的征程。看着他们渐渐远去，许多人还站在城门口不肯离去，一直到看着他们登上了南门槛的山顶。钱瑞也在人群中，但有人看见，大家摔碗时，他没把碗打碎，还悄悄地攥在手上。

季节正是油菜花开的时候，加上一场热热闹闹，风风光光的送别，这天的情景一直深深地印在人们的心里。

第二年，油菜花又开了，姚子君却一直没有消息回来。

民国初期的四川，诸侯林立，军阀混战。为了扩张势力，抢占地盘，从川东到川西，从川北到川南，枪炮声几乎没停过。遭殃的是老百姓，在这片被称之为天府之国的土地上，往日的富庶早已不见，倒是随处都可以看见那些衣衫褴褛、饥肠辘辘、逃荒的难民。

这不，刚平静两天的川西，为争夺雅州这块川边要地，刘乾仁的川军二十四师与潘旅长的独立旅又打起来了。潘旅长的队伍打不过二十四师，从蒲江、洪雅一线，一直退到了雅州城下，依靠坚固的城墙，才暂时挡住了对方。

这天刚擦黑，东门的枪声突然像炒豆子一样密集起来，还夹杂着大炮的爆炸声。守城的队伍也突然增加了许多，街上还在不断过队伍拥向东门，气氛十分紧张。老百姓都关门闭户躲进了家里。对于这种事，董大掌柜已经历不是一次两次了，他令田勇和伙计们，火速将天德公大院的前门后门都关上闩了，还加了门杠。刚刚做完，老夫人就出来了。香香打着灯笼搀着她来到前院，她问："今晚打得这么凶，是咋回事？"董大掌柜告诉她，潘旅长从富林调来的援兵到了，两家在东门城下打得难分难解。老夫人听了摇头感叹："唉，这世道，还说什么革命成功了，民国建立了，可这仗火还是一天到晚打个没完。今天这个旅长打过去，明天那个师长打过来，什么时候才是个头啊！"

正说着，玉珠抱着路远也出来了："妈，你怎么出来了？"秀秀打着灯笼照着她。老夫人一看，急忙道："唉哟，这个时候你抱着孩子出来凑什么热闹？这兵荒马乱，又是枪又是炮的，别把我孙儿吓着了。快抱回去，咱们都回屋去好好待着。"

看着婆媳俩去后，董大掌柜想想，仍觉得不放心，又让伙计们都抄起家伙，四处巡逻去了。

直到第二天早晨，枪声才逐渐停止下来。据说昨夜二十四师眼看就要攻进城了，结果被潘旅长的援兵及时赶到，二十四师怕腹背受敌，赶紧趁天还没亮就撤退了。

这一仗算是潘旅长又打赢了。

军阀打仗，百姓遭殃。打败了的，溃兵们会像强盗一样疯狂地抢钱劫物，奸淫放火，趁机大捞一把；打胜了的，则要大摆酒筵，犒赏三军。招兵买马，扩编军队，添置武器，这些哪样不要钱？于是，多如牛毛般的派捐派款，就落到了老百姓的头上。

说到捐款，雅州当数茶商的油水最大。潘旅长派侯兴给茶商会单独送去一份通知，所有茶号在三日内，务必按认领引票，每引捐款二两。逾期不交者，当以通敌罪论处。城西有两家小号没有及时交上银子，老板就被抓到衙署，被一顿棍棒打断了肋骨。人们敢怒不敢言，只有私下哀叹："古话说苛政猛于虎，可眼下的这些军阀们，老虎都不如他们哪！"

一场仗火下来，潘旅长从茶商头上又刮到了十七万两银子。

可日子还得继续过，茶还得继续做。天德公的生意倒是一如既往。王掌柜写信回来，青海玉树一位叫扎西的藏商，慕名天德公的茶叶，自己带着马帮赶到打箭炉，找到央金阿佳，来分号买了一万包茶。因为现银不够，一部分货款想用虫草、麝香、藏红花等名贵药材抵付，问董大掌柜行不？扎西是新上门的买家，第一单货就买了一万包，显然不是个小商户。至于用药材抵付货款，那些偏远牧区的商人才会选择这样做。董大掌柜没敢怠慢，立刻驱马赶去了打箭炉。

董大掌柜到了打箭炉，发现分号茶叶库存数量还不够扎西的要货，捎信回来，要玉珠赶快再发两千包茶过去，以保证扎西要的一万包。玉珠找到幺爸，要他立刻去揽背夫。

邵安虽然像兔子样的跑得快，但腿上还是挨了一枪。伤好后便成了瘸子。夏时玛也消失得无影无踪。钱瑞是局中人，还得了银子，事后不仅不敢声张，还处处对邵安特别关照，让他安心养伤，花钱给他看医生。伤好后，仍在聚盛源做大掌柜。

这天，邵安从茶馆回来，在天井看到钱瑞，将天德公在打箭炉又做成一笔大买卖，姚仁义正在四处招揽背夫的消息告诉了他，钱瑞叹道："妈的，走运的处处捡银子，倒霉的处处踩狗屎。姚子君走了，家中的运气也不见个消？"邵安却不以为然地笑笑："天不消，咱让它消。"钱瑞问："你有什么主意？"邵安看了一眼四周："这里不是说话地方，进屋说去。"

两人走进了里屋……

天德公往打箭炉发的两千包茶，货由姚仁义押着，三天前就上路了。发完背子，吴玉珠才刚刚歇息了两日，这天傍晚，突然来了一个报信的背夫，说不好了，姚揽头押的货在大相岭的松林口遭黑石寨土匪劫了。他是土匪放回来报信的，要天德公拿两千两银子买路钱，山寨就放人。玉珠让人先带背夫去伙房吃饭，然后赶紧去找妈商量。见了老夫人她说，这就不明白了，土匪一般是不抢茶的，因为就算抢到茶，他们也卖不出去。老夫人说这种事从前也有过，不过很少。只有在土匪遇到什么难处，或急需要钱的时候，才会用这种办法，敲茶商的竹杠。玉珠说一万包茶，赚的钱还不够给他们的，咱们且不赔了。老夫人说，现在咱们是在急处，碰到这种事，报官也不管用，就认栽吧。

谁去送银子？婆媳俩争执起来。

老夫人："子君不在，董大掌柜又去了打箭炉，田勇作坊离不开，家里就剩咱娘俩。我一个老婆子，不害怕，我去。"

吴玉珠："那怎么行？妈，还是让我去吧。"

老夫人："那才使不得！你一个年轻轻女人家，怎么能去土匪窝窝？再说还有孩子……"

田勇把话抢过去说，把作坊的活停两天不打紧，他去。

老夫人道："怎么不打紧，作坊里上百工匠，你走了怎么办？后面还要接着发货，茶做不出来，拿什么发？"

田勇："不行就报官吧。"

老夫人："那更不行，官家一掺和进来更麻烦。土匪灭不了不说，咱们的银子也少不了，还与黑石寨结了仇。"

吴玉珠突然道："妈，还是我去吧。听说黑石寨的大当家已换成了一个年轻江湖女侠。为人很讲义气，也不滥杀无辜。我去见到她，大家都是女人，兴许事情还会好办些。"

老夫人："孩子啊，她再讲义气也是山大王，也是土匪啊！"

"妈，我想过了，不会有事的。"

"唉，没想到今儿个天德公要成了杨家将了。"老夫人深深地叹息着。

　

黑石寨的大厅里，韩青霞剪背着双手，脸色铁青，正默默地沉思着。前些日她出了一趟远门，回茶树坪去给爹上坟，转来又去雅州城看望她的瞎眼老阿妈，还在老阿妈的窝棚里住了两个晚上，令老阿妈感动不已。她下山只带了一个女保镖，俩人乔装成化缘的道士。除上面的两件事，她还有一个目的，那就是寻找她的仇人吴嵬。一旦找到机会，血海深仇一定要报。二当家焦贵是个做事一向谨慎的人，他担心大当家的安全，要求与她同去，被她拒绝了。焦贵便带了两个弟兄，悄悄尾随在后面，暗中保护她们。临走，焦贵将山寨托给被大家称呼是三当家的一根筋。叮嘱他守好家，出不了十天半月他们就回来。没想到他们刚走两天，一根筋就接到城里线人报信，说天德公有一百多个背子，是急着要运到打箭炉交货的茶叶，近日将通过松林口。只要劫住这批货，就能狠狠敲天德公一竹杠，油水胜过拉十条猪。一根筋大喜，大当家、二当家都不在，正是好好表现自己的机会。立刻决定在松林口设下埋伏，将这批货劫了。身边的小头目提醒他，劫茶的事还是别碰的好，两个当家的都从不劫茶，再说一百多个背子，可不是个小数……一根筋不等他说完，就打断了他："老子又不杀人，劫到货就把背夫放了，只留下少数主事的做人质。茶老板送赎金来，咱就放人放货。雅州城的天德公，谁不知道是有钱的主，一百多个背子，两千包茶，问他要两千两银子，算便宜了他！"小头目说："他要不送呢？"一根筋道："别说了，就照我说的办。我就不信，大当家回来，看见又没动刀动枪，也没见红，却得了这么多银子。嘿嘿，还不夸我为山寨子立了大功呀！"

两个当家的在回山的路上碰到一起，韩青霞问焦贵哪去了？焦贵只说去山下的花滩坝办了点事。才走到山寨大门口，两人就被满院坝搁放的茶背子惊呆了。

大当家在家时种过茶，哥哥做过茶背子，在寻找哥哥的那些日子里，曾听过许多关于雅州茶叶在藏区老百姓生活中是如何珍贵的故事。劫茶可是伤天害理的事啊！二当家主张把一根筋拉出去砍了，说他坏了大当家的规矩。韩青霞为难了，一根筋跟刁八不同，他身世凄凉，是个孤儿，平日就管山寨种地的事，山坡上那片被开垦出来的火烧地，长得苗壮的玉米、荞子，他没少出力。因为性子老实巴交，憨厚直爽，大伙儿都叫他一根筋。时间长了，大家反倒把他的真名忘了。可是他也太莽撞了，也不仔细想想，茶路上的茶是随便劫得的么？他做错了事，还真当自己立了大功。韩青霞吩咐焦贵，先将他关起来，等她想好了再说。可还没等她想好时，倒是天德公送赎金的人先到了。

一个小喽啰风风火火地从山门前的石梯跑上来，嬉皮笑脸地大声嚷着："来了来了，送银子的来了。竟是两个又年轻又漂亮的婆娘！"

喽啰们立刻把他围住，七嘴八舌打听起来："你娃看清楚没有？别是龟儿子想婆娘想花眼了吧。"

小喽啰："哄你们我不是人！给她们蒙眼睛的时候，我看得清清楚楚，比我们的大当家长得还俊，跟仙女似的。"

"嘀，长得这么漂亮的女人竟也敢来黑石寨？她吃豹子胆了。老子不信，等会儿一定要上去摸摸她。"

"那，你就等着挨大当家的飞镖吧！"

"哈哈哈……"

喽啰们正在嘻嘻哈哈的时候，大当家传下令来，对送赎金的人不得无礼。

其他的人留下，只把天德公的少夫人押到大厅，韩青霞倒要看看，这是个什么样的女人，竟如此胆大。吴玉珠走进大厅的时候，仍被蒙着眼睛。当黑布摘下来，只见一个小头目模样的喽啰走上前来，抱拳道："抬头有玉帝黄天，埋头有土地老倌。小的给夫人丢拐子（施礼）了！"

吴玉珠揉了揉眼睛，看见面前坐着一个山里人装束的妇人，年纪与自己差不了多少。五官端正，面容清秀，她就是山大王？竟觉得怎么也不像。

韩青霞在瞬间也把她打量了一遍，然后问道："你家就没有男人了吗？为什么让你来送银子？"

吴玉珠："我家男人出远门去了，母亲年迈，碰到这样的事，只好自己来了。"

韩青霞："一个女人来到这地方，你不怕吗？"

吴玉珠："也怕。不过我打听过，自从黑石寨换了大当家，就很少滥杀无辜，为非作歹了……"

显然韩青霞很不愿意听到这样的话，打断她说："这些就别说了，我只问你，银子带来了吗？"

吴玉珠尽量让自己镇定下来："想必你就是黑石寨的大当家了。回大当家的话，照你们要的数带来了，是大丰钱庄的银票，你们可派人随时去支取。请大当家的过目。"说着将银票递上。

韩青霞接过，却看也不看就放到一边："你们倒是很守信，我就先收下了。茶背子立马就可以退你们，今天能背走的就背走。剩余的，咱们换个地儿，另约个时间，再通知你来背夫。你不用担心，一包也不会少你的。"

吴玉珠："大当家果真爽快。"

就说到这儿，韩青霞道："送客。"

拿黑布的小头目走上来，又要蒙住吴玉珠的眼睛。

吴玉珠挡住："大当家的，能让我问句话吗？"

韩青霞愣了一下，显出不很耐烦的样子："说吧。"

吴玉珠："茶路上绿林向来都不打茶的主意，我就不明白了，大当家什么要劫天德公的这批货？"

吴玉珠不知道韩青霞也正在为这事生气。被这一问，让她就像呛了一口枪药，怒道："放肆！山寨上的事还需要告诉你吗？什么天德公地德公的，我只

234

要银子，让我的弟兄们填饱个肚子！"

"大当家，每天成百上千的背夫都要经过这大相岭，他们运茶往打箭炉，大当家应该知道，茶是藏人的生命，兴许就在这会儿，不知道有多少藏族老百姓还站在家门口，或账房前，眼巴巴地盼着这些茶叶。你把茶劫了，你的弟兄们倒是吃饱了，藏地的百姓怎么办？没有茶他们会生病，甚至会没命，你想过没有？"

"别说了，这些与我有什么关系！"

"你们的旗杆上不是写着"替天行道，惩恶扬善"吗？藏地断了茶，人畜生疾，瘟疫流行。想想这些，替天行道，道在何处？惩恶扬善，善在哪里？大当家，这样的事只能再一，切不可再二啊。"

"你，你也敢教训我，别忘了这里是啥地方，小心我宰了你。"

"我说过了，大当家不会，何况我俩都是女人。"

韩青霞终于发怒了，往桌上猛拍了一掌，厉声喝道："送客！"

小头目走上来，不由分说，强行将吴玉珠的眼睛又蒙了起来，带出了大厅。

吴玉珠和秀秀被蒙着眼睛，由那个小头目和两个小喽啰押着，在山林中绕来绕去走了半天，才替她们摘下黑布。小头目告诉她们，穿过前面的林子，再转个弯就看见她们的滑竿了。吴玉珠不敢再说什么，匆忙中朝秀秀递了个眼色，示意赶快离开这里。忽然，那小头目道："请留步。"吴玉珠心头一惊："还有什么事？"小头目脸上掠过一丝笑意："大当家让我把这退给你。"吴玉珠刚接过，他便迅速转过身去，打了一声口哨，带着两个喽啰在山林中消失了。

吴玉珠埋头一看，不由目瞪口呆，竟是那张大丰钱庄的银票，两千两原封不动又退到她手上。秀秀问她："小姐，你跟那大当家说什么了？竟不肯收咱们的银票。我看你的本事真大，我算是长见识啦。"吴玉珠也感到茫然，心里道："不是我本事大，也许是姚家祖上积的德应验了……"

二十九

劫茶的事就这样过去了。一根筋也没被砍头，是大当家保了他。不过也没少教训他，一个五大三粗的汉子，跪着痛哭流涕，说今后再也不敢莽撞了，一定要好好听两个当家的话。

黑石寨宰了一场干净利落的埂子，得到的赎金竟被大当家当场给退了，这事焦贵是晚上回到山寨才听说。那一根筋做事虽然鲁莽，但毕竟是两千两银子啊，到口的东西，怎么就不想多少也留下一点。大当家那么不当回事就把它退掉了，焦贵心里也不免觉得心疼。

大当家退掉银子，却不见高兴，满脸晦气。焦贵看在眼里，问她是不是后悔了？她苦笑说倒也不是，只是没想到那天德公的老板娘伶牙俐齿，到了山寨也不害怕，反倒把她奚落一顿。

"啥？送赎金的是天德公的老板娘，长得挺漂亮是吗？她男人为什么不敢来？"焦贵顿时一惊。

"她说男人出远门去了。怎么，你认识她？"

"认识倒说不上，只是见过。"

"啊？"

"哎，大当家，说来你别见笑，那时候山寨的日子也不好过，我也做过一些偷鸡摸狗下三烂的事情……"焦贵便说起当年雅州聚盛源茶号的钱老板怎么让邵安找他，去天德公砸场子，替钱老板出气的事，最后感叹说："那天是她跟姚家少老板结婚的日子，砸场子嘛就是想给他们个下不了台。嗨，你猜怎么着？没想到就是这女人，在大庭广众的面前，竟凭着那副伶牙俐齿，说话有情有义，连敲带劝，反倒是让我差点下不了台。今天想起这事，都还后悔。"

"你说她男人家姓啥？"

"天德公的主人家姓姚。"

"啊，姓姚？"韩青霞怔了一下，似乎若有所思。

夜晚，韩青霞闩上门，从枕下拿出她的贴身小包袱，打开，捧出姚大哥的学生服和帽子，还有那五个一直不舍得花去的大洋，在灯下默默地看着。尽管日子已经过去许多年，但往事依然还那么清晰，历历在目，仍旧像昨天的事。唉，姚大哥啊，你在哪里呢？今生还能再见到你吗？

夜深了，韩青霞还坐在床上，双手托着下巴，沉浸在深深的思念中。

屋外，猛烈的山风，撕扯着群山。四周的莽林，传来滚滚涛声，大地颤抖，长夜漫漫。

姚子君离家已一年多了，仍还没一点消息。老夫人倒是挺沉得住气，只是上青云寺烧香拜佛的次数较往日多了许多。每次上山，都带上玉珠。她说青云寺的观音菩萨最灵验，给她多烧香多磕头，定能保佑姚子君早日平安回来。这日婆媳二人进完香，照例由慧真法师亲自送两人一程。出了山门，走下石阶，慧真法师道："两位施主不必担心，敬佛虔诚之人，必将会有善果。菩萨一定会保佑少老板平安归来。"老夫人拱手谢道："有法师这话，我就放心了。不用送了，请法师留步。""那就恕不远送了。"慧真法师刚说完这话，忽听一阵马蹄声，就看见三骑朝山门驰来。

来者不是别人，竟是衙署的潘旅长和他的副官，还有侯兴。潘旅长早就知道姚子君的妻子是个闭花羞月，国色天香的女人，不想今日在这里遇见了，顿时便三魂掉了两魂。他翻身下马，主动迎上前，拱手施礼道："啊，是天德公的老夫人和少夫人，幸会，幸会。"老夫人也还礼道："幸会幸会。潘大人今儿个怎么也有兴上庙来了？"他说："老夫人这是哪里话，潘某虽说行武，但也信佛。早就听说青云寺的观音菩萨灵验，今日特地上来看看。"边说眼睛珠子就不停往地吴玉珠脸上落。吴玉珠只好装着没看见，把脸侧到了一边。

老夫人领着玉珠缓缓走向旁边的轿子，一边告辞说："信佛好啊。诚心向佛，才会一心向善，有善心才能结善果。我们先告辞了。"二人坐上各自的轿子，香香秀秀紧紧跟上，一行往山下走去。

轿子渐渐远去，潘旅长竟还站在那里，魂不守舍地望着……侯兴看在眼里，走到他身边，小声道："雅州方圆百里，就数这女人漂亮。"说得他心里更是痒痒的，禁不住默默道："能睡到这样的女人，也不枉来世上一场。"

自打在青云寺碰见吴玉珠回来，潘旅长就像掉了魂似的，叫人给他搬来把摇椅，摆在公堂后面天井的长廊上，旁边放一茶几，沏上好茶，他就躺在上面，分明没病，额上也敷一毛巾，既不理政，也不与人说话。整天沉默不语，倒像个病人。

侯兴拿着公文来找他："大人，省上的文书又来了，还是催收公粮的事。你看——"他也心不在焉："看什么看，把省上的文书换个头子，往各县照发，不就完了吗？"侯兴："小的明白了。"可退了两步又站住了："大人，要不要请个医生看看？""我没病，下去吧。""大人身上没病，想必是心里有事？可否告诉小人，兴许能帮上大人。"潘旅长取下额上的毛巾，捏在手里："你怎知道我心里有事？"侯兴先笑了笑："自从那天从青云寺回来，大人就一直闷闷不乐。这不就明白了吗？"潘旅长："那，你说有什么办法？"侯兴可是见风使舵、钻营投机的老手，此时就卖起了关子："大人，小的就不客气了。自古道英雄难过美人关。话虽是这样说，但那吴玉珠毕竟是有夫之妇，她的男人姚子君又是雅州茶商首户，地方名流，若是强求，弄不好岂不坏了大人名声。大人不妨听小人一言如何？"潘旅长："你说。"侯兴："天下女人有的是，大人何必在一棵树上吊死。若是大人喜欢，不出三日，小人就能替大人另找一个——"且料潘旅长忽然大怒："放肆！你把我当成什么人，乌鸦与凤凰，那能比吗？还当你有什么高见，给我滚！"手里的湿毛巾也朝他脸上砸过来。侯兴忍气吞声，捡起毛巾，讪讪离开了走廊。

别以为侯兴真是这意思，其实，狡猾的侯兴是在试他。看他是不是真的为吴玉珠害了相思病，真要是这样，那就可有好戏看了。下来他找到钱瑞，俩人约到稻香村，点了几样酒菜，便将看到的事情告诉了侄儿："看来这位大人还真是鬼迷心窍，迷上了姚子君的女人。"

钱瑞哪里听得这种好事，立刻大腿上一巴掌，幸灾乐祸地笑道："老舅，我说什么来着，花香招野蜂，人美多是非。姚子君这下摊上好事了。"

侯兴："贤侄也别高兴太早，姚家毕竟也是深宅高门，富商世家……"

钱瑞："怎啦，比得上潘大人手里的权还是枪？"

侯兴："就算他官高权重，但姚子君还在，哪一天回来了怎么办？"

钱瑞："老舅，这么说吧，这事我来想办法。潘大人那头算你的，我这边弄个死讯传到姚家。我俩准会把这台戏演好。"

侯兴："就怕演砸了，遭人骂不说，被人一人一口唾沫也会把我俩淹死。"

钱瑞："老舅，你就放心吧。那姚子君去西藏印度考察一年多了，至今杳无音讯，生死未卜。我看十有八九也是跟他爷爷一样了。就算哪一天他回来了，潘大人生米已煮成熟饭，他又能怎样！只要我把姚子君的死讯弄得天衣无缝，这事就成了。"

侯兴望着眼前的侄儿，也不得不刮目相看。心里悄悄道："你娃儿还真是够狠的。"

钱瑞仍不解恨："那女人该是我的，我得不到，他姚子君也别想安生。"

钱瑞下来就让邵安去了打箭炉，临走吩咐，做吉祥喜旋的银匠，一定要找最好的，不怕多出点银子，做出来的东西不能看出破绽。

打箭炉，这座群山中的小城，一到夜晚就显得格外宁静，尤其是在没有风的时候，你会听到折多河潺潺的流水声，就像火塘边的阿妈在娓娓地讲述着一个古老的故事，时而欢畅，时而忧伤。如泣如诉，充满神秘，永远也没有尽头。

王掌柜忙了一天，正打算上床睡觉，忽然听到一阵猛烈的敲门声，他开了门，看到一个陌生的藏族赶马汉模样的人。他戴着的狐皮帽子几乎遮住了半个脸，自称从藏北草原来，马帮里的一个朋友托他捎信，说姚老板出事了，他们在雪山上遭遇了雪崩，被大雪给埋了……他从雪坑里只刨到这个。说完便拿出一个布包。王掌柜大惊，接过打开，竟是一枚吉祥喜旋。顿时，王掌柜就傻眼了。等到他再抬起头来时，那人已转身离去。王掌柜赶紧赶到央金的锅庄，央金一听，顿时就失声哭了起来。事关重大，俩人决定赶紧回雅州报信。

犹如晴天一声霹雳，天德公就像天塌了一样。

吴玉珠捧着吉祥喜旋，哭成了泪人。路远攥着她，撕心裂肺地哭喊着："我要爸爸——"董大掌柜领着王掌柜和央金守在旁边，也泣不成声。

董大掌柜拭去眼泪，提醒吴玉珠："少夫人，老夫人还不知道呢。你看，要不要也告诉她？"

吴玉珠忍住泪水说："事已至此，哪还能瞒得住啊。央金妹子，我俩一道去见她吧。你们就快着手准备后事吧。"

后院那间供着姚家祖宗灵位的神龛前，老夫人打坐在蒲团上，左手数着佛珠，右手拿木槌敲着木鱼，面对袅袅青烟，还在闭目祈祷。突然看见玉珠和央金走进来，她诧异说："今儿是什么风啊，把我的干女儿给吹来了？"

央金也不语，只是看了嫂子一眼。

吴玉珠上前扶起母亲："妈，快起来坐着说吧。"

这时，她才发现媳妇的眼睛是红红的："玉珠，你怎么了，哭啥？"

她这一问，吴玉珠眼泪禁不住就哗哗地落下来了："妈，子君他……出事了。"

"啥，你说啥？"

"妈，子君他……没了啊。"吴玉珠终于失声大哭起来。

央金告诉她："子君阿哥过雪山时遭遇了雪崩，被雪埋了。马帮只找到他身上的吉祥喜旋。"

刹那间，老夫人就像掉了魂，眼珠也一动不动，死死地盯着神龛，拿着的东西脱手掉到地上，也全然不知，就像个已死去的人。吴玉珠和央金连忙又喊又叫："妈！你可千万别再有个啥啊。""干妈！你快醒醒。"俩人喊了半天，才把她唤醒过来。她长长地喘了口气，缓缓地用手拉住二人，喃喃地说着："我没事……我没事……"可话还没完，就猛烈地咳了起来。她掏出手绢捂住嘴巴，等她拿下来时，就见手绢上有一团鲜红的血……

"妈！""干妈！"两人同时惊叫起来。

老夫人镇定地将咯血包起来，平静地说道："孩子，你们别怕，妈早就准备好了，经受得住。去吧，你们该做啥做啥去，我要一个人待一会儿。"

吴玉珠："妈，我去请个郎中先生吧。"

她仍然说："不用。有香香在这儿就行了。"

吴玉珠心疼不已，只好拉着央金走到门口，低声说："香香妹子，你照看好她，有什么就赶快喊我。"

香香已泣不成声："我知道。"

二人刚走出门口，屋里就传出来悲痛欲绝令人心碎的哭声。吴玉珠要返回去，央金拦住："嫂子啊，这会儿干妈想哭，就让她哭吧，要不哭出来，她心里会更难受。"

天德公大门口的红灯笼已换成了白灯笼，上写着"奠"字。大门两旁也贴上了一对挽联，上联是"英年早逝天地同悲，黄泉路上子走好"，下联是"光华尽敛山河失色，天堂之中君再生"。两个手臂上戴着白花的伙计，垂头立在门柱两边，迎候不断前来哀悼的人们。徐老板、陆老板、李老板、秦老板……雅州的许多名人志士，都纷纷赶来了。

前院大厅是给姚子君设的灵堂，一幅姚子君英俊年少的相片，被披上黑纱挂在中壁。瓦盆里烧着纸钱，香炉里燃着香、烛。吴玉珠领着路远、路遥守在灵前，董大掌柜、王掌柜、央金和秀秀陪在一旁。

徐老板来到姚子君像前，默默地行了三鞠躬，又走到吴玉珠面前，安慰说："少夫人节哀顺变。少老板青年才俊，初展头角就……唉，造化弄人，可惜啊！"吴玉珠也只有泪如雨下，道了一声："多谢徐老板……"

随着一声声节哀顺变的叹息，众人一一走过。

忽然，灵堂外传来喊声："衙署潘大人到——"霎时，就见吊丧的人们纷纷闪开，潘旅长一身便装，由副官和侯兴陪同，便走了进来。他走到姚子君像前，也恭恭敬敬地行了三鞠躬，然后就径直走到吴玉珠跟前，颔首道："少夫人节哀，人有旦夕祸福，天有不测风云。人死了不能复生，活着的人还得好好地活下去。"他会来吴玉珠没想到："多谢潘大人关照。"他突然用双手拉住吴玉珠的手，紧紧地捏着："要是有什么事，少夫人尽管言声，潘某一定尽力。"吴玉珠迅速把手挣脱，说道："不用潘大人费心，谢谢了。"他仍不肯离去，拿眼示意侯兴，侯兴立刻拿出一张银票走上来："少夫人，这是一千大洋，是大人慰问少夫人的。请少夫人收下。"吴玉珠连忙推辞："不，大人能来一趟就不容易了。这礼我不能收，请大人还是收回去吧。"他微微笑道："我知道天德公不缺银子，只是为了表示我的一点心意。就别推辞了。"说罢便让侯兴留下银子，转身扬长而去。

这时，灵堂外又传来一声吆喝："姚少老板的岳丈岳母到——"话音刚落，吴有财夫妇就由吴嵬搀着，跌跌撞撞，痛哭流涕地扑了进来。"我的姑爷呀，你怎么就这样匆匆走了！丢下我的女儿，还有外孙，往后的日子，你叫他们怎么过？老天爷为什么不长眼啊！呜——呜——"

吴玉珠扑到爹妈怀里，泪如雨下："爹——妈——"

路远也跟着扑上去，抱着外公外婆哭着："我要爹爹呀，我要爹爹呀——"

霎时，哭声一片，催人泪下。

在后院上房，老夫人半躺在床上，身上盖着被子。

姚仁义坐在床头的方椅上，眼睛早已哭红，声音沙哑地说："嫂子，你可千万想开些，咱姚家现在就看你了。你要是再倒了，姚家的天就真塌了。"

老夫人："放心吧，我一时半时还倒不了。只是这些日子，少不了会忙不过来，玉珠这孩子能挺到现在，已够她受了。董大掌柜又是那把年纪，整天还跑上跑下，忙这忙那。哎，真是多亏他了，你要多帮他点。"

"哎。"

"晚上，你和幺姑就别回去了，就留在号上，多个人手多把力。帮着照应点。这两日有背子发吗？"

"有。昨天刚发了三十多背茶。路上我托了叶二哥，让他帮我照应背夫。"

"这就好，平时多积点人缘，到时候人家才会帮你的忙。"

许幺姑端着煎好的药汤走进来："嫂子，药煎好了，快趁热喝了吧。"

老夫人挣起来接过："唉，这些天也没让你歇着。胥亮也没了，香香也伤心。我让她去歇息两日，她也不肯，硬要撑着来陪我。幺姑，你要多安慰她。"说完将药汤一气喝完。

许幺姑答应她："我记住了。"

"嫂子，喝了药再好好睡一觉。我就先下去了。"

"哎，去吧。"

姚仁义这才站起来离去。

姚子君的死讯是侯兴告诉潘旅长的。那天他兴冲冲来大人面前，神神秘秘地说大人躺这些天了，我给你带一个好消息，保你药到病除。潘旅长问他什么意思？他说就像是瞌睡来了，就有人给你递来枕头，姚子君死了。潘旅长果真一下子就从摇椅上站起来了："真的？是怎么回事，你说详细点。"立马就把额头上的毛巾拿了下来。听侯兴说完，潘旅长大喜。立刻吩咐，他要去吊丧。于是就有了刚才那一幕。

吊丧回来，侯兴又献一计，如今姚子君的女人已成寡妇，大人不妨借机多去姚家走动，待丧期一过，便上门前去提亲，名正言顺娶吴玉珠做小。潘大人官高权重，量那姚家不敢不应。

潘旅长："倒是合我心愿。只是不知她肯答应不？"

侯兴："大人放心。这事就交小人去办，定万无一失。"

侯兴和钱瑞相约来到茶也醉人茶馆。

侯兴："大侄子，我那边的事一步步在往前走，姚家这边就看你的了，可千万有不得闪失啊。"

钱瑞："老舅，你怎么就不相信我？你放心，事情做得天衣无缝。姚家上上下下没一个人不相信，连董大掌柜那个老东西也信以为真了，就像死了自己亲儿子似的，人都瘦了一圈。"

侯兴："你又不是不知道，伴君如伴虎，挨骂受气事小，打倒了饭碗事大。老舅混了半世，好不容易才混成个人样。"

钱瑞："老舅是我最佩服的人，咋也这样胆小？为什么就不想想，你现在才是个副官，帮他把吴玉珠弄到手，他让你当个营长团副呀啥的，那还不是小事一桩。"

"大侄子，我看你的心也太大了吧。"侯兴笑着。

"我还嫌小了。世上谁不想做人上人？我就巴不得所有的人，都只能跪在我的脚下，听我呼风唤雨，向我俯首称臣。说出来怕你不信，我想的不光是要让姚子君在这个世界消失，还想有一天，把整个天德公都变成是我的！"

钱瑞说话的时候，龇牙咧嘴，目光凶狠，就像山里食人的野狗。

三十

天德公后院老夫人卧房。

老夫人仍不能下床，半躺在床上。吴玉珠坐在床边，婆媳俩欣慰地看着在床前学拳的路远。孩子比画了两招幼稚的拳脚之后，还想再来个筋斗，不料却一屁股坐到了地上。玉珠欲上去扶他，老夫人拦住说："别，让他自己爬起来。孩子，摔痛没？快过奶奶这儿来。"路远爬起来："我不怕，我要跟爹爹一样，当英雄好汉。"老夫人将他拉到怀里："对！这才像个爷们儿。快点长，咱姚家日后就看你了。"路远便像个小大人似的："我长大了，挣钱孝顺奶奶，孝顺妈妈。""真是我的好孙子！"老夫人搂着他亲着。吴玉珠也笑了，心里却酸酸的。

忽然香香、秀秀慌慌张张进来，说衙署的潘大人又来了，还让人提着点心。董大掌柜跟姚仁义一道去作坊了，那个姓侯的就领着潘大人自己到客厅里坐了。吴玉珠心里怔了一下，说："妈，我去见他们，问有什么事？要没事就打发他们走。"老夫人却道："你就别去了，还是让两个丫头去吧。人家既然上门来了，咱也不能失礼。先去把茶给他们沏上，拿一人去叫董大掌柜，让他去见他们。"

香香刚把茶沏好，秀秀就领着董大掌柜和姚仁义来了。

董大掌柜："不知大人驾到，有失远迎。抱歉，抱歉。"

潘旅长站起："幸会，这位是——"他看着姚仁义问道。

董大掌柜："我家少老板的幺爸姚仁义。不知潘大人突然光临，有何事情？"

侯兴抢着回道："潘大人今儿来，不为别的，是专门来看少夫人的。董大掌柜，让丫鬟去把少夫人请出来吧。"

董大掌柜："啊，原来是这样。"

潘旅长不自然地笑着："是这样，是这样。想到姚家的丧事也办完了，念及少夫人年轻轻就失去丈夫，本官也是于心不忍，所以特地过来看看。一来表示关切，二来也是想劝慰她，不要太悲伤了。"

董大掌柜："谢谢大人的关心，只是很不凑巧，我家少夫人已卧床多日，每日以泪洗面，一直闭门谢客，还请大人海涵。"

侯兴："怎么，潘大人上门来，也不肯给个面子？"

董大掌柜："哪会是这意思，实在是少夫人有病在身。"

侯兴："既然如此，我看这样，少夫人病身不便，不妨让潘大人进里屋，去病榻前探视少夫人如何？"

潘旅长："这主意倒是不错。"

董大掌柜："后院是闺阁女眷之地，这些时日，不光少夫人生病，老夫人也病着，大人去还真是多有不便。"

侯兴："潘大人不会在乎……"

姚仁义终于听不下去了："可女人在乎！"

董大掌柜接道："姚幺爸说得不错，面对潘大人这样的高官贵人，一个生着病的女人，披头散发，容颜憔悴，你说她愿意见人吗？好男人都是懂得要给女人留脸面的，何况潘大人这样的大官。"

听到这里，潘旅长也只好点头："两位说的也是。那就改日，等少夫人的病好些了，我再登门拜访。"说罢便起身而去。

董大掌柜："恕不远送。"

走出天德公大门，侯兴脱口骂道："老混蛋！不愧是姚家忠实的看门狗。"

潘旅长："你说姓董的？"

"不是他还有谁？一头撞到了棉花包上，不痛不痒就把咱们给打发了。"

"他说得倒是也有道理。"

"大人哪里知道，给姚家出谋划策拿主意的，现在就数他了。早晚得找个借口，把他捋顺溜了，以防他坏了大人的好事。"

一士兵牵马上前，潘旅长跃上马背，没等他举鞭，侯兴朝马屁股上拍了一巴掌，那马便小跑了起来。

老夫人让香香把茶几抬到床上，伏在上面，缓缓地在红格纸上写着什么。写完了，她放下笔，又沉思了一会儿，才折叠起来放到了枕下。这时，派去叫董大掌柜的香香走进来禀报，聚盛源的钱老板也看老夫人来了。老夫人啊了一声，便让她先把茶几抬到地下，然后笑着说道："哎，子君一走，这上门的人倒是见天多起来。去叫他进来吧。"

隔了一会儿，钱瑞便提着一大包东西跟着香香走进来："伯母，瑞娃子给你老人家请安来了……"

老夫人呵呵笑道："哎哟，还瑞娃子呢，如今你可不是当年的瑞娃子了，还是让我叫你钱老板吧。"

钱瑞将银耳燕窝点心放到桌上，开怀笑着："我就喜欢你叫我瑞娃子，听着亲切。记得小时候，有一回我和子君在天德公堂屋里拿着木刀杀仗，不小心把你大明朝的青花瓷罐打碎了，你拿扫帚把我俩屁股都打红了。"

"亏你还记得这些。想想日子过得真快，当年的瑞娃子，如今已是聚盛源的大老板啰！"

"伯母就别挖苦我了，什么大老板，要跟天德公比，聚盛源不过是小菜一碟，天德公随便拔根汗毛，也比我的腰杆粗。"

"今儿个怎么突然想起上我这儿来了。"

"想起小时候您那么疼我，如今子君不在了，我还不该来替他给您老尽尽孝呀。"说着竟眼睛也红了。

"你的嘴巴倒是变得越来越会说话，让我听了，心里就像喝了蜂蜜一样。"

"伯母啊，我就掏心窝子给你说吧，子君不在了，你老就把我当成你的亲儿子吧。有什么用得着我的地方，你尽管吱声。别说鞍前马后，就是日后养老送终，我瑞娃子都把你当亲娘一样对待。"

"难得你有这份心，只是我这把老骨头呀还硬朗着呢，一时半会儿垮不了，让你操心了。"

香香又走进来，走到老夫人身边，低声说着什么。

钱瑞张着耳朵听到董大掌柜几个字，立刻起身道："伯母，我告辞了，改天再来看你。"他知道董大掌柜最讨厌他，碰见了少不了又要奚落他几句，不如趁早走了好。

老夫人也不留他："香香，送客。"

钱瑞前脚出门，后脚董大掌柜进来。"他怎么来了？"他问。

老夫人就笑笑："说是来看看我，拿来这些东西。"

董大掌柜："不会是也来套近乎的吧？这小子可不是只好鸟。"

老夫人："唉，这子君一走，还什么人都蹦跶出来了。"

董大掌柜："你看出来了？"

老夫人："经多了，见多了，想也想得出来。坐吧。"

"老夫人找我什么事？"董大掌柜落座下来，香香上茶后退下。

老夫人开门见山道："董大掌柜，今儿个请你来，我就不转弯抹角了。这些日子，你说那潘大人三天两头往咱家跑，是啥子意思？"

董大掌柜："老夫人，我就直说吧，黄鼠狼给鸡拜年——没安好心。我看恐怕是冲着少夫人来的。"

老夫人也点头："唉，我担心的就是这个。玉珠虽说是个好孩子，毕竟还那么年轻，人也长得好看，让她为姚家守一辈子寡，我也于心不忍。我已是风烛残年之人，哪一天一口气上不来，也不过是早晚的事。为了以防万一……"

董大掌柜："老夫人，你可千万别说这个话。"

老夫人止住他："不用忌讳这些，人活在世上，最后都会死。我只是想，仁义是那样子，大事情他撑不住。路远这孩子还小，我只能托付你了。今天我的话你可要记住了。"

董大掌柜只好点头道："哎，我明白。"

老夫人："如果玉珠她愿意再嫁，咱不拦着，可姚家的根得留下，孩子不能跟她走。你要替我，替子君，替姚家把他带大，继承姚家的祖业。"

董大掌柜已是热泪盈眶："老夫人，我答应你。"

"还有，后花园地下的银库里，埋着姚家几代人积攒下来的家产，一共是三万五千八百六十两金子。眼下就我知你知，这是留给我孙子的，不到万不得已，不能动它。"说到这里，老夫人从枕下拿出她写好的遗书和一张银票交给董大掌柜："我刚才说了，以防万一。这张我的遗书你收好；另外这张是三万两大丰钱庄的银票你拿上。给姚家干了一辈子，经历了三代人，就算是姚家对你的一份心意吧。"

董大掌柜连连摆手："老夫人啊，万万使不得。姚家三代对我有情有义，恩重如山。我就是结草衔环也报不了你们的大恩大德。这钱我不能要。你嘱托的事，我一定记住就是了。"

老夫人将头背过去，老泪便像泉涌一样簌簌地落了下来。半天才缓过气："一定要拿上。有你在，我死也放心了。"

董大掌柜的眼眶也湿润了，他强忍着没让泪水落下来。想了想，他说："据我平日观察，少夫人心气高，有主见。要她再嫁，未必愿意！"

"你有把握？"

"没有。不过，我看她有胆有识，有义有德，可不是一般的女人。要她再嫁，不太可能。要不这样，我寻个机会，先探探她的口气。"

"也好，只是玉珠她冰雪聪明，心地善良，别伤了她。"

"我知道。"

春日书房。路远跪在凳子上，吴玉珠伏在他的身后，握着他的小手，正在教他写字，秀秀立一旁看着。董大掌柜走进来。

吴玉珠看见董大掌柜腋下夹着账簿，忙要路远停下，吩咐秀秀带他出去玩一会儿。董大掌柜将账簿放到桌上说："少夫人，昨儿王掌柜写信来，说今年西藏多吉昌订货比去年又增加了两成，而且还答应先付一部分订金给咱们。还有去年找上门来的玉树商人扎西，今年也提出增加要货。眼看收茶的季节就要到了，我想把今年买原料的价格也提高一成，这样既能保障茶叶原料的品质，也能保障数量。我做了个测算，你看看。"说着就将账簿推了过去。

吴玉珠一听是为这事，抿嘴笑道："董大掌柜，这些事，我妈和我都给你说过了，你定夺就是。号上那么多事，已经让你够累了，再让你为这些事跑来跑去，我这心里就更过意不去了。"

董大掌柜不好意思地笑着："嗨，你看我这记性，你们说过的，说过的。都怪我习惯了。"

见他还没走的意思，吴玉珠问他还有事吗？董大掌柜忽然止住笑道："还有一桩事，只是不知当说不当说？"

吴玉珠说："董大掌柜啊，你这是怎么了？站在你面前，无论怎么样，我总是晚辈，有什么不能说的。什么事，你说吧。"

董大掌柜顿了一下："那我就直说了。这些天衙署潘大人隔三岔五来探望少夫人，明眼人都明白，他无非就是冲着少夫人来的。我就想问问，少夫人自己怎么想？"

一听这事，吴玉珠的脸色凝重起来："我没去想过。不知董大掌柜怎么看？"

"唉，按说呢，姚家家大业大，在雅州也算是首富了。凭少夫人的聪明才智，一辈子守着它，那也是荣华富贵，吃穿不尽。只要把孩子养大，亲手将家业交到他手上，姚家的香火就会延续，血脉不断。这固然能使少夫人成为世人心目中的贤妻良母，贞节烈女，被敬仰传颂。可是，一个女人年纪轻轻就死了丈夫，往后的日子总是难过。若凭少夫人的天质美貌，再找个什么样的人家，我看也不是难事……"

"你不用说了，我知道，你是想听我是怎么想的，对吧？"

"做下人的，这些天也在猜。"

"不会是我妈也有这意思吧？"

"不是，只是我想问问。少夫人知道，我在姚家做了几十年，算得上是老人了。姚家三代对我有知遇之恩，有些事我不能不为姚家着想。"

"这么说来，你是担心我再嫁？"

"女人再嫁，做他人之妻，也是人之常情。我只是想说，若是这样，少夫人得把少爷留下。哪怕当牛做马，老夫愿替姚家守护好这根独苗。直到他长大成人，继承家业。"

吴玉珠背过身，再也无法抑制自己，眼泪便哗哗地流了下来："我若是不嫁呢？"

董大掌柜："那老夫在这里就给少夫人磕头了！"扑通一声，还真就跪到地上。

吴玉珠急忙回身，扶起董大掌柜："姚家有你这样的大掌柜，该下跪的是我……"话没完，人已是泪水潸然，泣不成声，就要跪地。

董大掌柜死死拉住她："少夫人，这可使不得。老夫的话如有不当之处，还望你原谅。"

"董大掌柜，就替我给妈捎句话吧，玉珠生是姚家人，死是姚家鬼！"

刹那间，董大掌柜的眼泪也刷刷地落下来了，心疼地默默叹道："少老板没看错你。"

女人的美貌本是爹妈给的，可在那个军阀割据，诸侯为王的年代，不知有多少良家妇女，就因为美貌而被那些军爷们霸占去纳妾做小，当为玩物，受尽凌辱。没想到这样的命运，有一天也会落到吴玉珠的头上。

侯兴抬着彩礼上姚家提亲，在前院的天井里碰上了董大掌柜。"恭喜恭喜！下官给天德公道喜了。"

董大掌柜忙将他拦住，一边叫人搬椅子安座沏茶，一边问道："你们这……这是干什么？"

侯兴让士兵将东西放下说道："旁人看不出来我信，董大掌柜还看不出来吗？"

"看不出来，不知喜从何来？"

"董大掌柜可是一踩九头翘的人，要说看不出来，那就是揣着明白装糊涂。下官就直说了吧，衙署的潘大人瞧上了府上的少夫人，要娶她做小，差下官前来提亲，这彩礼就是潘大人送的。"

"侯副官，这怕不合适吧。"董大掌柜正色道，"姚家刚办完丧事，老夫人尚在病中，少夫人也在服丧期间，哪有在这个时候上来说这事的道理。还请侯副官把彩礼抬回去。"

侯兴拉下脸说："我知道，你董大掌柜在姚家，那可是能做一半主的人。我今天也把话撂这儿，潘大人瞧上谁，谁敢不从！潘大人瞧上你家少夫人，那是她的福气。行也行，不行也要行！"

"你们这样，天理何在？"

"天理？潘大人的话就是金口玉牙。彩礼今儿撂下，你们自己看着办吧。不过我要奉劝你们，别敬酒不吃吃罚酒！"说完起身扬长而去。

这晚，后院上房的灯一直亮到深夜。

屋里的空气异样沉闷。老夫人坐在床边，吴玉珠泪水涟涟，伏在老夫人怀里，董大掌柜和姚仁义在窗下的方椅上落座。

"妈，他们要再上门来，我也不想活了。我丢不起这个人！就让我也跟子君去好了。"吴玉珠哭累了，猛挣起身来说道。

老夫人说："孩子啊，别说傻话了。妈已是这把年纪，路远还小，这家怎么离得开你。"

姚仁义实在憋不住了："嫂子，我去跟那狗东西拼了！我这就去把彩礼给他甩出去！"

老夫人摇着头："刀架在脖子上，咱拧不过人家，还是再想想别的法子吧。"

"哎，只有躲起来。"董大掌柜说他想来想去，也只有这个办法。他说让少夫人走得远点，人没了，让他们想折腾也折腾不起来……

众人围着他，听他说完后，老夫人沉默半响："也只好这样了。"

黎明时分，小城一派宁静，人们都还在熟睡当中。忽然，天德公后院的侧门轻轻打开，从里面抬出两乘轿子，董大掌柜领着香香、秀秀紧跟在后面，门又迅速关上。

轿子出了城，在一个岔路口很快分开，香香跟着一乘轿子向东，董大掌柜和秀秀跟着一乘轿子向西，乘着天还没亮，各自匆匆而去。

清晨邵安起来小便，发现姚家的轿子这么早就出了门，赶紧去给钱瑞报信。钱瑞得到消息，忙赶到衙署。这时天已大亮，时间已过去两个时辰了。潘旅长听到吴玉珠出逃，气得大骂侯兴为什么不早派人看着。侯兴忙道："大人莫急，出城的是两乘轿子，丫鬟香香跟的，毋庸置疑坐的是老夫人；秀秀跟的那乘里面，坐的自然是少夫人。她们想逃，没门！哼，敬酒不吃吃罚酒！我这就带人去追。"

"快别说了，赶快追去，别让她跑了。"潘旅长猴急地催着。

"大人放心，她再逃也逃不出我的手掌心。"

怕途中又生出什么变来，潘旅长叫身边的副官也跟了去。

三十一

晨曦的浓雾里，秀秀跟着轿子，匆匆赶路。忽然听到后面传来马蹄声，她忙催轿夫加快脚步，一边又回头望了望，心里也怦怦跳动起来。果然，片刻工夫，后面就传来喊声："站住！站住！"

一队人马从浓雾中冲出，侯兴和副官骑马冲在前面，十多个士兵跑得汗流浃背，将轿子团团围住。侯兴和副官跳下马来，走到轿子面前。

"这么匆匆忙忙，是要去哪里？"侯兴问道。

秀秀："你们要做什么？"

侯兴："别废话了，请少夫人出来吧。"

秀秀理直气壮地说："这里没有少夫人，别挡着路。"

侯兴："嘀，一个当丫头的，也敢嘴硬。"便自己上前，用马鞭去挑起轿帘。不等轿帘挑起来，就听里面的老夫人喝道："是谁拦轿？"侯兴愣了一下，拿马鞭的手也缩了回来。但最终还是将轿帘挑了起来，一看还真不是少夫人的时候，他傻眼了："哦，原来是老夫人。"

老夫人问他："侯副官，我去龟都镇看看亲家，你有什么事吗？"

他与副官嘀咕一阵，转过头来道："只因近日来，二十四师又在蠢蠢欲动，常派细作混入城中，我等奉命对各个津关路口要加强巡查。"

老夫人："我不会是你们要捉的什么细作吧？"

"那倒不会。不过，老夫人德高望重，家中又是茶商首富，这个时候出城，恐多有不便，万一遇到不测，潘大人跟前我们可交代不起。"

"这是潘大人的意思？"

"小人不敢撒谎，请老夫人还是调头回去吧。"侯兴说完，便朝众士兵递个眼色，士兵们会意，立刻上前，用枪逼着轿子调了头。

侯兴知道上当，邵安看到的没错，只是香香和秀秀两人调了个，让他分析判断错了。老夫人的轿子让秀秀跟着，是为了迷惑人。香香跟着的才是吴玉珠的轿子。她往西，那是去打箭炉方向。他命令士兵将老夫人的轿子先押回衙署，他和副官赶紧跨上马背，两人火速向西追去。

狡猾的侯兴，幸庆早留了一手。出门之前，他把队伍分成两拨，他带一支亲自去追吴玉珠，把老太太留给吴嵬。一路上想到还有董大掌柜也跟着，禁不住担心起来，谁知道他又会使出什么计谋。两人不停扬起鞭子，让马跑得风驰电掣。

从雅州往西，出城不远就是上山。弯弯曲曲的小路在山间盘来绕去，吴玉珠的轿子晃悠晃悠，缓慢行进。尽管董大掌柜不断催促轿夫加快脚步，可还是怎么也快不起来。董大掌柜脸上的神色渐渐焦虑起来。走到一片松林边上，突然，林中扑腾飞出一群鸟来，显然是什么惊了他们。董大掌柜急忙站住，回头望去，果然就听到从山坡下传来了人马的喊声。他说了声大事不妙，立刻吩咐停轿。

董大掌柜叫吴玉珠赶快下了轿子，抓起一个事先备好的包袱递到她手里说："他们追来了。少夫人，你带着孩子快逃吧。先到林子里躲起来，千万别弄出声响。这里我来对付他们。"这时，马蹄声已越来越近，吴玉珠也顾不得许多，抱着孩子跳下路坎，忙跑进了林子深处。

董大掌柜又拿出四个大洋，给了两个轿夫，又交代了一阵。这才让香香赶紧坐进轿子，像什么事也没有发生过一样，重新上了路。

可还没走多远，吴崴就带人追上了他们。一看董大掌柜，吴崴就愣住了："董大掌柜，怎么是你？"

"哦，是娃他舅啊。"董大掌柜急忙迎上，"兴许你还不知道，被他们瞒着吧……"便匆匆忙忙把事情向他说了一遍。

吴崴听罢火冒三丈："妈的，跟我说是抓二十四师的细作。王八蛋！老牛想吃嫩草。欺负别人我不管，欺负到老子妹妹的头上来了，老子跟他没完！"骂完，大声命令拦路的士兵："把路让开，放他们走！"

士兵闪开，轿夫刚要起轿，侯兴和副官突然赶到，侯兴勒住马，厉声喝道："我看谁敢！"

吴崴冲到侯兴面前："你，你说，他们会是细作吗？"

侯兴跳下马背，对着吴崴："这我管不了，我只是来执行潘大人的命令，请少夫人回去。"

副官也走上前来："吴连长，潘大人的命令就是金口玉牙，你敢不听？轿子里可是你的妹妹吧？你快请她出来，我们验证一下吧。"

吴崴的怒火更是不打一处来，冲他们道："轿里没我妹妹。"

二人一听大惊："啥？"同时冲向轿子，侯兴撩起轿帘，看见里面坐的果真不是少夫人，而是丫鬟香香，不由大怒，转身就冲董大掌柜问道："你们把少夫人藏哪儿去了？"

董大掌柜："看你这话说的，这儿真没有少夫人。我去打箭炉号上办点事，香香随同去看她的婶娘，刚才把脚崴了，是我让她坐上去的。"

侯兴："这话哄得了三岁的娃娃，哄不到我。你董大掌柜是什么人，我还不清楚呀。今儿就给你明说吧，交不出少夫人，只有拿你是问。"

董大掌柜："这不是不讲理吗？"

副官冲上来，朝董大掌柜就是一鞭子："老混蛋！交不出人有你好吃的。押回衙署再说！"

吴嵬见董大掌柜挨打也火了，拔出枪来指着副官："你敢打他，老子一枪崩了你！"

副官也较上了劲："哟嗬，今儿你小子吃豹子胆了？竟敢因私蔽公，不听潘大人的命令，还敢犯上作乱，小心我连你一块儿捆了！信不信？"

董大掌柜这会儿只希望让他们快点离开这里，别发现吴玉珠的蛛丝马迹，忙上前劝住吴嵬："你们都是一个锅里舀饭的兄弟，何必为我伤了和气。这位副官，我说的都是实话，你们要不相信，我跟你们走一趟就是了。"说话间使了个眼色，吴嵬这才愤愤不平地把枪收了起来。

侯兴无奈，只好下令："那就请吧，调头回雅州。"

董大掌柜仍让香香坐上轿子，自己跟在后面，被士兵押着，沿来路走去。吴嵬骑在马上，带着他的队伍走在最后，一路上心里寻思着："老子总有一天会找到出气的机会！"

此刻，就在山坡树林里的草丛中，吴玉珠紧紧地搂着路远，眼睁睁看着路上发生的一切，禁不住热泪盈盈。她怕路远哭出声来，用手轻轻捂着他的小嘴巴说："孩子，别出声。有妈在，别害怕。"一直到看着他们走远，才敢走出林子，择小路向山下逃去。

吴玉珠带着孩子，在山里找了一户人家，躲藏了两天。然后换上一身农妇的衣着，将路远背在背上，乘黑夜偷偷回到了龟都镇。为了不让人看见，她等到夜静更深才摸进镇子。来到家门口，敲了半天门。当管家开门探头认出她来时，竟然也吓了一跳："啊！小姐，你这是怎么了……"她摆摆手，示意别声张。大门迅速又关上了。

风声沙沙，孤叶飘零。这座寂静的江边小镇，突然显得那样凄凉。

那天，回到雅州，老夫人和董大掌柜就被衙署扣下了，只把香香和秀秀放了回来。几天过去，仍不见衙署有放人的动静，急坏了家中的人。天德公的大门紧闭着，前院天井的走廊上，彩礼依然还摆在那里。堂屋里的方椅都空着，许幺姑、香香、秀秀有座也不坐，都站着，田勇也蹲在地上，只有姚仁义在焦躁地走来走去。"主事的都没了，剩下咱们几个，也得拿个主意啊。总不能老这样大眼瞪小眼的干等着。"他终于憋不住了，首先说道。田勇接着说："老夫人董大掌柜都被关在牢里，每天送饭总还能见到。少夫人却一点消息也没有，是死是活也不知道。咱们要赶紧想办法找到她，我看才是最重要的。"秀秀也道："田勇哥说得对。要不咱们分头悄悄出去找，哪怕能打听到她的消息也好。"最后由姚仁义做主，决定留田勇、许幺姑和香香守家；他带上两个伙计，沿着去打箭炉方向，沿途寻找；秀秀悄悄回龟都镇去，看看玉珠娘家有没有消息。

第二天，天还没亮，他们便分头上路了。

潘旅长那天看到轿子里下来的人竟是老夫人和董大掌柜，不是他朝思暮想的少夫人，心中好生不快。弄回来两个老人，这是干什么？侯兴告诉他，少夫人被他们藏起来了。现在只有把两个老人关起来，让他们做鱼饵，不出三天，少夫人就会自己走出来。潘旅长这才点了点头，对侯兴也不由刮目相看，心里说好主意，嘴上却道："本官向来注重名声，可别因为这点小事，弄得城中百姓沸沸扬扬，议论纷纷。明白我的意思吗？"侯兴让他放心，说只要少夫人一出来，马上就放两个老人。可是，三天、四天……七八天过去了，仍不见吴玉珠出现。钱瑞派邵安暗中四处打听，也一直没有消息。潘旅长心急如焚，三天两头催促侯兴。侯兴认定，事到今日，一切都是被董大掌柜搅黄的。吴玉珠究竟去了哪里，他一定知道。丧心病狂的侯兴，吩咐牢房对董大掌柜动刑。他们将董大掌柜吊起来，用皮鞭抽打，昏过去了又用水泼。任随他们怎么折腾，董大掌柜还是说少夫人去了哪里他不知道，让侯兴毫无办法。想弄死他吧也不行，没了鱼饵，鱼儿又怎么上钩？绞尽脑汁，决定换个办法，打起来老夫人的主意。

老夫人被关在一个单间，他们没敢轻易动她。一日三餐也由香香送来。他们想干什么，老人家心里就像明镜似的。这日，她盘腿坐在木板床上，正闭目数着手里的佛珠，忽然牢门打开，就看见钱瑞拎着食盒走了进来。

"伯母啊，你受苦了！"一声呼唤，便声泪俱下地扑上来。

"哦，是瑞娃子。"老夫人应道。

钱瑞拭着眼泪："我刚从乡下回来，一听说我就赶来了。伯母啊，他们没怎么你吧？"

老夫人冷冷地笑笑："兴许还不到时候吧。"

钱瑞打开食盒说："我没啥孝敬你老的，给你做了几样好菜。一会儿我就去求老舅，让他在潘大人面前多说几句好话，早点放伯母回家。"

老夫人："饭我刚吃过，东西你还是带回去吧。其他啥也别折腾，我在这里能吃能睡，待得挺好的。"

"伯母，就听我的吧。你年事已高，待在这里，万一有个三长两短，我怎么对得起子君啊。"

"不用你费心，我没犯法，他们凭什么抓我？我倒要看看，他们能把我怎样。你那老舅，用不着求他。他是个什么样的人，我心里还不清楚吗？瑞娃子，狱卒要来了，快回去吧。"

钱瑞再无言以对。老舅跟他合谋要说的话，就像演戏一样，还没正式开场，就被挡回去了。

龟都镇吴家的阁楼上，吴玉珠坐在窗前，望着远处黛色的山峦，忧伤地沉思着。母亲坐在床边在喂路远吃梨，看到女儿终日忧郁寡欢，以泪洗面，数日下来，人也瘦了一圈，她的心就像针扎一样疼痛："闺女，别去老想那些烦心事。人是铁饭是钢，你又是一整天没吃东西了。想吃点啥？妈下楼给你弄去。"

"我啥都不想吃。唉，也不知道城中家里的情况怎么样了。"

"那天管家去打听回来，不都跟你说了吗。你婆婆和董大掌柜被关在大牢，他们还在四处找你。"

"我是说又过去了这些天，现在情况怎么了啊？"

"你爹今儿又让管家进城打探去了，想必等他回来就知道了。"

不久，吴有财上楼来，也劝她下去吃点东西。她拉着爹爹的手说："爹啊，与其这样躲着，成天心神不安地打发日子，还不如回去……"

"那可使不得。他们正在四处寻你，你倒好，还自己往虎口里送。"

"婆婆和董大掌柜都是因为我，才被投进了大牢。婆婆年纪那么大，为子君的事还没伤心过来，又遭此打击，她怎么受得了！董大掌柜可是天德公的主心骨，他要不在，日子长了，号上那么多的事怎么办？我却整天在这里闲着。想来想去，我还是回去吧。上刀山下油锅，我也不怕。不能因为我，连累婆婆，连累董大掌柜，害了全家，害了天德公。"

255

吴有财还是摇头："闺女，再等等吧。今天爹让管家又到城里打听去了。看他回来怎么说吧。"

挨黑时分，管家回来了，没想到秀秀竟跟在他身后。管家说在去的半路上就碰到了秀秀。秀秀见到吴玉珠，俩人抱头痛哭。玉珠问起家里的情况，秀秀说找不到少夫人，都快乱成一锅粥了。姚仁义幺爸吩咐把工匠们都放了，大门也关了，只留下田勇、许幺姑、香香三人在家守屋，每天给老夫人和董大掌柜送饭；派她悄悄潜回龟都镇，看看娘家有没有小姐的消息；姚仁义幺爸自己带着两个伙计，沿着去打箭炉的方向，也找小姐去了。

吴玉珠又问老夫人和董大掌柜的情况。

秀秀说衙署放出狠话，要找不到小姐，就不放他们。香香给老夫人送饭去，倒是没见到他们把老夫人怎么着。田勇说董大掌柜可就苦了，他们逼他说出小姐哪里去了，他不肯说，就被他们打得遍体鳞伤，还用冷水泼他。

吴玉珠沉默了。片刻之后，她毅然走到父母面前说道："爹、妈，明儿我就跟秀秀回去，把路远留给你们。现在姚家就剩他一根独苗了，你们一定要替我好好待他。"

母亲立刻痛哭起来："孩子啊，你可要想好……"

吴玉珠："当初是我自己要嫁姚家的，嫁到了姚家，就是姚家的媳妇。现在姚家遭了难，我不能把家撂下不顾。此去不管是好是坏，我吴玉珠都认了。"说完就要下跪给二老磕头。

吴有财知道女儿的脾气，一旦认准的事，就休想把她劝住，忙拉住她："闺女，爹明白你的心思。放心吧。孩子交给我们，我和你妈一定替你带好他。"边说泪水也下来了。

路远上来抱住妈妈的大腿，哭着叫了一声："妈妈——"

玉珠蹲下来，把儿子紧紧搂在怀里，贴着他的小脸蛋说："跟着外公外婆，要好好听话，每天别忘了背诗写字……"话没说完便哽咽住了。她忙侧过脸，强忍着没让眼泪落下来。

路远含着泪水，使劲地点着头："哎。"

"我的好孩子！"玉珠又在他的额上、脸上一阵猛亲。

满屋人看见，都泣不成声。

香香拎着竹篮又来牢里给老夫人送饭，老夫人一边大口吃着，一边悄声问玉珠有了消息没有？香香告诉她还没有，姚仁义幺爸去打箭炉找去了，秀秀去了龟都镇，两人都还没回来。老夫人要香香把她的话带回去，要是找到玉珠，一定告诉她，千万别回来。香香说衙署派人上家里放话了，找不到少夫人，就不会放老夫人和董大掌柜。老夫人笑笑，说把她和董大掌柜关在这里，不过是他们设的诱饵，才不要上他们的当。香香说董大掌柜让田勇带出来的话也是这意思，还说只要他们找不到少夫人，牢里的人就会越安全。但当听到董大掌柜被打得遍体鳞伤、皮开肉绽时，老夫人吃不下去了。她端着碗久久地沉思着。香香怕她受不了，后悔不该告诉她，说田勇趁送饭，便悄悄给董大掌柜带去不少药，听说这两天已好些了。

半晌，她似乎才缓过气来，仰天长叹道："唉，姚家欠他的情，太多了啊！"

一乘轿子穿过大街，秀秀跟在后面，径直来到天德公的大门口。吴玉珠拎着包袱下了轿子，和秀秀一起走上石阶，猛拍紧闭的大门。半天才看大门虚开了一道缝，香香伸出头来，一见少夫人，又惊又喜："啊！是少夫人。"等两人一进门，她赶紧将大门又关上了。

吴玉珠回头顿了一下，忽然吩咐她："香香，别关了，从今天起把门打开。"

香香愣住："少夫人，这——"

"听我的。"

香香只好把门重又打开。

见过大家，吴玉珠当众宣布，从明儿起，前院后院，天井走廊，都打扫干净，作坊也要复工。这么大个茶号，哪能就这样停下来，数日都不做茶了。许幺姑把她拉到一边，将老夫人董大掌柜从牢里带出来的话告诉她，并要她赶快走，还是回龟都镇去先躲藏起来。吴玉珠道："我一个人倒是躲了，可害的是一大家子。多少天了，他们把妈和董大掌柜还关在牢里，不就是为了我吗？我奉陪他们，但前提必须是把我妈和董大掌柜先放回来！幺婶，不用怕。你快去把幺爸田勇都找过来吧。"

第二天，一乘轿子就抬进了衙署的大门。

潘旅长正躺在摇椅上，抱着茶碗做他的黄粱美梦，侯兴突然气喘吁吁跑来："大人，大人！快，人来了！"

潘旅长吓了一大跳，跳起问道："什么人来了？"

侯兴："少夫人，少夫人自己来了！"

潘旅长一听，大喜："人在哪里？"

侯兴得意之际，仍没忘记他那献媚的本事。他说："怎么样，我没说错吧，只要不放两个老的，她就一定会出来。"

潘旅长："还啰唆什么，快把人带进来呀。"

"大人别急，就在门外。"

"快请，快请！"

吴玉珠一身素衣打扮，腕上挎着送饭的竹篮，坦然走进。

潘旅长的眼睛乐成了一条线，忙迎上献媚地道："少夫人驾到，有失远迎。快请坐，快请坐。勤务兵，上茶。"勤务兵端茶上来，他接过亲自放到吴玉珠面前："少夫人，请用茶。"

吴玉珠却道："我要看我妈。"

潘旅长："看，看，你妈好好的。我下命令，谁敢伤害她老人家，我就拿他是问。侯副官……"

侯兴："小人在。"

"伺候少夫人去看老太太！"

"是。少夫人请。"

吴玉珠随侯兴走去，潘旅长贪婪的目光一直紧跟她，那端庄的身子，柳条般的腰，款款行路的姿态，令他不由心花怒放，恨不得立马就扑上去将她一口吞了。

三十二

老夫人依然是坐在板床上，闭目在数她的佛珠。猛然听到牢门打开，睁眼一看，竟见是她日夜惦记的玉珠，提着篮子就朝她扑了上来。"妈……"玉珠撕心裂肺一声呼唤，抱着老夫人就大哭起来。顷刻间，老夫人泪如雨下，肝肠寸断，抱着媳妇泣不成声。老天爷呀，怎么就这样不长眼啊！老人从伤心中慢慢缓过来："妈带出去的话，他们没告诉你吗？"玉珠说告诉了。"那你怎么还回来了？"老人摇头，眼泪止不住又顺着脸颊流了下来。

"妈，都是我不好，让你受这样的罪。"玉珠一边哭一边替老人擦去眼泪。

"孩子啊，你怎么就不懂妈的心呀……"

"妈，现在家里连个主事的人也没有，号上的大门关了，作坊的工匠也放了，一个数百年的老号，哪能就这样——"

"哎，这当口，你哪能还去想这些事哟，我的傻孩子！"

"我也翻来覆去想过，眼下的姚家可以没我，可不能没有你和董大掌柜。有你在，有董大掌柜在，姚家就在，天德公就在！"

"可你怎么办，你想过吗？"

"妈，我不能眼睁睁看着你们受苦，看着姚家给毁了。我一个人能换得这些，我足矣。"

老夫人沉默了，自己的儿媳妇是个什么样的人，她知道，有情有义，敢作敢当，女中豪杰。只是眼下的情况不同啊，那姓潘的狗官竟想要霸占她呀。她捧起她的脸来，深情地看着："这么说来，你已经有了主意？"

吴玉珠："妈，你平日不是也常说吗，咱胳膊拧不过大腿。跟他们硬来，吃亏的是咱们。"

老夫人："我担心的是你啊。"

吴玉珠："妈，我知道你心疼我，放心吧，无论做什么，我绝不会给姚家丢脸。"然后转身从篮子里端出菜饭来说："说这半天了，妈，快吃饭吧，今儿的饭菜都是我亲手做的。"

面对眼前能干贤惠的媳妇，老夫人的眼泪又哗哗地涌出来了，喃喃自语道："唉，这是哪里出了错啊！"

第二天，吴玉珠梳妆打扮一番，径直走进了潘大人的公堂。平日作威作福的大官人，此刻在吴玉珠面前，竟又是让座又是倒茶，卑躬屈膝的样子竟像条哈巴狗。直到吴玉珠落座下来，他才坐到了自己的位子上，恬不知耻地说起话来。

"少夫人今日能自己走上门来，想必也是想通了。本官现在就跟你直说吧，自打看到你的那天起，我就吃不香睡不寝，满脑子全是你的影子，让我想得好苦。我知道，你在姚家也过的是好日子，可你丈夫没了，这是老天给我机会。你在外躲了这些日子，我不怪你。现在你回来了就好，说明我俩的缘分还在。下来择个好日子，我用八抬大轿，亲自上门去接你。"那口气完全是毋庸置疑的样子。

吴玉珠："大人，我就不明白，凭你高官厚禄，要找个什么样的女人没有，何必非要找一个寡妇？"

潘旅长："少夫人此话差矣。在本官眼中，你就是那闭月羞花的杨贵妃。你知道这些天我思念你的滋味吗，心里就像猫抓一样。"

吴玉珠："可我听说，在老家你可是已经娶过三房太太了。"

潘旅长："那都是芝麻谷子的陈年老事了，再说她们怎么能跟少夫人相比。你是牡丹，她们不过是……是路边的野花而已。"

"算了，你也别再糟蹋她们。潘大人真的是拿定主意了？就不怕有一天后悔？"

"哈哈，看你说的。本官说话一言九鼎。"

"真不后悔？"

"绝不后悔！"

"那好，能攀上潘大人这样高枝，也算没白活一场。只是你得答应我几件事。"

"别说几件，就是十件百件我也答应你。"

"空口无凭，你得给我写一个字据。"

"行。"

潘旅长立刻传令，让侯兴拿来纸笔，当场按照吴玉珠说一句写一句，写下了四项承诺：一，马上放了老夫人和董大掌柜，日后不得再找他们任何麻烦。二，本人生有一子，当属姚姓，不可更改。留在姚家，继承祖业。姚家财产，是祖辈几代人的积累，得受保护，任何人不得染指侵吞。三，为避免街头巷尾说三道四，伤负姚家脸面，娶亲时得用八抬大轿，雇响器班子，要办得热热闹闹，风风光光。四，今后无论发生什么事，以上诸条当须遵守，不可违逆。违逆者，天诛地灭。

侯兴写完，潘旅长接过看了一遍："天诛地灭这个句不好，不吉利，能不能换个说法？"

吴玉珠说不能。

"好吧，不也就这几个事儿，我都依你。"

吴玉珠又要他签下名字，摁上手印。潘旅长也一一照办。然后将承诺交到吴玉珠手中。

"少夫人行事，果真一丝不苟，本官佩服。现在咱们说说，娶亲的日子，你看定在几时？"

吴玉珠审视一遍，将字据小心叠好装入怀中："日子也不用选了，三日后，放花轿过来，我等着。"说完便起身离去。

潘旅长亲自送到门口，望着她的背影，称赞道："爽快，真是名不虚传。"

当钱瑞提着点心来找侯兴，又要去探望老夫人的时候，没想到当头就遭侯兴泼了一瓢冷水。

"你别再瞎子点灯白费劲了。"侯兴将吴玉珠怎么有理有节，一步步逼迫潘大人写下承诺书的事告诉他。钱瑞听罢，半天不语。直到老舅拍着肩膀劝他："也别太难过。而今这个世道，姓潘的在雅州坐得长坐不长，兴许连他自己都不知道。你我两个还是留起精神往后看吧。这不是好戏才开头吗？"

钱瑞提起点心就想往地上摔，但又舍不得。改口骂道："老子这些日子的花费，算是又打水漂了！"

侯兴带着两个送彩礼的士兵，又抬着托盘进了天德公的门。走过天井长廊，看见上次送的彩礼，仍放在原地，竟原封未动。到了客厅，侯兴见到吴玉珠，也像变了另外一个人。他点头哈腰，卑躬屈膝道："少夫人，小人奉潘大人之命，送来后天结婚礼服一套。面料选用金盛和号的红色上等杭州丝绸，上面绣的是金色丹凤朝阳。想必少夫人一定喜欢。"吴玉珠一边嗑着瓜子："难得你家大人这番良苦用心，回去就说我收到了。"侯兴又道："潘大人还说了，后天正午时辰，他将亲自前来迎娶少夫人，请少夫人提早做好梳妆打扮。"说完正要退下时，吴玉珠突然叫住他："等等，外面的彩礼放在那里已经好多天了，姚家是不会要的。趁空手转去，把它抬走吧。"侯兴凝住："这个……这个怕使不得吧，潘大人要怪罪下来，小人可吃罪不起。"吴玉珠说："怎么，侯副官，我的话就不听？"侯兴赶紧颔首道："小人不敢，只是说说，我们这就去抬。"

两个士兵抬着彩礼走出天德公的大门，冲着走在前面的侯兴，士兵甲说："唉，这当下奴才也不好当，就像条给人使唤的狗。"士兵乙纠正他说："老弟，你还没说对，我看有时他们连狗都不如。"

　　白天，吴玉珠从前院到后院走了一遍，看到那些平日很少去注意的一草一木，一砖一瓦，此刻，竟突然都变得那样熟悉，那样亲切。想到就要离开它们了，这才觉得这里给她留下的记忆太多太多，她对这个家太留恋了。

　　秀秀一直跟在她的身后，这个十三四岁就跟着她的小姑娘，如今已长成大人。朝朝暮暮在一起，俩人情同姊妹，也舍不得她离开："小姐，我跟你去吧，身边也好有个照顾你的人。"

　　吴玉珠："你去不得，那里是虎狼窝。就留在姚家，跟着香香一起照顾好我妈。就当是替我给老人家尽孝吧。"

　　秀秀的眼里就浸满了泪花："一想到你就要走了，我的心就像刀割一样……"

　　"好妹妹，别这样，哪能跟我一辈子。晚上等我去陪了妈回来，姐姐也有好多话要对你说呢。"

　　秀秀拭泪点头。

　　当吴玉珠迈着沉重的步子，走进老夫人卧房的时候，香香刚给老夫人喂过药，姚仁义和许幺姑，还有满身伤痕的董大掌柜也都还守在旁边。自从衙署放回来，老夫人就没下过床。在大牢里那是她全凭毅力撑着，回到家，身子一下子便垮了下来。已过花甲的人了，哪能经得起那般折腾啊。

　　"妈！"听到玉珠一声呼唤，老夫人就忙要挣起身来："啊，玉珠，快到妈身边来。"玉珠扑上去，伏在老人的怀里又叫了一声妈，老夫人的眼泪就落下来了。看见姚仁义、许幺姑和董大掌柜也跟着垂头伤心，她说："你们也累一天了，董大掌柜伤也没好，在这里守着我，叫你们也跟着伤心。不如都回去，让我跟玉珠好好说会儿话。"三人这才同玉珠打过招呼，姗姗离去。

　　老夫人问都收拾好了吧？玉珠点了点头。老人拉过她的手说："唉，妈可是真舍不得你啊！让这么好个媳妇，就这样要被人娶走了。"

　　听着这话，吴玉珠泪水潸然："妈，都是我这做媳妇的不好，让你失望了。我对不起姚家列祖列宗，也对不起妈平日对我的疼爱。你原谅我吧。"

　　"孩子，都不是你的错。妈心里明白。"

玉珠从怀里拿出契约："这是我同潘大人的约定，你看后收好了，今后万一有个什么变故，就拿它说话。"

老夫人接过，看也不看就想撕碎它："我一个好端端的儿媳妇，就换了这张纸，我拿它还做啥用啊。"

玉珠赶忙抢下，向老夫人跪下说道："妈，媳妇最后能做的就是这点事了。你就收下吧！"

老夫人打开契约，看到了玉一样洁白无瑕的一颗心。刹那间，不由老泪纵横，半天才喘过气来。她拉起玉珠，揽进怀里："孩子，你的心思妈都看到了，你是打算舍了自己，拯救姚家……你让妈还能说什么，好孩子，咱们都不哭了。把打掉的牙齿吞进肚里去，妈明天送你上轿！"

吴玉珠的眼泪就像泉水一样涌了出来。此刻的她真想大声表白一声："妈啊，你就等着看吧，我吴玉珠生是姚家人，死是姚家鬼！"可是她忍住了。望着刚刚失去儿子的母亲，她不能让她再受到打击和痛苦了，只有顺着老人沉痛地点了点头。

老夫人掏出手绢，默默地给玉珠擦着眼泪。

深夜，吴玉珠从老夫人那里回来，看见秀秀已替她把东西收拾好了。整整装了两大箱，都是衣服。她说只挑两件好看的就够了，其他都不用带。秀秀说那怎么行呀，好多衣服都是小姐平日最喜欢穿的，目光露出几分诧异。吴玉珠说傻妹子，他当那么大个官，不晓得让他买新的呀。要把剩下的都留给秀秀。秀秀似乎想说什么，吴玉珠要她就听姐的。然后两人到床边坐下。

吴玉珠拉着秀秀的手说："姐明天就要走了，也没啥留给你的，箱子里的衣服，你尽管挑些喜欢的穿，穿不了的，就捡些回去，送给你乡下的亲戚。"

秀秀听着，鼻子发酸，眼眶也红了："小姐，你知道，这些天我老做梦，好几次竟梦见少老板没死。"

吴玉珠叹道："好妹子，你不自己也说了是梦吗。唉，怎么可能啊！"

"要不去那么远的地方，就出不了事，那该多好。"

"人活世上，生生死死，命里注定。姐也认命了。只是还留下一件事，姐心里一直很遗憾。"

"啥子？"

"姐曾答应你，要给你找一户好人家的，可是，现在已经没有时间了。"

"我恨死了嫁人。我谁也不嫁，今后就在姚家伺候老夫人一辈子。"

"说什么傻话，女儿家长大了，哪有不嫁人的？我已托了老夫人，还有许幺姑，这事今后就拜托她们了。"

"姐啊，都什么时候了，你还在为我想这些。"

"从你到吴家算起，你跟我七年，我俩情同手足，这些事姐哪能不想。好妹妹，除了那些衣服，姐也没有什么留给你的，就把这个给你吧。"

吴玉珠从枕下取出一对手绢包的玉镯，交给秀秀，说这是她出嫁时，母亲给她的。并告诉秀秀，往后看到玉镯，就当是看到她吧。

秀秀抱着她，伤伤心心又哭了起来。

吴玉珠等秀秀哭过一阵，强装笑脸："不许哭了，你明天一定要高高兴兴送姐姐出嫁。快起来，趁这会儿夜深人静，没人看见，你帮姐姐看看这身婚服好看不？"

刚穿上婚服，吴玉珠突然说领口的一颗扣子脱线了，要秀秀去把装针线的簸箕找来，秀秀端来簸箕，玉珠自己动手，三两下就将脱线扣子缝好了。当秀秀又端着簸箕出去时，却发现簸箕里的剪刀不在了。秀秀是个细心的丫头，心里不由一怔，剪刀呢？

秀秀和香香住一屋，回屋路上，她忽然觉得不对，今晚吴玉珠说的话，倒像是在安排后事。那么多好看衣服，竟只让给她准备两件就够了。这些都似乎有点不合乎常理。还有刚才失踪的剪刀……越担心越觉得有问题，心也怦怦跳起来。秀秀悄悄返回到吴玉珠的房门前，屋里传出低沉的呜咽声，她贴上去听了一阵，果然是小姐在独自伤心。秀秀没敢敲门，从窗缝往里看去，只见她一边哭泣，一边将婚服折叠起来，放到梳妆台上。然后就从枕下拿出那把失踪的剪刀，放进了婚服的口袋。在烛光下，她泣不成声地哭着："子君，你等着我。我生是姚家人，死是姚家鬼……"夜阑人静，哭声凄婉悲怆，令人肝肠寸断。

秀秀还真是猜准了。她赶紧跑回去叫醒香香，香香又惊又怕，忙要去报告老夫人。秀秀挡住她摇头说："别去了，少夫人的性子我知道。再说老夫人自己也病成那样，再受不起啥折腾了。咱们还是想别的法子吧。""能有啥法子呀？"香香急得也快哭了。秀秀凝住，突然她附在香香耳边一阵低语。香香听了，惊得目瞪口呆："你？"秀秀捂住她的嘴说："小声点。香香，我俩姊妹一场，就当姐求你了，你帮帮我吧！"

"你就不怕？"

"这些年跟着小姐，我也算学到不少见识。这人啊，不能无情无义，该仗义的时候还得仗义。"

这一夜，俩人几乎没睡，躺在床上，悄悄话一直摆到天亮。

翌日一大早，秀秀和香香就赶来帮吴玉珠穿戴打扮，她们先给她搽脂抹粉，趁还没穿婚服，秀秀一个眼神，二人便一起扑上，用布塞住她的嘴巴，将手脚也给她绑了。然后抬到旁边的一间空屋，盖上被子，把她锁在了里面。

返回房里，香香立刻为秀秀搽脂抹粉，梳头打扮。当秀秀穿上婚服，顶上盖头，坐在镜前时，谁还看得出来她不是少夫人。经过一番打扮的秀秀，青春靓丽，楚楚动人，分明就像天上下凡的仙女。望着她，香香又抹起泪来。秀秀说："时间快到了，把眼泪擦干净。记住，一会儿扶我上轿时，千万别慌神露出了破绽。"香香拭泪应着，又忙着把自己也打扮了一番。

正午时辰，娶亲的队伍到了。在响器声、鞭炮声中，香香扶着新娘，款款走出天德公大门，在众目睽睽之下，潘旅长亲自为她撩起轿帘，秀秀沉着镇定地上了轿子。

一声起轿，锣鼓喧天，鞭炮齐鸣。潘旅长长衫马褂，披红戴花，骑着高头大马，带着队伍，跟在轿子身后，威风八面地朝衙署而去。

在天德公后院上房，众人守在老夫人的病榻前，听到外面的锣鼓声、鞭炮声，和起轿声，老夫人再也控制不住自己，仰天长叹："我那苦命的玉珠……就这样走了……"没说完，一口鲜血就从嘴里涌出，侧过头，人便没了。就在众人一片惊呼的时候，突然从门外传来一声撕心裂肺的呼喊："妈——"香香跟着吴玉珠便扑了进来。

真是一波未平，一波又起。顷刻间，屋里的人们都惊呆了。

衙署里红灯高悬，筵桌上高朋满座。潘旅长手下的团长、营长都来了，城中的名流贤士也来了不少。"潘旅长好艳福，娶到了雅州最漂亮的女人。恭喜恭喜！"酒席上恭贺的，巴结讨好的，祝福此起彼伏。喧闹一直到深夜。

其实潘旅长早就等不及了，要不是几个团长、营长拉着硬要给他敬酒，他早溜回洞房了。只可惜这会儿他已是醉得一塌糊涂。侯兴照着灯笼扶着他，偏偏倒倒走回洞房。走到门口，他推开侯兴："就到这儿了，我……我自己晓得进去。"刚要转身又回过头来："你去走廊站……站着，今晚不准谁……谁来闹房。谁来我用鞭子抽他！"侯兴点头哈腰退下。

潘旅长走进洞房，只见橘红色的烛光下，身着大红婚服，顶着盖头的新娘坐在床边，似乎羞羞答答还在等他。

"少夫人——不，现在我该叫你夫人了。等急了吧，我的宝贝！"边说便上前要揭盖头。这时秀秀猛地站起，双手抱着剪刀就朝他的腹部用力刺去。潘旅长一声惨叫，捂着腹部，踉跄倒地。眼看秀秀举着剪刀又扑过来，他慌忙掏出左轮，朝着秀秀连开了两枪。

一场逼婚，连伤两命。全城百姓，议论纷纷。面对舆论压力，潘旅长当场咬牙切齿，狠狠扇了侯兴两耳光。最后也只好忍气吞声，偃旗息鼓，过了半月不便见人的日子。

姚家为老夫人和秀秀举行了一场隆重丧事。城中百姓无不同情，出殡那天，送葬的人来得特别多。号上赶做了八百件孝衣孝帕，都穿完了还不够。吴玉珠领着路远、路遥，捧着老夫人的灵牌走在头里。身后是老夫人的黑漆棺椁，上面站着一只大红公鸡，棺椁由十六个人抬着。后面是秀秀的棺椁，香香为她捧着灵牌，棺椁由八人抬着。董大掌柜、姚仁义、许幺姑、田勇领着号上伙计跟在后面，接下来是吹打哀乐的响器班子，再往后才是送丧的人们。灰蒙蒙的天底下，沿途有人不停撒着纸钱，像雪片般漫天飞舞。一根接一根的竹竿，撑着各式各样的挽联，刺向天空。人们用各自的方式，表述着他们对逝者的同情，对这世道的愤怒。唢呐呜咽，队伍足足拖了两里长。

三十三

西藏拉萨东印度公司总代表的官邸，这天来了一位喇嘛。印佣领他来见总代表，皮尔一见大喜："啊！我亲爱的朋友山崎先生，想不到我们又见面了。"

原来这位喇嘛是假货，他的真名叫山崎，是日本人。二十四年前，他曾装成汉族和尚，假借行医，在西藏城乡，从事间谍活动，为英军进攻西藏收集提供情报。后因在拉萨八廓街一次行动时，被年轻藏商多吉认出，慌忙逃跑。在春丕谷乔装成寺庙喇嘛，混过关卡，逃回到大吉岭，最后回到日本。由于他在西藏从事间谍活动多年，会说汉语、藏语，对中国川茶了解甚多，所以大英帝国又重新把他请了回来。

山崎："用中国的话说，这就是缘分。当我还远在我的祖国时，听说贵国这次不用机枪大炮，而改用茶叶，对西藏的渗透，获得了极大的成功。皮尔先生，我要祝贺你！"

皮尔却说："你说的已经是几年前的事，老皇历不能翻了。我们的敌手已越来越难对付。藏人喜欢饮他们国家的川茶，这个习惯很难改变。还有更出乎我预料的事，这里的藏商和四川的茶商竟然出奇团结。他们抱成一团，像亲兄弟一样联合起来对付我们，甚至连夏时玛在雅州也连连失手。"

山崎："哦，那皮尔先生是打算认输了？"

皮尔："不！我们大英帝国是从来不会输的。想想当年，从美洲到非洲，再到亚洲，我们征服了一个又一个民族，一个又一个国家。不是让他们都变成了我们的殖民地吗？就像贵国崇尚武士道精神，我们将绝不放弃！直到最后占领这块美丽的土地。"

山崎："尊敬的皮尔先生，不知你打算派我什么用场？"

皮尔："必须掐断敌手的茶路，从源头上堵住他们的茶叶向西藏流入。夏时玛送回来情报，雅州大茶商天德公的老板姚子君，正在印度和西藏考察。此人虽说只是个茶商，但倒更像个英勇的斗士。上月他已从印度返回西藏，眼下正在去尕巴草原的路上。"

山崎："尕巴草原，不就是那个被称是离天最近的地方？"

皮尔："对，喜马拉雅雪山就在那里。雪山的东面叫尕巴北面叫贡巴，至今那里的人们，无论是寺庙的僧人，还是牧民，一直拒绝印茶，坚持只饮川茶。若是姚子君再去那里，这将是我最不愿意看到的。"

山崎冷笑着说："皮尔先生，你的意思我明白。你放心吧，不用我动手，我就会让他从这个地球上消失。说吧，你打算让我几时出发？"

皮尔上前摸着山崎身上红色的喇嘛衣服，意味深长地笑道："穿上它，你还真是像极了。有它做掩护，相信你定会成功。"说罢，吩咐印佣拿酒，二人端起酒杯，皮尔说："我的忠实朋友，休息两天再说吧。先喝了这杯酒，晚上我再为你接风。"

山崎立正哈腰："谢谢皮尔先生。"

巍峨的雪山下，一条清澈秀丽的小河，波光闪闪，蜿蜒流过草原。在河边的草地上，有一顶黑色帐篷，炊烟袅袅。旁边有三匹马正在啃草，胥亮拎着布口袋在远处捡牛粪。

帐篷里，牛粪火上煮着茶。姚子君盘腿坐在火旁，低头看着一张已几近破旧的川藏地图。一路上的风吹日晒，让他那张脸早已成了古铜色。顺着他手指缓缓移动，能看到一条黑色线条，从四川雅州出发，弯弯曲曲，经过一个又一个的地名，一直抵达印度。然后又从印度的大吉岭返回西藏，通过扎布伦，正朝着尕巴雪山延伸……

姚子君打开记事本，掏出钢笔，缓慢地写道："耗时两月的印度之旅，让我目睹了印茶的种植和制作。在英人的东印度公司控制之下，他们制作红茶的技能倒是十分娴熟。而照猫画虎，仿造的砖茶就实在难以恭维了。通过实地考察，让我对印茶不仅有了详细的了解和认识，也使我眼界大开，对我们自己的茶叶更加充满了信心……"

姚子君写罢日记，走出帐篷，深深地伸了一个懒腰。忽然，胥亮朝他跑来，指着远处要他快看。顺着他手指方向，一个年迈的藏族老阿妈，正磕着长头往前走。可是她摇摇晃晃，偏偏倒倒，体力已严重不支，磕着磕着，突然，一次磕下去了就没爬起来。就在这时，迎面来两个骑马的喇嘛，看到地上的老人，竟然视而不见。到了面前，还冲他们做了个怪怪的笑脸，便匆匆过去了。

胥亮不禁奇怪："少老板，为什么他们不救老人家？"

姚子君也感到诧异，出家人行善，哪有见死不救的。"兴许是他们有啥急事？快！咱们救。"

老阿妈昏过去了，两人把她抬回帐篷，姚子君给她摸脉，翻看瞳孔，赶紧拿出随身带的救急药喂她，又将刚刚煮好的热茶缓缓喂进她的嘴里。过了一会儿，老人家终于慢慢睁开眼睛，醒了过来。

老阿妈告诉他们，这里已是尕巴草原的地界，再往前不远，就是尕巴土司官寨。草原上的人们，祖祖辈辈喝的都是川茶，所以至今也不饮用印茶。可是距拉萨太远，多吉昌运茶的马帮三月五月，甚至半年，才能来一次。眼下草原已断茶多日，不少人开始生病，她的小孙女也病了。她磕长头就是要去圣山圣海，乞求菩萨保佑。没想到在半路上自己也倒了。看见两个打救自己的陌生汉人，她说该不是遇到菩萨了？

胥亮说："老阿妈，我们不是什么菩萨，是从雅州来的茶商。他是老板，我是伙计，专门给你们做茶的。"

老阿妈又惊又喜，看了看胥亮，又看了看姚子君："真的？"

姚子君点头："老阿妈，他说得没错。是真的。"

老阿妈："啊，我真是遇到活菩萨了！"

休息好了，二人将老阿妈扶上驮行囊的马背，让她带路，就匆匆往回赶。太阳落山时，他们赶到了老阿妈的家。这是一顶搭在山包下的黑色帐篷，老阿妈的儿子给尕巴土司老爷支乌拉去了，小孙女一人在家，已病得奄奄一息。

经过姚子君一番救治，又喝了胥亮熬的热茶，小孙女得救了。老阿妈说不出的高兴，又是煮手抓羊肉，又是拿出青稞面来搓糌粑，款待二人。帐篷里也有了笑声。吃罢饭，姚子君又让胥亮取出两块砖茶给老阿妈留下。老阿妈捧着茶，感激不已。

翌日起来，姚子君刚刚给老阿妈的小孙女喂过药，胥亮正在收拾行囊，一队从土司官寨赶来的马兵，就把老阿妈的帐篷围住了。姚子君和胥亮还没明白怎么回事，就被官寨的马兵队长索朗推推搡搡，赶出了帐篷。"小姐，甲仁活佛的卦没错，两个汉人果真在这里。"索朗向卓玛报告。

昨天，尕巴土司的官寨来了两个喇嘛，自称是活佛的叫甲仁，另一个是他的随从。尕巴土司自然少不了当贵宾相迎。甲仁活佛说他从拉萨来，一踏上尕巴草原，他便看到了可怕的灾难，人们面黄肌瘦，无精打采，在路上还看到了死人……土司告诉他，那是因为草原已断茶多日，百姓一日无茶则滞，三日无茶则病啊。没办法，只有再等等吧，多吉昌运茶的马帮也该快来了。甲仁活佛的头就摇得像拨浪鼓一样："不！菩萨赋予我的智慧，已使我看到一股可怕的妖气正在草原上漫延，甚至土司老爷的官寨也不能幸免。尊敬的土司老爷，你若不信，就让我给你打一卦吧。"

甲仁活佛打罢卦，神情凝重地说，妖气来自东南方向，有妖魔窜到了草原，灾难就是他们带来的。只有抓住妖魔，用他们的血祭天祭神，才能驱除灾难，保住草原平安。土司老爷的太太也病了，这会正躺在床上，不吃不喝，昏迷不醒。尕巴土司正为此焦愁不安，听完这话，竟深信不疑，立即吩咐管家带领甲仁活佛去经堂为太太念经祈祷。然后吩咐女儿卓玛，立刻带领官寨马兵去草原上寻找，看有没有外来的生人。

卓玛年轻美丽，性子却像野马一样。这些天看到阿妈的病老不见好转，多吉老爷运茶的马帮也迟迟不见影子，她每天午后，都会带着索朗和几个马兵，骑马赶到大雁岗去等候，站在高处，眺望远方，只希望早点听到马帮的铃声。没想到原来是草原上来了妖魔。当她领着马兵们走到庸宗阿妈帐篷前的山坡上时，果然还真发现了两个陌生的汉人。他们刚从庸宗阿妈的帐篷里走出来，正在拾掇马鞍子。他们冲上去，索朗将姚子君和胥亮推到她的面前，不问青红皂白，就将两人绑了，要押回官寨。

胥亮冲着她问："你，凭啥绑我们？"

索朗举起鞭子就要抽胥亮："你还敢嘴硬，知道她是谁吗？尕巴土司老爷的千金。我抽死你！"

姚子君连忙上前护住："住手！就是土司老爷的千金，也要讲道理，哪能随便打人。"

这时，老阿妈捧着姚子君装药的匣子，跌跌撞撞追出来，扑通跪到地上："卓玛小姐，他们可是好人哪！"

"庸宗阿妈，你不知道。"卓玛说，"昨天我家来了个甲仁活佛，他打卦说了，尕巴出现瘟疫，是因为妖魔窜到了草原。他们身上的妖气，附到了谁的身上，谁就会生病。我阿妈的病，就是他们带来的。"

老阿妈："活佛的卦一定是打错了。他们不光救了我，还救了我的小孙女。他们的心就像菩萨一样好，绝不会是妖魔！"

卓玛："别说了，那是因为你的眼睛和心都被他们用魔法遮住了。"

"不，卓玛小姐。"老阿妈举起药匣子，指着姚子君，"我没有半句谎言。请你相信我的话，他还是个门巴（医生），给我和小孙女吃的药，就是从这里面取出来的。不信你瞧。"

"你说他是门巴？"卓玛愣了一下，让索朗接过让她看。她拿在手上看了半天，却什么也没看明白。

胥亮冲她笑道："你看不懂吧？告诉你，我家少老板曾去东洋学过医，就是你们说的门巴。你阿妈不是也病了吗？只要你恭恭敬敬地请他，保准帮你妈把病瞧好。"眼看这个长得漂亮，却满身带着野性的藏族丫头，随时都可能命令她的马兵对他们采取不礼貌的举动，甚至是皮肉之苦。他告诉她，希望她能重新下一道命令。

可是没用，卓玛显然更相信那个甲仁活佛的话。她冷冷地道："魔鬼的谎言，那是山上有毒的野花。你给我住嘴！"说完，用鞭子在空中甩了一个脆响，下令索朗："把他们绑了，押回官寨。"

看着他们远去，老阿妈跪在地上，双手合十，向着苍天祈祷："菩萨哪，求求你，保佑他们吧！"

听说抓到两个妖魔，甲仁活佛要尕巴土司立刻把他们杀了。这时卓玛却多长了个心眼，悄悄把他们给庸宗阿妈和小孙女治病的事告诉了阿爸。

尕巴土司接过药匣子看着，疑惑地："庸宗说他们是门巴？"

卓玛点头。

尕巴土司叫来管家一起商量后，将二人带到太太房间，对他们说，太太已昏迷两天了，只要能治好她的病，就可以免他们一死。

姚子君笑着回答说："我不敢保准就一定能治好，但我可以试试。"

姚子君在尕巴老爷和卓玛、管家的监督下，开始给病人切脉，看舌苔，翻瞳孔，详细地询问了病情，然后才拿药吃了。休息了片刻，又让胥亮去熬了茶来，给她缓缓喂进口里。忙完了，姚子君叫大家都出去，让病人安睡一会儿，兴许就会醒来。尕巴土司仍然充满疑惑，和管家、卓玛一阵商量，决定自己留下，仍将姚子君和胥亮押到院坝去，先绑起来。

走在官寨楼梯上，胥亮仍不当回事，还在说笑："少老板，万一她得的是啥子重病，你没把她治好，他们真要杀咱们怎么办？"姚子君说："听天由命吧。"

没想到的事发生了。来到院坝，卓玛竟下令，让马兵将二人绑到柱子上，并搬来一个香炉，插上三支藏香。管家走上前来，对他们说道："你们听好了，甲仁活佛打卦说了，你俩就是从东南方向来的妖魔，土司太太的病，草原上的灾难，都是你们带来的。只有采到你们身上的鲜血，用来祭天祭神，才能降妖驱魔，消除灾难。不过，土司老爷也说了，给你们三炷香的时间，只要这三炷在燃完以前，太太醒来，就可以免你们死罪。否则，就送二位上西天。"说罢便吩咐点香。

胥亮听了更火，禁不住大声吼起来："你们还有没有良心？我们世世代代为你们做茶，千里迢迢来考察……我家少老板还给你们治病。庸宗阿妈也告诉了你们，我们是好人。你们的耳朵长到哪里去了？"

索朗拿着酥油火把开始点香，一边告诉胥亮："小子，吼也没用，这是菩萨的旨意。"

午后，高原上的太阳火辣辣的，姚子君和胥亮很快就被晒得眼冒金星，口干舌燥。香炉里的藏香在一点一点地燃去，可土司太太仍不见醒来。胥亮吼累了，也安静了下来。姚子君见他难受的样子，安慰他说："我把你带出来，让你吃了这样多的苦，不后悔吧？"

胥亮："苦倒是不怕。可我就不明白，他们为什么这样不通道理？明明是我们为他们做了好事，还偏偏说我们是什么妖魔鬼怪。"

姚子君："那就是你错怪他们了。也许是听信了什么谣言，姑且不去说它。我们走了许多地方，也访问了他们许多人。他们怎么说来着，从娘胎里生下来的那天起，就是喝着汉族大哥给他们做的茶长大的。一代又一代，喝了上千年，至今还喝着。饮水思源，兄弟情深，他们世世代代都不会忘记。就说尕巴草原吧，这里的百姓，至今仍坚持只饮我们雅州茶，而拒绝印茶。而且这样的地方还有很多。为什么？就因为他们相信和爱戴我们。"

胥亮："可你看，他们却这样对待我们。"

姚子君微笑说："相信他们会醒悟的。"

太阳偏西，慢慢西沉。香炉里的藏香已燃尽两炷。索朗又点燃了第三炷。卓玛去了一趟楼上，看她的阿妈，但很快又下来了。显然，土司太太还没有动静。绑的时间太久，姚子君和胥亮的身体渐渐不支，加上饥肠辘辘，人也开始头昏眼花。突然，胥亮大叫起来："老子要喝水！"

索朗走到他面前："哼，还喝什么水？香马上就燃完了，完了就给你们上酒，喝了酒就送你们上路。"

姚子君也干得用舌头直舔嘴唇，他说："索朗兄弟，你看那香不是还没燃完吗，你就给我们弄点水喝吧。"

"死到临头还啰唆。好吧，等着。"

索朗用木瓢给二人喂水，藏香慢慢燃尽，最后的一点香灰也塌落了。土司太太这时仍没醒来，尕巴老爷站在木楼的走廊上，下了行刑的命令。

马兵端来了酒肉，面对如此情景，显然是姚子君没有想到的。他不无遗憾地对胥亮说道："胥亮兄弟，我说过，回去就给你和香香办喜事。现在办不成了，还让你跟着我这样。委屈你了。唉，还留下多少没办完的事，只有等来世了。"胥亮说："少老板，能跟你走这趟，我不后悔。到阴间，我还跟你。"说完又大声吼道："把手给我解开，我不要你们喂我，老子自己晓得吃！少老板，你也吃，多吃点。吃饱了黄泉路上走起才有劲。"

牛角号指向天空，呜呜的号声，充满阴森。

甲仁活佛让助手传话，祭天祭神，降妖驱魔，不仅要用妖魔的血，还要用他们的心肝。卓玛和索朗拿刀走向姚子君和胥亮，当卓玛站到姚子君面前，猛力撕开他的胸襟时，姚子君脖子上的那枚吉祥喜旋，让她突然愣住了。卓玛掏出自己的吉祥喜旋，与姚子君佩戴的比对，也一模一样，不由大为惊奇："你为什么有这？"

"旺嘉上师给的。"姚子君告诉她。

"啊呀，索朗快住手！"

随着一声惊叫，只见尕巴老爷也从太太房里冲了出来，激动地喊道："卓玛哪，你阿妈醒了……"

就像做了场梦，姚子君和胥亮与死神擦肩而过。

没想到就在这时，高兴事接踵而至，这时，一个在大雁岗上望哨的马兵飞马回官寨报告，多吉昌运茶的马帮到了。

天下巧合的事真是无处不有，在这块世上最高的草原上，姚子君和多吉老爷又相会了。他们一起被迎到客厅，听说到刚刚发生的事，多吉老爷的眉头皱了起来，这事似乎有点奇怪，一个高僧喇嘛，怎么会主张杀生呢？草原上断茶，引发疫病，这种事从前也不是没有发生过。高寒地带，缺了茶叶，食肉不能解腻，食青稞不能消食，日子久了难免生病。怎么会扯到有啥妖魔鬼怪？多吉要尕巴领他去见见这位甲仁活佛，看他究竟是哪方神仙？

来到经堂门外，听里面还在念经，从窗缝往里看，尕巴指认坐在高台上的喇嘛就是甲仁。多吉不看则已，一看大惊，这不是当年在拉萨八廓街，被他认出的那个日本间谍山崎吗？那时他乔装成一个汉族和尚，打着化缘的幌子，干的却是为英国人收集情报的勾当。多吉告了官，带人来捉他时，被他逃脱。没想到如今他又回来了。人已壮年，身体也胖了一些，但鼻下的那撮山羊胡，还是让多吉一下子就认出了他。多吉赶紧拉尕巴退下，可是没防到山崎的助手就躲在他们身后的拐角处，被他发觉了。

当卓玛带着索朗和马兵冲进经堂，二人早已逃之夭夭。

卓玛一行追出官寨，向草原深处追去。马兵们个个都是骑马的好手，很快发现两个身着红衣的喇嘛就在前面。"快！追上去，抓住这个假活佛。"卓玛扬着鞭子催促马兵们。

又往前追了约半个时辰，天已近黄昏，两个目标突然消失了。望着茫茫的草原，索朗猛然想起，刚才路过一处牧羊人避风的残墙断壁时，见有两个放羊人正从断墙后面走出来，当时只顾见他们也穿着藏袍，而非红色僧衣，大家都没在意就跑过了。一定是他们。这一说提醒了卓玛，大家连忙调头，赶到那里，果然发现断墙后面，两件喇嘛衣服还扔在地上。卓玛又气又恨，甩了一个响鞭骂道："又让这个狗东西溜了！"

一个马兵上前用刀挑起衣服，一个旅行日记本掉到地上。马兵捡起递给卓玛，卓玛翻开，满页都是日文，只好一脸茫然。

三十四

官寨客厅里，卓玛讲完山崎逃跑经过，众人哄堂大笑。

多吉昌的马帮每年都要来好几趟，给尕巴和贡巴送茶。多吉老爷和尕巴土司已是多年的好朋友。笑过之后，多吉老爷告诉尕巴土司。草原上的人们，世世代代都吃的是雅州天德公的茶，如今这位天德公的老板，千里迢迢，生死不顾，亲自来到西藏高原考察，就是想真实地了解这里的人们为什么会拒绝印茶，钟爱雅州茶，找到原因，总结出经验，回去要把雅州茶做得更好。能这么替藏族老百姓着想，这可是益国益民，他可是个大好人哪！可没想到他差点就成了尕巴土司老爷的刀下鬼了。尕巴老爷羞得面红耳赤，走到姚子君面前，鞠躬说："都怪我。女人的病就像雾子一样遮住了我的眼睛。姚少老板，请接受我最诚挚的道歉吧。"

站在一旁的女儿也走上来："我也太鲁莽了。"

姚子君："尕巴土司老爷，卓玛小姐，舌头和牙齿也有碰到咬到的时候，可它们始终是一家人，永远在一起。”

尕巴感动不已，拥抱住姚子君：“说得好，藏汉是兄弟，永远一家亲！”

盼了多日的茶叶终于到了，又迎来了姚子君和多吉老爷这样尊贵的客人，加上昏迷多日的土司太太大病醒来，官寨一片欢腾。尕巴老爷忙里忙外，亲自指挥，又杀牛又宰羊，大锅煮肉，款待客人。

夜晚，官寨客厅灯火通明，低矮的长条桌上，摆着手抓肉、油炸面饼、干果、青稞酒、酥油茶，尕巴土司坐中，姚子君、胥亮和多吉、次仁分别坐在两边。斟茶上酒的侍女站在四周。

尕巴土司捧着酒碗说道：“天空飘着美丽的彩云，那是因为大雁给草原带来了吉祥。这碗满满的青稞酒，溢满浓浓的芳香。这是藏家儿女，献给远方客人的赤诚与尊敬。姚少老板，多吉老爷，让我们都把酒端起来，先同饮一杯！”

一杯干下，侍女们又一一为大家将酒斟满。尕巴土司走到姚子君面前，羞愧地说：“今天失礼了，望姚少老板海涵。我先敬你一杯。”

姚子君知道，藏胞饮酒，个个都是海量，忙将手里的酒放下，端起盛酥油茶的木碗道：“尕巴老爷，子君不善酒量，请你原谅，我以茶代酒行吗？”

尕巴老爷爽朗地笑着，夺下姚子君的茶碗，重新将酒递到他手中：“姚少老板，我是藏族，你是汉族，我在高原，你在巴蜀。两地远隔千山万水，可是千百年来，茶叶就像一条结实的纽带，把我们紧紧地连在了一起。这情就像喜马拉雅山一样高，像雅鲁藏布江一样长。就凭这份打断骨头还连着筋，血脉相承的兄弟友谊，你看——”

姚子君只好点头笑道：“我喝！”

尕巴土司又敬了胥亮一杯，接着又向多吉老爷和次仁管家走去……

酒喝了一茬又一茬，手抓肉吃了一轮又一轮。尕巴土司已渐渐不能自已。卓玛欲劝他回房休息，他反对卓玛道：“卓玛哪，都说你是我们尕巴草原的百灵鸟，今儿个正该唱的时候，怎么反倒害羞起来。来来来，替阿爸给客人唱一支歌吧！”众人一听，纷纷跟着起哄起来。

其实卓玛的嗓子早就痒痒了，只见她从侍女手中接过酒碗，款款走到姚子君的面前，动作犹如舞蹈，就放声唱起来……伴着歌声，她领头和侍女们一起跳起了欢乐的弦子。

卓玛跳着，舞着，旋转着，一次次地跳到姚子君面前，用那双火辣辣的眼睛，直盯得姚子君脸红耳热，手足无措。胥亮看着，禁不住偷偷直乐。索朗站在一旁，脸上却渐渐露出嫉妒。

深夜了，官寨客房的酥油灯还亮着，姚子君斜靠在床上，拿着山崎慌乱中落下的蓝皮记事本在看着。胥亮坐床边，在补磨破的衣服，说："少老板，我刚才翻过，那上面写的全是日文，我一句也没看懂。"

姚子君翻到第一页告诉他："翻译成中国话，这第一句你听他是怎么说的：大英帝国势力在西藏的渗透，当以印茶取代川茶为首当其冲……"

胥亮骂道："这山崎也太可恶，竟然心甘情愿给英国人当奴才。"

姚子君："这并不奇怪，世上就有那么一种人，金钱能让他们的良心变黑。不过与这种人交朋友，不论谁都要小心。"

胥亮上床不多一会儿，便沉入了梦乡。姚子君依然还坐在床上，一边沉思，一边用钢笔在记事本上写着：

"当雅州边茶还鲜为人知的时候，那些西方列强早就开始在关注和研究它了，英国人，俄国人，美国人，还有日本人。不为别的，就因为它与西藏这块神奇的土地，与生活在这块土地上的人们，千百年来结下的特殊关系。他们越是垂涎这片土地，就越是不愿意看到这片土地上的人们对它的钟爱。当我目睹到这些的时候，使我深深地感到，雅州边茶肩负的道义和责任竟是多么重要……"

多吉昌的运茶马帮将从尕巴草原分成两支继续向高原深处前进，一支向北去宗古塘，路途三百多里，中间要翻过三座高山，要走好几天。由多吉老爷和次仁管家带着八十多匹牲口，已经于昨天先出发了；另一支要去的地方就是贡巴草原，只有一百多里，中间只有一座贡巴山，两天就到了。贡巴草原人口不多，运茶的牲口只有三十多匹。多吉老爷原打算先去宗古塘，再绕道去贡巴的，没想到尕巴土司告诉他们，旺嘉活佛回来了。

贡巴是旺嘉活佛的家乡，去拉萨之前，他一直在家乡的贡巴寺做住持，听说这次回来也是为了讲学。姚子君一听可高兴了，为了急于见到这位曾给他留下深刻印象的上师，他立刻跟多吉老爷商量，要帮他带这三十多匹牲口去贡巴。多吉老爷听了哈哈大笑，不仅答应他，还要他留下来也等着他。

土司官寨二楼的平顶屋面上，矮茶几上放着干果、糖饼和酥油茶，姚子君、胥亮、尕巴土司，还有两个藏族老人，共同围坐在茶几四周，边喝茶边聊着。

藏族老人甲说："要说雅州茶与洋人的印茶有啥不同？我看就像喜马拉雅山上流下来的清泉，和泥沼地里的水一样不同。刚开始我也买过，实在不好喝，只好还是去买些雅茶来搭配着喝。"

姚子君："就是你们说的和茶，是吗？"

藏族老人乙："啊呀。你看我活了七十多岁了，从小到老，一直就喝我们自己国家的川茶，洋人硬要让我们改去喝印茶，你说乡亲们能愿意吗！"

尕巴土司："姚少老板，你都听清楚了？我打个比方吧，就像白云离不开蓝天，牛羊离不开草原。草原上的人们最爱的还是咱们自家的川茶哪！"

姚子君和胥亮会心地笑着："谢谢你们的夸奖了。"

这时索朗走来问道："老爷，你叫我？"

尕巴土司告诉他，姚少老板将跟着多吉昌的三十多匹牲口去贡巴，要他去挑两匹好马，带上长刀和叉子枪，明天去护送姚少老板。路上一定要伺候好姚少老板。索朗躬腰刚应是，头还没抬起来，卓玛就跟上来说她也要去。尕巴说："卓玛哪，那贡巴雪山上可不是百灵鸟唱歌的地方。你还是留在家照顾阿妈吧。"

卓玛的嘴巴就嘟起，撒起娇来："阿妈的病已经好多了。再说阿爸在家照顾她，不是更好吗。你就答应让我去吧！"

女儿的性子倔犟，一旦决心要做什么，谁也拦她不住。再说，两天下来，女儿的心思早已飞到了姚少老板的身上，这点尕巴这个当父亲的也看得清清楚楚，于是只好向姚子君说道："姚少老板，不怕你见笑，我这闺女性子烈，就像匹烈马驹子，不过倒是有一颗善良的心。她是担心你们路上不安全，要和索朗一起去送你们呢，就让她去吧。"

姚子君："路上挺辛苦的，就怕卓玛小姐吃不消啊。"

卓玛急忙打断他："子君阿哥，你尽管放心，我俩还不定谁吃不消呢。你们三个老阿爸帮我说，是吗？"

说得三个老人都大笑起来，帮着她说道："啊呀，我们的卓玛小姐可是雪山上的雄鹰，要不是个汉子还真比不过她。"

尕巴："你们看，这不还在说她，她那性子就来了。在客人面前也不说讲个礼貌。"

这不说还好，卓玛听了干脆张开双手，扑上前来，抱住姚子君的脖子，大声说道："子君阿哥，我就这性子，你不嫌弃我吧？"

姚子君被弄得满脸通红，忙说："怎么会呢，快，快把我放了。"

胥亮看了偷偷直乐，索朗却一脸黯然。

晚上回到房里，想到明早就要上路，姚子君要胥亮去弄水洗漱，说今晚早点睡，养足精神明天好翻山。胥亮却望着窗外金灿灿的月光说，这么好的夜色，不好好看看可惜了。姚子君问他是不是晚饭上又多喝了几口青稞酒，兴奋了还不想睡。他突然笑道，说这几天下来，他发现卓玛爱上少老板了。

姚子君说："你可别胡说八道。小心我揍你！"

胥亮："第一天，她把我俩当成妖魔，要杀要剐，那个样子真够吓人的。当看到了你戴的吉祥喜旋，知道了是假喇嘛造谣惑众，她立马就像变了一个人。不光是向我们忏悔，痛痛快快的认错。接下来这些天就像一团火，整天围在你身边，那个热情喜欢的样子，那双含情脉脉的眼神，把她心里的话全都暴露在了脸上，你未必没看出来？还有，那天在客厅，她的阿爸阿妈拿出来一颗珊瑚珠赠你，感谢你治好了她阿妈的病。当我看见你接过珠子的时候，他们一家脸上的那个欢喜，尤其卓玛眼里的那种喜悦，我看得出来，也好像有啥意思。"

姚子君说："我俩差点死在他们的刀下，人家做错了，对咱们热情一点，好一点，那也是情理之中的事。我看是你想多了。"

俩人正说着，忽听门外有响动的声音。胥亮贴着门缝看见什么，忙向姚子君招手。姚子君贴上去，竟见走廊上，卓玛端着一盆洗脚水，索朗正在与她争抢。"小姐，这是奴才做的，让我去吧！""住嘴！你给我让开！"索朗不仅不让，反而上前夺过木盆，端着就向门口走来。只听卓玛在后面骂道："索朗！明天你看我用马鞭怎么抽你！"

索朗敲门进来，放下木盆说了声："姚老板，请用水。"便转身匆匆出去了。

胥亮笑道："少老板，我刚才的话应验了吧？嘿嘿。"

姚子君无奈地说："胥亮啊，这话就到此为止吧。日后回去，把嘴巴也管紧点。要是让玉珠知道了，非拧掉我的耳朵不可。唉，离家一年多了，我妈、玉珠、路远，还有号上，也不知道怎么样了。"

胥亮也受到感染，叹道："是呀，别说你，我也想家了。"

姚子君问他："是想香香了吧？"

"想。"他诚实地点了点头。

月光下，尕巴土司的官寨楼上，传出来悠悠扬扬的洞箫声，那箫声如泣如诉，在草原的夜空中飘荡。是胥亮又在吹箫了，倾诉着他对香香的思念。

姚子君剪背着双手，站在窗前，仰望着浩瀚的夜空，心里也默默地想着，玉珠啊，你在做什么呢……

早晨，官寨门口。尕巴土司夫妇和管家送姚子君一行上路。索朗走到姚子君的马前躬身跪下，要让姚子君踩着背上马。姚子君却上前扶起他说："快起来，还是让我自己来吧。"可是一跃却没有骑上去，卓玛看着竟哈哈大笑。然后拉过她的马，轻轻地一跃便上了马背，就像是给姚子君做了个示范。索朗上前，拉紧缰绳，姚子君第二次才跨了上去。

告别了尕巴草原，在清脆的铜铃声中，马帮缓缓地行进在一望无涯的草原上。卓玛仍然是紧跟在姚子君身边，胥亮和索朗紧随其后。过了中午，马帮进入山区。尕巴雪山巍峨绵延，耸入云端。半山上云雾缭绕，山顶上白雪皑皑。由于山势陡峭，上山的路十分难走，大家都只能下马来，靠拉着马尾巴前进。马帮倒不需要翻过山顶，只需从大半山的一个垭口翻过去，就开始下山，下完山就是贡巴草原了。在山里转悠了半天，眼看就要到垭口了，突然，索朗看着天色说不好，暴风雪要来了。胥亮拉着马尾巴喘着粗气，看着分明尚好的蓝天白云，疑惑地说："这么好的天气会有暴风雪？索朗，你就别再吓唬人了。"索朗告诉他，天边发黄又发亮，这就是暴风雪要来的前奏。胥亮听了，立刻紧张起来。

雪山上的天气，果真说变就变。刚才还是风和日丽、平静的天空，忽然间就变得乌云翻滚，漫天大雪。而且那雪竟越下越大，不大一会儿，就把世界变成了一片银白。

行人马帮顶着风雪艰难行进，每前进一步，脚下都会发出咕吱咕吱的声音，留下一个个深深的脚窝。

狂风猛烈地嘶鸣，雪片密密匝匝，铺天盖地，人马都睁不开眼睛。索朗跑前跑后，要顾马帮又要顾主人。姚子君几乎已完全是被卓玛拉着在走。胥亮滑了一跤，坐到了雪地上，手中的缰绳脱掉，驮行囊的枣红马被风刮得连跳带蹿，竟不知道怎么就让后蹄陷进了雪糟。胥亮一看，连忙扑上去，奋不顾身就跳进了雪糟，用肩膀扛住马蹄，奋力欲将马托起……

姚子君看见，忙惊叫起来："胥亮，当心！"

卓玛顿时脸色大变，猛地就用手捂住了姚子君的嘴巴。可是还是晚了，惊叫声招来了雪崩……

枣红马倒是躲过了一劫，跃出了雪槽。胥亮却被从山顶垮塌下来的雪流淹没了。

暴风雪继续咆哮，姚子君不顾一切地呼喊着："胥亮！胥亮！"喊声撕心裂肺，摇撼着群山。

暴风雪终于停了下来，群山一片银装素裹，又恢复了平日的宁静。索朗在雪地里奔跑着，一边跑一边喊："卓玛！卓玛！"他把嗓子都快喊哑了，却一直不见回声。刚才的暴风雪把大伙刮散了，他急得像热锅上的蚂蚁，让赶马的汉子们也帮着他找。

在一处雪坡下，卓玛抱着姚子君着急地呼唤着："子君阿哥，你快醒醒！"姚子君被大雪埋了大半个身子，卓玛好不容易才找到他，将他从雪里扒了出来。见他还是双目紧闭，脸色发白，昏迷不醒，卓玛只好替他脱掉鞋袜，捧起雪来，抱着他的双脚猛搓起来。搓罢又解开衣服，将双脚放进自己怀里。继续呼唤着："子君阿哥，你快醒醒。"直到索朗找来，看见卓玛仍紧紧把姚子君搂在怀里。

等到姚子君醒来的时候，已是晚上，而且是在山下一户牧民帐篷里。火塘里牛粪火暖暖的，索朗正在帮着主人熬茶。他缓缓睁开眼睛，仍感到头昏脑涨，心里堵得慌，出气也困难。当他发现自己竟躺在卓玛怀里时，立刻想挣起身来。卓玛看见他醒来，高兴得眼泪落到他的脸上，摁住他说："阿哥啊，你终于醒来了。快别动，就这样躺着吧。"

姚子君望着周围的人："我们这是在哪里呀？"

卓玛告诉他，他们已经翻过山了。他因为冻昏过去，是索朗从山上把他背下来的。见索朗端着熬好的酥油茶正朝他走来，他感激地说："索朗兄弟，谢谢你。"

卓玛接过酥油茶，一口一口地喂进他的嘴里："多喝点热茶，让身子暖和暖和，心里慢慢就好受了。"一边喂一边说着。忽然，帐篷外一声马嘶，姚子君猛地想起了什么，挣扎着站起来，跌跌撞撞就朝帐外冲去。

水洗过般的天空，挂着一轮金黄的圆月，月光下的草原出奇地寂静。枣红马望着远处的雪山，甩动着胫上的鬃毛，不时地发出一声声嘶鸣。唉，枣红马还在寻找它的主人啊。看见马背上小包袱里露出来的半截洞箫，顷刻间姚子君泪如雨下。他猛扑过去，伏在马背上，抚摸着那支常年跟着胥亮的洞箫，忍不住失声痛哭起来："胥亮啊，我俩说好的，再过两个月就回家了……可是，你却这样就去了……"在空旷的草原上，哭声如泣如诉，充满悲伤。身后卓玛看着，也跟着流下了眼泪。

同尕巴草原一样，盼来了送茶的马帮，人们一片欢腾。姚子君成了贵客，受到了最热烈的欢迎。在哈达、美酒和歌声中，幸好有卓玛陪伴，不时替他应酬，心里始终抹不掉失去了胥亮的悲痛。

来到贡巴寺，见到旺嘉活佛，见他仍不开心，活佛安慰他说："在雅州我见过他，这是个忠厚勤奋的年轻人。愿菩萨保佑他，让他的灵魂在天堂早日安息。"

听到活佛走后，姚子君不仅继承了父业，做了天德公的老板，还同包括多吉嘉措在内的许多藏商都交成朋友，活佛十分高兴，问他为什么想起要来藏地？姚子君说，那年听罢上师的一席话，真是胜读十年书。不为别的，就为了惠及藏地百姓，抵制英人的印茶，带着一个伙计就来了。先去印度，回来又在西藏各地考察一大圈下来，时光不觉已一年半了。

旺嘉活佛感动道："少老板，就凭你这精神，老衲已钦佩之至。普天下的商人都要能如此，就没人敢欺负我们了。"

姚子君："英人以印茶为饵，祸患已久。作为茶商前来考察调查，为的是知己知彼，找到彼此的优劣，回去才好发挥自身的长处，制出最好的茶叶，让藏地的百姓吃到咱们国家自己的好茶，而不被英人把我们的茶路给掐断了！"

姚子君被旺嘉活佛留在贡巴休息了几天，一直等到多吉老爷从宗古塘赶来，这才跟着大队马帮，驮着用茶换的药材和土产，浩浩荡荡地回了尕巴。

回到尕巴，多吉让次仁管家带着马帮先回拉萨。自己留下陪姚子君调养身体。尕巴土司夫妇也忙上忙下，亲自照顾姚子君和多吉老爷的一日三餐。卓玛依旧每天围着姚子君形影不离。

这天见天气好，尕巴土司和多吉老爷陪姚子君上草原遛马。卓玛和索朗紧跟在身后。一行来到美丽的湖边，卓玛突然提出要同姚子君赛马。姚子君苦笑说："我哪是你的对手，别再让我出丑了，好不好？"卓玛的嘴巴就噘起来："子君阿哥，人家不是也想让你高兴嘛。"多吉看在眼里说："姚少老板，看圣山圣湖，跳弦子遛马，草原上能玩的就这些。卓玛小姐的一番盛情，你就别推辞了。去吧。"

姚子君跨上马背，卓玛看着偷偷地笑了。看见俩人扬鞭飞马，向草原深处驰去，索朗愣了一下，纵身跃上马背，赶紧追了上去。

溜罢两趟，见姚子君也累了，卓玛放慢速度，俩人并马走到湖边，站了下来。忽然，卓玛提出要姚子君一样东西。

"啥？"

"那天阿妈给你的那颗珍珠。"

"啊，我想起来了。那颗珍珠真是漂亮极了。"说着就从怀里拿出来递给卓玛，"你喜欢，就给你。你戴上它，一定更好看。"

卓玛刚伸手欲接，索朗冲上来，朝姚子君的马屁股上就是狠狠一鞭，那马惊叫一声，立刻如箭一般就向草原深处奔去，姚子君措手不及，差一点就从马背上摔了下来。卓玛气急败坏，不由分说，举起马鞭就朝索朗身上抽去。然后赶紧驱马追去。

受惊的马跑得快，风驰电掣，就像疯了一样。卓玛怎么也追不上。索朗赶来，绕道抢到前面，终将惊马截了下来。他跳下马背，拉住惊马的缰绳，躬身低首说道："姚少老板，没吓着吧？"

姚子君满头大汗，笑着说："多亏平日你和卓玛教我，伏在马背上，把缰绳抓紧，两腿夹紧马肚。还好，有惊无险。"

索朗似乎不好意思，结结巴巴说："姚少老板，你……还不知道我们草原上的风俗吧，要是你将珠子给了哪个姑娘，你就得娶她。……你愿意娶她吗？"说完脸也红了。

啊，原来是这样。顿时，姚子君什么都明白了。

"索朗兄弟，谢谢你的这一鞭哪！"

三十五

姚子君深深地感激尕巴土司一家对他的热情款待和细心的照顾。但面对卓玛火辣辣的感情，他却显得束手无策。他想了一千个理由，把那颗珍贵的珠子还给尕巴土司夫妇，可都觉得不合适。怎么样才不伤害卓玛的感情啊。

这天在饭桌上，姚子君忽然站起来，说要给尕巴土司夫妇敬酒。

尕巴土司拦住他："你是我们草原的贵客，应该是我们敬你。"说着也端起酒来。

姚子君请他坐下："不，今天我要敬二老。不为别的，一是这次能认识尕巴老爷一家，乃是我三生有幸。你们爱憎分明，热情好客，这份深情厚谊，我会永远记在心里；二是卓玛小姐在雪山上，舍生忘死，把我从死神手里救出，让我得到第二次生命。这些日子，待我犹如亲人。离别草原之前，我想请求二老答应，我愿同卓玛小姐结为兄妹。不知尕巴老爷和太太意下如何？"

尕巴夫妇不由一怔，几乎同时道："难道姚少老板就没想过别的？"

姚子君："不瞒二老，子君家中早有妻室，并生有一子。多吉老爷曾去过我家，他可作证。"

多吉："姚少老板人品诚实，所言实在。尕巴哪，你们就别难为他了。我看他同卓玛小姐结为兄妹，倒是挺合适。卓玛啊，你喜欢吗？"

卓玛的眼里浸满泪水，没有回答。

姚子君向二老深深地鞠了一躬说："尕巴土司老爷和太太，还请你们原谅。"然后转身还想对卓玛说什么，就见卓玛下桌，匆匆跑出去了。

三天之后，尕巴土司带着管家送姚子君和多吉来到江边渡口。一只牛皮船早已等候在那里，船夫站在船上，索朗站在岸上，手里拽着拴牛皮船的绳子。一行人下了马，多吉向尕巴道："昨夜那坛没喝完的青稞酒，你得给我留着，下次我再来喝。"昨夜，由多吉作证，当着尕巴土司夫妇的面，姚子君和卓玛正式结拜成兄妹，尕巴让管家拿出一坛新酿的好酒，让大伙都美美地热闹了一番。尕巴土司笑道："好哇，下次再来，我一定陪你，好好醉他三天三夜……"姚子君走上来问他，怎么没见卓玛妹妹？他说："嗨，我那丫头就那样，别看她平常风风火火，其实也是性情中人。她知道你今天就要走了，昨晚在她阿妈怀里哭了整整一夜。这会儿准是怕看见你走又伤心，不知躲到哪儿去了。"姚子君听了心里也怪不好受，只好道："尕巴土司阿爸，这些日子，她没少照顾我。请你一定代我好好谢谢她。"

多吉老爷已站在船上催他了，可他看见索朗，猛然想起什么。只见他急忙走上去，迅速从口袋里掏出那颗珍珠，就塞到了索朗手里。索朗低头一看，又惊又喜。姚子君抓着他的手，鼓励他说："索朗兄弟，我知道你喜欢卓玛。拿上这去向她求婚吧。别怕她的鞭子，打是亲，骂是爱。我祝福你！"

索朗感动不已，笑着说道："我知道你是个好人，谢谢你！"

牛皮船慢慢划向河心，姚子君和多吉朝着岸上的人不停挥手。这时，只见卓玛突然出现在岸边的山头上，她挥着双手，大声喊着："阿哥啊，我想你——"

姚子君的眼眶湿润了，向她挥手应道："卓玛，我也想你——"

牛皮船渐渐远去。

阳光下的拉萨古城，雄伟壮丽的布达拉宫。大街上骑马的步行的，穿着各异的藏族人，来来往往，川流不息。喇嘛很多，三三两两，鲜红的僧衣，格外耀眼。姚子君没让多吉老爷派人陪他，独自一人上街溜达。在八廓街一家卖茶的店铺门前，他看到一年轻藏商，正在张贴一张告示，上面用藏文写着川茶告罄。一个赶着牲口的老者，看罢告示失望地转身离去。姚子君跟着他又走到街头转角卖印茶的店门前，铺里的茶叶摆了许多，门口的印佣热情地以笑脸相迎。那老者牵着牲口，犹豫半天，却离开了。最后一直看着他走进了多吉昌商铺，买到四包川茶，这才高高兴兴地离去了。要是在家乡，这不过是件再平常不过的小事，而在数千里之外西藏高原，目睹到自家所做的茶叶，竟会受到如此钟爱和信赖，心情就大不一样了。虽然是件平凡的小事，却给他留下了深刻的印象。

在大昭寺的门口，他虔诚地磕了长头。走过罗布林卡，望着雄伟壮丽的布达拉宫，他为博大精深的藏传佛教和历史文化所深深感动。在寺庙松赞干布和文成公主的像前，他默默地站了很久，他想起了小时候父亲讲给他听过的故事。

如今已一千多年过去了，文成公主和她的故事早已成为千古佳话。作为一代又一代延传下来的制茶人的后代，姚子君告诉自己，这已经不只是一个故事，它应该就是一条永远流淌不完的血脉。

姚子君婉言谢绝了多吉老爷的一再挽留，独自一人踏上了回乡的路。

天空大雁排成人字形飞过，留下一声声嘶鸣。地上姚子君骑在马背上，身后跟着驮行囊的枣红马，日夜兼程。由于有了来时的经验，一路倒也顺利。经过两月余的跋涉，他终于又回到了金沙江边那个叫竹巴笼的渡口。这时的他已是衣着褴褛，蓬头垢面，满脸胡须，俨然就像是一个探险归来的独行侠。

"历时一年零八个月，经历了九死一生，我终于完成了对西藏印度的考察，也遂了我爹、我爷爷的夙愿。只有亲身到过西藏高原的人，也许才能最真切地体会到，茶叶对生活在这里的人们是多么重要。只有目睹过生活在这片土地上的人们对茶的那种渴求，你才会真正懂得我们的先辈们，千百年来，他们呕心沥血、前赴后继，永不放弃，保障茶路畅通，到底是为什么了……"

夜晚，在寒风中孤零零的帐篷里，姚子君在酥油灯下，继续奋笔疾书。

这天香香牵着路远走出大门，突然看见一个乞丐模样的汉子，牵着两匹牲口，站在石阶下，望着门头上的天德公匾额，热泪盈眶，泣不成声。香香好生奇怪，乞丐的面容竟那么面熟。猛然，她似乎察觉到什么，发疯一样朝门里跑去。

被丢下的路远，正茫然不知所措。汉子向他走来，蹲下张开双手叫道："路远……"路远吓坏了，冲他说："你是谁？我不认识你！"然后急忙转身，也朝大门里跑去。

汉子无奈地摇起头来。

香香领着董大掌柜和田勇一帮人蜂拥赶来，他们看到石阶下的乞丐，一个个都愣住了。天哪，这不是死了的少老板吗？大家还没回过神，就见吴玉珠牵着路远从人堆中挤出来，孩子指着姚子君说："妈，就是他。"吴玉珠猛然愣住，但瞬间就明白过来，不顾一切就直冲上去，抱着姚子君大哭起来："子君啊，你为什么才回来？……你把咱们一家可害苦了。那些丧尽天良的人，造谣说你死在外面了……你好好活着，为什么不打封信回来呀？……"一边哭一边不停地用拳头敲打着丈夫的胸脯。

姚子君这才明白，大家为什么会用那种眼神看他。顿时，潸然泪下。

姚子君回来了的消息很快在雅州城传开，天德公一下子又热闹开来。商会的老板，社会贤达纷纷上门，有慰问的，有表达敬佩的，一时间，姚子君被称是雅州豪杰义士，讴歌赞扬之声不绝于耳。倒是那些造谣生事的小人，没少了受到众人的痛骂。

面对世人的歌功颂德，姚子君却显得十分淡定。白天应酬客人，夜里就来到母亲灵前，一跪就是两个时辰。想到自己这一年多来的历练，和家里发生的这许多事情，他一件件疏理，从中感悟经验教训，希望自己更成熟起来。

吴玉珠推门进来，将姚子君扶起："起来吧，两个时辰早过了。你自己的身子也还没恢复过来。"说完拿出一个锦袋，取出两件东西，一是老夫人留下的遗书；二是姚家银库的钥匙。并告诉他，老夫人是怎么悄悄留给董大掌柜，董大掌柜又是怎么转给她的经过。

姚子君听罢，泪如泉涌："玉珠，我走后苦了你了！"

吴玉珠："咱妈是明白人，心里什么都清楚。董大掌柜对咱家的忠诚，我也算是目睹了。子君啊，咱妈的事就不说了。董大掌柜的忠诚，咱可一辈子都不能忘。"

姚子君含泪点头："哎，我记住了。"

吴玉珠："还有，胥亮没了，香香也挺伤心。往后咱们也要好好待她。"

姚子君说他也是这么想的。等把这两天过了，他要叫上田勇，去乡下看看胥亮的家。虽然人没了，家里的父母一定要帮他安顿好。

听说姚子君活着回来，最不高兴的人当数钱瑞。他想不通，姚子君的命为什么就这样大，三番五次都把他扳不倒呢？他抬一把竹椅坐在天井坎上，抱着小茶壶，望着笼子里的画眉正在垂头丧气，抱怨自己运气不好。没想邵安这时也来找他，提出要辞活。他问为什么？邵安说跟姚子君交手，回回就两个字：倒运！这小子的命太硬，他不想在聚盛源再待下去了。

钱瑞说："我就不信，老天爷真就那么护着他？看把你吓得那样。"

邵安："唉，信不信，事情都摆在那儿。我真担心那个吉祥喜旋会不会出啥事呢？"

"当初你做得不干净？"

"要说倒是没什么破绽，给打箭炉王掌柜送吉祥喜旋的那人，我花了五两银子的封口费。唯一担心的是做吉祥喜旋的那个银匠，要是他走漏了风声，就算官府不找我的麻烦，姚子君也饶不了我。"

钱瑞想想道："你多虑了。再背的运，我看也不会背到这个分上。我俩好歹共事一场，你现在脚又不方便，你说我能忍心让你走吗？"

"你说呢？"

"要我说，你何必动这心思。这些年，我从来都把你当兄长待，什么事都不瞒你。所以我劝你还是留在聚盛源，继续做大掌柜，我钱某一如既往相信你。就算你瘫了，要过河我背着你，要爬山我也抬着你。"

"好吧，既然钱老板把话也说到这分上，我就答应跟着你。做死做活，我认了。"

见邵安已服帖，钱瑞要他赶紧去打箭炉，不管花多少银子，也要把那个做吉祥喜旋的银匠嘴巴封住。

"明白。"邵安应着。

打发走了邵安，钱瑞还是觉着心里不踏实，决定去衙署找侯兴。走到衙署门前，看见院子里荷枪实弹的士兵，匆匆忙忙跑来跑去，一派紧张气氛。侯兴蹲在墙角处，正往瓦盆里烧着文书之类东西。又要打仗了，听说是涪洲一个姓程的旅长，因为与刘乾仁的二十四师争夺一座县城，被刘部打败，退到川西，仗着人马比潘旅长多，便要来抢占雅州。这些日城里百姓人心惶惶，店铺也是都早早就关门打烊了。见钱瑞来找，侯兴已没心思，说："又有啥事？有屁快放，有话快说，我还有好多事呢。"

钱瑞说也没啥事，想请老舅去稻香村喝两杯。

侯兴冲他说道："你的酒，我是不敢再喝了。以后有什么事，也别再来找我，我受不起……"

"老舅，这是怎么说的？"

"你说是怎么说的，为了你那点破事，我挨了一顿大嘴巴，差点连命也搭进去。"

"老舅，那也不能全怪我，他……他潘大人不是也有那份心思吗？"

"你还说……现在姚子君回来了，当初你是怎么说的？要是真办成了，我今天的脑壳早就搬家了。我没时间再陪你唠叨，你快滚吧！"侯兴说完转身走去。

望着他的背影，钱瑞低声骂道："妈的，今儿个遇鬼了。"

水巷子莫家烟馆的床上，吴虺正由一个妖艳的女人陪着在抽鸦片，龚排长领着一个戴礼帽穿长衫的汉子走进来："连长，人来了。"吴虺一看忙起身，拿出两个大洋将女人打发走了，招呼穿长衫的汉子说："彭副官，也来两口？"

彭副官也不客气，倒下便拿着烟枪抽起来。过足了瘾，这才说道："吴连长，上次跟你见面回去，向我们程旅长说了你的意思。程旅长对你深明大义，临阵倒戈，十分赞赏。说只要你能配合我们，里应外合，打开城门，过来就给你一个营长。你看咋样？"

吴嵬："承蒙程旅长看得起，不瞒彭副官，我早就想反了。做姓潘的手下，就像是他养的护家狗，平日只顾中饱私囊，从不管手下死活。表面上道貌岸然，私下里满肚的男盗女娼。家中三妻四妾，还要逼我妹子给他做小，害得我妹子家破人亡。彭副官，我就不多说了，请你回去转告程旅长，我吴嵬甘愿为他效犬马之劳，决不悔改。"

　　"痛快！"彭副官当场拿出二百个大洋交给吴嵬说，"事成之后，程旅长答应再补你五百。"

　　吴嵬接过装钱的袋子，掂了掂问："你们打算从哪门攻城？"

　　彭副官说："北门南门都是佯攻，主攻方向是东门。"

　　"几时动手？"

　　"今晚，天一黑就动手。"

　　"什么为号？"

　　"两声枪响。"

　　果然，天刚擦黑，天空两声枪响，便从东南北三个方向传来炒豆子般的枪声。仗才打了不到半个时辰，程旅长的人马就像潮水一样，率先从东门攻进了城。

　　衙署早已乱成一锅粥，潘旅长敞着胸，拎着手枪，从里屋匆匆走出，后面跟着拎箱子的副官，和两个又是背又是抱东西的士兵。慌慌忙忙穿过公堂时，一个士兵被脚下什么东西绊了一下，皮箱摔到地上，将白花花的银圆撒了一地。潘旅长回头看见大怒，骂了一声混账东西，便蹲下欲捡。这时枪声已近，副官冲上前来，一把拉起他说："旅长快跑，再不跑就来不及了！"潘旅长心痛不已，只好叹息一声，跟着副官向后门逃去。

　　他们前脚刚走，侯兴后脚便赶来。看见满地银圆，禁不住眼睛一亮，立刻蹲下就捡，正捡得高兴，吴嵬带着队伍便冲了进来。吴嵬看见侯兴，气就不打一处来，拿枪顶着他的脑门说："你这个狗仗人势的东西，这时候了还不忘乱想发财！""吴连……"侯兴长字还没喊出来，枪就响了。吴嵬又朝他尸体踢了两脚："狗日的，幸好老子早来一步，不然就让他龟儿子独吞了。"骂完，悄悄吩咐龚排长，把地上的银圆收拾干净，带回去私分了，然后便带人从后门追了出去。

　　城头又换大王旗，一夜枪战，雅州衙署又换了主人。

程旅长顺利攻下雅州，吴嵬立了头功，官职升成营长。彭副官也升成了副官长。在庆功宴会上，军官们要旅长兑现战前许下的承诺，攻下雅州就给大家发赏银。彭副官长接过话安抚大家，程旅长正在想法凑银子，希望大家再等几天，凑足了一定兑现。一个军官说，雅州茶商，个个殷实，那姓潘的依靠派捐派款，捞了不少。他能派，咱们为什么不能派？明明就眼前的事还需要到哪去弄银子。程旅长笑道："你们不懂了吧，开战前，姓潘的假借凑集军饷，才刚刮完地皮。要是接着刮，油水不大，还遭人骂。咱们得了雅州，要想长期扎下来，还需把眼光放远点。"军官献策说，雅州打箭炉一带，种鸦片的不少，往后这也是个寻钱的买卖。程旅长夸他说："明白这些就好，这块地盘不是刚拿到手吗，总得先给他们一个休养生息的机会吧。养肥了，还不是咱们菜板上的菜呀！"

"旅长说得对！"军官们一片附和声。

三十六

雅州北门外的江边码头，一只从嘉州上来的客船靠岸后，孟生着西装拎皮箱夹在旅客中走出船舱。姚子君带着伙计福贵迎上前去。

"孟生兄，上海一别，晃眼已是五年。今儿个可把你盼回来了。"孟生仍在民国政府的农商部就职，把父母也接去了京城，这次回乡，是受部里派遣，下来调查雅州边茶的产销现状。俩人重逢，都很激动，相拥而泣。

孟生把姚子君上下打量一遍，感慨地说："子君，你变多了，老成、干练，当年的书生气全没了。"

姚子君说："唉，你哪知道啊，不当家不知道盐米贵。自从继承家业以来，经历了多少事，才逐渐晓得，要打理好一个家，一番事业，需要付出的心血太多了。"

福贵接过孟生的皮箱，跟在两人的身后，向岸上走去。

孟生告诉姚子君，世事多变，周先生已在去年就离开农商部了，但他仍然一直很关注雅州的茶事。听说姚子君为了家乡的茶业，自费前往西藏印度考察，历尽九死一生，十分感动。临来之前，还特地嘱咐，要他向子君表示敬意。

姚子君说："谢谢他。这次孟生兄回来得正是机会，我也正想通过你看看，面对印茶的冲击，川茶该怎么应对，农商部有什么切实的举措没有？"

孟生说："子君啊，你可是给我出了一道大题目。这事我也说不好，眼下的民国政府情况就这样，就算是有心也无力。说的是派我下来调查，我看也不过是走走过场。倒是不知你考察回来，自己有什么打算？"

"孟生兄，不瞒你说，我还真有一些想法。到家咱们再慢慢聊吧。"

两人一路说着，不知不觉便到家了。

孟生住在姚家，白天，让姚子君陪他到各家茶号走走看看。晚上，就听姚子君给他介绍去藏地和印度考察的经过，以及他的打算。说实在的，看到眼前的姚子君，和当初刚从日本回来的那个姚子君，俨然已完全是两个人。说到以商养民，以商富国，他豪情壮志，满腔热血，恍若就像一个冲锋陷阵的猛士，让孟生没少受到感动。几天畅谈下来，孟生答应在完成调查后，愿意尽其个人所能，助姚子君一臂之力。

为了让大家都来听姚子君赴西藏、印度考察的报告，茶商会特组织了一场大会。姚子君约上孟生，让董大掌柜也作陪，一道前往参会。会上仍由徐老板主持，他说："大家盼了多日，希望听姚少老板介绍到西藏印度考察的情况。今天，我看六十八家茶号都到齐了，下面就请姚少老板上来给我们介绍。大家欢迎！"

在热烈的掌声中，姚子君站起说道："诸位同人，这次考察，历尽千辛万苦，我就不细说了。今天只就我亲眼所见所闻，以及我的一些感受和想法，说出来同大家一起分享和探讨，也希望能得到大家的共鸣……"

"距今一百多年前的清朝同治年间，山西晋商将中国南方的茶叶运到中俄边境的一个小镇——恰克图，在那里打开了一片天地，开拓出一片市场，引来欧洲各地客商，把生意做得红红火火。英国人眼红了，又是东印度公司，他们从印度的大吉岭把红茶运到恰克图，靠财力的优势，规模生产的优势，竟活生生地从晋商手里抢走了市场，使晋商在恰克图近两百年的辉煌历史在顷刻间化为了乌有。英人垂涎西藏由来已久，他们派出侦探间谍经过多年调查，发现了茶叶在西藏民生中所起的特殊作用。对英国人来说，这也许就是他们的一次试探，因为他们更大的目的还是我国的西藏。于是不惜花大力气，下大功夫，又将印度大吉岭的茶叶大肆运入西藏，凭借运途短，成本低，价格便宜，加上与清政府签订的不平等条约等等优势，妄图取代川茶，占领民心，掐断四川与西藏之间的茶路。"

"印茶原料产自热带，味道苦涩，不如生长在温和湿润条件下的川茶味道醇和甘甜。在制作上，雅州边茶属黑茶类，工艺形成可追溯到宋明，年代悠久，且十分成熟。而他们制作只能是照猫画虎，采用机制规模生产，油腻味过重。虽然短暂夺取了我川茶不少市场，但从长远看，川茶的希望仍然是很大的。"

在拉萨，姚子君曾目睹藏族老人在看见川茶告罄时的那种失望，和最后从多吉昌买到川茶时的那种喜悦。藏人买了印茶，也还要买一些川茶回去搭配着饮用，他们称之为和茶。这已是一种普遍现象。

姚子君总结说："川茶的失利固然有前述的原因，也有自身不足。比如专业制作黑茶的作坊，雅州自打明朝就出现了，可经过数百年来的发展，今天各家茶号仍然在靠这种作坊式的生产在维持商业运行。作坊式的生产没规模，没有规模就没有合力。也就是说与印茶的战争，我们仅仅是在靠各家各户单打独斗。结果自然是一年不如一年，走了下坡路。"

"当务之急，只有效仿西方列强的先进理念，尽快让雅州的所有茶号统一起来，集中人力财力，统一品牌，统一生产，抱成一团，一致对外。就如筷子这个浅显的道理，一根筷子容易折，十根筷子折不断。这是唯一的出路。"

当他说到这里，徐老板插话道："倒也是这个理。只是不知姚少老板还记得不？当年四川总督赵尔丰就这样做过，他筹集五十万两银子，认茶引十万张，将雅州几十家茶号统一组织起来，成立了一个筹办边茶股份有限公司。可三年都不到，就垮台了。"

姚子君说："这不能说是他的错，那是因为不到三年清政府就垮台了。覆巢之下岂有完卵。"

李老板问道："雅州六十八家茶号，大小不等，实力也不一样，股份啦，分配啦，怎么划分？"

姚子君："西方列强的先进做法，我们可以借鉴。成立股份制公司，根据各家茶号的大小决定股份，统一品牌进行生产，一致对外。由公司统一结算，年终按股份分红。这里只能说个大概，到时候还得订立公司规章制度。"

钱瑞突然站起："聚盛源愿意第一个赞成。只有这样，小茶号才能像小船傍着大船一样跟着走。把茶做好了，规模也有了，我看那印茶还能猖獗到哪儿去。"话似乎有点出乎大家意料，一贯与姚少老板"针尖对麦芒"，过意不去的钱瑞今儿个是怎么了？还没等众人弄明白，他又道："尤其是统一品牌，进行生产，做的茶一致对外，我看这办法最好。品牌就是招牌，小茶号的牌子没名声不管用，只有用大茶号的牌子。大茶号牌子响名声大，口碑好，只是他们各自都有秘方，他们肯献出来吗？"

钱瑞真不是省油的灯，几句话便让大厅里热闹起来，围绕他的话，众人议论纷纷。要说这做茶吧，茶号大小并不重要，茶做得好坏，那才最重要。印茶闹许多年，尽管他们的价格便利，但雅州几家老号的茶叶，在藏地仍是畅销货。这也让许多小号，又羡慕又望尘莫及。要统一品牌，就得按统一的标准制茶。老号们就得把秘方贡献出来，这点钱瑞算是看准了的。真要是做到了这一步，他今后就会有机可乘。

面对众人企盼的目光，姚子君刚要说什么，董大掌柜悄悄扯了一下他的衣服，就见徐老板站起来，也不理会钱瑞说了什么，就直接说道："刚才姚少老板向大家介绍了他考察的所见所闻，真是给咱们长见识了。除了这些，他还为恢复和弘扬咱们雅州茶业想到不少好主意。当然了，新东西嘛，咱们也不懂，也不能一时半会儿就说得清楚。我看今儿个就说到这里吧，回去大家再好好想想，下次聚会再议。散了。"

徐老板这一宣布，打断了大伙儿的议论。同时也让几家老号，包括董大掌柜都松了口气。只有姚子君和钱瑞感到几分意外，甚至意犹未尽。当然各自心里怎么想的也不同。

孟生没说上话有几分遗憾。子君说："没关系，你来的主要任务是陪我去署衙见程旅长，在这位雅州新贵的面前，帮我呼吁呼吁。"

下午，程旅长脱掉军装，正在后花园舞剑。彭副官长拿着帖子走来说有客人求见。他继续舞着问道："什么人？"彭副官长告诉他是天德公茶号的老板姚子君和一位民国政府农商部的参事。"民国政府还管到我的头上来了？不见。"他仍然继续舞着。彭副官长劝他，俗话说见官高一级，何况还是从京城来的。再说那姚子君也算雅州名人，还是见见好。他这才收起剑来，从勤务兵手里接过毛巾擦了脸，披上军装，牢骚满腹地道："不管老子吃，不管老子喝，见也是白见！"

程旅长走进客厅："哪位是京城来的贵客？"

孟生起身掏出名片："敝人便是。"

程旅长看着名片，冷冷地说："农商部的助理参事，这参事……参的都是什么事啊？"

孟生："主要是与农业商业有关的事。"见他只顾与自己说话，指姚子君说："这位是——"

"我知道。"程旅长笑着抢过话头，"咱们雅州最有钱的茶商，姚子君姚老板。对吧？"

姚子君站起："程大人过奖了，天德公也只是有几间小作坊罢了。"

程旅长："坐，坐，二位有什么事？"

孟生："是这样，敝人受民国政府农商部派遣，来雅州调查南路边茶的产销情况。打从清朝光绪年代，英人就开始利用印茶在西藏大肆渗透和扩张折腾来折腾去，深受其害的是咱们的茶农、茶商，和国家的利益。想必程大人也知道，民国政府也十分关注这事。"

程旅长："这事我听说过，这洋人还真是奇了怪了，不在自己国家好好待着，千里迢迢跑到咱们中国来，折腾啥呀？"

孟生："他们的目的就是采取攻心战术，妄图掐断从雅州通向西藏的茶路，让藏地僧俗百姓改去依赖印茶。一旦得逞，后果会相当严重，程大人一定比我更清楚。"

程旅长："彭副官长，听清楚了吗？这事得好生管管。这些洋人也太霸道了，今儿个是在我的地盘上，我就第一个不答应！"

彭副官长："请问参事有何打算？"

孟生便将姚子君考察归来打算成立统一公司的打算说了一遍。并说他下来回到京城也会积极走动，呼吁各方大力支持。来衙署见程大人，主要是希望在日后的诸多事务中，还请程大人多多关照这事，促成事情早日成功！

程旅长听罢道："我还当什么了不起的事情，这事简单。姚老板往后有什么事，尽管来找我就是了。我一定鼎力支持。"

姚子君："那敢情好，谢谢程大人。"

程旅长："不用客气，到时候，你多赚钱了，我的日子不是也好过了吗。"

"对，是这理。"

走出衙署大门，孟生说这位兵爷倒是挺爽快。姚子君告诉他，这些年回到家乡，经历的事多了。地方上的土皇帝就这样，嘴上说的是一个样，实际做的又是另一个样，拿他们真没办法。他们的脑壳里什么也没装，就装着一个字：钱。不定哪天突然又刮起地皮风来，不是派这个捐就是派那个款，捞起钱来没有一个手软的。

姚子君让福贵陪着孟生又去了打箭炉几日，考察了那里的茶叶买卖情况，返回雅州，不觉一月就过去了。孟生差事完成，要赶回部里复命令。还是那天接他来的样子，天空又下起小雨，在北门外码头的江边，姚子君送他上船。两人打着雨伞，依依惜别。

孟生说："我说句心里话吧。子君，真是几年不见，刮目相看啊。这次回来，看到你浑身朝气，不屈不挠的精神，真让我感动。但愿你的事能一切顺利，一展鸿鹄之志。"

姚子君紧拉着他的手，也恋恋不舍："古人说海内存知己，天涯若比邻。有你这样朋友，我足矣。只是眼下国家这般混乱软弱，不知何时才能富强得起来？有时候，我也常常感到心有余而力不足啊。"

孟生："回到京城，我会在农商部尽力帮你走动，争取支持。但能不能有效果，我也说不好。不过，路总是人走出来的。子君，你做事比我想得深，看得远。希望你一定要坚持走下去！我祝福你。"

"常来信。"

"哎，我会的。"

在蒙蒙的细雨中，孟生上了乌篷船。姚子君站在江边，直看到小船在雨雾中消失。

送走了孟生，姚子君又一头扎进了筹划公司的事务中。打从西藏回来，他就像变了个人。天德公在他眼里好像已不重要，每天不是到各家茶号走走，就是去商会，说服茶号的老板们，希望大家赞成他的想法。一连许多天，让董大掌柜看在眼里，急在心里。他决心要劝阻少老板。晚上，他来到后院，见姚子君正好在书房，少夫人也在，正在为他沏茶。

"少老板又在忙啥呢？"董大掌柜进门问道。

姚子君指着桌上的东西说："利用晚上时间，想把我的考察日记整理一下。快坐。玉珠，给董大掌柜沏茶。"

"哎。"

董大掌柜见桌上不光摆着几本蓝皮的记事本，还有姚子君爷爷没著完的那本《雅州南路边茶纪事》。

"有了这些日记，接着把你爷爷没写完的《雅州南路边茶纪事》续完。为子孙后代留下的不仅是一本书，而是千古一脉啊。少老板不愧是个有心人。"

姚子君谦逊笑道："董大掌柜过奖了。这会儿过来，一定有什么事吧？"

董大掌柜："我就不瞒你了，还真是想跟少老板聊聊。"

吴玉珠欲走："你们慢慢聊，我先回房去了。"

董大掌柜却道："少夫人，我看你就别走了，留下来一起听我说，看看我说的对不。哎，跟你们说实话吧，这些天，我是憋得睡不着觉啊。"

姚子君："那这会儿就痛痛快快说出来吧。"

董大掌柜："少老板，少夫人，姚家从没把我当外人，我就把这些天憋在心里的话直说了吧。少老板去西藏印度考察，冒着生死危险就不说了，花的是天德公自己的银子，没花过大家一分钱。回来了还把一路的所见所闻，通报大家，该提醒的也都提醒了。要说仗义，这已经够仗义了，天德公谁的情也不欠。可那天在商会，少老板完全成了当家人，把大家的事都当成了自家的事，又挑头要弄个什么公司，操心费力的，而且还吃力不讨好。就像上次修桥吧，银子没少搭进去，还弄了个飞短流长。我到今天心里一直还在替少老板鸣不平。"

姚子君笑着说："可自打铁索桥建成后，那段茶路就再没因涨洪水而中断过，过往的商旅行人也方便多了，这不是件好事情吗？"

董大掌柜："我也知道是好事，只是觉得有些事不该咱们担当的，还是离得远点的好。比如人家挑头，咱们跟着，什么风险也没有。树大招风，出头的椽子先烂。我还是要说那句老话，国家的事咱管不了。咱一个茶号，做好茶，做好买卖，持好自己的家业也就够了。"

姚子君："要是没人担当，就怕这样长此下去，即使像我们这样的老号，有一天也会有自顾不暇，濒临关门的时候。国家兴亡匹夫有责，把这话换到我们头上，那就是边茶的兴衰，茶商首当其冲啊！"

董大掌柜只好苦笑了："虽然少老板说的也在理，但姚家制茶秘方的事，老夫还是要多说两句。那天钱瑞分明是想挑唆大家要几家老号的秘方,我怕你一时冲动,刚扯了一下你的衣服,幸好徐老板就及时站起来,堵住了钱瑞的嘴巴。"

吴玉珠吃了一惊,忙问是怎么回事?谁家肯把秘方轻易拿出来呀?

姚子君:"我不是还没开口吗。"

董大掌柜:"你是没看见,钱瑞说完,你刚要站起来,几家老号的老板,个个都瞪着眼睛盯着你。生怕你就顺着他的话往下说。见徐老板半路杀了出来,他们才松了口气。"

吴玉珠插话说:"子君,说啥都行。秘方的事,咱得听董大掌柜的。为了咱家的秘方,董大掌柜曾差点把命都没了。妈在世时也再三叮嘱,只要秘方在,天德公就不会败落。无论如何也不能落到外人的手里。我可提醒你。"

姚子君沉默了。那天他还真是打算要说这事的,不管钱瑞是出自什么动机,他是考虑过的。六十八家茶号组合成了公司,如果品质标准还是各自为政,又怎么说得上统一品牌呢?几家老号的态度他不是没看见,而是事前已想到的。别说他们,自己家中的情况不也一样吗?

见他不语,董大掌柜又道:"两位东家,老夫不妨再把话说得丑点,猫要是将所有的本事都教会了老虎,老虎回过头就会把猫吃了。"

吴玉珠也道:"子君,董大掌柜的话不是没道理,这念头千万不能有!"

姚子君叹了口气,轻轻地点了点头。

三十七

雅州多雨,人称西蜀漏天。传说远古的时候,女娲补天,一时疏漏,将天补漏了一块,下面正好是雅州。从此这里一年四季云雾缭绕,阴雨绵绵,十天半月,难见两个晴日。由于雨水多,植被茂盛,尤其茶树适宜生长,所以从汉时起,雅州就已经是蜀地有名的产茶区了。随着茶叶成为大宗商品,逐渐传到吐蕃、回纥,很快也成了他们生活中的必需品。古人曾说腹地产茶,而或可无茶;而边地无茶,而或不可无茶。正是因为这一特殊的自然条件,也让封建统治者看到了茶叶边销的厚利,不仅能够获得丰厚的课税,又能笼络边地的少数民族。于是从唐代开始，颁布茶法，禁止私人贩茶，只许官府与吐蕃、回纥的少数民族进行以茶易马的贸易，史称"茶马互市"。到宋明两朝，北方战争频繁，广需马匹，用茶数量大增。两朝皇帝皆先后下旨，雅州茶叶专用蒸茶易马。从此，雅州便成了朝廷指定的，专为吐蕃生产边茶（顾名思义，即销往边地的茶）的地方。

农历五月，是采割边茶的日子。茶农用月牙似的茶刀，将八寸左右长的带叶嫩条割下来，摊晾后用红锅杀青，木甑蒸，溜板揉，渥堆取色，石炕烘。一道道工序下来，原本一片片绿色的茶叶，就变成一条条卷褶的，黑油油亮铮铮，像小鱼儿似的做庄茶了。

做庄茶是制作边茶的主要原料，每年城里的茶号开始收购做庄茶，都要选择日子，举行开秤庆典，又称新茶会。

这不，这天就是开秤的日子。城里又是唱大戏，又是办高台，四乡的农民，用背篼、背夹子、麻袋、叽咕车装载着茶叶，像潮水一样涌进城里。加上赶来看热闹的大人小孩，把个雅州挤得水泄不通，连找个插脚的地儿也难。在锣鼓声中，那些由十多岁的靓仔靓女扮演的，一组又一组的戏文里的人物，被人抬着缓缓经过大街，把热闹的气氛推到了高潮。

姚子君的脖子上骑着路远，领着吴玉珠和香香，也挤在人群中看热闹。忽然看见街对面的徐老板，身边跟着个小伙计，正理着胡须呵呵笑着。他连忙放下路远，交给玉珠，便从人群中挤了过去。

徐老板正看得兴奋，冷不防姚子君从旁边的人缝中冒出来："徐老板，也在看热闹啊！今年的高台你看还行吧？"

"行行行，今年比去年巴适。班子请得好，搞得也好。"徐老板满口称赞。

"徐老板能满意，我这颗心就踏实了。"

"看你说的，商会还得好好感谢你呢。往年开秤办高台，商会也就牵个头，各家出点银子。哪知今年的老皇历翻不得了，各家都借口生意不好，向商会叫穷，不愿出钱。我还当今年开秤怕是热闹不起来了，没想到还是姚少老板体谅大家，天德公一家就把银子给出了。"

"新茶上市，开秤庆贺，一年一度，就热闹一回。不管怎么说，总是老祖宗留下来的规矩，总不能到我们手上就让它中断了。"

"那是。今年天德公出了，明年再这样，由仁和接着办！"

见他高兴，姚子君说："徐老板，趁这会儿你我都闲着，咱们去江边茶也醉人茶馆坐坐，摆会儿龙门阵如何？"

"好呀，上次你摆的那个日本人冒充喇嘛，替英国人刺探军情的故事，我才听了一半，太有趣了。走吧。"

"我还想跟你摆点别的事呢。"

"今儿个高兴，你摆什么都行。"

姚子君心目中，徐老板在商会是个举足轻重的人物。仁和茶号虽说算不上雅州最大的茶号，可论老号的年份，却数仁和的年份最悠久。加上他早年中过秀才，文墨口才也不错，只是为人处事，有些谨小慎微。看来下一步要把六十八家茶号都聚拢一堆，首先得说服他，得到他的帮助。

姚子君想起昨天在商会，趁着下罢棋喝茶的机会，他向陆老板和李老板也说起这事。陆老板说几十家茶号，人多嘴杂，心里想的也不一样，一个锅里搅勺子，不定把衣服裤子都要扯烂。自古以来，经商靠的就是各人的本事。谁家生意好，谁家生意不好，都是各自的运气。这些年印茶这么闹腾，几家老号谁衰了？谁败了？何必同他们折腾在一起。李老板倒不这样认为，只是说有些人心术不正，一说到联合，就想打几家老号秘方的主意，分明是心怀叵测。两人情绪都不高。

到了茶馆，姚子君讲完故事，转过话题，就接着说起组建公司的事："徐老板德高望重，又是商会大梁，说话管用。只要你挑个头，我看这事成功就十有八九。"

徐老板收起笑容说："联合起来，成立公司，众人拾柴火焰高。这道理也对。可是少老板啊，你看眼下这世道，兵祸三天两头，仗火连年。大人们都在忙着争官位，抢地盘。仅靠商会，你说成得了气候吗？光绪三十三年，四川总督赵尔丰成立奏办边茶股份有限公司，实行的是官督商办的办法，他还亲自筹款五十万两白银，可到头来，才维持三年就解散了。"

姚子君说前日孟生兄陪他去了衙署，程大人满口答应，还说有什么事就让去找他。徐老板德高望重，又是商会大梁，说话管用，只要站出来挑个头，成功就十有八九。

徐老板摇着头说："他们的话你也信？要说他们向茶商派个捐呀款呀啥的，我信。要说给老百姓做点好事，唉，比登山还难哪。姚少老板，我也老啦，没有你那份雄心壮志了。只想守着眼下这点家业，能平平安安过完余生就知足了。"

姚子君说："徐老板，就怕你想平安，人家不让你平安。到时候连眼下这点家业也难保。"

徐老板："我知道你是好心，一直想重振河山，恢复雅州边茶昔日的辉煌。只是我……我，唉，你让我再想想。"

"要得，改日我再登门拜访。"

一旦开秤，茶号不论大小，家家都开始忙着收原料。而唯独隆裕茶号的门前冷冷清清，大门也半开半掩着。隆裕的天井不大，一眼就能把作坊看穿。一眼蒸灶，一副溜板，一间渥堆房，一个石炕，一副春茶的架子。麻雀虽小，五脏俱全。地上也扫得干干净净，就是死气沉沉，不见一片茶叶。孙老板坐在堂屋里，抱着茶壶，跷着二郎腿，一脸沮丧。隆裕上年的茶至今还在打箭炉的仓库里压着，一包也没卖出去。钱自然都压在了上面，今年哪还拿得出钱收原料？开秤几天了，见他愁眉苦脸没动静，妻子走来催他："不收原料不做茶，一家人吃啥喝啥？还是去聚盛源找钱老板借点吧。"说到钱瑞，他的气就不打一处来。两人应该说关系不错，钱瑞常使他的嘴，当他跟班似的，他从不计较，在商会还时不时为他通风报信，当他的应声虫。可每到手紧的时候，找到他通融，他却毫不留情，照样竟要他五分利，比驴打滚还厉害。孙老板尝过苦头，不愿再去找他。妻子说东边不亮西边亮，都说天德公的少老板待人仗义，何不去找他试试。孙老板摇头叹息道："哎，大伙都说我是钱瑞的半条狗，聚盛源同天德公水火不容，你叫我去，岂不是自找没趣吗？"妻子说："那孙家的茶号总不能就此关门呀！"

孙老板想来想去，是呀不收原料，日后拿啥做茶？不做茶一家人喝西北风呀？他硬着头皮朝天德公走去。

天德公的大门口好热闹，卖茶的农民把田勇和几个伙计围得水泄不通。田勇兼做买手，一边验茶一边过秤，旁边有两个领仓和打杂的，还有一个结账付钱的账房先生。几个人都忙得大汗淋淋，孙老板远远看着。田勇是隆裕作坊领工郑良的同乡，时常来隆裕找郑良，与孙老板平日也就是打个招呼，点个头而已。眼下人家又正忙着，就这么去向人家开口，而且是借银子，实在是不好意思。犹豫来犹豫去，还是算了吧。正准备打退堂鼓，不想反倒是田勇先看到了他，让卖茶的等他一会儿，撂下活便赶了过来："孙老板，这大忙时节，你在这儿干吗？"孙老板语结了："我……我看你们好热闹啊。看把你大汗都累出来了。"田勇说："开了秤，家家还不都这样。隆裕收多少了？""唉！"孙老板就叹了口气说起来，"不怕田领工见笑，隆裕今年怕是开不了秤了。"田勇一惊："怎么啦？"孙老板便说起没现银收茶的事。田勇着急说："哎哟，这可是大事。季节不等人，新茶会一过，做庄茶就没了。到那时你就是有钱，可上哪儿去买做庄茶？找人通融通融，借钱也得把原料先收起来。"孙老板说："我就不瞒你了，如今钱不好借，要不不借，要不就是放给你水钱（高利贷）。我实在是没办法了，这才厚着脸皮来找你帮忙，引见我见见姚少老板，又怕……"

刚说到这里，董大掌柜从大门里走出来，一看卖茶农民被晾在一边，田勇却在同孙老板说话。不由有点生气："田勇！这会儿不是正忙着吗，在那里闲扯啥？"

田勇不敢怠慢，忙道："哎，来了。"同孙老板点个头，便匆匆又忙去了。

孙老板尴尬地朝董大掌柜点点头，迎上说："董大掌柜，你忙……"话还没完，就见他转身又进大门去了，分明是不想理他，弄得孙老板一脸尴尬。

又过了两天，终究经不住妻子唠叨，孙老板再次找到钱瑞，写下借条，按五分利，借了三万两银子。才总算把秤开了。

打发走了孙老板，钱瑞找来邵安商量收茶的事。听邵安说开秤以来，聚盛源才收到两万多斤做庄茶，比上年减少了近一半。钱瑞问怎么才收这点？邵安回答说，一来去年的茶没卖多少，大部分还压在库里，怕收多了做出来又继续压起，所以他没敢多收；二来是他在收茶时，仍按聚盛源老规矩，没少在验级扣水过秤上做手脚，好多农民都不愿把茶往聚盛源背，背到别家去了。钱瑞说："这事儿都不怪你，只怪我少说了一句。"

邵安说怎么了？

钱瑞："姚子君正在张罗，把雅州六十八家茶号联合起来，组成一个统一的公司，统一经营，一致对外。我看这主意不错，咱们吃不了亏。只要刷上统一印子，咱们的茶还愁卖不出去吗？"

邵安："这事靠谱吗？"

钱瑞："这小子是一根筋，这些天一门心思就扎在这上面。我看他只要把几家老号说通了，八成能成。我想好了，既然是他姚子君挑头张罗的事，要求品质统一。到时候就让他把天德公的秘方贡献出来。"

　　邵安："他要不愿意呢？"

　　钱瑞："咱们也有办法。"

　　邵安："这么说来倒是件好事情。"

　　钱瑞："那你说，咱们的原料是不是买少了？"

　　邵安："嗯，是少了。不过现在收还来得及，钱老板这回多拿点现银，咱们多收点，囤在那里，到时候才好大展身手。"

　　钱瑞点头："我决定把号上的现银全拿出来买原料。你明天就去龟都镇的茶树坪，看他们还有多少做庄茶，全给我收了！"

　　邵安顿了一下："你还不知道，茶树坪的做庄茶被姚子君的岳父吴有财预订完了。就算没订完，他们也不愿同聚盛源打交道。"

　　钱瑞："为什么？"

　　邵安："你忘了那年聚盛源拖他们的时间，压他们的价，最后让姚子君去讨了便利的事。他们说了就是有茶再也不会跟聚盛源打交道了。"

　　钱瑞："那怎么办？"

　　邵安："钱老板，只有我来辛苦点了。你多给我准备些现银，我去远一点的山里，多找两个地方，准能收到。"

　　"行。带上两个伙计，你明天就去。"钱瑞说。

　　"不用。我一个人就够了。"邵安拍着胸脯应道。

　　在仁和茶号的作坊里，徐老板刁着长叶子烟杆，看着两个工匠拎着一口袋热茶，走上溜板，踩在上面，然后便一步一步地往下溜起来。溜茶也就是揉茶，使茶叶卷褶不破，变成条索状。见两人配合默契，脚步整齐而有节奏，心里正默默感叹，先辈给后人留下的这方法，又简单又实用，真是妙不可言。

　　不时号上的严掌柜走来告诉他，天德公姚少老板和永兴李老板上门来了。他问是上作坊来了？严掌柜说他让他们在客厅里先喝着茶等着。徐老板说："好，让他们等着，你陪我先去换个衣服，再去见他们。"

　　少顷，徐老板头戴棉帽，身披皮袄，拄着拐杖，由严掌柜搀扶着走到客厅。姚子君和李老板一看，忙站起来："哎哟，徐老板这是怎么了？要早知道徐老板身体欠安，我们就不来打扰了。"

徐老板颤颤悠悠地坐下："不打搅，不打搅。二位请坐吧。"

李老板是第一个接受姚子君说服的老号老板，可没想到陪姚子君来见徐老板，就这么不凑巧："徐老板前天还是好好的，怎么一下子就病成了这样？"

徐老板说："唉，岁月不饶人。老了经不起折腾，稍稍受了点风寒，你看就不行了。"

姚子君说："今天我请李老板一道来，本想找徐老板一同商量组建公司的事……"没等说完，就听徐老板剧烈地咳嗽起来，严掌柜连忙拿起痰盂上前接着。姚子君只好和李老板互相看了看，接着说道："既然徐老板病了，那我们也就不打搅了。徐老板好好休息，我们改天再来。"

徐老板惭愧地说："唉，真不好意思，怠慢二位了。"

二人走出客厅，背后又响起一阵剧烈的咳嗽声。

深夜了，天德公前后两个大院，已一片寂静，只有后院姚子君书房的窗户还亮着灯光。他正伏案奋笔疾书，草拟着雅州边茶股份有限公司章程。吴玉珠拿着一件夹衣轻轻推门进来，替他披上说："夜深了，天凉也不知道。我看你倒是比谁都着急，这公司八字还没一撇，就忙着写啥子章程。"

姚子君说："这叫未雨绸缪。我弄出来，先听听大家的意见，到时候再改，不是更好吗。"

吴玉珠坐到他的腿上说："子君，我看你这一根筋的毛病怕是永远也治不好了。妈走了，也没人管得了你。看见你整天就忙在这事上，这夜了还独自一个人冷冰冰坐在这里想啥呢。把我晾在一边，你就不想想，人家心头是怎么想的吗？"

"对不起，这些天冷落你了。"姚子君拉着她的手，亲切地说，"你都说了我这人就这毛病，一根筋，认准了的事就想快点把它做好。一忙起来，这不就把你忘了。"

吴玉珠："自我嫁到姚家，我总是依着你，顺着你。多大的事也挺过来了。现在想起还后怕。如今我啥也不想，只要你再别离开这个家，离开我。那些事就让别人做去吧，人总是要老的，咱们为什么就不能趁早多过几天安生的日子啊？"

"玉珠，你还真把话说到我心里去了。当初娶你，我也一心想过那种朝夕

302

相处，卿卿我我的舒心日子。可自打西藏回来，一闭上眼睛，那些人，那些事，那些难忘的情景，就会出现在眼前，在心里翻腾。我知道自己也就是个凡夫俗子，也不想图个什么，只是觉得人活一世，总该为我们的家乡，为养育我们的这块土地做点什么吧。回想起读书时，看到国家积贫积弱，遭到列强欺侮，我胸中也曾义愤填膺，热血沸腾。眼下虽然没了那种冲动，可是，深深埋在心里的那个念头却总是忘不掉啊。这些年为了我，没少让你担心，让你受累，甚至让你受委屈。我心里也内疚，有时候真想扑到你怀里说一声对不起……"

　　吴玉珠听着很感动，她捧着姚子君的脸看了半天，心里暖暖地说道："当初只是看你长得英俊好看，人也正派斯文，就心甘情愿地嫁给了你。那会儿哪里会想到你心中还想着这么多的事情，装着这么多的抱负。跟你过了这些年，今天我算明白了，我的丈夫是一个有责任有担当的男人。无论吃多少苦，受多少罪，我都不后悔。我爱你！"说罢，紧紧抱住子君嘴唇就吻了上去。

　　钱瑞早晨起来，抱着茶壶又在天井的走廊上逗他的画眉。仓管慌慌张张跑来告诉他，说不晓得邵掌柜搞的啥名堂，昨晚从山里弄回来的一百多条麻袋里，装的全是桤木树叶。"啥？"钱瑞大惊，仓管又把话重复了一遍。钱瑞不敢相信，连忙跟着仓管来到作坊的库房，一连抽查了几袋，果真都是桤木树叶，忙问邵安呢？仓管说今早就没见着他。钱瑞心里立刻有一种不祥的预兆，急忙叫上仓管和两个伙计，匆匆赶到水巷子邵安的住处。只见门上挂着一把守门的铁将军，人已不见。钱瑞下令破门而入，屋内一片狼藉，邵安早已逃之夭夭。钱瑞顿时惊出一身冷汗。

　　昨晚半夜，仓管说他睡得正香，邵安从山里买做庄茶回来，敲门把他叫醒。按说原料入仓，仓管必先看样。邵安说他亲手收的茶，还看什么看，未必还有假？见仓管犹豫，他说是你说了算还是他说了算！仓管不敢再言语，就将茶收了。

　　回到号上，看着鼓鼓囊囊，全是桤木树叶的麻袋，几乎把仓房都塞满了。钱瑞气得正吹胡子瞪眼睛，账房先生拿着账簿找来，说邵安上次去收茶，用去八千两银子，这次进山又带去一万二千两，入库的原料相抵，相差一大截……

　　钱瑞已知被邵安暗算，气得七窍生烟，五脏六腑都要炸了，咬牙切齿骂道："别说了。这个龟儿子！老子对他一片真心，他却背后给老子一刀。狼心狗肺的东西，找到他，老子非剥他的皮不可！"

三十八

三官祠茶商会馆的议事厅，来了二十多个老板，他们或站或坐，窃窃私语，好像正在说着什么。李老板和陆老板站在门口，张望着门外。不一刻，姚子君夹着皮包急急忙忙赶来。今天大家要来听他宣读公司章程，日子是上次徐老板主持开会时，大家订下的。李老板迎上告诉他，徐老板捎信说他来不了。姚子君就笑了起来："他又犯病啦？"

两人上次去登门拜访，分明看出他就是装病，碍于情面，不便捅破便告辞了。今天一听他又来不成了，姚子君便当他老毛病又犯了。

李老板说："这回是真病了。"

"哦，上次的病不是好了吗？请医生看没有，要不我去给他看看。"姚子君自告奋勇说。

李老板："你看不了，他是气的。"

姚子君一愣："啊，怎么回事？"

"你还不知道？听说倒床两天了。那把岁数的人了，也经不起气啊！"李老板叹了一口气说道。

俗话说，天有不测风云，人有旦夕祸福。向来做生意稳扎稳打的徐老板，做梦也没想到会碰到一桩背运的事情。仁和的老客户藏商旺堆，年初在他们的打箭炉分号买了一万包预茶。在运回去的途中，过了察木多，旺堆没有走传统的南路，选择了北线一条已许久没人走过，要穿越一百多里原始森林，翻过两座大雪山的小路。如果成功，就将节省一千二百里的路程，时间也要省二三十天。旺堆的想法没错，可没想到在过雪山的时候，夜晚刚宿下营，就遇到了雪崩，除了少数人逃生，整个驼队都被大雪埋了。旺堆是仁和茶号多年的老客户，这一筋斗摔下去，必然破产无疑。仁和一万包预茶的银子泡了汤，从此生意上还少了一个重要的买家。徐老板就为这事气的。

姚子君说："唉，损失够惨的。"想想又道："要是有公司就好了，有了难处，大家可以共同分担。"

陆老板说："商会的事可不能少了他，他要是来不了，今天怕也议不成了。"

姚子君说："今日议不成不要紧，改个日子就是了。二位老板先把人散了，我这就去看看徐老板。"

李老板拉住他说："你去了可别说是我告诉你的，徐老板是个特顾面子的人。最好装着什么都不知道。"

"哎，我明白。"

姚子君拎着两盒点心来到仁和，被领到客厅先坐着。不一会儿便见严掌柜扶着徐老板走来，果然精神不振，面容憔悴，好像刚从床上起来。姚子君忙迎上，帮着严掌柜扶徐老板坐下。

"听说徐老板病了，晚辈赶过来看看。怎么搞的一下子就病成这样？"

徐老板就叹了口气："唉，我就不瞒你了。遇到了背运，心气不顺啊！一万包预茶，可不是个小数。旺堆是仁和的常年买家，他破了产，仁和日后的日子也不好过！"没想到他自己竟先说了起来，言语间也充满了惋惜和痛苦。

来的路上，姚子君就想过，怎么样才能帮徐老板把这一关挺过。再说筹建公司，还真不能少了他，能得到他支持，日后的事也会好办些。可话要怎么说才不会伤老人的面子和自尊心呢？于是说道："这种事谁也料不到，不出已经出了。徐老板还是首先要保重身体。我倒想，倘若要是有公司，那就不用愁了。产品统一销售，风险共同承担。能避免有的吃不了，有的又吃不饱。就拿天德公来说吧，今年预计只做八万包茶，没想到青海玉树的藏商扎西去年买了一万包，今年突然提出增加一万包。答应他吧，天德公已没场地，人手也不够，到时候就怕做不出来。如果徐老板愿意，天德公可以把这批货让给仁和。"

徐老板一听忙道："那敢情好，只是委屈天德公了。"

姚子君说："其实，不知徐老板想过没有？今后公司成立起来，面对此类问题，那就好办多了。"

"那是那是，这公司的事就指望姚少老板了。"徐老板顿时就像变了一个人，精神也豁然开朗多了。

姚子君又道："这些年，咱们雅州边茶深受印茶冲击，一些茶号经营不善，从前七八十家茶号，关门的关门，倒闭的倒闭。至今已只剩六十八家。再不拧成一股绳，今后的日子只有江河日下，越走越窄。"

徐老板："姚少老板，你年轻有为，见多识广，处处替大家着想，顾全大局。我看这个头，非你莫属。你就大胆挑起来吧！"

姚子君："一个人的力量毕竟有限，把大家聚拢起来，就像大船出海，许多地方还得靠前辈们指教和掌舵，船行才稳当。"

徐老板："我虽然老了，敲敲边鼓还行。今后只要有用得着老朽的地方，请姚少老板尽管吩咐。"

"说吩咐晚辈不敢，请教倒是少不了的。这不，今天我就把草拟的有限公司章程随身带过来了。正想请徐老板先过目，看看有什么不妥或疏漏的地方，晚辈再做修改。"姚子君将一叠红格纸趁机递上。

徐老板热情接过："我这就看。不管怎么说，这也是个新鲜东西。"

他看完后，沉默片刻，就说了一个好字。并当下承诺，仁和茶号愿出八万两银子，加入雅州边茶股份有限公司。

告别徐老板走出仁和的大门，姚子君一路兴奋，心里也踏实了许多。但仍悄悄告诫自己，好事才开头，往后的事可还多着呢。

钱瑞的银子被邵安坑了，一直咽不下这口气。他都是吃人的人了，没想到还被人吃了，这损失说什么也要找回来。揣着满肚子的怨气，他来到隆裕茶号，站在天井里他大声道："有人吗？"

孙老板从屋里匆匆跑出来："哟，钱老板来啦。快请到屋里坐。"

"不坐了，就站这里说。这些天连你的影子也看不到，躲到哪去了？"

"看你说的，想巴结钱老板还巴结不过来，哪还敢躲你嘛，这几天不是忙吗。今儿个什么风把你吹来了？"

"你是不知道还是装糊涂，邵安把老子害惨了，卷走了我一大笔银子，至今连个人影也找不着。"

"听说了。钱老板，我早就劝过你，邵安那人不可靠，可你就是不听……"

"现在说这些还有屁用，不说这王八蛋了。今天来也是无事不登三宝殿，想问你借的那笔银子打算几时还我？不是我来催你，我现在也开不起溜了，连工匠们的饷钱支都支不出来。再过几天，怕也要关门歇业了。"

"哎哟，原来是这事呀。钱老板，算我求你了，看在你我朋友一场的情分上，再宽限我一点时间，行吗？"

钱瑞想了想说："行。我再宽限你十天。"

"钱老板，十天太短，一时半会你叫我怎么凑得齐三万两银子。"

钱瑞给他纠正说："咱们说好的五分利，加起来一起应该是三万二千两了，到时候拿不出钱来，可别怪我不客气。"

"钱老板，我真拿不出来。"

"那我不管，反正到时候没银子，就用隆裕的财产抵！"

"你这不是要我们全家人的命吗？"

"我给你打个比方，现在我两个就像都站在悬崖边上，不是你死就是我死。可是，人不为己，天诛地灭。你说我不这样办，怎么办？"说完甩手离去。

妻子追出来问道："钱老板怎么啦？茶没喝一口人就走了。"

孙老板的气正没处发泄，劈头盖脸就朝她凶了起来："当初我说不做算了，你天天要逼我去借。这下好，就等着倾家荡产吧！"

向来把丈夫一直当炮耳朵的妇人，此刻也不敢吭声了。

孙老板绞尽脑汁，想来想去，唯一办法还是只有去求天德公的姚少老板。想到上次被董大掌柜撞见的事，他让妻子做了晚饭，叫郑良去请来田勇，把事情从头至尾说了一遍。郑良说："田勇，要是孙老板的茶号没了，我的饭碗也等于砸了。这个忙你可一定要帮啊。"

田勇说那钱瑞本来就不是个好东西，处处给天德公使绊子，没少跟少老板作对，董大掌柜可恨他了。

孙老板说这些他也知道。上次在天德公门口，董大掌柜冲田领工发火，其实也是冲他来的。因为大家骂他是钱瑞的半条狗，都怪他过去眼睛瞎了，把恶人当成了朋友。"田领工，还望你在董大掌柜面前，要帮我多说些好话。"他恳求说。

郑良说："找了董大掌柜还得找姚少老板，不如请田领工直接找找少老板好了。"

田勇说："不用，董大掌柜点了头，少老板那边就不会有事的。"

可是，没料到第二天在董大掌柜那里，事情就被挡住了："他不是钱瑞的跟屁虫吗，想借钱叫他还是去找钱瑞好了，天德公的钱不借给他。"董大掌柜一口就拒绝了。田勇刚打算转身，姚子君便走了进来。田勇也没敢再提，倒是董大掌柜哈哈大笑起来，当笑话一样将事情告诉了姚子君："这叫报应！就该让他多吃点苦头才好。"姚子君听了却沉默不语起来，过了半天，他道："我看，这个忙该帮。咱们不是锦上添花，是雪里送炭。董大掌柜，你说呢？"董大掌柜仍摇着头，很不情愿的样子，心里却道："少老板啊，天下富人都能像你一样胸襟宽大，厚德待人，那就好了。既然如此，我还说什么啊。"

孙老板由田勇领着来到天德公，在客厅见到姚子君和董大掌柜，红着脸说道："让二位见笑了……"没等他继续说下去，姚子君就打断了他："见什么笑，大家皆为同人，有个坡坡坎坎，三灾六难，相互搭把手，帮个忙，这是应该的。"孙老板倒也诚恳，他说："过去尽做些没脸皮的事，想起来真是惭愧。如今遇到难处，你们却大人不记小人过。今天能保住隆裕的家产，孙某在这里给你们磕头了。"说着就要跪下。

姚子君和董大掌柜哪肯，连忙上前将他扶起。

钱瑞又坐在桌前用纸牌给自己算命。自那天从隆裕回来，他就暗暗盘算，十天之内，注定孙老板拿不出银子。隆裕两个天井的院落，作坊里的溜板，石炕，春茶的架子，还有临街的两间铺子，抵三万二千两银子，绰绰有余，他可赚大了。纸牌连摆三遍，都在红运上。再算日子，十天的期限也马上就到了。正乐着，孙老板就上门来了："钱老板在吗？"

钱瑞听着声音软绵绵的，心想一定是又来求他宽宏大量的。他竟正眼也不看对方一下，就摆着手说："你啥也别说，我知道你来说啥。打住吧，那天我说过了，就十天，多一天也不行。"

没想到孙老板却道："你想错了，今儿个我是来还银子的。"

钱瑞不由大吃一惊："哦！有钱啦？"

"借的呗。"

"我不信，这年头还有谁肯借银子给你？"

"这叫天无绝人之路，老天爷还想赏我一口饭吃。"孙老板从怀里掏出一张银票放到桌上，"这是大丰钱庄银票，三万二千两，一个子儿也不少你的。你看好了！"

钱瑞拿起银票，仍有点不敢相信："天德公的银票，他们肯借给你？"

孙老板说："不仅借给我，还不收我的息。银票就在你手上，信不信由你。请把借据还我吧。"

钱瑞从柜里取出借据退给孙老板，悻悻道："这么说来，孙老板是攀上了高枝，往后自然也认不到我这个老朋友了。"

"雅州乡下有句谚语，当面嘴巴蜜蜜甜，心中锯锯镰。跟你交情多年，今儿才算是认识钱老板了。"孙老板理直气壮把话说完，便转身离去。

钱瑞的美梦又落空了。

路遥满十七岁，从雅州上川南小学堂毕业了。姚子君夫妇把姚仁义和许幺姑请到后院，办了一桌酒筵，想让大家都来高兴高兴。饭桌上吴玉珠说，路遥毕业考试，各科都是甲等，是块读书的料。和子君商量，准备送他去省城继续上学。问幺爸幺婶意下如何？姚仁义说那敢情好，学了回来，免得像他一样，当一辈子睁眼瞎。路遥和路远两弟兄紧挨坐着，只顾扒饭也不吭声。许幺姑高兴地说："路遥，别光闷着头吃，还不快谢谢你幺爸、幺婶。"

路遥忽然站起来说他不想读书了。

姚子君一愣，问他怎啦？

路遥埋着头，半天不说话。

姚子君："虽说你发蒙迟，读得晚，可你各科成绩都不错，说明你并不是学不起走。为什么不读？"

路遥说："我长大了，幺爷爷、幺奶奶却一天天老了。我要去背茶，挣钱养活他们，让他们在家歇着。"

刹那间，全场都哑巴了。姚仁义的热泪就像下雨一样，哗哗地落了下来，许幺姑也泪水盈眶。当初把孩子捡回家的时候，谁想过要贪图回报呢，如今是孩子自己长大了。

姚子君和吴玉珠互相看着，也十分感动。

"好孩子，你幺爷爷幺奶奶没有白疼你，难得有你这份孝心。幺爸今天就替你做个主，不去读书行，但也别去背茶，就留在号上，先做两年学徒，打磨打磨。过几年，再到号上担当个啥的。幺爸幺婶，你们看呢？"

姚仁义抹去眼泪，感谢不已："路遥，幺爷爷也说不来啥，就听你幺爸的。从学徒开始，好好学本事，学你幺爸的为人。学会了本事，今后要晓得知恩图报，别忘了姚家对咱们的大恩大德。"

姚子君："幺爸，看你说的，都是一家人，就不说这些了。"

姚仁义："孩子，那就给你幺爸、幺婶敬个酒吧。"

路遥端酒走到姚子君夫妇面前："多的我就不说了。幺爸、幺婶，等你们老了那天，我一定会像孝敬幺爷爷、幺奶奶一样，也孝敬你们。"

"好小子！"说得姚子君大笑起来，和玉珠一起端起酒，也一口干了。

看到路遥终于长大，就要去号上当学徒了，姚仁义夫妇心头的喜悦溢于言表。趁在家中要休整几日，夫妻俩将路遥接回家中，一家三口团聚一起，享尽天伦之乐。

舒心的日子总是过得很快，转眼一家三口又要分别了。这天早晨起来，姚仁义在堂屋里将拾掇好的背夹子给许幺姑套到肩上，一边对旁边帮着递蓑衣斗笠的路遥叮咛："孩子，往后就自己照顾自己了。到了号上，老的要叫大叔大妈，年轻的要叫大哥大姐。不懂要问，手脚要勤快，力气用完了又会长出来。要听董大掌柜田领工他们的话。别整天也闷葫芦似的。"

路遥说："我记住了。"

姚仁义帮许幺姑收拾好，又背起自己的背夹子，突然发现刚才还在的拐子不见了："哎，拐子呢，刚才不是还在这儿吗？"

路遥笑着咚咚地跑进里屋，很快抱着两根拐把子上拴着红布条的拐子跑出来，说他常听人说，红布避邪，拴上它路上就会平安吉祥。

二老接过，顿时感到心里就像有一股温馨暖流穿过。

不过倒也是，背夫路上总是什么事都会有。姚仁义带着三十多个茶背子，从雅州出发，一路跋涉，走了三天，来到干河沟。过了干河沟不远就有一个村子，原打算当晚就住这村子的，不料就在这时，一个女背夫突然要生小孩了。显然是背得重，又连续走了三天，造成早产。这女人也是条女汉子，把孩子在路边就生了下来，还说把孩子系在怀里要继续往前走。姚仁义说什么也不答应，让队伍中的女背夫将她搀进沟边的幺店子，把她的茶分别安排到自己和几个身强力壮的背夫头上，然后又与幺店子的女主人商量，出钱请她帮照看好母子二人。等到把事情都安顿妥当，天已黑尽，只好也就在这家幺店子住下了。

半夜，电闪雷鸣，下起滂沱大雨。雷声雨声让姚仁义整整一夜都没合眼。干河沟常发生山洪和泥石流，他担心这场大雨会不会把干河沟上的那座小桥给毁了。

果然，事情不幸被他言中。尽管天亮大雨停了，可是一夜的暴雨，还是引发了干河沟的泥石流。姚仁义站在沟边，看到眼前的情景，心就凉了半截。山太陡，平日就不大一股小溪水的干河沟，那座小桥早已不见踪影，浑黄的泥浆夹带着大大小小的石头，已把河沟填得满满的，山上的石头不时还在往山下滚落。

太阳升起已有一根竹竿高了，背夫们赶路要紧。经过事先观察，大伙决定从泥石流上蹚过去。背夫们在沟边一字排开，由一人站在高处，负责看到山上有石头落下就发出警告。姚仁义搀扶着背夫，挨个蹚过去。

平日几步就过去了，眼下却要深一脚浅一脚地慢慢走，心里也特别紧张，姚仁义不停给大家鼓劲："别怕，我扶着你呢。拐子杵稳点……"有小石头落下来，他就搀着他们一边躲闪一边喊："当心有危险！走快点。"尽管如此，每过一个，背夫仍然会满背心满头的大汗。

约过了一个时辰，终于轮到了姚仁义。他让对面的背夫替他看着山顶，背着背子走进泥石流。在松软稀湿的泥浆石头里，他往往返返不少趟已够累了，此刻只见他背着沉重的背子，咬着牙，杵着拐子，艰难地换着脚步，向前移动。猛地有人大声喊道："不好，姚揽头快跑！上面山崩了——"随着这一声惊叫，众人看到头上的沟边有一处山岩突然塌了，泥浆石头顺着干河沟就冲了下来——

看见泥石奔腾而下，许幺姑恐惧地呼喊着："仁义——"

一切都晚了。瞬间，姚仁义已不见人影。只剩下那根拴着红布条的拐子还立在那里……泥石还在继续垮塌，许幺姑哭着就要扑上去，被众人紧紧拽住。

许幺姑就像发疯似的，守着那根拐子，用双手拼命地在泥石里刨着，直到双手刨得鲜血淋淋……她哭得死去活来，声音也嘶哑了。望着苍天，她喃喃地自语着："老天爷，你为什么这样不公平？我们才过上两天舒心日子，就让你把他叫走了。我恨你啊……"

三十九

天德公的大门口，挂起两个有奠字的白色大灯笼，肃穆悲伤的气氛再一次笼罩了姚家。

在后院的厢房里，许幺姑睡在床上，头发散乱，汗水淋漓，两手都还包着白布，嘴里一直不断地呓语着："仁义，仁义啊，你等着我，让我也跟你一道去……"姚子君拽住她的胳膊，为她把脉，翻看了她的眼睛，然后转身告诉玉珠和路远："悲伤过度，受了刺激，精神有些紊乱。一会儿给她吃点安神的药，让她好好睡两天。没有大碍。"路遥上来抱住他，喊了一声："幺爸……"就泣不成声了。姚子君眼里噙着泪水，抚摸着他的头说："孩子，别哭了。幺爷爷没了，还有幺爸、幺婶。今后幺奶奶就靠你了，你要好好孝敬她。"路遥点了头，他又转身吩咐玉珠："这些天把灶上的柳妈叫过来照顾幺婶，好好劝劝她。他们的家也暂时别让她回去了，回到家睹物思人，她会难过。""哎，我知道。"玉珠应道。

一连几天，上门来吊唁姚仁义的人竟络绎不绝，最多的便是背夫。姚子君身着孝衣，亲自在灵堂接待大家。夜晚，在前院堂屋，他和玉珠请来董大掌柜和田勇，商议给姚仁义起坟的事。他说："玉珠的意思是派人把尸首找回来，埋进姚家的祖坟园。我也这么想，不管怎么说，幺爸也是姚家的人。你们看看，这事怎样铺排？"

董大掌柜说："按说少老板少夫人的想法没错，可我想说句不恭敬的话，这事折腾起来可不是件容易的事。我去现场看过，那天的泥石流方量巨大，把干河沟完全变了样。远远不是靠人工刨，锄头挖，就能把人找到。与其找不到，让大家也伤心。还不如就在原地起座坟，立个碑，过往都能看到他，唤起大家的念想。"

姚子君沉吟半晌："唉，我总觉得心里对不住幺爸。"

这时门被推开，路遥扶着许幺姑走进来，她说："董大掌柜说得对。仁义的大半生都是在茶路上度过的，他给我说过多少回，他就喜欢路上的那些山，那些水。说要是哪天他死了，就让我在路上给他选个地方，让他还能天天看着那些山，那些水，跟过往的背夫们打个招呼，听他们唱山歌，吼号子。你们就随他个缘吧！"

一席话，令在场的人无不潸然泪下。

半月后，在群山中的干河沟畔，起了一座新坟。坟前的石碑上刻着"亡夫姚仁义之墓。妻许幺姑民国八年七月立"。许幺姑和路遥跪在坟前烧着纸钱，垒完坟的工匠们拿着锄头背篼之类的工具立在一旁。天空下，纸钱青烟袅袅，田勇同一拨背夫给姚仁义摆好供品，将酒洒到地上，放开喉咙喊起了背夫号子："姚揽头走好——哦呵呵——哦呵呵——"

群山里，号子荡起回声，此起彼呼。平日听着高亢嘹亮的号子，此刻听着却多了几分粗犷与凄凉。

经过近半年的筹备，雅州边茶股份有限公司，终于尘埃落定了。几度磋商下来，大家一致推举姚子君任雅州边茶股份有限公司的董事长兼总经理，仁和的徐老板、恒泰的陆老板任副董事长兼副总经理，永兴的李老板任监事会的监事，将雅州六十八家茶号组成十个制茶厂。公司总部就设在三官祠茶商会馆。挂牌开张，举办了隆重的仪式，又是放炮又是酒筵，请了衙署的程旅长、彭副官长，雅州地方上的名流，在稻香村办了几十桌。程旅长和姚子君先后都讲了话，搞得十分热闹。

姚子君从早到晚忙忙碌碌，沉浸在一片喜悦之中。倒不是他当了公司的董事长总经理，而是自打从西藏回来，这半年多来的心血和努力，终于开花结果。董大掌柜看着，心情却一天比一天沉重。也不是因为开办公司，天德公垫了很多钱，而是他看到少老板在这条路上已越走越远。从少老板的爷爷到他爹，还有老夫人，他们在离去的时候，都曾是那样语重心长地叮嘱他，把希望寄托于他，日后的天德公不能败落了。可眼下少老板心雄志大，想的事大了去。老人们在的时候，他有什么话可以去向他们诉说，而今他向谁说去啊。在少夫人面前，他曾鼓起勇气试了两次，最后也把话咽了回去。

天黑后，姚子君才从稻香村回来。福贵打着灯笼扶着他，醉意阑珊地迈进门口，踉跄了一下，差点摔倒。福贵说："小心，少老板。"他哈哈大笑道："没事，这点酒算什么！今儿个痛快！好久没这样痛快过了。"福贵要扶他回卧房，他不，要先去书房，说还有事同董大掌柜商量。

玉珠、香香闻讯赶来，忙给他沏茶解酒，又用铜盆打来热水给他洗脸。玉珠嗔怪说："自己有多大酒量不知道？瞧你醉成这样。"他说："没喝多少，就……就一点点。"然后便让福贵去请董大掌柜，还要他将秘方匣子也带过来。

玉珠说："这么晚了，你还想折腾啥子？"

姚子君："我的事你别管。你们都下去吧。"

玉珠让香香去了，自己却拉过椅子坐下来："我就偏不走，看你还要折腾啊？"

姚子君不敢惹她，笑着道："好吧，你是老板娘，听听也好。"

董大掌柜进来看见少夫人在座，心里倒是多了几分踏实。正打算将匣子先递给少夫人，没想到姚子君一把就接了过去。他将匣子捧在手上，一边端详着，一边意味深长地说道："咱家的传家宝，无数的人都说你金贵，价值连城。可他们却把你关起来。既然是有益于天下的东西，为什么不能让你去惠及天下更多的人啊？"

玉珠上前从他手中抢下匣子："你不说没喝醉吗？瞧你疯疯癫癫的样子。行啦，我扶你回房睡去！"

他推开玉珠，正色地说道："我没疯癫。别拦我，我还有话同董大掌柜没说完呢。"

玉珠想拉他，被董大掌柜劝住："少夫人，就让他说吧。少老板，什么话你说，我听着。"

姚子君："董大掌柜，我想跟你说说掏心窝子的话。"

董大掌柜说他听着呢。

姚子君："我说这人呀不能小心眼，应该具有胸怀，就像大江东去，水阔天高。就拿这制茶秘方来说吧，我也知道，雅州老号各家都有。当然，都是他们的老祖宗留下来的宝贝，天德公也一样。多少年来，天德公靠它做出来的砖茶，在藏区一直畅销无阻，即使面对印茶的冲击，亦是如此。我在想，要是这秘方能供大家都使用，各家茶号都照着我们的秘方做茶。你说，我们的茶叶还会在西藏失掉那么多销场吗？还会输给那个东印度公司吗？"

董大掌柜："少老板，成立公司你承头，大家都佩服你。老夫也为你高兴。可这秘方的事，我说什么也要劝你。千万慎重，三思而行。"

姚子君："你看，我不是才说了吗？人要胸襟宽阔，大江东去……"

董大掌柜："你怎么说我都行，这件事你就是不能带头！"

姚子君："为啥？"

董大掌柜："我知道你的心思，这多年来，印茶在西藏折腾，就像块沉重的石头，一直压在你的心上。少老板有这番拳拳爱国之心，按理说也没什么不好……"

姚子君："是呀，一个人的心目中要是没有了国家，那不成没根的树叶了吗？"

董大掌柜："话虽这样说，可我还是想劝少老板，这是涉及国家的大事，只能依靠国家。当年清朝的驻藏大臣张荫堂，四川的总督赵尔丰，为了这事，他们给朝廷上疏的奏章还少了吗？可又怎么样？皇帝老儿都没办法。眼下虽说是民国了，可是你看看，年年战乱，军阀们哪一个打的不是民国功臣的旗号，可干的啥？抢地盘，争官位，搜刮民脂民膏，谁还想着管咱茶商的事。你倒好——"

玉珠沏好一杯茶，给董大掌柜放到面前。

姚子君："他们不管，我们自己管。"

董大掌柜："你是谁啊？不过是个商人。商人只需做好生意，照章纳税，也是富国养民。你何必揽那些闲事。"

姚子君顿了一下："怎么会说是闲事呢？"

董大掌柜："老夫是肺腑之言，即使有言过之处，也望少老板别不当回事……"可话没完就被姚子君打断了。

"不再说了，我是天德公的老板，这事听我的，我说了算！"言语中也显出几分生气。

董大掌柜还想再劝："少老板啊，就当老夫求你了。"

姚子君还真生气了。他站起来，身子有些摇晃，指着董大掌柜说道："你别挡我，秘方是姚家的……姚家的事不用外人掺和……"

"子君！你说什么哪！"玉珠实在听不下去了，冲上来将他摁到椅上，忙转身想去安慰董大掌柜，却发现人已离去。她情不自禁地冲着姚子君训道："你等着，看我今晚怎么收拾你！"便匆匆忙忙追出门去了。

董大掌柜回到自己房中，反手将门关上，摘下长衫上的袖套扔到桌上，还没坐下来，玉珠就推门跟来了。

"董大掌柜，子君他喝醉了，你千万别往心里去。"

"少夫人，我没事。少老板说得对，姚家的事本来就应该他做主。不管怎么说，我总归是个外人……"

"唉，这不还是让董大掌柜生气了。酒醒了我绝饶不了他！"

"那倒不用，少老板今儿个也算说了实话。少夫人，你请坐。"待玉珠落座后，他也坐了下来，"其实我也是一片好心。想起我十四岁就来到天德公，从学徒做起，一直到今天，经历了姚家三代人。当年老太爷见我小，拿我当儿子一样待；到了少老板的爹手上，我俩年纪相当，他把我当兄弟，让我做了大掌柜。眨眼间已是四十多年了。尽管我是个外姓人，可姚家从来没把我当外人看待过啊……"说着眼圈就红了。

老人让子君的话伤心了。玉珠劝他说："董大掌柜是个什么样的人，我心里最清楚。要是没你，子君去西藏，生死不明，遭那么多难，这个家早没了。就说姚家的秘方吧，我也听妈说过，那年要不是你，早化成了灰烬……"

玉珠的话勾起来董大掌柜的回忆：光绪三十六年冬，雅州仁义街发生火灾，大火把整个一条街都烧光了。天德公的院落群也没能幸免。少老板的爹姚仁德又去了打箭炉，他带着伙计们拼着命救火，用砖头赶着筑起一道临时挡火墙，阻止了眼看就要蹿上来的大火，才保住了一幢装满茶包的仓库。还没来得及喘口气，忽然，老夫人赶来，说秘方匣子还在姚仁德房里……老夫人都急得快哭了。这时火势正猛，眼看着就要蹿上房顶了。董大掌柜二话没说，赶紧令人拿来两床棉絮，用水浇湿，顶在头上就欲往火里冲。徒弟瞿六挡住他，要替他去。他推开他说你不知道放的地方，就一头就冲了火海。

火势越烧越大，房里不断传出木板瓦片垮塌和噼里啪啦的炸响，眼看着房梁屋顶马上就要塌下来了，董大掌柜还迟迟不见出来。人们都惊呼呐喊起来："董大掌柜——"

就在房子垮塌的瞬间，董大掌柜竟从被大火封堵的门里，跌跌撞撞，踉踉跄跄地逃了出来。出来时就像个火人，身上的眉毛头发全没了，腿上也烫伤了好几处。红木匣子却完好无损。

玉珠说："董大掌柜的大恩大德，姚家一辈子也还不尽。"

"少夫人可别这样说，能把秘方保住，那都是命里的注定，也是姚家祖上积的德。后来少老板的爹也要去西藏，当他把匣子交给我的时候，他说万一他也有个三长两短，要我一定帮着老夫人把它保管好，等到有一天，少爷长大了就交给他。如今也算是风风雨雨过来了，该做的我也做了。可真要是看着他把秘方给了外人，你说我这心里是啥滋味啊？"董大掌柜是那么动情地说着。

玉珠："子君就是个一条道跑到黑的人。董大掌柜就听我一句劝，别往心里去。我一定好好劝劝他。"

"眼下兴许只有少夫人才能劝阻他，就看少夫人了。"董大掌柜无奈地说道。

过了两天，没见姚子君再提这事。董大掌柜仍不放心，晚上回屋也不踏实，脑子里老想着秘方的事。他给自己沏了一杯酽茶，在窗前刚坐下来，姚子君就敲门进来。没等董大掌柜招呼，他就开门见山，自己先说起来："董大掌柜，还在生我气没有？我得向你负荆请罪。"

"千万可别这么说，少老板快坐。"董大掌柜忙起身让座。

姚子君："前晚酒后多有失言，事后没少挨玉珠责骂，还请董大掌柜原谅。"

"事已过去，就不提它了。"

"不，怎么说你也是我的长辈，从小看着我长大，当家后手把手辅佐我经商，情同父子。我哪能说那种话，伤负你的心。我错了，只顾高兴得昏了头，就把啥都忘了。你是老辈子，打我骂我都行，就是别往心里去。"

"少老板应该知道，凡事我哪样不替姚家着想？毕竟在姚家生活这些年了，我是自己没把自己当外人啊！至于这秘方的事，该说的我都说了。最后怎么办？还是要靠少老板拿主意。这点分寸我还是知道的。"

"董大掌柜的话，我也不是没想过，颠来倒去，我思量了好久，总觉得为大舍小才是正理，所以有时候亦难免心切。"

"少老板心高志远，海阔天空，年轻有为。我知道这也没错。只是我在想，也许真是我老了，已跟不上少老板的脚步，以至于不能同少老板想到一起。"

"董大掌柜能原谅我就好。我想起孔子说过的一句话：君子和而不同，小人同而不和。今天你我可算君子之交，少长之交。我愿就当你是父亲，看着晚辈哪有不对之处，一如既往，该说的还是要说，千万莫把自己当外人。"

董大掌柜终于笑了："过去的忠臣是武死战，文死谏。如果这在我身上也有点，少老板别笑话，那也是我从说书先生那儿学来的。"

见董大掌柜不生气，姚子君开心地说，这下他才可以放心回去了。来时玉珠交代，要讨不到董大掌柜原谅，定饶不了他。说得董大掌柜又笑了起来。

孙老板还了钱瑞的银子，倒是保住了隆裕，但最终还是因为没有银子买原料，支工钱，一揽子的开销应付不住而关门了。号上没活做，工匠们也只好卷起铺盖回家。七八个工匠拧着铺盖卷，被孙老板和领工郑良送出大门，工匠们依依不舍，说孙老板要是哪天重新开工，千万别忘了他们。孙老板面带惭愧，拱手说："各位兄弟，我对不起大家。哪一天峰回路转的时候，我一定会把你们再请回来。"

"有你这话，我们也值了。"工匠们说罢远去。

孙老板和郑良返回屋内，孙妻扎着围腰，已摆好一桌饭菜等着他们。郑良为人勤快忠厚，在隆裕当领工已多年。这次能从天德公借到钱保住财产，也是多亏他找同乡田勇帮忙，牵线搭桥，才见到姚老板。就冲这点，孙老板夫妻俩对他感激有加。坐上饭桌，孙老板亲自为他倒满酒说："郑良兄弟，别人我都可以辞，唯独你我不能辞。"郑良问他为啥？他说："要不是你，隆裕早已不姓孙了。反正现在一时半会儿也翻不了身，库里还有点成品茶，我想让你留下来，同我一起把茶卖了，除去还天德公的债，还可以剩万把两银子。咱俩合伙，重新干点啥？"郑良说他还真没想过这个，再说除了做茶，他也做不来别的。孙老板还是坚持挽留他："老弟，俗话说滴水之恩涌泉相报。我虽没那本事，但你放心。只要我孙某还有口饭吃，就绝不会让你喝汤。"郑良大笑说："看你说到哪去了，老天不会饿死勤快人。虽不会做别的，回家种田可没问题。孙老板这份心我领了。"孙老板只好道："唉，我知道你是个有本事的人，心头的内疚就不说了。有一天我要是翻过身来，我一定再请你。"郑良说："这行！到时候只要你招呼一声，我就领着兄弟们回来帮你。"

一席话下来，孙老板是越发看重郑良的人品。郑良也觉得自被钱瑞坑了过后，孙老板也像变了一个人，比从前善良，有人情多了。两人也越喝越高兴，不知不觉，一瓶酒就没了。

郑良谢绝了孙老板挽留，扛着铺盖卷回乡下老家。路过天德公门口，正好碰见田勇。田勇感到十分诧异，孙老板不是刚从天德公借了银子吗，咋会关门了？郑良告诉他，孙老板拿去还了钱瑞，保住了家产就没周转的银子，现在连工匠们的饷钱都还欠着，他不关门怎么办。田勇说："那他也不能把你也辞了呀！"郑良笑道："孙老板挺记情的，死活要我留下，我想想算了。人家都关门了，我也该替人家想想。没茶做了就回乡下种田去。"

"等等。"忽然，田勇道，"你这一身做茶的本事，回去种地岂不可惜了。你愿来天德公不？"

郑良说："咋不愿意，天德公，大茶号，饷钱高。做啥都行，我不挑剔，只是人家会要我吗？"

田勇说："董大掌柜最看中有本事的人。我看行。走，我带你找他说说去。"

董大掌柜见到郑良，听说他已离开隆裕，满心欢喜，风趣地说："听说在隆裕茶号，郑领工能顶半边天。这话是真的吗？"

郑良红着脸说，那都是他们瞎说的。

"我看倒像真的，那孙老板要不是靠你帮衬着，他不定哪天就关门了。"

郑良："董大掌柜拿我取笑吧，我哪有那么大的本事。"

田勇告诉他，雅州各家茶号的领工，谁怎么样，谁不怎么样，董大掌柜心里一清二楚，能得到他夸奖的人不多。

董大掌柜说："这有什么稀奇的，把他们做的茶尝一口不就知道了。我看这样，你今天就别走了，田勇带你去先歇着，我跟少老板商量后，明早你就可以上工了。今年天德公订货多，眼下正缺人手。"

郑良腼腆地问了一句："少老板会答应吗？"

董大掌柜告诉他："少老板更懂得爱惜人才。知道你来，他准欢迎。"

殊不知事情的结果，竟大大出乎董大掌柜的意料，少老板拒绝接收郑良。

四十

姚子君的意思是要郑良回隆裕，继续帮孙老板。还让田勇通知郑良，跟孙老板约个时间，他要亲自去隆裕看看。田勇问董大掌柜，郑良做茶是把好手，来天德公是件好事，少老板为什么却不肯收他？董大掌柜摇头说他也没看懂。不过要是没猜错，那就是隆裕命注定不该死，兴许还会起死回生。田勇听了，云里雾里，半天也没明白啥意思。

郑良带着姚子君和田勇走进隆裕的作坊时，正看见孙老板夫妇一个在打扫地下，一个在收捡工具。

姚子君："孙老板正忙哦。"

孙老板忙放下手里的活迎道："还忙啥子哟。这不，正说把作坊打扫一下，把工具收捡起来，准备马放南山呢，快请进堂屋坐。"

姚子君说不坐了，要孙老板带他参观参观隆裕的作坊，孙老板欣然答应，当即领姚子君走了一圈。作坊虽然简陋，杀青的锅台，蒸茶的炉灶，揉茶的溜板，渥堆取色的暗屋，舂茶的架子，倒是一应俱全，且打扫得干干净净，只是现在都死寂一般地摆在那里。

姚子君夸奖说："隆裕作坊虽小，工序布置挺紧凑，也挺合理，挺不错的嘛。"

孙老板说："这些都是郑良兄弟一手操持出来的。他是个能人。从前在我这里，实在是屈才了。"

这时，郑良帮着孙妻沏好了茶，就在作坊里摆起一张小桌子，大家围着坐下来。一边喝茶一边听姚子君同孙老板说着。

"隆裕一年能做多少茶？"

"满打满算就三万包，可就是从来没做到过这么多。"

"为啥？"

"倒是想多做点，可没那么多周转的银子。小本经营，能养家糊口就不错。唉，现在连这也办不到了。"

"商会组建公司，我见公司的花名册上，隆裕不是也入了股吗？"

"说出来不怕少老板见笑，我把婆娘陪嫁的首饰都拿去当了，好不容易才凑足二千五百两银子，算是当了个小股东。"

"只要入了股，不论大小，都是公司成员。谁有难处，公司就有义务帮助他。像你这种情况，公司可以商量，由公司借钱给你，把工先开起来，你看怎么样？"

"那敢情好。可是我先借天德公的钱都还没还上，哪还敢再借啊。"

"开了工，把茶卖了，不就可以慢慢还吗？"

"唉，少老板啊，你是不晓得，小茶号也有小茶号的苦衷。手头的流转金本来就不足，再加上做出来的茶，压在库里时间长，变不成现银，哪敢跟你们老号一样比哟。有时候还不得不自己把价往下降。"

"公司商量好了，今后股东的茶由公司统一对外卖，茶包上刷公司的印字，但是做好各家的记号，以便区别。"

"真要这样，小茶号就有希望了。"

"我今天专程过来就是想告诉你，公司可以借流转资金给你，但接下来的事就是你，也包括大家一定要把品质做好。郑良是个好工匠，我没收留他，就是希望他回来继续做隆裕的领工。"

直到这时，孙老板才听明白，原来今天姚子君就是来帮他起死回生的。刹那间，他的眼睛湿了，感动地说道："姚少老板，孙某活了大半辈子，走过无数的沟沟坎坎，而今栽了大筋斗，眼看就爬不起来了，你却把援助的手伸给我……唉，想起过去，我伙着钱瑞跟你作对……真后悔啊。"说完，竟起身要下跪磕头。

姚子君拉住他说："孙老板别这样，我也不光为你，也为咱们雅州的几十家茶号。啥也别说了，下来就让郑良快把工匠们都召回来吧。"

"哎。"孙老板应着。

一旁的妻子转过身，也悄悄擦着眼泪。

田勇拿着胥亮留下的洞箫，一个人默默地来到河边，躲到一块大石头背后，又开始吹起箫来。洞箫是姚子君带回来的，田勇把它要了过来。胥亮比他大两岁，他叫他哥。胥亮走时曾托他帮照顾香香，说回来他们就结婚。哪知道，竟一走就再没回来。香香与他同村，他同情她。看着没了胥亮的那些日子，香香天天以泪洗面，他的心也跟着她流泪。他知道，此刻说什么也难以抚平她的悲痛。于是他选择了吹箫，他决心要像胥亮一样，用悠扬动听的箫声，让她重新高兴起来。他学了好久，却始终不如胥亮吹来好听。这不，这天趁下了工没事，他独自一人又来到河边练习吹箫。

香香端着木盆下河淘衣服，远远听见有人吹箫，一会儿抑扬顿挫，一会儿又婉转如咽，便猜到又是田勇。

田勇学吹箫的事，香香是后来晓得的。少老板从西藏回来告诉她胥亮没了，她哭得伤伤心心，死去活来。悲痛过后，她向少老板要胥亮的洞箫，她知道那是胥亮生前最爱的物品，如今人没了，她想留下它做个纪念。没想到少老板却告诉她，洞箫已被田勇要去了。当时她也没多想，过了一段时间，她下河淘衣服时，果真听见有人躲在岸边的柳林里，或河边的大石头背后在吹箫。虽然吹得高一声低一声，也不悦耳也不动听，可总是风雨无阻。天日久了，她便对田勇的心思猜测起来。

功夫不负有心人。田勇越吹越好，终于感动了香香。有一天，香香淘完衣服，主动在石头上坐下来，朝树林中问道："谁呀？吹得这么好听，藏着干什么。出来吧。"

……

事后，香香把这事告诉少夫人，少夫人高兴地说："看见田勇的一片痴心了吧，香香，我祝福你。"

夕阳西下，河水激滟。俩人并排坐在石头上，将脚泡在水中，喜悦溢满脸颊。田勇自告奋勇，要给香香吹一曲。香香说："留着以后再听吧，这会儿清静，咱俩说会儿话。"

田勇大着胆子，拉过香香的手，轻轻地搓着。

香香："胥亮没了，老夫人走了，朝夕相处的秀秀走了，我又伤心又孤独，决心一辈子再不嫁人。少夫人就天天劝我，说哪有姑娘家不嫁人的，她也不可能把我一辈子留在身边。还说她和少老板都商量好了，一定要替我找一个好男人。只等哪天我自己想通了，同意了，就去告诉他们，他们就把我嫁出去。"

田勇一听就急了："当真？"

香香说："我骗你做啥呀？"

田勇："那人是谁？"

香香扑哧一声，就笑起来："你真笨，远在天边，近在眼前。不就说的你吗？"

田勇傻笑着，把香香揽进怀里，激动不已："香香，你放心吧。我旁的本事没有，但我敢起誓，我会永远心疼你，一辈子为你遮风挡雨。"

姚子君和吴玉珠商量好了，打算就在号上给田勇和香香把婚事办了。姚子君说主婚人由他担任，证婚人就请董大掌柜，办一台丰盛的九大碗，把号上的伙计都请到，让大家也都来热闹热闹。

田勇和香香婉言谢绝了。俩人说乡下双方的父母都在，三亲六眷也不少，还有许多乡下时兴的风俗习惯也要遵守。少老板少夫人的好心他们领了，还是让他们回乡下办去吧。

姚子君说："好吧，就尊重你们的意愿办。不过，那天我和少夫人是一定要到场的。回到你们的家乡，主婚人我是没资格当了，但证婚人得给我留着。

你们答应吗？"

田勇高兴地说："我们已经够感谢少老板少夫人了，还有什么不愿答应的。我和香香都说好了，拜堂那天，除了拜天地，拜父母，我俩打算也要拜少老板、少夫人。"

姚子君夫妇都笑了，说这个就免了，只希望你们成亲之后，好好过日子，早点生个胖小子。

转瞬，又到了凉风嗖嗖，落叶飘零的秋天。平静的日子刚过不足两年，雅州战争的气氛又骤然紧张起来。据说是程旅长驻防甘溪镇的一个连，遭到川军二十四师刘乾仁部队的夜间突然袭击，竟没费一枪一弹，就全部被缴了械。程旅长怒不可遏，大骂部下都是废物，命令彭副官长把吴嵬的四营拉上去，一定要把甘溪镇夺回来。彭副官长则劝他，刘乾仁乃川军老牌军阀，名义上是一个师，人数却多达两万之众，且武器精良。由于长期驻防川南，那里的盐税早已把他养肥。此人胸怀大志，垂涎雅州由来已久。当年还是潘旅长坐镇雅州时，他就曾两度来犯，令潘旅长损失人马过半，以至于后来让程旅长捡了个便利。如今刘乾仁羽翼丰满，夺取雅州，已是预料之中的事。眼下与他硬碰，别说一个营，就是派两个营上去，也无济于事。

程旅长不服："这仗还没开打，你倒好，就先长别人威风，灭自家志气。你不会是被刘乾仁吓破了胆吧？"

彭副官长笑道："笑话，跟旅长从川东打到川北，从川北又打到川西，大仗小仗上百次，枪林弹雨，出生入死，你几时见我怕过？我是在替旅长着想啊！"

程旅长："照你的意思，那该怎么办？"

彭副官长将门关了，向程旅长悄声说："咱们来他个明修栈道，暗度陈仓……"

他献计说，若与刘乾仁交战，结果无疑会兵败城破，不光人马损失，钱财也会耗尽。与其这样，不如趁雅州还在我们手里再搞它个啥子名目，再派个捐呀啥的，狠狠捞他一把。等捞够了，到交战的时候咱们虚放两枪，溜之大吉。这比起打一仗岂不划算多了，况且还搞不赢。程旅长也觉得主意不错，于是两人商量，从现在开始，在城中立刻摆出一副要大打的架势，把气氛造得越紧张越好。这样一来，就能名正言顺地派捐派款。这回的重点还是放在茶商身上，他们个个都是有钱的主。上次派了个人头捐，轻轻松松就从他们身上搞了十多万两。这次不搞则已，要搞就大搞他一笔，名字就叫护城捐。

程旅长下令："茶商们不是成立公司了吗？传我的命令，各家茶号要捐。公司也要捐！一个都不能漏掉！"

彭副官长说："如果这样，就怕他们说我们派双份捐。"

程旅长说："还怕个球！都啥时候了，老子还管那么多。谁不从，给老子枪子侍候。"

衙署的告示贴出，立刻满城风雨，人心惶惶，怨声载道。

告示也贴到了三官祠茶商会馆的门前，围观的人们纷纷叹息，神仙打仗，凡人遭殃。这回茶商怕是要脱层皮了。

会馆的议事厅里，徐老板将衙署送来的帖子念完，下面立刻响起一片嗡嗡声。"公司出一份，各家再出一份。明摆着是双份捐。这不等于是活抢人吗？""他们把茶商完全当成了摇钱树，油榨干了连骨头也不肯放过。早知如此，这公司我就不来了。"

姚子君听着，脸上充满严峻："大家都别吵，这事非去衙署找他们交涉不可。这样搞，天理何在？"

徐老板说："我看请姚董事长还是先别冲动，别忘了你父亲当年惨死的教训。"

李老板也说："这个年头，哪个有枪，哪个就是草头王。仗着有枪有势，蛮不讲理，草菅人命，他们可是什么事都干得出来。"

众人都眼巴巴地望着姚子君。

姚子君道："我想他程大人也是吃人奶长大的，总不能不讲理。这样，我去衙署见到他，这护城捐公司要出了，就求他把各家的那份免了。"

孙老板听了就站了起来，他说："姚董事长，还是听刚才两位副董事长的话吧，这气可斗不得。"

钱瑞却道："有什么斗不得的？大路不平有人铲，要是没人站出来，未必就让他们这样随便宰割呀？"

孙老板冲他说："别站着说话不腰疼，有胆量你去！"

姚子君说："好了，别争了。这事还需大家抱成一团。如果他们不讲公道，我们再商量其他办法。"

在衙署的一间密室里，桌上放着一封信和十根金条，程旅长和彭副官长正在吩咐他们的亲信林副官，要他去打箭炉办一笔货物。林副官穿长衫，戴礼帽，一副商人打扮。他将长衫撩起，腰前露出一个半肚子腰包，把金条放进里面。彭副官长告诉他，到了打箭炉，就去找尹团长，一手交钱，一手交货。旅长的信上说了，要他多派几个兵，把你和背子送过大相岭。程旅长特别叮咛他："背子一定要伪装好，不能露了馅。路上千万小心，出了闪失拿你是问。"

林副官前脚出去，卫兵后脚就进来报告，天德公茶号的老板姚子君求见。程旅长说此刻他来干什么？不见。彭副官长劝他，姚子君是茶商首领，地方名流，礼数还是要尽到。见见就见见，听他说什么。

"那好吧，让他进来。"程旅长仍显得很勉强。

姚子君进来，拱手道："程大人，彭副官长，小人有礼了。"

程旅长说："姚老板可是无事不登三宝殿的人，今日是什么风把你吹来了？"

彭副官长拉过椅子请姚子君落座，然后又叫士兵上茶。

姚子君："小人今日来，还真是有点事需要请教二位大人。"

程旅长："哦，该不是说派捐的事吧？"

姚子君："正是。"

程旅长："那说吧，我和彭副官长愿意洗耳恭听。"

姚子君："衙署今年给茶商先后已派过了两次捐，这过去还不到三月，现在又派，而且公司要捐，各家茶号也要捐，大家都叫苦，实在是承受不起。今日要我来请求程大人——"

程旅长抢过话头："我知道你要说啥，可是没办法。眼看着二十四师就要打过来了，我能丢下百姓不管吗？一旦城破，那些士兵，杀人放火，抢劫掠夺，你们愿看到吗？姚老板，我的士兵要打仗要吃粮要发饷，我这样做也是无奈之举哇。"

姚子君："这些年雅州边茶一直不景气，茶号已经再经受不起苛捐重赋了。真要是被逼到关门歇业分上，没了课税捐银，你们也会失去立足的根基。再说雅州自古以来就是西藏百姓饮茶的源头，藏地一旦断茶，势必搅乱人心，引发动荡。岂不正中英人下怀，那东印度公司才巴不得呢。"

见程旅长听得不耐烦，彭副官长把话接道："姚老板扯远了，也言重了。护城捐不过是点小钱，对茶商来说只是九牛一毛。姚老板是茶商首户，又是新成立的公司董事长、总经理，这事还得请你带好头，做好表率。"

姚子君："我已代表大家把该说的都说了，请程大人、彭副官长也三思。商人也是富国养民之本，只希望千万别酿成竭泽而渔罢了。小人告辞。"说完站起欲走。

程旅长一看欲想发作，彭副官长递了个眼色劝住："姚老板留步。旅长，我看是不是这样，姚老板也把话说白了，他身后还有几十家茶号。咱们也给姚老板一个面子，让他回去也好说话。本来公司与各家茶号应各出一份，现在由他们自己选择，先交一份如何？"

程旅长恨恨地看着姚子君："姚老板，你说呢？"

姚子君想了想："那我在这里就先谢谢二位大人了。"拱手告辞而去。

待姚子君走远，程旅长骂道："倒是长了一副尖牙利齿。妈的，要不是你一旁说好话，老子今天就把他抓起来！"

彭副官长狡诈地笑道"旅长莫急，一步步来，先把这笔收上来再说下一步。我看这敢挑头的，也就他姚子君。找个机会，安个名目，先将他收拾了，看谁还敢跟我们对着干！"

"好主意。"

茶商会馆的议事厅响起一片掌声。

徐老板说："诸位，这次落在我们头上的护城捐减去一半公司的姚董事长功不可没。他去衙署据理力争，才力挽狂澜，大家可要好好感谢他。现在请姚董事长给大家说两句。"

众人再次鼓起热烈的掌声。

姚子君站起来说道："功劳说不上，我只不过是代表大家去找他们评评理。至于选择公司还是各号自己负担，为了省得各家麻烦，我看就由公司承担吧。"

有人提出，股东的股金有大有小，该怎么分摊呢？

姚子君说："可根据各家股金的大小，按比例折算出来，不在股金中扣除，而是放到日后分红的时候再扣除。大家意下如何？"

显然这办法充分照顾到了那些小茶号的难处，因此又响起来一片赞成的叫好声。

见众人没意见，姚子君又道："诸位同人，借此机会，我也想提醒大家，眼前这个多事之秋，风雨飘摇的世道，我们大家只有同心协力，抱成一团，才能抵挡风雨，渡过难关。"一席话说到了大家的心上，老板们无不纷纷点头。

散了会，几家老号的老板走在最后，徐老板拉着姚子君的手亲切说道："当年你年纪轻轻就接手家业，大家称呼你少老板。通过这些年下来，看你的果断干练，无不令人刮目相看。从今儿个起，我看也该把那个少字取了。"

"徐老板此言不错，取了取了。"几位也都赞同。

姚子君谦逊笑道："几位前辈就别笑话我了。往后向你们请教，求你们相助的地方还多着呢。"

四十一

天黑后，号上的账房先生和伙计们都下工了，掌柜房的灯却亮着。董大掌柜伏在案桌上，一边翻着账簿，一边拨打着算盘。姚子君立在窗前，等着他的结果。过了约莫半个时辰，董大掌柜看着算盘，向姚子君报盘说，天德公今年的生意仍数总号的茶业稳定。从嘉州加工的石蜡贩到上海，生丝贩到缅国的瓦城，生意还算不错，到目前已回笼银子三十六万两；而沙市和叙府两地的布业就亏了，不仅没赚到一两银子，总号还倒贴进去八万两。

姚子君听罢，来回踱了两步，叹道："石蜡生丝就不说了。布业萧条，无疑是因为受到洋货的冲击。我们的土布比不过机制的洋布。这个就当是前车之鉴吧。现在，我们的边茶在西藏与英人的印茶较量，绝不能再输了！"

董大掌柜说："自打少老板从西藏回来，打箭炉分号接到的边茶订货一直有增无减。藏商多吉昌的订货更是逐年增长，已从早年的三万包增加到了六万包，而且还不断有新的买家上门。"说到这里，董大掌柜忍不住叹道："要是换到从前，这样的生意天德公自己做，那该多好！"

"快别那么说，目下天德公也没那么大的能力。"姚子君道，"订货多，买家多，不管怎样总是好现象，说明我们丢失的销场已在逐渐恢复。看来公司的影响还是不错的。"

董大掌柜却不以为然，说："最担心的事，是在公司统一的旗号之下，各家茶号分头制作，难免良莠不齐，品质得不到保障。万一哪家出了差错，公司就会受到连累。"

姚子君知道董大掌柜说得没错，这事他也担心过："这也是我的一块心病。公司董事会议了几次，几家老号在这件事上好像都不愿多说什么，所以也一直没商定出个结果。"

董大掌柜道："老号的那些人，个个都比猴精。他们心里清楚，再往下说，大家就会又提出老号秘方的事来。你当他们都像你，心里老想着大家，诚心诚意待人。"

"我相信多数人还是有良心的。"

"就怕林子大了，啥子鸟儿都有啊。"

姚子君沉默不语，皱眉想着。

事情果真不幸被董大掌柜言中了。这天深夜，董大掌柜匆匆忙忙赶来告诉他，聚盛源的马掌柜来举报，钱瑞做了一笔假茶，篾包上刷的是公司同心结的印字，明早就要起运上路了。

姚子君大惊，跟着董大掌柜来到客厅，见到马掌柜，要他说说是怎么回事。

"姚董事长，我也是前思后想，觉得钱老板这样做，实在太没良心了。所以，才深更半夜跑来告诉董大掌柜。唉，其实我是早就该来了……"马掌柜接过董大掌柜给他的茶，从头到尾地说起来。

一个多月前，马掌柜找到钱瑞，向他说作坊库存的做庄茶不多了，如不赶快想法买点回来，没有原料工匠们就只有停工了。钱瑞闷着头，半天不语。突然说东仓不是还有一百多条麻袋的做庄茶吗，用了它怎么样？他显然指的是邵安当做庄茶买回来的那批桤木树叶。马掌柜知道，自打接手聚盛源的掌柜，他曾数度规劝钱瑞，就当拿钱买教训吧，只有拿出去烧了，钱瑞一直没点头，所以至今还放在东仓的库房里。马掌柜最初以为他是说笑，回他说："钱老板别涮坛子，谁敢用那做茶？从前做了假茶，那是要杀头的。而今虽说是民国了，可也是犯法的事情。"

没想到钱瑞竟道："狗日的邵安把我坑惨了，卷走我几万两银子，就给老子弄回来这些树叶。你说我未必就这样白白的算啦？"他还真安了心，要马掌柜将桤木树叶混入茶中，进行配仓。还说他默算过了，少说要舂一万包茶。

马掌柜被他的话吓住了："钱老板，这事我……我可不敢。"

他说不用怕，现在是公司了，各家茶号做出来的茶包，运到打箭炉由公司统一外卖。篾篼包装上也统一刷的是同心结的印字。只要茶包发到打箭炉，谁还分得清那是哪家的？再说了，这事就你知我知，只要我俩不说，有谁知道？

马掌柜提醒他别忘了，茶做出来，公司还要派人下来抽查品质，万一被发现就完了。钱瑞要他尽管放心，只管做茶。天塌下来，有他顶着！

见钱瑞死了心，马掌柜没敢再说什么，只好让工匠每天都打夜工。花了一月时间，战战兢兢，提心吊胆，做完了一万包假茶。为了应付公司派下来抽查的人，钱瑞亲自督阵，将往日没掺假的好茶堆码在假茶的上面。

那天公司派来抽查的人是恒泰的陆老板和两个伙计。钱瑞在门口迎住他们："陆副董事长日理万机，为了区区一点小事，竟不辞辛苦，莅临寒舍。小弟给你添麻烦了，惭愧惭愧。"不由分说，一阵恭维的话和高帽子就甩了过去。

陆老板说："钱老板客气了。公司的事也是大家的事，说不上什么麻烦。咱们还是开始抽查吧。"

钱瑞说："好弄好弄，让马掌柜带两位去库房那边抽样，我陪副董事长就在这里喝茶等他们。"接着又道，他已在稻香村订下一桌饭菜，并特地给陆老板准备了两瓶好酒，今儿一定要陪副董事长好好喝两杯。

陆老板为人耿直豪爽，也喜欢贪两口。听说有好酒，高兴劲就上来了："钱家茶号虽说不大，毕竟也有快百年了。如今又有马掌柜帮助掌火，做的茶想来也不会比别人差。好，恭敬不如从命。就听钱老板辅排。"

两个伙计刚把表面的几层抽完，钱瑞就来喊去吃饭了。这一顿饭整整吃了两个半时辰，两瓶酒喝成了底朝天，陆老板和两个伙计都被灌醉了。

看着钱瑞把事情一步步就要做成，马掌柜却越想越害怕，这种事上触犯国法，下对不住天地良心。再说家中上有老下有小，要是东窗事发，把自己也牵扯进去，全家都跟着毁了。晚上，他睡了又爬起来，打好铺盖卷，悄悄溜出了聚盛源。他的家在乡下五里坪，出城之前，他决定把这事告诉董大掌柜。

听完了马掌柜的话，姚子君感到事情很严重，立刻决定，不管怎样，决不能让他把假茶运出雅州："聚盛源雇的背夫明天什么时间起程？"

马掌柜说："明天一早卯时。"

姚子君："揽头是谁？"

马掌柜："叶二哥。"

姚子君想想道："这样，马掌柜今晚就别走了，在我们号上暂委屈一夜，明天一早，董大掌柜和你一道赶紧去衙署报案。"

马掌柜："不会把我也抓起来吧？"

姚子君："你做的是积功德的事，不会的。谁造的孽该谁去顶。"

翌日卯时，凉风嗖嗖，晨星满天。随着一阵噼里啪啦的拐子声响，一支数十人的背夫队伍，便从城里出来了。刚刚过完神仙桥，忽听后面有人喊道："叶二哥，快停下——"众背夫打起拐子回过头，竟看见天德公的姚老板和伙计福贵，站在石拱桥上在招呼他们。

叶二哥觉得蹊跷，聚盛源发的背子与天德公有啥相干？放下背子上前问道："姚老板，有什么事吗？"

姚子君告诉他，大家背的是假茶，要他们背转去。

叶二哥不相信："不会吧？聚盛源的引票运单都揣在我身上，该不会是搞错了？"

姚子君说："叶二哥，请你相信我。大家把背子背回去，到时候自然就明白了。"

福贵也说："叶二哥，你就听我家少老板的话吧，他未必还能骗你呀。"

背夫从雅州出发，茶号付一半脚钱，称为上脚。到了打箭炉再付另一半脚钱，称为下脚。背夫们昨天就都把脚钱领了，背转去脚钱又怎么办？

姚子君说："这样吧，你们把这假茶背回去，脚钱我给大家认了。"

叶二哥仍将信将凝，正在迟疑不决的时候，钱瑞也匆匆追来了。他急急慌慌跑上桥，把叶二哥拉到边上说："叶二哥，快！把茶背回去，发错了，发错了……"

原来钱瑞心里一直不踏实，昨晚还不到半夜他就醒了。他拎着灯笼赶到作坊，要亲自看着马掌柜把货发走，才好使自己早点安下心来。不料到了作坊，却不见马掌柜，竟看见只有库管一人在给背夫发背子。他问马掌柜呢？库管说兴许睡了吧，这些天也把他累坏了。马上就发完了，引票运单昨天下午账房也给他了，就让他多睡会儿吧。背子发完了，背夫们都走了，仍不见马掌柜的影。钱瑞起了凝心，他来到马掌柜的睡房，竟发现人已离去，冰冷的屋子，顿时让他心惊肉跳，魂飞天外。"完了，又出了个家贼！"钱瑞的心怦怦地跳起来，他知道，这回可不是好玩的，弄不好，他不光会坐牢，钱家的祖业也会毁在他的手上。他不敢怠慢，也不敢告诉旁人，只有自己赶快去把叶二哥和他带的背夫们追回来。

叶二哥算是彻底被弄糊涂了，他说："钱老板，这叫什么事啊？刚才姚老板要我背转去，我还当他是不是弄错了。现在你也要我们背转去，唉，这不是折腾人吗？"

钱瑞瞟了姚子君一眼，猜他一定是发现什么了，心头更加紧张起来："叶二哥，就什么都别说了，帮了我的忙，我一定会加倍感谢你。"

姚子君走过来："钱老板，我已经给叶二哥商量过了，让他们把背子背转去。不过，不能背回聚盛源，只能背到商会去。"

这时天已大亮，联想到昨夜马掌柜的不辞而别，姚子君这一大早就出现在这里，钱瑞明白，事情已经暴露无遗，一个精心设计好的黄粱美梦又砸锅了，就像自己给自己挖了一个陷阱，把自己装了进去。此刻什么也顾不得了，他一把拽住了姚子君，乞求道："子君，我求你了。看在我俩从小一起长大的分上，高抬贵手，放我一马吧！"

姚子君说："你想过没有，让它们流到藏区，会坑害多少老百姓？会给公司、会给雅州边茶的名声带来多大的影响？我曾告诉过你，做人心要正，要是心歪了，搬正过来就难了。"

扑通一声，钱瑞竟跪到地上："子君，不看佛面看僧面，趁还没人知道，你就拉我一把吧！"

姚子君告诉他晚了，董大掌柜和马掌柜已去报官，过一会儿，衙署的人就到了。话音刚落，果然就看见董大掌柜和马掌柜，领着一队持枪的士兵追来了。

一个副官带着两个士兵上前将钱瑞绑了。钱瑞眼看绝望，立刻就像夏天森林里的变色龙，说变就变，冲着姚子君就恶狠狠地骂起来："姚子君，算你狠。你记着，总有一天，我会找你算账！"

三官祠茶商会馆的院坝里，一万包假茶燃起熊熊大火。衙署派彭副官长当众宣布，聚盛源老板钱瑞制作贩卖假茶，判大狱七年，罚银五万两，没收全部家产。

那天钱瑞就像只落水狗，还被绑着游了街，当走到家门口，看见衙署的兵正在往大门上糊封条，将聚盛源茶号的匾额也摘下来砸成了两半时，当即口吐白沫便疯了。

事情却没有因此就完，第二天，衙署把姚子君叫去，在程旅长的公堂，由彭副官长当面宣布，聚盛源制作贩卖假茶，是雅州边茶股份有限公司对下属茶号监管不力，当负连座责任，要公司也要交罚银三万两。

就为了这三万两银子，公司又掀起一场不小的风波。

在商会议事厅，众人议论纷纷。

"一只耗子打烂一锅汤。钱瑞做的假茶，哪能让我们大家跟到遭殃。""谁的错就是谁的错，哪有眉毛胡子一把抓的道理？这个账我决不认……"

见到说啥的都有，陆老板红着脸道："我也有错，那天去验茶，只想大家都是多年的同人，谁想他会那么干？"

徐老板说："公司刚组建起来，就像大河涨水，鱼龙混杂，泥沙俱下，出点这种事也难免。姚董事长与他们交涉，他们却一口咬定公司应负监管疏漏之责，也是没有办法的事。"

姚子君想了想，衙署蛮不讲理，是因为他们抓住了一根稻草，现在决不能就因为这根稻草坏了公司的大事。他耐心劝大家说："是的，公司才成立不久，还没赚到钱，就要让大家赔银子。大家不服，我心里也不痛快。不过就像刚才徐老板说的，万事起头难，刚开始出现点鱼鳖虾蟹的事在所难免。今后只要我们大家都凭着良心做事，以诚信为本，我相信这种事决不会再出现了。"

陆老板本来就不痛快，性急的脾气一下子又上来了。他说："道理当不了银子花。还是说三万两银子的事吧，究竟该不该出？"

姚子君道："别急，让我把话说完。眼下公司的买卖刚有起色，从打箭炉反馈回来的消息，西藏的多吉昌、达升昌，以及康南、康北、青海玉树的藏商，都纷纷提出要增加订货的数量，不正说明我们与印茶的抗争已初步见到了效果吗？现在大家的心更要想到一起，劲也要用到一起。至于三万两银子，我看就忍口气先交了。"

陆老板一听就火了，说这笔账恒泰坚决不认！要是眉毛胡子一把抓，再干下去，不定哪天还会出更大的事。这样不明不白地跟着受连累，太不公平，他不干了，决定要撤股退出公司。临出门，还撂下一句话："你们过你们的阳关道，我过我的独木桥。还是各做各的生意吧，告辞！"

望着陆老板，大家都蒙了。

犹如一盆冷水当头泼到姚子君头上。他揣着一肚子气回到家中，正好碰见路远拿着鞭子在抽陀螺，书本却扔在一边，火气就来了，一脚将陀螺踢飞，拉过儿子劈头就问："玩，玩，一天就知道玩。你的字写了吗，书背完了吗？"样子凶狠，声音又大，从没见爹发过脾气的路远立马就被吓哭了。香香赶来问少爷怎么了？路远仍继续哭着。"再哭，看我拿鞭子抽你！"姚子君吼道。香香赶紧把路远抱起，离开书房，刚迈出门槛，身后就响起啪啦一声，茶碗也被摔碎了。

吴玉珠闻声赶来，见姚子君垂头丧气地坐在椅上也不说话。不由道："你生的哪门子气？"

"我心烦。"

"心烦也不该拿孩子出气。"

"他是我的儿子，我想怎么着就怎么着。"

"脾气还真是见长了。亏你还是受过新思想教育的人，还想要那种君君臣臣、父父子子的脾气呀？我劝你收起来吧。要发脾气，找个没人的地方去。家里不是你出气的地方！"

"你……"

"怎啦，不服呀？妈不在了，没人敢管你了是吧。"

香香拿着扫帚撮箕进来欲扫打碎的茶碗。吴玉珠替她接过说："你去吧，让我来。"吴玉珠边扫边拿眼偷偷看着姚子君，只见他挠头抚腮还在生气。这时，董大掌柜手里拿着两页红格纸走来："少老板。"刚叫了一声，见夫妻俩在生气，忙改口说，"我回头再来吧。"就欲转身。

吴玉珠忙喊住他："没事的，快坐吧。香香，给董大掌柜沏茶。"

姚子君这才抬起头来："有什么事吗？坐下说吧。"

董大掌柜递上红格纸说："这是庆昌和万福两家茶号的退股申请，请少老板过目吧。唉，只怕一开了头，后面就还有人呢。"

姚子君看完扔到桌上："有人带头就有人跟着跑，我看都是鼠目寸光。一辈子守着小作坊，就只能小打小闹，你说，能做得出啥子大事？"

董大掌柜："少老板犯不着生他们的气，我早就说过，有人退股不过是早晚的事。这不——"

姚子君："唉，我只是没想到来得这么快。钱瑞出事，陆老板又这么一闹，就担心刚刚凝聚起来的心又被搞散了。"

董大掌柜却笑了："少老板，容我说两句不中听的话吧。你何必去挑这个头。天德公又不是生意不好，与大家合在一起，有什么好啊。我看迟散还不如早散了好。"

姚子君："你咋也这么说？"

董大掌柜："俗话说，人心隔肚皮，识人识面不识心。少老板用的是一颗坦荡荡的君子之心，为了家乡，为了大家，做了那么多好事。知道的领你个情，说你个好，不知道的呢？就说眼下这公司吧，明明知道大家要心齐，可是几时见过大家心齐啊！就像眼前这公司，成立还没多久，就什么事都要出现了。与其这样，真不如罢了。还是各做各的，咱天德公决不会比谁差。"

姚子君听了，面带不悦，感叹说："董大掌柜，你对天德公忠心耿耿，我无可挑剔。可是我就不明白，你为什么就不能同我一条心呢？"

董大掌柜见已无法劝住姚子君，知道再说下去就成话不投机半句多了，只好无奈地道："我决无二心。少老板，也许老夫真的老了，跟不上你的脚步了。"说罢离去。

他们的谈话，吴玉珠一直在旁边认真地听着，见董大掌柜也气走了。她说："有人给你浇点冷水，没什么不好，能让你清醒清醒。要是等撞了南墙才回头，那就晚了。心头又怎么了，愿说给我听听吗？"

姚子君叹了一声："其实也没啥，我只是有些恨，恨钱瑞。也有些气，气陆老板这些人。好不容易拉起来的公司，被他们这一搅，又弄成了这样。"

"我看董大掌柜的话，你还是应该好好想想。俗话说集思广益嘛。再说，说到哪儿去，董大掌柜也不会有坏心。"

"那自然不会。玉珠，我也不是没想过，咱雅州边茶与印茶抗争，非走此路不可，别无选择！"

路远让香香哄得不哭了，跑进屋来，抱着吴玉珠的腿说："妈妈，我不玩了，你教我读书写字吧。"

姚子君一把将他拉到自己面前道："儿子，刚才是爹不好，来，爹给你当马骑，算是给你认错了。"

孩子不要他当马骑，要他听着给他背诵唐诗，姚子君挺高兴："好，我和你妈都听着。"

路远站直身子，昂头挺胸，朗朗背诵起《登幽州台歌》来："前不见古人，后不见来者。念天地之悠悠，独怆然而涕下。"

姚子君听着，眼睛就湿润了。

四十二

吴有财肩上挎着褡裢，又来到茶树坪。

自从那年茶树坪的茶农与聚盛源断了关系，吴有财就把茶树坪的做庄茶包了。茶树坪出做庄茶，远近闻名。吴有财不压级压价，每年开秤前，都先来与茶农签订合约，还付给一成的预付款，几年下来，在茶树坪也成了热门人物。他就这身打扮，粗布长衫瓜皮帽，脚穿一双圆口布鞋，三天两头从镇上下来，不是东家进，就是西家出，喜欢守着乡亲们看做茶。看到哪有不妥的地方，还主动上前搭讪几句说出来。日子久了，大家也都不再叫他吴老板，就叫他吴老爷子。

这是茶农万老汉家的堂屋，一眼土灶，灶孔里柴火熊熊，蒸茶的木甑热气腾腾。万老汉的两个儿子将蒸软的茶叶倒进麻袋，提上溜板，一步步往下蹬揉。这道工序称作溜茶。溜过三遍的茶叶，就提去渥堆。吴有财问万老汉，今年打算做多少做庄茶？万老汉笑呵呵说两万斤吧。话音刚落，从门外又进来一位汉子，肩上也挎着褡裢，像是也来买茶的，只是十分面生。

万老汉迎上问道："这位老板，也打算买茶？"

汉子却不睬他，只顾看着吴有财："都说茶树坪的茶做得好，就过来看看。这位是——"万老汉介绍说："他就是吴老爷子，茶树坪的财神爷。我们每年的做庄茶都是他包了的。"汉子打量着吴有财："这么说你就是龟都镇上的首户吴老太爷了？幸会幸会。"吴有财忙拱手道："不敢当，不敢当。我也就是做点茶叶原料买卖，小本生意，只够养家糊口。请问老板从哪来？也打算买茶吗？"汉子笑笑："敝人从天盖坝来，刚学贩茶，还望吴老板多指教。"吴有财说："都是做茶生意的，不用客气，要是有用得着的地方，尽管吩咐。你先看着，我还得去别家看看，就不奉陪了。"

等吴有财出了门，汉子悄声问万老汉："他可是有个儿子在军队上做官？"

万老汉告诉他，吴老爷子的儿子叫吴嵬，早年在家乡游手好闲，惹是生非，作恶多端。后来投了国民革命军，没想到几年下来，在雅州衙署程旅长的手下竟当了营长。

汉子："老伯，没弄错吧？"

万老汉道："都是龟都镇本乡本土的人，怎么会错。你打听这干吗？"

汉子说他只是随便问问，然后便告辞而去。

没想到接下来，这桩小事竟给姚子君带来一场杀身大祸，差点要了他的命。

那天在茶树坪打听吴有财的人，不是别人，正是黑石寨的二当家，焦贵。

自打韩青霞上山落草那天起，二当家焦贵就一直把她当妹妹看待，处处顾着她，护着她。天长日久，慢慢地也喜欢上了她。可是，这个年轻的大当家，除了在决断山寨的大事，或带领弟兄们下山行事的那刻，能看到她侠义果断的那一面外，她留给大家的印象，大多时间总是一个人沉默寡语，好像从来就没见她快活过。山林的秘密，只有猫头鹰知道。她也从不向人说她的事。一次，她摔伤了脚，几天下不了床。焦贵走进她的小木屋，支开了伺候她的女喽啰，对她说："大当家的，我早就看出来了，你心中是有事啊。有什么话就说出来吧，别憋在心里。你没亲人了，若不嫌弃，不妨就拿我当哥哥吧。"韩青霞落泪了，她向焦贵说起自己的遭遇。

大当家的身世比黄连还苦，焦贵决心替她报仇。通过城里的眼线打探，二当家焦贵一路找到了龟都镇的吴家。在镇上听说吴有财到后山茶树坪收茶去了，他又跟着追到了茶树坪，终于将吴嵬的老爹吴有财先认了个清清楚楚。

焦贵回到山寨，兴冲冲告诉韩青霞，仇人的老爹找到了，还是一条大肥猪。韩青霞要他把这事先放一边，说有一票大活正等着他回来商量。打箭炉的眼线回来报信，雅州衙署的程旅长从打箭炉的向团长手上买了十担鸦片，明天将经过大相岭运回雅州。大当家的意思是想把这笔货劫了。焦贵说大当家想过没有，劫下来容易，十担鸦片，可是他们的心头肉。万一程旅长不甘心，带人前来报复，怎么办？韩青霞说前日她去雅州看望老阿妈，见城里人心惶惶，又在准备打仗的样子。这个时候他们就是有心也无力。再说，她常看到山寨的兄弟们，下山拉肥猪、宰垾子，总觉得干的都是些偷鸡摸狗的事，有悖于山寨旗杆上的那面替天行道除暴安良的杏黄旗。所以总想寻找一个机会，从那些贪官污吏的身上，狠狠宰他一刀，心里也安身些。她说服了二当家的，两人当即商量，第二天就去松林口设卡劫货。

松林口的大风垭地势险要，一夫当关，万夫莫开。韩青霞把人马埋伏在垭口下的树林中，让焦贵守住垭口，派出望风的暗哨，三里一报，只等押解的货物过完垭口，就鸣枪动手，并宣布，只劫货物，不能伤到背夫。

中午时分，林副官带着十来个士兵，押着二十多个背夫，缓缓地过完了垭口，忽然林中一声炮响，快枪火枪就像炒豆子般炸起，走在前而妄图抵抗的几个士兵当即倒地。这时，焦贵从风垭口上往下大声喊话："下面的人听好了，是背二哥的，就赶快逃命去吧。当兵的把枪放下，饶你们一命。要敢反抗，就送你们去见阎王！"

刹那间，背夫们纷纷撂下背子逃命，那些士兵对黑石寨土匪的厉害大都有所耳闻，命都顾不过来，哪还敢反抗。林副官一看大势已去，自己也匆匆忙忙把手枪藏起来，混在背夫中也逃命去了。

韩青霞得手之后，迅速撤离了松林口。二十多背货物被盘回山寨，摆在大厅里。背子表面装的是皮张山货之类东西，下面全是用土钵钵装的熟烟土。焦贵感叹说："这些狗官，天下的坏事都让他们做尽了，还嫌不够。这么多鸦片运到成都，不知要赚多少银子。大当家的，咱们这票买卖做得真是痛快！"

看着二十多背货，鸦片远远超过十担。韩青霞说："只是没想到，到手的货竟比报信说的多了这样多。"

"多好啊，咱们山寨这下可发财了。"

"我现在就担心你说的那话，鸦片数量大，他们不甘心。会发兵报复咱们。我看东西别动，先放着，等等再说。"

林副官抄小路逃回雅州，报告鸦片在大相岭松林口被黑石寨给抢了。程旅长气得暴跳如雷，上前就是两个大嘴巴，打得他鼻青脸肿，仍气不过，把枪也掏了出来："我十根金条换的东西，你知道要赚多少钱吗？老子一枪毙了你！"林副官告饶说，他本想夜里走的，可尹团长说晚上更不安全。大白天他多派几个兵不会有事。不知道黑石寨的土匪从哪里得到的消息，早早就在松林口设下了埋伏。程旅长大怒，几个小毛贼，也敢趁火打劫，欺负到他的头上，立刻要彭副官长抽调城中守军，连夜上山，夺回鸦片。彭副官长劝住他，黑石寨地形复杂，又是山高林密，易守难攻。就是派一个团去，也只能是往大海里捞针。再说刘乾仁的二十四师已就在我们的城下，万一让他们晓得，乘城内空虚，发起进攻……

程旅长："总之，老子实在咽不下这口气！"

彭副官长让林副官先下去，献计说："我看不如这样，让林副官戴罪立功，派他扮成探子，潜到山上，把那里的地形，土匪的武器、人数都摸清楚，然后咱们只需要派一支小股队伍，悄悄开上去，来他个突然袭击。一举捣毁这个土匪窝，夺回鸦片。"

程旅长这才消了气："好，就照你说的办法，派林副官去。告诉他，再出了差错枪毙他！"

山寨劫财成功，两个当家的酒肉犒赏大家。饭后，焦贵又来到韩青霞的小木屋，一来是喝了酒，二来是他揣了一件东西，打算要亲手送给大当家，所以心里就像揣着只兔子，直跳得咚咚的。大当家一个年轻女子，常年居住在深山老林，头上的青布帕子包得像磨盘，短衫上系着宽宽的腰带，绑腿裹得又粗又大，一年四季，脚上总是穿着一双麻窝子草鞋。焦贵常看着偷偷心疼。他去龟都镇转来路过雅州，一头走进顺昌行珠宝店，见他在玉器手镯的柜台前站了很久，老板暗暗把他打量一阵，见他头戴草帽，脚穿草鞋，肩上挎着褡裢，一身风尘，便拿出一对手镯向他介绍："你看这个行吗？质地虽然差点，但价格不贵……"焦贵却指着柜里的另外一对，说他就要它。老板说："那是缅货，价格太贵，就怕你买不起。"焦贵问："要多少钱？"老板说："三十个大洋。"焦贵二话没说，从褡裢里数了三十个大洋给老板，揣上镯子便出了店门。

"大当家的，不打搅吧？"他问道。

韩青霞忙将手里东西塞到枕下："不打搅，二当家有事？"

焦贵欲言又止。

韩青霞："今儿怎么吞吞吐吐的，有什么事就说吧。"

焦贵嘿嘿笑了两声，磨磨蹭蹭地拿出手镯："这不是买了一对手镯吗，打算送给大当家，就当是我的一番心意。"手镯贵重，而且十分好看。看得出他用心良苦。

韩青霞看着桌上的东西，愣了一下："如此贵重的东西，我用得着吗？"

焦贵："这么说来大当家的不喜欢？"

韩青霞沉默片刻，长吁了一口气："二当家的，你的心意我领了。自打上山以来，你一直处处关照我，天冷了，你为我做羊皮坎肩，生病了，你上山给我采草药。人非草木，孰能无情。这些我全都记在心里。我这一生兴许已经注定了就是要过苦命的日子，所以有些事情已决心不去想它……"

焦贵："人一生日子还长，大当家的难道就不能往好处想想？"

韩青霞："我们同是沦落天涯的苦命人，二当家的，从今往后，就让我们以兄妹相称吧。"

焦贵不解："不管怎么说，大当家的毕竟是个女人，难道就愿意这样孤孤单单过一辈子？"

韩青霞沉思半晌，叹道："唉，今天我就实话告诉焦大哥吧，因为小妹的心中，至今也忘不了一个人。"

焦贵吃了一惊，终于明白了："他是谁？"

韩青霞走到床边，从枕下拿出她的贴身小包袱打开来，指着说："他是我的救命恩人，这些东西就是他给我留下的。"一套洗得干干净净，叠得整整齐齐的学生装，还有一只装着五个大洋的小锦袋。

焦贵："那他后来呢？"

韩青霞："救了我连个名也不肯留，只知他叫姚大哥。一晃十多年过去了，再也没见过他。"

怜悯之心油然而生，焦贵不由想起，一次在山寨开垦田地的时候，她问过他的一句话。当时天上正有一队大雁由南向北飞去。她抱着锄头，望着飞过的大雁，含情脉脉地说："大雁飞走了，给蓝天什么也没留下。就像这世上的人，时时在一起，一旦过去了就过去了，同天上的大雁一样，什么痕迹也没留下。可有的人，哪怕就那么短短一点时间，却让人一辈子也忘不掉。二当家的，你说为什么？"当时也没在意就过去了，现在回想起来才知道，大当家非只是行侠仗义的女杰，也有一副痴情柔美的女儿心肠。

"这辈子怕是没机会报答他了，下辈子变牛变马再来报答他吧。"韩青霞动情地说着。

雅州城里的眼线报信来，大当家仇人吴嵬的老爹吴有财进城了。得到消息，焦贵连夜就下了山。

吴有财进城是给天德公送两船做庄茶，给女婿送原料，每次少不了都是付他的现银，所以他把管家也叫上了。临出门，妻子让他给外孙带了一篮子的糯米蒸的枕头馍馍，又拿出一双新鞋，要吴有财带给儿子吴嵬。吴有财一听就火了："我才不去他那兵营，看着他我就来气！"妻子说："你不去算了，让姑爷派个人去还不行吗？他再不好，总是我们的儿子。"说着眼泪又要流下来了。吴有财无奈，只好把鞋装进了他的褡裢。出了门，妻子又追上来叮嘱他，到了姑爷家，少不了会有好酒喝，要他千万别贪杯。"你还有完没完啊？"他大声回道，"姑爷款待岳丈，我能不喝吗？真啰唆！"

船抵达雅州，在北门码头卸完货，管家同董大掌柜把账结了，剩下的事便是由姚子君夫妇款待岳父大人。这种场合，董掌柜自然少不了也是要作陪的。吴有财看到桌上放着两瓶叙州五粮液，早已把妻子的叮嘱忘到了九霄云外。

酒过三巡，吴有财听到董大掌柜当着姑爷的面夸他运来的做庄茶，色泽匀称，干度合适，给天德公算是帮大忙了，更是兴奋不已，得意道："姑爷，董大掌柜，往后你们尽管放心，今年我做了四十万斤，明年我就会做五十万斤。品质也会更好！"他说得眉飞色舞，唾沫四溅。

姚子君说感谢岳父大人，又要给他倒酒。

玉珠挡住："爹不能再喝了。"

吴有财推开她的手："怎么变得也跟你妈一样，啰啰唆唆！闺女，放心吧。别说好酒不醉人，就咱乡下的玉麦酒，我也还能喝半斤。"

说得大家都哈哈大笑。

这顿饭下来，桌上的两瓶好酒一滴不剩。吴有财算是过足了一顿饱瘾。可是走起路来，不免头重脚轻，已有七分醉意。姚子君夫妇要留他住下，他却死活不应，硬说回龟都镇顺水行舟，两个时辰就到家了。夫妻俩只好依他，雇了两乘轿子送他和管家去江边赶船。

到了北门码头下了轿，再到江边上船，要走过一段河滩。吴有财身子有点摇晃，仍还不忘回味桌上的美酒佳肴："今天的酒喝得真痛快！"管家也喝高兴了，恭维说："吴老爷找到这么一个好女婿，真是好福气。"吴有财听着，更是不无得意："倒不是我吹，都说一个女婿半个儿，我这个女婿呀比亲儿子都强。"说着话，不觉到了船边。突然，从船上跳下几个粗壮的黑衣汉子，挥舞着匕首，就将两人的嘴巴堵住，拖到了船上。

管家第二天就放回来了。放他的原因是让他给吴家带信，要吴有财的儿子拿十根金条，上黑石寨赎吴有财。他没回龟都镇，揣着信就直奔天德公找姚子君来了。

姚子君立刻请来董大掌柜，又派福贵去衙署叫来吴嵬，赶紧一起商量办法。董大掌柜看罢信，心里已猜出个大概："吴老爷子与他们无冤无仇，该不是大舅哥在什么地方得罪他们了？"吴嵬说他和黑石寨的土匪从没结过仇，反倒是听说几日前，他们在大相岭的松林口劫走了衙署程旅长的一笔烟土。董大掌柜听了，觉得这事与老爷子可是八竿子不着边啊，要吴嵬再好好想想。吴玉珠也觉得董大掌柜的猜测不是没有道理，一定是吴嵬哪里得罪了土匪。吴嵬也想了，自己还真没有同黑石寨结过梁子。他赌咒发誓："我要说了假话，我挨枪子！"

姚子君思量一阵，不管怎样，还是先救人要紧："舅哥，爹膝下就你一个儿子，我看就按他们信上说的，你去一趟，赎金我出。怎么样？"

吴嵬胆怯了。他低头不语，也不敢看大家。

吴玉珠说不如还是让她去。那年为了号上的两千包茶，也是她去送的银子，见过他们的女大当家。不仅没为难她，最后连赎金也没要的。在她的记忆中，那大当家并不像想象中的山大王……姚子君打断她说："行了，那算是你运气好碰着了。别逞能了，我去吧。"董大掌柜想说什么，姚子君止住他说："别争了，土匪要的是老爷子的儿子，我去也算是，一个女婿半个儿。就照他们要的数把赎金交了，未必还能把我怎样？"

董大掌柜叮嘱他，绿林土匪，什么事都干得出来，上了山一定要小心。

姚子君和福贵被反绑着双手，黑布蒙着眼睛，由一个小头目押着走上黑石寨门前的石梯，焦贵挎枪，率领两个喽啰正在等候他们。姚子君显得很不耐烦，大声道："我说了，我要见你们大当家的！"

焦贵把二人打量一番，最后走到姚子君面前："你就是那个老东西的儿子？还是个营长？"

姚子君稍微一顿："是又怎样，不是又怎样？"

小头目一枪托就朝他砸了上去："妈的，到了这地儿还嘴硬。二当家在问你话！"

姚子君哎哟了一声，福贵忙道："你们别打他，要打就打我。"

小头目又举起枪托要砸他，焦贵止住，仍看着姚子君："看来还真是个官，他是你的勤务兵吧。金条带来了吗？"

姚子君："我说过了，我要先见你们的大当家。"他牢牢地记住玉珠的话，进了土匪窝，一定要先见到大当家，才能交出赎金。那女匪首虽然说话又凶又狠，可是干脆利落，还讲道理。

焦贵冷笑道："好吧，我带你去见大当家。"心头却想着："狗东西！你就等着大当家的怎么样把你千刀万剐吧。"

韩青霞坐在兽皮椅上，脸色铁青，看着焦贵和小头目将蒙着眼睛的仇人押进来。满腔的怒火就涌上了心头。

焦贵说："大当家的，我审过他了。他承认是吴老汉的儿子。嘴还挺硬，高矮说要等见到你才肯交出金条来。"

韩青霞大怒，一掌猛击在桌上，咬牙切齿道："哼，你真以为我是为了要钱吗？"

姚子君："大当家的，你拉我老爷子的肥猪，派管家送信，要十根金条才肯放人。这还不是为了要钱是什么？"

韩青霞："你这个禽兽！我今天就要你睁开眼睛好好看看，我是谁？等你看清楚了，咱们的账再一笔笔清算！"

姚子君听着，怎么觉得有点糊涂："大当家的，我听不明白。你该不是把人拉错了？"

韩青霞截钉切铁道："呸，就是化成灰，我也认得你！把眼睛上的布给他摘了。"

小头目上前替姚子君摘掉了蒙住眼的黑布，但是，因为蒙住时间久了，刚摘下黑布，姚子君仍什么也看不很清楚，只觉得那兽皮椅上坐的就是个男不男女不女的山大王。

突然，大当家的看着摘掉黑布的姚子君惊呆了。她从兽皮椅上弹起，三脚两步扑上前来，双手抓住姚子君，就像见到了亲人似的，叫了一声姚大哥，眼泪就落下来了。

霎时，姚子君犹如堕入雾里，焦贵和喽啰们也愣住了。

四十三

原来是韩姑娘啊，姚子君没想到，当年从江里打捞起来的那个十七八岁的小女子，如今竟然就是黑石寨的大当家，一个在茶马古道上赫赫有名的山大王。往事如烟，世事难料，太出乎意外了。

姚子君被请到韩青霞的小木屋里，两个女保镖端来茶水山果，然后便去了门外。姚子君环视了一遍屋里简陋的陈设，和铺在床上的那些兽皮，还有壁上挂着的刀枪，感慨不已："那年别后，你不是找哥哥去了吗？"

一句话勾起了韩青霞满腹的辛酸，她长长地叹了口气，伤心地说起她后来的遭遇……

"人拗不过命，就这样落了草，还做了大当家。"说完时，她已是泪流满面，泣不成声。

姚子君："如此说来，你绑我岳丈，下帖子要吴嵬拿钱上山赎人，就是为了报仇。"

韩青霞："当初要不是他，害我家破人亡，何至于落到今天。想起这些伤心的往事，我没有一天不想着报仇。唉！真是造化弄人，没想到他竟是你的大舅哥。"

"我也没想到。都是一个爹妈生的儿女，为啥就这样大的区别？我也知道，你嫂子一直很讨厌他，至今也不与他来往，他的爹妈也没少为他怄气。"

突然她问："姚大哥有孩子吗？"

"有个儿子。对了，孩子的妈你们见过。"

"不会吧？"

"那年为了两千包茶，她上山来交赎金。你放了背子，最后赎金也没要。她至今还在念叨说你的好……"

"那个又漂亮又厉害的老板娘？好一副胆量！"

姚子君笑了："唉，说来话长，那年我去了西藏。就因为我不在家，还惹出一连串的事……"

"姚大哥真是好福气，娶了那么好一房太太。"

这时，焦贵进来，说饭菜已备好，就等客人入席了。

姚子君说："韩姑娘，这……这是做什么？"

韩青霞说："大山深处，也没啥好吃好喝的，就算小妹的一点心意吧。姚大哥，你就别客气了。请吧。"

山寨杀猪宰羊，就像过节一样，在聚义厅摆起酒筵，山寨的兄弟们都到齐了。姚子君在大当家和二当家的陪同下走进来的时候，吴有财和福贵早已坐在那里等候了。等喽啰们抱着酒坛一一把酒倒满之后，韩青霞先站了起来："山寨的兄弟姊妹们，我就不多说什么了。我只想告诉大家，十多年前，小女子被人追杀投江，眼看就要没命了，就是这位大哥跳入水中，把我捞了起来，没让我成为冤魂屈鬼。滴水之恩，涌泉相报。我也不知道今生今世还有没有报答恩人的机会，现在我只想说，做人就得要像姚大哥一样，要善良，要有良心，不然就是猪狗不如！大家伙都把酒端起来吧，咱们一起敬给我的恩人。"

"干了！"喽啰们齐声吼道。

姚子君也喝了，不过望着眼前的韩青霞，他的心里还是五味杂陈，百感交集。酒过三巡，吴有财还是感觉自己就像在云里雾里。尤其是看着二当家的，总觉得好生面熟。他凑到福贵耳边，悄声说该不是他的眼花了，二当家的咋像前些日子他碰到的那个买茶的老板。福贵就用脚蹬了他一下："老爷子，喝酒。别让嘴巴闲着。"

韩青霞的目光不时落在姚子君的身上，焦贵都看到眼里，心里也想着什么。

吃过饭，山里的夜就早早来了。姚子君又被带到了小木屋，韩青霞对他说："姚大哥，委屈你了。今晚就在我这儿凑合住一宿吧。"边说边从墙壁上取下她的过冬的皮袄，"山里比不得城里，夜里冷，睡觉时把这盖上。"

姚子君从简陋的木屋里，竟看不出一点女人的气息，再看看她身上的衣服穿戴，禁不住问她："这就是这些年你住的地儿？"

"一个人也习惯了。"

"就没想过有个家？"

她沉默了。过了半晌才道："唉，认命吧。"说完推说她还有点事，便出去了。

睡觉时，姚子君忽然看见枕下的包袱，一下子就认出了它，当年韩姑娘离船，飞身跃上岸时，肩上就挎着它，那一幕，至今仍深深地刻在他的脑海里。包袱没拴死结，他情不自禁地拿起来，猛地就愣住了。呈现在他眼前的，竟是那套已洗得干干净净的学生服，和那个小锦袋，里面的五个大洋也仍然是一个没动。哦，他的心震撼了。多少年过去了，韩姑娘竟还一直保存着这些。刹那间不由心潮滚滚，思绪万千……

深山老林的夜晚，风声、涛声，偶尔还传来几声猫头鹰的叫声，但很快又寂静下来。夜深了，姚子君躺在暖和的被窝里，却一点睡意也没有。

姚子君丝毫没想到，此行竟会让他不费吹灰之力就解救了岳丈大人，还邂逅到多年杳无音讯的韩姑娘。可是，也不知为什么，他心里只觉得沉甸甸的，不仅没有一点高兴，反多了几分担忧。

吃过了早饭，韩青霞也不留姚子君，决定送他下山。姚子君请韩青霞留步，韩青霞坚持要送姚子君一程。后面跟着两个女保镖；焦贵和两个喽啰则陪着吴有财和牵着牲口的福贵走在后面。

就要离别了，姚子君说："韩姑娘，不管怎么说，我还是得谢谢你。"

韩青霞："这话言重了。我不过是以一报万罢了。想想姚大哥的救命之恩，我这又算得了什么。往后若有使唤得住小妹的地方，不妨捎个信，小妹定效犬马之劳。我说了，姚大哥的大恩大德，我一生都报不完。"

"韩姑娘千万别这么说，只能说是缘分罢了。就像现在咱们转来转去，这不又见着了。嗨，我真想有一天，你也能去我家坐坐。看看嫂子，看看我的儿子。"

"姚大哥说笑了。我哪敢呀，要是被人知道，还不给你安个通匪的罪名，让你受连累呀。"

姚子君忽然站下来，似乎想说什么，又忍住了。

韩青霞看出来问他："姚大哥想说什么？"

"韩姑娘，有句话我不知当说不当说？"

"这世上你就是我的亲人，有什么话不能说？你说吧。"

"这次上山，与你邂逅，虽说也高兴，但也存下几分忧虑。虽然我看到坝子里，你们也打着替天行道、除暴安良的旗帜，还在山林里开荒砍火地，自己种一些荞麦、洋芋之类的粮食，聚众深山的绿林，能这样做，也算是很难得了。可我觉得还是非长久之道啊。我读过一个西方的旅行者，游历了我们贫穷的家乡，回去后写下的文章。他说这叫亦民亦匪。唉，不管咋说吧，总是沾上了匪字……"

"我知道，一说到土匪，就会令人想起他们杀人越货，为非作歹。谁不恨啊，连我自己也恨。"

"是呀，不光名声不好听，也实实在在不是一条正路！"

"我不是没有想过，姚大哥，都要怪这世道太不公平。"

"韩姑娘，就听我一句劝吧，为自己，也为山寨的兄弟们着想，早日金盆洗手吧，给后半生留个安稳的日子。"

韩青霞望着姚子君，一阵沉默之后，无奈地点了点头："小妹记住了。至于后半生是什么样，就听天由命吧！"

见她也有难言之隐，姚子君也不好再说什么。倏地又想起了那个小包袱："韩姑娘，昨晚我冒昧翻看了你的小包袱，没想到啊，那些东西你还带在身上。"

她说："看到它们，就会想起姚大哥的救命之恩，就让它们陪伴我，做个念想吧。"

姚子君说："那是何必……"

话没完就被她打断了："姚大哥，再往前就上松林口的大路了。恕小妹不能远送，下面就请二当家的代我送你吧。"

姚子君望着她，依依不舍之情，油然而生，拱手道："望韩姑娘保重。"

"姚大哥也保重。这一别不知又何日才能再相见……"她声音哽咽，强忍住泪水，迅速地侧过脸去。

从小路上松林口的大路，要穿过一片二三里地的松树林。走到快出林子的地方，焦贵告诉姚子君，他们也只能送到这里了。姚子君说："二当家的，请回吧。多谢了。"说罢，正要上马，忽然，前面的一棵大树上响起两声山鸡的叫声，焦贵迅速拉住姚子君，压低声音道："等等！"这是树上望风的暗哨发现了有人的暗示。焦贵要姚子君三人到树后躲躲，以免被人看见。姚子君却不以为然，说："咱光明正大，犯不着怕谁。"

焦贵拔出枪，朝着林子大声道："什么人？滚出来！"见没动静，他递了个眼神，两个喽啰冲上前："再不出来就开枪了！"

树林中响起一阵窸窸窣窣的声音，然后便见林副官身着长衫，背着雨伞，和一个头戴毡帽，背着褡裢的汉子，战战兢兢地走了出来。焦贵举枪迎上："你俩是什么人？"

林副官装出害怕的样子，一边偷眼瞟着，一边求饶："好汉饶命，小的是跑单帮，做小买卖的。"

焦贵："在林子里鬼鬼祟祟干什么？"

林副官："小的不敢，刚才是在那里拉屎。"

焦贵："妈的，我问你要去哪里？"

林副官："去打箭炉收点山货。"

焦贵："从雅州过来，是雅州人吗？"

林副官顿了一下，抢着回说："不是，我俩是邛州人。"

见焦贵迟迟不肯放他们走，姚子君上前说："二当家的，就别为难他们了，让他们走吧。"

焦贵还想问什么的，也只好不问了："好吧，就看在贵人的面子上，今天饶了你们。快滚！"

林副官走到姚子君面前，拱手谢道："谢谢贵人，谢谢贵人。"然后拉着伙计匆匆而去。

等他们走远了，焦贵这才告诉姚子君："姚老板，你不知道，我担心他们是雅州人，万一认得你……"

姚子君笑道："不怕，我这人做事光明磊落，从不怕半夜有鬼敲门。谢谢二当家的好心，告辞了。"

众人惜别，各自而去。

姚子君回到家，吴玉珠正在供奉天地君亲师的神龛前为丈夫祈祷。听到香香说都平安回来了，心中的石头这才落了地。赶到客厅，见大家都围着吴有财正问长问短，她上去拉着爹就哭了起来："爹，他们没打着你哪里吧？"吴有财说："刚拉上山两天倒是挨过两下，也吓坏了。姑爷一来就全变了，每日三餐，酒肉伺候。""你说他们还款待你？""哎，我哪有那福哟，他们款待的是姑爷……"老爷子这会儿来了精神，侃侃而谈，当龙门阵似的摆起事情的经过。摆完后，他狠狠骂道："都是我那孽子十多年前种下的祸根。你们想想，一个十七八岁的女子，被他龟儿子追杀投江，如今做了山大王，把他爹抓到山上想干什么？不就是当诱饵，钓他上山报仇吗？唉，要不是姑爷，我这把老骨头这回没命了！"

老爷子受惊了，姚子君夫妇要他留下来，在城里多住几天再回去。

夜里，吴玉珠把脸贴在姚子君胸脯上，凑到他的耳边说："你这个闷葫芦，搭救韩姑娘的事，这么些年了，你为什么不告诉我？"

姚子君说："区区一桩小事，何足挂齿。要是让你碰见，我相信，你也会去救她。俗话说：救人一命，胜造七级浮屠啊。"

吴玉珠突然道："如今想起来还真是后怕。那年你不在家，我上山去见她，要是让她晓得了我就是仇人的妹妹，你说，她还肯不要我的赎金，不要我这条小命吗？"

姚子君竟然笑道："玉珠，要相信老祖宗说的这句话，人活在世上，不论遇到什么情况，一定要把心放正，千万不能放歪了。唯有如此，在家国面前，才能效忠尽义，危难的时候，才能逢凶化吉。你信吗？"

"这话我信。"

"这就对了。往后教育我们的孩子，也得这样。"

玉珠点头。忽然，姚子君将她揽到怀里，含情脉脉地唤了一声："玉珠——"

"啥？"

"我又想那个了。"

玉珠的脸上荡漾起甜滋滋的笑容，温柔地移过身子，让他扑到她的身上……

程旅长站在一幅川康地图前，看着自己越来越小的地盘，正愁眉苦脸地踱着步子。彭副官长带着林副官兴冲冲走来。

彭副官长说："旅长，咱们的好运来了。"

程旅长看见林副官，还当是他侦察清楚回来了，忙问："什么情况快说，趁二十四师还没开战，咱们快点动手，先端掉这帮土匪的老窝，把烟土夺回来！"

彭副官长说："眼下不用大动干戈，我看就能把损失夺回来。"

"什么意思，你有什么锦囊妙计？"程旅长似乎没听懂他的话。

彭副官长先令林副官把在黑石寨山前看到姚子君同土匪的二当家在一起的过程说了一遍，然后说道："旅长，咱们守城的兵力本来就不足，要是再抽调人马上山剿匪，都等于是给自己在帮倒忙。现在有一步妙棋……"

程旅长说："别卖关子，有什么主意，你就快说好了。"

彭副官长不愧奸诈狡猾，他说那姚子君是什么人？雅州茶商会的会长，茶商首户，堂堂地方名流。可他公然出现在土匪窝里，还与土匪称兄道弟。就凭这点，不正好是收拾他的好机会吗？安他个通匪的罪名，往大牢一塞，上次的城防捐不是还差着一份吗，还有这次丢失的烟土，统统一起给他算到头上。天德公有的是钱，看他要命还是要钱？他要不答应，一不做二不休，咱就杀鸡给猴看。先把他治服了，看谁还敢不出钱……

程旅长听罢，大腿一拍，连称妙棋。问林副官："公堂上你敢对质吗？"

林副官说敢。

程旅长立刻吩咐彭副官长，马上去抓姚子君。

"旅长。"彭副官长说，"对付姚子君，还是先别来硬的，派人去请他来衙署，咱们也来个先礼后兵。"

从山寨回来，姚子君又一头扎进了公司的大小事务。从早到晚，忙忙碌碌，喘口气的时间也少有。事情太多太杂，时常也顾此失彼。不过，最令他头痛的还是小茶号们做茶品质的事。一些茶号做的茶品质达不到公司要求的标准，滋味也各异。为了这事，他特地从公司赶回号上，再次找到董大掌柜请教。寻找解决的办法。俩人正谈着，福贵来报，说隆裕茶号的孙老板带人抬着一口肥猪上门来了。

姚子君和董大掌柜忙迎出门来，见孙老板带着几个伙计，用木杠抬着一头杀好的肥猪已走到天井。还没等他们开口，孙老板就道："姚老板，董大掌柜，让你们见笑了。隆裕起死回生，多亏了你们。这不是刚复工吗，也拿不出啥来感谢的，跟婆娘一商量，就送口猪吧。千万别嫌弃。"姚子君心里很感动，笑着说："大家都是同人，又是乡邻乡亲的。孙老板，你这是干什么。"孙老板说："这礼是不好看，但也是一番心意。要是让我抬回去，婆娘那关我就过不了啊！"

"哈哈哈……"众人都大笑起来。

董大掌柜说："既然孙老板有这份心，少老板，咱们就收下吧。"

福贵领着几个伙计，刚把肥猪抬下去，彭副官长就带着林副官和吴嵬进来了，身后跟着一队兵。姚子君也没当一回事，还热情地迎上前招呼道："彭副官长驾到，有失远迎。快请，客厅坐客厅坐。"彭副官长却说："坐就不用了，奉程大人之命，我是专程来请姚老板的。"

姚子君问有什么事吗？

彭副官长就冷笑两声，把林副官叫到姚子君面前："姚老板还认得他吗？"

姚子君把林副官看了看，不由一愣，他不就是在松林口被二当家的用枪指着的那个买卖人吗？怎么这会儿就成了他们的副官？正想着，彭副官长又道："请姚老板跟我们走一趟吧，程大人正在衙署等着你。"姚子君已知大概，忙转身告诉董大掌柜，这帮人一定是借他上山的事，又想要什么阴谋。没想到董大掌柜一听，一把就将姚子君推到身后，自己迎上前道："你们不能胡乱抓人！我家少老板上山，是事出有因，你们听我说……"林副官打断他："你还说什么？我亲眼看见，他同土匪的二当家在一起，亲密得就像自家人。姚老板，该没说错吧。"

这时，田勇带着作坊的工匠们，举着铁钗挖耙也闻讯赶来，他们将姚子君和董大掌柜围住，大声抗议："光天白日下，你们凭什么抓人！"

彭副官长立刻掏出枪来："怎啦，还想造反呀？"

姚子君忙推开众人："大家都把手上的东西放下，回作坊干活去吧。让我陪他们去，咱一不偷，二不抢，三不祸害百姓，鱼肉乡亲。不用怕！"

刚要走，吴玉珠同父亲从后院也赶来了，她扑上前拉住姚子君死死不放："子君，这是怎么回事啊？"

姚子君笑着让她放开："玉珠，定是他们误会了。我去跟他们解释，把事情说清楚就回来。不用担心。"说完便被士兵们簇拥着朝外走去。

吴玉珠看到走在队伍里的吴嵬，拉住他问道："哥，到底是为什么？"

吴嵬沮丧着脸说："程大人的烟土在黑石寨被劫了，他们说他通匪……"

"你哑巴啦？他上山为什么，你不知道呀？"

吴嵬不敢回嘴，只想快点逃去。不想吴有财从背后冲上来，抓住他的衣领，狠狠就是一个耳光："你做了什么孽，你自己不晓得呀？他替你上山去赎我，就这话你也不敢说吗？"边说就边脱鞋子，还要打他。吴嵬不敢还嘴，挣脱狼狈逃去。吴有财仍不肯放过，追上拿鞋子朝他扔去："打死你这个狗东西！我没你这个儿子，你去死吧……"

孙老板赶到三官祠商会报信，徐老板大惊，忙派人通知各号老板。待大伙聚齐之后，先听董大掌柜把事情说了一遍，众人便开始议论起来。

徐老板说："大家都是同人，知根知底，把通匪的罪名安在姚老板头上，怎么说也不沾边。"

孙老板道："土匪拉吴老爷子的肥猪，姚老板分明是上山赎人。事情明摆着的，他们却偏偏不讲道理。"

"唉，也巧了，让他碰上了衙署的探子。"李老板叹道，"我看，事情怕不那么简单，这帮虎狼之徒，心里打的啥算盘，谁说得清啊。上次为了城防捐的事，姚老板挑头找他们论理，也没少得罪他们。"

董大掌柜接道："几位老板说的没错，我就不多说了。还是请大家赶快想法救我家少老板吧。这些日子，他一心一意就扑在公司的事上，公司里那么多事情也离不开他呀！"

众人都道："是这个理。"

徐老板和李老板商量后，徐老板说："姚老板是咱们公司的董事长、总经理，公司不能无动于衷。救人要紧，咱们就先以公司名义出一个保书，给衙署送去。大家看怎么样？"

"要得！""大家都把名字签上。"

众人齐声吼道。

四十四

姚子君被带进衙署，来到程旅长的面前，彭副官长搬过一把椅子："姚老板，请坐。"

姚子君从容落座，然后闭目不语。

程旅长迎上前，皮笑肉不笑，围着姚子君转了一圈问道："姚老板，别来无恙？"

姚子君："我挺好的。只是不知大人为何抓我？"

程旅长："言重了，不是抓是请。"

姚子君笑笑："小人从小长大，还是头一次见识有这样请人的。"

程旅长："姚老板，我也没办法。你是雅州边茶股份公司的董事长、总经理，茶商会的头儿，地方名流啊。可是有人举报你通匪。事关重大，所以只能委屈你了。"

"你们不会是弄错了吧？这通匪之说，不知是从何说起？"

"还要我告诉你吗？你就别再揣着明白装糊涂了，林副官不是已经让你见过了吗，他就是铁证，你怎么解释？"

"黑石寨劫了我的岳父，要我拿钱上山赎人，就这么简单。"

"就这么巧，数日前，本官二十多个背子的货被黑石寨的土匪抢了。事情前脚发生，你后脚就去赎人，难道真有这么巧合吗？要与土匪没关系，他们的二当家会对你那么亲热吗？"

"大人硬要这样说，岂不是欲加之罪，何患无辞吗？"

"放肆！干脆给你直说了吧，你招还是不招？"

姚子君冷笑道："真是笑话，我招什么？不做亏心事，就不怕半夜鬼敲门！"

"知道你伶牙俐齿，嘴巴比石头还硬，可别忘了这是什么地方。"然后吩咐彭副官长，"既然不愿招，咱也不客气。丢进牢里，好生伺候！"

姚子君冷笑一声，由两个士兵押着，坦然向监房走去。

下午，董大掌柜带着福贵来到衙署，福贵一手拎着装饭菜的竹篮，一手挟着给姚子君送的被褥。彭副官长站在石阶上，笑脸迎着二人："董大掌柜，我正等你啊。去好好劝劝姚老板吧，程大人行伍出身，脾气暴躁，今儿个要不是我逢源相劝，他可是把枪都掏出来了。"

董大掌柜拱手谢道："多谢彭副官长了。下来还请彭副官长在程大人面前，多为我家老板说点好话，我们知道该怎么感谢你的。"

"姚老板乃地方名流，为他说话，自当义不容辞。只是这通匪的罪名，你也知道，非同小可，换到从前早杀头了。"

"他上山确实是去赎人，碰巧遇到了你们的林副官。要说通匪，实在是冤枉他了。唉，事到如今，只有求彭副官长了，这通不通匪的，在程大人面前，还不是彭副官长一句话说了算的事呀。"

"你是高看我了。不过事情也并非没有商量的余地，只要舍得花钱，大事能化小，小事能化了。俗话说有钱能使鬼推磨。"

"那是那是。"

"当然，就看姚老板识不识时务了。你要劝他，这世道命不值钱？别把钱看得太贵重，惹恼了程大人，可不是闹着玩的。"

彭副官长的话里，充满威胁。

二人被领到一间小屋，狱卒开了门，见到了躺在木板床上的姚子君。董大掌柜："少老板，他们没对你怎么样吧？"

见到二人，姚子君高兴地一个翻身坐起来："任随他们怎么样，反正我说了，没做亏心事，不怕半夜鬼敲门。"

"唉，你也别不当一回事，这里是虎口啊！"

福贵放下竹篮，取出饭菜："少夫人亲自下厨给你做的。少老板多吃点。"

姚子君便狼吞虎咽地吃起来："回去告诉她别担心，我好好的。下次给我带壶酒来。酒壮胆气，我这人气短，喝点酒长豪气！"

董大掌柜心疼地望着他，凭他耿直倔强的脾气，要他低头是不可能的。可是，这帮军爷就绝不会轻易放过他："少老板，我知道你的脾气，是就是，非就非，要讨的就是个公道。可刀把子捏在他们的手上，有什么办法？我看咱们还是好汉不吃眼前亏……"

他接过话道："你知道他们想干什么吗？只要我承认了通匪，他们就有了口实，到时候，不就可以任随他们随心所欲地宰割了吗？"

董大掌柜："彭副官长已把话递到嘴边，不就是要点银子。少老板啊，听我一句劝吧，银子没了咱还可以挣，咱不在这里面受这份罪。来时，少夫人也要我告诉你，不能拧着来。这些年的事儿，你还没看出来吗？什么民国，就是军阀们的天下。在刀尖底下，哪一回不都是百姓遭殃啊！你爹妈就是教训呀。"

姚子君突然道："回去替我告诉玉珠，让她给京城的孟生兄写封信，转给农商部。我就不信，这事没人管了！"

董大掌柜："哎，不是老夫说你，这多年了，你那书生气咋还是没脱尽？

眼下就是个军阀混战的世道，没有王法，只要有枪有地盘，就能称王称霸，草菅人命。他们倚仗自己是一方诸侯，即便上面有什么说法，到他们手里，还不是阳奉阴违，敷衍一阵就过去了。何况远水也难救近火啊。"

姚子君沉默不语，过了半天仍道："冬天的夜再长，总有天亮的时候。我就不相信，咱们国家就没有天亮的时候？"

董大掌柜见姚子君仍不肯答应出钱买命，想到吴岿自投程旅长麾下，现在已是营长。眼下战火在即，正是他们用人之际。何不让他出面，去向程旅长求个情。此刻已顾不到那么多了，回到号上立刻吩咐福贵去请吴岿。等了两个时辰，吴岿姗姗才到。董大掌柜告诉他，火烧眉毛了，过去的事就啥也别说了，眼下是救人要紧。

吴岿听了埋头不语，过了半天，竟说这事他不能去。

"为啥？"

"程旅长正在查是谁把他偷运鸦片的消息通给了黑石寨，姚子君上山赎人，两件事算是碰巧了，再叫我去说情，万一也怀疑到我头上，把我也牵扯进去，怎么办？"

"他大舅哥，都到这时候了，你怎么还是光顾为自己着想？我刚说了，过去的事不说了，眼下是救人要紧。你要这么说，那我就实话都告诉你吧，那黑石寨的大当家不是别人，正是当年被你追杀跳江的那个姑娘。拉你爹的肥猪，就是打算用他做诱饵，钓你上山一雪前仇。你妹弟代替你去了，让你躲过了一劫，他却落进了虎口。你就不能摸着良心想想吗？"

吴岿哑了。

衙署收到六十八家茶商为姚子君联名的保书，送到程旅长的手上，看到那些密密麻麻的签名，一个个红色的手印，他气急败坏，将保书摔到桌上："妈的，通匪的人他们也敢联名保，莫非想造反不成？"

保书是彭副官长从徐老板带领的茶商们手中接过来的。他说："旅长息怒，他们不是要保姚子君吗，好呀，那就让他们先交点保银吧。"

程旅长一怔："交了保银咱们就放姚子君？"

"当然不是。"彭副官长阴险地笑道，"保银要收，姚子君仍不能放。"

"此话怎讲？"

"这通匪的口实，说什么也要从他的嘴里弄到。只要有口实，姚家就还得出钱，这话我已放给了他家的董大掌柜。这把柄岂能轻易放过，不借此狠狠敲一杠子，更待何时？"

"就怕他姚子君死硬到底，拒不松口。"

"大刑伺候，一定要把他的嘴巴撬开。否则我们就前功尽弃了。"

正在这时，门外传来吴嵬的声音："报告！"

俩人相互看了一眼，程旅长道："进来。"

吴嵬走进来说："报告旅长，部下有一事相求。"

程旅长问他何事？

他支支吾吾说："是……是关于我那个妹弟的事……"

程旅长："说吧，你想怎样？"

吴嵬："旅长，这事儿真的跟我妹弟不相干。"

彭副官长："那就与你相干？"

吴嵬："哎，都怪我当时一时糊涂……"

程旅长大惊，打断他："哦，这么说还真是你给黑石寨通风报的信？"

"不，不，旅长对我有知遇之恩，我哪敢做这种背后捅刀子的事。"

"可你不是没做过。"

"哎哟，你把我的意思弄错了。"

"错了，怎么错了？你不才说的吗？"

"我是说怪我当年一时糊涂……"吴嵬只好把他当年怎么逼韩青霞跳江，结下梁子。如今韩青霞怎么拉他爹的肥猪，想钓他上山报仇的事说了出来。

听他说完，程旅长把目光投向彭副官长。彭副官长笑道："看不出吴营长还会编故事，不过就怕你的故事没人信，这事已是和尚头上的虱子——明摆着的。找程旅长也没用，还不如去好好劝劝你妹弟，就点个头，下来再花点银子，不就把事情搁平了。"

"两位官长，我真不是编故事，都是实话。他就是个认死理的人，我也劝不了他。不过旅长放心，部下向来对你忠心耿耿，只要能放了他，部下愿意马上带领四营上山，不夺回烟土，灭了贼婆娘，誓不为人！"

两人对视了一下，心里都明白，时下正值用人之际，少不了还要用着他。程旅长上前拍着他说："黑石寨的事就放一放吧。与二十四师的仗就要打响了，你先赶快回去，把阵地守好，就是对本官最大的忠诚。你妹弟的事放心，我们不会把他怎么样，就问问而已。对吧，彭副官长？"

"对对对。只要把仗打好了，旅长一定不会忘了你。快回去吧。"

见两位官长轻描淡写地就把他打发了。吴崽无奈，只有在心里悄悄骂道："狗日的，都他妈不是好东西！"

他刚前脚出门，程旅长后脚就道："这小子有奶就是娘，现在又添上他妹弟的事，咱们对他还得防着点。"

彭副官长说："旅长放心，我已让特务营在身后盯着他，敢有二心，就先灭了他！"

为了撬开姚子君的嘴巴，彭副官长又来到牢房，假惺惺地充当起好人。他说："姚老板，我俩都是读书人，有些话应该是说得拢的。对吧？要我说，你何苦要受这份罪。"

姚子君盘腿坐在床上，蔑视地笑笑："彭大人，要说什么就请便吧，别绕圈子了，我洗耳恭听。"

彭副官长说："姚老板啊，俗话说砍竹子就怕遇到节节。程大人的货物刚刚被抢，偏偏你就上山，这不是黄泥巴掉进裤裆头——是屎也是屎，不是屎也是屎吗？"

姚子君："就是说不分黑白，不分是非，是要承认，不是也要承认。彭大人是这意思吗？"

彭副官长："我也没别的意思，只是为你着想。姚家那么大一份家业，天德公的生意做得那么大，还有你家中漂亮的妻子，可爱的儿子，这些你难道就不想想，他们离得开你吗？再说了，我什么意思并不重要，但程大人那儿总得有个交代。"

姚子君："程大人的意思想怎么着？"

彭副官长："他打算拿你杀一儆百，以警告众人。"

姚子君笑道："哈哈！我已经死过一回了，还怕什么！只是你们的用意，我想恐怕还不在于这点吧？"

彭副官长终于笑了："姚老板果真是聪明人，稍稍一点就明白了。程大人姑念你是个人才，愿意大事化小，小事化了。就看你愿不愿意配合了。"

"我懂了，说吧，要我做什么？"

"如果你答应，程大人说了，通匪的事，他一句话就可以给你掩盖过去了，但你得出这个数——十万两银子。"

"归根结底还是为了银子啊。"

"姚家天德公茶号开办了几百年，何在乎这点小钱。买的可是一条命，姚老板不会犯糊涂吧。"

不料，姚子君哈哈笑道："我的命贱，哪值得到这么多银子。彭大人，天德公的钱来得也不容易，你们还是想怎么办就怎么办吧。"说完竟一头就倒在床上，闭上眼睛，再不吭气了。

彭副官长望着他，勃然大怒，狠声命令："来人，给我大刑伺候！"

程旅长和彭副官长亲自守着，什么酷刑都用了，将姚子君折磨了个半死，可他仍不开口。而战争的气氛已越来越近。程旅长撕下脸皮，下了一道命令，姚子君不见棺材不落泪，没时间跟他纠缠，立即通知姚家，三日内交罚银十万两，否则按通匪罪论处，就地枪毙。他还特别交代彭副官长，不必再遮遮掩掩，要火速执行。一旦同二十四师开战，就顾不及了。

姚子君命悬一线。

城里的眼线把消息送回黑石寨，韩青霞惊呼："唉，是我害了姚大哥啊！不知是从哪儿将风声走漏了？"

眼线说是他们的探子看到二当家的送姚老板下山。

"坏了！"焦贵猛然想起那两个自称跑单帮收山货的人，"大当家的，当时姚老板让我放过他们，嗨，他娘的，是我大意了。"

听完焦贵叙述，韩青霞惊出一身冷汗。坏了！可把姚大哥害了。立即主张发兵，进城劫狱。焦贵说万万不可鲁莽，这些天城里正准备打仗，戒备森严，就怕劫狱不成，反蚀一把米。韩青霞说当初她的命是姚大哥给的，如今他有了危难，岂能不管，就是豁出性命，也要救他。见她主意坚定，焦贵说要劫狱就得一举成功，他愿明天就进城去，先把衙署周围的街道地形情况摸清楚，然后让兄弟们化装潜入城中，等到晚上，再发起突然袭击。韩青霞沉默一阵，说为了不致失误，她决定亲自去，让二当家的陪着她。

一辆叽咕车上载着一袋米，车头还拴着一块二刀肉。韩青霞跷着二郎腿坐在上面，焦贵戴着草帽推着车子，二人假扮成一对乡下夫妻，咯吱咯吱地朝衙署门口走过来。快到门口时，迎面正好来了个挑担子卖担担面的。韩青霞对焦贵做了个暗示，叽咕车停下，韩青霞朝卖担担面的叫道："来碗担担面。"担担面走过来放下挑子："大嫂要吃甜酸的，还是要吃酸辣味的？"韩青霞说就吃酸辣味的吧。

趁着这会儿，焦贵向衙署的大门走去，从怀里摸出叶子烟，对卫兵道："大兄弟，借个火。"卫兵显得有点不耐烦："妈的，抽烟不带火，你干啥的？"但还是拿出了火柴。焦贵说谢谢，点燃抽了两口，就将烟递给卫兵："大兄弟要不要尝尝？我自家种的，味还不错。"卫兵烟瘾早来了，接过就猛抽了一口："唔，不错，这烟有劲。"焦贵说："不错你就抽吧，我再裹一支就是了。"说完便蹲了下来，从怀里掏出两片烟叶，慢慢地裹起来。一边暗暗地观察门里情况，一边同卫兵聊起来。从卫兵口中得知，城中今天从外地又调来了两个营，增加了守城力量。这会儿程大人正在里面召集军官们开会……说着说着，似乎也想起自己的职责："老弟，不是我赶你，抽好了就赶快走。马上就要打仗了，天一黑就要关城门。"

焦贵回到韩青霞身边，刚说了声："城里发大水了……"就见一队荷枪实弹的士兵，由吴崽领着从衙署的大门里跑出来，匆匆忙忙向东门赶去。

两人从西门出城，先将米和肉给城墙根下的老阿妈送去后，然后匆匆赶回山寨。一路上，韩青霞的心沉重得就像压了块大石头。原来听说城里就只驻有一个营，现在却变成了三个营，而且武器精良。要是冒冒失失就去劫牢，救不了姚大哥，还要把兄弟们也赔了。看来硬拼是不可能了，唯有智取。她突然想到前些日子劫获的那批鸦片。他们不就是冲着它来的吗？何不用它交换姚大哥。焦贵听了也觉得是个办法，可是怎么交换？他说："大当家的，你可要想好。"

韩青霞说出她的想法，将鸦片隐藏在一个秘密的地方，然后派人去城里捎信，在信上写清楚，只要他们放了姚大哥，再告诉他们鸦片藏的地址。焦贵也觉得只有这样了。俩人当即商量，事不宜迟，立即行动。韩青霞赶回山寨，带领兄弟们连夜将货物运下山，找地方藏起来；焦贵则立即返回城里，赶在明天一早，将帖子送到衙署。韩青霞说："只是又让二当家的辛苦了。"焦贵道："说什么，大当家的不也一样吗。"说罢，二人分手，各自奔去。

天德公收到衙署的文书，董大掌柜急急忙忙赶到后院来见少夫人。吴玉珠接过文书，见上面写道："经查姚子君通匪一案……本官念其人才难得，罚银十万两，免其一死。限三日交清，如有抗命，就地处决。"

董大掌柜说："眼看着要打仗了，少老板又拒不屈服，他们这是狗急跳墙。少夫人看怎么办——"

吴玉珠果断道："妈在世时就说过，乱世之秋，他们什么事都做得出来。不能再依着子君的性子，十万两银子咱们交！"

董大掌柜说："老夫也是这意思，世道混乱，要预防他们，什么伤天害理的事都干得出来。"

吴玉珠说这事就她做主了。先不能告诉子君，他的性子就那样。等他放出来，生米已煮成熟饭，要怪就让他怪她好了。但交银票之前，一定要把话说清楚，一手交钱，一手放人。董大掌柜应道："好，我这就去办。"

董大掌柜带着福贵赶到衙署时，正赶上徐老板、李老板带领公司的三四十个股东在门口请愿。公司联名的担保书送到衙署已几日了，却不见回音。姚子君是公司董事长、总经理，涉及股东们的利益，所以大伙都来了。茶商们这会儿上门请愿，衙署自然格外紧张，持枪的士兵排成队拦在门口，大门两旁公然还架起了机枪，如临大敌一般。

程旅长将两手叉在腰间，横眉怒眼，一脸杀气："连通匪的人也敢联名保，我看你们是吃了豹子胆了。眼下是什么时候，乃非常时期。别说一个姚子君，就十个八个又怎样？凡与本官作对者，我照样格杀勿论！"

孙老板高声道："姚老板分明是被冤枉的，你们不能草菅人命！"

一旁的彭副官长道："这位老板怎么这样说，姚子君通匪，证据确凿。从古至今，通匪者哪一个不是杀头之罪。程大人念及他是你们公司的头儿，是个人才，才不忍杀他，只想罚他一点银子，就留他一条性命。……你们要是愿替他出这笔银子也行。我看你们公司的徐老板李老板也来了，两位说呢？"

两位老板互相看了看，又看了看大家，见大伙埋头不语，只好也把头低了下来。

程旅长见无人响应，怒道："都给我散了！要在这里继续胡闹，别怪本官不客气了。"

士兵拉动枪栓，子弹上膛，气氛骤然紧张起来。

董大掌柜一看，急忙上前，先朝众老板道："诸位老板，为了我家少老板一个人的性命，让大家这么费心。老夫在这里就先谢谢大家了。"一连又是拱手又是鞠躬，请大家先散了。然后又转过身来，朝程旅长和彭副官长道："二位大人，文书收到了。天德公愿出银子。"

两位大人互视了一眼。彭副官长道："我就知道你们会想通的。董大掌柜，请里面说话。"

众老板不解地望着，迟迟不肯散去。忽然，一个士兵从地上捡起一封信来，只见那信封上写着："程大人亲收"。落款处竟然写的是"黑石寨"。

四十五

一张红格纸从信封里抽出，彭副官长念道："程大人台鉴：兹因山寨劫了大人烟土，累及天德公姚老板，甚为惭悔。今去函与大人磋商，如能不再祸及无辜，将姚老板释放。山寨愿归还烟土，将隐藏之地通知贵方，大人可派人取回。黑石寨。"程旅长来回踱着步子："这群小毛贼也太嚣张了，竟敢提出交换姚子君。妈的，烟土本来就是老子的。要照平日脾气，我这立马就去杀他个片甲不留，一把火把山寨也给他点了！"

"这不是看见要打仗了，一时顾不上他们，所以才来趁火打劫。"彭副官长道："不过我看倒是件好事，刚才天德公的董大掌柜说了，只要放姚子君，十万两银子天德公出。我已答应他。现在黑石寨也说，只要放姚子君，他们甘愿退还烟土。这可是一石二鸟啊！旅长，咱们赶紧动手，趁还没打响，别让到嘴的肉又被老鹰叼走了。"

程旅长听罢点头："姚子君身上这着棋，咱们还真是下好了。你功不可没。"

"还不是这些年旅长栽培的。"

"黑石寨不会是蒙咱们的吧？"

"姚子君还捏在咱们手上，谅他们不敢。"

董大掌柜带着福贵又来探监，这一次让他们看到的姚子君，与上回已完全判若两人，由于受了大刑，全身都是伤痕。看到福贵竹篮里的酒壶，他抓起来咕噜咕噜地就连喝了几口。福贵心疼地说："少老板，你慢点……慢点喝啊。"他竟笑道："在里面几日，我的酒量见涨了。"见福贵将饭菜摆好，他又叫倒酒。董大掌柜伸手挡住："少老板，你的酒量我知道，少喝点。要喝等出去了，咱们再慢慢喝。"他说："你们放心，我醉不了。其实醉了也是心明白，就像许多古人一样，不定还能吟出几句好诗来。福贵，倒酒！"董大掌柜无奈，只好由着他又喝了几杯。

姚子君喝得高兴了，突然问道："嘿嘿，你们知道诗吗？听我背诵两句给你们听：我自横刀向天笑，去留肝胆两昆仑。知道是谁写的吗？谭……谭嗣同啊，有种！"

福贵看着他已有几分醉意，忍不住落泪了："少老板，你身上有伤，别再喝了……"

姚子君却说："你哭什么，男儿有泪不轻弹，我不就是挨了几下吗？"说着，他挣扎着指着门外："老子……老子挺得住！"

董大掌柜摁住他："少老板，你真喝多了。"

姚子君："我没喝多，心里明白着呢。我告诉你们，眼下这世道，就是少了谭嗣同这样的壮士，少了敢为民请命，敢舍身求法的人……福贵倒酒！"

福贵只好侧过脸去望着董大掌柜。

董大掌柜悄声地："唉！让他喝吧，喝糊涂了也好……"

不想这话也被他听到了："你说谁？我……我糊涂，你才糊涂。大是大非面前，就因为你们这些人谨小慎微，受人摆布，甘当奴才，这才让魑魅魍魉，四处横行。福贵倒酒……"

幸好小酒壶只能装半斤，给他又斟了两杯，壶就空了。

姚子君的身子趔趄了一下，一半清醒一半醉地："我说过了，没做亏心事，不怕半夜鬼敲门……我倒要看他们能把我怎么样？"边说倒地便睡着了。

董大掌柜和福贵将他轻轻抬到床上，给他理伸衣服，盖上被子。看见他背上、胸上、腿上留下的伤痕，董大掌柜禁不住哭道："这帮畜生，下手真狠。"

两人都哭了。

雅州北门外的城墙根下，老阿妈的窝棚里，韩青霞带着十多个兄弟隐藏在这里。老阿妈已白发苍苍，双目失明，坐在床上。韩青霞已换作一身村姑的装束，正拿勺子在喂老阿妈吃饭。不一会儿，门口望风的女保镖进来说二当家来了。

焦贵着长衫，束腰带，戴礼帽，拉开篱笆门走进来。他告诉韩青霞，给衙署的信早就送到了，按约好的暗号，他在抶抶面馆久等却不见动静。约定的时间已过，他担心有变，只好匆匆赶回来。不过他发现，城里大街小巷的店铺都在忙着关门，军队也在忙着跑来跑去，也有携家带口出城逃往乡下去的。听说二十四师的人马离城已只有二三十里了。看来兴许过不了今夜，双方就要打起来。

韩青霞一听不由急了："二当家的，不好。"

"咋了？"

"真打起来，城里的军队注定打不过二十四师。收到咱们的信也没动静，说明他们已顾不及这事了。就怕他们在逃跑之前，狗急跳墙，对姚大哥下手。"

"大当家的说得没错，现在咱们怎么办？"

"嗨，还有啥办法，只有去硬抢。总不能让他们先下手。"

韩青霞当即决定，由她带领手下的十几个兄弟先潜入城中，二当家的速去城外，想法将小山上林子里埋伏的三十多个兄弟也带进城来，隐藏在衙署周围。等到他们双方打响，两股人马合到一起，趁混乱之际，就冲进牢里救人。

焦贵去后，韩青霞转身又来到床边，从女保镖手中接过饭碗，一边喂老阿妈一边说道："老阿妈，锅里给你蒸了一甑米饭，还有一块煮好的肉，够你老吃几天了。两袋米放在老地方，过些日子我再来看你。"

老阿妈说："我眼睛看不见了，荒也拾不成了，想着只有等死了。想不到韩姑娘还这般惦记我。闺女啊，如今我可是一点忙也帮不上你了。"

韩青霞说："老阿妈，放心吧，往后你就不饿饭了。等我今后有了安生之处，就来接你。我会伺候你一辈子，为你养老送终。"

"唉……"老人家落泪了，"我这是哪辈子积的德呀！"

韩青霞说："老阿妈，你说什么呀。"

临走，韩青霞让兄弟们用茅草把窝棚的屋顶加了盖，柴火劈好，缸里担满水，地也扫了。老阿妈说什么也要下床送韩青霞到门口，她说："韩姑娘你走好，阿妈眼睛瞎了，虽然看不见，心里清楚，你可是个好人哪！"

韩青霞走出不远，回头看到老阿妈还站在门口，不住地挥手。凉风吹拂着她的满头白发，就像一株在风雨中摇摇欲坠的老树。想起当年流落雅州，无依无靠，是老人收留了她，两人如同一对乞丐母女，度过了那段苦难日子，韩青霞再也忍不住了，滚滚的热泪，泉涌般流了出来。

天刚黑，二十四师就同程旅长守城的队伍交上了火。仗主要在东门外的一座小山周围展开，为了争夺小山做制高点，双方打得很激烈。程旅长亲自坐镇东门的城楼上督战，炒豆子般的枪声响了整整两个时辰，直到彭副官长派人来报，重要东西和细软都撤完了。他才下令，城外的队伍退进城中，边打边撤，然后退到西门集合，撤往富林，但把断后的任务留给了吴嵬的四营。

夜空中，随着密集的枪声，子弹的火光划来划去。在沙包筑成的战壕里，吴嵬挽着袖子，提着手枪，趴在隐蔽处四下观望。龚连长是他的贴心，猫腰跑来说："妈的，又让咱们断后，这不是存心拿兄弟们的性命给他们挡子弹吗？营长，别犯傻了，咱们也撤吧。"

吴嵬转过身说："你当我真傻呀，老子早看出来了。可现在别动……"

"为啥？"

吴嵬示意他看后面："特务营在后面盯着，他们可是程旅长的看家狗。咱们一动准吃亏。"

"那咱也不能就这样等死呀。要不咱也学王营长他们，调转枪口，投奔二十四师。"

吴嵬道："降来降去，还不是替人当孙子。这回老子不干了。与其天天看别人的脸色，不如出去拉杆子，自己干！"

"你说，怎么办？"

吴嵬："你去悄悄传我的命令，等特务营的人一撤，咱就动手，让大家分散成小股，放几声空枪就往南门撤。他们从西门逃，老子走南门，出了城就直奔黑石寨。"

"上黑石寨？"龚连长一惊。

吴嵬悄声告诉他："咱们这点人马，难道还抢不下一个山寨，自己做山大王吗？到时候我做大当家，你就做我的二当家。"

"要是有人不愿意呢？"

"让他们把枪留下滚！"

特务营很快也撤了，吴嵬命令勤务兵拎着他装细软的箱子，跟在他身后，匆匆向城里撤去。二人刚刚离开，几颗迫击炮弹就落了下来，炸得沙土横飞。

趁着夜色，加上一片混乱，韩青霞和焦贵的人马合在一起，慢慢地摸到了衙署门口。忽然，焦贵摆手示意大家停下，只见一群打着火把的士兵，簇拥着骑马的程旅长和彭副官长从大门里冲出，然后便迅速地往西去了。显然衙署已空。两人决定留下一半人守在门口，另一半人就朝里冲去。刚冲上第二个院子的石阶，就碰上了仓皇出逃的林副官。一个士兵替他打着火把，拎着箱子。还没让他回过神来，焦贵的枪就响了，结束了他的小命。他告诉韩青霞，那日在松林口，就是这个狗东西坏的事儿。他们冲到后院，砸开牢门，找到了姚子君。

姚子君尚未清醒过来，一看持枪的韩姑娘和焦贵，还当是在做梦："韩姑娘，二当家的，你们怎么来了？……"

韩青霞说："什么也别说了。二当家的，快背他走！"

焦贵不由分说，一把将姚子君拉到背上，在众人保护下，火速撤出了衙署。

董大掌柜一夜都没睡，领着伙计们，操着木棒扁担四下巡逻，以防止乘乱抢劫的散兵游勇。到了下半夜，枪声逐渐稀落下来。他实在放心不下姚子君，留下田勇带着伙计们继续巡逻，便带着福贵和两个伙计从后门溜了出来，顺着街边小心翼翼地也朝衙署摸去。刚走不远，就见迎面有人影晃动，忽走忽停，急急匆匆。"有人！"董大掌柜赶紧吩咐隐蔽。而福贵却好像看见了什么，悄声说："好像不是兵，还背着个人。"没等董大掌柜看明白，他又惊叫起来："哦，是黑石寨的二当家！没准是他们救少老板来了……"说着就大胆地迎了上去。

"大当家的，二当家的，果真是你们！"福贵赶紧叫后面的董大掌柜。他跟姚子君上黑石寨时见过两个当家的。

这时四门的城楼上同时都响起激烈的枪声，枪都是朝天放的，在空中划出了一道道光线。它告诉人们，雅州已被二十四师攻下，从明天起城头又要更换大王旗了。

韩青霞知道，城中不可久留，再说离天亮也不远了。她将姚子君交给了董大掌柜，匆匆忙忙做了一番告别，便带着兄弟们，迅速地消失在了黑暗中。

姚子君回到家，忙坏了吴玉珠。当她给丈夫脱掉衣服，看见满身的血迹和伤痕时，心疼得哭了："天哪，怎么给打成这样！这个福贵为什么瞒着我？"

姚子君笑笑说，是他不让说的。吴玉珠要送他到小北街柯洋人办的明德医院去，要让那个洋大夫给他仔细看看，担心别把体内哪里伤着没有？姚子君说用不着，他自己知道。弄点三七、独一味，治跌打损伤的药吃了，多躺几日，兴许就没事了。别那么大惊小怪。香香端来热水，吴玉珠用棉花蘸了给他轻轻擦洗身子。看见那些血迹斑斑，抱怨说："你这性子也不知啥子时候才改得了？家里人都为你担心死了，你倒跟没事似的。唉，就怕再硬下去，命都没了。"姚子君说他是属猫的，九条命，死不了。接着说起韩姑娘带人劫狱救他的事。吴玉珠也感慨不已，叹道："唉！她需要多大的胆量，冒多大的风险啊！一个女人如此多情多义，真难为她了。"姚子君伸手拉过妻子，要她坐到身边，不无动情地说道："至今她身边也没个人，绿林的日子可想而知。唉，虽然令人同情，但仍免不了为她担心哪。落草为寇，不管怎么说，终究不是一条正道。上次临别我劝她，还是趁早金盆洗手，回头是岸吧。也不知道后来她考虑得怎么样……"

"事到如今，只怕是只有听天由命了。"

夫妻俩同时沉默起来。

雅州及其周边诸邑，在清朝时就一直被称为川边或康区，是南下入滇，西通藏地的要冲。宣统三年，一个叫傅华封的边务大臣，曾向朝廷上书，奏请在此建立一省，拟名西康。后因辛亥革命推翻了清朝，建省之议就搁了下来。到了民国时期，尽管川内军阀混战长达数年，抢地盘，扩势力，风起云涌，战乱不断，但刘乾仁却始终没有忘记这块土地。早在民国初期限，滇军崔旅长任川边镇守使时，他就把目光盯上了这里。这次攻取雅州，他早已想好，从前的什么镇守使啦，屯垦使啦之类的名称统统弃掉，他打算成立一个川康边防总指挥部，自己亲自担任总指挥。同时把二十四师也扩编成二十四军。以这片土地为基地，经营壮大，待羽翼丰满，再问鼎中原。

占领雅州的第二天，刘乾仁便从省城赶到了雅州。昔日的衙署，现已改成了川康边防总指挥部。站在门口迎接他的人，正是当年那个被他派到崔旅长的滇军中掺沙子的侄子方副官。如今他已是一位文武双全的副官长。刘乾仁身着便装，风度儒雅，满面春风地随着侄儿走进大厅，看见战乱后的屋子已重新布置一新，特别是正中墙壁上，原来悬挂光明正大匾额的地方，被换成了一幅孙文的天下为公的横幅，让他十分满意。

落座下来他说："没想到这程某人就像豆腐做的，这么不经打，一夜工夫就垮了个一塌糊涂。"

方副官长说："此人太贪，不仅克扣兵饷，还掠索百姓。部下都不愿为他卖命。加上我们事前买通了他的一个团长，还有几个营长，所以很快就得手了。投降我方的人可不少。"

"人呢？"

"我让沙团长把他们集中在西校场，就等着幺叔来了看怎么发落？"

"还发落啥，统统收编了就是。能编两个团就编两个团，人数不够凑一个团也成。现在康区的雅属、宁属、康属都是我们的地盘，需要人的地方也多着呢。"

"也有不识相的。有个营长，既没有跟着姓程的逃跑，也不愿投降，带着人马竟朝大相岭的黑石寨去了。据他手下的一个兵说，他要去黑石寨入伙，自己拉杆子做山大王。"

"哦，还有此事。对这种散兵游勇决不能姑息！要是让他们肆意流窜，同黑石寨的土匪搅到一起，到头来祸害就大了。"

"我担心的也是这点。"

刘乾仁站起来，走到墙上的川康地图前，看了一阵，吩咐说："当下我们刚刚占领雅州，百姓安居，社会治安，尤为重要。对这股溃兵，趁他们立足未稳，要赶快消灭他们，免得日后留下后患。我看这事就让沙团长去吧，告诉他，剿灭了这股溃兵，顺手牵羊，把黑石寨的老巢也一并端了。"

"是。"

接着刘乾仁问起姚子君的情况。对于雅州边茶与西藏的关系，同侄子一样，他也曾做过不少调查，涉及国家利益的重大问题先暂不说，就说茶商吧，每年赋税收入丰厚，日后要图谋发展，无疑是太重要。他对前任的几位大人都很瞧不起，他们对茶商只知道一味地盘剥与敲诈，那是杀鸡取卵，就像把鱼塘里的水都抽干了，那鱼还能活吗？所以他吩咐打下雅州，一定要解救姚子君。

听说在队伍攻进署衙之前，姚子君已被一帮不明身份的人劫走送回了天德公。刘乾仁说没被他们害死就好，他是雅州茶界领袖，地方名流，是个人才，我也很想见见此人。

“幺叔想见他，很简单，我马上派人去把他叫来就是。”

“不，改日吧。等你这两天把事情理顺了，我要亲自上门去拜访他。到时候你陪我去。”

　　路远的小手握着毛笔，正在宣纸上一笔一画地写字。姚子君捧着茶碗，脸上洋溢着微笑，站在旁边看着。不时也指点两句。“爹，你看我的字有长进吗？”路远问他。姚子君道：“孩子，就这样练下去，我看再过些日子，爹也不如你了。”路远听了很得意：“爹，你不是教我，要青出于蓝胜于蓝吗？”父子俩正在嬉笑，董大掌柜慌慌张张赶来说：“少老板，新来的刘总指挥和方副官长到咱们号上来了，要不要见？要不见我就回他们话，说你伤还未愈，打发他们走。”

　　姚子君心里不由一怔，对于这位刘总指挥的传言，他也曾听过不少，在川内打内战，争夺地盘，强征课税，几乎没有一样少过他。但他也兴办学校，广揽人才，舍得花钱请好先生。对于康区情况也颇有了解，重视发展地方的工商业，还信仰佛教，甚至同藏地一些大喇嘛寺的喇嘛也交朋友。主张藏汉通衢，民族和谐，坚决反对印茶入藏。应该说属于是个良心尚未泯灭殆尽的地方军阀。

　　姚子君说：“见，这位大人咱们一定要见见。再说人家初来乍到，自当以礼相待。你请他们客厅稍候，我换个衣服就来。”

　　董大掌柜把刘乾仁和方师长领进客厅，一边吩咐香香泡茶，一边请二位落座。刘乾仁却背着双手，饶有兴趣地打量起客厅里的摆设来：“啊！这三四百年的老号，果真非同一般。你看这清一色的楠木方椅、茶几，还有这些青花瓷的花瓶、器皿，少说也是大明宣德年间的吧。气派呀！”见他也感叹，方师长道：“要不怎么会惹得那帮人眼红眼绿，绞尽脑汁，勒索姚家。”

　　姚子君换了一身长衫马褂走进来，拱手施礼道：“二位大人莅临，小人有失远迎。抱歉，抱歉！”

　　刘乾仁说：“姚老板，未及事前通报，就前来打扰，还请你原谅。”

　　姚子君：“总指挥太客气了。快请坐，喝茶。”

　　落座下来，方师长道：“兴许姚老板还不知道，那天夜里进城，我奉总指挥命令，第一件事就是去大牢接你。不想扑了个空，有人已经把你接走了。”

姚子君没想到："哦，那我还真该好好谢谢二位大人！"

董大掌柜站一旁也注意地听着。

"那倒不必。"刘乾仁忽然指着方副官长说，"他，你们可认识？"

姚子君抱歉地摇了摇头，董大掌柜都觉得有点面熟，可在哪里见过，一时却想不起来。方副官长笑道："与姚老板还真是没见过，当年我在雅州川边镇守使崔旅长手下做副官，姚老板的父亲带领茶商抗捐罢市，被打入大牢，惨遭毒打而亡。我说了几句维护公道的话得罪了姓崔的。一气之下，我离开了雅州。这位老掌柜一定记得？"

董大掌柜终于想起来："记得记得。那阵的方副官长文质彬彬，就像个书生……"

姚子君："敢问刘总指挥莅临寒舍，不知有何指教？"

刘乾仁："此话颠倒矣。姚老板乃雅州的仁人志士，茶界领袖。你担当道义，九死一生，亲赴藏区以至印度考察。为了抵制印茶，又积极筹办公司。忠义厚道，精明干练，本官无不钦佩之至。今日就是特地来向你请教的。"

姚子君："大人言重了，小人可担当不起。"

刘乾仁："自古以来，雅州之边茶，就一直是维护藏汉两地安宁，维护国家疆土巩固，推进民族和谐的重要之物。可是，由于这些年来，战乱频繁，百业荒废，好端端的一个天府之国，也弄得疮痍满目，饿殍哀号。有良心之国人，无不痛心疾首。更可恨那东印度公司，竟乘虚而入，利用印茶与我争夺西藏市场。本官今后将长驻雅州，绝非只图中饱私囊，想展望的是长久与未来。今日上门拜访，没别的意思，就是想听听姚老板有何高见？"

姚子君仔细地听着，心头暗想，这位刘总指挥果真与往日的大人们不一样，所言也都说到了他的心坎上。既然如此，不妨将自己的心里话也说出来："大人这番惦记雅州边茶，小人深为感动。要说有什么高见，小人不敢。只是就雅州之茶事而言，我以为当务之急，非重振公司莫属。"

"此话怎讲？"

"小人考察归来，费了九牛二虎之力，建立起雅州边茶股份有限公司。因为新事物，疏漏难免，遭心术不正之人乘机作假，损毁公司名誉。加之官府派捐派款，敲诈勒索，茶商在重压之下，人心涣散，拧不到一起。公司已摇摇欲坠，名存实亡。大人若是真有此心，小人愿重整旗鼓，把公司重新拉起来，将这条路继续走下去！"

"此言正合本官心意。不知姚老板手上是否已有了具体方案？"

姚子君说："有也是原来的，得重新做。这回不做则已，要做就做个更完善点的。"

刘乾仁笑道："啊，那敢情好啊！那就请姚老板重新做一个怎么样？"

姚子君听了比什么都高兴："我一定尽力！"

刘总指挥和方师长没白走一趟，他们告诉姚子君，总指挥明天就将前往打箭炉，去参加草原上的一个喇嘛学校的开学典礼，要停留数日才转来。希望转来时就能看到姚老板的方案。

"行。"

送别了两位大人，姚子君仍兴奋不已。董大掌柜却道："少老板，这些年我见的听的都多了去了，还是那句老话，就担心他们言不行，行不果啊。我看你还是摸着石头过河吧。"

四十六

深秋时节，落叶纷飞。

在黑石寨后山的一片树林里，满地的落叶，就像往地上辅上了一层厚厚的松软的地毯。虽然不闻滚滚的涛声，但浓浓的寒意已经明显袭来。这两天，韩青霞没少来这里，在那棵老松树下，常常一站就是两三个时辰。她在想什么呢？

焦贵披着一件光板的山羊皮坎肩走来，他挥手示意旁边的女保镖离去，然后来到沉思的韩青霞身边，将坎肩脱下披到她的身上："大当家的，姚大哥那儿，咱也尽心了。可回来到现在，你却一句话不说，是心里还有啥疙瘩？还是有啥放不下的？你就说句话啊。"韩青霞望着远处的青山，深深地叹了口气，说道："二当家的，你来得正好，有些事我正想跟你商量呢。"上次送姚子君下山，临别俩人的一番话，至今就像一座大山压在她的心上。"姚大哥说得没错，沾上匪字，不管怎么说，总不是一条正道。再说山上的兄弟们，多数人的身世也都是穷苦人，是应该替他们的后半生想想啊。"她相信二当家，把心里的话都说了出来。

焦贵听后愣住："大当家的意思是……"

韩青霞："我想把杆子砍了，把兄弟们散了。"

焦贵一阵沉默，过半天才道："大当家，我就说句实话吧，这些年衙门里当官的，换了一茬又一茬，他们为老百姓做了什么？倒是常常打着剿匪的幌子，一次又一次地向老百姓伸手要钱。可他们真是为民除害，上山来剿过匪吗？哪次不是到了山下放上一阵空枪就撤了。这多少年都过去了，咱怕什么？"

韩青霞："不管怎么说，在这大相岭，黑石寨已成出名的土匪窝。虽说山寨上多数兄弟也是受苦的穷人，上山就是为了填饱肚子。可是，土匪两个字一旦沾到身上，官府不容，百姓痛恨，时间越久祸害就会越大。与其这样三天两头打打杀杀，又担惊受怕地过日子，不如听姚大哥的话，金盆洗手，回头是岸。还有件事二当家或许还不知道。昨日眼线回来说，城里被打败的一群人马，已盯上了山寨，他们放出话来，要我们归顺他们，若不答应就灭了我们，霸占黑石寨。"

焦贵："狗日的做梦，来了咱就陪他们干！"

韩青霞："二当家的，你想过没有，虽说是被打败了的散兵游勇，可他们武器比咱们好，仗也比咱们打得多……二十四师就紧紧跟在他们的后面，一旦打起来，他们跑不了，咱们也完了。"

焦贵："我还真没想到这些。大当家的，那你说怎么办？"

韩青霞："天下没有不散的筵席，我想趁眼下山寨也有些积蓄，都给兄弟们分了，大家回家种田，老老实实做人，过好今后的日子。"

焦贵："大当家想好了？打算什么时候散？"

韩青霞："自然是越快越好。趁还有些日子，我们赶快行动，把这事办了。"

焦贵叹了一声："唉，不管怎么说，在山上这多年了，一下子说散了，我……我还真有点舍不得啊。"

焦贵从前给财主放牛，有一天，从林中窜出来一头豹子，叼走了牛犊子，回去挨了打不说，还罚他要白白给财主做三年苦力。一气之下，他放火点燃了财主的房子，然后便上山落了草。他为人仗义，不凌弱欺小，见不得不平事，在山寨人缘很好。这些年韩青霞也没少受他的呵护。

"焦大哥，你就听我劝吧。咱们把杆子砍了，让兄弟们还能有个好归宿。要是……唉，不过要是焦大哥不愿走，也可以同不愿走的一起留下来，一定要把想走的兄弟们都放走。我决心已下，我也走。"

韩青霞的真诚终于打动了焦贵。他说："我焦贵今生能遇到大当家的，已是三生有幸。什么也别说了，我听你的。"

韩青霞："那事不宜迟，咱俩就赶紧分头行动吧。"

这是一户坐落在山洼里的殷实人家，有一个偌大的四合院，门前纳鞋底的姑娘，忽然看见山路上出现了一支队伍，正往她家赶来。她急忙关了大门，转身朝屋里跑去，一边大声喊着："爹，妈，外面来兵了！"姑娘的爹是个大烟鬼，正躺在床上抽鸦片，妻子站在床边数落他："抽……一个好端端的家都让你抽穷了，还抽，你就抽死吧！"忽听女儿惊呼呐喊，她赶快跑出房间，可还没等她问个明白，大门就被砸开，吴鬾就带着他的队伍冲了进来。吴鬾和龚连长用枪逼着母女俩赶快给他们煮饭，后面有二十四师的人追着，从严道古城出来，一口气跑了几十里山路，肚子早就饿了。吴鬾是狗鼻子，闻到了鸦片味，一脚踢开房门，将姑娘的爹拉下床就倒了上去："滚一边去！老子的瘾也来登了。"大烟鬼吓得筛糠似的浑身颤抖，缓缓退到门口，悄悄从后门溜了出去。

天井里很快就被糟蹋得一片狼藉，甑子里的饭，木盆里的菜全被吃得干干净净，汤汤水水，碗碗筷筷撒了一地。吴鬾过足了鸦片瘾，又填饱了肚子，精神也来了。他吩咐龚连长集合队伍，正准备出发，忽见姑娘拿着扫帚朝里屋走去，顿时欲火又起，就跟了上去。龚连长看见，走来在他耳边悄声说："营长，这个时候了……"他哪还听得进去，头也不回说："别管老子的闲事！"反手就将门关死了。

屋里很快就传出了姑娘呼救的哭声。

阴沉沉的天底下，在黑石寨议事堂前面的坝子里，山寨的喽啰们背着背篼，拧着各自的行囊，站在那面替天行道的旗下，默默地等待着。过了一会儿，韩青霞由焦贵和两个女保镖陪着走来。

焦贵先走到大家的面前问道："兄弟们，都收拾利索了吧？"

众喽啰齐声道："利索了！"

焦贵："收拾好了就好！大当家的，你给大伙儿说两句吧。"

韩青霞走上前："兄弟姐妹们，从今天起，咱们就算金盆洗手了。下来大家就要各奔东西，去另谋出路。值此分别之际，我只想对大家这些年来给我的关照，今天能够听从我和二当家的规劝，金盆洗手，重新做人，表示深深的感谢。在这里我请大家受我一拜。"说着便跪了下来："从此希望大家好自为之，好好做人，各自过好后半生的安生日子。愿苍天保佑你们。"

众人都感动不已，齐声吼着："感谢大当家的！""大当家的，后会有期！"

砍杆子的时刻到了，韩青霞示意焦贵，焦贵拿着斧头走到替天行道的旗杆下，放声喊道："砍杆子啰——"在一声声斧子声中，旗杆缓缓倒下。喽啰们一片黯然，默默地看着。

后山有一条下山的小路，看到大伙纷纷离去，韩青霞心里也踏实了许多。她和她的贴身女保镖挎着包袱，正欲走出小木屋，山寨前面的树林里忽然响起密集的枪声，接着便见焦贵带着两个兄弟从山下跑回来了。为了撤退安全，韩青霞特意派他们去松林口担任警戒。焦贵让两个兄弟先撤，来到韩青霞跟前说，全让大当家的说中了，那股溃兵，约有百余人，已到了山前。而跟在他们身后的二十四师却有四五百人。无论如何得赶紧走，不然就来不及了。话音刚落，山门前的石梯上就出现了几个拿枪的溃兵。三人忙退进小木屋，韩青霞要他们从窗口冲出去，由她断后。焦贵却要她先走，他断后。俩人正争着，忽听外面的坝子里有人骂道："妈的，是不想留给老子啊，这个贼婆娘！"

韩青霞从门缝里看去，突然脸色骤变，那人脸上的伤疤告诉她，此人正是她寻找已久的仇人。一个士兵正在向他报告："营长，已是座空寨，那个女头领也跑了。"吴嵬又骂："妈的，老子还想让她做压寨夫人，把我俩的姻缘续到头，没想到她跑得比兔子还快。"冤家路窄，仇人相见，格外眼红。刹那间，韩青霞旧恨新仇一起涌上心头，拔枪就要冲出去，焦贵拦住她："大当家，千万使不得。他们人多，要是被他们围住，我们就出不去了。"

吴嵬站在坝子里指挥龚连长，要他赶紧集中队伍，守住山寨大门，准备抵抗追上来的二十四师。

韩青霞说："二当家，你快走吧，我非亲手宰了他不可！"

焦贵说："大当家的，不能硬来，听我的。"说完把女保镖也叫到跟前，三人一阵耳语之后，他让女保镖首先冲了出去，砰砰两枪击倒一个溃兵，然后就朝着后山小路飞快跑去，边跑边大声骂道："王八蛋！姑奶奶就是韩青霞，有种的就来追吧！"

吴嵬一见，忙令士兵上前追赶："快，给我抓住她，别放跑了贼婆娘！"

看到吴嵬身边只有两个士兵，焦贵说就交给他了，大当家的只管对付吴嵬。韩青霞点头，两人猛地冲出木屋，枪声响起，两士兵应声倒地。吴嵬手中的枪被打掉，韩青霞出现在他的面前："姓吴的还认得我吗？"

吴嵬抬起头，惊恐万状："韩……韩姑娘……"

韩青霞扣动扳机，连开数枪，吴嵬一命呜呼。

听到山寨骤起的枪声，龚连长带兵赶来。焦贵一看，他们人多势众，连忙拉着韩青霞返回小木屋。就在进门一刻，韩青霞的小腿上中了一枪。溃兵们很快将小木屋围了起来。情况万分紧急，焦贵要背韩青霞跳窗逃走，韩青霞死活不让："二当家的，那样我俩都走不了。你走吧，我留下掩护你。"焦贵也死活不答应："你要不走，我也不走。要死咱俩死一块儿。"韩青霞说："你别犯傻，我有伤会拖累你。我的血海深仇今儿已报，让我来对付他们……"焦贵还是不肯，韩青霞急了，突然取下肩上的包袱扔给他，然后就用枪抵住自己的头说道："快走吧，出去替我把这还给姚大哥。二当家的，我求你了，你要再不答应，小妹就先走一步了……""唉——"焦贵无奈，只好长叹一声，从窗口跳了下去。

黑石寨激烈的枪声只响了不大一会儿就停了，因为还没等溃兵们靠近小木屋，二十四师的大队人马就攻上来了。在一片混战中，溃兵们，死的死，伤的伤，逃的逃。韩青霞子弹打完后，腿部受伤，不幸被二十四师俘虏。

黑石寨在茶马古道上盘踞多年，名声在外。听到黑石寨的女匪首被二十四师官兵生擒的消息，雅州百姓无不拍手称快，大街小巷一片欢腾。韩青霞被押解进城的那天，正碰天上下毛毛雨，她被装在一个木笼子里用马车拉着，只露出头在外面，颈项上吊着一块木牌，上面有歪歪斜斜的女匪首韩青霞几个字，已被雨水淋得模糊不清。由于淋湿了头发，她满脸污垢，容颜痛苦而憔悴。囚车的后面，则是剿匪得胜归来的大队官兵。大街两旁站满了围观的人群，他们朝着囚车不停地叫骂着，吐着唾沫，扔着石头瓦块。

风雨中，老阿妈戴着破草帽，捧着破碗，沿街乞讨，正迎面走来。她眼瞎了，杵着一根竹竿，跌跌撞撞走在大街中间。听见满街人都在吼叫，她站了下来。押解囚车的士兵冲上来，不由分说就一边推搡一边骂："滚开，滚开！"可怜老阿妈身子踉跄了一下，就摔倒地上。街边一老者忙上前将她扶起："瞎老婆子，快靠边站吧，小心他们再撞倒你。"老阿妈抬起失明的双眼："他们这是干什么？"好心的老者告诉她，官军逮到了女匪首在游街呢。老阿妈："啥？女匪首，她叫什么？""颈项上还吊着块大木牌，我念给你听吧，叫韩青霞。"老者说。老阿妈顿时一愣："啊！韩姑娘……"手中的破碗就掉到地上，摔得粉碎。

囚车从她面前缓缓走过，韩青霞看见老阿妈，心如刀割，眼泪就像雨点般地落了下来。

姚子君听到消息，呆若木鸡。

吴玉珠问他还有救吗？他叹道："唉，我劝她早日金盆洗手，她也答应了，可还是没来得及啊。什么事都好说，这沾到了匪字，你说怎么救？"玉珠想着："子君，其实我一直觉得她挺可怜的，我们想想办法，救救她吧。"姚子君半天无语，玉珠忽然道："子君，我看那个新来的刘总指挥倒是个知书达理的人，对你也不错，要不你去求求他。""哎，这也是唯一的办法了，死马当活马医吧。刘总指挥去打箭炉了，我得赶紧追他去！"说完，他拉着妻子的手，感激地说："幸亏你提醒我。"第二天一早，天才蒙蒙亮，姚子君便带着福贵，纵马出城，火急火燎地赶往打箭炉去了。

刘乾仁还真是给了姚子君的面子，饶了韩青霞一死。拿到刘总指挥亲笔批示刀下留人的生死文书，姚子君不敢耽误，和福贵两人慌慌忙忙又往回赶。

雅州的天，晴雨无常。刚下完一场大雨，秋阳又从云头里钻了出来。从西校场传出来的阴森森的铜号，在告诉城中的老百姓，官府又要枪毙人了。街檐上早早就站满了看热闹的人，仍有一些胆大的汉子，专门买好了蘸人血的锅盔，在朝杀场跑去。韩青霞被五花大绑，右脚跸着，光着脚丫，背上的标签"韩青霞"三个字被画了叉。在万人的唾骂声中，被行刑的士兵押着走过。她不时仰望苍天，似乎想着什么。执行监斩的毛团长骑在高头大马上，由一列士兵簇拥着，跟在后面。

刑场设在城外江边的一处河滩上，四周十步一岗五步一哨，早已站满了端枪的士兵。韩青霞被刽子手推到沙地上，令她跪下，正举枪时，瞎眼的老阿妈突然从人群中冲出来，扑向韩青霞，嘶声喊道："她不是匪呀……老天啊，你为什么不开眼呀……"

而这时，在雅州南门外的山路上，两匹快马正飞奔而来。姚子君和福贵满脸黄土，衣服也早被汗水湿透，此刻他们的心就像上弦的箭，跳得就要从喉咙里飞出来了。到了城外的苍坪山上，眼看雅州已近在咫尺，忽然，天空中划过一声枪响——

"啊，完了！就这样还是没赶上啊。"姚子君绝望地长叹了一声，两腿发软，从马上差点就摔了下来。

过了几日，一个乞丐模样的人，在天德公门口拦住福贵，要他把一小包袱带给姚老板。福贵接过，觉得乞丐好生面熟，待乞丐去后，他突然想起这不是黑石寨的二当家吗？再找时已无踪影。福贵将包袱交给姚子君，问是啥？姚子君打开，看到自己的学生服和那五个大洋，难过地说道："唉，都是过去的事了。"

绵绵的秋雨一连落了数日，一来受了风寒，二来心境欠佳，姚子君倒床病了。这下子急坏了吴玉珠，又是请小北街仁德医院的洋大夫上门来给他瞧病，又是上青云寺烧香拜佛，乞求菩萨保佑他早日康复。折腾半月，他才逐渐恢复过来。身子刚好一点，他一头又扎进了重新筹划公司的事务中。

刘乾仁看罢姚子君重建公司的方案，立马表示赞成。将雅州的六十八家茶号统一起来，组建公司，扩大生产，不仅发展了当地的工商业，增加了课税，到了西藏，同印茶较量，也才更有力量。从姚子君的字里行间，他算是明白了这些道理。也许，这就是他不同于前几任大人的地方。他表示愿出二十万元法币，作为投入雅州边茶股份有限公司的股金。正在他热情满怀地计划把老板们召到商会，打算亲自做一番鼓励时，一封为争夺川中一个富庶的县城，又要打仗了的电报叫走了他。他将雅州事务全权委托给方师长，然后匆匆忙忙就赶回省城去了。

当方师长把话转告姚子君，姚子君大喜，多日来心里的伤感和忧郁也一扫而光。

三官祠的茶商会馆里，重新聚满了茶号老板，姚子君先将重做的方案拿出来，然后又将刘总指挥的一番意思告诉了大家。大厅里立刻就炸开了。陆老板似乎仍有犹豫，他说："我就不拐弯抹角了，直截了当说吧。上次成立公司，程大人开始不也说了一大通漂亮话吗，可后来呢，还不是把茶商当成了摇钱树。我看啥子都不怕，就怕这些大人说假话。会不会又是拿我们搞耍的哟。"

姚子君说："我也知道，大家最担心的还是这个。我姚子君何尝不是这样，牢狱之苦我也吃了。不过，我觉得这事应该这样看，不论什么人，我们都要听其言，观其行。有人说这位刘大人也是军阀，打内战争地盘，样样有他。只是他爱国为民的良心还没完全泯灭。他没向我们派捐派款，反倒愿意拿出二十万法币，投资入股公司。不管怎么说，比他的几位前任那是好多了。至于往后会怎样，我们都是凡人，也不是未来先知。只是要做好我们自己的事，把公司管理好，运营好，再也不要发生聚盛源那样的事。大家说对吧？"

众人都齐声道："姚老板的话在理。"

陆老板也只好笑了："既然大家都没啥说的，那我还说啥。今儿就当着众人的面，就上回的事道个歉吧，这回咱们是同船共渡，你们走到哪儿，我就跟到哪儿。"陆老板到底是爽快人，一席话，逗得大家都哈哈大笑起来。

最后大伙一致决定，就近择个吉利的日子，举行公司重新开张仪式。

姚子君兴冲冲回到号上，董大掌柜正在等他。天德公上半年的收支账目已经算出来了，按照传统的习惯，都是董大掌柜先整理出来，再经过姚子君审核过目。董大掌柜将账簿给姚子君放到面前，他却道先放一边吧，他正有事也要找董大掌柜呢。

董大掌柜问他什么事？

他说："这事别告诉玉珠，我俩商量好了再告诉她。"

见他这些天忙公司的事，几乎把脚板都跑翻了一转，所有的心思都花在了上面，现在听他这样一说，董大掌柜的心立刻就紧张起来，他莫不又要提秘方的事？董大掌柜的猜测不是没有根据，上次公司失败后，姚子君曾问董大掌柜，有什么办法能让几十家茶号的茶，都能像老号一样就好了。董大掌柜告诉他永远都不可能。他问为什么？

"哪家老号没有两三百年的历史，他们的秘方，都是老祖宗呕心沥血，经历了一代又一代才总结积累出来的。如今已成为后辈们的传家宝。他们有吗？怎么取色，怎么配仓……过经过脉的东西多了去，你说怎么会一样。"董大掌柜是个老茶人了，他如是说。

姚子君沉默良久，感叹说："是呀，谁又愿意把自家的秘方拿出来，供大家使用呢？唉……难哪！"

四十七

往往不可能的事情，却偏偏会发生。

过了两日，姚子君找到董大掌柜，说他想来想去，既然一心要把公司办好，茶砖的品质是首当其冲要解决的问题。品质要是不好，就无法统一。仍像过去一样，各家做各家的，好坏不均，参差不齐，势必影响公司销售。甚至，说不准哪天又会出现掺杂制假的事。其他老号的秘方，那是人家私有的东西，愿不愿拿出来，是人家的自由，谁也不能说啥。但天德公的秘方可以献出来，他当家，可以做这个主。"多的话不说了，我就想你能支持我。"董大掌柜的心顿时从头顶凉到了脚板心："啊，天德公完了，完了。"

其实很多天以来，董大掌柜就一直担心这事。少老板心气高，想的做的，总是常常令人出乎意料。他作为姚家的老臣，多年来行事小心谨慎，习惯了循规蹈矩，无处不以维护东家利益为重。姚家三代，都公推他是忠臣。少老板胸怀大志，精明干练，他看在眼里，佩服在心头。可是，总不能不顾家啊。作为老臣，也是长辈，他曾说过多次，商人嘛，只要诚信经商，照章纳税，就是富国养民。而国家的事，大众的事，涉及的事太多，太复杂，非靠国家的力量，大众的力量莫属啊。何必要去揽虱子自己头上爬？这个观点他无法改变，因为他是忠心的。要再说姚家的秘方，他的话就更多了。打从姚子君的爷爷起，每到东家出远门时，总是把装秘方的红木匣子交他保管。到姚子君爹手上时，更是如此。光绪三十六年那场大火，仁义巷一条街几乎夷成一片平地，要不是他，红木匣子和装在里面的秘方，早就化成了灰烬；姚子君去藏地考察，家里遭难的那些日子，为了让秘方不致落到外人手里，他费尽心思，东藏西藏，最后几乎是每天夜里都抱着它睡觉。眼下，少老板却铁了心，对他平日的忠告和规劝，也全然不顾，怎能不令他心寒哪！他叹息说："少老板，我明白，你告诉我，是希望我也赞成你的决定。可要那样，你让我死了怎么去见你爷爷，你爹还有老夫人，我辜负了他们的嘱托我对不起他们啊！"姚子君说："我知道你的心思，秘方总是不能泄露外人的？可是，我总想，它既然于世有益，为什么不让它惠及天下更多的人呢？"

董大掌柜说："少老板既然铁定了心，那我也就没啥说的了。"嘴上虽是这样说，他心头不免还是充满了失落与酸楚。

夜，姚子君回到后院，远远看见书房的灯亮着，这么晚了不会是路远还在读书啊。他径直走去，推门看见，原来是玉珠还在灯下忙针线活。"怎么想起不在自己房里做，跑到书房来了？"他问。

玉珠说："儿子睡着了。书房安静，也不吵着他。"

"做啥呢？"

"你没长眼睛呀，自己看呗。"

姚子君见案子上是一件还没做完的皮袄，又惊又喜："嗬，冬天没到，就给我做上皮袄了？"

玉珠放下针线，冲他说："我看你是忙昏头了，下月初八是董大掌柜的六十大寿，我俩上月就说好的，要好好为他办一个寿庆。做一件好皮袄，到时候当寿礼送他。"

"你看我，你看我，这一忙，还真把这事给忘了。"姚子君赶紧拍起额头来。

玉珠指着案子上的东西说："这是托王掌柜从打箭炉买回来的羊羔皮，领子用的是狐狸皮，里子是上等的杭州丝绸，面料是上海新出的咔叽布……"

玉珠又怀孕了，挺着肚子还在忙着这事。姚子君又心疼又满意："还是我的夫人贤惠，什么事都替我想到了。只是你这肚子一天比一天大了，千万别伤着咱们的小宝宝。"

玉珠靠在丈夫身上，深情地说道："一个人一生就一个花甲，不容易。他从小就来姚家，几十年忠心耿耿，为姚家立下那么多的功劳。子君啊，往后咱可千万不能忘了他的大恩大德。"

姚子君说："我知道。我打算好了，董大掌柜的老家还有个八十岁的老母，等这世道稍微安宁一点，就去替他把老母亲接来，咱们为他们养老送终。"

深秋的夜，寒意渐浓。姚子君一旁看书作陪，玉珠坐在灯下一针一线地缝着皮袄。

多吉嘉措老爷又来打箭炉了。姚子君也从雅州匆匆赶了过去。在央金的锅庄，俩人相逢，喜出望外。自从那年去考察，拉萨一别，二人就再未见过，倒是通过马帮传递，书信来往一直不断。由于以多吉昌为主的藏族商号购进川茶数量逐年增加，印茶占据市场的份额，已开始萎缩下降，再没像往年那么猖獗了。姚子君从多吉嘉措的信中知道了这些信息，心中又高兴又激动。多吉也从姚子君的信中听到了雅州六十八家茶号成立了边茶股份有限公司，扩大规模生产，数量品质都大幅提高的信息，竟不顾年事已高，又从拉萨千里迢迢地来到打箭炉，打算把订货再翻一倍。喝着香甜的酥油茶，俩人打开了话匣子。讲到高兴处多吉老爷情不自禁地摆了一段龙门阵，让姚子君又高兴又爽快。

他说出门前，东印度公司拉萨的总代表皮尔先生又带着助理夏时玛，上门来拜访他。多吉问他有何贵干？没想到他竟是来辞行的。离别之前要向多吉老爷表示感谢，说完便将他的助手夏时玛推到多吉面前。

夏时玛恭敬地鞠了一躬，双手合十说道："多吉老爷，谢谢你从死神手里把我救了回来。用你们中国话说，要不是你，我的骨头都能敲得锣响了。回到英吉利，我一定会到天主面前祈祷，让上帝保佑你。"

多吉就哈哈大笑起来："啊，就为这点小事情，救死扶伤，那是我们民族的本分，用不着客气。管家哪，给客人上茶。"

原来夏时玛离开雅州后，逃到打箭炉得了伤寒，只好向皮尔呼救。皮尔派山崎去打箭炉接到他同回拉萨。两人各乘一骑，走了两月，夏时玛的病不但不见好，反而日趋严重。一日来到波密境内的丹达山，这里山高路险，峡谷里烟瘴弥漫，百里不见人烟。两人在山谷里迷了路，拉着马尾巴过一处悬崖时，夏时玛的牲口一脚踩空，摔下了深渊。山上有座丹达庙，天黑了，两人就宿在庙里。传说若干年前，有一进藏的汉官曾在此冻死，他化成菩萨，多次显灵，保护过往行人。后来当地人便为他修了这座小庙。从此，过往的商旅行人到了这里，都要停下来作揖磕头，祈祷平安。如今小庙早已破败不堪，就剩几堵残墙断壁。夜里，寒风呼啸，大雪纷飞。夏时玛一觉醒来，满山遍野，积雪如城。雪地上却留下一串清晰的马蹄印，发现山崎竟扔下他，独自而去了。绝望中，愤怒已极的他，朝着空旷的原野歇斯底里地怒吼起来："山崎——你这个卑鄙的猪！"回答他的，是空谷里的回声，四周很快又恢复了一片寂静。被山崎抛下，又没马，食物和药品也没有，要想走出茫茫荒原，已成泡影。

夏时玛杵着根木棍，艰难地挣扎着，一步步向前走去，走不动了就爬。饥饿干渴，病魔折磨，让他一次又一次地昏过去。也不知爬了多久，终于看到了一条小河，当他爬拢河边，将长满胡须的嘴巴正要伸下去喝水时，头一栽，昏了过去。

懵懵懂懂之中，他恍惚听到了马匹下的铃铛声。

这天，多吉老爷带着马帮正好经过这里。多吉给他吃的，给他药，把他带回拉萨，亲手交给了皮尔。

多吉老爷哈哈笑着："只要夏时玛先生恢复健康就好，祈祷就不必了。只是我想请问皮尔先生，山崎呢？他不也是贵公司的雇员吗？"

皮尔道："让多吉老爷看笑话了，我刚收到大吉岭公司总部发来的电报，山崎早就在西藏各地悄悄收集经卷，他装扮成喇嘛，骗过春丕谷关卡，逃到印度，从孟买回了日本。他领着我们大英帝国的佣金，却背叛我们；而我们的敌手，却拯救我们。丑与美，善与恶，这不都一目了然吗？"

夏时玛说："那天夜里，他早就做好了扔下我的打算，却还信誓旦旦对我说，一定会带我走出荒原……真他妈是个十足的不守信用的伪君子。要是再见到他，我定饶不了他！"

多吉老爷说："他既然已逃之夭夭，哪还有脸见人。你们花费了那么多佣金，就当是喂狗了吧。"

皮尔告诉多吉："今日前来辞行，就是因为总部决定召我回国，也许他们是嫌我没把西藏的买卖做好吧。不过，我毫不怀疑，任随他们派谁来，未必就比我做得更好。"

多吉问他何以见得？

他说："在我看来，在中国这块土地上，不论是汉族还是藏族，你们的商人从来就没有把生意买卖单纯地只看成是为了赚钱。而总是将它同热爱自己的国家、保护自己的民族紧紧地连在一起。由此产生的力量，我认为是不可战胜的。"

多吉说："皮尔先生说对了，谁要是不爱自己的祖国，不爱自己的家园，那他一定是魔鬼变的。"

皮尔拿出了一个精巧的礼盒要赠给多吉。多吉打开，见竟是一支韦伯利左轮手枪和六发子弹。多吉笑道："时下这东西倒是很贵重，可是我这双像牦牛一样笨的手，玩不了这东西，更不想拿着它去吓唬别人。"

皮尔解释说："多吉老爷千万别客气，我没别的意思，就是临别之际，表示一点儿心意，同你交个朋友。"

"哦，既是如此，那我也应回敬你一样礼物才是。"

多吉走到壁橱前，取下一块天德公的同心结礼茶，回赠给他。

皮尔捧着茶："为什么叫同心结？"

多吉道："茶能把人心凝结在一起，在广袤的西藏大地上，藏族和汉族以茶为结，就像千古一脉，传承了一代又一代人。这个结是没有什么力量能把他们分开的！"

听罢这段龙门阵，姚子君感动地说："多吉老爷说得好，也说到了我的心窝里了！"

多吉从央金阿佳手里接过酒壶，给姚子君斟满，端起说道："只要我们长期坚持这样，俗话说打虎亲兄弟，上阵父子兵。我们就是亲兄弟，你说我们凭啥还竞争不过印茶！"

姚子君激动地说："多吉老爷，认识你，是我姚子君的荣幸。为使我们的茶叶，不再受东印度公司印茶欺凌，让我们一道共同努力吧！"姚子君一高兴，陪着多吉和他的管家也放开喝起来。要不是央金和王掌柜死死劝住，继续喝下去，他定会醉个一塌糊涂。

当多吉老爷与姚子君又签下一笔砖茶买卖合约时，央金锅庄的客厅里，又响起来欢乐的歌声。

带着愉悦的心情，姚子君回到雅州，精神倍增，又投入了公司的事务。董大掌柜见他早出晚归，忙忙碌碌，几次找他似乎想说什么，话到嘴边都又咽了回去。

连日来，老人郁郁寡欢，心事重重。他怎么了？

这天深夜，他在房里窸窸窣窣收拾半天，忽然拎着灯笼，独自一人走进了静悄悄的作坊。站在溜板下，他默默地看着那被茶油浸透的溜板，目光里充满留恋；走到椿包的架子前，他禁不住伸出手去，轻轻地抚摸着那些架盒、春棒、竹签……仿佛在抚摸有生命的东西。他把作坊里的道道工序，都看了一遍。面对这些再熟悉不过的物件，想到它们曾经陪伴了自己大半生，而明天就要与它们告别了。刹那间，他的心中五味杂陈，涌起无限的忧伤，眼睛湿润起来。

翌日，天色未明，董大掌柜背着包袱，带上雨伞，留下一封辞呈，将房门钥匙放在桌上，便出门了。大门外是他昨天就雇好的一辆叽咕车。推车的汉子先将他送到城外姚家的祖坟园。这时天已大亮，他让叽咕车在园外等着，自己拎着香烛纸钱走了进去。坟园四周，青松翠柏，环境幽静。他来到紧挨着的两座坟前，里面是姚子君的爷爷和父亲。他将香烛纸钱点了，然后叩头说道："两位东家，我跟你们辞行来了，请原谅我吧。我从小就来姚家，在天德公从做学徒开始，几十年眨眼间就过去了。多少年来，你们从没把我当下人看过，对我有知遇之恩，可是我却辜负你们了……"说到这里，他的眼泪就出来了："为了姚家的制茶秘方，两位东家没有少费心血，也没嘱咐我，绝不能传给外人。可眼下，少老板已铁了心，要把它献给公司，我没能挡住他……也许少老板是对的，而是我老了，跟不上趟了。所以，我选择了告老还乡。如果两位东家在天有灵，老夫求你们了，保佑少老板，保佑天德公吧……"

董大掌柜伤感地告别了两位东家，坐上叽咕车，在凉飕飕的晨风中，踏上了回乡的路。

姚子君正在三官祠的商会同徐老板、李老板、陆老板几个主要股东商量，公司后天挂牌开张的事，田勇和福贵便慌慌张张地跑来了。田勇说一大早没见到董大掌柜，想到这些天来，他总是闷闷不乐，像有什么心事，便去找了。不想在他屋里的桌子上发现一封辞呈，人却不见了。姚子君大吃一惊，丢下事情就跟二人赶回了号上。等他赶到，玉珠也正在等他。他们打开董大掌柜住的屋子，和平常一样，依然那么简单朴素，干净整洁，连床上的被褥也叠得整整齐齐。这时姚子君才突然想起："信呢？田勇，你不是说有他留下的一封信吗？在哪里？"田勇忙从桌上拿起递给他，他匆匆接过打开，只见上面写道：

少老板、少夫人：

我在天德公已四十余年了，从当学徒做起，一直到做大掌柜，深受姚家知遇之恩。想想自己，已到垂暮之年，步履蹒跚，唯恐不能助少老板一臂之力，反成了绊脚之石。故决定告老还乡，以度晚年。不辞之请，还望见谅。

董世良恭敬

"哎！都怪我，都怪我！福贵，赶快备马！跟我一道去追董大掌柜。"姚子君狠狠地往自己头上打了一巴掌，就拉着玉珠匆匆跑进了里屋。

福贵牵着马等候在大门口，不一会儿，姚子君出来，将一个小锦袋让田勇装进褡裢，二人跳上马背，迅速向城外驰去。

出雅州东门往东北方向，是通向省城成都的古驿道。出城十里有一座小山，翻过它就是一马平川有平路了。上山时，董大掌柜下了车自己走，让推车的脚夫很感动，觉得他挺懂得体贴下力人。两人边走边聊，不知不觉便下完了山。走到一棵古树下，刚休息会儿，一阵急促的马蹄声传来，姚子君和福贵就追上来了。

姚子君翻身跳下马背，就直扑到董大掌柜的面前，拉着他求道："董大掌柜，你不能走，跟我回去吧！"

董大掌柜抱歉地笑着说："我就晓得让你知道，你会留我。所以才没敢告诉你。"

"可你这样就走了，我这心里……你知道有多难受吗？"姚子君说着眼泪就流下来了，"下月初八就是你满六十岁的生日，我和玉珠已商量好了，到时候要好好给你办个热热闹闹的寿诞。一听说你走了，玉珠也哭得伤伤心心……董大掌柜几十年如一日，为姚家忠心耿耿，这份情谊，这份恩德，叫我们怎么报答啊！"

董大掌柜的眼睛也湿润了："谢谢少夫人，少老板，你们的心意我领了。姚家对我有情有义，我知足啦。"

"唉，你这样走，我会愧疚一辈子的。"

"少老板千万别那么想。老夫在外漂泊几十年，也该是叶落归根的时候了。"

见实在留不住他，姚子君只好叫福贵拿出锦袋，拉住董大掌柜的手说："既然你去意已定，我也不好再说什么。临出门玉珠让我带上这个，是她和我的一点心意，请你无论如何得收下。"

董大掌柜捧起一看，里面竟是十根金条。忙摇头道："这……使不得，使不得！太重了我承受不起啊。"

"董叔，我求你了。这实在是我和玉珠两个当晚辈的一番心意。你就收下吧。"董大掌柜仍不肯收，姚子君只好扑通一声，在他面前跪了下来："叔，你从小看着我长大，当家后手把手教我，危难时刻，像亲生父亲一样疼我。如今，只恨我不能亲自守在身边，为你颐养天年，养老送终，可这份心意，就当是做晚辈的一份孝心，你收下吧。"

董大掌柜的眼圈也红了，他哽咽说："少老板快起来，我收下就是，收下就是。"说罢，他只从锦袋里拿出两根金条道："就两条，养老足够了。"

这时又一阵马蹄声，田勇也赶来了。他跳下马背，抱着一个大包袱，喘着粗气说道："少老板，少夫人说，要是留不住董大掌柜，让他把这皮袄也带上。"

姚子君接过，转身交给董大掌柜说："嗨，你看我一慌忙把这个也忘了。董叔，你不知道，这些天玉珠为了缝制皮袄，每晚都熬到深夜。原准备生日那天才拿出来的，眼下也只有在这里给你了。"

董大掌柜抚摸着皮袄，泪水已止不住哗哗流下来："北方天气冷，上了岁数，这个中用啊。多谢少夫人了。"

姚子君掏出两个大洋，叫福贵先去把叽咕车打发了。他决定安排田勇，送董大掌柜回老家。董大掌柜死活不让，说他老家在陕西泾阳，路途遥远，要走月余，田勇号上事多，哪有丢下送他的道理。

"董大掌柜呀，你就成全了少老板这份心吧。要不，连我们这些做徒弟的，也不安生呀。"许多年来，跟着董大掌柜朝夕相处，学尽了本事的田勇，这时也走上前来，红着眼睛劝道。

福贵从叽咕车上将董大掌柜的包袱行囊搬下，姚子君也上前帮着搬到马背上。一看如此，董大掌柜才松了口。当他被扶上马背，抱拳与姚子君告别："少老板保重……"一句话没完，人早已老泪纵横。

董大掌柜和田勇各乘一骑，逐渐远去。

在鞭炮声中，一块崭新的"雅州边茶股份有限公司"的匾牌，被众人簇拥着，又在三官祠茶商会的大门口挂了起来。人们欢欣鼓舞，热闹如同过年。茶号的老板们，都穿着各自的礼服，脸上喜气洋溢，精神焕发，三三两两，陆陆续续向大门里走去。大厅里的布置也是又喜庆又隆重。在那幅雅州边茶股份有限公司成立庆典的横幅下，不光坐满了由大家推举的公司董事长、副董事长，总经理、副总经理，以及监事会的成员，庆典还是由副董事长徐老板做主持，他宣布庆典开始，首先是请代表刘总指挥的副官长讲话。

当年的方副官，如今已是刘大人的副官长了。他站到台中，既有几分像个威严的军人，又有几分像个文质彬彬的先生。他说："诸位，今天是你们茶商自己的节日，我就不多说什么了。刘总指挥军务繁忙，托我把他的话转告大家，雅州边茶，乃我康区的第一大要事，事关藏汉通衢，抵制外侮。为此，总指挥对此事关心格外有加，承诺入股公司的二十万元法币，也将于近日由省城送到雅州。总指挥还说了，这边茶股份有限公司不办则已，要办就把它办好。往后涉及茶商的事，他愿与大家风雨同舟。"

尽管仍有人对当下的这些官们说的话有疑虑，场子里还是响起了一片叫好声。

接下来，徐老板请出公司的董事长兼总经理姚子君讲话。

两天了，姚子君的心情还没有从董大掌柜离去的伤感中恢复过来，心中想说的话就像有千言万语，却一时又不知从哪里说起。只见他沉思了片刻，突然说道："诸位同人，上一次的公司失败，除了那位姓程的大人盘剥糟蹋外，我们的经营管理也有疏漏。大家不妨想想，几十家茶号统在一起，质量却仍是各做各的，没个统一的标准，就有点难为公司了。今天就针对这事，我要向大家宣布一个决定。"

他话一出口，全场顿时鸦雀无声。人人都把眼睛睁得大大的，充满了疑惑和企盼地望着他。

姚子君接着说道："我要说的就是大家所关心的秘方问题。是的，雅州的老字号各家都有自己的制茶秘方。不过别家怎么想，咱不能强求人家。就只说我家的秘方吧，多少年来，天德公的砖茶在西藏与英人的印茶竞争，它没有败下阵来。要感谢老祖宗给留下的这个传家宝。当然，老祖宗也留下了祖训，那就是秘方只能家传，不得外泄。今天我就想打破这个规矩……"

霎时，场子里一片寂静，人们吸气的声音都能听到，空气也像凝固了。

"我没有想过要去沽名钓誉，也没有想过要去得到别人会说我什么好。我也不怕会背上违背祖训的骂名，甚至有人会嘲笑我傻……我只是想，既然它是有益于世人的东西，为什么不能让它去惠及天下更多的人呢？所以我决定将天德公祖传制茶秘方献给公司，让大家都能分享它的好处。这样做究竟是对是错，相信时间，相信历史，会自有公论。"

姚子君的话刚说完，方副官长是第一个站起来鼓掌的人，紧接着全场报以热烈的掌声。包括徐老板和几家老号的老板互相看了看，也只好跟着鼓起掌来，尽管很勉强，姚子君心中的纠结和沉闷，顷刻间也一扫而光。大家围着他，纷纷表示致谢、致敬。

正在热闹不休的时候，商会的伙计领福贵慌慌张张冲进会场，赶到姚子君面前，语无伦次，结结巴巴说道："少老板，快……快回家吧！少夫人她……她生……生了。"姚子君一听，忙扔下众人，跟着福贵边跑边问："是儿子还是女儿？"福贵说："我哪知道啊！"

身后传来一片笑声。

喜悦，兴奋，姚子君都无暇顾及了，此刻只希望快点赶到玉珠身边。

补记：英国与清政府签订《中英印藏条约》《中英印藏续约》后大肆将印茶强行运入西藏，致使已有上千年历史的四川边茶，从鼎盛时期的一千〇四十四万斤，骤减至六百五十万斤。在藏汉人民的共同努力下，经过长达半个多世纪的抵制与抗争，直到二十世纪的四十年代，印茶最终退出西藏市场。

完